Jörg von Bargen

Geraubte Illusionen

Bibliografische Information der Deutschen Nationalbibliothek

Die Deutsche Nationalbibliothek verzeichnet diese Publikation in der Deutschen Nationalbibliografie; detaillierte bibliografische Daten sind im Internet über http://dnb.ddb.de abrufbar.

ISBN 978-3-89969-229-7

www.principal.de
Umschlagfoto: © Matthias Krüttgen - Adobe Stock

Printed in Germany

Jörg von Bargen

Geraubte Illusionen

Kriminalroman

PRINCIPAL VERLAG

Der Autor:

Der promovierte Diplom-Kaufmann Jörg von Bargen studierte in Hamburg Betriebswirtschaft und Soziologie. Als Cuxhavener, der mehrere Jahre in Bremerhaven zur Schule gegangen ist und dort gelebt hat, verbinden ihn Elbe und Weser gleichermaßen. Schließlich münden beide in die Nordsee. Zuletzt arbeitete er als Pressesprecher einer Konzernholding, bevor er sich als Unternehmensberater selbstständig machte. Heute lebt er mit seiner Familie in Buchholz in der Nordheide.

Prolog

Buchholz in der Nordheide, 1998

Aufgebracht verließ er die Wohnung. Die Auseinandersetzung, die er gerade lauthals geführt hatte, hätte er sich schenken können. Sie schlug ihm nur auf den Magen und hatte kein Problem gelöst. Zu seinem Leidwesen konnte er seine Gesprächspartner nicht überzeugen. Ganz im Gegenteil, sie lehnten seine Ideen kompromisslos ab. Die Fronten hatten sich eher verhärtet. Seit zwei Tagen ging es zwischen ihnen hin und her. Er hatte die Nase von dem nutzlosen Gerede voll. Es blieb ihm nichts anderes übrig, als ohne deren Zustimmung oder zumindest Duldung aktiv zu werden. Er hatte es ihnen um die Ohren geschlagen, bevor er ging. Über die Konsequenzen machte er sich keine Gedanken. Er gehörte zu den wenigen, die wussten, wo das Teufelszeug gelagert war, das so lange sein Leben bestimmt hatte. Er hatte es geschafft, davon loszukommen, vor allem, weil ihm geholfen wurde. Vielen anderen würde es nicht gelingen, weil ihnen die permanente Unterstützung fehlte. Also musste die Zufuhr gestoppt werden. Dazu war er wild entschlossen.

Er hatte sein Moped einige Ecken entfernt von ihrem Treffpunkt in der Nähe der Hittfelder Kirche abgestellt. Ein paar Minuten Fußweg taten ihm gut. Langsam ging sein Blutdruck herunter. Es hatte zu nieseln begonnen. Der aufkommende Wind jagte ihm die Regentropfen ins Gesicht. Er dachte kurz darüber nach, den Helm aufzusetzen, den er auf den Gepäckträger geklemmt hatte, entschied sich jedoch dagegen. Etwas später hatte sich der Regen verabschiedet. Nun galt es, konzentriert zu fahren. Das Gemisch aus nasser Straße und Herbstlaub bildete einen gnadenlosen Fallstrick für ein Moped. Als er den Klecker Wald passierte, wäre er beinahe weggerutscht. Vorsichtshalber nahm er Gas weg. In der Buchholzer Innenstadt waren die Straßen frei. Er überquerte die Canteleu Brücke und nahm die Soltauer Straße, die nach Holm-Seppensen führte, allerdings mehrfach ihren Namen wechselte. Im Ort bog er in den Lohbergenweg ein. Nach einigen Hundert Metern nahm die Bebauung ab. Es begann, dunkel zu werden. Am

Ortsausgang gab er Stoff. Der Regen hatte sich nicht bis Holm-Seppensen getraut. Ein Freund hatte sein Moped ordentlich auf Leistung gebracht. Er traf jetzt besser auf keinen Streifenwagen. Die hätten es sofort einkassiert. Auf beiden Seiten der Straße waren schemenhaft Bäume wahrzunehmen. Deren diffuse Schatten schienen ihn zu bedrohen. Sie beeindruckten ihn nicht wirklich. Er war kein kleines Mädchen, das pfeifend in den Keller ging, um die bösen Geister zu vertreiben. Kurz darauf verringerte er das Tempo und orientierte sich nach rechts. Der schmale Waldweg, in den er einbiegen wollte, war leicht zu übersehen, insbesondere bei einsetzender Dunkelheit. Er hatte diese Strecke oft zurückgelegt, vor allem zu einer Zeit, als er nicht genug von dem Stoff bekommen konnte. Er dealte, er konsumierte. Nunmehr hatte sich seine Einstellung dazu total geändert.

Auf der gegenüberliegenden Straßenseite stand ein verlassenes Auto. Es interessierte ihn ebenso wenig wie die aufblitzenden Scheinwerfer eines anderen Fahrzeugs, das sich ihm näherte. Er war nur von einem Gedanken beseelt: Er wollte das Zeug vernichten. Das Lager mit dem Rauschgift lag auf einer kleinen Lichtung in einer gut getarnten Erdhöhle. Es musste regelmäßig aufgefüllt werden, da das Fassungsvermögen relativ begrenzt war. Soweit er sich erinnerte, kam der Drogenkurier jeweils dienstags und donnerstags. Seit geraumer Zeit wurde über eine bessere Alternative der Unterbringung nachgedacht, dies bislang ohne Ergebnis. Die Menge reichte weder hinten noch vorne. Je häufiger das Versteck angefahren werden musste, desto größer wurde die Wahrscheinlichkeit aufzufliegen. Die Nachfrage erhöhte sich laufend. Die Gefahr der zufälligen Entdeckung war gegeben, obwohl das Versteck seit nunmehr zwei Jahren funktionierte. Ihm war klar, mit seiner Aktion mit Sicherheit nicht das Drogenproblem in der Nordheide zu lösen. Ihm ging es vielmehr darum, ein Zeichen zu setzen.

Sein Moped hatte er ein paar Meter in den Wald geschoben und es stehen lassen, als der Weg endete. Er quälte sich zu Fuß weiter. Inzwischen hatte er seine Taschenlampe eingeschaltet. Er musste höllisch darauf achten, nicht über eine der Wurzeln zu stolpern, die den Pfad zu pflastern schienen. Herunterhängende Zweige peitschten ihm ins Gesicht, als wollten sie ihn von seinem Vorhaben abbringen. Er blieb unbeirrt. Trotzdem musste er mehrmals ansetzen, bis er die richtige Stelle fand. Die Dunkelheit war der Feind seines Orientierungsvermögens. Hätte er nicht so konzentriert nach unten schauen müssen, wäre ihm vielleicht aufgefallen, sich nicht mehr allein im Wald aufzuhalten. Endlich hatte er die kleine Lichtung und damit sein Ziel erreicht. Als er die männliche Stimme vernahm, war es zu spät, sich darüber einen Kopf zu machen.

»Willst du allen Ernstes deinen blödsinnigen Plan umsetzen und unseren Stoff in alle Winde verstreuen?! Vom Junkie zum Weltverbesserer, was für eine Karriere! Das kann ich leider nicht akzeptieren. Dafür geht es um zu viel. Niemand stellt sich mir in den Weg, du am allerwenigsten!«

Durch das Dickicht, das die Lichtung umsäumte, gab es für ihn kein Entrinnen. Nach ein paar Schritten wäre er eingeholt worden. Er hätte nicht das Gespräch suchen, sondern gleich handeln sollen. Nunmehr war es zu spät. Von hinten umfassten ihn zwei kräftige Arme. Er versuchte, sich herauszuwinden. Unter Aufbietung aller Energie, die ihm verblieb, erwischte er mit dem Mund die Hand des Angreifers, die ihn festhielt. Er biss mit aller Kraft zu und schmeckte Blut. Dies blieb sein letztes Erfolgserlebnis. Eine andere Person band seinen rechten Arm ab. Er wusste, was ihm bevorstand. Dann spürte er die Spritze. Er kannte das Gefühl, wenn der Stoff zu wirken begann. Zügig schwand sein Widerstand.

Einen Tag später

Völlig verschwitzt kam Fabian Hilpert zu Hause an. Das Wetter hatte sich nicht beruhigt. Stürmische Windböen peitschten den Regen durch die Straßen. Es war typisches Herbstwetter. Niemanden würde es verwundern, käme die Sonne einige Stunden später hervor, um die Illusion zu nähren, es sich auf dem Balkon oder der Terrasse gut gehen zu lassen. Warum musste er sich einen Nachhilfelehrer aussuchen, der am anderen Ende der Stadt wohnte?! Von Sprötze bis in die Innenstadt von Buchholz hatte er auf seinem Fahrrad ordentlich zu strampeln, obwohl er gut in Form war. Der Wind war allerdings ein ernst zu nehmender Gegner, wenn er von vorne kam. Endlich bog er in die Bremer

Straße ein. Damit waren seine Probleme bei Weitem nicht gelöst. Nunmehr ging es ein ordentliches Stück bergauf. Der Weg wurde umso länger, je enger man zeitlich dran war. Dann schien die Steigung einfach kein Ende zu nehmen. Er widerstand dem Ansinnen, abzusteigen. Mannhaft hielt er durch. Der Rest war anschließend unbedeutend. Jetzt, wenige Monate vor dem schriftlichen Abitur, war die Stimmung in der Familie angespannt. Nicht mehr lange und es wurde die Gretchenfrage gestellt. Dann sollte sich zeigen, ob er eine Chance hatte, mit einigermaßen akzeptablen Zensuren über die Runden zu kommen, oder besser eine Ehrenrunde drehte. Da sich das Ende der Schulzeit näherte, war sein Ehrgeiz geweckt worden – in der Nachbetrachtung ein Jahr zu spät. Die Vorzensuren waren in Stein gemeißelt. Zu seinem Glück wollte er nicht Medizin studieren. Die bisherige Harmonie in der Familie wich einem nervösen »Tust du wirklich genug?«

Nach dem Mittagessen gab es eine längere Diskussion mit seinen Eltern. Insbesondere seinem Vater passte die Musik nicht, die er mit Schulkameraden in einer Band machte. Dabei ging es nicht um die Tatsache als solche, sondern vielmehr um die wertvolle Zeit, die er dafür investierte. Seine Mutter hielt sich eher zurück. Er war ihr einziges Kind. Egal, was er anstellte, sie stand wie eine Eins hinter ihm. An der Liebe seines Vaters gab es ebenso wenig Zweifel. Nur war der ein Stück kritischer als seine Frau. Der ließ sich nicht mit Standardfloskeln abspeisen. Ein »Es wird bestimmt gut gehen« reichte ihm nicht. Ein klassischer Vater-Sohn-Konflikt fand bei ihnen trotzdem nicht statt. Das änderte sich unter Umständen, sollte er das Abi verhauen. An die große Karriere als Musiker glaubte er längst nicht mehr. Dennoch ließ er sich seine Musik von niemandem nehmen. Bevor er seine Fender Stratocaster in die Ecke stellte, hätte er eher sein Elternhaus verlassen und als Straßenmusikant angeheuert. Das stand zu seinem Glück nicht an. Er war ein recht passabler Gitarrist. Spätestens nachdem er sich ein paar Aufnahmen von Jimi Hendrix angehört hatte, begriff er, wo er stand, nämlich weit weg von dessen Genialität. Seine Gesangskünste reichten gerade aus, um im Hintergrund mitsummen zu dürfen. Das galt zu ihrem Leidwesen nicht nur für ihn. Seit Bestehen ihrer Band waren sie auf der Suche nach einem ordentlichen Sänger. Dies bislang ohne nennenswerten

Erfolg. Dabei war ihnen das Geschlecht gleichgültig. Am ehesten konnten sie Jens vorzeigen. Hilperts Künste als Komponist und Texter mussten auch nicht groß erwähnt werden. Somit kam er künftig nicht um einen mehr oder minder konventionellen Beruf herum. Damit hatte er sich längst abgefunden. Er hatte in seinem Hinterkopf eine völlig andere Idee ausgebrütet, was er nach dem erfolgreichen Schulabschluss machen wollte. Bislang sprach er außer mit seinem Freund Jens mit niemandem darüber. Ein Jurastudium kam für ihn in keinem Fall infrage. Mit dieser Entscheidung würde er seine Mutter beizeiten überraschen müssen. Es war ihr Traum, ihm eine Anwaltspraxis einzurichten. Diese hätte sie stolz vor ihren Freundinnen präsentieren können. Diese Freude würde er ihr nehmen. Er dachte nie ernsthaft darüber nach. Zu seinem Leidwesen hatte er bisher die geeignete Gelegenheit verpasst, um ihr diese Botschaft mitzuteilen. Geeignete Anlässe gab es genug. Gescheitert war er bisher am fehlenden Mut. Seiner Mutter etwas zu versagen, war eine herausfordernde Aufgabe. Das bekam nicht einmal sein Vater auf die Reihe.

Mit roten Wangen und hängender Zunge kam er an diesem späten Nachmittag zu Hause an. Die Mathe-Nachhilfestunden in Vorbereitung auf das schriftliche Abitur hatten ihn eindeutig weitergebracht. Zu seinem Leidwesen dauerte es diesmal länger als geplant. Mit der Mathematik kam er gleichwohl einigermaßen zurecht. Er musste halt mehr Zeit dafür investieren als andere, begabtere Klassenkameraden. Zu Höchstleistungen würde er es in diesem Fach niemals bringen. Er durfte die Klausur nicht verhauen und musste sie zumindest mit einem Befriedigend abschließen. Deshalb war Schweiß angesagt. Ihn trieb der unbedingte Wille, das Abitur einigermaßen ordentlich über die Runden zu bringen. Nur Bestehen reichte ihm nicht. Da er nicht zu studieren beabsichtigte, war ihm der Numerus clausus relativ gleichgültig. Trotzdem warfen potenzielle Arbeitgeber einen interessierten Blick auf die Zeugnisse. Glücklicherweise verblieb ihm ausreichend Zeit bis zum schriftlichen Abitur.

Seine Mutter erwartete ihn vor dem Haus mit seinem Gitarrenkoffer in der Hand. Sie griff nach seinem Rucksack mit den Büchern, er nahm das Instrument an sich. Musik zu machen, war ihm, unabhängig von der Größe seines Talents, wichtig.

Zum Glück war der Weg von seinem Elternhaus bis zum Jugendzentrum am Rathausplatz nicht weit. Er trat kraftvoll in die Pedale und war einigermaßen pünktlich. Er war nicht der Letzte ihrer Band. Somit brauchte er sich kein schlechtes Gewissen für die Verspätung zu machen. Eine Viertelstunde nach seinem Eintreffen standen er und seine Freunde entnervt in ihrem Übungsraum. Jens Welte, ihr Schlagzeuger, fehlte nach wie vor. Somit konnten sie zum ersten Mal seit Monaten nicht rechtzeitig anfangen. Sogar als Jens voll auf Droge war, hielt er diese Termine stets ein. Sie waren wichtig für ihn. Immerhin wollten sie zum Buchholzer Stadtfest groß aufspielen. Auf ihre Fragen nach dem Grund für die Verspätung seines besten Freundes reagierte er mit einem Achselzucken. In letzter Zeit trafen sie sich seltener als sonst. Je nach Temperament reagierten die Bandmitglieder unterschiedlich. Die einen fluchten lauthals vor sich hin. Andere begaben sich in ihr Schicksal und warteten ab. Sie konnten eh nichts ändern. Fabian Hilpert hatte sich mit ihrem Bassisten, Freddy Weinschenk, in die Ecke verzogen und ließ sich von ihm Ratschläge für einige Riffs geben, die Jimmy Page von Led Zeppelin in der Originalversion wie selbstverständlich auf seiner Gitarre beherrschte. Nur schwebte der einige Lichtjahre über ihm. Ihnen fehlten eigene Stücke, mit denen sie das Publikum aufmischen konnten. Sie hatten viel Hoffnung in ihren Schlagzeuger gesetzt, der über eine überdurchschnittliche Begabung verfügte.

Zusehends wurden die jungen Leute nervöser. Der Raum stand ihnen nur zwei Stunden zur Verfügung. Danach scharrten andere Musiker mit den Hufen. Zwischendurch warf Wilhelm Selmeier, der Jugendwart, einen Blick zu ihnen hinein. Er wies mit der Hand auf die Uhr an der Wand. »Leute, ihr habt nicht mehr viel Zeit zum Üben. Die erste Stunde ist fast vorbei. Da gibt es neben euch andere, die die Welt mit ihrer Musik beglücken wollen.«

Kopfschüttelnd verließ er die frustrierten Hardrocker. Erstmals wollten sie sich auf dem Stadtfest einem breitem Publikum zeigen und bekamen ihre Proben nicht geregelt. Sein Problem sollte es nicht sein. Nicht mehr lange und es kamen die Nächsten an die Reihe. Alle hielten sich für die Größten und warteten auf den Anruf der Plattenfirma.

Was konnten die übrigen Bandmitglieder tun? Telefonisch hatten sie niemanden erreicht. Und zaubern konnten sie ebenso wenig. Langsam machte sich Frustration breit. Hilpert öffnete gerade seinen Gitarrenkoffer, um sein Instrument zu verstauen, als sich abermals die Tür öffnete. Weltes Mutter, nicht der erwartete Sohn, trat ein. Ihrem verweinten Gesicht war anzusehen, es musste etwas geschehen sein.

»Jens ist tot!«, stieß sie mit belegter Stimme hervor. »Der Arzt sagt, es war eine Überdosis.« Schluchzend hielt sie ihre Hände vors Gesicht. »Er ist diese Nacht nicht nach Hause gekommen. Vor zwei Stunden haben ihn Pilzsammler im Wald gefunden.«

Schweigend nahmen die jungen Leute die Nachricht auf. Freddy Weinschenk, der Bassist, schüttelte den Kopf. Sein Zopf wackelte im gleichen Rhythmus von links nach rechts. »Und ich dachte, er sei mit dem Stoff durch. Er hatte es mir so versprochen.«

Die Bandmitglieder griffen mit Tränen in den Augen nach ihren Instrumenten. In der alten Formation würden sie nie mehr zusammenspielen. Fabian fühlte sich, als habe ihm jemand mit der Faust ins Gesicht geschlagen. Er konnte nicht mehr klar denken. Beinahe hätte er seine geliebte Gitarre vergessen. Er wusste gar nicht, wie er nach Hause gekommen war. Seine Eltern empfingen ihn, ohne ein Wort zu verlieren. Die schlimme Nachricht hatte sie durch die stille Post erreicht. Jens und er kannten sich aus dem Kindergarten und waren seitdem unzertrennlich. Seine Drogenprobleme hatte er hingenommen und den Mund darüber gehalten. Da hielten alle Freunde wie Pech und Schwefel zusammen.

Am selben Abend suchte Hilpert die Familie des Toten in Tostedt auf. Sie bewohnten in zweiter Generation ein älteres Einfamilienhaus in der Bahnhofstraße, das sie vor einigen Jahren geerbt hatten. Es war nicht sonderlich spektakulär, das Grundstück relativ klein. Die Immobilie war bezahlt und wurde von Jens' Vater, der als Handwerker arbeitete, in Schuss gehalten. Ein neues Haus wäre für sie unerschwinglich gewesen. Viel mehr als Unverständnis und gemeinsame Trauer blieb ihnen nicht übrig. Der Tod war endgültig. Nichts konnte repariert oder korrigiert werden. Menschen waren keine abgestürzten Computer, die die Spezialisten wieder zum Leben erweckten.

Und trotzdem wurde dieses Ereignis von aktuellen Fragen überholt. Das Abitur stand vor der Tür. Es gab kaum etwas Wichtigeres in ihrem jungen Leben. Im Anschluss daran war das Thema Berufswahl angesagt. Hilpert bestand das Abitur mit durchaus vorzeigbaren Noten. Wenige Monate später ging er nach Hamburg und nahm sich dort ein Zimmer. Er brauchte Abstand zu Buchholz. Viele Freunde verließen wie er die Stadt. Die meisten von ihnen wollten studieren und würden an andere Standorte ziehen. Einige fanden den Weg zurück. Sie hatten Hamburg vor der Haustür, liefen somit nicht Gefahr, in der Provinz als Heidebauern zu versauern. Wie ein riesiger Magnet zog die Hansestadt die jungen Menschen an. Hier gab es die interessanten Arbeitsplätze, international orientierte Firmen, hier tobte das pralle Leben. Das Gros seiner Freunde einschließlich vieler Familienmitglieder nahm seine Entscheidung, zur Polizei gehen zu wollen, mit Unverständnis auf. Seine Mutter war trotz der hochtrabenden Pläne, die sie mit ihm hatte, die Erste, die seine Berufswahl akzeptierte. Sein Vater nahm es mit einem Schulterzucken zur Kenntnis. Schließlich wollte er nicht Zuhälter werden. Er gestattete ihm nach dem bestandenen Abitur alle Freiheiten, obwohl sie an seinen Geldbeutel gingen. Vor allem brachte er ihm Respekt entgegen und verfolgte seine Karriere bei der Hamburger Polizei voller Interesse und Stolz. Seine Freunde hingegen verstanden ihn nicht. Von ihnen gab es diverse Seitenhiebe in seine Richtung. Die verdaute er, ohne sich darüber einen Kopf zu machen. Er war nicht auf der Suche nach Ratschlägen für seine berufliche Orientierung. Für ihn gab es aus diesem Umkreis nur einen, dessen Meinung ihm wichtig gewesen wäre: Jens. Der konnte sich dazu nicht mehr äußern. Vor dem Hintergrund ihrer eigenen Pläne verlor sich das Getratsche darüber zügig. Die Witze darüber waren irgendwann nicht mehr lustig. Hinzu kam, sie sahen sich kaum noch. Die Feten und Besäufnisse zum bestandenen Abitur waren abgefeiert. Die Berufswahl, das Studium, ein Auslandsaufenthalt rückten in der Prioritätenliste nach vorne. Die Konsequenzen seiner Entscheidung, zur Polizei zu gehen, sollten ihm erst Jahre später deutlich werden.

1

Hamburg, 20 Jahre später

Mit stechenden Kopfschmerzen war Hilpert an diesem Morgen ins Büro gefahren. Er war spät dran. Zum Frühstück leistete er sich gerade einen Becher Kaffee. Eilig machte er sich auf den Weg. Unter anderen Umständen hätte er das Frühjahr mit deutlichen Sommertendenzen genossen. In seinem speziellen Fall musste die früh erwachte Morgensonne seinen Unmut ertragen. Sie verstärkte seine Kopfschmerzen. Die Tablette, die er sich eingeworfen hatte, benötigte ihre Zeit, bis die Wirkung einsetzte. Sein Vorgesetzter, der Leitende Kriminaldirektor Weber, konnte diesmal der mehrfach angedrohten Pensionierung nicht entrinnen. Am Vorabend hatte es die unausweichliche Abschiedsfeier gegeben. Wer es sich erlauben konnte, griff bei den alkoholischen Getränken reichlich zu. Hilpert hatte sich nicht ausgeschlossen.

Während der Fahrt ins Präsidium fragte er sich, wie es sich mit dem Restalkohol verhielt. Hätte er sich in seinem Zustand ins Auto setzen dürfen? Vermutlich nicht. Das Schicksal war auf seiner Seite und hetzte ihm keinen uniformierten Kollegen hinterher. Weber hatte sich nicht lumpen lassen. Die Alkoholvorräte schienen schier unerschöpflich. Für Hilpert waren es eher Frustgetränke. Er würde den bisherigen Vorgesetzten vermissen. Weber kam es auf die Ergebnisse der Arbeit seiner Leute an. Da drückte er manches Auge zu. Nach seiner Herzattacke vor einigen Jahren war mit seinem vorzeitigen Abschied zu rechnen. Hilpert war erwachsen und wusste, er konnte sich seine Vorgesetzten nicht schnitzen. Er hatte sich vorab entschieden, dem Nachfolger eine Chance zu geben und die Dinge ansonsten auf sich zukommen zu lassen. Damit endete seine Toleranz. Für sein Magendrücken gab es eine andere Ursache. Er hatte das zweifelhafte Vergnügen genossen, kurz mit Webers Nachfolger während der Abschiedsfeier zu reden. Darauf hätte er in der Nachbetrachtung gerne verzichtet. Es bedurfte keiner besonderen Menschenkenntnis, um zu begreifen, zwischen ihm und dem Neuen bestanden erhebliche Auffassungsunterschiede, was ihre Arbeit betraf. Hilpert hielt sie für unüberbrückbar. Das für den heutigen Tag anberaumte Gespräch stand somit unter keinem guten Stern.

Um den Start der Zusammenarbeit nicht zu gefährden, erschien Hilpert pünktlich im Vorzimmer des neuen Polizeidirektors. Dessen Sekretärin meldete ihn geflissentlich an. »Wenn Sie sich einen Augenblick gedulden wollen, Herr Oberrat, der Direktor ist gleich so weit.«

Er wartete exakt fünf Minuten und verabschiedete sich dann freundlich von der Frau. »Sagen Sie bitte Herrn Dr. Röhrs, ich bin in meinem Büro zu finden. Sollte er mich sprechen wollen, stehe ich gerne zur Verfügung.«

Der Start war somit gründlich versaut worden, von beiden Seiten. Der eine wollte seine Macht auskosten, der andere Selbstbewusstsein demonstrieren. Eine Viertelstunde später erreichte die Sekretärin Hilpert und signalisierte ihm, er könne nunmehr kommen.

Röhrs saß mit hochrotem Kopf an seinem Schreibtisch. Wütend fuhr er Hilpert an: »Sie sind außerstande, ein paar Minuten zu warten, während ich Wichtiges zu erledigen habe?!«

Ohne weitere Aufforderung setzte sich Hilpert auf den Besuchersessel vor dessen Schreibtisch. Er blickte sich um. Abgesehen von einzelnen privaten Bildern hatte der Weber-Nachfolger das Zimmer seines Vorgängers belassen, wie es war.

»Ich kann mich nicht erinnern, Sie aufgefordert zu haben, sich zu setzen!«, herrschte er Hilpert an.

Dieser fand es an der Zeit, zu reagieren. Der gesamte Stil passte ihm nicht. »Sie beordern mich zu einem Termin, obwohl Sie Wichtigeres zu erledigen haben, und erwarten von mir, so lange in Ihrem Vorzimmer zu warten, bis Sie ein Ohr für mich frei haben. Ich erkläre hiermit in aller Deutlichkeit, ich warte nie länger als fünf Minuten. Egal, in wessen Vorzimmer ich sitze. Ich habe einen Job zu erledigen, da verbleibt mir keine Zeit, diesen mit endloser Warterei zu vertrödeln.«

»Da werden Sie einiges im Umgang mit mir lernen müssen«, bemühte sich Röhrs, Autorität aufblitzen zu lassen. Gleichwohl fasste er sich überraschend schnell. »Ich habe jetzt keine Lust, dieses Thema zu vertiefen. Dazu finden wir in den nächsten Wochen ausreichend Zeit.«

Hilpert blieb gelassen. »Lassen wir uns überraschen.«

Nach Webers Pensionierung war Dr. Walter Röhrs wie das Kaninchen aus dem Zylinder gezaubert und nicht nur ihm vor die Nase gesetzt worden. Egal, wer auf die Nachfolge gespitzt hatte, der Neue zog an allen vorbei. Er war bislang in Niedersachsen tätig gewesen und dort mehr oder weniger abgeworben worden. Alle internen Überlegungen wurden hintangestellt. Die Politik hatte entschieden. Und die verantwortlichen Leute lebten nicht gerade gerne mit Widerspruch. Weber hatte sich auf seiner Abschiedsfeier den Staatsrat vorgeknöpft und ihm den Marsch geblasen. Dieser nahm das emotionslos zur Kenntnis. Webers Zeit war abgelaufen, sein Stellenwert tendierte gen null. Einen Vorteil hatte diese Entscheidung. Mit der Besetzung von außen wurde niemandem im Präsidium vor den Kopf gestoßen. Diejenigen, die meinten, übergangen worden zu sein, beklagten gerade mal eine Delle in ihrem Selbstbewusstsein. Immerhin konnten sie sich bei den gleichermaßen nicht berücksichtigten Kollegen ausweinen oder sich mit ihnen trösten.

Hilpert war es gleichgültig, wer Webers Position übernahm, solange er nicht gefragt wurde. Der Kriminaldirektor war augenscheinlich gut auf ihn eingestellt worden. Er musste nicht lange überlegen, wer hinter allem stand. Seine letzte Auseinandersetzung mit dem Staatsrat war auf beiden Seiten nicht vergessen. Röhrs als Retourkutsche passte zu dem Politiker. Er galt als ehrgeizig und vor allem als nachtragend. Gegen ihn war ein Elefant vergesslich wie ein dementer älterer Herr.

Hilpert nahm die Situation gelassen zur Kenntnis, solange seine Arbeitsmöglichkeiten nicht eingeschränkt oder behindert wurden. Sein Ehrgeiz fokussierte sich ausschließlich auf eine erfolgreiche Ermittlungsarbeit. Wäre er auf Karriere und Einkommen orientiert gewesen, hätte er seinen Plan B umsetzen und studieren müssen.

Röhrs hatte sich demonstrativ vorgebeugt, als er mit einer Spur Arroganz in der Stimme erneut auf ihn einredete: »Dem Vernehmen nach sollen Sie sich als Kandidat um meine Funktion bemüht haben?!«

Hilpert grinste in Richtung seines neuen Chefs. »Da sind Sie einem falschen Gerücht aufgesessen. Ganz im Gegenteil, ich stand bereits meiner letzten Beförderung mit langen Zähnen gegenüber. Letztlich wurde ich von Herrn Weber und Dr. Diercksen überredet.«

»Na, na, das klingt eher nach einer wohlformulierten Ausrede, Hilpert. Die können Sie Ihrer Freundin auf die Nase binden, nicht mir.«

Hilpert ließ sich nicht aus der Ruhe bringen. »Wenn es Ihre Überzeugung ist, dann glauben Sie daran. Meine individuelle Interessenlage hat eh keine Bedeutung im Haus.«

Es war Röhrs anzumerken, das unaufgeregte Verhalten seines Gegenübers passte ihm nicht ins Konzept. Er suchte den Nerv und bohrte ständig an der falschen Stelle. »Weshalb ich Sie zu diesem Gespräch gerufen habe: Ich werde die operative Struktur der Mordkommissionen verändern. Ich denke darüber nach, die Teams stärker zu entflechten. Soll heißen, Sie greifen künftig auf die Kollegen zu, die Ihnen von mir oder meinem Assistenten zugeteilt werden.«

Hilpert nickte überlegt zu den Worten seines Vorgesetzten. »Sie denken an eine Art chaotischer Teambildung? Nach dem Motto chaotische Lagerhaltung wie in der Wirtschaft bei der Hamburger Mordkommission?!«

»Genau, Sie haben es erfasst, Hilpert. Ich bin beeindruckt. Sie scheinen über ökonomischen Sachverstand zu verfügen.«

Der Oberrat ging nicht auf seine Bemerkung ein. »Tun Sie, was Sie nicht lassen können, Röhrs. Zu Ihrer Information: Ich werde keiner organisatorischen Veränderung zustimmen, die den Erfolg meiner Arbeit infrage stellt. Da lass ich mich lieber frühpensionieren. Sollten Personalrat und Polizeipräsident Ihrer Konzeption zustimmen, können Sie auf meine Mitarbeit verzichten.«

»Das werde ich überleben«, blieb Röhrs ungerührt. »Mitarbeiter kommen, Mitarbeiter gehen. Im Übrigen heißt es Herr Kriminaldirektor.«

»Fein, da können Sie ebenso was dazulernen. Mein Titel ist Oberrat.« Mit diesen Worten erhob sich Hilpert. »Kämpfen Sie in Ruhe für Ihre Ideen. Ich werde in den nächsten zwei Wochen meinen wohlverdienten Urlaub antreten. Danach sehen wir weiter.«

Vergeblich versuchte Röhrs Hilpert zurückzupfeifen. Die Hand am Türdrücker, wandte er sich ihm nochmals zu. »Sollten Sie Einspruch gegen meine Urlaubsplanung einlegen wollen, werde ich meinen Hausarzt kontaktieren müssen. Bei dem geht unter vier Wochen nichts. Von Reha-Maßnahmen ganz zu schweigen.« Sagte es und verließ das Büro des Kriminaldirektors. Beide begriffen eines: Sie würden auf ihre Wiedergeburt warten müssen, um gute Freunde zu werden.

Hilpert blieb nicht untätig. Er gab Röhrs eine Stunde Zeit, sich in aller Ruhe über sein Verhalten zu beschweren. Anschließend rief er den Polizeipräsidenten an. »Haben Sie diesen Flachwichser in diese Position gehievt?«, ging Hilpert ohne Ankündigung zum Angriff über.

Dr. Diercksen grinste in sich hinein. So kannte er Hilpert. Er machte aus seinem Herzen keine Mördergrube. Insbesondere das schätzte er an ihm. Zuweilen betraf es ihn. Damit hatte er leben gelernt. Ging es zur Sache, konnte er sich stets auf ihn verlassen. Allein das zählte. Hilpert müsste das Polizeipräsidium anzünden, wollte er es sich mit ihm verscherzen. In diesem Fall war er zu seinem Glück unschuldig. »Glauben Sie allen Ernstes, ich hätte diesen Mann auf dem Schirm gehabt? Aus Hildesheim sind die ersten Danksagungen bei mir dafür eingegangen, ihnen den Herrn abgenommen zu haben. Eine Kiste Champagner konnte ich gerade abbiegen.«

Hilpert beruhigte sich zusehends. »Dann kann ich Ihnen also weiterhin den Respekt entgegenbringen, der Ihnen gebührt.«

Diesmal lachte Diercksen schallend auf. »Haben Sie in letzter Zeit zu viele Comedians im TV gesehen? Ganz im Ernst, halten Sie den Ball flach. Warten wir ab, welche kruden Ideen Röhrs weiterhin ausbrütet. Setzt er seine Vorstellungen mit der chaotischen Organisation durch, benötigt er in jedem Fall eine Anordnung des Staatsrats. Und dann knallt es. Ich akzeptiere nicht jeden Mist, den das Rathaus mir vor die Haustür schiebt. Überlassen Sie es vorerst mir, mich mit dem Herrn auseinanderzusetzen. Genießen Sie in Ruhe Ihren Urlaub und erholen sich von Polizei und Politik.«

»Worauf Sie sich verlassen können. Bevor ich eines vergesse: Hat sich Röhrs gar nicht über mich beschwert?«

»Na klar, das Problem konnte ich zügig lösen. Ich habe ihm deutlich gemacht, nicht bei der englischen Polizei zu sein und dass

Sie nicht sein Sergeant sind. Er hat wohl zu häufig Chief Inspector Barnaby gesehen.«

»Schade, darauf wäre ich gern allein gekommen«, zeigte sich Hilpert belustigt. Sie hatten mit Diercksen einen Polizeipräsidenten, der hinter seinen Leuten stand und nicht kuschte, wenn sich vor ihm ein Hierarch oder dessen Zögling aufbaute.

Eine Viertelstunde später räumte Hilpert in aller Gelassenheit seinen Schreibtisch auf und versammelte seine engsten Mitarbeiter um sich, um sie auf den neuen Chef einzustimmen. »Sollte Röhrs damit beginnen, stiekum seine Idee der chaotischen Organisation umzusetzen, nehmt es einfach zur Kenntnis. Ich gehe davon aus, der eine oder andere meiner Kollegen wird sich entsprechend zu wehren verstehen. Davon abgesehen bin ich nicht aus der Welt und gut über Handy oder WhatsApp zu erreichen. Geht nicht mit ihm in den Clinch. Das ist allein mein Job.« Er blickte sich in der Runde um. »Dieses Vergnügen lasse ich mir von niemandem nehmen, nicht einmal von euch.«

Lisa Kohler, seine Assistentin, brachte es anschließend im Zwiegespräch auf den Punkt. »Diesen Typen hältst du garantiert nicht lange aus und wirst deine Konsequenzen ziehen.«

»Ich vermute, gerade das ist gewollt. Diesen Mann hat mir mein persönlicher Freund, der Staatsrat, wie eine Laus in den Pelz gesetzt. Verlass dich darauf, ich werde es ihm und seinen Sendboten schwer machen. Bislang habe ich alle überlebt. Mittlerweile weiß ich, wie getrickst wird. Wie ihr wisst, bin ich lernfähig.«

»Mir scheint, der Staatsrat, dein Intimfeind, hat es diesmal intelligenter als zuvor anstellt.«

»Das mag stimmen, Lisa. Lassen wir uns überraschen. Ich freu mich auf meinen Urlaub. Und da vor allem auf das Klassenfest. Trinken wir zusammen einen Kaffee?«

Er musste nicht zum ersten Mal zur Kenntnis nehmen, wie präzise sich Lisa in seinem Inneren auskannte. Kurz darauf begriff er, sie war nicht die Einzige, die in ihm wie in einem Buch las. Albers und Stange, seine beiden Hauptkommissare, äußerten die gleichen Befürchtungen wie seine Assistentin. War er so leicht zu durchschauen? Wenigstens war eine neue Kaffeerunde fällig.

An diesem Abend grübelte er allein in der Bibliothek seines Hauses. Vor ihm dampfte eine Tasse Tee. Röhrs oder Raben, der Staatsrat, war nicht sein eigentliches Problem. Er stand sich selber im Weg. Nach wie vor spielte er mit dem Gedanken, sich ausschließlich auf seine Vermögensverwaltung zu konzentrieren und sich aus dem Polizeidienst zu verabschieden. Damit ging er seit nunmehr einem Jahr schwanger. Dieser Entscheidungsknoten hatte nichts mit seinem neuen Vorgesetzten zu tun. Den Staatsrat hielt er ebenso aus. Fakt war, Webers Nachfolge interessierte ihn zu keinem Zeitpunkt. Davon unabhängig führte er sich nicht wie ein Kind auf, das zu zetern begann, weil ihm das Spielzeug aus dem Schaufenster versagt wurde. Er war Realist. Vorgesetzte wurden nicht nach seinem Gusto ausgewählt und eingesetzt. Da kamen ganz andere Interessen ins Spiel.

Eher gelangweilt blätterte er das Abendblatt durch. Interessiert nahm er zur Kenntnis, Dr. Reinhardt, die attraktive Psychologin, die ihn für kurze Zeit bei einem zurückliegenden Fall unterstützt hatte, bot demnächst ein Symposium zum Thema Profiling an der Hamburger Uni an. Für einen kurzen Moment überlegte er, ob er daran teilnehmen sollte. Schließlich entschied er sich dagegen. Die Frau hatte ihm gefallen. Einen weiteren Nasenstüber wollte er sich nicht einfangen. Allein das Klassentreffen erinnerte ihn an seine größte Abfuhr, die die holde Weiblichkeit ihm erteilt hatte. Er würde erstmals Angela wiedersehen, die Frau, für die er sich vor mehr als zwanzig Jahren hätte vierteilen lassen. Sie war seine erste große Liebe gewesen, entschied sich jedoch für einen anderen. Ein Stück von dieser Enttäuschung war in seiner Seele hängen geblieben und ließ nicht locker. Die Gefühle für die Frau waren dennoch längst erloschen. Das galt nicht für die Traurigkeit, die er damals erfahren hatte. Dachte er über seine Erfahrungen mit Frauen nach, so fiel es ihm nicht schwer, Bekanntschaften zu machen. Nur irgendwann war's das. Von seiner verstorbenen Frau abgesehen funktionierten die Beziehungen nicht so recht und verfügten über eine relativ kurze Halbwertzeit. So gut es ging, versuchte er das Thema aus dem Kopf zu verbannen. Dies gelang ihm erst nach mehreren Anläufen. Er packte die wichtigsten Utensilien in seine Reisetasche. Die passende Kleidung hing in dem Reihenhaus seiner Eltern in Buchholz, das er inzwischen für seine Zwecke umgerüstet hatte.

Den Tag darauf saß er in seinem Golf und machte sich auf den Weg in die Nordheide. Der Elbtunnel war wider Erwarten frei, sodass er für den größten Teil der Strecke die A7 nehmen konnte. Die Fahrt verlief ruhig. Er ging, besser fuhr, allen Messgeräten am Straßenrand aus dem Weg. Ihn trieb nichts, also konnte er darauf verzichten, das Gaspedal bis zum Anschlag durchzutreten. Der Punktestand in Flensburg war unbefriedigend genug. Er fuhr in den letzten Jahren relativ selten nach Buchholz. Dabei liebte er die Beschaulichkeit der Stadt in der Nordheide. Standen vier Autos hintereinander vor einer Ampel, wurde das bereits in der Zeitung als unerträglicher Stau beklagt. Da er zentral wohnte, waren die meisten Wege kurz. Nicht einmal den Stadtbus musste er bemühen. Er machte es sich in seinem zweiten Zuhause gemütlich. Nach dem Tod seiner Frau, während der Geburt seiner Tochter, waren seine Eltern, ohne großes Aufheben, zu ihm nach Hamburg gezogen und hatten ihr Reihenhaus klaglos zurückgelassen. Das Gebäude strahlte den bürgerlichen Charme seiner Herkunft aus, obwohl er es vom Spitzboden bis zum Keller hatte renovieren lassen und die Nachbarscheibe dazu erworben hatte. Ein Durchbruch sorgte für ausreichend Raum. Die innerstädtische Lage ließ eine großzügige Bebauung zu, sodass man die jeweiligen Grundstücke der Reihenhausanlage als bessere Handtücher bezeichnen konnte. In Hamburg war er den Luxus pur direkt an der Elbe gewöhnt, der ihm durchaus behagte, trotzdem nicht Teil seines Ichs geworden war.

Atifete, seine Lebensgefährtin, hatte ihn vor einem halben Jahr verlassen. Sie trennten sich, weil die gegenseitige Liebe für sie nicht reichte, auf Dauer mit ihm ein Leben in Hamburg zu führen. Der Kosovo hatte sie zurückgeholt. Sie nahm in ihrem Familienclan eine Führungsposition wahr, die ihr Selbstwertgefühl erheblich aufpolierte. Sogar die Männer brachten ihr gehörigen Respekt entgegen. Sie begriffen nach kurzer Zeit, nicht an ihren ökonomischen Sachverstand heranzukommen. In einem muslimisch geprägten Land konnte sie es nicht bis ganz nach oben schaffen. Weit entfernt war sie davon jedoch nicht. Hilpert war intelligent genug gewesen, um zu begreifen, sie auf Dauer nicht halten zu können. Dafür gab es in den letzten Monaten des Zusammenseins zu deutliche Anzeichen für ihre Unzufriedenheit mit der gegebenen Situation. Er hatte sich mit ihrer Entscheidung zwangsläufig arrangieren müssen. Die gemeinsame Zeit konnte ihm eh niemand nehmen. Ihren Vorschlag, gelegentlich vorbeizuschauen und es sich gut gehen zu lassen, hatte er dankend abgelehnt. Dennoch rechnete er irgendwann mit ihrem spontanen Besuch. Atifete tat, was ihr in den Kopf kam, und fragte niemanden um Erlaubnis.

Für ihn überraschend zog sie ihr Kapital nicht aus seiner Vermögensverwaltung ab, sondern ließ es stehen. Immerhin hatte es sich auf etwa achtzig Millionen Euro angesammelt. Bei der nächsten Gesellschafterversammlung würde nicht sie ihm gegenübersitzen, sondern ihre Mutter. Die hatte die Trennung gelassen zur Kenntnis genommen. Sie kannte ihre Tochter und wusste um die Widrigkeiten ihrer Beziehung zu Hilpert. Das Loch, das sie als qualifizierte Mitarbeiterin in seine Vermögensverwaltung gerissen hatte, konnte sein Freund Thiemann mittlerweile stopfen. Sie hatten sich für eine Diplom-Volkswirtin entschieden, die einige Jahre Erfahrungen bei Goldman Sachs in London gewonnen hatte. Die Angst vor dem Brexit mit seinen nicht absehbaren Folgerungen brachte sie von London zurück nach Hamburg.

Der Termin fürs Klassenfest rückte näher. In spätestens zwei Stunden musste er sich auf die Socken machen. Ob er seine ehemaligen Mitschüler wiedererkennen würde? Ihr Abitur lag zwanzig Jahre zurück. Mit Sicherheit hinterließ das Leben bei ihnen allen seine Gebrauchsspuren. Die Zahl derer, auf die er sich freute, hielt sich in Grenzen. Sein Freund und Partner in der Vermögensverwaltung, Thiemann, hatte es vorgezogen, mit seiner neuen Lebensgefährtin seinen Urlaub in den USA zu verbringen. Andere ehemalige Klassenkameraden, auf die er gehofft hätte, waren aus unterschiedlichen Gründen verhindert. Auf Angela war er gespannt und fragte sich, ob er etwas versäumt hatte, als sie an ihm mit Lars Meinhard vorbeizog. Auf ihn konnte er dagegen gut verzichten. Dem Vernehmen nach waren sie verheiratet und hatten eine Familie gegründet. Genau, Angela bekam kurz vor dem schriftlichen Abitur ein Kind. Damit zerbarsten die letzten Rudimente seines Traums, sie zu gewinnen. Er litt einige Wochen darunter. Dennoch verflachten seine Gefühle für sie zügiger, als er befürchtet hätte. In der Nachbetrachtung vollbrachte sie eine Energieleistung, trotz Schwangerschaft und Geburt ein ordentliches Abitur hinzulegen.

Paul Seipold, ihr ehemaliger Klassenprimus, hatte alles organisiert. Zum Erstaunen aller verzichtete er seinerzeit auf eine akademische Laufbahn und vergrub sich nach seinem Informatikstudium konsequent in die EDV. In Buchholz konnte man ihn als einen der Veteranen des Internets bezeichnen. Ihn hatte Hilpert immer als Professor mit dicker Hornbrille gesehen, etwas weltfremd, jedoch wissenschaftlich auf hohem Niveau. Mit dieser Einschätzung lag er völlig daneben. Seipold bestach dem Vernehmen nach neben seiner technischen Kompetenz insbesondere als Kaufmann. Gerüchten zufolge sahnte er mit seiner Beratungsgesellschaft kräftig ab. Diverse Großkonzerne und Mittelständler zählten zu seinen Klienten. Es war ihm gegönnt.

Wen er wohl von ihrer ehemaligen Band treffen würde? Langsam steigerte sich in ihm die Spannung. An diesem Abend wollten sie sich im Lim's treffen. Dort hatten sie sich nach der Schule so manches Bier gegönnt. Er war inzwischen trotz mancher Vorbehalte auf die gespannt, die sich angemeldet hatten. Traurig dachte er an Jens Welte, der nicht dabei sein konnte. Er fragte sich bis heute, weshalb er an einer Überdosis starb. Sein Tod hatte ihn veranlasst, seine Fender Stratocaster an den Nagel zu hängen und keine Rockmusik mehr zu spielen. Zuweilen hatte er von diesem Schwur Abstand genommen und einige Akkorde auf der Gitarre geklimpert. Dies galt allerdings nur für besinnliche Minuten, wenn ihm danach war. Von seinen ehemaligen technischen Fähigkeiten konnte er nur mehr träumen. In jungen Jahren verging kein Tag, an dem er nicht seine Gitarre hervorgeholt und auf ihr geübt hatte.

Mit Jens verbanden ihn viele Erinnerungen, die sich bis heute bei ihm eingenistet hatten. Diese waren in den letzten Jahren verblasst, keineswegs jedoch vergessen. Jens war eindeutig der begabteste Musiker von ihnen. Er hatte in sehr jungen Jahren angefangen, auf allen Töpfen herumzutrommeln, die sich in der Küche anfanden. Seine Eltern schenkten ihm mit sieben Jahren sein erstes Schlagzeug. So konnte seine Mutter wenigstens ungestört kochen. Seine Großmutter finanzierte seine Ausbildung bei einem Trommler aus einer Hamburger Band der frühen Siebziger, die es nicht geschafft hatte, in die Hitparaden vorzustoßen. Zwei Jahre später konnte der ihm nichts mehr beibringen. Auf sein Anraten hin landete er bei einem Hamburger Musikpädagogen, der ihm den letzten Schliff gab. Irgendwann erhielt er den Spitznamen Bonham der Nordheide. Den Beweis, ob er eine Chance gehabt hätte, in dessen Sphären aufzusteigen, konnte er nicht mehr erbringen, da er gerade neunzehn Jahre alt wurde. Knapp vierzig Jahre nach seinem Tod zählte John Bonham von Led Zeppelin weiterhin zu den besten Rock-Schlagzeugern aller Zeiten, und das weltweit. Ob Jens das Niveau erreicht hätte, musste wohl bezweifelt werden. War diese Frage überhaupt relevant? Für Jens wäre sie es gewesen. Zumindest konnte sie nicht abschließend beantwortet werden. Hilpert hing traurig seinen Gedanken nach, als ihn das Läuten an der Haustür aufschreckte. Wer war über seinen Aufenthalt in Buchholz informiert?? Oder wollte ihm jemand bloß ein Zeitschriftenabonnement aufs Auge drücken oder seine Messer und Scheren schleifen? Wie sich zeigte, stand vor ihm kein ehemaliger Strafgefangener, der sich in einer Drückerkolonne verdingte, sondern eine junge Frau. Er schätzte sie auf Ende zwanzig. Volle blonde Haare umrahmten ein hübsches Gesicht mit einer kessen Stupsnase.

Sie lächelte ihn verlegen an. »Du weißt nicht mehr, wer ich bin, stimmt's?!«, begrüßte sie ihn.

Er blickte angestrengt in ihr Gesicht. Er vermeinte, diese Frau nicht zu kennen. Krampfhaft überlegte er, ob ihm ein One-Night-Stand aus früheren Tagen gegenüberstand, die die Alimente für ihr Kind einfordern wollte. Kopfschüttelnd verwarf er diesen Gedanken. Langsam begann es ihm zu dämmern. Die blonden Haare, die Stupsnase waren das Markenzeichen seines Freundes Jens gewesen.

»Bist du Janette?«, fragte er sie unsicher.

»Der Kandidat hat 99 Punkte«, erwiderte sie erfreut.

»Komm rein«, lud er sie ein. »Ich denke, drinnen können wir uns besser unterhalten als vor der Haustür.« Ein wenig verlegen wandte er sich ihr zu. »Als ich dich zuletzt sah, warst du keine zehn Jahre alt. Jens hat dich vergöttert.«

Mit Tränen in den Augen nickte sie zu seinen Worten.

»Ich war so stolz auf meinen großen Bruder, dem besten Schlagzeuger aller Zeiten.« Sie blickte sich erstaunt um. »Hier im Haus hat sich eine ganze Menge verändert.«

»Ich habe zwei Reihenhausscheiben zusammenlegen lassen und nutze es mittlerweile als eine Art Zweitbüro und natürlich als

Übernachtungsmöglichkeit, wenn ich mich in Buchholz aufhalte.«

Zu einem Bier sagte sie nicht Nein. So konnte er für den Abend vorglühen. »Was führt dich zu mir? Oder handelt es sich um einen reinen Höflichkeitsbesuch von dir?«

»Nein, nein, ich habe ein Anliegen«, erwiderte sie bestimmt. Sie griff in ihre Hängetasche und entnahm ihr einen Collegeblock. »Dies habe ich kürzlich auf dem Dachboden im Haus meiner Eltern gefunden. Ich soll übrigens von ihnen grüßen.«

»Ich habe die Tage vor, die beiden zu besuchen.«

»Das wird sie freuen.«

Er blätterte den Block oberflächlich durch. Offensichtlich hatte Jens im letzten Jahr seines Lebens Tagebuch geführt.

»Ich wollte nicht in seine Privatsphäre eindringen«, erläuterte sie ihm beinahe entschuldigend. »Dann konnte ich nicht an mich halten und hab alles gelesen, von der ersten bis zur letzten Seite. Jens war auf Entzug, wusstest du davon?«

Hilpert schüttelte den Kopf. »Im Großen und Ganzen war mir die Intensität seiner Sucht entgangen. Alles verlief nach dem Motto, jeder hat mal einen Joint geraucht. Er hat darüber wenig von sich gegeben. Und wirklich sensibel sind wir dafür nicht gewesen. Heutzutage sind wir für diese Fragen empfänglicher als vor zwanzig Jahren.«

»Also, er hat mit Dr. Kaufmann beinahe ein Jahr lang seinen Entzug durchgezogen. Der Anfang muss schrecklich gewesen sein.«

Hilpert nickte. »Jetzt fällt es mir ein, Jens war gegen Ende der zwölften Klasse mehrere Wochen in einer Klinik gewesen. Es hieß, er hätte Probleme mit den Nieren gehabt. Er war einfach verschwunden. Wir konnten ihn nicht einmal besuchen.«

»Die Klinik fand in Kaufmanns Privaträumlichkeiten statt«, klärte sie ihn auf.

Betroffen legte Hilpert das Tagebuch zur Seite. »Und er ist trotzdem rückfällig geworden. Welche Tragik.«

Sie griff nach dem Block und blätterte darin herum. »Hier, auf der vorletzten Seite steht alles, was du lesen musst. Achte auf das Datum.«

Er griff nach dem Block, unsicher darüber, worauf sie hinauswollte. »Ich verstehe. Die Eintragung hat er zwei Tage vor seinem Tod gemacht.« Er las den kurzen Text mehrmals. »Das darf nicht wahr sein. Hierin schreibt er, wie stolz er darauf war, ein Jahr clean zu sein.« Erschrocken ließ er die Unterlage auf den Couchtisch fallen. Aschfahl stand er auf und holte aus dem Eisschrank zwei neue Flaschen Bier. »Wenige Tage später setzt er sich den goldenen Schuss. Das passt hinten und vorne nicht. Außer den Vorbereitungen auf das schriftliche Abitur gab es zu der Zeit nichts Spektakuläres, das ihn hätte bewegen können, rückfällig zu werden. Einen Suizid schließe ich mal aus.« Er blickte ihr entsetzt ins Gesicht. »Es bleibt nur eine Option übrig, Jens wurde ermordet. Und niemand hat darüber nur den Bruchteil einer Sekunde nachgedacht.« Kopfschüttelnd öffnete er die Flaschen. »Wie lange verfügst du schon über sein Tagebuch?«

»Keine drei Wochen. Es dauerte seine Zeit, es bis zum Ende durchzulesen. An manchen Tagen konnte ich den Block nicht in die Hand nehmen. Zeitweise war ich wie paralysiert. Sonst hätte ich früher versucht, dich zu erreichen. Nach geraumer Zeit ging es einigermaßen. Euer Klassenfest passte letztlich wie die Faust aufs Auge.«

»Wenn du nichts dagegen hast, behalte ich vorerst das Tagebuch.«

»Wie könnte ich?! Nur, versprich dir nicht zu viel davon. Er hat es unregelmäßig geführt. Viel Aufschlussreiches wirst du darin nicht finden. Keine Hinweise auf Dealer, keine Namen von Konsumenten.«

»Das ist egal, vielleicht entdecke ich darin den einen oder anderen Anhaltspunkt auf einen potenziellen Täter. Wir stoßen zuweilen auf Fälle, deren Antwort in der Vergangenheit zu finden ist. Verdammt«, entfuhr es ihm, »kein Mensch hat sich dafür interessiert! Ich werde mich drum kümmern. Sprich mit niemandem darüber, insbesondere nicht mit deinen Eltern. Wurde Jens ermordet, lebt sein Mörder nach wie vor unter uns. Das könnte für dich gefährlich werden, bekäme er deine Rolle mit, die du in dem Fall spielst.«

»Ich halte mich zurück. Du kannst dich darauf verlassen.«

Später saß Hilpert allein über dem Tagebuch. Er war innerlich aufgewühlt. Das zweite Bier schmeckte ihm nicht mehr. Das Klassenfest hatte für ihn seine Bedeutung verloren. Es ging auf neunzehn

Uhr zu. Egal, was ihn bewegte, an diesem Tag könnte er eh nichts mehr beschicken. Vorsichtshalber verstaute er den Block in seinem Bodensafe, den er im Keller hatte einbauen lassen. Er hatte eine gute halbe Stunde Zeit, bevor er ins Lim's gehen wollte. Aufs Auto konnte er gut und gern verzichten. Das Restaurant war keine zehn Gehminuten vom Haus seiner Eltern entfernt. Als Fußgänger war es ihm überlassen, wie viele Biere er sich gönnen wollte. Davon abgesehen hatte er nicht die Absicht, sich sinnlos zu betrinken.

Vor seiner Abreise in den Urlaub hatte ihm Helge Thiemann mehrere Unterlagen aufs Auge gedrückt, die zur Entscheidung anstanden. Er hatte sie oberflächlich durchgesehen. Darin fanden sich keine Ecken und Kanten, die er ausbügeln musste. Es ging um den Verkauf einer Wohnanlage, die er und sein Schwager privat hielten. Das letzte Angebot lag bei 60 Millionen Euro. Sie würden es annehmen und das Geld für die private Entschuldung verwenden. Eher um sich abzulenken, blätterte er das Angebot durch, ohne die Zahlen richtig wahrzunehmen. Entschlossen beendete er sein Tun. Groß umziehen musste er sich nicht. Zu seiner Jeans reichte ein Pulli. Die Slipper hatte er bereits angezogen. Abermals überraschte ihn das Läuten an der Haustür. Wollte ihn einer seiner Klassenkameraden abholen? Nur wer könnte auf diese Idee gekommen sein? Zu seinem Erstaunen stand Lars Meinhard vor seiner Haustür. Nervös trat er von einem Fuß auf den anderen.

»Lars, mit dir hab ich nicht gerechnet. Was kann ich für dich tun?«

Meinhard war nervös. Mit der Hand wischte er sich über die Stirn, bevor er zu reden begann: »Ich wollte dich vorab gesprochen haben, bevor unsere Diskussionsbeiträge durch Bier und Wein zerfleddert werden.«

Interessiert blickte Hilpert zu dem ehemaligen Klassenkameraden hinüber. Der Zahn der Zeit hatte an ihm genagt. Die Haare waren dünner geworden. Das konnte auch kein dichter Vollbart kaschieren. Zum Ausgleich dafür hatte er um die Taille herum kräftig zugelegt. Trotz Meinhards Erfolg bei Angela hatte Hilpert keine Ressentiments gegen ihn. In den vergangenen zwanzig Jahren war zu viel passiert, was weit über eine verschmähte Liebe hinausging. Er hatte anfangs versucht, in ihrer Band am Bass mitzumischen, bekam jedoch gegen Freddy Weinschenk keinen Stich. Er und Jens waren die Supertalente in ihrer Hardrock-Formation. Wurden die Stücke zu kompliziert, übernahm Freddy gelegentlich die Leadgitarre von ihm. Gegen seine Technik kam er nicht an. Es gab genug Leute, die an ihn nicht heranreichten. Das reichte ihm allemal.

Meinhard kam, ohne große Umstände zu machen, zur Sache. »Ich hätte da ein Angebot für eine Geschäftsidee an dich.« Er reichte ihm einen A4-Umschlag. »Hierin findest du die wesentlichen Ideen und Planungen. Meiner Meinung nach lässt sich damit eine Menge Geld verdienen.«

Hilpert ließ den Umschlag unberührt. »Über wie viel Kohle reden wir?«

»Um ordentlich durchzustarten, bräuchten wir etwa drei Millionen Euro.« Er grinste in seine Richtung. »Soweit ich der Presse entnehmen konnte, dürfte dieser Betrag für dich keine unüberwindbare Hürde darstellen.«

Hilpert konnte sich wie sein Gegenüber ein Lächeln nicht verkneifen. Dies war nicht das erste Mal, mit Angeboten konfrontiert zu werden. Die Leute meinten, er müsse nur an sein Sparkonto bei der Bank gehen und den entsprechenden Betrag abheben. Tatsächlich wäre es für ihn kein Problem, einen Betrag in dieser Größenordnung lockerzumachen. Dies sprach jedoch seiner Lebenseinstellung entgegen. Er war konsequent gegenüber sich und anderen im Umgang mit seinen Finanzen. Er fasste nichts an, wovon er nichts verstand. Seine Geschäftspolitik war ansonsten eindeutig definiert. Er verfügte über ein Vermögen, das er nicht selber geschaffen hatte. Es stammte von seiner Frau und ihrer Familie. Er war ihrem Andenken verpflichtet, es zusammenzuhalten und es gegebenenfalls zu mehren. Er wollte den ehemaligen Klassenkameraden nicht abwatschen, sondern gab ihm die Gelegenheit sich zu erklären. »In wenigen Sätzen, worum geht es?«

Es dauerte etwas länger. Im Prinzip wollte Meinhard mit seiner Frau eine neue App entwickeln, mit der der Anwender auf einen Blick alles in Händen hielt, vom Spitzenrestaurant bis zur Autowerkstatt, einschließlich der Navigation und der Beurteilungen der bisherigen Nutzer, soweit welche vorlagen. Je nach Interessenlage wurde das Kinoprogramm, die Speisenkarte des empfohlenen Restaurants oder die kürzeste Verbindung zum gewünschten Ziel aufgerufen. Die künftige Finanzierung sollte durch Werbebeiträge erfolgen. Die Idee mochte gut sein, sie passte nur nicht in den Rahmen seiner Tätigkeitsfelder. Und sie kam ihm nicht neu vor. Er meinte, Ähnliches bereits gesehen zu haben. Trotzdem versprach er, das Konzept zu prüfen und auf ihn zuzukommen. Sollte sich Thiemann darum kümmern, wenn er aus dem Urlaub zurück war. Er vermutete, dessen Antwort zu kennen. Hilpert spürte, Meinhard war mit seiner Entscheidung unzufrieden, obgleich sich der ehemalige Klassenkamerad zurückhielt.

Hilpert legte den Umschlag in die Schublade seines Rollboys. Nachdenklich betrachtete er Meinhard. »Erinnerst du dich an die Zeit, als Jens starb?«

Der Themenwechsel verwirrte den Angesprochenen offensichtlich. »Was soll ich dazu sagen? Sein Tod kam für alle überraschend. Er wirkte so normal auf mich. Viel besser als Monate zuvor. Du weißt selber, so dicke waren wir nicht. Über Vertrauliches haben wir nicht gesprochen. Wie kommst du gerade auf diese Angelegenheit? Jens ist seit über zwanzig Jahren tot.«

Hilpert wich aus. »Du weißt selber, die Gedanken kommen einem an einem Tag wie diesem in den Sinn.«

»Du müsstest es besser wissen als ich, Fabian. Du und Jens, ihr wart damals beste Freunde, nicht nur wenn es ums Musikmachen ging.«

»Da hast du recht. Und gerade deswegen habe ich das Gefühl, als wüsste ich nicht alles über ihn.«

»Das ist so bei den Menschen. In die Tiefen der eigenen Seele lassen sie niemanden eindringen.« Er warf einen Blick auf seine Uhr. »Ich hab Angela versprochen, sie von ihren Eltern abzuholen. Wir sehen uns.«

»Bevor du gehst, fällt mir eine Frage ein«, hielt Hilpert ihn kurz auf. »Deine Frau ist an der Entwicklung der App mit beteiligt?«

»Nicht nur das. Sie ist die Mutter des Projekts. Paul Seipold wollte sie vor nicht allzu langer Zeit abwerben. Sie ist ausgesprochen gut. Meine Stärken liegen eher im Kaufmännischen und im Vertrieb.«

Er ließ Hilpert gedankenversunken zurück. Wie war das damals, als sein Freund starb? Wieso konnte er so wenig zu den Geschehnissen beitragen? War es seine tiefe Trauer, die seinen Kopf längere Zeit beherrschte? Niemand äußerte den Verdacht, er könnte Opfer eines Mordes gewesen sein. Krampfhaft versuchte er, sich an die Geschehnisse zu erinnern, als Jens' Mutter sie im Probenraum aufsuchte. Alles war wie ausgelöscht. Hatte er es vergessen oder verdrängt? Die Zeit danach war grauenhaft. Und dann bekam er Wind von Angelas Schwangerschaft. Das letzte Fünkchen Hoffnung, sie zu gewinnen, zerbarst wie ein Glas, das auf den Fliesenboden fiel.

Nach dem Start bei der Polizei interessierte sich niemand mehr für seine Zensuren. Er hielt bislang nahezu zwanzig Jahre in diesem Beruf durch. Egal, ob er blieb oder sich verändern wollte, sein Zeugnis durfte selig in dem Aktenordner schlummern. Es hatte seine Bedeutung verloren. Seine Arbeit prägte ihn von Jahr zu Jahr stärker. Das Misstrauen, mit dem er heute Verdächtigen und deren Geschichten begegnete, entwickelte sich in dieser Zeit in rasender Geschwindigkeit. In der Nachbetrachtung war er in jungen Jahren ein ziemlich normaler Mensch gewesen. War er es geblieben? Mit Sicherheit nicht. Zuweilen bedauerte er es. Dabei wusste er, es gab kein Zurück ins Gestern.

2

Auf dem Weg ins Lim's gemahnte er sich zur Disziplin. Er kannte sich gut genug. Im Zweifelsfall missbrauchte er das Klassenfest für seine Ermittlungen und zerlegte die Veranstaltung. Was sollten ihm seine Mitschüler verraten? Wer von ihnen sollte als Täter infrage kommen? Hatte jemand aus seiner Klasse mit Rauschgift gedealt und musste einen unliebsamen Zeugen aus dem Weg schaffen? Er kannte seine eigene Medizin. Auf der Suche nach Straftätern und ihren Motiven musste zuweilen an das Unmögliche gedacht werden, um an das Mögliche heranzukommen. Was konnte er zur Wahrheitsfindung beitragen? Er fühlte damals eine tiefe Trauer in sich. Über einige Wochen war mit ihm nicht viel anzufangen. Die restlichen Emotionen fraßen die Beziehung von Angela und Lars auf. Ihre Schwangerschaft gab ihm den Rest. Er konnte den Freund nicht zum Leben erwecken oder an alte Zeiten anknüpfen. Zwischen den damaligen Geschehnissen und dem heutigen Treffen lagen nunmehr gut zwanzig Jahre. Sie waren für ihn mehr oder minder Geschichte.

Sie begrüßten einander mit lautem Hallo und den unausweichlichen Umarmungen. Es waren mehr Mitschüler gekommen als erwartet, da sich einige Ehemalige aus ihren Parallelklassen dazugesellt hatten. Angela strahlte nicht mehr die Sinnlichkeit aus, die ihn vor Jahren gefangen hielt. Mit ungeheurer Konsequenz hatte sie gegen Fettansammlungen in ihrem Körper erfolgreich gekämpft. Damit war ihr Größe 36 erhalten geblieben. Auf der Strecke blieben die Rundungen, die ihn faszinierten. Zwar waren ihre Beine schlank, gleichzeitig jedoch muskulös wie bei einem Leistungssportler. Jetzt fiel es ihm wieder ein. Sie galt als talentierte Siebenkämpferin.

Den Tod des Freundes glaubte er, mehr oder minder verarbeitet zu haben. Nun begann diese Wunde stetig aufzubrechen. Die Gespräche, die er führte, verstärkten diese Gefühle. Selbstredend kam jeder auf dieses Thema zu sprechen. Niemand äußerte hingegen den Verdacht, Jens könnte ermordet worden sein. Ihm war klar, er würde die Umstände aufklären und den Täter zu fassen bekommen, sollte Jens Opfer eines Mordes gewesen sein. Er bewegte sich in Buchholz auf fremdem Territorium. Es war ihm untersagt, eigene Ermittlungen anzustrengen. Darüber machte er sich keinen Kopf. Seine Entscheidung war unabänderlich, egal, ob er offizielle Wege beschreiten konnte oder verdeckt operieren musste.

Während des Abends schien ihm, als machte Angela ihm schöne Augen. Er hatte den Eindruck, als suchte sie mehrfach den Blickkontakt zu ihm. Nach einigen Gläsern Wein traute sie sich, sich zu ihm zu setzen. Ihr Thema hatte nichts mit ihm als Mensch zu tun. Sie kam auf das Angebot ihres Mannes zu sprechen. Die Enttäuschung über seine zurückhaltende Antwort zu dem Thema war ihr deutlich anzumerken. Somit war es für die nächsten Stunden mit seiner neu entfachten animalischen Wirkung auf sie vorerst vorüber. Er konnte damit leben. Bei ihm war nichts mehr von der früheren Zuneigung, die er für sie empfunden hatte, übrig geblieben.

Später setzte sich Freddy Weinschenk zu ihm. »Na, Alter, du siehst nicht so aus, als würdest du dich groß amüsieren«, sprach er ihn in seiner bekannten schnodderigen Art an. Da hatte er sich nicht geändert.

Hilpert drehte an seinem Weinglas, bevor er ihm antwortete: »Es gehen einem an diesem Ort die krudesten Gedanken durch den Kopf.«

»Du denkst an Jens?!«, traf Weinschenk den Punkt.

Hilpert schob das Glas von sich weg. »Klar. Es lässt sich halt an einem Tag wie diesem, mit Menschen, die ihn kannten, nicht vermeiden.«

»Das ist wohl unausweichlich. Mir geht es ebenso.« Freddy nahm einen mächtigen Schluck aus seinem Glas. »Das war damals seltsam mit seinem Tod.«

Angeregt horchte Hilpert auf. »Wie darf ich das verstehen?«

»Na ja, er war ein Jahr clean und wollte das mit uns gemeinsam feiern. Witzigerweise hier.«

Hilpert blickte ihn erstaunt an. »Warum wusste ich nichts davon? Mich hat er darauf nicht angesprochen.«

Mittlerweile hatte Weinschenk sein Glas geleert und der Kellnerin zugewinkt. Hilpert kam um ein weiteres Getränk nicht herum. »Ich schätze, er wollte dich überraschen, Fabian. Schließlich wusste er um deine Abneigung gegen Drogen jeglicher Art.«

»So richtig auf dem Zettel hatte ich seine Sucht nicht«, versuchte Hilpert sich zu erklären.

Freddy lachte bitter auf. »Wer machte daraus 'ne Staatsaktion? Soweit es ging, hielten die Betroffenen damit hinterm Berg oder kochten es runter. Und zwar gegenüber jedermann.«

Hilpert verstand. »Besser man redete nicht darüber. Das verursachte bloß Ärger.«

Gedankenverloren wischte Freddy über den Tisch, um zwei Wasserränder zu beseitigen, die sich gebildet hatten. »Ich hab lange über seinen Tod nachgedacht. 'ne Überdosis passte meines Erachtens so gar nicht. Die Bedingungen hatten sich bei ihm kolossal geändert. Er war auf dem Weg, ganz der Alte zu werden.«

»Hast du mit jemandem über deine Bedenken gesprochen?«, fasste Hilpert nach.

»Na klar, mit dem zuständigen Kriminalbeamten. Der hat meinen Hinweis damals nicht sonderlich ernst genommen. Von allen Seiten wurde über den Junkie geratscht, der alles an Drogen in sich reinstopfte was ihm zwischen die Finger geriet. Seinen Entzug behielt er lange Zeit für sich. Es war nicht auszuschließen, dass er seiner eigenen Standfestigkeit misstraute und kein Interesse zeigte, sich zu rechtfertigen, wäre er gescheitert. Er war eindeutig gebrandmarkt. Die Beamten mussten nicht näher hinschauen und komplizierten Konstrukten nachgehen. Vielmehr konnten sie den Fall ad acta legen und sich auf die wichtigen Dinge des Lebens stürzen, den HSV, die Familie.« Ruhig blickte er zu Hilpert hinüber. »Hat sich das mittlerweile geändert? Sind Vorurteile bei der Polizei kein Thema mehr? Seid ihr nicht mehr auf der Suche nach der leichtesten Verbindung zwischen zwei Punkten?«

Hilpert winkte ab. »Schön wär's.«

»Ich hab dann einen vorsichtigen Anlauf bei dir unternommen, Fabian. Ich schätze, du weißt das nicht mehr. Mit dir war zu der Zeit kein vernünftiges Wort zu wechseln. Du warst völlig von der Rolle. Und das nicht nur wegen Jens' Tod. Irgendwann reichten mir die Reaktionen und ich beließ es bei der offiziellen Lesart. Ihr konntet mich alle mal.«

Hilpert verstand ihn nur zu gut. Zu dem Zeitpunkt wurde von keiner Seite der Verdacht laut, er könnte ermordet worden sein. Und in Trauer waren sie alle, der eine mehr, der andere weniger. In einer Schulklasse war nicht jeder Freund des anderen. Jens' Tod verlor zügig seine emotionale Dringlichkeit. Das galt für ihn wie für die anderen. Die Zukunft stand vor der Haustür. Jeder von ihnen wollte sie in seinem Sinne gestalten. Freddy war als Einziger von ihnen der Musik treu geblieben. Er betrieb in Maschen vor den Toren Hamburgs ein Musikstudio und wurde nach seinen Erzählungen zuweilen als Studiomusiker gebucht. Die Klasse dafür hatte er fraglos.

Hilpert blickte über die Tische. Unterm Strich hatten sich die Mädchen besser gehalten als ihre männlichen Mitschüler. Bei einigen war die Haarpracht auf dem Rückzug. Die anderen hätten mehr Sport treiben und nicht so viel Bier trinken sollen. Ihre Hosen hätten somit nicht so sehr gespannt. Je länger der Abend dauerte, desto bedeutungsloser wurden die Gespräche. Alle Geschichten waren erzählt. Das »Weißt du noch wie ...« begann zu nerven. Manches vergangene Ereignis, das auf den Tisch kam, hatte sich in Wirklichkeit anders zugetragen. Jemand wurde zum Helden erkoren, stattdessen hatte er einfach nur Glück gehabt. Oder er wurde schlichtweg verwechselt. Und wen interessierte das Hotel ihrer ehemaligen Klassensprecherin in Tirol? Wer wollte die Bilder ihrer Kinder sehen? Hilpert spürte, die Luft drohte aus ihrem Klassentreffen zu entweichen. Irgendwann nach Mitternacht saß Angela neben ihm. Mittlerweile musste sie dem Wein stärker zugesprochen haben, als ihr gutgetan hätte. Ihre Sprache und ihre Bewegungen waren fahrig geworden. Sie drückte mit der Hand seinen Oberschenkel und rückte dicht an ihn heran.

»Ich hab damals einen Fehler gemacht, als ich mich für Lars entschied. Und plötzlich war es zu spät. Ich war schwanger und Lars der Vater des Kindes. Damit warst du aus dem Rennen.«

Hilpert klopfte ihr sanft auf den Oberarm. »Die Geschichte liegt über zwanzig Jahre zurück. Diese Zeit können wir nicht mehr zurückholen. Es ist seitdem so viel passiert. Es ist sinnlos, dem Vergangenen hinterherzutrauern.«

Ihre Augenlider wurden sichtlich schwerer. Sie würde es mit Sicherheit nicht mehr lange durchhalten. Endlich erwischte er Augenkontakt zu ihrem Mann, der sich daraufhin zu ihnen gesellte. »Du musst es bloß noch ein paar Minuten mit Angela aushalten. Unsere Tochter wird uns abholen.« Er grinste Hilpert herausfordernd an. »Früher hättest du es genossen, wenn sie die Hand auf deinen Schenkel gelegt hätte.«

»Früher hatten wir auch einen Kaiser«, erwiderte Hilpert gelassen. Da gab es keine Emotionen mehr, die er mit ihr verbunden hätte. Die waren durch die Zeit erbarmungslos zerlegt worden. Und es war gut so. Es grauste ihn, hätte er darüber sinniert, zwei Jahrzehnte sein Schicksal wegen einer Frau zu beklagen, die ihn nicht wollte. Zehn Minuten später übernahm Kristin Meinhard ihre Mutter. Sie wäre beinahe als deren Plagiat durchgegangen. Die Ähnlichkeit mit Angela in jungen Jahren ließ sich nicht verleugnen. Eine herausfordernde Figur, ein fein geschnittenes Gesicht, lange schlanke Beine. Unter anderen Umständen hätte er genauer hingeschaut. Der Altersunterschied von beinahe zwanzig Jahren wäre ihm gleichgültig gewesen. Die Tochter von Klassenkameraden war allemal tabu. Und eine weitere Abfuhr wollte er sich in der Familie nicht holen. Eine langte.

»Sie ist ihrer Mutter wie aus dem Gesicht geschnitten«, stellte Meinhard voller Stolz fest. »Wie siehst du das?«

»Du sagst es. Was macht sie so?«, fragte Hilpert interessiert nach.

»Sie studiert Informatik und arbeitet ansonsten mit uns zusammen. Schon als Kind hat sie alles interessiert, was mit Computern oder dem sich entwickelnden Internet zusammenhing. Angela kann sie gerade so in Schach halten. Dies indes ausschließlich an guten Tagen. Bald steckt sie ihre Mutter vollends in die Tasche. Mich hat sie längst eingesackt.«

Fast schien es, als habe Kristin Teile ihres Gesprächs mitbekommen. In ihrer frischen Art setzte sie sich neben Hilpert. »Ich hab gehört, du bist Bulle geworden?«

Hilpert zog eine Augenbraue hoch. »Wie kann ein hübsches Mädchen wie du nur solch ein böses Wort in den Mund nehmen? Polizisten hören das gar nicht gern. Ich sag auch nicht Keule zu dir.«

Bei den mäßigen Lichtverhältnissen bemerkte niemand, wie sich ihre Wangen röteten. »Entschuldige«, stammelte sie, »ich wollte dich nicht beleidigen.«

»Okay, okay, du hast ja nicht auf mich geschossen.«

Eine längere Diskussion unterblieb, da Angela nicht mehr durchhielt. Tochter und Ehemann stützten sie, als es nach draußen ging. Hilpert folgte ihnen, vielleicht war seine Hilfe angesagt. Der Wagen parkte nur wenige Schritte entfernt auf dem Parkplatz neben dem Lim's. Nach Mitternacht gab es die freie Auswahl. Keuchende Geräusche verrieten, ihr Magen hatte rebelliert. Alkohol in zu großen Mengen war selten gesundheitsneutral. Er winkte der Familie zu und ging ins Restaurant zurück. Paul Seipold, der Organisator der Veranstaltung wankte an Hilpert vorbei.

Hilpert sprach ihn spontan an. »Bist du nüchtern genug, um dich mit mir für morgen zu verabreden?«

»Na klar. Worum geht es denn?«, antwortete er klarer, als man auf den ersten Blick vermutet hätte.

»Lars hat mir ein Projekt im Internetbereich angeboten. Würdest du es für mich prüfen?«

»Zu jeder Zeit, wenn du meine Stundensätze bezahlen kannst.«

»Das bekommen wir gebacken. Morgen Mittag, fünfzehn Uhr bei mir zu Hause?«

»Du bist nach wie vor an der alten Adresse zu erreichen?«

»Du sagst es.«

»Geht in Ordnung, Fabian.«

Hilpert schüttelte über sich den Kopf. Nun hatte er es geschafft, einen geschäftlichen Kontakt während des Klassenfestes anzubahnen. Zu seinem Glück war das nicht aufgefallen. Der reichlich genossene Alkohol hatte die Aufmerksamkeitsspanne der verbliebenen Schulkameraden weitgehend reduziert. Eine halbe Stunde später war es nicht mehr unhöflich, die letzten Aufrechten zu verlassen. Die meisten waren bereits gegangen. Wer es gerade eben schaffte, in sein Glas zu stieren, nahm seine Umwelt kaum mehr wahr. Zwei, drei Unentwegte entschieden sich für einen Ausflug nach Hamburg. Der Kiez war gerade erst in Bewegung gekommen. Das Angebot, sich daran zu beteiligen, lehnte Hilpert grinsend ab. Wer in Hamburg lebte, fand es nicht so prickelnd, dort zu versacken. Das überließ er den ehemaligen Kumpel, die das Privileg nutzten, ihren Frauen gegenüber mit der richtigen Ausrede aufwarten zu können. In der Nachbetrachtung hätte er sich das Treffen schenken können. Es war unmöglich, die Vergangenheit so zurückzuholen, wie man sie sich erträumt hätte. Schule war davon unabhängig eine Zwangsveranstaltung gewesen. Nicht jede Erinnerung wartete darauf, zum Leben erweckt zu werden.

Auf dem Weg nach Hause konnte er der Vorsehung dafür danken, recht spärlich getrunken zu haben. Er nahm das pfeifende Geräusch des hochdrehenden Motorrads, das ihm in der Kirchenstraße in einem Höllentempo auf der falschen Straßenseite entgegenkam, früh genug wahr, um reagieren zu können. Er hatte es seiner Erfahrung zu verdanken, die Bedrohung, die ihn ereilte, richtig einzuschätzen. Er reagierte prompt, hechtete auf den Bürgersteig und rollte sich gekonnt ab. Die beiden Pistolenschüsse, die aufbellten, schlugen über ihn hinweg. Das Motorrad raste die Straße hoch. Hilpert gab sich keinen Illusionen hin. Die Angreifer würden garantiert zurückkommen, um nachzusehen, ob sie erfolgreich gewesen waren. Er sprang energisch auf und eilte Richtung Am Radeland. Er überquerte die Straße an der Ecke und verzog sich in den überbauten Eingangsbereich des wenige Meter entfernten Geschäftshauses. Sein Herz pochte in einem rasenden Stakkato. Vorsichtig begab er sich in die Hocke. Keine Sekunde zu früh hatte er sich für die Angreifer unsichtbar gemacht. Abermals vernahm er das Geräusch des sich nähernden Motorrads. Diesmal war es bedeutend langsamer. Es bewegte sich auf der Straße an seinem Versteck vorbei. Ihm schien es, als kannten sie seine Adresse. Er musste vorerst bleiben, wo er sich aufhielt. Hilpert griff nach seinem Handy und rief bei den Buchholzer Kollegen an, die ihm das Attentat nur zögerlich abnahmen. Schüsse in der Buchholzer Innenstadt kamen ihnen weit hergeholt vor. Nachdem zwei aufgeschreckte Nachbarn gleichfalls davon am Telefon berichteten, schickten sie zwei Streifenwagen, die keine zehn Minuten später am Tatort eintrafen und das Duo auf dem Motorrad wohl endgültig verscheuchten. Zumindest war von ihnen nichts mehr wahrzunehmen.

Erleichtert trat er auf die Straße. Tatsächlich fand die Spurensicherung eines der Projektile, jedoch keine Patronenhülse. Sie war entweder verloren gegangen oder es war mit einem Revolver auf ihn geschossen worden. Es war für Hilpert allem Anschein nach wie in der Vergangenheit angesagt, permanent eine Waffe bei sich zu tragen. Ein Attentat auf ihn in Buchholz hätte er bis dahin als Unsinn abgetan. Zwei uniformierte Kollegen brachten ihn nach Hause. Die Begleitung gab ihm zu seiner eigenen Überraschung das Gefühl der Sicherheit. Unbewaffnet das Opfer eines Anschlags zu werden, bereitete ihm ein deutliches Magenbrummen. Eine Wache vor seinem Haus bog er gleichwohl ab. Er verfügte über einen ordentlichen passiven Schutz in seinem Haus. Wer dort eindringen wollte, musste sich Mühe geben. Ohne Lärm zu verursachen, funktionierte das nicht. In seinem Safe lag zudem seine Pistole mit Munition. Die aktivierte er als Erstes. Hier hatte er Heimspiel. Wer ihn in seinem Haus angreifen wollte, musste sich warm anziehen. Trotzdem glaubte er nicht an einen Angriff in seinen eigenen vier Wänden. Das sah außerhalb Erfolg versprechender aus. In jedem Fall wollte er am nächsten Vormittag seinen Wagen untersuchen. Unter Umständen machte sich daran jemand während der Nacht zu schaffen.

Seine Befürchtungen sollten gegenstandslos bleiben. Mit

wem hatte er es zu tun?, fragte er sich, als er zur Ruhe kam. Mit Amateuren, denen eine erneute Untersuchung des Todes seines Freundes nicht in den Kram passte? Nur, wer wusste davon? Die neue Entwicklung war keinen Tag alt. Wenn überhaupt, hatte nur eine geringe Anzahl ehemaliger Klassenkameraden davon Wind bekommen. Wer von ihnen sollte mit einem Kumpan kurzfristig ein Motorrad organisieren und auf ihn schießen? Dieser Anschlag hatte andere Väter. So wie sich die Ereignisse darstellten, musste er sich auf Profis einstellen, die ihm ans Leder wollten. In den Jahren seiner Tätigkeit bei der Hamburger Polizei war er genug Leuten auf die Füße getreten, die ihn lieber heute als morgen gut verwahrt in einer Kühlkammer der Rechtsmedizin gesehen hätten. Aktuell arbeitete er an keinem Fall, der Betroffene veranlassen könnte, auf ihn schießen zu lassen. Blieb ausschließlich die Vergangenheit übrig. Da gab es Anlässe genug. Überführte Kriminelle, die sich für ihre Haft revanchieren wollten. Freunde, Verwandte von Verurteilten, die an deren Unschuld glaubten oder sich für den Tod eines lieb gewonnenen Menschen revanchieren wollten. Für wahrscheinlicher hielt er indes einen Angriff der organisierten Kriminalität. Die verfügte über Berufsverbrecher, für die es ein Leichtes war, solch ein Verbrechen auszuführen. Und sie würden wiederkommen. Die ließen sich durch ein fehlgeschlagenes Attentat nicht entmutigen. Schließlich wollte ihr Honorar verdient sein. Welche Motive leiteten die Initiatoren des Anschlags? Die erfolglose Aktion führte allemal zu einer Intensität der Polizeiaktivitäten, was Durchsuchungen auf dem Kiez, Festnahmen, Verhöre im Präsidium betraf. Weiterführen wollten ihn seine Überlegungen in dieser Nacht nicht. Erstmals seit Längerem schlief er mit einer Waffe unter dem Kopfkissen. Dabei war er sich bewusst, seine Alarmanlage und die soliden Fenster- und Türelemente waren für ihn von größerem Nutzen. Schaffte es jemand unbemerkt in sein Schlafzimmer einzudringen, bekäme er kaum die Chance, nach der Pistole zu greifen.

Den Tag darauf rief Hilpert als Erstes seinen Buchholzer Kollegen Gäbler an. Lang und breit diskutierten sie das Ereignis, ohne weiterzukommen. Der Polizeirat brachte es auf den Punkt. »Hätte es nicht mehrere Anrufe wegen der Schüsse und das Geschoss gegeben, hätten die Kollegen deine Anzeige als das Geseire eines Angetrunkenen abgetan.«

»Glaub mir, das wäre mir eindeutig lieber gewesen. An diesem Abend hatte ich mir nur ein, zwei Getränke gegönnt. Ich gehe davon aus, ich war sogar fahrtüchtig«, erwiderte Hilpert leicht angesäuert.

»Wie das?«, ging Gäbler konsterniert auf ihn ein. »Bist du den Guttemplern beigetreten?«

»Wer's glaubt. Nein, es geht um den Tod eines guten Freundes vor zwanzig Jahren. Neue Erkenntnisse hatten mir den Geschmack auf ein anständiges Besäufnis verhagelt. Unterm Strich rettete das mein Leben.«

»Dann mal raus damit, wie kann ich dir helfen?«, fand Gäbler zu einem ernsthaften Gespräch zurück. »Zu einem gemeinsamen Bier kommen wir eh nicht mehr in diesem Leben.«

Diesmal versprachen sie einander hoch und heilig, Versäumtes vor der Pensionierung nachzuholen.

Hilpert vermeinte Gäblers krause Stirn am anderen Ende der Leitung zu sehen, als er auf seine Bitte zur Akteneinsicht zu sprechen kam. »Du sagst, es geht um einen Drogentoten?! Und es soll zwanzig Jahre her sein. Da findest du bei uns ebenso wenig Verwertbares wie bei der Staatsanwaltschaft. Diese Akten landen nach fünf Jahren im Schredder. Gib mir die persönlichen Daten des Toten auf. Mal sehen, ob der Kollege, der die Ermittlungen führte, noch aktiv ist. Vielleicht schwirrten damals durch dessen Kopf einige Gedanken, die dir weiterhelfen könnten.«

Dem Kriminalrat sagten ansonsten der Name des Opfers und die Umstände seines Todes nichts. Auf den Fluren wurde nach seiner Erinnerung darüber nicht geratscht.

»Ich horch mich mal um und komm auf dich zu«, versprach er Hilpert.

Er kannte seinen Kollegen mittlerweile gut genug und glaubte nicht, der würde einer Fata Morgana hinterherjagen. Hilpert arbeitete unkonventionell, war trotzdem alles andere als ein Spinner. Dieser beendete das Gespräch ernüchtert. Was hatte er erwartet? Seherische Fähigkeiten der Kollegen, die daher die Unterlagen über Gebühr aufbewahrten? Jede vernichtete Akte bedeutete mehr Platz im Archiv. Die Chance auf einen potenziellen Cold Case sah damals offenbar niemand. Über aussagefähige DNA-Tests war zu der Zeit ebenso wenig nachgedacht worden wie über eine Straftat. Bei nachhaltigen Verdachtsmomenten wäre vor zwanzig Jahren ermittelt worden. Für die Buchholzer Polizei lagen keine Hinweise auf ein Verbrechen vor. Tatsächlich war der damalige Ermittler weiterhin im Dienst und hatte keine Probleme damit, sich mit Hilpert zu unterhalten. Das sollte sich als Seifenblase erweisen. Am Ende blieb ein zufriedener Kollege zurück, der sich gerne auf ein Mittagessen einladen ließ. Nach dessen Ansicht gab es keinerlei Hinweise auf ein Gewaltverbrechen. Die Aussage des Arztes sei eindeutig gewesen. An vernarbte Einstichstellen und an einen Abiturienten erinnerte er sich auch nicht, der eine Überdosis infrage stellte. Zwanzig Jahre waren eine lange Zeit. Nicht jeder verfügte über ein fotografisches Gedächtnis. Nicht jeder war bereit, über eigene Versäumnisse nachzudenken. Hinzu kam eine Rückzugsgelegenheit. Schließlich sei es die Aufgabe des Arztes gewesen, der den Totenschein ausgestellt hatte, darauf hinzuweisen.

Auf dem Weg nach Hause fragte sich Hilpert, ob der Kollege wirklich das Interesse gehabt hatte, eingehender über die Todesursache nachzudenken. Eine Obduktion war nicht vorgenommen worden. Was die Untersuchung von Toten betraf, war die Bundesrepublik Entwicklungsland. Ein Kollege erzählte ihm vor geraumer Zeit von einem Herzstillstand als Todesursache. Ein Freund des Opfers machte solange Druck, bis eine Obduktion vorgenommen wurde. Siehe da, in dessen Nacken wurde ein Projektil gefunden. Diagnose Mord. Ein pensionierter Polizeidirektor meinte ihm gegenüber ironisch: »Würde auf jedem Grab in Deutschland, bei dem die Feststellung der korrekten Todesursache versäumt wurde, ein Lämpchen brennen, die Friedhöfe wären nachts taghell erleuchtet.«

Paul Seipold schlug pünktlich um fünfzehn Uhr bei Hilpert auf. Der Oberrat reichte ihm den Umschlag, den ihm Meinhard überlassen hatte. »Ich möchte von dir ein aussagefähiges Gutachten über die Qualität der Unterlage haben. Bislang bin ich in dieser Branche nicht tätig geworden. Mein Sachverstand reicht da nicht sonderlich weit. Eigentlich ist das nicht meine Spielwiese.«

Sein ehemaliger Klassenkamerad klaubte das Pamphlet aus dem Umschlag und überflog es oberflächlich. »Da muss ich nicht viel prüfen, Fabian. Obwohl Angela daran federführend mitgewirkt hat, ist es nicht das Gelbe vom Ei. Die Überlegungen als solche sind nicht schlecht. Nur kommen sie zu spät. Das Konzept dürfte ein paar Jahre alt sein. In der heutigen schnelllebigen Zeit wurde es längst durch die Realität überholt. Damit ist kein großes Geld mehr zu verdienen. Eher kannst du es vernichten.«

Hilpert blickte erstaunt zu ihm herüber. »Das siehst du so auf einen Blick? Hast du das zweite Gesicht?«

»Natürlich nicht. Bin ich Hellseher? Lars hat mir die Unterlage vor etwa einem Jahr empfohlen und ich musste ablehnen. Stattdessen hab ich Angela angeboten, bei uns zu arbeiten. Denn die Überlegungen waren nicht schlecht. Wie heißt es so schön, alles zu seiner Zeit. Ihre Tochter könnte sie gleich mitbringen. Die hat das Talent der Mutter geerbt.«

»Dann danke ich dir, Paul. Was bin ich dir schuldig?«

»Nichts, es sei denn, du hast in deiner Bude einen ordentlichen Cognac stehen. Da würde ich nicht Nein sagen.«

Den Wunsch konnte er ihm ohne weitere Umstände erfüllen. Sie prosteten einander zu und kamen zwangsläufig auf den frühen Tod von Jens Welte zu sprechen. Er hatte alle in der Klasse beschäftigt. Das Gespräch führte Hilpert nicht weiter. Seipolds Wissensstand unterschied sich in nichts von seinem. Über ein Verbrechen habe er nie nachgedacht. Dafür gab es damals nach seiner Kenntnis keinerlei Anzeichen. Zum Zeitpunkt des Mordes köchelten sie in ihrem persönlichen Sud. Vornan standen eindeutig das Abitur und die künftigen Berufsperspektiven.

»Wo hast du deinen Laden?«, fragte Hilpert interessiert nach.

»Im neuen Buchholzer Gewerbegebiet. In zwei Jahren feiern wir fünfzehnjähriges Bestehen.«

»Dann lass mal 'ne Karte rüberwachsen. Wir sind mit unserem EDV-Betreuer nicht wirklich zufrieden.«

»Dein Wunsch sei mir Befehl. Wir leben nicht nur von hehren naturwissenschaftlichen Erkenntnissen, sondern vor allem von dem Geld, das uns Klienten rüberwachsen lassen. Grundlagenforschung ist gut für die Seele. Leider macht sie nicht satt.« Er grinste in Hilperts Richtung. »Ich schätze, das geht dir in deiner Arbeit ähnlich. Der konkrete Fall bindet die Kräfte. Wie sich der

Morgen mit neuen Methoden gestalten lässt, bleibt Spezialisten überlassen.«

»Wer soll da widersprechen. Wobei uns die DNA-Analysen sehr behilflich sind.«

»Na klar, nur die Methoden wurden von Wissenschaftlern, nicht von Kriminalisten entwickelt, stimmt's?«

Dem konnte Hilpert seinem ehemaligen Klassenkameraden nichts entgegensetzen.

Seipold hatte ihn gerade verlassen, als es abermals an seiner Tür klingelte. Zu seinem Erstaunen stand Kristin Meinhard vor ihm. Ihr war ihre Unsicherheit anzusehen, als er sie zu sich hereinbat. Die unglaubliche Ähnlichkeit mit ihrer Mutter faszinierte ihn wie am Vorabend. Er räumte die Gläser weg, als sie zu seinem Erstaunen um ein Getränk bat.

»Wir haben Cognac getrunken«, versuchte er sie vorzuwarnen.

»Danach steht mir genau der Sinn«, erwiderte sie selbstbewusst. »Du musst wissen, ich bin volljährig. Ich darf Alkohol trinken und muss nicht meine Eltern um Erlaubnis bitten.«

Diesmal verzichtete er darauf mitzutrinken. Ein böser Verdacht keimte in ihm auf. Hatten ihre Eltern sie vorgeschickt, um bei ihm um Schönwetter zu bitten? Er wollte sich überraschen lassen. Sie nahm einen kleinen Schluck und kam direkt auf ihr Anliegen zu sprechen. »Du hast mit Paul gesprochen?«

Er nickte und wartete ab.

»Dann weißt du, das Konzept meines Vaters ist das Papier nicht wert ist, auf dem es gedruckt wurde.«

Er nickte erneut.

»Damit ist meine Mission erfüllt«, beendete sie kurz und bündig die dubiose Unterhaltung. »Es gehört sich nicht, Freunde aufs Glatteis zu führen.«

»Eure Geschäfte laufen schlecht?«, übernahm er das Wort.

»Schlecht wäre leicht untertrieben. Meine Eltern, hier vor allem mein Vater, haben versucht, mit den Großen mitzuspielen. Das ist leider in die Hose gegangen. Thunfisch fängst du nicht mit 'nem Regenwurm an der Angel. Dafür brauchst du einen ordentlichen Köder. Das kostet. Dann hat unser größter Kunde Insolvenz angemeldet und ist dabei, uns mitzuziehen. So gesehen bist du der letzte Strohhalm gewesen.«

Auf diese Nachricht genehmigte sich Hilpert ebenfalls ein Glas. Viele Menschen glaubten, das Geld läge bei ihm nur so herum und wartete darauf, verbraten zu werden. So lagen die Karten eben nicht. Es war ihm fremd, es zu verballern oder ohne Sinn und Verstand zu verwenden.

»Wie geht es bei euch weiter?«, fragte er betroffen nach.

»Ich werde nach meinem Studium bei Seipold anfangen. Zwischendurch ist jetzt geplant, bei ihm je nach Bedarf auszuhelfen. Der hat es cleverer als wir angestellt. Und meine Mutter folgt mir hoffentlich.«

»Was wird aus deinem Vater?«, wollte er wissen.

»Den müssen wir mitziehen.«

»Seipold übernähme ihn nicht mit?«

Sie zuckte mit den Achseln. »Er verfügt über genügend Leute, die eine Webseite kreieren können und das allemal besser als er. Unter Umständen bekommt er eine Chance als Vertriebler. Da besitzt er fraglos Stärken. Man darf ihm halt keine größeren Geldsummen in die Hand drücken. Die verschwinden wie die Gletscher in den Alpen. Warum hat meine Mutter dich damals nicht genommen?«, wechselte sie unvermittelt das Thema.

»Ich schätze, sie hat mich nicht geliebt«, erwiderte er erstaunt. »Hinzu kam, dein Vater ist zwei Jahre älter als ich. Da hatte er eindeutig mehr zu bieten. Das fing mit dem Führerschein an und endete mit dem Auto deiner Großeltern, das er nutzen durfte. Ich konnte allenfalls den Gepäckträger meines Fahrrads anbieten. Bis ich endlich mithielt, warst du längst auf dem Weg.«

Unvermittelt lächelte sie ihn an und begann damit, ihre Bluse zu öffnen. »Hättest du Lust, mit mir zu schlafen?«

Erstaunt ließ er sich das Angebot auf den Lippen zergehen. »Na klar, nur bin ich nicht etwas zu alt für dich?«

»Na und?«, erwiderte sie schnippisch. »Ich hab frühere Fotos von dir gesehen, da hast du mir gleich gefallen. Und live hat sich nichts geändert. Dein Alter hat mich nie gestört.«

Hilpert lachte auf. »Denkst du an ausgleichende Gerechtigkeit wegen deiner Mutter?«

»Nö, einfach nur so.«

Die Zeiten der unverbindlichen One-Night-Stands waren für ihn längst Geschichte. Also lehnte er dankend ab.

Dies schien sie nicht sonderlich zu beeindrucken. Sie reagierte gelassen. »Wer weiß, vielleicht ein anderes Mal.« Sittsam verschloss sie die Knöpfe. »So schnell geb ich nicht auf. Ich komm darauf zurück.«

Dieses Angebot kam für ihn fraglos völlig unvorbereitet. Es war nach Atifetes Abschied durchaus Balsam für seine verwundete Seele. Dennoch brachte er es nicht über sich, mit einer Frau anzubändeln, die nicht einmal geboren war, als er seiner ersten großen Liebe hinterhertrauerte.

»Hast du keinen Freund?«, fasste er nach.

»Natürlich. Fest im eigentlichen Sinn ist das nicht. Wir führen eine offene Beziehung und nehmen das nicht so genau.«

»Interessant zu wissen«, blieb er gefasst.

»Da macht sich vielleicht der Altersunterschied zwischen uns bemerkbar«, antwortete sie cool. Kurz darauf verließ sie ihn mit einem Kusshändchen. Schockiert hatte sie seine Absage nicht. Und er? Ihre Kaltblütigkeit kam für ihn durchaus überraschend. Verhielten sie sich heutzutage so, die jungen Leute? War ihm da was entgangen? Grinsend räumte er die Cognacschwenker vom Tisch und brachte sie in die Küche. Ein Glas mehr und er hätte unter Umständen zugegriffen.

Nach siebzehn Uhr rief ihn Meinhard an. »Hast du dir Gedanken über unser Angebot gemacht?«

»Selbstverständlich. Ich muss es leider ablehnen. Mir ist von mehreren Seiten davon abgeraten worden. Vor allem ist es einfach nicht unsere Spielwiese.«

Hilpert bekam mit, wie Meinhard heftig durchatmete. Seine Stimme verlor ein Stück ihrer bisherigen Verbindlichkeit. »Ständig triffst du auf die Kleinkarierten, die eine gute Idee nicht zu schätzen wissen. Was soll's, könntest du dir unter Umständen vorstellen, uns einen Kredit in dieser Größenordnung zu geben?«, versuchte er einen erneuten Anlauf.

»Lars, nimm es mir nicht übel, ich bin keine Bank. Was sollte ich mit euch anstellen, zündete eure Idee nicht? Einen Insolvenzantrag stellen?«

»Was hältst du von einer Bürgschaft?«, ließ Meinhard nicht locker.

»Keine Chance, diese Art Geschäfte liegen nicht auf unserer Linie. Davon unabhängig, welche Sicherheiten könntest du bieten? Dem Vernehmen nach giltst du als Schuldner nicht unbedingt als erste Adresse.«

»Dann eben nicht«, beendete er das Gespräch. Seine Verärgerung war durchs Telefon zu spüren.

Hilpert nahm es gelassen zur Kenntnis. Er fragte sich, wie Meinhard auf die Idee kam, gerade ihn um diesen Gefallen anzugehen. Freunde im engeren Sinn waren sie nie gewesen. Spätestens nachdem er bei Angela gelandet war, gehörte er eher zu den Leuten, die er am liebsten auf den Mond geschossen hätte. Meinhard musste dies ebenso klar sein. Vermutlich war er der Einzige, den er kannte, der über entsprechende Mittel verfügte. Große Gedanken machte sich Hilpert über deren finanzielle Schieflage nicht. Dafür gab es zu viele Menschen, denen es am nötigen Kleingeld mangelte. Und er war nicht angetreten, die Menschheit vor Insolvenzen zu retten. Meinhard war ein erwachsener Mann, der für sein eigenes Handeln oder seine Unterlassungen die Verantwortung übernehmen musste. Seine Tochter würde ihren eigenen Weg gehen. Sie wusste, was sie wollte. Das galt ebenso für seine Frau. Irgendwie müssten sie ihn mitnehmen.

3

Der letzte Besuch beim Ehepaar Welte in Tostedt lag einige Jahre hinter ihm. Er nahm sich ständig vor, gute Freunde oder Verwandte in der alten Heimat zu treffen und es blieb bei dem Vorsatz. Wann hatte er zuletzt vor Jens' Grab gestanden? Er mochte gar nicht darüber nachdenken. Heinz und Ute Welte empfingen ihn wie den verlorenen Sohn. Sie kamen nicht einmal unterschwellig auf die Idee, ihn mit Vorwürfen zu bedenken. Dafür war ihre Freude, ihn zu sehen, viel zu groß. Hilpert fühlte sich in deren Haus so, als habe er sie erst gestern aufgesucht. Janette winkte ihm verstohlen zu. Neben ihr saß ein junger Mann, der etwa in ihrem Alter sein musste. Wie er vermutete, handelte es sich um ihren Freund. Hatte sie sich vorsorglich um Unterstützung bemüht? Die Eltern waren über Janettes Ansinnen informiert. Der Mutter war es offensichtlich zu viel und sie hätte den toten Sohn gern ruhen lassen. Der Vater war dagegen wild entschlossen, wie seine Tochter, die Wahrheit auszugraben. Damit waren die Mehrheitsverhältnisse eindeutig. Dies erst recht, wenn er sich selber mit hinzuzählte.

Ihm schien es beinahe, als habe sich die Einrichtung des Hauses kaum verändert. Der röhrende Hirsch hing über dem Kamin. Die holzvertäfelte dunkle Decke hätte seit eh und je einen neuen Anstrich gut verkraftet. Als Farbe hätte er weiß empfohlen. Er erinnerte sich, das Paar hatte stark geraucht. Dies galt für Jens zu Lebzeiten gleichermaßen. Seine Nase signalisierte, von dieser Last hatten sie sich befreit. Die wuchtige Couchgarnitur, die Sessel, die sich kaum verrücken ließen, die dunkle Schrankwand, der Couchtisch mit der verfliesten Platte waren original Siebziger-, Achtzigerjahre. Nur der Passat vor der Haustür war neueren Datums.

Niemand erhob Einwände, als er darum bat, Jens' ehemaliges Zimmer besichtigen zu dürfen. Es wirkte seltsam unberührt auf ihn. Seine Schwester hatte sich, solange sie zu Hause lebte, dagegen gesträubt, es mit Beschlag zu belegen, obwohl es deutlich größer war als ihres. Ihr Freund musste vermutlich einen harten Kampf gegen den Schatten des großen Bruders ausfechten. Idealisierten Verstorbenen Paroli zu bieten, war ein hartes Stück Brot. Erwartungsgemäß hatte sich am Mobiliar nichts verändert. Das Zimmer wurde regelmäßig gesäubert, seine Kleidungsstücke waren verschenkt oder verkauft worden. Sie belasteten die Erinnerungen zu stark. Hilpert klopfte den Holzfußboden sorgfältig ab. Er entdeckte hinter einer Fußleiste eine Ausbuchtung, die ideal als Versteck für sein Dope geeignet war. Sie war leer. Den Kleiderschrank abzurücken, brachte ebenso wenig. Von Jens' Sucht waren keine Spuren zurückgeblieben. Hilpert dachte kurz darüber nach, den Keller zu durchsuchen. Der wurde als Waschküche und als kleine Werkstatt genutzt, über die Heinz Welte ausschließlich verfügte. Deshalb verzichtete er darauf, dort nachzuschauen. Gleiches galt für den Spitzboden. Was suchte er? Einen Hinweis auf einen potenziellen Täter? Mit dem Tagebuch verfügte er momentan über die beste Informationsquelle. Er hatte flüchtig hineingeschaut. Es war eher ein Bericht über seinen Entzug als eine akribisch geführte

Abhandlung über seine sonstigen Aktivitäten während seines letzten Lebensjahres. Zum Thema Drogenhandel fand sich darin nichts. Er wollte also niemanden anprangern. Jens startete mit den Aufzeichnungen exakt an dem Tag, an dem er sich entschieden hatte, seine Sucht zu bekämpfen.

Das anschließende Gespräch mit dem Ehepaar erinnerte ihn an das Klassenfest. Sie redeten über Vergangenes und suchten gegen Ende vergeblich nach einem tragfähigen Thema, das darüber hinausging. Dazu wollte er nicht beitragen. Für Geschichten aus seiner Polizeizeit war dieser Termin nicht vorgesehen. Unabhängig davon redete er ungern darüber. Zu viele Erinnerungen schmerzten. Nach neunzehn Uhr verließ er die Familie. Bis zum Schluss musste er gegen ein beklemmendes Gefühl in der Magengegend angehen. Unterbewusst warf er sich vor, die Umstände des Todes seines Freundes ignoriert und sich nicht um dessen Familie gekümmert zu haben. Mit seinem Umzug nach Hamburg brach er viele Brücken zu seiner Heimatstadt ab. Seine Eltern mussten ebenfalls darunter leiden. Für die blieb ein schmaler Holzsteg über. Er hatte sich für ein neues Leben entschieden. Und nun überrollte ihn seine Vergangenheit gnadenlos. Längst verdrängte Erinnerungen kamen in ihm während der Rückfahrt zu seinem Haus hoch. Harmlose Erlebnisse mit Mädchen, gemeinsames Campen, die heimlichen Zigaretten, das erste Bier, das ein älterer Schüler ihnen im Supermarkt besorgte. Erfahrungen mit Drogen gingen zumindest an ihm vorbei. Schon als Heranwachsender hatte er sie abgelehnt. Jens' sich anbahnende Sucht nahm er anfangs nicht wahr. Später verharmloste er sie für sich. Dieses Thema fand zwischen ihnen nicht statt.

Vor seinem Haus wurde er bereits erwartet. Nele grinste ihn herausfordernd an. Die Kommissarin war vom Polizeipräsidenten im Wechsel mit seinen Hauptkommissaren Albers und Stange beauftragt worden, sich um seine Sicherheit zu kümmern.

»Ich soll dich von deiner Mutter grüßen. Atifete hat sich bei ihr gemeldet«, empfing sie ihn. »Ihre Mutter ist überraschend an einem Herzinfarkt verstorben. Sie wurde an ihrem Geburtsort beerdigt.«

»Das bedaure ich. Sie ist eine großartige Frau gewesen. Eigentlich hätte ich eher auf den Vater getippt. Der soll recht klapprig gewesen sein.« Ansonsten kannte er Atifetes Mutter nicht gut genug, um groß in Trauer auszubrechen.

»Sei dir darüber im Klaren, du musst in meinem Haus übernachten«, ging er grinsend auf Nele ein. »Hat sich Diercksen darüber einen Kopf gemacht, als er dich beauftragte, mich zu betreuen?«

»Der Präsident weiß, was er tut. Ich weiß mich gut zu verteidigen. Und morgen ist Albers dran. Wäre ich du, würde ich mir eher darüber Gedanken machen, wie es auf Dauer weitergehen soll.«

Widerspruch wollte ihm keiner einfallen. Nachdenklich betraten sie sein Haus. Ihm war alles andere als fröhlich zumute. Einmal mehr war er nicht Herr seiner Freizeit und musste sich den Gegebenheiten beugen. Die Aufklärung des Anschlags lag vorerst in Händen seiner Buchholzer Kollegen. Hilpert ging seine To-do-Liste durch. Seine wichtigsten Gespräche hatte er geführt. Bis auf den Arzt, der Jens betreut hatte, war er mehr oder minder damit durch. Dr. Kaufmann wollte er am nächsten Tag sprechen. Zum Nachdenken war er bislang nicht gekommen. Vor ihm lagen zwölf Tage Urlaub. Da hatte er ausreichend Gelegenheit, Versäumtes nachzuholen. Er hatte sich seit geraumer Zeit angewöhnt, seine Gedächtnisprotokolle in den PC einzugeben. So gesehen gingen keine wichtigen Informationen verloren, soweit er nichts vergessen hatte zu vermerken. So blieb manche scheinbar unbedeutende Bemerkung haften, die er ansonsten verloren hätte. Am heutigen Tag gab es nicht viel festzuhalten. Für seine Verhältnisse kam er gegen dreiundzwanzig Uhr zeitig ins Bett. Nele brachte er nebenan unter. Es wäre ihm vor wenigen Tagen nicht in den Sinn gekommen, größere Teile seines Urlaubs in Buchholz zu verbringen. Eigentlich hatte er über eine Tour nach Rom nachgedacht. Zum Glück war er nicht dazu gekommen, einen Flug und ein Hotel zu buchen.

An diesem Vormittag sollte alles anders kommen, als Hilpert sich vorgenommen hatte. Es begann mit einem Nachbarn, der frühmorgens mit seinem Hund unterwegs war. Er läutete vor acht an seiner Haustür, um ihn darüber zu informieren, Fremde beobachtet zu haben, die sich an seinem Auto zu schaffen gemacht hätten. Er dachte sofort an einen Sprengsatz, sollte jedoch enttäuscht werden. Hätte Nele nicht zufällig gegen einen seiner Reifen getreten, wäre er nicht auf einen erneuten Versuch gestoßen, dass man ihn aus dem Weg räumen wollte. Zwei Räder hingen an gelockerten Radmuttern. Bei höherer Geschwindigkeit wären die ihm um die Ohren geflogen. Die kriminelle Kreativität seiner Gegner konnte sich sehen lassen. Oder waren sie nicht in der Lage eine Autobombe zu bauen? Zumindest war es ihnen gleichgültig, ob durch ihre Aktion andere Personen gefährdet worden wären. Hilpert blieb nichts anderes übrig, als kaltes Blut zu bewahren. In Hamburg wurden seine letzten Fälle untersucht, aus dem Gefängnis entlassene, von ihm überführte Straftäter überprüft. Im Prinzip brachte es sie nicht weiter. Akribisch konzentrierten sich seine Kollegen insbesondere auf die Vorgänge, bei denen Menschen ums Leben oder anderweitig zu Schaden kamen. Direkt Betroffene, Verwandte, Freunde, jeder konnte als potenzieller Rächer infrage kommen. Oder sollten Recherchen über die Umstände des Todes seines Freundes verhindert werden? Hatte sich Jens' Schwester möglicherweise früher mit anderen über ihren Verdacht ausgetauscht? Stand Hilpert seit Längerem auf der Abschussliste ehemaliger Klassenkameraden oder deren Komplizen, ohne etwas mitbekommen zu haben? Dem hatte Janette vehement widersprochen. Sie wollte ihre Eltern und ihren Freund erst ein paar Tage vor dem Klassenfest darauf angesprochen haben. Ansonsten war niemand von ihr ins Vertrauen gezogen worden. Denkbar war gleichwohl vieles. Dem entgegen stand nach wie vor die professionelle Vorgehensweise der Täter. Oder waren Profikiller engagiert worden? Dran glauben wollte er nicht. Ebenso wenig konnte er es ausschließen. Die Fragen nach dem Wer und Warum geisterten durch seinen Kopf. Letztlich ging es darum zu überleben, um auf die entscheidenden Antworten zu stoßen. Folglich musste er auf sich achten und durfte nicht sorglos zur Tagesordnung übergehen.

Für weitere Überlegungen verblieb ihm keine Zeit. Ein Anruf des Polizeipräsidenten beorderte ihn trotz seines Urlaubs nach Hamburg zurück. Diercksen rief garantiert nicht nach ihm, weil sein Kaffee ausgegangen war. Nele und Hilpert standen abfahrbereit vor der Haustür, als Angela auf ihn zutrat.

»Was hast du mit meiner Tochter angestellt?«, fauchte sie ihn an.

Er reagierte ebenso wütend wie sie. »Ich habe sie geschlagen, mit der Waffe bedroht und anschließend brutal missbraucht. Die

Hämatome sollten eine eindeutige Sprache sprechen. Ist es das, was du hören willst?!«

»Blödsinn«, konterte sie unwirsch. »Sie ist völlig verwirrt bei uns aufgeschlagen.«

»Sie hat mir ein eindeutiges Angebot unterbreitet, das ich leider ablehnen musste.«

»Was hat sie?«

»Habe ich mich so undeutlich ausgedrückt?«

»Kristin hat ..., ich will das nicht glauben. Sie ist der Moralapostel in unserer Familie.«

»Nach ihrer Aussage pflegt sie mit ihrem Freund eine offene Beziehung.«

Sie schüttelte zweifelnd den Kopf. »Das passt so gar nicht zu ihr. Darin ist sie eher altmodisch.« Sie kratzte sich nachdenklich am Kopf. »Wollte sie uns auf diesem Weg helfen?«

»Das ist eher unwahrscheinlich«, antwortete er zusehends ruhiger. Wer wollte es einer Mutter verdenken, wenn sie um ihr Kind kämpfte?! »Sie hat mir dringend davon abgeraten, euer Angebot anzunehmen.«

»Das klingt eher nach ihr«, bestätigte Angela wie befreit. Sie ging einen Schritt auf ihn zu und legte eine Hand auf seine Schulter. »Bitte entschuldige. Ein Aufreißer bist du nie gewesen. Das fanden einige von uns sexy.« Sie wendete sich ab und verließ ihn so stürmisch, wie sie gekommen war.

Nele blickte ihn mit gerunzelter Stirn an. »Gibt es da eine neue Frauengeschichte, von der ich nichts weiß? Erzähl, mich interessiert jedes Detail.«

Grinsend überließ er ihr den Wagenschlüssel. »Du bist ausgesprochen neugierig.«

»Ich dachte eigentlich, du seist souveräner geworden«, ließ sie nicht locker.

»Worauf du dich verlassen kannst. Bei dieser Geschichte kommt das Gegenteil zum Tragen. Es geht um die Tochter dieser Frau. Als Gymnasiast war ich in sie verschossen.«

»In die Tochter?«, fragte sie entgeistert.

Hilpert lachte lauthals auf. »Keine Angst, die gab es damals gerade mal in Planung. Heute ist sie alt genug, ihre eigenen Fehler zu machen.«

»Und diese Frau hat dich damals nicht genommen?«

»Unvorstellbar, nicht wahr? Und das bei meiner Ausstrahlung. Bis heute ist es mir unverständlich.«

Sie lachte auf und öffnete die Türen mit der Fernbedienung. »Er ist also nach wie vor gesund und munter, der alte Chauvi. Er hat bloß 'ne kleine Auszeit genommen.« Sie wusste, sie tat ihm unrecht. Da musste er durch. Wenn sie auf ihn achten sollte, wollte sie ihre Freude daran haben.

Diercksen empfing Hilpert hektisch atmend. »Bei uns brennt der Tannenbaum und das im Oktober!«

»Was ist passiert? Hat Lübeck Hamburg den Krieg erklärt?«

»So was Ähnliches. Kommen Sie mit ins Konferenzzimmer.«

Der Erste, den Hilpert wahrnahm, war Röhrs. Am liebsten hätte er auf dem Absatz kehrtgemacht und sich in der Kantine ein Mettbrötchen gegönnt. Seine Laune wurde kaum besser, als er den Staatsrat erblickte, der sich mittlerweile offen als Gegner geoutet hatte. Zu seiner Überraschung stürmte der Dritte im Bund auf ihn zu. Immerhin handelte es sich um den Innensenator. »Gut, dass Sie gekommen sind«, begrüßte er ihn.

Augenscheinlich hatte er einen Monolog von Röhrs gestört. Dieser blickte aufgebracht, mit hektisch geröteten Wangen, in seine Richtung. Offensichtlich drängte es ihn danach weiterzureden. Hilpert kam nicht umhin, die Hand seines höchsten Vorgesetzten zu schütteln. Er setzte sich anschließend auf einen der freien Sessel und fand sich plötzlich eingerahmt von Polizeipräsident und Senator.

Röhrs wollte erneut ansetzen, als Diercksen dazwischenfunkte: »Vielleicht sollten wir den Oberrat ins Benehmen setzen.«

Kurz darauf lag die Kopie eines Drohschreibens an den Senator vor ihm. Ihm wurde seine ausländerfreundliche Politik vorgeworfen und deutliche Konsequenzen angedroht. Hilpert überlegte. Senator Kirschstein war mit Sicherheit meilenweit von AFD-Positionen entfernt. Als überzeugter Gutmensch war er bislang jedoch ebenso wenig in dieser Frage in Erscheinung getreten. Da hatten sich andere Kollegen im Senat eindeutiger positioniert. Erwartungsvoll schauten Senator und Präsident auf ihn, als erhofften sie sich die geniale Idee von ihm. Statt einer Stellungnahme enthielt er sich jeglichen Kommentars. Dies nahm Röhrs zum Anlass, zu versuchen, mit großen Worten zu punkten. Nach der Beförderung war vor der Beförderung.

»Also ...«

Der Senator fiel ihm barsch ins Wort: »Haben Sie nichts zu dem Schreiben anzumerken, Herr Hilpert?«

Diesmal kam er um eine Antwort nicht herum. »Ich gehe davon aus, es wurden kriminaltechnische Untersuchungen durchgeführt und keine aussagefähigen Erkenntnisse gewonnen.«

»Der Brief ging direkt im Rathaus ein«, informierte ihn Diercksen.

»Ich unterstelle, keine Briefmarke, die freundlicherweise angeleckt wurde.«

Der Präsident reichte ihm den Umschlag.

Hilpert blieb gelassen. »Na klar, selbstklebend, Umschlag wie Briefmarke. Diese Dinger gehörten verboten.«

Röhrs versuchte, ihm in die Parade zu fahren, nach dem Motto: Alles ist bekannt. Diesmal unterbrach ihn Diercksen: »Lassen Sie den Kollegen ausreden.«

»Die Bewachung des Senators und seiner Familienmitglieder ist verstärkt worden?«, fuhr Hilpert fort.

Röhrs' rote Ohren signalisierten, etwas war nicht ausreichend berücksichtigt worden. Hilpert tippte auf Frau und Kinder. »Ich gehe weiterhin davon aus, es wurde hierfür keine Rentnerband abgestellt.«

»Demnach befürchten Sie eine konkrete Bedrohung?«, bemerkte der Polizeipräsident.

»Solange wir nicht mehr wissen, muss mit dem Schlimmsten gerechnet werden. Keine Ahnung, ob wir es mit einem Spinner oder einer ernst zu nehmenden Bedrohung zu tun haben.«

»Sehen Sie einen terroristischen Hintergrund?«, fragte zu Hilperts Erstaunen der Staatsrat nach.

»Eher nicht. Die schlagen zu und bekennen sich anschließend. Außerdem passen die Vorwürfe nicht. Ein Fakt lässt mich zweifeln.«

»Der wäre?«, mischte sich Röhrs ein.

»Der Senator vertritt eine durchaus distanzierte Linie in der Flüchtlingsfrage. Er ist meines Wissens ein Stück weit entfernt von einer liberalen, ausländerfreundlichen Position. Er passt nicht eindeutig zu dem Schreiben. Es kommt mir wenig glaubwürdig vor, eher konstruiert.«

»Trotzdem war es an mich gerichtet«, beschwerte sich Kirschstein.

Staatsrat Raben sah nun endlich die Gelegenheit gekommen, sein Feld zu bestellen. »Machen wir Nägel mit Köpfen. Ich schlage eine Sonderkommission unter Leitung von Kriminaldirektor Röhrs vor.«

Der Senator richtete das Wort an Diercksen. »Wie sehen Sie das?«

Damit steckte der Polizeipräsident in der Klemme. Er konnte den Leiter der Mordkommissionen nicht vor dem Senator bloßstellen. »Wenn er es mit seiner sonstigen Arbeit vereinbaren kann, man immer zu. Was ist mit Ihnen, Herr Hilpert? Werden Sie in dieser Sonderkommission vertreten sein?«

Der Angesprochene schüttelte den Kopf. »Natürlich nicht. Es kann nicht gemeint sein, zwei Alphamännchen tätig werden zu lassen. Das führt zu gruppendynamischen Problemen, die der Sache nicht dienlich sind. Wir liefen Gefahr, uns zu sehr mit uns zu beschäftigen.«

Der Senator erhob sich und löste damit die Runde auf. »Gut, dann haben wir alles Wesentliche besprochen. Herr Röhrs, ich erwarte regelmäßige Berichte.«

»Selbstverständlich, Herr Senator.« In Gedanken rieb er sich die Hände. Er war noch nicht auf dem Weg nach oben am Ziel angelangt, jedoch ein gutes Stück weitergekommen. Er hätte größere Widerstände von Hilpert erwartet. Für seine Sonderkommission verzichtete er besser auf dessen Leute. Es ging einzig und allein um sein Ruhmesblatt. Er sah das anonyme Schreiben eher gelassen. Ständig versuchte sich irgendein Spinner aufzuspielen. So gesehen teilte er Hilperts Analyse. In Gedanken sah er sich neben dem Senator auf der Pressekonferenz, in deren Verlauf insbesondere seine Arbeit gewürdigt wurde. Ein schneller Erfolg wäre nicht schlecht.

Vor dem Konferenzzimmer griff sich Diercksen Hilpert. Er war offensichtlich mit dessen Entscheidung nicht einverstanden, obwohl er ihr zugestimmt hatte. Zuweilen war es angesagt, mit den Wölfen zu heulen, um nicht gefressen zu werden.

»Mir wurde mitgeteilt, es hat zwei Anschläge auf Sie in Buchholz gegeben?!«, ging er auf Hilperts Problem ein.

»So gesehen waren es maximal eineinhalb. Die gelockerten Radmuttern hat Nele glücklicherweise entdeckt, bevor die Probleme machen konnten.«

»Wie ich Sie kenne, versuchen Sie während Ihres Urlaubs die Nuss zu knacken.«

»Wohl wahr, Herr Präsident.«

»Glauben Sie, Röhrs ist der richtige Mann für den Job? Ich erwarte von Ihnen eine offene Antwort, keine Ausflüchte.«

»Keine Ahnung, dafür kenne ich ihn nicht gut genug. Ich gebe zu, er ist nicht mein Typ. Das hat nichts zu besagen. Nirgendwo steht geschrieben, wie erfolgreiche Ermittler zu arbeiten haben. Sie müssen mir nicht zwangsläufig gefallen. Geben Sie ihm die Gelegenheit zu zeigen, was er kann. Danach sehen wir weiter.«

»Und Sie, wollen Sie tatsächlich Ihren Urlaub mit Recherchen in Ihrer Heimatstadt verbringen? Warum fliegen Sie nicht irgendwohin, wo die bösen Menschen Sie nicht so leicht erreichen können?«

»Ich habe zwischen den Malediven und Buchholz geschwankt und mich letztendlich für Buchholz entschieden.«

Diercksen grinste ihn an. »Das ist sicher eine schwere Entscheidung gewesen. Da wüsste ich nicht aus dem Stand, wo ich zugreifen sollte. Wie bekannt ist, fliege ich nicht gerne.«

»Sehen Sie, da geht es Ihnen wie mir. Hinzu kommt, worauf habe ich mich einzurichten, wenn ich braun gebrannt wieder hinter meinem Schreibtisch sitze?«

»Ich verstehe, dann lieber aschfahl.«

»Sie sagen es.«

Lachend trennten sie sich.

Bevor Hilpert das Präsidium verlassen wollte, stattete er seinem Büro einen Besuch ab. Sein Schreibtisch war perfekt aufgeräumt worden. Er wusste, wem er zu danken hatte. Außer Lisa Kohler kam dafür niemand infrage. Ein Schein für die Kaffeekasse nahm ihm das schlechte Gewissen ab, das er nicht hatte. Mittlerweile hatte sich ausreichend Geld für eine private Abteilungsfete angesammelt. Die Anschläge auf ihn rückten diesen Einfall zusehends in den Hintergrund. Gedankenverloren starrte er auf das Telefon. In seinem Hinterkopf bildete sich eine Idee. In seiner Parallelklasse gab es einen Mitschüler, der dem Vernehmen nach gedealt haben sollte. Zumindest hatte er das Abitur geschmissen. Das machte ihn nicht zwangsläufig zu einem Kriminellen. Damals war das für ihn kein Thema. Ob der ihm behilflich sein könnte? Aktuell war ihm der Name entfallen. Sein Freund Thiemann kam ihm in den Sinn. Der besaß ein Namensgedächtnis, mit dem er im Zirkus auftreten könnte. Wenn er dessen Reiseplan gut im Kopf hatte, musste er sich nunmehr in New York aufhalten. Für einen Anruf war es zu früh, eine WhatsApp war da hilfreicher. Eine Stunde später lag ihm der Name vor: Claas Möller. Im Rauschgiftdezernat wurde ihm schnell weitergeholfen. Der ehemalige Mitschüler hatte Karriere gemacht und stand in deren Akten. Kurze Zeit später verfügte er über dessen Handynummer.

Möller konnte ihn zu seinem Erstaunen problemlos einordnen. Anfangs unbefangen legte er los: »Mensch, Hilpert, welcher Teufel hat dich geritten, bei den Bullen anzuheuern? Du warst schließlich 'n guter Typ.«

Hilpert beließ es bei einer allgemeinen Floskel als Antwort. »Du weißt selber, das Schicksal gibt einem oft seltsame Wege vor.«

»Jetzt, wo du's sagst, muss ich dir zustimmen. Was kann ich für dich tun?«

»Du erinnerst dich an Jens Welte?«

»Na klar, hat der sich nicht den goldenen Schuss gesetzt?«

»Vielleicht wurde der auch gesetzt.«

»Du meinst ...?

»Ja.«

»Und nun gehst du davon aus, ich könnte Jens umgelegt haben?«

»Blödsinn!«, widersprach Hilpert. »Deine Dealerei war jedem Zweiten in der Oberstufe bekannt. Deshalb musstest du Jens nicht umbringen.«

»Sieh mal einer an, ein Bulle, der seinen Kopf gebraucht. Das wird mich über die trüben Novembertage hinüberretten.«

»Hast du ihn mit Stoff bedient?«

»Der hat schon damals die harten Sachen genommen. Ich war dagegen lediglich mit Hasch und Marihuana unterwegs. Der muss 'nen anderen Lieferanten gehabt haben. Selbstverständlich hab ich seit Jahr und Tag mit diesen Sachen nichts mehr zu tun gehabt.«

»Natürlich. Ich hätte nie etwas anderes erwartet. Unabhängig davon suche ich einen Mörder und keinen Dealer.«

»Ich verstehe. Mal sehen, ob ich dir helfen kann. Jens war ein geiler Schlagzeuger. Ihn umzubringen, wäre 'ne absolute Sauerei gewesen. Bevor du auflegst, Fabian, in der Oberstufe soll es jemanden gegeben haben, der mit diesem Zeugs richtig gedealt hat.«

»Fällt dir ein Name ein?«

»Sorry, mehr weiß ich nicht. Wie gesagt, sollte mir was einfallen, komm ich auf dich zu.«

Hilpert war unzufrieden. Möller hatte letztlich mehr preisgegeben, als er hätte erwarten können. Mit Sicherheit kannte der den Namen des damaligen Dealers an der Schule. Er hielt den Mund und machte sich vorsorglich klein. Vielleicht war er sich für eine nette Erpressung nicht zu schade. Unter Umständen kam dadurch Bewegung in den Fall. Claas musste nur auf sich aufpassen. Wurde er das nächste Opfer des Mörders, verloren sie einen wichtigen Informanten. Sein persönlicher Vorteil war, er kannte sich im Milieu aus. Leute wie er verfügten über einen guten Riecher für bedrohliche Situationen. So schnell ließ der sich nicht aus dem Weg räumen. Er musste allerdings darauf achten, keinem der Kiezgrößen in die Hacken zu treten. Das überstand er nicht.

Hilpert war auf dem Weg zur Tür, als Röhrs sein Zimmer betrat. Er sah sich skeptisch um. »Da wird allgemein behauptet, Sie schwimmen im Geld und trotzdem leisten Sie sich keine bessere Einrichtung?! Bei mir ist nächste Woche Sperrmüll angesagt. Da können Sie sich gern bedienen. Gelsenkirchener Barock soll wieder in sein.«

»Danke für den Tipp, aber ich bin zufrieden mit dem, was ich habe. Schließlich bin ich hier zum Arbeiten, nicht zum Wohlfühlen. Luxus habe ich ausreichend zu Hause.«

»Da stimme ich Ihnen zu. Sie verfügen ja über ein luxuriöses Anwesen in Blankenese.«

Hilpert ging die sich anbahnende Neiddiskussion zusehends auf die Nerven. Er wollte das Gespräch so kurz wie möglich halten. »Was kann ich für Sie tun? Mit Sicherheit interessiert es Sie nicht, wie mein Büro eingerichtet ist.«

»Da muss ich Ihnen zustimmen. Ich möchte nur wissen, weshalb Sie auf eine Beteiligung an der Ermittlungsgruppe verzichtet haben. Wir wissen beide, aller Voraussicht nach handelt es sich um das Schreiben irgendeines Bekloppten, der sich wichtig tun will. Den haben wir in kurzer Zeit ermittelt. Hier geht es um wenig Arbeit und viel Ehre. Weshalb lassen Sie sich das entgehen? Damit wir uns recht verstehen, ich will bloß kapieren, wie Sie ticken. Sie sollen Ihre Entscheidung keineswegs revidieren.«

»Ich kann Ihrer Einschätzung etwas abgewinnen, und die Bedrohung des Senators löst sich zügig in Luft auf«, ging Hilpert auf seinen neuen Vorgesetzten ein. »Was ist, wenn mehr dahintersteckt? Niemand kann das ausschließen. Stellen Sie sich vor, die erforderliche Koordination der Aktivitäten wird durch die Auseinandersetzung zweier Kampfhähne behindert. Nach meinem Dafürhalten wurden sinnvolle Entscheidungen getroffen, taktisch wie personell. Ein Entscheidungsträger gibt die Richtung vor. Laufen die Dinge in die richtige Richtung, überlasse ich Ihnen gerne die Ehre, dafür verantwortlich gewesen zu sein. Ich bin intern wie extern an keinerlei Publizität interessiert. Ich habe nur einen Ratschlag für Sie. Nehmen Sie die Geschichte ernst, bis Sie vom Gegenteil überzeugt sind.«

»Meinen Sie wirklich, es könnte brisanter sein, als ich bisher annahm?«

Achselzuckend antwortete ihm Hilpert: »Keine Ahnung. Augenblicklich können wir nichts ausschließen. Nur, sollte es sich nicht um einen Dummejungenstreich handeln und Ihre Sicherungsmaßnahmen waren unzureichend, können Sie sich gehackt legen.«

Röhrs nickte nachdenklich. »An Ihren Überlegungen ist was dran. Ich werde nachlegen müssen. Danke für den Tipp. Es hat in Buchholz Anschläge auf Sie gegeben«, wechselte er das Thema. »Liegen erste Ermittlungsergebnisse vor?«

Hilpert schüttelte den Kopf. »Still ruht der See. Die Täter sind aus dem Nichts gekommen und dorthin gleichermaßen verschwunden. Ich habe bislang keine Idee, wer dahinterstecken könnte.«

»Haben Sie niemanden im Visier, dem Sie mal auf die Füße getreten sind?«

»Natürlich gibt es reichlich davon. Tatsächlich sehe ich momentan niemanden. Wir sind dabei zu recherchieren. Es wird sich zeigen, wer dafür infrage kommen könnte. Ein Bauchgefühl sagt mir, wir graben die falsche Richtung. Ich muss bloß zusehen, nicht abgefiedelt zu werden.«

Röhrs rieb sich gedankenverloren das Kinn. »Sie sind davon überzeugt, die Untersuchung liegt in den richtigen Händen? Solche Attentate haben die in Ihrer Heimatstadt garantiert nicht jeden Tag aufzuklären. Oder liege ich da falsch?«

»Ich denke, der Fall landet über kurz oder lang bei uns. Ich sehe die Ursachen der Anschläge eher in Hamburg und nicht in der Nordheide. Dort wurde halt versucht, die günstige Gelegenheit zu nutzen.«

»Das heißt, Sie kümmern sich während Ihres Urlaubs darum.«

Hilpert nickte in Richtung seines neuen Vorgesetzten. »Wer mich kennt, weiß, in solchen Situationen lege ich die Hände nicht in den Schoß.«

»Und die Kollegen in Niedersachsen?«

»Mit denen komme ich gut aus.«

»Nun denn. Diercksen hat angewiesen, einen Ihrer Leute direkt für Ihre Sicherheit abzustellen. Reicht das aus?«

Hilpert hob beschwörend die Hände. Röhrs' Fürsorge erstaunte ihn. »Keine Ahnung. Auch dieser Beistand wird sich nur für begrenzte Zeit aufrechterhalten lassen. Die Bedrohung des Senators bindet viele Kräfte. Ich muss vor allem auf mich aufpassen, niemand sonst.«

»Wie ich gehört habe, sind Sie dazu durchaus in der Lage. Da wünsche ich Ihnen viel Erfolg.« Röhrs erhob sich aus dem Sessel, winkte ihm knapp zu und zog sich in seine Räumlichkeiten zurück.

Hilpert empfand das Gespräch als erstaunlich konstruktiv. Vielleicht könnte es etwas mit ihnen werden. War dieser Mann umgänglicher, als er anfangs befürchtet hatte? Niemand erwartete den Bruderkuss von ihnen. Ließ der Neue ihn künftig in Ruhe arbeiten, konnte er nach Feierabend Ballettstunden bei John Neumeier nehmen. Ihm sollte es egal sein. Ein ehrgeiziger Mann wie Röhrs war an einer hohen Aufklärungsrate interessiert. Damit wollte er ihm gerne dienen. Er fragte sich verunsichert, ob der Mann an seinen abstrusen Ideen festhielt, was die Organisation innerhalb der Mordkommissionen betraf. Funktionierende Teams riss man in Ausnahmefällen auseinander, etwa wenn Korruption oder anderweitiges Fehlverhalten vermutet wurde. Sie waren ansonsten der Schlüssel für eine erfolgreiche Verbrechensbekämpfung.

4

Diesmal begleitete ihn Albers nach Buchholz. Nach kurzer Diskussion mit seinen Leuten beschlossen sie, ihn vorläufig als feste Unterstützung einzusetzen. Vorsichtshalber belegte Hilpert diesmal die Limousine seines Schwiegervaters mit Beschlag, der sie aufgrund seiner früheren Tätigkeit erheblich hatte verstärken lassen. Kleineren Sprengsätzen hielt die Bodenplatte durchaus stand. Über durchschusshemmende Scheiben verfügte bereits sein Golf. Gegen panzerbrechende Waffen verblieb ihnen dagegen keine Chance. Die ließen sich in einer belebten Stadt glücklicherweise nur bedingt einsetzen. Eine Panzerfaust trug zu sehr auf.

Während der Fahrt erreichte Hilpert ein Anruf von Paul Seipold. Dieser lud ihn zu einer Besichtigung seiner Zentrale im Buchholzer Gewerbegebiet ein. »Dann kannst du dir ein besseres Bild über unsere Leistungsfähigkeit machen.«

Hilpert sagte spontan zu, ohne ihm einen konkreten Termin nennen zu können. Zu viel stürmte auf ihn ein. Er musste Prioritäten setzen. Da nahm die EDV seiner Firma keinen dominanten Platz ein. Seinem ehemaligen Klassenkameraden langte vorerst die prinzipielle Zusage.

»Da riecht jemand dicke Geschäfte mit mir«, erklärte er Albers.

»Und hat er eine Chance?«

»Wenn er so gut ist, wie behauptet wird, allemal. Die EDV zickt gern mal rum. Jemanden zu haben, der sich auskennt und zuverlässig ist, hat einiges für sich. Zumindest verfügt er über einen guten Ruf.« Hilpert kratzte sich am Kopf. »Mir kommt da 'ne Idee. Fahren wir durchs Buchholzer Gewerbegebiet. Mein früherer Klassenkamerad sitzt in der Bäckerstraße.«

Er war lange nicht mehr durch das Gewerbegebiet gefahren. Seine Heimatstadt hatte ordentlich aufgerüstet. Den alten Bestand kannte er. Dort, wo sich eine größere Küchenfirma niedergelassen hatte, erinnerte er sich an eine Diskothek. Weshalb die wohl aufgegeben wurde? War die Nachfrage zu gering, der Lärm zu groß? Gab es Drogenprobleme? Er wusste es nicht. Die Bäckerstraße gehörte zu einem zweiten Bauabschnitt. Geschäftshäuser unterschiedlicher Couleur reihten sich aneinander. Er entdeckte kaum produzierendes Gewerbe. Es hatten sich vorwiegend Dienstleistungsunternehmen breitgemacht. Ein Aluminiumwerk hätte eher nicht gepasst. Seipold hatte sich in einem Umfeld festgesetzt, in dem er garantiert die ersten Kunden vor der Haustür begrüßen konnte. Gerade kleinere Mittelständler verfügten über keine eigene EDV-Abteilung. Bei Problemen mit der Technik oder Software mussten sie sich extern bedienen.

Als sie ihr Ziel erreichten, fragte sich Hilpert, was er erwartet hatte. Eine zu groß geratene Garage analog zu den Anfangszeiten von Microsoft? Hier war er schiefgewickelt. Die Firma *Seipold Science* residierte in einem mit viel Glas und Metall erbauten Geschäftshaus, das etwa zehn, fünfzehn Jahre auf dem Buckel haben durfte. Sein ehemaliger Klassenkamerad wartete offensichtlich nicht lange auf Expansionsmöglichkeiten, sondern schuf konsequent die Voraussetzungen dafür. Allem Anschein nach mit Erfolg. Nachdenklich orientierte sich Hilpert anschließend Richtung Innenstadt.

Schließlich platzte Albers der Kragen. »Spuck es endlich aus, worauf kaust du rum?«

Zu seinem Erstaunen antwortete ihm Hilpert. Üblicherweise hielt er sich mit seinem Insiderwissen gern zurück, bis er sich seiner Sache sicher war. »Der liebe Paul hat nach Abitur und Bundeswehr Informatik studiert. Das passte zu ihm. Was meine Stratocaster war, war sein Apple Macintosh. Nichts ging darüber. Nur war ich ein mäßig talentierter Gitarrist. Er dagegen ein versierter Computerspezialist.« Für einen Moment schien ihn die Erinnerung zu überwältigen. »Am schlimmsten war Jens mit seinem Ludwig-Schlagzeug. Ein Instrument, wie es John Bonham spielte. Wer das nur scheel anguckte, bekam Probleme mit ihm. Was mag daraus geworden sein? Im Haus seiner Eltern habe ich es nicht gesehen. Die haben es sicherlich nicht vertickt.«

Er war von seinem Thema abgekommen. In Buchholz überwältigten ihn seine Emotionen. Er musste höllisch auf sich achten, wollte er Jens' Mörder zu fassen bekommen. Eher zögerlich kam er auf Albers' Frage zu sprechen. »Ich schätze, das Geschäftshaus ist kurze Zeit nach seinem Studium gebaut worden. Wie ist Paul an die Kohle gekommen? In die Immobilie wurde nach meiner Auffassung ordentlich investiert.«

»Du denkst, er hat gedealt?«

»Was weiß ich. Nur, Paul und Rauschgift? Das kommt mir vor, als würde der Papst zu seinem Ostersegen in Jeans auf einer Harley aufkreuzen. Es ist ziemlich abwegig. Paul hat während unserer Sturm-und-Drang-Zeit nicht einmal geraucht. Es ist ein Wunder, dass er heutzutage Alkohol anrührt.« Abrupt stieg er in die Bremse. »Wir besuchen ihn jetzt. Ich ersticke sonst dran.«

Wie nicht anders zu erwarten, stimmte Seipold einem kurzfristigen Treffen zu. Auch EDV-Freaks wollten Geld verdienen. Hilpert spielte mit seinen Fingern auf dem Lenkrad. »Im Zweifelsfall muss ich ihm was bieten. Ich ruf mal Thiemann an.«

»Ich bin grad auf dem Weg zum Empire State Building. Was kann ich dir andienen?«, begrüßte Helge seinen Freund und Chef. »Soll ich dir eine Karte schreiben? Vielleicht eine mit Sondermarke?«

»Nicht wirklich. Paul Seipold, was hältst du von ihm?«

»Was hast du mit ihm vor?«

»Ich will ihn gegebenenfalls für uns gewinnen.«

»Nimm ihn, einen Besseren werden wir so schnell nicht finden.«

»Danke für das Gespräch. Ich wünsch dir weiterhin einen erholsamen Urlaub. Grüße an deine Freundin.«

»Halt, halt, bevor du mich abhängst. Was hast du mit ihm vor? Erzähl mir nicht, du interessierst dich plötzlich für unsere EDV-Organisation.«

»Wie recht du hast. Wir sehen uns nächste Woche.« Hilpert beendete das Telefonat und überließ seinem Freund und Mitarbeiter den verdienten Urlaub mit seinen unbeantworteten Fragen.

»Hat Seipold vielleicht Geld von zu Hause bekommen?«, meldete sich Albers zu Wort.

»Vergiss es. Er kommt wie ich aus ganz normalen Verhältnissen. Sein Vater war Oberstudienrat. Seine Mutter hat, soviel ich weiß, nicht mitgearbeitet. Die konnten ihrem Sohn unter die Arme greifen, wenn es mal kniff. Solch ein Projekt wäre für die jedoch ein paar Nummern zu groß gewesen.«

Albers hielt die Verdachtsmomente gegen Seipold für reichlich dünn und machte aus seinem Herzen keine Mördergrube. »Überleg einmal, Fabian, wie viel Geld muss er in jungen Jahren mit den Drogen verdient haben. Das Objekt dürfte einschließlich

Grundstück und Einrichtung wenigstens um die zwei Millionen gekostet haben, wenn nicht mehr.«

»Das kann ich nachvollziehen. Ich denke da eher an größere Abnehmerkreise.«

»Nach dem Motto, Seipold als Pate der Nordheide?!«

»Ich hätte es nicht besser ausdrücken können«, lobte ihn Hilpert. Fraglos teilte er die Zweifel seines Mitarbeiters. Sein ehemaliger Klassenkamerad war nicht der Typ dafür. Davon unabhängig wurden solche Immobilieninvestitionen durchaus von Banken mit Krediten begleitet, wenn die unternehmerische Konzeption passte und ausreichende Eigenmittel nachgewiesen werden konnten. Nur, wo hatte er das Geld herbekommen?

Seipold begrüßte die beiden geschäftsmäßig. Neben ihm stand ein etwa siebzigjähriger Mann mit vollem grauem Haar. Er stellte ihn als Professor Born vor, seinen früheren akademischen Lehrer. Wie sich bald zeigte, war er stiller Gesellschafter des Unternehmens und hatte die Finanzierung des Gebäudes mit Eigenkapital und Bürgschaften sichergestellt. Wie er glaubhaft versicherte, war dies eine seiner besseren ökonomischen Entscheidungen gewesen. Eigentlich hätte Hilpert damit seinen Besuch beenden können. Seine Frage war hinlänglich beantwortet, bevor er sie gestellt hatte. Er bewies ausreichend Kinderstube und ließ sich durch den Thinktank führen. Zeitweise musste er sein Interesse nicht heucheln. Was ihm demonstriert wurde, war durchaus beeindruckend. Trotzdem verstand er vieles von dem nicht, was ihm erläutert wurde. Ob er wollte oder nicht, er war beeindruckt. In der Kantine trafen sie sich auf einen Kaffee.

Seipold wollte anschließend mit einer PowerPoint-Präsentation weitermachen, als Hilpert abwinkte. »Helge Thiemann ist nächste Woche von seiner Urlaubsreise zurück. Besprich mit ihm die vertraglichen Details. Ihr habt den Job.«

»Einfach so?«, fragte Seipold konsterniert.

»Helge ist von dem, was ihr macht, überzeugt. Am Ende könnt ihr über Honorare streiten. Ich unterstelle, ein Auftrag von uns wird euch intellektuell und organisatorisch nicht in den Wahnsinn treiben. Und einen Firmenjet wirst du dir davon nicht erlauben können. Ich erwarte schnelle Problemlösungen, wenn es bei uns kneift. Könnt ihr das gewährleisten, reden wir über einen Fünfjahresvertrag zu ordentlichen Konditionen.«

Auf den Abschluss trinken wollten sie, wenn der Vertrag unter Dach und Fach war. Gegen halb acht Uhr hatten sie es geschafft, sich loszueisen. Hilpert nahm wie so oft in seinem Berufsleben zur Kenntnis, einfache Lösungen taugten selten etwas, egal, wie plausibel sie einem auf den ersten Blick erschienen. Er wollte auf jeden Fall Prof. Born überprüfen lassen. Helfen sollte ihnen ihr Misstrauen nicht. Einen Tag später waren sie schlauer. Born hatte mit EDV-Lösungen viel Geld mit Industrie und Handel verdient. Über eine Million und mehr konnte der allenfalls kichern. Der erste Verdacht platzte, bevor sie ihn formulieren konnten.

Gut zehn Minuten später parkten sie die Limousine im Carport neben dem Haus. Vorsichtig orientierten sie sich in alle Richtungen. Niemand interessierte sich für sie.

Die beiden hatten es sich gemütlich gemacht. Sie nahmen die potenzielle Bedrohung nicht auf die leichte Schulter. Gerne hätten sie sich auf die Terrasse gesetzt und den überraschend milden Herbstabend genossen. Sie wollten kein Risiko eingehen und gönnten sich im Wohnzimmer ein Glas Wein, das sie mit einem Nudelgericht vom Pizzaservice veredelten. Zu seinem Glück wusste der Fahrer nicht, dass hinter der Tür Albers mit entsicherter Waffe stand, während Hilpert das georderte Essen abnahm und bezahlte.

Viel zu besprechen gab es über die aktuellen beziehungsweise längst vergangenen Ereignisse nicht. Sie verfügten über schlichtweg zu wenig neue Fakten. Die Bedrohung des Senators war ein Stück weit weg von ihnen. Hilpert war froh, nicht mit den Ermittlungen befasst zu sein. Sie wurden durch ständige Meetings unterbrochen, da laufend jemand auf irgendeinem Abstimmungsbedarf insistierte. Letztlich erbrachten sie kaum etwas, dienten eher der Beruhigung der angespannten Nerven der Beteiligten und erweckten das Gefühl von Aktivität. Albers verzichtete ebenfalls mit Genugtuung darauf, nicht für die Sonderkommission des Webernachfolgers abgestellt worden zu sein. Ihm reichte, was über Röhrs auf den Gängen kolportiert wurde.

Das Läuten an der Haustür unterbrach ihr süßes Nichtstun. Ob sich die modernen Attentäter sittsam anmeldeten, musste zwar bezweifelt werden. Trotzdem langten sie nach ihren Pistolen. Ihr Aufwand war letztlich übertrieben. Um Kristin Meinhard in Schach zu halten, benötigten sie keine Schießeisen. Sie wirkte leicht verschüchtert, obwohl sie die Waffen nicht wahrnahm. Die verschwanden im Hosenbund.

»Willst du im Eingang stehen bleiben, oder möchtest du reinkommen?«, fragte Hilpert sie mit ironischem Unterton.

Sie verzichtete auf eine Antwort, sondern huschte an ihm vorbei. Sie nickte zu einem Glas Wein und setzte sich in einen der hellen Ledersessel. Hilpert nahm einmal mehr ihre unglaubliche Ähnlichkeit mit ihrer Mutter wahr. Die kleine zarte Nase, die vollen langen dunklen Haare, die schlanken Beine. Sie verfügte über erkennbare weibliche Formen, ohne aufgrund der Massen Rückenbeschwerden befürchten zu müssen. Er blickte sie neugierig an und wartete auf eine Reaktion von ihr. Als Erstes lobte sie den Rotwein. Danach fiel es ihr leichter, mit ihrem eigentlichen Anliegen überzukommen. »Ich möchte mich für meine Anzüglichkeit entschuldigen. Irgendwie hoffte ich, damit meinen Eltern behilflich sein.«

Hilpert lachte schallend auf. »Drei Millionen für eine Liebesnacht. Da müssen mir in letzter Zeit Preissteigerungen entgangen sein.«

»So viel Geld wollten sie dir abzwacken?«, reagierte sie erstaunt.

»An wie viel hast du denn gedacht?«

Fahrig strich sie ihre Haare zurück. »An und für sich wollte ich dich davon überzeugen, uns irgendwie zu unterstützen, eine Insolvenz unserer Gesellschaft so erträglich wie möglich zu gestalten. Es ging nicht um das Projekt meines Vaters. Das hatte sich längst überholt.«

Nachdenklich ließ er den Wein im Glas kreisen. »Dafür musst du dich nicht mit mir prostituieren. Wie wäre es dir ergangen, hätte ich zugelangt? Wärst du anschließend heulend nach draußen gelaufen? Hättest du mich schweigend erduldet? Wofür hältst du mich? Für einen Lustmolch, der alles mitnimmt, ohne sich emotional zu engagieren?« Er spürte die Wirkung seiner Worte und fuhr milder gestimmt fort: »Trotzdem respektiere ich deinen Kampfgeist. Besorg mir eure Unterlagen vom Steuerberater und die gesamten Darlehensverträge. Ich will alles über eure Verbindlichkeiten gegenüber Lieferanten, Mitarbeitern, dem Finanzamt usw. wissen. Wie sieht es mit Mahnbescheiden, mit anwaltlichen Forderungen an euch aus?« Er unterbrach sich. »Lass die Sachen, wo sie sind. Ich schicke euch unseren Wirtschaftsprüfer und einen Anwalt vorbei. Die sollen sich ein Bild machen. Informiere deine Eltern darüber. Die können mit ihnen einen Termin vereinbaren. Hoffen wir, die machen mit.«

»Keine Angst, die werden mitspielen, dafür sorg ich schon. Und«, sie blitzte ihn mit strahlenden Augen an, »ich hätte das mit dir durchgezogen. Du gefällst mir. Du Feigling hast ja gekniffen.«

Ein erneutes Läuten an der Haustür unterbrach das Gespräch. Vor Hilpert stand Angela. Ihre Augen funkelten ihn zornig an. »Mich konntest du nicht kriegen, bedienst du dich jetzt bei meiner Tochter?!«

Er ließ sie ein. »Wenn du weiter so schreist, kannst du den Rest inklusive meiner Antwort im Wochenblatt lesen. Willst du mir ab sofort regelmäßig unterstellen, deinem Kind zu nahe zu treten?«

Seine Worte schienen sie nicht zu interessieren. Wütend drängte sie sich an ihm vorbei. Im Wohnzimmer warf sie einen Blick auf Albers. »Du hast also für Unterstützung gesorgt. Ihr Männer seid Schweine!« Erst jetzt bemerkte sie das Weinglas vor ihrer Tochter. »Klar, vorsichtshalber macht ihr sie betrunken. Dann geht es einfacher!«

Albers verschränkte seine Arme vor seinem Oberkörper. »Besteht vielleicht die Möglichkeit, mir einen gut gebauten zwanzigjährigen Lustknaben zu organisieren? Frauen sind nicht so mein Ding.«

Hilpert war hinzugetreten. »Ich vergaß zu erwähnen, Hauptkommissar Albers ist homosexuell.«

Angela beruhigte sich zusehends. Nachdem sie sich entschieden hatte, ihren Kopf zu gebrauchen, begriff sie, offensichtlich in keine Orgie hereingeplatzt zu sein. Sie nahm auf der freien Couch Platz, bedeckte ihr Gesicht mit den Händen und begann hemmungslos zu weinen. Mit geröteten Augen setzte sie sich danach aufrecht hin. »Kristin ist mein Leben. Ich weiß, sie hätte alles getan, um uns zu helfen.«

»Zumindest hat sie genug getan«, kam Hilperts gelassene Antwort. Eine weinende Frau fehlte ihm in seinem Quartett. »Ihr zuliebe lasse ich euren Laden durchleuchten. Vielleicht ist euch zu helfen und ihr wisst es nicht. Eine Frage, wer hat die Darlehensverträge unterschrieben?«

»Ausschließlich Lars. Kristin und mich hatten die Banken nicht auf dem Schirm.«

»Das ist gut und hilft euch unter Umständen über die kalte Jahreszeit.«

Ein Glas Wein lehnte sie ab. Sie stand auf und sah zu Kristin herüber. »Willst du nicht mitkommen?«

»Warum sollte ich? Außerdem hab ich mein Glas noch nicht ausgetrunken. In diesem Haushalt ist meine Tugend nicht gefährdet.«

Verunsichert verließ Angela die traute Runde. Die peinliche Situation musste sie erst einmal für sich verarbeiten.

Kristin machte selbst nach einem weiteren Glas keinerlei Anstalten, sich zu verabschieden. Den beiden Männern sollte es recht sein. Sie erwies sich als eloquente Besucherin, die offen darüber sprach, welche Probleme ihre Mutter damit hatte, loszulassen. Hilpert sah das als Vater einer Tochter altmodischer. Er respektierte Angelas Vorstoß, obwohl sie übers Ziel hinausgeschossen war. Eltern wollten ihre Kinder beschützen. Da war deren Alter zweitrangig.

Das Klirren von Metall, das gegen Metall stieß, ließ die beiden Männer nervös werden. »Unter den Tisch! Leg dich flach hin!«, fuhr Hilpert die junge Frau an.

Erschrocken wollte sie verstehen. Er ließ sie nicht zu Wort kommen. Als sie die Pistole in seiner Hand sah, verzichtete sie auf weitere Fragen. Hilpert hatte an unterschiedlichen Stellen im Haus Videokameras und Mikrofone installieren lassen, so auch im Carport. Schemenhaft entdeckten sie zwei Personen auf einem Monitor, die sich an seinem Fahrzeug zu schaffen machten. Die Sensoren, die er hatte anbringen lassen, bewährten sich nicht zum ersten Mal. Leider waren die Lichtverhältnisse relativ schlecht. Er nahm zwei lichtstarke Taschenlampen aus einer Schublade in der Küche und reichte eine davon Albers. Leise bewegten sie sich hin zur Terrasse. Sie schlichen sich vorsichtig vorwärts, um das Überraschungsmoment nicht zu verlieren. Aus einigermaßen sicherer Deckung rief Hilpert den Eindringlingen zu: »Ihr geht mit erhobenen Händen langsam Richtung Straße. Solltet ihr die

Helden spielen wollen, seid ihr herzlich dazu eingeladen. Wollt ihr überleben, tut ihr, was ich sage!«

Beide Eindringlinge traten auf die Straße, die Hände in die Luft gestreckt. Leider konnte Hilpert nicht Wort halten. Zwei kaum zu erahnende Schüsse weiter und die Männer fielen wie in Zeitlupe auf das Pflaster. Der Schalldämpfer war eine Erfindung, die insbesondere lichtscheuen Elementen in die Karten spielte. Gleichzeitig erklang das hysterische Kreischen eines hochdrehenden Motorrads. Es nahm Kurs auf die Bendestorfer Straße. Bis Hilpert eine Fahndung veranlassen konnte, hatten die Täter ihren fahrbaren Untersatz längst gewechselt. Eine Begutachtung der beiden Männer am Boden erübrigte sich. Sie waren tot, erschossen von ihren eigenen Leuten. Es musste sich um vorzügliche Schützen handeln. Immerhin waren sie gut einhundert Meter von ihnen entfernt. Albers informierte die Buchholzer Polizei, während Hilpert zurück ins Haus lief. Das Schluchzen unter dem Couchtisch vergegenwärtigte ihm, dass sie einen Gast beherbergten. Vorsichtig half er ihr auf die Beine und nahm sie in die Arme.

»Es ist alles gut«, flüsterte er ihr zu. Sanft drückte er sie an sich. Als er versuchte, sich von ihr zu lösen, krallte sie sich umso stärker an ihn.

»Bitte lass mich nicht los«, bat sie ihn. Erst als die Polizei eintraf, lockerte sie ihre Umklammerung.

»Komm, setz dich auf die Couch. Jetzt kann nichts mehr passieren. Die Kavallerie ist eingetroffen.«

Eher widerwillig folgte sie seinem Rat. Die Hände vor sich auf dem Schoß gefaltet, blickte sie ihn hilflos an.

»Uns ist nichts passiert«, versuchte er sie zu beruhigen. Wirklich helfen wollte es nicht. Es war nicht das Geschehen als solches, das sie bedrückte, sondern vielmehr, was abgewendet werden konnte. Die Verhöre der Ermittler verliefen kurz und schmerzlos. Hilpert und Albers konnten nichts zur Sachlage beitragen. Zu überraschend wurde auf die beiden Männer geschossen. Sie malträtierten ihr Gedächtnis ohne messbaren Erfolg. Sie waren nicht einmal imstande, so etwas wie eine halbwegs zutreffende Beschreibung des oder der Schützen zu geben. Ebenso wenig konnten sie etwas zu dem Motorradmodell aussagen, mit dem sie geflohen waren. Sicher lag die Maschine längst irgendwo im Straßengraben.

Angela Meinhard nahm ihm eine Viertelstunde später die Verantwortung für ihre Tochter ab. Diesmal folgte sie ihr, ohne zu widersprechen. Hilpert war erleichtert. Was hätte er mit der jungen Frau in seinem Haus über Nacht anfangen wollen? Die einzig schlüssige Option kam eindeutig nicht infrage. Gelobt waren die Mütter, die sich um ihre erwachsenen Töchter kümmerten. Welche Ziele verfolgte Kristin, wenn sie ihn aufsuchte? War es der Kampf um die eigene Existenz und die ihrer Eltern? An die Karte Erotik glaubte er nicht. So viel musste ihr klar sein, sie zog bei ihm nicht. Das fehlte ihm in seiner Sammlung, sich über die Töchter seiner ehemaligen Klassenkameraden herzumachen und sich im Zweifelsfall mit den Eltern auseinanderzusetzen. Die Söhne könnte er großzügig Albers überlassen. Dem gingen seine moralischen Bedenken vermutlich ab. Zu seinem Bedauern tauchte in ihrem Umfeld niemand auf, der für ihn infrage käme.

Die Spurensicherung fand in seinem Carport Handwerkzeug, mit dem die ungebetenen Besucher abermals hätten versuchen können, die Räder zu lockern oder die Bremsleitung zu kappen. Möglicherweise war beides geplant. Das hätte bei der Limousine erheblich größere Schwierigkeiten bereitet als bei seinem Golf. An die Bremsleitungen wären sie nicht so ohne Weiteres herangekommen. Die beiden Toten waren schnell identifiziert. Sie gehörten zum Umfeld des Hamburger Kiezes. Sie waren sich für keinen Auftrag zu schade, wobei ein Mordanschlag eigentlich eine Nummer zu groß für sie war. Sie trugen keine Waffen. Sie sollten augenscheinlich ausschließlich das Auto manipulieren. Hilpert überlegte, was sie auf deren Tun aufmerksam gemacht hatte. Den Bewegungsmeldern waren sie geschickt ausgewichen. Was verursachte den Lärm, der sie aufgeschreckt hatte? Waren sie mit einem Schraubenschlüssel gegen eine Radkappe gestoßen? Nachdenklich schüttelte er den Kopf. Waren Berufsverbrecher tatsächlich so unvorsichtig? Die erste Lektion bei solch einer Aktion war, nicht aufzufallen und vor allem keinen Krach zu veranstalten. Dagegen wurde dilettantisch verstoßen. Oder hatten die Helden bewusst dieses Getöse verursacht? Hinzu kam, für wie dumm mussten ihn seine Gegner halten, indem sie zweimal hintereinander die gleiche Vorgehensweise wählten, in der Hoffnung sie würden diesmal darauf reinfallen?! Garantiert unterschätzten sie ihn nicht. Das

Ganze sah eher getürkt aus. An seinem Auto sollte nicht manipuliert werden. Die Schützen hatten es auf sie abgesehen. Wären sie durch den Vordereingang hinausgestürmt, um nach dem Rechten zu schauen, wären sie voll ins Visier der Männer auf dem Motorrad geraten. Wie präzise sie schießen konnten, hatten sie bei ihren eigenen Leuten hinlänglich demonstriert. Hilpert vermutete ein Nachtsichtgerät. Das war zwar schwer zu beschaffen. Letztlich war es jedoch eine Frage des Geldes. Wer genug davon hatte, erwarb mehr oder weniger alles, was sein Herz begehrte. Aus den Arsenalen der Bundeswehr oder der Amerikaner verschwanden gerne mal Teile, für die sich Dritte interessierten. Soldaten gehörten nicht gerade zu den bestbezahlten Arbeitnehmern im Lande. Wo Bargeld lachte, kam die Moral schnell unter die Räder.

Zusehends verstand Hilpert die Strategie. Der Ansatz, sie durch das Gepolter im Carport aus dem Haus zu locken und sie anschließend von den Männern auf dem Motorrad auszuschalten, hatte eine gewisse Klasse. Nicht in diese Falle gestolpert zu sein, rettete ihr Leben. Polizeirat Gäbler hatte sich inzwischen zu ihnen gesellt. Gemeinsam kauten sie auf der Frage herum, wer es auf Hilpert abgesehen haben mochte.

»Du hast doch eine besondere Beziehung in den Kosovo«, stellte er fest. »Wärmt da jemand die Suppe auf?«

Hilpert kratzte sich nachdenklich am Kopf. »Natürlich ist alles denkbar. So recht dran glauben will ich nicht. Es gibt eine Einigung, die bislang von beiden Seiten eingehalten wurde. Die hält seit Jahren.«

»Was macht dein Kumpel aus der Gegend? Vielleicht weiß der etwas. Der hört doch sonst das Gras wachsen.«

»Er hörte. Leider wurde er vor einem Jahr in Priština erschossen. Ist dort nach wie vor ein heißes Pflaster. Dabei soll es sich um interne Zwistigkeiten gehandelt haben.«

»Und ansonsten?«

»Klar gibt es Fälle aus der Vergangenheit, wo der eine oder andere meinen könnte, ich störe seine Wege. Konkret fällt mir jedoch niemand ein. Was mich verunsichert, ist das Maß an Professionalität, mit dem vorgegangen wird. Zumindest der Erste von uns, der das Haus verlassen hätte, wäre draufgegangen. Bei guten Nerven der Schützen hätte es uns beide erwischt. Außerdem erschreckt es mich, mit welcher Brutalität die die eigenen Leute erschossen haben. Das sieht nicht nach der Racheaktion eines Einzelnen aus. Dahinter steht meines Erachtens organisatorische Kompetenz. Bloß keine Zeugen zurücklassen.«

»Egal, wer hinter allem steckt. Denen wird es schwerfallen, zumindest auf St. Pauli neue Leute anzuwerben«, gab Albers zu bedenken.

»Das könnte ein kleiner Vorteil für uns sein«, stimmte Hilpert ihm zu. »Trotzdem fürchte ich, die eigentlichen Drahtzieher kommen sicherlich ohne Unterstützung vom Kiez zurecht. Die beiden Erschossenen waren eher Handlanger.«

Albers schüttelte nachdenklich den Kopf. Diesmal wärmte er die Idee auf, der damalige Tod seines Freundes könnte dahinterstecken. »Bevor du mir meine Argumente um die Ohren schlägst, Fabian, angenommen Jens Welte wurde im Zusammenhang mit seiner Drogenbeschaffung umgebracht. Weiter angenommen, der einst jugendliche Täter ist zum Profi herangereift. Wäre der in der Lage, sich Spezialisten für diesen Job zu organisieren. Vielleicht gehört er heute zu den Großen im Geschäft.«

Hilpert waren seine Zweifel anzusehen. »Natürlich ist das denkbar. Wenn ich mir die ehemaligen Klassenkameraden anschaue, die hiergeblieben sind, sehe ich keinen, der dafür infrage käme. Und würde er oder sie selbst aktiv, wer von denen kann so gut schießen?«

»Das fragst du, der du im Umkreis aufgewachsen bist«, blieb Albers am Ball. »Es laufen genug Leute herum, die als Kinder mit zur Jagd genommen wurden. Oder sich früh im Schützenverein mit dem Umgang von Waffen vertraut gemacht haben. Außerdem springst du zu kurz. Er oder sie sitzt vielleicht in Bremen, München oder Stuttgart, vielleicht in Holland, Österreich oder in der Schweiz. Gemächlich lässt der in dieser Region die Puppen tanzen und wir jagen durch die Gegend und finden niemanden, der passt.«

Hilpert blieb skeptisch, obwohl er Albers' Einwand gelten ließ. »Es kommt mir zwar weit hergeholt vor, dennoch dürfen wir deine Aspekte nicht ausschließen.« Ironisch fuhr er fort: »Am besten stellen wir eine zweite Sonderkommission zusammen, Arbeitsname Hilpert. Die stürzt sich auf jeden, der in irgendeiner Konstellation zu mir Kontakt hatte.« Er lachte bitter auf. »Am Ende war's 'ne Verwechslung und die meinten mich gar nicht. Eines sollten wir bedenken. Die Anschläge wurden offensichtlich von langer Hand geplant. Denk bloß an die beiden Erschossenen vom Kiez. Ich hatte den vermeintlichen Mord an Jens bis vor wenigen Tagen nicht auf dem Zettel. Ich behaupte, die Ereignisse kreuzen sich zufällig. Warten wir vorerst ab und hoffen, den nächsten Anschlag zu überleben.«

»Grandiose Idee!«, schimpfte Albers los. »Das ist ein absolutes Scheißkonzept. Und im ungünstigsten Fall erwischen die dich und mich gleich mit.«

Hilpert ließ sich nicht aus der Ruhe bringen. »Ich bin für jede bessere Idee zu haben. Was hältst du davon, in meinem Hamburger Büro einen Kasten für Verbesserungsvorschläge aufzuhängen?« Zwischen seinen Augen bildete sich eine steile Falte. »Eines ist klar, mein Freund. Niemand ist gezwungen, sein Leben für mich aufs Spiel zu setzen.«

Albers gab vorerst auf. »Red keinen Mist! Wir kriegen das Ding gemeinsam auf die Reihe.«

Sie kamen um ihr größtes Problem nicht herum. Sie wussten nicht, aus welcher Richtung der Wind wehte, geschweige denn, wer als Täter oder Initiator infrage käme.

Am nächsten Morgen telefonierte Hilpert mit Hamburg. Wie nicht anders zu erwarten, stöberte Lisa Kohler alle Akten durch, derer sie habhaft wurde. Nele unterstützte sie, soweit es ihre Zeit zuließ. Stange durchforstete ebenso die Papierberge, obwohl er sie wie Hilpert hasste. Jede Akte lief durch mindestens vier Hände. In einer ähnlich gelagerten Konstellation waren sie vor einigen Jahren erfolgreich. In ihrem Fall quälten sie die Unterlagen, ohne auf irgendeine Antwort zu stoßen. Hilpert hatte sich hinlänglich Feinde gemacht. Sie stießen trotzdem auf niemanden, der über die organisatorischen und finanziellen Voraussetzungen verfügte, um solch eine Aktion loszutreten.

An diesem Vormittag schafften sie es endlich, Jens' ehemaligen Arzt aufzusuchen. Er wirkte auf sie so niedergeschlagen, als habe seine Therapie erst vor wenigen Tagen versagt. Hilpert hatte das Tagebuch an einen befreundeten Gerichtsmediziner weitergereicht, der die Qualität der detailliert beschriebenen Entzugstherapie als kompetent und überaus aufwendig einschätzte. So gesehen hatte der Mann sich nichts vorzuwerfen. Dr. Kaufmann war Anfang sechzig. Sein Haupthaar hatte dem Alter Tribut gezollt. Er trug eine Jeans und ein weißes Sweatshirt als Symbol seiner medizinischen Zuständigkeit. Er führte seine Praxis in einem Ärztehaus in der Gertrudenstraße. Sie war modern eingerichtet. Im Vorraum wurden sie von zwei jüngeren Frauen empfangen. Sie nahmen enttäuscht zur Kenntnis, dass sein Bedarf an einer Behandlung gedeckt war. Weiter im Hintergrund saß eine ältere Kollegin, die den PC malträtierte. Die schaute kurz auf und tippte unerbittlich weiter.

Der Internist hatte vor sich eine Akte liegen, die er Hilpert herüberreichte. »Mir ist zugetragen worden, es bestehen Zweifel an der Todesursache von Jens Welte. Ich kann nur so viel sagen, er ist an einer Überdosis gestorben. Das habe ich damals in dem Totenschein vermerkt. Es wurden keinerlei Zweifel an meiner Diagnose geäußert. Wenn Sie selber schauen wollen.«

Hilpert winkte beruhigend ab. »Ich denke, an der Todesursache hat es keinerlei Zweifel gegeben. Es geht mehr um die Frage, wer die Spritze angesetzt hat.«

»Ich verstehe. Was kann ich für Sie tun?«

»War nach Ihrer Einschätzung mit dem Rückschlag zu rechnen?«

»Die Gefahr besteht immer«, ging der Arzt auf seine Frage ein. »Die Erfahrung zeigt, dass nach dieser relativ langen Therapiezeit gleichwohl die Wahrscheinlichkeit eines kurzfristigen Rückfalls recht gering gewesen war. Zumindest konnte ich das der Fachliteratur entnehmen. Privat hatte Jens meines Wissens keine Schwierigkeiten, die ihn in alte Verhaltensweisen getrieben hätten. Umso überraschter war ich, als ich ihn so liegen sah. Ich war damals verzweifelt.«

»Er hat gelegen?«

»Mehr oder weniger. Er war gegen einen Baum gelehnt, in einer Hand sein Spritzbesteck, sein linker Arm war noch abgebunden.«

»Wie beurteilten Sie als Arzt die Möglichkeit eines Suizids?«

»Dazu gab es meines Erachtens keine Veranlassung. Jens war gut drauf. Die Therapie hatte gewirkt. Sein Abitur war nach meinem Wissensstand nicht gefährdet. Leider bin ich kein Psychiater oder Hellseher. Wie es tatsächlich in ihm aussah, konnte ich letztlich nicht beurteilen.«

»Weshalb sind Sie von der Polizei als Arzt gerufen worden?«

»Jens trug eine Karte von mir am Mann. Sie war eigentlich zur Unterstützung des Lebenden gedacht.«

»Und in den Monaten davor, gab es zwischendurch Rückfälle?«

Kaufmann schüttelte den Kopf. »Nicht einmal. Ganz im Gegenteil hat er mit ungeahnter Konsequenz an seiner Genesung gearbeitet. Das hieß, keine Ersatzdrogen wie Methadon, er hörte sogar mit dem Rauchen auf und trank vor allem keinen Alkohol. Wobei er damit eh keine Probleme hatte.«

»Ich weiß, das galt im Grunde für alle Mitglieder der Band«, stimmte Hilpert ihm zu. »So gesehen waren wir bis auf ihn Amateure. Nix da mit Sex, Drugs und Rock 'n' Roll.«

»Die Musik hat ihm über schwere Zeiten geholfen. Wenn er zu mir kam, hatte er stets Trommelstöcke und eine runde Platte aus Hartgummi dabei. Die sah ein bisschen aus wie ein Tortenboden. Darauf trainierte er stundenlang wie besessen. Das hat kaum Lärm verursacht. Gelegentlich habe ich ihm zugehört und mich ebenfalls versucht. Wissen Sie, wie schwer es ist, einen Wirbel zu spielen? Ich habe mir fast die Finger abgebrochen.«

Hilpert lachte auf. »Ein Instrument einigermaßen zu beherrschen, dauert seine Zeit. Jens war richtig gut. Und wie Sie feststellen konnten, pflegte er sein großes Talent und überließ nichts dem Zufall. Nur so funktioniert das.« Er spürte, er war einmal mehr dabei, seine Distanz zu verlieren, einfach, weil er direkt betroffen war. Nicht umsonst wurden Ermittler in solchen Situationen von dem Fall abgezogen. Darüber machte er sich keine Gedanken. Er recherchierte als Privatmann. Niemand konnte es ihm untersagen. »Kommen wir auf seinen Zustand zurück. Sie stimmen mir also zu, es gab keine erkennbare Veranlassung, die ihn zum Umkippen gebracht hätte.«

»So ist es. Ich empfand ihn im Gegensatz zu anderen Süchtigen, mit denen ich zu tun hatte, als überaus stabil. Die Therapie war eh längst abgeschlossen. Die Entgiftung lag weit hinter uns. Die letzten Monate ging es mehr um Kontrolle und die Ermutigung nicht lockerzulassen. Im Prinzip ist der Kopf das Problem. Das galt nicht für ihn. Er erinnerte mich zuweilen an jemanden, der das Rauchen aufgegeben hatte. Und nun wie ein Prophet andere ebenfalls davon abhalten wollte. Ich hatte sogar darüber nachgedacht, den Therapieansatz zu publizieren. Das konnte ich mir anschließend schenken.« Er winkte ab. »So wichtig waren meine Pläne nicht.«

»Hatten Sie weitere Drogenpatienten?«

»Nein, Jens war der erste und einzige. Ansonsten reiche ich Drogenpatienten prinzipiell weiter. Was Jens betraf hatte ich mich tief in die Materie eingelesen. Nach seinem Tod habe ich mich ausschließlich auf meine eigentliche Tätigkeit konzentriert.« Er blickte traurig in Hilperts Richtung. »Wir hatten beide Hoffnung geschöpft und es ging daneben. Das reichte mir. Schuster bleib bei deinen Leisten.«

»Sie haben sich sicherlich über viele Dinge unterhalten. Wissen Sie, wer sein damaliger Dealer war? Fühlte er sich bedroht?«

»Das Thema hatten wir ausgeklammert. Er wollte darüber nicht reden, ich wollte davon nichts wissen. Er machte nicht den Eindruck eines Menschen, der sich bedroht fühlte. Das wäre mir nicht entgangen. Ganz im Gegenteil wirkte er entschlossen und gut gelaunt auf mich.«

»Er führte eine Art Tagebuch. Wussten Sie davon? Es war insbesondere ein Bericht über Ihre gemeinsamen Bemühungen.«

»Dann hatte er also meine Anregung aufgenommen.«

»Anregung?«

»Ja, ich empfahl ihm, über die Therapie zu schreiben, seine Gefühle, seine Schmerzen festzuhalten, seine Erfolge auszukosten. Gezeigt hat er es mir nie. Dies sollte wohl sein Geheimnis bleiben.«

»Sagen Sie, Doktor, die Behandlung dürfte einiges gekostet haben. Hat das die Krankenkasse alles übernommen?«

»Selbstverständlich die Medikamente und anfangs meinen ärztlichen Aufwand. Irgendwann gab es einen Cut. Nach dem Motto, nun muss der Patient endlich geheilt sein.«

»Sie haben trotzdem weitergemacht?

»So ist es. Ich möchte nicht falsch verstanden werden. Ich bin nicht der Typ, der einige Jahre nach Afrika gegangen ist, um kranken Menschen zu helfen. Ich lebe gerne gut. Und ich muss Ihnen nicht erklären, wie viel das kostet. Wie ich bereits anmerkte, fasste ich durch den Erfolg der Therapie den Entschluss, diese zu veröffentlichen. Das war mir die kostenlose Arbeit wert.«

»Und Jens war damit einverstanden?«

»Darüber hatten wir nicht gesprochen. So wie ich ihn kannte, wäre es ihm gleichgültig gewesen. Patientennamen werden eh nicht publiziert. Solche Forschungsergebnisse erscheinen in Fachpublikationen und werden von Insidern gelesen. Die Bildzeitung berichtet darüber gemeinhin nicht.«

Hilperts Fragen hatten sich erschöpft. Sie tauschten sich abschließend ein paar Minuten über die alten Zeiten aus, bevor sie sich trennten. Kaufmann war Fan ihrer Band, wie er zu seinem Erstaunen feststellte. Aus den Tiefen seines Schreibtischs klaubte er eine CD hervor, die sie vor mehr als zwanzig Jahren in Eigenregie auf den Markt gebracht hatten. Hilpert kramte in seiner Erinnerung. Hatten sie die Kosten der CD überhaupt eingespielt? Er war sich ausgesprochen unsicher. Im Zweifelsfall hatten sie draufgezahlt.

5

Vor dem Ärztehaus erreichte Hilpert ein Anruf von Janette Welte, die ihn um ein weiteres Gespräch bat. Die Umgebung seines Hauses erschien ihm mittlerweile als zu gefährlich, um Gäste zu sich einzuladen. Also verabredeten sie sich im Lim's. Seine Gegner würden hoffentlich auf ein Blutbad verzichten, um an ihn heranzukommen. Sie hielt sich in der Innenstadt auf, da sie in der Buchholz Galerie eingekauft hatte. Da kam ihr der Treffpunkt gelegen. Das Restaurant lag in etwa auf ihrem Weg in der Fußgängerzone. Das Treffen machte so gesehen keine Umstände. Das größere Problem sahen sie in potenziellen Angriffen, bei denen Unbeteiligte zu Schaden kommen konnten. Hilperts Gegner müssten jedoch um seine konkreten Pläne wissen. Das konnte er weitgehend ausschließen. Die Buchholzer Polizei observierte das Umfeld seines Hauses eingehend. Sie stießen auf keine interessierten Fremden, die Hilpert auszuspähen schienen.

Diesmal erschien Janette nicht allein, sondern in Begleitung ihres Freundes. Hilpert hatte ihn bei seinem Besuch von Jens' Eltern flüchtig wahrgenommen. Wie sich zeigte, fungierte er als eine Art Begleitschutz, der ihr moralischen Beistand leisten sollte.

Sie spielte unruhig mit ihren Fingern, bis sie auf ihr Anliegen zu sprechen kam. Sie öffnete ihre Hängetasche und zog ein Sparbuch heraus. Ohne ein weiteres Wort zu verlieren, reichte sie es Hilpert herüber. Er warf einen Blick hinein. Es lief auf Jens' Namen. Die eigentliche Überraschung war die Höhe des angesparten Betrags. Umgerechnet ging es um fünfzehntausend Euro. Wie war sein Freund an so viel Geld gekommen? Ende der Neunziger war das für sie ein unendlich hoher Betrag. In seiner Magengegend rumorte es. Im Prinzip gab es nur eine plausible Antwort. Und die wollte ihm nicht passen. Er musste schlucken, bevor er die erste Frage an sie loswurde. »Haben deine Eltern zu Jens' Lebzeiten gewusst, über wie viel Geld er verfügte?«

»Natürlich nicht. Bestimmt hätten sie ihn nach dessen Herkunft befragt. Vielmehr meldete sich irgendwann die Volksbank bei ihnen und sprach sie auf das Sparbuch an. Als Jens' Erben sollte es auf sie umgeschrieben und natürlich auf Euro umgestellt werden. Sie suchten einige Wochen, bis sie das Versteck in seinem Zimmer fanden. Sie dachten nicht lange nach, sondern haben es mir überlassen.«

»Wo hat er das viele Geld her? Meinst du, er hat gedealt?«, fragte er sie unverblümt. »Im Hamburger Hafen hat er zumindest keine Schichten geschoben. Das hätte ich mitbekommen.«

»Was weiß ich. Hat er vielleicht mit seiner Musik so viel Geld gescheffelt?«

Er blickte sie freudlos an. »Eher nicht. Wenn du die Kosten gegen unsere mickrigen Gagen gerechnet hast, blieb wenig bis nichts übrig. Eigene Kompositionen haben leider keine Tantiemen gebracht.«

»Warum nicht?«

»Wir hatten keine. Jens hätte das Talent dafür gehabt. Freddy wäre gut für Texte gewesen. Dem stand vor allem das Scheißrauschgift entgegen. Während des Entzugs hatte Jens garantiert andere Probleme.«

»Nicht ganz«, widersprach sie. Sie griff in ihre Tasche und zog einen Packen Notenblätter heraus. »Je weiter er von dem Rauschgift wegkam, desto stärker brach offensichtlich seine Kreativität durch. Ich meine, da sind ein paar gute Sachen bei.«

Hilpert nahm die Notenblätter an sich und warf einen Blick

darauf. »Daraus machen wir in memoriam eine CD. Die Kosten übernehme ich. Die Tantiemen kannst du einstreichen.«

»Und wenn er tatsächlich gedealt hat?«

»Das wäre mir scheißegal. Die CD wäre für den Freund, so wie ich ihn gekannt habe.«

Ansatzlos begann sie zu weinen. Ihr Begleiter nahm sie in den Arm und strich ihr zärtlich über das Gesicht. Es dauerte einige Minuten, bis sie sich beruhigt hatte. Sie griff nach Hilperts Hand und küsste sie. »Du bist ein echter Freund gewesen.«

Hilpert wollte sich das Sparbuch in Ruhe anschauen, bevor er es ihr zurückgab. Ihn interessierten die Daten der Einzahlungen und deren jeweilige Höhe. Vielleicht ließen sich daraus für seine Ermittlungen Schlüsse ziehen. Sie waren in jungen Jahren keine Heiligen gewesen, aber im Kern harmlos. Hatte sein bester Freund mit Drogen gedealt? Auf diese Idee wäre er nie gekommen. Selbst nach zwanzig Jahren belastete ihn dieser Verdacht. Egal, wie er es drehte und wendete, er wusste verdammt wenig über ihn. Hatte Jens in ihrer Freundschaft das Gleiche gesehen wie er? Augenscheinlich nicht. Er war zu der Zeit naiv gewesen und hatte keine Veranlassung, gewisse Verhaltensweisen und Äußerungen tiefer zu durchdenken. Erst die Realität seines Berufs ließ ihn erwachsen werden. Heute wäre er nicht mehr so leicht hinters Licht zu führen.

Janettes Freund warf einen kritischen Blick auf das Sparbuch, das Hilpert in den Hand hielt. »Doktern Sie nicht zu lange damit rum. Ich sehe dafür gute Verwendungsmöglichkeiten.«

Janette unterbrach ihn unerbittlich: »Fabian wird damit so lange arbeiten, wie er es für richtig hält. Ich wüsste nicht, was mit dem Geld kurzfristig geschehen sollte.«

Hilpert blickte das Paar nachdenklich an. Oft genug litt eine Beziehung, mischte sich Geld ein. Zu häufig drängte es Emotionen zurück. Hiermit mussten sich die beiden selbst auseinandersetzen. Das war nicht seine Spielwiese. Er leerte seine Kaffeetasse, gab der Kellnerin ein Zeichen, bezahlte und verabschiedete sich.

Albers hatte sich an dem Gespräch als Außenstehender nicht beteiligt. Nunmehr fand er es an der Zeit, sich gegenüber Hilpert zu äußern. »Die werden miteinander Probleme bekommen. Die fünfzehntausend Euro haben es dem netten Freund angetan. Mir scheint, sie hat es noch gar nicht gerafft.«

Hilpert winkte ab. »Sie ist alt genug, um auf ihre Mäuse aufzupassen.«

Als sie auf dem Parkplatz in ihr Fahrzeug einstiegen, vergewisserten sie sich vorsorglich, ob es irgendwelche finstere Gestalten auf sie abgesehen hatten. Es blieb ruhig, als habe es nie einen Anschlag auf Hilpert gegeben. In Ermangelung besserer Alternativen fuhren sie zurück in ihre Unterkunft.

Kein Urlaub war so heilig, um nicht von einem Senator unterbrochen werden zu dürfen. Von den Malediven wäre er nicht zurückgepfiffen worden. Für Buchholz reichte ein Fingerschnipsen. Sie trafen sich wie gehabt an gleicher Stelle in gleicher Besetzung im Polizeipräsidium. Die Stimmung war spürbar gereizt. Der Senator war unzufrieden, weil ihm die Ermittlungen zu schleppend vorangingen. Sein Tagesablauf wurde gnadenlos durch seine Leibwächter bestimmt. Er spürte, nicht mehr Herr des privaten Geschehens zu sein. Diesen Ärger hatte eine Din-A4-Seite verursacht. Der Staatsrat war stets schlechter Laune, wenn er Hilpert sah. Röhrs fühlte sich durch seine Anwesenheit in seiner Rolle als Chefermittler unzureichend gewürdigt. Der Polizeipräsident schaute entnervt in die Runde. Er spürte, wie von allen Seiten auf ihn Druck ausgeübt würde. Als Erster meldete sich Röhrs zu Wort. Er beklagte ein personelles Ausufern der Runde, was seiner Meinung nach die Ermittlungen nachhaltig zu behindern drohte. Hilpert musste nicht darüber sinnieren, wen er wohl meinen könnte.

»Was haben Sie an meiner Entscheidung zu bemängeln?«, fuhr ihn der Senator mit bedrohlichem Unterton an.

Röhrs traf die einzig richtige Entscheidung, er ruderte zurück und sprach von einem Missverständnis seinerseits. Zuweilen war es angesagt, den Mund zu halten, bevor nicht das Terrain sondiert war.

Eigentor!, durchfuhr es Hilpert. Wie man sich auf dem Weg zur Alleinherrschaft mittendrin festfahren konnte.

»Also, Herr Kriminaldirektor, wie weit sind Sie inzwischen gekommen?«, behielt der Senator Röhrs am Wickel.

Dieser versuchte sich mit der Darstellung organisatorischer Entscheidungen über die Runden zu retten. Das gelang ihm nur bedingt. Hilpert ahnte, was auf ihn zukommen würde. Er sollte recht behalten.

Der Staatsrat versuchte Druck von Röhrs zu nehmen, indem er Hilpert zu einer Stellungnahme aufforderte. »Wie schätzen Sie die Situation ein, Herr Oberrat? Letztendlich sitzen Sie ja an einem ähnlich gelagerten Fall dran..«

Er ließ sich nicht aus seiner Komfortzone herauslocken. »Ihnen ist bekannt, ich nehme keine Funktion in der Ermittlungsgruppe wahr und bin eigentlich im Urlaub, Herr Staatsrat. An meiner Einschätzung hat sich nichts geändert. Solange wir keine neuen Erkenntnisse besitzen, muss vom Schlimmsten ausgegangen werden. Das heißt, jede Form von Regelmäßigkeit, lieb gewonnene Gewohnheiten, müssen aufgegeben werden.« Diesmal sprach er direkt Röhrs an. »Wird das Fahrzeug von Tag zu Tag gewechselt? Werden auf dem Weg ins Büro und zurück ständig unterschiedliche Routen gewählt? Sind die Limousinen mit anständiger passiver Sicherung ausgerüstet? Sind die Leibwächter sorgfältig ausgebildet und verfügen über ausreichend operative Erfahrung in diesem Geschäft? Wird sich um die Familie gekümmert? Senator, wenn Sie regelmäßig joggen, bringen Sie Ihren Crosstrainer im Keller in Bewegung und verzichten auf Waldläufe.«

»Damit kommen wir keineswegs schneller an die Gefährder heran, sollten sie tatsächlich existieren«, warf der Staatsrat ein.

»Das mag so stimmen«, erwiderte Hilpert. »Nur ist es die erste Aufgabe, das Leben des Senators und seiner Familie zu schützen. Schließlich haben wir es nicht mit einem Bösebubenstreich zu tun. Solange wir nicht mehr wissen, muss von einer sorgfältig geplanten Aktion ausgegangen werden. Das heißt, der Senator ist vor dem Drohbrief ausgespäht worden, um seine Gewohnheiten in Erfahrung zu bringen. Das wurde bislang nicht bemerkt, da es für ihn keine konkrete Bedrohung gab. Verändern sich die Verhaltensweisen des Senators, müssen von seinen Gegnern die neuen Strukturen erforscht werden. Dabei erwischen wir vielleicht den einen oder anderen. Bis dahin heißt es abwarten und hoffen, auf Verwertbares zu stoßen. Selbstredend darf niemandem aus dieser Runde etwas passieren. Da müssen wir aufs Glück setzen. Vielleicht gibt es bald ein neues anonymes Schreiben, das uns weiterhilft.«

Es war Röhrs an der Nasenspitze abzulesen, nicht alle Hinweise von Hilpert berücksichtigt zu haben. Und ob Senator Kirschstein bereit war, auf seine regelmäßigen Joggingeinheiten zu verzichten, blieb gleichermaßen dahingestellt. Ansonsten bewegten sich die Diskussionsteilnehmer im Kreis. Eine halbe Stunde später wurde es dem Senator zu bunt und er hob die Runde auf. Im Hinausgehen nahm Diercksen Hilpert beiseite. »Nach Ihrem Urlaub übernehmen Sie die Sonderkommission. Röhrs ist dabei, selbst seinen Gönner, Staatsrat Raben, zu nerven.«

»Bitte tun Sie mir das nicht an!«

»Ich hab da keine Aktien drin. Es ist letztendlich Kirschsteins Entscheidung.«

»Und sein zweiter Mann, wie sieht der das?«

»Auf den kommt es wohl nicht drauf an.«

Hilpert fuhr sich durchs Haar. »Das Grauen setzt sich also fort.«

»So ist das Leben: hart, aber ungerecht.«

»Eines möchte ich klarstellen, Herr Präsident, nicht falsch verstehen, ich bin nicht angetreten, inkompetenten Vorgesetzten Nachhilfestunden zu geben oder mich mit Politikern auseinanderzusetzen. Instruieren Sie Röhrs, er muss die Angelegenheit so lange wie einen ernsthaften Fall behandeln, wie er keine gegensätzlichen Erkenntnisse besitzt.«

»Sie meinen, er nimmt die Bedrohung nicht ernst?«

»Nicht ernst genug. Bislang ist ja nichts passiert.«

»Danke für den Hinweis.«

»Da nicht für.«

Albers erwartete ihn in seinem Büro. »Geht es zurück nach Buchholz?«

»Das lässt sich kaum vermeiden«, erwiderte Hilpert entnervt. »Spielen wir weiter Räuber und Gendarm in meiner Heimatstadt.«

Auf dem Gang traf er Röhrs, der einen frustrierten Eindruck auf ihn machte. »Sie mit Ihren klugen Ratschlägen. Jetzt kann ich das halbe Präsidium für den Senator abstellen. Und glauben Sie mir, da regt sich nichts. Niemand interessiert sich für Kirschstein. Da fehlt bloß die Presse zu unserem Glück.«

»Hoffen wir, es möge so bleiben. Ich hätte einen guten Rat für Sie. Geben Sie dem Senator, was immer ihm beliebt. Vermitteln sie ihm das Gefühl, seine Situation zu verstehen. Verstärken Sie die Ermittlungen, was die Ernsthaftigkeit der Bedrohung betrifft.

Behalten Sie recht und alles war eine Farce, haben Sie in ein, zwei Wochen wieder Ruhe im Haus.«

»Sie sind ja ein richtiger Optimist.«

»Ohne kommt du nicht über die Runden. Und jetzt setze ich meinen Urlaub fort. Ich wünsche weiterhin ein frohes Schaffen.«

Hilpert sträubte sich dagegen, sich einen Kopf über Röhrs' Situation zu machen. War die Bedrohung für den Senator real, mussten die potenziellen Täter nur Ruhe bewahren. Irgendwann ließ die Sensibilität der Wächter nach. Dann könnten sie losschlagen. Nur was hatten sie davon, den Senator umzubringen? Die Tat wäre fraglos spektakulär. Allein Kirschstein war eine relativ unbekannte Größe in der politischen Szene. Ihm wurde zwar politischer Ehrgeiz nachgesagt, doch für wen galt das nicht? Hilpert hätte sich ein anderes Opfer ausgesucht. Vor allem hätte es von seiner Seite keine Vorabankündigung gegeben. Es knirschte im Gebälk. So einfach, wie Röhrs es sich machte, lag der Fall nicht. Dahinter steckte mehr. Unwillig schüttelte er sich. Er hatte Urlaub, wollte ein Verbrechen aufklären, das ihn persönlich betraf, und musste selber aufpassen, nicht ins Jenseits befördert zu werden. Freude wollte bei ihm nicht aufkommen. Um den Senator mussten sich andere kümmern.

Sie hatten sich in seinem Reihenhaus eingefunden. Albers blätterte das Tagebuch von Jens Welte durch. Hilpert durchforstete das Sparkassenbuch. Viel zu entdecken gab es darin nicht. Er winkte Albers zu sich. »Schau mal rein und sag mir, was du siehst.«

»Hm, ich sehe sechs Einzahlungen a 5.000 DM. Zinsen wurden nachgetragen, die Umstellung auf Euro ist erfolgt.«

»Was halten wir davon?«

»Ich frage mich, wer zahlt Drogengelder auf ein Sparkassenbuch ein? Bescheuert war dein Freund wohl eher nicht?! Startete die Dealerei 1998?«

»Mitnichten«, klärte Hilpert ihn auf. »Die begann mit Sicherheit früher.«

»Die Beträge wirken auf mich wie Raten, Darlehenszahlungen oder erpresste Zahlungen«, stellte Albers sachlich fest. »Sie kommen relativ gleichmäßig aufs Jahr verteilt und enden drei Monate vor Weltes Tod.«

Hilpert nickte zu Albers' kurzer Analyse. »Warum kam kein Geld mehr rein? Waren dreißigtausend Mark vereinbart oder wusste der Zahler, es hatte keinen Sinn mehr, Geld rauszutun, weil er eine andere Problemlösung gefunden hatte. Es ist zum Heulen. Wo liegt die Lösung? Momentan raffen wir nichts.« Entschlossen stand er auf. »Komm wir fahren nach Tostedt.«

Hilpert telefonierte mit Jens' Mutter und meldete ihre Ankunft an, ohne zu fragen, ob es passte. Wie in alten Zeiten kam es ihr nicht in den Sinn, ihn abzuweisen. Er verzichtete selbstredend darauf, sich anzumelden. Man läutete an der Tür und wurde eingelassen. Etwas zu essen und zu trinken zu bekommen waren eine Selbstverständlichkeit. Garantiert setzte sie nun den Kaffee auf und zauberte Kuchen oder Kekse auf den Tisch. Hiermit sollte er recht behalten. Im Gefrierschrank fand sich eine halbe gefrorene Torte an. Sie war nur ansatzweise aufgetaut, als die beiden eintrafen. Trotzdem langten die Kriminalbeamten kräftig zu. Sie waren jung und austrainiert genug, um sich keine Gedanken über ihren Leibesumfang machen zu müssen. Und wer hatte etwas gegen eine geeiste Torte einzuwenden? Hilpert legte das Sparbuch auf den Tisch des Hauses und verdeutlichte damit ohne große Worte, worum es ihm ging.

»Wir machen uns Gedanken, wie Jens an das Geld gekommen ist und was er damit anfangen wollte. Können Sie mir sagen, ob in dem Jahr irgendetwas vorgefallen ist?«

Heinz Welte musste nicht lange nachdenken. »Es ist, als sei es letzte Woche gewesen. Anfang des Jahres informierte uns unser Arbeitgeber über einen geplanten Personalabbau. Die Belegschaft sollte halbiert werden. Die Umsetzung der Maßnahmen war bis Ende Oktober vorgesehen. Ich hab damals damit gerechnet, zu denen zu gehören, die fällig wären. Ich hatte Glück und durfte bleiben, weil ich Familie hatte. Ein fetter Auftrag aus Süddeutschland im Juni reduzierte wenig später die bevorstehenden Entlassungen gewaltig. Ich erinnere mich, wie wir durchatmeten. Bis dann der eigentliche Schlag im November mit Jens' Tod kam. Es war ein Scheißjahr.«

Damit verstand Hilpert mehr. »Das erklärt einiges. Jens hat eine Quelle aufgetan, um die finanziellen Konsequenzen einer

Entlassung aufzufangen. Ab August wurde sein Geld nicht mehr benötigt. Somit wurden die Zahlungen auf sein Konto eingestellt.«

Jens' Vater blickte erschrocken auf. »Das klingt ja so, als habe er jemanden erpresst.«

»Das ist nicht auszuschließen. Es stellt sich nur die Frage, weshalb zahlt jemand umgerechnet fünfzehntausend Euro und tötet erst anschließend den Nutznießer des Geldes? Ist jemand bereit zu zahlen, muss er niemanden umbringen. Ich kann mir nicht vorstellen, Jens könnte nachgekobert haben. Ich vermute sogar, er verzichtete auf weitere Zahlungen.«

Erstmals meldete sich Ute Welte. »Das kann doch kein Grund sein, jemanden umzubringen.«

»Das sehe ich ebenso«, stimmte Hilpert ihr zu. »Unterstellen wir, Jens wurde ermordet, so verstehen wir nur einen Teil der Wahrheit. Das ist unser Hauptproblem.«

»Könntest du dir vorstellen, Jens ist nicht ermordet worden?«, fragte die Frau des Hauses hoffnungsfroh. Am liebsten hätte sie den Kopf in den Sand gesteckt. Die Wunden waren einigermaßen vernarbt, nun waren sie dabei, erneut aufzubrechen.«

Hilpert ging gelassen auf sie ein. »Die Beweislage ist dürftig. Damit punkten wir vor keinem Gericht der Welt. Beurteile ich die Fakten ausschließlich mit dem Verstand, so könnten wir uns zurücklehnen und uns auf einen Unfall einigen. Schalte ich meine Gefühle ein, so wurde Jens zweifelsfrei ermordet. Kein Beduine mordet in einer Oase wegen Wasser. Jens war clean. Mal angenommen, er wollte sich aus welchen Gründen auch immer einen Druck setzen, glauben Sie wirklich, er hätte sich in der Menge vergriffen? Weshalb verkriecht er sich im Wald? Zu Hause hätte er sich in seinem Zimmer eingeschlossen. Das wär's gewesen.« Er schaute zu ihr herüber. Unentschlossen hob sie die Hände. Hilpert blieb am Ball. Dieses Thema fesselte ihn wie Jens' Familie. »Glaubt jemand von Ihnen an einen Selbstmord von Jens? Er war clean, hatte keine finanziellen Probleme und hätte das Abitur mit links geschafft.«

Diesmal nickte die gesamte Familie zu seinen Worten. Es ging um Hoffen und Glauben. Es fehlte bloß die Kristallkugel, die sie befragen konnten. Damit gab sich Hilpert nicht zufrieden. Die Sichtweise des Ehepaars war für ihn ohne Belang. Er leerte seine Kaffeetasse und gab Albers das Zeichen zum Aufbruch. Beinahe synchron standen sie auf und verabschiedeten sich. Janette wollte ihm das Sparbuch rüberreichen.

»Ich brauche es nicht mehr. Es hat uns ein Stück weitergeholfen.«

»Und was fang ich damit an?«

»Das Geld war allem Anschein nach für die Familie gedacht. Wenn deine Eltern es nicht benötigen, gönn dir was davon. Jens würde es sicher so wollen.«

»Findest du nicht, es ist schlechtes Geld?«

Hilpert streichelte sanft über ihre Wange. »Es gibt kein schlechtes Geld, nur schlechte Menschen.«

Inzwischen neigte sich der Nachmittag dem Ende zu. Hilpert telefonierte vom Wagen aus mit Freddy Weinschenk. Er erklärte ihm in kurzen Zügen seine Pläne mit der Veröffentlichung von Jens' Kompositionen. Dieser war hellauf begeistert. »Klar machen wir das in meinem Studio. 'ne Band könnte ich organisieren. Wenn du nichts dagegen hast, übernehme ich den Basspart und die Leadgitarre. Es sei denn, du willst einspringen.«

»Wir wollen was Ordentliches auf die Beine stellen und uns nicht blamieren. Da störe ich bloß mit meinen ungeübten Fingern.«

»Schade, Fabian, aus dir hätte was werden können.«

»Abgefeimter Lügner. Was hältst du von morgen Vormittag, elf Uhr? Ich hätte außerdem ein paar Fragen an dich.«

»Der Termin ist okay. Am besten schaust du bei mir in Maschen vorbei. Da kannst du sehen, auf welchem Niveau wir arbeiten. Und wenn du Fragen hast, wirst du die gleich los.«

Weinschenk spielte unentschlossen mit einem Kugelschreiber. Er griff in die Schublade und nahm sein Prepaidhandy heraus. Es gab die eiserne Regel, keine verwertbaren Spuren zu hinterlassen. Der Gesprächsteilnehmer am anderen Ende fuhr ihn barsch an: »Es ist keine gute Idee, gerade jetzt mit mir zu telefonieren. Du weißt selber, Hilpert gräbt in alle Richtungen.«

»Gerade deshalb ruf ich an. Er will mich morgen sprechen.«

»Scheiße, hat der was gewittert?«

»Keine Ahnung, was empfiehlst du?«

»Das sollten wir nicht am Telefon besprechen. Ich schick jemanden vorbei. Ich selbst bin verhindert.«

»Einverstanden.«

Einmal mehr wurde Hilperts Planung umgestoßen. Er sollte seinen ehemaligen Mitschüler früher als gedacht treffen. Dies allerdings in einem wenig gebrauchsfähigen Zustand. Freddy Weinschenk war in seinem Studio in Maschen erschossen aufgefunden worden. Gäbler hatte ihn am frühen Morgen angerufen und dazu eingeladen, den Tatort zu besichtigen. Das Angebot konnte er nur schwer ausschlagen.

Das zweigeschossige Flachdachgebäude stand im Gewerbegebiet. Große Teile des Vororts von Hamburg waren als Gewerbefläche ausgebildet worden. Insbesondere der riesige Rangierbahnhof, die Nummer eins in Europa, dominierte das Bild der Ortschaft. Heimelige Gefühle wollten in der industriell geprägten Umgebung keine aufkommen. Das Spritzbetonhaus überzeugte nicht unbedingt durch seine ästhetische Anmutung. Im Innenbereich wandelte sich das Bild. Sie stießen auf modernste Aufnahmetechnik. Alles, was Rang und Namen hatte, hätte hier produzieren können. Wen es nach Nashville zog, tat es nicht wegen der Technik, sondern eher wegen der Musiker, für die es in Deutschland kaum eine Entsprechung gab. Ansonsten durften die Künstler sich und anderen einreden, in den USA den Stein der Weisen gefunden zu haben. Wer konnte einen Elvis oder Johnny Cash vorweisen?

Freddy saß auf einem Sessel vor einem gewaltigen Mischpult, bei dem sich ein Normalsterblicher fragte, woher wusste der Mann, welche Regler er zu öffnen oder zu schließen hatte, welche Knöpfe er bedienen musste? Diese Fragen konnte Freddy nicht mehr beantworten. Er hing schlaff in seinem Sitz. Sein Kopf war nach hinten geruckt, sein Mund geöffnet, als wollte er die Tat wegschreien. Auf der linken Seite seines Oberkörpers war unübersehbar ein hässliches Einschussloch. Den Schmauchrändern nach zu urteilen handelte es sich um einen aufgesetzten Schuss. Durch die Scheibe, die das Techniksegment vom Aufnahmebereich trennte, schauten sie auf einen Mikrofonständer und einen davorstehenden Barhocker. Dahinter war ausreichend Platz für eine Begleitband geschaffen worden, soweit nicht jedes Instrument individuell aufgenommen wurde. Der Tote hatte sich offensichtlich allein im Haus aufgehalten, bis er Besuch von seinem Mörder erhielt.

Gäbler informierte Hilpert und Albers sachlich über die vermutliche Abfolge der Tat. »Der Täter stand wohl leicht seitlich zu dem

Toten. Er setzte die Waffe an und drückte ab. Von Schmauchspuren abgesehen, hat er wenig Blut abbekommen. Das sieht an der Austrittswunde anders aus.« Er zeigte Hilpert einen Plastikbeutel mit einer Patronenhülse. Kaliber 7,65. Tatwaffe war eine Walther PPK.«

»Siehst du das der Hülse an?«, fragte Hilpert leicht erstaunt.

»Nein, der Waffe. Sie wurde im Eingangsbereich gefunden. Der Täter hat sie sorgfältig gesäubert und anschließend fallen lassen. Darauf finden wir unter Garantie keine brauchbaren Spuren.«

»Dieses Modell war bis in die Siebzigerjahre bei der Polizei in Gebrauch«, stellte Hilpert sachkundig fest. »Dann wurde es ausgemustert, unter anderem, weil dessen Durchschlagskraft zu gering war.«

»Du sagst es«, stimmte Gäbler ihm zu. »Die Pistolen wurden in Deutschland unter anderem für kleines Geld an Schützenvereine und Jäger vertickt. Da ist manche Waffe in dunkle Kanäle verschwunden. Andere Kontingente gingen ins Ausland. Handfeuerwaffen sind bis heute gerade in Entwicklungsländern heiß begehrt, vor allem wenn sie als Beipack der Entwicklungshilfe weitergereicht wurden. Die Walther war ziemlich populär. Schließlich hielt sie sogar als Arbeitsgerät von James Bond her.«

»Diese Pistole ist nicht beim Secret Service gelandet«, meldete sich ein SpuSi-Mitarbeiter, der Gäblers Ausführungen mitbekam und die Nummer der Waffe weitergegeben hatte. »Die hat ein Schützenverein aus der Gegend erworben.«

Dieses Wissen brachte sie nicht weiter. Die Waffe erwarb Ende der Achtziger ein Jäger aus Buchholz, der längst verstorben war. Danach verlor sich deren Spur.

Hilpert schaute sich das Szenario eingehend an. Er kannte sich ein wenig aus. »Freddy Weinschenk war anscheinend gerade dabei, etwas abzumischen.«

»Kann uns das weiterhelfen?«, fragte Gäbler hoffnungsvoll.

»Eher nicht. Er wird wohl kaum den Namen seines Mörders aufgenommen haben. Irgendwelche Zeugen?«

»Nein. Der Mord geschah zwischen 21:30 und 23:30 Uhr. Zu der Zeit hält sich in dieser Gegend fast niemand mehr auf.«

»Wer hat Freddy gefunden?«, fragte Hilpert nach.

»Die Putzfrau. Sie startet hier um halb sieben und braucht für beide Geschosse eine bis eineinhalb Stunden. Spätestens um neun sollte alles hergerichtet sein. Darauf wurde Wert gelegt. Sie meinte, wenn die richtigen Leute zur Aufnahme kamen, wurde anschließend kräftig gebechert. Da musste sie meist 'ne Stunde und mehr dranhängen. Vollgekotzte Toiletten und Waschbecken brauchen ihre Zeit. Weinschenk soll sich dann ausgesprochen großzügig gezeigt haben.«

»Wo haben die denn ihre Besäufnisse abgehalten?«

Gäbler zeigte mit dem Finger nach oben. »Hier unten gab es keinen Alkohol. Zumindest hat sich keiner angefunden. Ging es um seine Technik, war Weinschenk allem Anschein nach sehr penibel. Jim Beam und teure Technik hielt er für unvereinbar. Ich denke, da ist was dran.«

Mittlerweile hatte die SpuSi das Obergeschoss erreicht und erste Erfolge erzielt. Einer der Beamten kam mit zwei Plastikbeuteln herunter und reichte sie Gäbler. »In dem einen ist garantiert Heroin drin, in dem anderen Crystal Meth. Sollte ich mich irren, nehme ich Ballettunterricht. Alkohol steht oben ebenfalls in Massen rum, wie in einer Kneipe.«

»Wo lag das Rauschgift?«, wollte Hilpert wissen.

»Es steckte hinter einer Couch. Ein Besteck war dabei. Viel Mühe haben sie sich nicht gegeben, es zu verbergen.«

»War das Besteck sauber oder benutzt?«

»Dreimal dürfen Sie raten.«

»Hat Freddy gedrückt?«, wurde Hilpert hellhörig.

»Nach einer ersten oberflächlichen Untersuchung gibt's darauf keine Hinweise an seinem Körper«, klärte ihn Gäbler auf.

»Dann hat er seine Kunden bei Bedarf bedient oder damit gedealt oder beides.«

Hilpert blickte sich zweifelnd um. Musste Freddys Ermordung mit dem Tod seines Freundes Jens in Zusammenhang gebracht werden? War er sein Dealer gewesen? Allem Anschein nach hatte Weinschenk seinen Mörder erwartet. Die Eingangstür des Musikstudios war nicht verschlossen.

Hilpert fuhr sich mit einer Hand durchs Haar. »Ich habe mit Freddy im Verlauf des Nachmittags telefoniert. Wir wollten uns heute treffen. Hat er darüber mit jemandem gesprochen, der kalte Füße bekommen hat?«

Hier setzte Gäbler an. »Hattest du einen neuen Ermittlungsansatz und wolltest ihn daher sehen?«

Hilpert antwortete kopfschüttelnd: »Nicht wirklich. Ich wollte von ihm ein paar Details zu Jens' Drogensucht erfahren. Vor allem ging es jedoch um eine Reihe an Kompositionen, die mir Jens' Schwester überlassen hatte. Wir wollten daraus eine CD machen. In Richtung auf in memory. Ich hatte ihn nicht auf dem Radar wegen des möglichen Mordes an Jens. Über Drogengeschäfte denk ich eh nicht nach, es sei denn sie hängen mit der Ermordung meines Freundes zusammen.«

Gäbler nickte zu Hilperts Worten. »Ich verstehe. Nunmehr stellt sich die Situation einen Deut anders dar. Weinschenk verabredet sich mit seinem Mörder. Er lässt die Tür seines heiß geliebten Studios unverschlossen. Die kannten einander. Ich behaupte, das waren Geschäftspartner. Mit Musik hatte das Treffen nichts zu tun.«

Mittlerweile traf einer von Freddys Mitarbeiter ein, der für ihn als Tontechniker tätig war. Frank Perlebach war anzusehen, wie sehr ihn der Tod seines Arbeitgebers mitnahm. »Verdammt, was ist hier passiert? Wer hat Freddy das angetan?«

Die zweite Frage konnten ihm die Kriminalbeamten zu diesem Zeitpunkt nicht beantworten. Gäbler und Hilpert zogen sich mit ihm ins Obergeschoss zurück. Albers blieb unten. Er wollte die Technik eingehender begutachten. Er verspürte kein großes Interesse, in die Buchholzer Ermittlungen involviert zu werden. In seinem Büro lagen genügend unerledigte Vorgänge herum, die darauf warteten, endlich bearbeitet zu werden. Da lud er sich ohne Not nicht zusätzliche Arbeit auf.

»Mit wem würde sich Freddy spätabends treffen?«, eröffnete Hilpert die Befragung.

»Da kommen eine ganze Reihe an Leuten infrage, angefangen mit mir«, antwortete Perlebach ohne zu zögern. »Leute aus der alten Zeit, aus der Band, von der Schule.«

»Ließe er für die so ohne Weiteres die Eingangstür unverschlossen?«

»Na klar. Er war ein absoluter Perfektionist und saß gern bis in die Puppen am Mischpult. Da störte es ihn, zur Tür zu laufen, um Leute einzulassen.«

»Wie sieht es mit Rauschgift in diesem Laden aus?«, gab Gäbler ihm keine Zeit durchzuatmen.

Es war dem Mann anzusehen, wie sehr er im Zwiespalt mit sich war, ob er abwiegeln oder die Wahrheit sagen sollte. Seine Mimik verriet seine Misere. »Sie müssen wissen, wie es in unserem Geschäft zugeht. Sex and Drugs and Rock 'n' Roll.«

»Ian Dury kann sich nicht mehr wehren«, bewies Hilpert Sachverstand. »Also, wie sah es bei euch aus?!«

»Sie kennen Ian Dury?«, zeigte sich Perlebach überrascht. »Ein Bulle, der sich mit den Umständen unserer Musik auskennt. Das will ich nicht glauben.« Er sah sich sein Gegenüber genauer an. Langsam erhellte sich sein Gesicht. »Sie sind Fabian Hilpert. Sie haben mit Freddy zusammen in einer Band gespielt. Zu euch gehörte dieser Wahnsinnsdrummer, der an einer Überdosis gestorben ist. Freddy hat mir gelegentlich Aufnahmen vorgespielt und dabei immer geweint.«

Hilpert bekam einen Kloß im Hals. Für Perlebach war es dagegen der Startschuss, alles loszuwerden, was er wusste. »Also, viele Bands, die bei uns landeten, waren clean. Viel gesoffen haben die nicht. Selbst die Altrocker trinken inzwischen lieber Buttermilch. Es sind zu viele zu jung gestorben. Mit zunehmendem Alter beginnt man am Leben zu hängen. Die Aufnahmen kosteten außerdem, wenngleich wir zuweilen ordentliche Rabatte gegeben haben. Wollten die die Sau rauslassen, mussten sie richtig Kohle abdrücken. Diejenigen, die die volle Dröhnung brauchten, besorgten sich ihr Dope meist bei Freddy. Er hatte da wohl seine Kontakte, ich meine nach Hamburg. Es gab dem Vernehmen nach einen Mittelsmann, den er von der Schule her kannte.«

»Wollte Freddy sich dieses Geschäft mit den eher kleinen Mengen nicht entgehen lassen? War er heiß auf Kohle?«

»Nee, bloß das nicht. Auf diesem Weg wurde wenigstens sauberer Stoff weitergereicht.«

»Und ihr beiden Hübschen habt zwischendurch nicht mal zugelangt?«

»Kein Stück. Allein wegen seines Studios hat Freddy nichts angefasst, kein Dope, selten Alk in größerer Menge. Und ich hab's genauso gemacht. Damit hatten wir alles ordentlich im Griff.

Wurde auf die Fliesen gekotzt, wurde es weggewischt und danach anständig durchgelüftet.«

»Und wenn die nicht zahlten, wie habt ihr euer Geld gekriegt?«

»Nun, die wollten die Ergebnisse ihrer Arbeit sehen oder besser hören und vervielfältigen. Die Bänder blieben bei uns, bis der letzte Cent gezahlt war. Das funktionierte gut. Freddy war da knallhart, als Musiker erste Sahne, als Kaufmann genial.«

»Konnten die nicht woanders hingehen?«

»Na klar, nur so günstig wie wir war keiner. Wir hatten unsere Kosten im Griff. Und Freddy half gelegentlich für kleines Geld als Studiomusiker aus. Er war für die meisten gut genug, oft sogar besser. Jeden Tag hat er wie besessen an seiner Technik gearbeitet. Ansonsten gab es für ihn nur sein Studio. Bekamen wir es mit irgendwelchen Idioten zu tun, die die Bude rocken wollten, wurde es nach den Aufnahmen als Erstes verrammelt. Oben konnten sie sich austoben und die Toiletten verunstalten.«

»Wie lange gibt es das Studio?«, interessierte sich Hilpert.

»Er hat das Gebäude meines Wissens 2001 günstig geschossen. Die technische Ausstattung erfolgte anschließend.«

»Und wo hatte er das Geld her? Wir reden schließlich nicht über kleines Geld.«

»Keine Ahnung, mir reichte es, loslegen zu können.« Er stockte einen Moment. »Halt, das stimmt nicht ganz. »Ein paar Jahre später hab ich mitbekommen, es muss einen wohlhabenden Erbonkel in Süddeutschland gegeben haben, der ihm die Kohle vorgeschossen hat.«

Hilpert kannte Freddy und seine Familienverhältnisse mehr als gut. Ein reicher Erbonkel war in seinen Erzählungen nicht vorgekommen. Darüber hätten sie sich zu der Zeit garantiert ausgetauscht. Es stellte sich die Frage, ob er so viel Geld mit der Dealerei verdiente, um solch eine Investition in das Aufnahmestudio zu stemmen. Mit ein paar Gramm für die Musiker war es garantiert nicht getan.

»Wie viel Kohle habt ihr denn im Jahr gemacht?«, wandte er sich erneut an den Tontechniker.

»Kann ich so genau nicht sagen. Ich weiß, er hat einen Kredit abbezahlt. Er kam vor einigen Jahren strahlend auf mich zu und erzählte, nur noch zwei Prozent Zinsen zu zahlen. Daraufhin hat er die Tilgung kräftig erhöht. Ich muss zugeben, mich hat das nicht so wahnsinnig interessiert.« Er schaute sich vorsichtig um. »Arbeitet ihr mit dem Finanzamt zusammen?«

Hilpert schüttelte grinsend den Kopf. »Eigentlich nicht.«

»Also, Freddy hat mir im Monat einen Tausender zugesteckt. Denselben Betrag habe ich bei ihm brutto verdient, offiziell als Aushilfskraft.«

»Und damit bist du hingekommen?«

»Na klar, seit Jahr und Tag lebe ich in einem Zimmer in Jesteburg in einer Wohngemeinschaft. Wir hocken zusammen, wir kochen zusammen. Da blieb am Monatsende sogar was übrig.«

»Hast du kein Auto?«

»Wenn ich eins brauchte, hat mir Freddy den Firmenwagen zur Verfügung gestellt. Das ist der Kleintransporter vor der Haustür. Der war stets vollgetankt. Damit habe ich Freddy und sein Equipment zu Veranstaltungen gefahren, wenn er spielte.« Er wischte sich mit dem Handrücken über die Augen. »Er war nicht mein Chef gewesen, sondern vor allem mein Freund. Jeder konnte sich auf den anderen verlassen. Zu Weihnachten gab es wie selbstverständlich einen Schein extra.«

Die Frage nach Gegnern oder Feinden von Freddy wies er weit von sich. »Freddy hatte nur Freunde. War jemand knapp bei Kasse, hat er sogar mal Schweinepreise gemacht, mit denen er garantiert nicht zurechtkam.«

»Und die säumigen Zahler, die ihre Bänder nicht ausgehändigt bekamen?«

»Hin und wieder mussten wir ein paar Monate warten. Doch wir haben immer unser Geld gekriegt. Wer sich anstrengte, bekam am Ende einen kleinen Bonus.«

Gäbler war nicht so recht von der letzten Aussage überzeugt. »Wie war es denn mit den Gruppen, die den Schaden, den sie oben angerichtet haben, nicht bezahlen konnten oder wollten?«

»Die haben ja nicht wie die Stones in jungen Jahren Hotelsuiten zerlegt. Die Schweinerei, die sie anrichteten, wegzumachen, hat letztlich nicht die Welt gekostet.«

»Und der Stoff, den die von Freddy bekommen haben?«

»Die Kohle mussten sie gleich in cash abdrücken, sonst gab es nichts. Freddy hat das Zeugs ja nicht geschenkt bekommen. Ich geh mal davon aus, seine Lieferanten waren keine Milchreisbubis. In den Jahren sind meines Wissens keine größeren Summen offen geblieben. Dafür war das Rad, das wir gedreht haben, zu klein.«

Das Klappen der Eingangstür signalisierte ihnen, jemand war eingetreten. »Das wird Wilhelm sein«, informierte sie Perlebach.

Wenig später betrat ein mittelgroßer Mann um die Fünfzig das Studio. Seine ehemals schwarzen Haare waren grau durchwirkt. Er trug eine abgeschabte Jeans und Cowboy-Boots. Sein kariertes Hemd hing über der Hose. Der Dreitagebart war selbstverständlich. Seine rot geweinten Augen bestätigten ihnen, die Nachricht über Freddys Tod war bei ihm angelangt.

Hilpert schaute zweimal hin. »Wilhelm, Wilhelm Selmeier?!«

»Du sagst es, Fabian. Du hast also deinen Traum wahrgemacht und bist Bulle geworden. Ich hätte dich eher als Anwalt oder Kaufmann gesehen. Wie man sich täuschen kann.«

»Ich gebe dir einen Rat, Willi, sag nie zu einem Bullen Bulle. Das könnte schwer in die Hose gehen.«

»Entschuldige, ich wollte dich nicht beleidigen.«

»Schon gut. Was suchst du hier?«

»Ich schau immer mal bei Freddy vorbei und helfe etwas aus, oder wir quatschen über Musik.«

»Ansonsten bist du nach wie vor im Jugendheim?«

»So ist es. Das habe ich gelernt, das mache ich gerne. Habt ihr 'ne Idee, wer diese Schweinerei angerichtet hat?«

»Dafür ist es zu früh. Wir sind gerade dabei, Ordnung zu schaffen.«

»Klar, ich verstehe.«

»Hast du hier für Geld gearbeitet?«

»Du meinst so als Nebenjob? Jein, wenn Not am Mann war, hab ich mit angefasst. Freddy ließ immer mal einen Hunderter rüberwachsen oder etwas mehr. Reich bin ich davon nicht geworden. Darum ging es letztlich nicht. Was die auf die Beine stellen, ist wirklich erste Sahne. Und zuweilen spielten hier ausgesprochen gute Bands. Na ja und gelegentlich haben wir uns einen hinter die Binde gegossen, wenn sonst niemand da war.«

»Und wie ist es mit Dope?«

»Bis auf einen gelegentlichen Joint hab ich das Zeugs nicht angefasst. Das mit Jens war mir 'ne Lehre. Hätte ich vor Jahren darüber nachgedacht, es mal zu versuchen, spätestens nach seinem Tod wäre ich geläutert gewesen. Dabei ...« Er schüttelte den Kopf. »Lass gut sein. Vorbei ist vorbei.«

Hilpert ließ nicht los. »Komm, spuck aus, was du sagen wolltest.«

»Na ja, also Freddy meinte damals zu mir, Jens wäre weg von dem Teufelszeug. Und dann 'ne Überdosis. Das Schicksal geht zuweilen seltsame Wege.«

»Hast du mit Jens mal über seinen Entzug gesprochen?«

»Kein Stück. So eng hatten wir nicht miteinander zu tun. Näheres hab ich darüber erst durch Freddy lange nach seinem Tod erfahren. Er brummelte was von verdecktem Mord.«

»Wie hast du darauf reagiert?«

»Wie schon?! Ich hab ihn ausgelacht.«

»Die Polizei hat dich damals nicht vernommen?«

»Nein, warum sollte sie? Es war doch ein Unfall, oder?«

»Wir werden sehen«, hielt sich Hilpert bedeckt.

Die Überprüfung der Aussagen des Technikers belegte deren Richtigkeit. Die Steuerunterlagen des Mordopfers ergaben für Freddy im Jahr einen Rohgewinn von etwa fünfzigtausend Euro. Davon musste er sein Gehalt zahlen. Die anderen Kosten waren bereits in der Summe berücksichtigt. Auf dem Studio lastete einschließlich des Hauses ein Kredit von hundertfünfzigtausend Euro. Diesen hatte er zu einem Drittel zurückgeführt. In einem der wenigen Ordner in der Wohnung des Toten stießen die Ermittler auf das Grundbuch für die Immobilie. Hiernach belastete Weinschenk sie anfangs mit zwei Hypotheken über insgesamt 250.000 Euro. Die erste Hypothek über 100.000 Euro tilgte er relativ hoch. 2012 wurde sie im Grundbuch gelöscht. Dazu reichten seine Einnahmen allemal. Er verfügte über Ersparnisse um die dreißigtausend Euro. Bei der weiteren Durchsuchung der Wohnung fanden sie kein zusätzliches Gramm an verbotenen Substanzen. Der Stoff im Studio war offensichtlich für die nächste Band bestimmt. Bei der relativ geringen Menge konnte nicht von einem florierenden Drogenhandel ausgegangen werden. Die hoffnungsfrohen Musiker mussten nun ohne auskommen, sollte sie weiterhin der Weg nach Maschen führen. Ansonsten fragte es sich, ob sie eine Örtlichkeit fanden, in der sie ihre Kunst beweisen konnten. Für eine illustre

Hamburger Adresse reichte ihr Kleingeld wahrscheinlich nicht. Die Lage von Freddys Wohnung, deren spärliche Einrichtung ließen nicht den Verdacht aufkommen, es mit einem Drogendealer zu tun zu haben, der sich eine goldene Nase verdient hatte. Offensichtlich bedeutete das Studio die Erfüllung aller Träume. Einen gewissen Wert verkörperten zwei Bässe und eine Elektrogitarre aus den frühen Siebzigern. Der ganz große Hit waren sie nicht. Geld in größeren Mengen, teurer Schmuck, wertvolle Uhren: Fehlanzeige.

Gäbler und Hilpert saßen später zusammen beim Mittagessen in Hohe Luft an der B75 und diskutierten den Mord an Weinschenk. Nicht weit von ihnen entfernt stand der Tisch, an dem 1945 die Kapitulation Hamburgs mit den Briten unterzeichnet wurde. Eine Glasplatte schützte das wertvolle Zeitdokument.

Albers hatte sich in Hilperts Haus zurückgezogen und telefonierte mit seinen Leuten. Er wollte auf dem Laufenden bleiben. Seine Arbeit in seinem Kommissariat tat sich nicht von allein. Und es verging kaum eine Woche, in der nicht ein Gewaltverbrechen auf seinem Schreibtisch landete. Die Buchholzer Ereignisse interessierten ihn ansonsten nicht. Er stand Hilpert als eine Art Resonanzboden zur Verfügung. Das war's. Ihn beschäftigten vielmehr die Mordanschläge auf seinen Chef. Die hatten eine andere Qualität als die läppischen Drohbriefe an die Adresse des Senators. Nervös machte ihn, weil sie keine Idee hatten, wer dahinterstecken mochte. Nicht ein Name erreichte sie über ihre vielfältigen Kontakte. Auf dem Kiez tuschelte niemand über Hilpert. Nach menschlichem Ermessen stand er auf keiner Abschussliste. Das musste nichts besagen. Was geheim bleiben sollte, blieb oft genug geheim. Kaum jemand traute sich, damit hausieren zu gehen. Wenngleich leise Hinweise zuweilen durchsickerten. Mit wem hatten sie es zu tun? Über welches Potenzial verfügten ihre Gegner? Waren sie zu zweit in der Lage, sich wirksam gegen sie zu verteidigen? Mit Sicherheit benötigten sie auf Dauer Unterstützung. Dabei wusste er durchaus, Masse bedeutete nicht zwangsläufig Klasse. Egal wie viele Haken er schlug, irgendwann reichte die Hundemeute aus, den Hasen zu fassen. In einem unterschieden sie sich von Meister Lampe, sie waren wehrhafter als er.

Hilpert stocherte in seinem Bauernfrühstück herum. »Ich habe da vielleicht in Hamburg einen Kontakt, der uns weiterhelfen könnte, ein ehemaliger Mitschüler aus einer Parallelklasse. Der steckt ziemlich tief im Hamburger Drogensumpf. In Buchholz hat er sich damals seine Sporen verdient und sich anschließend für größere Aufgaben empfohlen. Was hältst du davon, wenn wir uns morgen gemeinsam auf den Weg ins Hamburger Präsidium machen und uns mit ihm unterhalten? Sollte Jens tatsächlich Opfer eines Mordes gewesen sein, hatte es garantiert mit dem Scheißrauschgift zu tun. Mag sein, dass wir ganz nebenbei einen Drogensumpf trockenlegen.«

Der Buchholzer Ermittler musste nicht überredet oder geködert werden. Er war kein Ehrgeizling. Doch der Lösung von Kriminalfällen hatte er sich allemal verschrieben. Und er war Realist, eine Beförderung stände ihm gut zu Gesicht. Sie wäre die Bestätigung seiner Arbeit und mehr Geld gäbe es ebenfalls. Die Lösung spektakulärer Kriminalfälle war da durchaus behilflich. Hinzu kam, die erfolgreiche Zusammenarbeit von Kollegen aus unterschiedlichen Bundesländern wurde in den Medien ausgesprochen positiv aufgenommen. Irgendwo signalisierte sie das Ende der Kleinstaaterei. Dass Hilpert eigentlich Urlaub machen wollte, interessierte ihn eher am Rande. Oft genug erlitt er in der Vergangenheit das gleiche Schicksal. Hilpert instruierte Stange, Claas Möller kurzfristig festzusetzen und machte mit ihm und Gäbler einen Termin im Präsidium für den kommenden Nachmittag.

Nach dem Mittagessen trennten sich ihre Wege. Der Buchholzer Kollege musste sich im Büro zeigen. Hilpert wollte den Rest des Tages dazu nutzen, in Ruhe die Ereignisse der letzten Zeit zu überdenken. Weit bringen sollte ihn das nicht. Dafür war die Faktenlage zu dünn. Freddy kam ihm in den Sinn. Sein ehemaliger Bandkollege und Klassenkamerad hätte ihm sein Vertrauen schenken sollen. Mit Sicherheit hätte es sein Leben verlängert. In jungen Jahren wurde er häufig wegen seines Vornamens gehänselt. Seine Eltern schwärmten für den Sänger, der die Seefahrt mit einem Glorienschein versehen hatte. Sie hielten offenbar die Fangemeinde des Sängers für größer, als sie tatsächlich war. Spätestens nachdem Freddy mit seiner Musik auftrumpfte, war die Beleidigung ›Schlagerfuzzi‹ aus der Welt. Und mit Freddie Mercury stand ihm jemand zur Seite, dessen Renommee unbestritten war. Sein

Vorname verwandelte sich in eine Art Markenzeichen. Fraglos musste er zu Geld gekommen sein. Das Studio einschließlich der Immobilie verkörperte einen Wert von mindestens 650.000 Euro. Bereits beim Erwerb der Immobilie und der Ausstattung mit der aktuellen Technik musste er mit erheblichen Eigenmitteln gewinkt haben. Drogengeschäfte waren naheliegend. Als Musiker hatte er sich bei allem Talent keine goldene Nase verdient. Nur mit ein paar Gramm Koks oder anderen Drogen kam man nicht sonderlich weit. Das reichte für eine neue Jeans oder um die Freundin gelegentlich zum Essen einzuladen. Dabei war die Gewinnspanne gewaltig. Nebenbei wurde der störende Steuereintreiber ausgeschaltet. Trotzdem kam es auf die Menge an, die an den Mann gebracht wurde.

Wo stand Freddy zu Lebzeiten? War er gelegentlich seinen Auftraggebern zur Aufmunterung behilflich, indem er ein paar Gramm an sie verhökerte? Oder gehörte er zum Kreis derer, die groß im Geschäft waren? Seine Ermordung sprach eigentlich dafür, wenngleich sie bislang nur auf ein paar Gramm Crystal Meth und Heroin gestoßen waren. Er beschloss, ihn ganz oben auf seiner Liste stehen zu lassen. Weshalb wurde er erschossen? War er in Jens' Ermordung involviert und wurde für den Täter gefährlich? Ging es ausschließlich um die Drogen? Hilpert wippte gedankenverloren in seinem Sessel. War er den Hauptverantwortlichen näher gekommen, als ihm bewusst war? Was hatten sie herausgefunden? Verstand er die Bedeutung ihrer Ermittlungsergebnisse nicht? Wurde sein geplanter Besuch bei Freddy falsch interpretiert? Nur, woher wussten die Täter davon? Der Mord machte eines klar, die Drahtzieher waren nervös geworden. Sie konnten nicht wissen, wie wenig Konkretes er herausgefunden hatte. Verfuhren sie nach dem Motto, wehre den Anfängen? Nur Mord war die Ultima Ratio. Dieses Mittel setzte niemand beliebig ein, sondern wenn nichts mehr ging.

Kopfschüttelnd schloss er seinen Laptop. So akribisch wie in diesem Fall hatte er lange nicht mehr am Computer gearbeitet. Machte er so weiter, lief er Gefahr, Tagebuch über seine Ess- und Trinkgewohnheiten zu führen. Es gab dennoch keine zwei Meinungen, ihnen lag nichts vor, was in irgendeine konkrete

Richtung führte. Ihre Mutmaßungen standen ebenso wie ihre Verdachtsmomente auf wackeligen Beinen. Selbst davon gab es verschwindend wenige.

6

Kristin schlenderte an diesem Abend durch die Stadt und war in der Nähe von Hilperts Reihenhaus angelangt. Dies beileibe nicht aus reinem Zufall. Die ganze Zeit überlegte sie, ob sie ihn aufsuchen sollte. Nur, worüber wollte sie sich mit ihm unterhalten? Mit welchem Thema wollte sie punkten? Nochmals brachte sie nicht den Mut auf, sich ihm anzubieten. Einmal abgewiesen zu werden, reichte ihr. Sie begriff mittlerweile, er musste den Eindruck gewonnen haben, sie versuche auf diesem Weg, ihren Eltern finanziell unter die Arme zu greifen. Und sie hatte es so stehen lassen. Wofür mochte er sie halten? Gegebenenfalls für jemanden, der sie nicht war. Sie landete beileibe nicht mit jedem im Bett, der ihr schöne Augen machte. Sie war eher wählerisch. Als Kind hatte sie Fotos von ihm in einer Schublade gefunden, die ihre Mutter aufbewahrt hatte. Und er gefiel ihr schon damals. Später las sie gelegentlich in der Zeitung über ihn. Und er gefiel ihr weiterhin. Seit sie ihn getroffen hatte, hatten sich ihre Gefühle für ihn eher verstärkt. Es handelte sich um mehr als um die Schwärmerei eines Teenies. Schließlich war er nicht Michael Jackson. Dem Alter fühlte sie sich eigentlich entwachsen. War sie für ihn das kleine Mädchen, das gewindelt wurde, als er sein Abitur machte? Die finanzielle Situation ihrer Familie kam ihr in den Sinn, insbesondere die ihres Vaters. Hilpert war da klar positioniert. Sie könnte täglich mit ihm ins Bett gehen und er ließe keinen Cent springen. Es wäre ihr gleichgültig. Sein Geld interessierte sie nicht. Die Spezialisten, die er zu ihren Eltern geschickt hatte, waren abgewatscht worden wie zwei dumme Jungen. Ihr Vater nahm deren Analyse allenfalls zur Kenntnis und informierte sie darüber, seine Probleme auf seine Art zu lösen. Seitdem sie denken konnte, erlebte sie ihn als beratungsresistent und rechthaberisch. In seiner Hosentasche schlummerte der Stein der Weisen. Für Fehlschläge waren stets die anderen verantwortlich. Stand kein vermeintlich Schuldiger zur Verfügung, lag es an den Umständen, die sich gegen ihn gewendet hatten. Nun wollte er zur Kapitalbeschaffung das Einfamilienhaus verkaufen, das ihnen ihre Großmutter, also seine Mutter, zu gleichen Teilen vermacht hatte. Dem hatte sie einen Riegel vorgeschoben, als sie ihre Unterschrift für den Verkauf der Immobilie verweigerte. Natürlich hatte er recht, sie benötigten zur Umsetzung seiner Ideen frisches Kapital. Sie war sich sicher, dass es sein Konzept nicht wert war. Davon unabhängig lag der Kapitalbedarf im siebenstelligen Bereich. Damit konnte das Haus nicht annähernd dienen. Der Verkaufserlös langte hinten und vorne nicht. Das Geld würde wie von einem schwarzen Loch aufgesogen werden. Auch Seipold hielt das Konzept für längst überholt. Diese Gefahr war in ihrem Metier virulent. An allen Stellen der Welt saßen irgendwelche Nerds und bastelten an Apps herum, die die Welt bewegen sollten. Gute Ideen waren schnell im Markt. Dies war letztlich nur ein Teil der Wahrheit. Aufgrund von Fehlinvestitionen in der Vergangenheit hatten sich erhebliche Altschulden aufgebaut. Ihre Gläubiger hielten ihre Füße nicht mehr lange still.

Zu ihrem Erstaunen stand ihre Mutter voll auf ihrer Seite. Zum ersten Mal nahm sie das Wort Trennung in den Mund, als ihr Vater Psychodruck aufbauen wollte. Vorsichtig war er zurückgerudert. Sie kannte ihn gut genug und wusste, er würde zu einem anderen Zeitpunkt abermals mit seiner Forderung antanzen. Er war unerbittlich, wenn er etwas wollte oder ablehnte. Fakten interessierten ausschließlich, wenn sie seine Thesen unterstützten. Zurzeit war das Haus vermietet und trug nicht unwesentlich zur Finanzierung ihres Studiums bei. Er war ein mäßiger EDV-Fachmann. Leider war ihm das zu spät klar geworden. Seine kaufmännischen Fähigkeiten hielten sich in Grenzen. Er war ein Vertriebler, kein Finanzmann. Sie entschied sich dagegen, Hilpert aufzusuchen, und folgte der Straße, bis sie am Ende des Radelands angelangt war. Die Bendestorfer Straße würde sie nicht hochgehen, sondern umkehren.

Jetzt nach Einsetzen der Dunkelheit war es ruhiger geworden. Der Verkehr hatte merklich nachgelassen. Minuten später bekam sie ein anderes, weitaus größeres Problem, das alles in den Schatten stellte, was sie bisher in ihren jungen Jahren erleben durfte. Kurz vor ihr hielt ein Van. Der Beifahrer hatte die Scheibe heruntergelassen und winkte ihr zu. Arglos ging sie auf ihn zu. Er fragte sie nach einer Adresse in Holm. Sie trat einen Schritt näher an das Fahrzeug heran, um ihm behilflich zu sein. Plötzlich öffnete sich die hintere Schiebetür. Ein Mann sprang heraus, ergriff sie und zerrte sie ins Wageninnere. Dort saß ein weiterer Mann. Der sprach auf sie mit energischer Stimme ein: »Wenn du nicht willst, dass wir mit dir Schlimmes anstellen, bist du ganz leise und muckst nicht auf!« Er befahl ihr, sich über die Breite des Vans zu Füßen der Männer zu legen. Er strich ihr über den Oberkörper und begrabschte sie zwischen den Beinen. »Da fallen mir gute Sachen ein, die wir mit dir anstellen könnten, solltest du Zicken machen.«

Damit war jeglicher Rest von Widerstandskraft aufgebraucht. Selbst wenn sie gewollt hätte, wäre sie nicht in der Lage gewesen, sich gegen die Gewalt zu wehren, die vor allem verbal auf sie eindrang. Die furchtbarsten Dinge fuhren ihr durch den Kopf, während sie anfuhren. Allein von diesem Unbekannten angefasst worden zu sein, verursachte in ihr ein Gemisch aus Angst und Ekel. Die Vorstellung, die Männer fielen allesamt über sie her, steigerte ihre Verzweiflung ins Unermessliche. Sie wollte schreien und war nicht in der Lage, auch nur eine Silbe von sich zu geben. Sie konnte die Tränen nicht verhindern, die ihr die Wangen herunterkullerten. Die Fahrt dauerte wenige Minuten. Sie bogen in eine Schneise am Klecker Wald ein. Mittlerweile war es dunkel geworden. Niemand bekäme mit, was mit ihr veranstaltet wurde. In den spärlich vorbeifahrenden Fahrzeugen würde kein Insasse ihre Schreie vernehmen, sollte sie dazu überhaupt in der Lage sein. Einer der Männer stieg aus, der andere befahl ihr, sich neben ihn zu setzen. Galant half er ihr hoch.

»Putz deine Nase und wisch dir die Tränen ab. Schließlich ist dir bislang nichts geschehen.«

Folgsam wie ein kleines Mädchen kam sie seiner Anweisung nach.

»Also«, setzte der Mann erneut an, »du bist die Hure, die mit diesem reichen Hilpert herummacht. Schämst du dich nicht, dich mit solch einem alten Mann abzugeben?«

Langsam erwachte ihr Widerspruchsgeist. »Ich bin keine Hure und ich treib es nicht mit Hilpert. Er will mich gar nicht haben.«

»Das muss mich nicht interessieren. Kennst du seine Pläne für die nächsten Tage? Bleibt er vorerst in Buchholz? Wann geht es zurück nach Hamburg?«

»Ich weiß es nicht«, antwortete sie konsterniert. »Er hat mit mir darüber nicht gesprochen. Warum sollte er?«

»Nochmals, was treibt ihn in Buchholz um? Der verbringt hier bestimmt nicht seinen Urlaub.«

Sie schüttelte den Kopf. »Natürlich nicht. Es geht um den Tod seines Freundes vor zwanzig Jahren. Bis vor wenigen Tagen glaubte er an eine Überdosis. Nach neuen Informationen wurde er anscheinend ermordet. Er will diesen Mord aufklären.«

»Sehr interessanter Aspekt«, murmelte der Befrager, griff in ihren Ausschnitt und tätschelte ihren Busen.

Diesmal glaubte sie, vollends verloren zu haben.

Er zog seine Hand zurück. Sein Tonfall wurde schärfer. »Du bindest mir keinen Bären auf? Das hört sich an wie im Kino.«

Verzweifelt stöhnte sie auf. »Sie meinen, ich hab mir diese Geschichte in den letzten Minuten ausgedacht?«

Er wurde ungleich zugänglicher. »Das ist zugegebenermaßen eher unwahrscheinlich. Mit den heutigen DNA-Analysen ist viel denkbar. Ich werde mich anderweitig informieren. Solltest du mir einen Bären aufgebunden haben, laden wir dich auf eine weitere Reise ein.« Überraschend wechselte er das Thema. »Fährt er weiterhin dieses monströse, gepanzerte Auto? Denkt er darüber nach, seinen Golf zu nehmen?«

»Keine Ahnung. Glauben Sie wirklich, er informiert mich darüber? Ich kenn mich sowieso nicht mit Autos aus.«

»Das nehm ich dir sogar ab«, wurde sein Ton ein weiteres Stück verbindlicher. Offensichtlich verfolgte er die Strategie von Zuckerbrot und Peitsche. »Also gut, wie viele Leute hat er zu seinem Schutz bei sich?«

»Wenn ich bei ihm war, nur einen Mann, einen Hauptkommissar aus Hamburg.«

»Hat der einen Namen?«

»Albers.«

»Hm, das konnte man sich denken. Ein Stange ist nicht dabei?«

Nach wie vor drohte die Angst, ihr die Kehle zuzudrücken. Sie dachte keine Sekunde darüber nach, eine Ausrede zu erfinden oder zu lügen. Machten sich diese Männer über sie her, gäbe es in ihrem künftigen Leben keine guten Momente mehr.

»Ich habe niemanden mit diesem Namen kennengelernt«, antwortete sie wahrheitsgemäß.

»Nur zwei Männer«, brummelte er vor sich hin. »Eigentlich passt das zu ihm.«

Der Fragesteller drängte an ihr vorbei und stieg aus. Er entfernte sich einige Schritte von dem Fahrzeug und telefonierte. Danach stiegen alle Männer wieder in den Van.

Der Wortführer wandte sich ihr zu. »Du scheinst tatsächlich keine Ahnung zu haben. Wir bringen dich zurück. An deiner Stelle würde ich zu Hilpert auf Distanz gehen. Es könnte in seiner Nähe ausgesprochen gefährlich werden. Wir haben nichts gegen dich, nehmen allerdings auf niemanden Rücksicht, nicht auf Frauen, nicht auf Kinder.«

Am Bahnhof ließ er sich ihr Handy geben und baute den Akku aus. Er reichte ihr die Teile, nachdem er sie gründlich abgewischt hatte. »Wenn das Ding wieder funktioniert, mach damit, was du willst.«

Die Unbekannten fuhren in die Lüneburger Straße. Sie ließen den Van am Straßenrand stehen. Vorsorglich hatten sie dort zwei Fahrzeuge abgestellt. Sie trennten sich. Zwei von ihnen orientierten sich Richtung Hittfeld zur A1. Die anderen beiden stiegen in einen Kleinwagen und fuhren zurück in die Innenstadt. Ihr Auftrag in Buchholz war vorerst erfüllt. Dort warteten sie auf neue Anordnungen.

Völlig verwirrt setzte Kristin einen Fuß vor den anderen. Mit ihren zittrigen Fingern wäre es unmöglich gewesen, ihr Handy zusammenzusetzen. Ihre Angst hatte sie fest im Griff. Passanten um Hilfe zu bitten, kam ihr nicht in den Sinn. Sie nahm die Unterführung zur Lindenstraße. Automatisch führte sie diesmal der Weg zu Hilperts Reihenhaus in An der Koppel. Der Rat ihres Entführers, ihm aus dem Weg zu gehen, war an ihr vorbeigegangen. Endlich hatte sie das Radeland erreicht. Von dort aus war es ein Sprung zu ihm. Sein Reihenhaus stand in einer kleinen Stichstraße. Hilpert vermittelte ihr Sicherheit und Nähe, nicht Gefahr. Zwanzig

Minuten später stand sie völlig aufgelöst vor ihm mit zerzausten Haaren und verlaufenem Augen-Make-up.

»Mädchen, was ist los mit dir?«, fragte er verwirrt, als sie vor ihm stand.

Weinend fiel sie ihm in die Arme. Fürsorglich geleitete er sie ins Wohnzimmer und bugsierte sie auf die Couch. Vorsichtig löste er ihre Arme. Es dauerte seine Zeit, bis sie die Geschehnisse einigermaßen loswurde.

»Als deine Hure haben sie mich bezeichnet«, beendete sie schluchzend ihren Bericht. Diese Beleidigung beeindruckte sie beinahe stärker als die restliche Bedrohung.

Hilpert wusste allzu gut, welches Riesenglück sie gehabt hatte. Selbstredend hatte er sie nicht in seine Überlegungen einbezogen. Dafür hätte es keine Veranlassung gegeben. Die Männer hatten es ihr abgenommen und sie physisch einigermaßen unbeschadet freigelassen. Inwieweit sie anderweitig traumatisiert war, würde sich zeigen. Der Besuch eines Psychiaters sollte allemal in Betracht gezogen werden.

Er begriff, sie wollten mehr über seine Pläne, den Tagesablauf und seine Vorsichtsmaßnahmen wissen. Dabei war ihnen eine ganze Menge über ihn geläufig. Sie kannten sogar den Namen seines Hauptkommissars Stange in Hamburg. Das hieß, er war seit geraumer Zeit akribisch ausgespäht worden. Und er hatte es nicht mitbekommen. Die Sensibilität für potenzielle Gefahren hatte bei ihm spürbar abgenommen, seitdem sich sein Leben in ruhigeren Bahnen bewegte. Die Anschläge auf ihn hatten somit nichts mit dem Tod seines Freundes zu tun. Der Grund für seine Ermittlungen in Buchholz war ihnen offensichtlich nicht geläufig gewesen. Er musste bereits im Fokus dieser Leute gestanden haben, als Buchholz für ihn ermittlungstechnisch kein Thema war.

Kristins vorübergehende Entführung machte ihm deutlich, wie dicht seine Gegner ihm und seinem Umfeld auf den Fersen waren. Sie waren konsequent, sie waren gefährlich. Ob in Buchholz oder Hamburg, er musste höllisch auf seine Sicherheit achten. Reichte mit Albers auf Dauer ein Mann zu seiner Unterstützung? Sie hatten es eindeutig mit zwei unterschiedlichen Fällen zu tun. Die Quelle der Anschläge auf ihn lag mit Sicherheit nicht in Buchholz.

Hamburg kam da eher infrage. Diese Erkenntnis löste zu seinem Leidwesen nicht das Rätsel, wer ihn ins Visier genommen hatte.

Die herbeigerufene Polizei sah wenige Möglichkeiten, etwas zur Klärung der Entführung beizutragen. Das sollte sich ändern, nachdem in der Lüneburger Straße ein verlassener Van aufgefunden wurde, der in Hamburg als gestohlen gemeldet worden war. Tatsächlich wurden DNA-Spuren mehrerer Männer identifiziert, die nichts zu tun hatten mit dem Eigentümer des Fahrzeugs oder seinen Familienmitgliedern. Damit endete ihr Glück. Die Herrschaften waren nicht registriert. Hilpert fragte sich, wo diese Leute herkamen. Keiner der Gewaltverbrecher war bisher auffällig geworden. Er wollte es nicht glauben. Es musste eine andere Erklärung dafür geben. Sie hatten es mit ausgesprochenen Profis zu tun, die ausschließlich auf ihren Auftrag konzentriert waren und nicht von der Linie abkamen. Sie setzten gerade das Maß an physischer Bedrohung ein, das sie benötigten, um ihre Ziele zu erreichen. Das machte sie ungleich gefährlicher, obwohl es für das junge Mädchen ein einigermaßen glimpfliches Ende bedeutete.

Kristin beruhigte sich schneller als erwartet. Möglicherweise gaukelte ihr das Unterbewusstsein vor, es eher mit einer Art Spiel zu tun gehabt zu haben. Vielleicht kam der eigentliche Schock mit Verspätung. Nach seiner Erfahrung erwartete Hilpert den Absturz in einigen Stunden. Solch ein Erlebnis steckte niemand ohne traumatische Eindrücke weg. Gegen ihren Willen telefonierte er mit ihrer Mutter. Keine halbe Stunde später standen beide Elternteile vor seiner Haustür. Lars Meinhard stürmte auf seine Tochter zu. Fraglos war ihm klar geworden, was ihr und damit ebenso ihnen erspart geblieben war.

Leise flüsterte er ihr ins Ohr: »Ich werde der Empfehlung der Spezialisten folgen. Ich werde nicht weiter damit nerven, dir das Haus wegzunehmen. Du bist das Wichtigste in meinem Leben.«

Angela wandte sich Hilpert zu. »Es ist bezeichnend, unser Kind sucht bei dir Schutz und Trost und nicht bei uns, seinen Eltern.«

»Das ist euer Problem, denkt in einer stillen Stunde darüber nach«, antwortete er unaufgeregt. »Es war leider eine falsche Entscheidung von ihr. Jemand versucht, mich umzubringen, und setzt alles daran, möglichst viele Informationen über mich in Erfahrung zu bringen, um sein Vorhaben durchzusetzen. Ich hoffe, er begreift, dass ich niemanden ins Vertrauen ziehe, was meine Pläne angeht. Eine Hure haben sie sie genannt, die sich dem reichen, alten Knacker an den Hals wirft. Das hat sie anscheinend am stärksten getroffen.«

Sanft legte Angela eine Hand auf seinen Arm. »Diese Verbrecher hatten nicht unrecht mit ihrer Vermutung. Meine Tochter ist ganz vernarrt in dich. Nicht wegen deines Geldes. Sie wird immer genug verdienen, um hervorragend allein über die Runden zu kommen. Sie will dich. Vor allem ist sie keine Hure, sondern ein anständiges Mädchen, das uns viel Freude macht.«

»Ich habe nichts anderes in ihr gesehen. Allein schon deshalb werde ich sie zufriedenlassen. Sie ist mir zu schade für ein kurzfristiges Bettabenteuer. Davon abgesehen finde ich, sie ist zu jung für mich oder ich bin zu alt für sie.«

»Das sieht sie anders.«

»Zu einer Beziehung gehören immer zwei. Und meine Meinung steht bombenfest. Daran lass ich nicht rütteln.«

»Ich weiß, du bist nie der Draufgänger gewesen. Vergiss trotzdem nicht, sie ist meine Tochter. Wenn sie etwas will, gibt sie so leicht nicht auf.«

»Das soll nicht unsere größte Sorge sein. Mach ihr klar, sie soll künftig um mich und mein Haus einen weiten Bogen machen. Nicht um ihre Tugendhaftigkeit zu bewahren, sondern weil es sehr gefährlich werden kann. Ich weiß nicht, ob ich morgen in der Lage bin, mich zu beschützen, geschweige denn andere.«

»Können die für dich gerade einen Bodyguard abstellen? Bist du denen nicht mehr wert?«, fragte sie kopfschüttelnd.

Ruhig ging er auf sie ein: »Tatsächlich gibt es in Hamburg einen ähnlich gelagerten Fall. Da ist jemand betroffen, dessen Stellenwert deutlich höher eingeschätzt werden muss als meiner. Davon abgesehen, wie lange soll mich eine Hundertschaft beschützen? Einen Monat, ein Jahr?«

»Dann spute dich und überführe diese Verbrecher«, entgegnete sie energisch. »So, wie im Augenblick, kannst du zumindest nicht auf Dauer leben.«

So weit war er selbst gekommen. Da brauchte er keine Ratschläge. Nur fand er bislang nicht ein Fitzelchen, das ihm weiterhelfen könnte. Mit Kristins Täterbeschreibung war nichts anzufangen. Die

Leute trugen Sturmhauben. Sie hatte kein Gesicht wahrgenommen. Nur einer von ihnen sprach mit ihr in akzentfreiem Deutsch. Er war es, der sie angefasst und die Bedrohung deutlich gemacht hatte. Das war's. Diesmal erhielt Kristin keine Chance, in seinem Haus zu bleiben. Widerwillig folgte sie ihren Eltern.

Lars reichte ihm im Gehen die Hand. »Danke für die Unterstützung unserer Tochter. Danke für die Spezialisten, die du mir geschickt hast. Ich werde deren Ratschlag befolgen und meinen Laden dichtmachen. Ich hoffe, ich kann eine Privatinsolvenz vermeiden. Viel zu holen ist bei mir eh nicht.«

»Lars, du hast zwei Frauen neben dir, die euer Leben finanzieren werden. Zu gegebener Zeit fällt dir garantiert was ein, womit du Geld verdienen kannst. Und sei es bloß, um deine Schulden abzubezahlen oder eine Vereinbarung mit den Banken zu treffen.«

»Dein Wort in Gottes Gehörgang.«

Albers grinste später in seine Richtung. »Komm nach Buchholz in die Nordheide und dir wird alles geboten. Vom Familiendrama bis zum Mord. Ein Cold Case liegt ebenfalls an. Was zieht dich eigentlich nach Hamburg? Du müsstest hier nicht einmal ein Zelt aufschlagen, sondern hättest eine feste, recht geräumige Unterkunft.«

Hilpert wusste nicht, ob er lachen oder weinen sollte. Seine Gegner waren clever und kompetent. Sie agierten rational und konsequent, ohne ihm das Gefühl zu vermitteln, es mit Freaks zu tun zu haben. Sie waren auf ein Ziel fokussiert – auf ihn. Dafür hatten sie mit einfachen Mitteln das erforderliche Bedrohungsszenario aufgebaut. Er genoss die Ruhe im Haus, nachdem die Besucher gegangen waren. Er vermisste seine Familie in Hamburg. Vorerst musste er den Kontakt zu ihr meiden. Sollte sie als Druckmittel missbraucht werden, könnte es für alle Beteiligten bitter werden. Zu ihrem Schutz reichten hoffentlich die von ihm engagierten Securityleute. Er lehnte sich in seinem Sessel zurück und verschränkte seine Hände hinter dem Kopf. Irgendwo musste er sich in der Hansestadt aufhalten. Ein Feldbett im Büro wäre keine brauchbare Idee, obgleich sie seinem Sicherheitsbedürfnis am ehesten entgegenkäme. Sollte er das Appartement in der HafenCity beziehen? Da müsste er einiges umorganisieren. Schließlich hatte er dort seine Vermögensberatung untergebracht. Daran konnte er kurzfristig nichts ändern. Bis die Mitarbeiter einschließlich der Technik umgesiedelt waren, vergingen Wochen, wenn nicht Monate. Er beschloss, bis auf Weiteres ein Zimmer in einem Hamburger Hotel zu beziehen. Er beauftragte Lisa, für ihn in einem ordentlichen Hotel eine Suite anzumieten. Diesen Auftrag hatte sie in einer Viertelstunde erledigt. Anschließend wies er ihren Gärtner und Chauffeur Louis Voss in Hamburg an, zwei Doppelzimmer in dem Hotel auf demselben Stockwerk zu organisieren. Eines wäre für Albers vorgesehen, das andere für ihn, die Suite für ungebetene Gäste.

Am Abend brachen sie vorerst ihre Zelte in Buchholz ab. Für den Mord an ihrem ehemaligen Bassisten war die dortige Mordkommission zuständig. Denen wollte er nicht ins Handwerk pfuschen. Bestand eine Verbindung zu dem Tod von Jens Welte, gäbe es ein Wiedersehen. Die Wahrscheinlichkeit dafür war hoch.

Er und Albers bezogen in Hamburg ihre Hotelzimmer. Während der Rückfahrt wurde nicht auf sie geschossen. Unter der Limousine war keine Sprengladung angebracht worden. Die Autoreifen hinterließen ebenfalls einen zuverlässigen Eindruck. Mit anderen Worten: Sie wurden zufriedengelassen. Albers besorgte für sich in seiner Wohnung frische Kleidung. Hilpert beauftragte Voss damit. Er fluchte leise vor sich hin, wenn er bedachte, welchen Aufstand sie inszenierten, um einigermaßen für seine Sicherheit zu sorgen. Zu seinem Glück verfügte er über die hierfür erforderlichen finanziellen Ressourcen. Welche Idioten verunstalteten diesmal sein Leben? Was waren deren Beweggründe? Diese Ungewissheit belastete ihn stärker als die Angst um seine Existenz. Gegen direkte Angriffe bestand die Chance, sich zu wehren. Unbekannte Gegner tauchten dagegen aus dem Nichts auf, in Hamburg oder Buchholz, auf der Straße oder im Supermarkt. Sie schossen auf ihn oder manipulierten sein Auto ohne Rücksicht auf Verluste. Nahm er sie wahr, war es unter Umständen zu spät. Er konnte unmöglich ständig mit einer Waffe in der Hand durchs Land ziehen und hoffen, nicht mit einer Prise Zyankali vergiftet oder mit einer Granate in die Luft gejagt zu werden. Bei seinen Überlegungen spielte Albers eine wichtige Rolle. Er war am Ende ebenso gefährdet wie er. Er trug für ihn Verantwortung. Sie mussten sich auf Dauer ein anderes Schutzmodell schnitzen. Am besten, er organisierte für sich ein eigenes mobiles Einsatzkommando. Je länger er darüber nachdachte, desto größeren Gefallen fand er an der Idee. Er wollte diesen Gedanken zu einem anderen Zeitpunkt weiterspinnen. Er brauchte die richtigen Leute dafür. Er lachte schallend auf. Am besten besorgte er sich auf dem Kiez die geeigneten Bodyguards.

7

Hilpert und Albers betraten an diesem Morgen ihre Hamburger Büros kurz nach sieben. Auf ihren Schreibtischen hatten sich diverse Vorgänge angesammelt, obwohl sie ihren Standort nur für relativ kurze Zeit gewechselt hatten. Hilpert zeichnete Urlaubsanträge und Spesenabrechnungen ab. Es folgten mehrere Personalgespräche. Die Themen waren nicht neu, Weiterbildung, Urlaubsplanung, Beförderungswünsche. Einige Anfragen wickelte er per Mail ab. Den Rest wollte er anschließend telefonisch erledigen. In vielerlei Hinsicht war die direkte verbale Kommunikation wie in alten Zeiten am effektivsten. So weit kam er vorerst nicht. Kurz nach zehn Uhr suchten ihn Röhrs und Diercksen überraschend auf. Es verwunderte sie nicht, Hilpert trotz seines Urlaubs in seinem Büro vorzufinden. Lisa hatte wohl gepetzt.

Röhrs entnahm einer dünnen Mappe ein Schreiben und reichte es Hilpert. Wie nicht anders zu erwarten, ging es um den Senator. Er las es mit gerunzelter Stirn.

Glauben Sie ja nicht, sich vor uns mit dem ständigen Wechsel ihrer Wegstrecke verstecken zu können. Wir wissen immer, in welchem Wagen Sie sitzen. Wir bekommen Sie zu fassen und zwar dann, wenn Sie es nicht erwarten.

»Das ist nicht mehr lustig«, kommentierte er die Drohung. »Einen Freak, der sich wichtigmachen will, können wir damit wohl abhaken.« Nachdenklich stierte er auf das Papier. »Die beobachten den Senator offensichtlich seit geraumer Zeit.«

Diercksen stöhnte auf. »Wir werden ganz schön auf Trab gehalten. Wäre uns nicht die Bundespolizei behilflich, sähen wir schlecht aus.«

»Das ist es, die geben uns die Peitsche, binden unsere Kräfte«, stellte Hilpert emotionslos fest. »Die müssen ebenfalls dafür Leute einsetzen und riskieren deren Enttarnung. Fragt sich bloß warum. Was soll das Geseire, warum handeln die nicht?«

»Malen Sie bloß nicht den Teufel an die Wand!«, ließ sich Diercksen entsetzt vernehmen.

Röhrs war anzusehen, wie es in ihm arbeitete. »Meinen die womöglich gar nicht den Senator und beabsichtigen an anderer Stelle zuzuschlagen?«

Hilpert nickte zustimmend. »Das könnte ich mir durchaus vorstellen. Damit wäre die gesamte Aktion plausibel. Allerdings hakt es an einer Stelle.«

»Spannen Sie uns nicht auf die Folter«, reagierte der Polizeipräsident ungeduldig.

»Es ist das Problem der Glaubwürdigkeit.«

Konsterniert sahen sich Röhrs und Diercksen an. Bevor sie sich dazu äußern konnten, kam Hilpert mit seiner Erklärung über. »Wir müssen die Gefährdung des Senators ernst nehmen, egal, ob er die eigentliche Zielperson ist. Es muss der Eindruck erweckt werden, dass seinem Schutz äußerste Priorität beigemessen wird. Es sollte in seinem Umfeld vor Uniformierten nur so wimmeln. Dann lassen ihn unsere Gegner möglicherweise vorerst zufrieden, weil sie es als Erfolg ihrer Maßnahme bewerten können.«

»Und wenn er doch gemeint ist?«, kam bei Diercksen Skepsis hoch.

»Dann stehen ausreichend viele Leute zu seinem Schutz zur Verfügung«, versuchte Hilpert ihn zu beruhigen.

»Ich verstehe.« Zusehends begriff der Präsident, worauf Hilpert hinauswollte. »Wir müssen sensibel für die Bedrohung bleiben. Nur wie lange halten wir diesen personellen Aufwand durch?«

»Das wird sich zeigen. Um mehr Gegendruck aufzubauen, sollten wir in Erfahrung bringen, wie die potenziellen Attentäter an die Informationen über den Senator gekommen sind.« Hilpert wandte sich an Röhrs. »Es wurde überprüft, ob der Senator verfolgt wurde, ob irgendwelche Gestalten in seiner Umgebung herumlungerten, die dort nichts zu suchen hatten?«

»Nicht einmal, sondern ständig. Nichts hat sich gezeigt.«

»Ich verstehe, dann haben sich die Leute anderweitig schlaugemacht. Bestimmt nisteten die sich in seinem Umfeld ein. Ich vermute, gegenüber dem Haus des Senators oder nebenan. Die Häuser oder Wohnungen würde ich kurzfristig abklappern. Ich empfehle, darauf zu achten, ob ein Haus vermietet wurde. Oder ob Nachbarn überraschenden Besuch bekommen haben.« Er warf einen Blick auf die Straßenkarte, die Röhrs vor ihm ausgebreitet hatte. »Am besten passt eins der drei gegenüberliegenden Gebäude. Überprüfen Sie auf der Karte, an welcher Stelle ein Attentat zu erwarten ist. Ich schätze, es existieren eine Reihe an Kreuzungen, die auf jeder Route genommen werden müssen. Hoffen wir, es nicht mit kreativen Bombenlegern zu tun zu haben. Das könnte schrecklich werden. Der Senator ist nicht der Einzige, der auf der Straße rumkutschiert. Leider können wir seine Fahrroute nicht tagtäglich absperren.«

Hilpert lag mit seiner Vermutung, was die Nachbarn betraf, richtig. Ein älteres Ehepaar aus einem der gegenüberliegenden Häuser hatte vor einigen Tagen Besuch von Unbekannten erhalten, die behaupteten, ihre Enkelkinder in ihre Gewalt gebracht zu haben. Die Männer hätten nicht viel geredet und seien nach zwei Tagen, ohne ein Wort zu sagen, verschwunden. Das Einschüchterungsszenarium hielten sie über den Tag hinaus aufrecht, ohne aktiv werden zu müssen. Den älteren Herrschaften kam es nicht in den Sinn, sich an die Polizei zu wenden. Dabei ging es den Enkelkindern hervorragend. Niemand hatte sie angesprochen, geschweige denn bedroht. Es war wie bei Kleinkindern. Mit gekrümmten Fingern auf sie zuzukommen und den Anschein zu erwecken, sie kitzeln zu wollen, reichte aus, um die gewünschte Reaktion zu erreichen. Nur bei ihnen ging es um ein Lachen.

Die Hoffnung, es nicht mit Bombenbauern zu tun zu haben, sollte sich nicht erfüllen. Tatsächlich ging neben der kleinen Kolonne des Senators am selben Tag ein Sprengsatz in einem abgestellten Fahrzeug hoch. Es gab bis auf den Sachschaden keine Opfer zu beklagen. Der Schock, der erzeugt wurde, reichte allemal. Damit brachen alle Dämme des Schweigens. Die Pressestelle bekam viel Arbeit. Die Zeitungen kamen zu ihren Geschichten. Der Senator hüllte sich in Schweigen. Der enge Stab um Diercksen und Röhrs begriff, dies war gerade mal der Anfang. Ob Röhrs Hilpert in diesem Leben lieben würde, durfte bezweifelt werden. Der Respekt, den er ihm entgegenbrachte, reichte allemal für eine ordentliche Zusammenarbeit. Außerdem überraschte er ihn mit der Mitteilung, ab sofort über einen Dienstwagen mit Fahrer verfügen zu dürfen. Der stand über Nacht warm und trocken in der Garage des Polizeipräsidiums. Daran würde sich niemand zu schaffen machen. Nach längerem Hin und Her einigten sie sich darauf, die Limousine von Hilperts Schwiegervater zu benutzen und dieser über Nacht in der Garage des Polizeipräsidiums Asyl zu gewähren. Selbstredend wurde um die Mittagszeit eine Besprechung in der bekannten Zusammensetzung anberaumt. Diesmal wurden die Leiter der Sondereinheiten hinzugezogen. Dies nahm Druck von Hilpert, erbrachte dennoch keine neuen Erkenntnisse. Eine gute Stunde später löste sich die Versammlung auf.

Nach dem Mittagessen suchte ihn Stange auf. »Claas Möller ist bereits im Haus. Du kannst ihn jederzeit befragen, Fabian.«

»Sehr gut. Ich erwarte Gäbler erst in einer halben Stunde. Lass ihn trotzdem kommen. Ich kann ja mit dem Warming-up beginnen. Ich fürchte, er wird uns nicht viel erzählen.«

Möller hatte dünne blonde Haare, die ihm wuselig an den Seiten vom Kopf herunterhingen. Sein Outfit hatte er garantiert nicht bei C&A erworben. Die durchlöcherte Designer-Jeans und vor allem die Lederjacke, die er trug hatten allemal ihr Geld gekostet. War er der lebende Beweis dafür, dass sich Verbrechen letztlich lohnten? Der Start war überraschend erfreulich. Möller war über ihr Klassenfest informiert und interessierte sich tatsächlich für alte Geschichten. Selbst konnte er einiges dazu beitragen. Es hob die Stimmung, brachte Hilpert jedoch nicht voran. Als es ans Eingemachte ging, wurde er deutlich stiller. Jemand, der Möller nicht kannte, mochte ihn für einen harmlosen, gesetzestreuen Mann um die vierzig halten, der keiner Fliege etwas zuleide tat. Zwei Jahrzehnte als Berufsverbrecher hatten sein schauspielerisches Talent beachtlich gesteigert.

Hilpert stoppte vorerst das Verhör und wartete Gäblers Ankunft ab. In der Zeit durfte sich Möller im Vernehmungsraum langweilen, während der Oberrat sich einen Milchkaffee gönnte, so wie er ihn bevorzugte. Gäbler traf pünktlich ein. Damit konnten sie das eigentliche Verhör starten. Wie erwartet, blieb Möller sperrig, als es um den Namen des damaligen Dealers an der Schule ging. Erst als Gäbler ihn auf Weinschenks Ermordung ansprach, taute er ein Stück weit auf.

»Es stimmt, Freddy hat damals ordentlich zugeschlagen.«

»Was heißt das?«, fragte Hilpert nach.

»Er soll nicht nur an unserer Schule gedealt haben und nicht nur in Buchholz.«

»Und wo bekam er das Zeugs her?«

Claas zuckte mit den Schultern. »Bin ich ein Prophet? Es wurde leider versäumt, es mir mitzuteilen.«

»Und wer hat ihn beschützt? Freddy ist sicherlich nicht durch die Gegend gefahren, hat seine Ansprüche angemeldet und ist so durchgewinkt worden.«

»Das waren seine Lieferanten aus Hamburg. Die haben ihn gelegentlich begleitet und es war Ruhe im Puff.«

»Und du?«

»Ich hab für Freddy anfangs gearbeitet. Gegen ihn war ich ein kleines Licht.«

»Und?«

»Das lief perfekt. Er hat mich nicht beschissen, sondern ordentlich abgerechnet. In Gelddingen war er unschlagbar. Ein Nachzählen erübrigte sich bei ihm.«

»Wie bist du auf ihn gestoßen? Freddy hat schließlich keine Fernsehwerbung geschaltet«, fasste Hilpert nach.

»Wir kannten uns aus Tostedt. Unsere Väter arbeiteten zusammen. Wir kamen beide aus Familien, wo das Geld knapp war. Zu der Zeit war mein Alter längst abgehauen. Da konnte ich ein Zubrot gut gebrauchen. Das wurde erst nach dem Tod meines Großvaters besser. Allein seine Gewehre hat meine Mutter für über zweitausend Euro verkauft. Ich bin dann nach Hamburg gegangen und hab sie irgendwann nachkommen lassen.«

»Gewehre?«

»Er war passionierter Jäger.«

»Ich verstehe. Für wen arbeitest du heute?«

»Für Kellner als Türsteher und Mädchen für alles.«

Die Gewehre gingen nicht aus Hilperts Kopf. »Dein Großvater hieß Möller?«

»Nein, es drehte sich um den Vater meiner Mutter, Heinrich Frie. Der war ein ausgesprochener Geizkragen. Zum Geburtstag, zu Weihnachten gab es ein kleines Spielzeug, das war's. Da ist nichts rübergewachsen, als meine Mutter von ihrem Kerl verlassen wurde.«

»Mit ihr würden wir uns ebenfalls gern unterhalten. Sei so bezaubernd und gibt uns ihre Telefonnummer.«

»Was wollt ihr von ihr?«

»Es geht um die Waffen. Freddy wurde mit einer Walther PPK erschossen. Dein Großvater soll sie erworben haben.«

»Davon weiß ich nichts. Das mit den Waffen hat meine Mutter gemanagt.« Widerwillig überließ er ihnen die Telefonnummer. »Erzählt ihr nicht so viel über mein aktuelles Berufsleben. Für sie bin ich Vertriebsbeauftragter einer Firma für Kinderbekleidung.«

Hilpert grinste ihn herausfordernd an. »Ich darf ihr also nichts über deinen Arbeitgeber mitteilen.«

»Bloß das nicht.«

»Warum sollte ich deine Mutter verletzen wollen? Sie hat mir nichts getan.«

»Du hast einen gut bei mir.«

»Ich komm drauf zurück.«

Claas begriff, besser den Mund gehalten zu haben.

Hilpert verließ die beiden und telefonierte mit Karla Frie von seinem Büro aus. Als sie mitbekam, dass ihr Sohn im Präsidium vernommen wurde, stimmte sie spontan zu, bei ihnen vorbeizukommen. Sie hatte eine Wohnung in Rahlstedt. Ein paar Minuten sollte es dauern, bis sie bei ihnen eintraf. Gäbler hatte indessen vergeblich versucht, mehr aus Möller herauszubekommen. Nach dessen Dafürhalten hatte er genug geplaudert. Druckmittel konnten sie keine anwenden. Er wusste, gegen ihn lag nichts vor.

Hilpert gesellte sich zu ihnen. »Ich habe über unser Gespräch nachgedacht. Mal unterstellt, die Kellners haben Weinschenk beliefert. Versteh ich dich recht, muss es um größere Mengen gegangen sein. Diese ausgeschlafenen Jungen haben mit Sicherheit keinem damals Siebzehn- oder Achtzehnjährigen solch ein Geschäft überlassen. Dazwischen muss jemand stecken, ein Erwachsener, der sich auskennt.«

Claas fühlte sich offensichtlich nicht wohl in seiner Haut. Das brachte er deutlich zum Ausdruck. »Allein den Namen Kellner genannt zu haben, könnte sehr gefährlich für mich werden. Ich weiß nichts von einem Mittelsmann. Wäre der mir bekannt, würde ich die Schnauze halten. Du weißt selber, deren Verbindungen reichen bis ins Präsidium hinein.«

Die beiden Beamten begriffen vorerst, dass sie auf anderem Weg an ihre Informationen herankommen mussten. Claas Möller könnten sie auf die Streckbank legen und sie bekämen nicht mehr aus ihm heraus. Jeder hing an seinem Leben.

Hilpert nahm sich Karla Frie alleine vor, nachdem sie eingetroffen war. Er wollte bei ihr nicht das Gefühl aufkommen lassen, bedrängt zu werden. Gäbler nahm es gelassen zur Kenntnis. Hilpert überließ ihm sowieso den Ermittlungserfolg in Buchholz, selbst wenn er die Arbeitszeit auf der Couch verbrachte.

Nach der Scheidung hatte Claas' Mutter ihren Mädchennamen angenommen. Sie war mittelgroß und musste ihre Kinder in jungen Jahren bekommen haben. Sie war allem Anschein nach nicht wesentlich älter als sechzig Jahre. Sie trug ihr mittellanges braunes Haar offen, er vermutete, um sich einen jugendlichen Touch zu geben. Graue Haare entdeckte er nicht. Da hatte die Kosmetikindustrie garantiert nennenswert mitgeholfen. Erwartete er eine verhärmte, vom Leben gebeutelte Frau, wurde er enttäuscht. Sie verhielt sich selbstbewusst wie jemand, die ihr Leben gemeistert hatte. Sie hatte sich figürlich sehr ordentlich gehalten. Ihre Jeans konnte sie durchaus tragen.

»Ihr Name ist zuweilen gefallen«, eröffnete sie ohne Scheu das Gespräch. »Vor allem nachdem Ihre Berufswahl bekannt wurde. Claas hatte dafür überhaupt kein Verständnis. Mein Junge hat ja leider die Schule abgebrochen und ist in die freie Wirtschaft gegangen. Er ist dort einigermaßen erfolgreich gewesen und hat sich in all den Jahren um mich gekümmert. Als damals die Zahlungen seines Vaters schleppend kamen, hat er ihn ein- oder zweimal aufgesucht und es lief anschließend wie geschnitten Brot.«

Er beließ es bei ihrer Meinung über ihren Sohn. Weshalb sollte er dessen Bild beschädigen? Gewiss war das eh nicht möglich. Ihre Tochter lebte mit ihrer Familie in Süddeutschland. Der Kontakt zu ihr war nicht so intensiv.

»Weshalb ich Sie hierhergebeten habe, Frau Frie, es geht um

die Waffensammlung Ihres verstorbenen Vaters. Ihr Sohn erzählte, Sie hätten sie verkauft?!«

»Das ist korrekt. Das Geld kam damals wie ein warmer Regen. Überhaupt hat die Erbschaft mein ganzes Leben verändert.«

»Handelte es sich ausschließlich um Langwaffen?«

»O nein«, bewies sie eine gewisse Sachkenntnis. »Es waren zwei Pistolen dabei.«

»Sie kennen sich mit Waffen aus?«

»Auskennen wäre zu viel gesagt. Mein Vater hat mich gelegentlich mit zur Jagd genommen und mir einiges erklärt. So bin ich zu meinem Sohn gekommen. Einem der Treiber konnte ich nicht widerstehen. Mein Vater fand das überhaupt nicht witzig und ließ es mich spüren. Wir haben ohne seinen Segen geheiratet. Wirklich glücklich war die Ehe nicht. Trotzdem hat sie lang genug gehalten.«

»Nach der Scheidung lernte ich einen anderen Mann kennen. Der hielt nicht viel vom Heiraten, wohl aber vom Bumsen. Das Ergebnis war meine Tochter. Danach war ich schlauer und hab den Kindersegen abgestellt.«

»Musste Ihr Sohn mit ihm ebenfalls über die Alimente reden?«

Sie winkte ab. »Nein, er hat treu und redlich den festgesetzten Betrag abgedrückt. Eigentlich bin ich es gewesen, die die Beziehung beendet hat.«

»Kommen wir zurück auf die Waffen. An wen sind die gegangen?«

»An jemanden von der niedersächsischen Jagdvereinigung.«

»Sie haben den Verkauf nicht in die eigenen Hände genommen, eine toughe Frau wie Sie?«

»Nein, das ist alles über einen Bekannten gelaufen. Ich hätte die Dinger für einen Tausender abgegeben. Ich wollte sie nicht im Haus haben.«

»Erinnern Sie sich an die Modelle der Pistolen?«

»Nicht genau. Ich weiß bloß, eine der Pistolen hat ausgesehen wie die von Mel Gibson in Lethal Weapon. Den Schauspieler fand ich toll und die Filme auch.«

»Dann war es eine Beretta«, outete sich Hilpert als Kenner der Materie. »Das war damals die Waffe der amerikanischen Polizei. Wissen Sie, wer die Waffen erworben hat?«

»Natürlich, ich bin doch nicht blöd. Mit scharfen Waffen

kannst du schnell ordentlich Schwierigkeiten bekommen. Das hat mir mein Vater früh genug beigebracht. Sein Name ist Ralph Hermann.«

»Haben Sie eine Ahnung, wo der wohnt?«

»In Buchholz.«

Er bat Lisa zu sich und gab ihr den Namen auf. »Versuch mit dem Herrn einen Termin zu machen, gerne auch in Buchholz.«

Damit endete seine Kunst. Ralph Hermann war irgendwo in Afrika auf Safari. Dem Vernehmen nach nicht mit der Kamera. Niemand konnte sagen, wann er zurückerwartet wurde. Er war seit mehreren Jahren Witwer und wurde nicht vermisst. Irgendwann würde er das heimische Gestade ansteuern und auf Schwarzwild gehen. Karla konnte sich ihren missratenen Sohn greifen und mit ihm das Präsidium verlassen.

»Dieser Kellner, was für ein Typ ist das?«, fragte Gäbler interessiert nach. »Macht es Sinn, sich diesen Herrn vorzunehmen?«

»Das möchte ich lieber auf die lange Bank schieben«, ging Hilpert auf ihn ein. »Bis vor etwa einem Jahr hatten wir es mit drei Brüdern zu tun, die auf dem Kiez die große Nummer abzogen. Nachdem zwei von ihnen ermordet wurden, ist nur Henry, der mittlere der Brüder übrig geblieben, der an allen Stellen auf Fußstapfen trifft, die zu groß für ihn zu sein scheinen. Das bedeutet, er wird alles daransetzen, die Führung der Geschäfte zu behalten. Der kann es sich nicht erlauben, mit uns zusammenzuarbeiten. Es sei denn, er sähe darin für sich einen Vorteil. Oder wir hätten gute Karten, seine Position zu gefährden.«

»Ich verstehe. Ich gehe davon aus, du behältst ihn im Auge.«

»Worauf du dich verlassen kannst. Ich kaue die ganze Zeit auf einem Knackpunkt herum, der mir nicht aus dem Kopf will.«

»Und der wäre?«, fragte Gäbler neugierig.

»Weinschenk hat lange Jahre gutes Geld mit Drogen verdient. Er hat es ausgesprochen geschickt angestellt und ist niemandem ins Visier geraten. Dieses Geschäft hat er garantiert bis zu seinem Ableben betrieben.«

»Wir haben doch in seinem Studio Stoff gefunden.«

»Die geringe Menge kannst du vernachlässigen. Da findest du bei jeder zweiten Abiturfeier mehr Dope. Die waren für seine

Klienten bestimmt. Nein, da müssten deutlich größere Mengen an anderen Stellen liegen. Fragt sich nur wo?«

»Vielleicht hat er die irgendwo im Wald vergraben?!«

»Unwahrscheinlich. Ich behaupte, das Zeug liegt in der Nähe seines Studios. Vielleicht sogar mittendrin. Mir kommt da 'ne Idee. Gute Verstecke liegen oft vor deiner Nase und du entdeckst sie trotzdem nicht, weil du sie dort nicht erwartest.«

Spontan griff er zum Telefon und rief in der KTU an. Zehn Minuten später stand Oberkommissar Buntrock vor ihnen.

»Es entspricht den Tatsachen, Sie machen Musik und arbeiten während ihrer Freizeit in einem Tonstudio«, ging Hilpert auf ihn ein.

»Sie sagen es.«

»Wir würden gerne mit Ihnen nach Maschen in ein Tonstudio fahren und Sie bitten, es unter die Lupe zu nehmen.«

»Wo ist das Problem? Ich bin gern dabei.«

»Ginge heute?«

»Warum nicht? Ich melde mich nur kurz bei meinem Vorturner ab.«

»Soll ich mit ihm reden?«

»Das ist nicht nötig. Es ist auf den Etagen bekannt, Sie sind unkonventionell behilflich, wenn Kollegen Unterstützung brauchen. Von seiner Seite wird es keine Widerstände geben.«

»Dann bleibt mir wohl nichts anderes übrig, als euch zum Essen einzuladen.«

Gegen halb drei landeten sie in Maschen. Ein Kollege erwartete sie mit dem Schlüsselbund des Toten in der Hand. Buntrock inspizierte das Studio. Er war durchaus beeindruckt. »Das ist keine Technik vom Grabbeltisch«, informierte er die Kollegen. »Da wurde viel Geld in die Hand genommen. Hier steht nur das Beste vom Besten, ausschließlich die neuesten Modelle. Das muss man sich leisten können.« Er grinste in Hilperts Richtung. »Wer hier aufnimmt, kann seine Gitarre zu Hause lassen. Eigentlich kann er dort sogar bleiben. Die Technik übernimmt mehr oder weniger alles, wie bei Bohlen. Worum geht es denn jetzt?«

»Ist das, was Sie so sehen, technisch erforderlich, beziehungsweise nachvollziehbar?«

»Ich verstehe, worauf Sie hinauswollen. Am besten, ich fange mit dem Aufnahmeraum an.«

Neugierig beobachtete Hilpert, wie er sich die technische Ausstattung vergegenwärtigte. Er benötigte dafür keine zehn Minuten.

Schmunzelnd stellte er sich vor das Mischpult, streckte eine Hand aus und wies lachend mit dem Zeigefinger zur Eingangstür. »Seht ihr das blinkende, kompliziert aussehende Gebilde? Ein Profi sieht sofort, es ist völlig funktionslos.« Er ruckte an dem Oberteil und klappte es hoch. »Es ist eine Art Safe. Intelligent gemacht. Nix da mit Aufnahmetechnik. Kann ich mal das Schlüsselbund haben?«, wandte er sich an Gäbler.

Tatsächlich passte einer der Schlüssel. Eine massive, feuerfeste Tür öffnete sich. Sie fanden, was sie suchten und mehr. Neben zwei Kilo Koks und diverse, bereits abgepackte Tüten mit Badesalz, lagen darin etwa dreißigtausend Euro in lila Scheinen und ein Testament.

Hilpert schlug dem Kollegen auf die Schulter. »Gut gemacht. Da musst du erst mal drauf kommen. Wirklich genial, was sich Freddy Weinschenk da ausgedacht hat.«

Interessiert las er das relativ kurz gehaltene Testament. Es trug sogar die Unterschrift eines Notars. Freddy glaubte bei Jens tatsächlich an ein gewaltsames Ableben. Offenbar fühlte er sich für seinen Tod mitverantwortlich. Seither schien ein schlechtes Gewissen sein Leben zu begleiten. Zumindest vermachte er seinen gesamten Besitz an dessen Schwester. Über das Rauschgift würde sie fraglos nicht bestimmen dürfen. Ansonsten sollte es schwer werden, ihr die Verfügungsgewalt über sein restliches Vermögen zu verweigern. Der spontane Ausflug nach Buchholz hatte sich für sie gelohnt.

Auf der Rückfahrt grinste Hilpert zu Albers hinüber. »Wir versuchen viel zu häufig, jede Frage selber zu beantworten. Wir sind nachgerade umzingelt von Spezialisten, was unsere Ermittlungen betrifft. Wir müssen sie nur entsprechend orientieren.«

Von hinten erreichte ihn Buntrocks Stimme. »Wo wir bei Spezialisten sind, wie war das mit der Einladung zum Essen. Meinten Sie die Kantine?«

Hilpert lachte auf. »Ich denke, wir finden in der Speicherstadt eine ordentliche Absteige, wo es was Anständiges zu beißen gibt. Was halten Sie vom VLET?« Widerspruch machte sich nicht bemerkbar.

Den Tag darauf erreichte Hilpert der Anruf von Jens' Schwester Janette. »Laut Aussage der Polizei bin ich die Alleinerbin von Freddy Weinschenk. Kannst du mir sagen, wie ich das verstehen darf? So gut haben wir uns nicht gekannt.«

»Nimm es in Erinnerung an deinen Bruder zur Kenntnis und mach mit dem Geld, was dir in den Sinn kommt.«

»Wenn es dein Rat ist, werde ich ihn befolgen. Doch einen Gefallen musst du mir tun. Du wirst das gesamte Vermögen für mich verwerten und verwalten.«

Was sollte er tun? Es ging um Jens' kleine Schwester. Die konnte er unmöglich im Regen stehen lassen. »Wird geritzt.«

»Fabian, würdest du das mit mir bei einem Notar schriftlich machen?«

»Na klar, nur, wie kommst du darauf?«

»Mir scheint, das Geld von Jens hat erste Begehrlichkeiten geweckt.«

»Doch nicht etwa bei deinen Eltern?!«

»Natürlich nicht. Mein Freund Benjamin hat große Augen bekommen und denkt plötzlich über Geschäfte nach, für die er sich früher nicht interessiert hat. Natürlich fehlte ihm dafür bislang das erforderliche Kapital. Dieses Problem, so meint er, sei ja nun gelöst. Erfährt er von der Erbschaft, läuft er Gefahr abzuheben. Das Sparkassenbuch hat ihn bereits nervös gemacht.«

»Ich verstehe. Auf einen Notar können wir verzichten. Ich lasse was aufsetzen, das rechtsverbindlich ist und wir unterzeichnen das kurzfristig. Meinst du, dein Benjamin ist der Richtige für dich?«

»Langsam bin ich mir nicht mehr so sicher.«

»Dann überrasch ihn erst, wenn du unterschrieben hast.«

Er wollte das Gespräch beenden, als sie ihn unterbrach: »Wie sieht es mit deinem Honorar aus?«

»Das fragst du nicht ernsthaft. Unter Freunden werden solche Gefälligkeiten nicht berechnet. Nur eine Frage, willst du das Studio behalten oder verkaufen?«

»Ich habe davon keine Ahnung. Also verkaufen.«

Grinsend beendete er das Gespräch. Clever war sie, Jens' kleine Schwester. Er war auf die Reaktion ihres Freundes gespannt. Ihn als Vermögensverwalter einzuspannen, war ausgesprochen elegant. Ob sich ihr Freund künftig als sein Bewunderer outete, durfte bezweifelt werden.

8

Die Tinte war gerade mal trocken auf dem Papier, als sich Benjamin Pöhlemann zwei Tage später bei ihm telefonisch meldete. Hilpert kam kaum zu Wort. Aufgebracht beschimpfte ihn Janettes Freund: »Sie haben ihr faktisch die Verfügungsgewalt über ihr Vermögen entzogen. Ich habe darüber mit einem Anwalt gesprochen, der den Vertrag als eindeutig sittenwidrig bezeichnet hat. Er wird entsprechende Schritte einleiten.«

Hilpert musste auf sich aufpassen. Beinahe hätte er lauthals losgelacht. Also beließ er es bei Ironie. Die kam immer gut. »Und was lerne ich daraus?«

»Wir werden den Vertrag anfechten.«

»Wenn Sie mit einem Anwalt gesprochen haben, sollte Ihnen klar sein, keinerlei Berechtigung zu haben, mit mir über den Vertrag zu streiten. Ich dürfte mich darüber nicht einmal mit Ihnen unterhalten. Ihr Name taucht nirgendwo als Janettes Vertreter oder Bevollmächtigter auf. Eine Aufhebung des Vertrages müssten Sie ihr überlassen. Sie allein ist meine Vertragspartnerin. Von ihrer Seite gab es bislang keine Beschwerden. Und aus dem Vertrag kann sie jederzeit raus. Das kostet sie keinen Cent. Nur, warum sollte sie das nach gerade zwei Tagen tun?«

Er hörte Pöhlemann am anderen Ende heftig atmen. »Das wird sich ändern. Verlassen Sie sich darauf. Ich werde meinen Einfluss bei ihr geltend machen.«

»Dann man immer zu.« Damit beendete Hilpert das Telefonat. Ihre Bedenken bestätigten sich schneller als erwartet. Sie bewiesen ihre realistische Sicht der Dinge.

Keine zehn Minuten später meldete sich Janette bei ihm. »Benjamin ist völlig ausgerastet, als ich ihm mitteilte, dir vorerst die

Verfügung über mein Vermögen übertragen zu haben. Er verlangt von mir, ich soll alles rückgängig machen.«

»Das Ganze nimmt Formen an, die mir eher missfallen, Janette. Es gibt immer eine Hintertür, durch die Dritte an dein Geld gelangen könnten. Zum Beispiel, wenn du einen Darlehensvertrag unterschreibst, Bürgschaften übernimmst oder Vermögensteile verpfändest. Unterschreib nichts, was dir dein Freund vorlegt. Suche mit ihm keinen Notar auf. Das Studio lässt sich herrlich belasten. Seine Motive haben mit deinen Interessen offensichtlich wenig zu tun. Der will an dein Geld. Kommt er auf dich zu, verweise ihn einfach an mich.«

»Einen Teufel werde ich ohne dein Okay tun.«

»Dann wirst du viel Freude an der Erbschaft haben. Wie ist das, hast du in der Vergangenheit über eine eigene Immobilie nachgedacht?«

Sie zuckte mit den Schultern. »Na klar, nur bislang sah ich dafür keinen finanziellen Spielraum.«

»Das wäre nunmehr anders. Eher ein Eigenheim oder eine Wohnung?«

Er spürte, wie sie am Telefon große Augen bekam. »Ein eigenes Haus wäre das Größte.«

»Mal sehen, was sich da machen lässt. Ich gehe davon aus, du willst in der Nordheide bleiben?!«

»Du sagst es. Tostedt, Hanstedt oder Buchholz passten mir gut ins Konzept. Von mir aus auch Jesteburg.«

»Okay, warten wir die Testamentseröffnung ab.«

Im weiteren Verlauf des Tages erreichte ihn Gäbler. »Unser Jäger ist zurück aus Afrika. Wahrscheinlich hängen in seinem Wohnzimmer neue Trophäen. Er soll so 'n Typ sein, der das letzte Einhorn für die Trophäe abknallt. Wir haben uns mit ihm unterhalten.«

»Und was erzählt er so?«

»Er erinnert sich, die Langwaffen verkauft zu haben. Im Prinzip bestätigte er die Aussage von Frau Frie. Dann kommen die Gedächtnislücken. Er will vergessen haben, wer ihm das Geschäft vermittelt hat. Es sei über seine Sekretärin an ihn herangetragen worden. Bevor du fragst, sie ist vor zwei Jahren verstorben. Interessant ist, er will nichts von Pistolen wissen. Er habe ausschließlich

Jagdwaffen und Zubehör an verschiedene Kollegen veräußert. Entsprechende Rechnungen seien längst geschreddert worden.«

»Klar, die Aufbewahrungsfrist ist vor Jahren abgelaufen. Bearbeite ihn, damit du wenigstens zwei Käufer zu fassen bekommst.«

»Ist längst geschehen. Einer von denen konnte sich tatsächlich nicht mehr an den Kaufpreis erinnern, den er für ein Fernglas und ein Zielfernrohr bezahlt hat. Er hatte außerdem zwei Sondermodelle, einen Drilling und eine reich verzierte Schrotflinte aus England in der Hand gehabt. Die konnte er sich nicht leisten. Allein für die hätte er fünftausend Euro und mehr pro Stück berappen müssen. Er meinte, seine Frau hätte ihn vom Hof gejagt, wäre er drauf eingegangen.«

»Und der Zweite?«

»Der erinnerte sich bloß an insgesamt sechs Waffen. Er habe sich ein Gewehr geleistet und musste dafür zweitausend Euro hinblättern. Das gesamte Konvolut müsste wohl um die achtzehntausend Euro gebracht haben. Hinzu kommt der Preis für die Pistolen.«

»Jetzt verstehen wir die Gedächtnislücken des Mannes besser«, stellte Hilpert zufrieden fest. »Was hältst du davon, wenn ihr ihn nochmals ordentlich ausquetscht, jetzt wo ihr über zusätzliche Informationen verfügt?«

»Das wird zügig geschehen, worauf du dich verlassen kannst.«

Hilpert beendete das Telefonat kopfschüttelnd. Da verließ sich eine Frau auf jemanden, der sogar einem Verband angehörte, und wurde gnadenlos über den Tisch gezogen. Gleichzeitig löste der geringe Geldbetrag vor Jahren offensichtlich einige finanzielle Probleme bei ihr. Es war letztlich eine Frage der jeweiligen Situation, in der man steckte. Er kratzte sich nachdenklich am Kopf. Wie würde Claas das heute sehen? Er konnte sich das durchaus vorstellen. Mit einem gehässigen Grinsen griff er nach dem Telefon. Es war an der Zeit, einen Brandbeschleuniger einzusetzen.

»Wie viel Geld haben die Knarren gebracht? Achtzehntausend Euro und das ohne die Pistolen!«, platzte es aus Möller heraus. »Und meiner Mutter hat der Sack gerade zweitausend davon abgegeben. Vielen Dank für die Information. Da werde ich nacharbeiten. Ich bin momentan eh knapp bei Kasse.«

»Gern geschehen. Aber lass Hermann ganz. Ich möchte ihn nicht zusammenflicken müssen, weil du zu heftig zugelangt hast.«

»Keine Angst, nur gesunde Glieder können Geld abdrücken.«

»Intelligenter Ansatz. Gib deiner Mutter was davon ab.«

»Keine Angst, die wird nicht vergessen. Sie hatte damals die Hälfte der Mäuse zu mir rüberwachsen lassen, obwohl sie wirklich klamm war. Sie ist das Beste in meinem Leben.«

Hilpert legte befriedigt auf. Er widmete sich an diesem Nachmittag seinem PC. Er konnte nicht behaupten, mit Informationen überschüttet worden zu sein. Bei Freddys Tod blieb er hängen. Fraglos war er in Drogengeschäfte verwickelt. Nur, wie bekam er die auf die Reihe? Die Arbeit im Studio beschäftigte ihn mit Sicherheit den ganzen Tag. Bestimmt ging manche Nacht und manches Wochenende mit drauf. Verblieb ihm Zeit, arbeitete er als Studiomusiker. Da war sein Nebengeschäft ohne Unterstützung gar nicht zu schaffen. Wen könnte er damit beauftragt haben? Kannte der das Versteck für das Rauschgift und das Geld? War er auch sein Mörder? Daran wollte er nicht glauben. Ansonsten hätte er den Safe geleert. Schließlich trug der Tote die Schlüssel bei sich. Verfügte jemand außer Freddy darüber? Wohl kaum. Das Bargeld wäre selbst zu seinen Lebzeiten eine zu große Versuchung gewesen, ebenso das Rauschgift. Um sich zu vergewissern, wandte er sich telefonisch an den Tontechniker. Auf den Safe kam er bewusst nicht zu sprechen. Hilpert musste einigermaßen naiv wirken, als er von ihm potenzielle Verstecke für Rauschgift wissen wollte. Wie nicht anders zu erwarten, glänzte er durch Nichtwissen.

Hilpert startete einen neuen Vorstoß. »Freddy trug ein dickes Schlüsselbund bei sich. War er der Einzige, der über Schlüssel verfügte oder hatte jemand Zweitschlüssel?«

»Nein, nein, die behütete er wie seinen Augapfel. Außer ihm kam niemand an den Bereich der Tontechnik heran. Zutritt gestattete er nur in seinem Beisein. War er nicht im Laden, geschah dort nichts. Mich beäugte er ebenso argwöhnisch, wenn ich am Mischpult arbeitete. Und glauben Sie mir, ich bin Profi. Das Studio und dessen exklusive Ausstattung repräsentierten seine Gegenwart und seine Zukunft, waren sein Ein und Alles.«

»Und nun ist es durch seinen Tod für ihn eine Ware ohne Wert geworden«, stellte Hilpert nüchtern fest. Bevor er auflegen konnte, sprach ihn Perlebach auf die Schlüssel an. Es standen nach seiner Aussage einige Aufträge an, die abzuarbeiten waren. Janette als

Erbin würde es sicher befürworten, wenn sie bis zum Verkauf des Studios weiter Geld verdienten.

Hilpert spitzte die Ohren. Bewegte sich etwas in die richtige Richtung? Er sagte Perlebach zu, sich dafür zu verwenden, dass ihm die Schlüssel zu treuen Händen überlassen würden. »Wenden Sie sich morgen Vormittag an Kriminalrat Gäbler. Der wird Ihnen behilflich sein. Bis dahin werde ich es geregelt haben. Die Spurensicherung ist durch. Warum sollen Sie nicht weiter im Studio arbeiten können?!«

Am selben Tag verabredete er sich mit Gäbler und zwei Technikern aus Hamburg, die mehrere Kameras im Technikraum mit guter Sicht auf den Safe installierten.

Verabredungsgemäß überließ Gäbler Perlebach am nächsten Tag die Schlüssel. Am späten Nachmittag betrat er den Technikraum, dicht gefolgt von Selmeier. Beide führten einen heftigen Wortwechsel miteinander. Zum Leidwesen der Ermittler, die sich seit einigen Stunden in ihren Fahrzeugen vor dem Haus aufhielten, war die Tonqualität nicht sonderlich gut. Sie bekamen nur einige Wortschnipsel mit. Wie sie der Gestik entnahmen, stellte Selmeier offensichtlich Forderungen, die Perlebach wohl ablehnte. Endlich schien der Tontechniker nachzugeben. Er öffnete den Safe. Selmeier drückte ihn beiseite und stieß einen Schrei aus. Die erhoffte Beute war verschwunden. Es folgte anschließend eine heiße Diskussion zwischen den beiden, die erst durch drei uniformierte Polizisten unterbrochen wurde. Entsetzt mussten sie zur Kenntnis nehmen, wie zwei Schuljungen in die Falle getappt zu sein. Die beiden Männer würden viel zu erklären haben. Hilpert legte Wert darauf, sich an den Verhören zu beteiligen. Er und Albers steuerten einmal mehr Buchholz an. Immerhin hatten sie erste konkrete Ergebnisse erzielt. Nach den letzten mageren Tagen verbesserte das ihre Laune um einiges. Weniger erfreut war ihr Fahrer, der an diesem Abend lieber Bundesligafußball gesehen hätte. So war das Berufsleben des Polizisten: hart, aber ungerecht.

Selmeier machte einen mehr als geknickten Eindruck auf sie. Anfangs vermeinten sie, es sei der entgangene Gewinn, der ihn frustrierte. Es sollte sich zeigen, es war eher die Angst vor ihren

Lieferanten. Die dreißigtausend Euro waren nach seiner Aussage für diese bestimmt. Offensichtlich befürchtete er, sie könnten sich bei ihm bedienen. Namen konnte oder wollte er ihnen nicht nennen. Da Tote schlecht widersprechen konnten, schob er das gesamte Herrschaftswissen auf Freddy. Seinen Beitrag an den Drogengeschäften redete er entsprechend klein. Demnach nahm er die Funktion eines Boten wahr. Er holte den Stoff an irgendwelchen dubiosen toten Briefkästen ab und lieferte dorthin das Geld. Die Standorte änderten sich nach seiner Aussage ständig. Die jeweiligen Adressen habe ihm Freddy aufgegeben. Für seine Tätigkeit sei er mäßig entlohnt worden. Selmeier verzichtete darauf, sich unnötig zusätzlich zu belasten. Er argumentierte recht geschickt und bestritt anfangs jegliche Drogenkontakte. Erkennbares Ziel war, die potenzielle Strafe so niedrig wie möglich zu halten, wenn überhaupt damit zu rechnen war. Ein findiger Anwalt hatte ihm gewiss den Begriff Verjährung eingeflößt. Zerknirscht gab er zu, vor zwanzig Jahren für kurze Zeit mitgedealt zu haben. Nach knapp einer Stunde brachen sie ab. Sie wussten einfach zu wenig, um ihn festnageln zu können. Ein Durchsuchungsbeschluss für seine Wohnung lag ihnen sowieso vor. Sie entschieden sich, diese am Abend aufzusuchen.

Perlebach klang dagegen glaubhafter. Freddy habe ihm vor Jahren den Safe und den Schlüssel dafür gezeigt. Tatsächlich sei das Geld für seine Lieferanten bestimmt gewesen. Selmeier habe das konkrete Versteck mit dem Stoff und dem Geld nicht gekannt. Logischerweise musste irgendwo Stoff von Freddy verborgen worden sein. Die Logik sprach für das Studio. Selmeier wollte unbedingt daran. Er habe sich breitschlagen lassen und von dem Versteck erzählt. Ihn interessierte vor allem das Rauschgift. Vielleicht aus Angst vor den Lieferanten. Er dagegen wollte es ins Klo schütten, um damit dieses Kapitel zu schließen. Darüber hätten sie sich gestritten. Am Ende habe er nachgegeben, als Selmeier ihm mit Schlägen gedroht hatte. Das sei ihm zu dumm gewesen, obwohl er ihm keine Angst machte. Offensichtlich verfügte Selmeier über eine Liste der Abnehmer. An ihm sei dagegen der Umgang mit den Drogen weitgehend vorbeigegangen. Ihn interessierte die Technik des Studios und Freddys Anlage, wenn er als Musiker aushalf. Damit sei er vollauf beschäftigt gewesen. Der Rest habe ihn nicht interessiert. So wie er lebte, klang seine Aussage glaubwürdig. Ein Rest an Skepsis verblieb bei den Beamten. Niemand wurde so gnadenlos belogen wie die Polizei. Und mit diesen Geschäften wurde so viel Geld verdient, dass ganz andere schwach geworden wären.

Hilpert, Gäbler und Albers nutzten die Fahrt zu Selmeiers Unterkunft, um nochmals ihre gegenseitige Einschätzung der Aussagen von Freddys ehemaligen Mitarbeitern zu diskutieren. Im Wesentlichen waren sie deckungsgleich. Selmeier hatte sich anfangs gesträubt, seine Haustürschlüssel herauszurücken. Erst ihre Drohung, die Eingangstür aufzubrechen, belehrte ihn eines Besseren. Seine Adresse in Sprötze bei Buchholz ließ erahnen, bei den Drogengeschäften nicht nur mit Kleingeld abgespeist worden zu sein und das vor Jahrzehnten. Sie fuhren die Buchholzer Straße hoch, vorbei am Schulzentrum 2 und bogen wenig später in ein mit Einzel- und Doppelhäusern bebautes Gebiet. Er bewohnte eine Doppelhaushälfte, bei der bereits der gepflegte Garten auffiel. Mit seiner Jeans und seinen Boots erweckte er eher den Eindruck eines Menschen, der von solcher bürgerlichen Attitüde weit entfernt war. Offensichtlich versteckte er sich hinter dieser legeren Fassade. Die Ordnung setzte sich im gesamten Haus fort. Egal, wie er sein Leben ansonsten gestaltete, seine Einrichtung war weit entfernt von IKEA und Gebrauchtmöbeln. Die Innenausstattung war eher konservativ. Eine mächtige, hochwertige Schrankwand beherrschte das Wohnzimmer über dessen gesamte Länge. Es fehlte nur die Couchgarnitur. Für die war letztlich kein ausreichender Platz vorhanden. So mussten zwei Sessel und ein Glastisch auf Metallbeinen herhalten. Diesen Lebensstil konnte er garantiert nicht als Jugendwart darstellen. Und die Harley, die im Carport ihr Dasein fristete, hatte er ebenso wenig für kleines Geld als gebrauchtes Motorrad gekauft. Harleys waren in jeglichem Zustand teuer.

Sie würden Selmeier zu fassen bekommen und sei es mithilfe des Finanzamtes. Die Doppelhaushälfte konnte keineswegs als Luxusherberge herhalten. Mit etwa hundert Quadratmetern Wohnfläche und einem Grundstück von annähernd 450 Quadratmetern stellte sie einen ordentlichen Durchschnitt dar. Platz wäre allemal für eine feste Partnerin und ein, zwei Kinder. Diese Ziele schienen offenbar nicht in seinem Bedürfnishorizont vorgesehen zu sein. Die Schrankwand diente gleichzeitig als Ablagemöglichkeit für

Bettzeug und Handtücher. Ansonsten fand sich nichts Interessantes im Bereich des Wohnzimmers, von einer vergoldeten Armbanduhr einmal abgesehen. Hier schien es sich um ein Erbstück zu handeln. Als wertvolle Antiquität wäre sie nicht durchgegangen. Das Design deutete auf die Sechzigerjahre hin.

Im oberen Stockwerk befanden sich zwei Zimmer und das Bad. Im Bereich der Badewanne stießen sie auf eine Revisionsfliese, die sich problemlos entfernen ließ. Der Hohlraum dahinter war leer. Augenscheinlich hatte Selmeier es nicht mehr geschafft, den Stoff abzuholen und dort einzulagern. Die Aktion, es nachträglich einzukassieren, war zu seinem Leidwesen im Sande verlaufen.

Das Schlafzimmer war interessanter. Der Hausherr schien große Schränke zu lieben. Mehrere Fächer verwendete er für privates Schrifttum. Alle Finanzunterlagen waren sorgfältig in Ordnern abgeheftet. Auf seinem Girokonto hatte er knapp dreitausend Euro stehen. Sein Gehalt tastete er nur flüchtig an, wie eine oberflächliche Durchsicht der Kontoauszüge belegte. Ansonsten überwies er jeden Monat Beträge in unterschiedlicher Höhe auf ein Sparkonto bei der Volksbank. Unterlagen hierüber fanden sich nicht an. Mit Sicherheit verfügte er über ein Schließfach. Hierum wollten sie sich am nächsten Tag kümmern. Zwei Aktenordner waren aufschlussreicher. Darin fanden sie den Kaufvertrag für die Doppelhaushälfte, sinnigerweise ausgestellt auf Selmeiers Mutter. Mit einer Sicherungshypothek auf seinen Namen und ein lebenslanges Wohnrecht, hatte er entsprechende Dämme gegen Ansprüche seiner Geschwister aufgebaut. Seine Miete ging direkt auf das Darlehenskonto seiner Hausbank. Auf der Immobilie lasteten hundertfünfzigtausend Euro. Wie viel von dem Darlehen in den Jahren getilgt war, ließ sich auf den ersten Blick nicht feststellen. Erst der Jahreskontoauszug, ausgestellt auf seine Mutter und von ihm verwahrt, belegte, eine Restschuld von ziemlich exakt neunzigtausend Euro. Sie würden die finanziellen Verhältnisse der Mutter überprüfen müssen. Je weiter sie Selmeier in die Ecke drängten, desto größer war die Wahrscheinlichkeit, an sein gesamtes Wissen heranzukommen. Fragte sich bloß, welche Rolle er in dem Drogengeschäft spielte. Er konnte sich keine Reichtümer anschaffen, lebte allerdings nicht schlecht davon. Eine Überprüfung seines Schließfaches ergaben Wertpapiere und ein Sparbuch in der

Größenordnung von annähernd fünfzigtausend Euro. Der Herr hätte am nächsten Tag einiges zu erklären. Sie vertrauten auf die natürliche Angst vor dem Finanzamt und hofften, sie war größer als die vor den Drogenlieferanten. Bei genauerer Überprüfung seiner Einkommens- und Vermögenssituation stellten sie gleichwohl fest, er hätte Jens Welte 1998 keine 30.000 DM überlassen können. Er wäre für keine der sechs Raten gut gewesen. Genau genommen fand sein Vermögensaufbau in den letzten zwanzig Jahren statt, also nach Jens' Tod. Gleiches galt für Freddy Weinschenk. Es musste mindestens einen weiteren Beteiligten geben. Jemand, der 1998 in der Lage war, Jens das Geld zur Verfügung zu stellen. Hilpert tippte auf den eigentlichen Organisator, den er für den gesuchten Mörder hielt.

Den Tag darauf nahmen sie Selmeier in die Zwickmühle, ohne von ihm nennenswerte neue Informationen zu erhalten. Selbst die Drohung, seine Mutter in die Fänge des Finanzamtes zu treiben, fruchtete nicht. Entweder wusste er nicht mehr oder die Angst vor den Zulieferern war zu groß. Hilpert dachte an die Gebrüder Kellner, die in den Anfangsjahren zu dritt tätig geworden waren. Die jagten selbst einem gestandenen Mann einen gehörigen Schrecken ein. Mittlerweile lebte zwar nur noch einer des Trios, doch der reichte allemal für jeden Durchschnittseuropäer. Dafür musste er sich nicht nennenswert anstrengen. Da genügte eine hochgezogene Augenbraue. Würde er den Verlust der letzten Drogenlieferung einfach so hinnehmen? Konnte er es sich erlauben, auf die letzte Geldrate zu verzichten? Das war nachgerade ausgeschlossen. Dafür lungerten zu viele seiner Kollegen um ihn herum, die nach dem Tod der Brüder gern seinen Posten übernommen hätten. Und nur darauf warteten, eine Schwächephase bei ihm zu erahnen. Wen würde der sich vornehmen? Den großen Unbekannten, Selmeier, Perlebach oder alle? Sonst jemanden aus deren Umfeld? Viele kamen nach ihren Recherchen nicht infrage. Das musste nichts bedeuten, da sie bislang nicht so furchtbar weit gekommen waren. Im Prinzip blieb ihnen nichts weiter übrig, als die Daumenschrauben bei Selmeier fester anzuziehen. Fragte sich nur, an welchen Stellen sie diese ansetzen konnten, um Wirkung zu erzeugen.

Hilpert überlegte, was sie mit ihrem Fahrer anfangen sollten, denn sie waren auf einen Aufenthalt in Buchholz nicht eingerichtet. Ein Telefonat mit Gäbler löste das Problem. Im Zweifelsfall besorgte er ihnen einen Ersatzmann. Somit konnte der Kollege die Nacht zu Hause verbringen. Beeilte er sich, reichte es für die Kurzberichte der Bundesliga im Ersten. Albers wurde mit frischer Wäsche und einem Shirt aus Hilperts Beständen versorgt. Glücklicherweise mussten Jeans nicht zwangsläufig gebügelt werden.

Der Besuch bei Selmeiers Mutter endete unbefriedigend. Zumindest verstanden sie, weshalb er sich mit der Drohung, sich um sie zu kümmern, nicht ins Bockshorn jagen ließ. Als Angestellte im öffentlichen Dienst hatte sie eine Anwartschaft auf eine stattliche Pension erworben. Die Witwenrente ihres früh verstorbenen Mannes ließ als zusätzliches Einkommen keinen Zweifel an ihrer Bonität aufkommen. Sie verfügte darüber hinaus über ein längst abbezahltes Einfamilienhaus. Es wäre als zusätzliche Sicherheit von jeder Bank akzeptiert worden. Aus welchen Mitteln sie das erforderliche Eigenkapital bei Erwerb der Doppelhaushälfte darstellte, interessierte niemanden. Hätte sie Schwarzgeld aus der Brieftasche ihres Sohns eingesetzt, wäre es unerheblich, da der Vorgang längst verjährt wäre. Die eigentliche Bedrohung für Selmeier lag woanders. Die Frage der Verjährung oder der Eigentumsverhältnisse der Doppelhaushälfte war für einen Geschäftspartner wie Kellner unerheblich. War womöglich er der gesuchte Unbekannte?

Gedanklich winkte Hilpert ab. Mit Sicherheit gab es einen weiteren Zwischenhändler. Einer wie Kellner gab sich nicht mit den kleinen Dealern ab. Vielmehr ging er als Profi auf Distanz zu ihnen. Bei denen musste ständig mit ihrer Aufdeckung gerechnet werden. Mit ihrem geringen Wissen um die Struktur des Drogenhandels und die Verantwortlichen konnten sie einem wie ihm nicht gefährlich werden. Bei Bedarf verfügte er über seine eigenen Leute. Die hielten dicht, sollten sie der Polizei ins Netz gehen. Hilpert ließ sich seine Gedanken mit zerfurchter Stirn durch den Kopf gehen. Hatten sie mit Kellner den richtigen Fisch an der Angel? War für den die Provinz nicht zu unbedeutend?

9

Im Verlauf des Abends erreichte Hilpert ein Anruf von Janette. Sie berichtete, ihr Freund habe sie massiv bedrängt, Geld in eine dubiose Geschäftsidee zu investieren. Daraufhin habe sie kurz entschlossen die Beziehung abgebrochen und sei aus der gemeinsamen Wohnung ausgezogen. Ihre Erbschaft ließ ihn völlig aus dem Ruder laufen. Menschen meinten zuweilen, Ansprüche geltend machen zu können, weil jemand ohne eigenes Zutun zu Geld gekommen war. Für Hilpert war diese Erfahrung nicht neu. Das begann bei ihm im Freundes- und Bekanntenkreis und endete dort beileibe nicht. Janette konnte seinen Zuspruch zu ihrer Entscheidung offensichtlich gut gebrauchen. Er war froh, über das Telefonat hinaus nicht als Seelentröster einspringen zu müssen. Seine Erfahrung im Umgang mit eigenen Problemen bewies, hierfür wenig begabt zu sein.

Er fragte sich im weiteren Verlauf des Tages, inwieweit er die Buchholzer Ereignisse eingehend gewürdigt hatte. Ihm war es in Fleisch und Blut übergegangen, Fakten oder Meinungen zu sammeln und im ersten Gang darauf zu verzichten, sie zu interpretieren. Er nahm sie zur Kenntnis und ließ sie auf sich wirken. Bei seinen Ermittlungen lief er viel zu häufig Gefahr, wahrzunehmen, was ihm ins Konzept passte und als unbedeutend abzutun, was scheinbar nichts taugte.

Albers verzog sich ins Nebenzimmer, das Hilpert zu einem Kommunikationsraum hatte umbauen lassen. Mit der Zusammenlegung der beiden Reihenhausscheiben verfügten sie über ausreichend Platz, um sich aus dem Weg gehen zu können, und waren dicht genug beieinander, sollte sich eine Gefährdungssituation ergeben.

An diesem Abend blieb es ruhig. Ausnahmsweise stellte er sich ans Terrassenfenster und warf einen Blick in den kleinen Garten, der durch die Zusammenlegung der Grundstücke nicht wirklich an Fläche gewonnen hatte. Das ungemütliche Herbstwetter und die einbrechende Dunkelheit verwandelten die Umgebung in ein unansehnliches Gemisch, als habe seine Mutter beim Kuchenbacken versehentlich Schmieröl verwendet. Er kannte nur eine probate Lösung für diese Situation: den Frühling. Leider ließ der noch auf sich warten. Er wendete sich ab. Er hatte sich an zwei Paradoxien aufgehängt. Eine, auf die er früher hätte kommen müssen, betraf ihn selber. Er könnte sie nicht so ohne Weiteres auflösen. Warum hatte Jens mit Freddy über seinen Entzug gesprochen, nicht jedoch mit ihm? Sie beide waren wie Pech und Schwefel. Ihre Freundschaft ging weit über die gemeinsame Musik in der Band hinaus. Sie redeten über alles. Niemand sonst passte in dieses enge Beziehungsgeflecht hinein. Die Verbindung zu Freddy fand dagegen ausschließlich über die Musik statt. Das galt für ihn, das galt für Jens. Was verband die beiden, das stärker war als ihre Freundschaft? Dafür gab es nur eine Antwort: das Rauschgift.

Hilpert dachte an das Geld, das an Janette gegangen war. Waren sie Partner und damit Opfer und Täter zugleich? Er wollte nicht mehr so recht an Erpressung glauben. Wen hätte Jens erpressen wollen? Freddy, den großen Unbekannten? Er war nicht der Typ dafür. Dass er mit ihm nicht über seine Dealer-Aktivitäten geredet hatte, verstand er dagegen. Über längere Zeit war Jens der Einzige, dem Hilpert seine Pläne, zur Polizei gehen zu wollen, anvertraute. Da passte für sie ein Nebenjob als Drogendealer eher nicht als gemeinsames Thema. Er fragte sich selbstkritisch, ob Jens in den Jahren ihre freundschaftliche Bindung mit der gleichen Intensität betrachtete wie er. Spätestens mit der Drogensucht veränderten sich vermutlich dessen Prioritäten. War ihre Freundschaft aus dem Gleichgewicht geraten? Hatte er es nicht geschnallt?

Er verzog sein Gesicht zu einem bitteren Lächeln. Wie in einer Ehe, in der einer der Partner dabei war, eigene Wege zu gehen und der andere es nicht mitbekam. Vielleicht löste er dieses Problem über die zweite Unlogik, die ihm aufgefallen war. Um diese zu erkennen, benötigte er keine zwanzig Jahre, sondern kaum eine Woche. Es gab nach seinen bisherigen Erkenntnissen einen Menschen, dem Freddy das Versteck für das Drogengeld und das Rauschgift mitgeteilt hatte: Perlebach. Dennoch ging er nicht so weit, ihm einen Schlüssel dafür zu überlassen. Selmeier hingegen wurde von ihm nicht ins Vertrauen gezogen. Trotzdem sollte ausschließlich er der Partner ihres ehemaligen Bassisten beim Verkauf des Rauschgifts gewesen sein. Das passte hinten und vorne nicht. Freddy hatte an einer Vielzahl an Rockveranstaltungen teilgenommen, stets begleitet von seinem Techniker. Folgten sie der Logik, wurden diese genutzt, um ihr Dope an den Mann zu bringen. Selmeier dagegen kam ihm eher wie ein Ersatzmann vor, der gelegentlich aushelfen durfte, wenn Not am Mann war. Allein damit hatte er in den vergangenen zwanzig Jahren gut verdient, wie seine Bankunterlagen bewiesen, ohne letztlich reich geworden zu sein.

Hilpert hatte sich inzwischen hinter seinen Schreibtisch gesetzt. Er beugte sich angespannt vor. Stimmten seine Überlegungen, so musste Perlebach weitaus tiefer in die Rauschgiftgeschäfte verstrickt gewesen sein und einiges mehr abkassiert haben als Selmeier. Nur standen seine Lebensumstände nicht dafür. Steckte Geld von ihm im Tonstudio, so musste er Teilhaber von Freddy gewesen sein. Darüber fand sich nichts in den Unterlagen. Und im Grundbuch stand er nicht. Auf seinen Anteil hätte er garantiert nicht verzichtet. Im Gegensatz zu Jens konnte er ihn befragen.

Hilpert stand auf und reckte sich. Nach nunmehr zwanzig Jahren konnte er mit dem Anfangsverdacht gegen seinen toten Freund leben. Die lange Zeitspanne hatte viele seiner Emotionen zurückgedrängt. War dieser Opfer eines Streits um Geld geworden? So richtig dran glauben wollte er nicht. Er hatte die dreißigtausend DM auf seinem Sparkonto nicht angerührt, weil er sie offenbar nicht benötigte. In die Familie war Ruhe eingekehrt, da der Arbeitsplatz des Vaters gesichert war. Ein Zuschuss von ihm war somit hinfällig geworden. Er sah Freddys Ermordung eindeutig in Zusammenhang mit Jens' Tod. Seine Recherchen hatten den Täter aus seinem Dornröschenschlaf geweckt. Er musste sich bedroht fühlen. Beide Morde gingen somit auf die gleiche Rechnung. Sie lagen halt zwanzig Jahre auseinander. Diesmal ging es primär nicht um Geld, sondern um den Mord an Jens.

Die rechtliche Situation war eindeutig. Das Thema Verjährung griff nicht. Freddy, Selmeier und Perlebach lebten gut von den Erlösen aus den Rauschgiftverkäufen. Bei den Überschüssen, die in diesem Geschäft erzielt wurden, waren sie dennoch ausgesprochen bescheiden geblieben. Vielleicht hielten sich auch nur die Volumina in Grenzen. Den dicken Reibach machten andere. Das war dem Dreigestirn offensichtlich gleichgültig. Nach wie vor schwebte der mysteriöse Unbekannte über allem. Weshalb aber sollte er erst Jens und resultierend aus diesem ersten Mord Freddy umbringen?

Lag die Antwort in Hamburg? War es an der Zeit, sich mit Kellner auseinanderzusetzen? Gab es andere Großverteiler, an die sie sich halten mussten? Nur, was für den legendären Unbekannten galt, betraf diese gleichermaßen. Es fehlte an Motiven für den Mord an Jens, der wie ein Rattenschwanz die weiteren Verbrechen nach sich zog. Das Geschäft lief offensichtlich reibungslos über mehr als zwei Jahrzehnte. Die Polizei war auf niemanden aufmerksam geworden. Es gab keine Hinweise auf einen Großverteilerring. Ging zuweilen ein kleiner Dealer hoch, kam keiner auf die Idee, eine bedeutende Geschichte dahinter zu vermuten. Unaufgeregt wurde er aus dem Geschehen gezogen und machte vermutlich nach Verbüßung seiner Strafe weiter und hielt vor allem den Mund. Davon abgesehen wusste er eh zu wenig. Allerdings schwebte unterschwellig die Frage im Raum, ob Jens tatsächlich ermordet worden war. Er war davon überzeugt wie seine Schwester. Für Freddys Tod fände sich unter Umständen eine andere Erklärung. Sie waren zu dicht an die Drahtzieher der Rauschgiftgeschäfte herangekommen, ohne es wahrzunehmen. Und Freddy schien eindeutig zu viel zu wissen und musste daher aus dem Verkehr gezogen werden. Jagten sie einer Fata Morgana hinterher?

Nach wie vor kratzten sie an den Rändern. Bis zum Zentrum waren sie nicht einmal ansatzweise durchgedrungen. Was hielten sie in Händen? Einen Eintrag in Jens' Tagebuch und das Wissen um seinen Entzug. Langsam dämmerte es ihm. Freddy hatte die These vom goldenen Schuss mit langen Zähnen akzeptiert. Seine Mutmaßung, dass es bei Jens' Tod nicht mit rechten Dingen zuging, fand kein Gehör. Wollte er reinen Tisch machen, nachdem die Mordthese wiederbelebt wurde? Wurde er damit zur Bedrohung für die Hauptmatadore, unabhängig davon, ob die Mordthese aufrechtzuerhalten war oder nicht? Vermutlich verfügte er hinsichtlich der Drogengeschäfte über ein gefährliches Insiderwissen. Hilpert war wütend auf sich. Er hätte sich viel intensiver und vor allem früher mit dem ehemaligen Bandmitglied befassen müssen. Unbewusst geschont hatte er ihn, ihren großartigen Bassisten. Hilpert war der falsche Mann am falschen Platz. Das war nicht mehr zu ändern. Schied er aus den Ermittlungen aus, würde der Fall Jens im Sande verlaufen.

Sein Urlaub neigte sich dem Ende zu. In wenigen Tagen würde er wieder regulär arbeiten. Reichte die Zeit, um alle anstehenden Fragen zufriedenstellend zu klären? Die Anschläge auf ihn lagen brach vor ihm. Sie hatten keine Idee, wer es auf ihn abgesehen haben mochte. Wann fand der nächste Anschlag wo statt?

Auf Knopfdruck ließ er die Aluminiumrollläden herunter. Ein befreundeter Architekt hatte ihm vor einigen Jahren diesen Tipp gegeben. Das Material hielt nach Aussage des Herstellers selbst den Beschuss durch Maschinenpistolen stand. Mit solch einer Aktion war nicht zu rechnen. In einer dicht besiedelten Wohngegend erwartete er keinen spektakulären Frontalangriff. Bei diesen kurzen Entfernungen in einer relativ kleinen Stadt wie Buchholz war die Polizei eher vor Ort als die Angreifer in seinem Haus. Dies war nicht der erste Anschlag auf ihn. In die Sicherheit des Hauses hatte er in der Vergangenheit erheblich investiert. Wer ihn dort besuchen wollte, musste sich anstrengen und würde vor allem Lärm fabrizieren. Und er wusste sich zu wehren.

Hilpert war auf dem Weg nach nebenan zu Albers, als ihm sein Handy eine Mail signalisierte. Zu seinem Erstaunen meldete sich Atifete bei ihm. Sie beabsichtigte, ihn in der nächsten Woche aufzusuchen. Als wollte sie bei ihm zu große private Hoffnungen zunichtemachen, informierte sie ihn in knappen Sätzen über eine geplante neue Geldanlage, die sie bei ihnen tätigen wollte. Zwanzig Millionen Euro standen im Raum. Ihm sollte es recht sein. Diese Investition bedeutete Liquidität. Er war zum Kaufmann geworden und wusste ebenso wie Thiemann solche Einlagen zu schätzen. Nach wie vor bedauerte er ihre Trennung. Nach mehreren Anläufen hatte sie sich diesmal ernsthaft verabschiedet. Ein Zurück schien nicht möglich. Inzwischen meinte er, damit durch zu sein. Er hatte gelernt, damit umzugehen. Verlassen zu werden, schmerzte. Nochmals wäre er nicht bereit, die Beziehung aufzunehmen, um am Ende wieder allein dazustehen. Frisch vernarbte Wunden platzten schnell auf.

Albers hatte den Fernseher laufen und sah sich einen Actionfilm im Pay-TV an. Wirklich überzeugend schien er das Machwerk nicht zu finden. Zumindest schaltete er das Gerät aus, als Hilpert den Raum betrat. Sie diskutierten seine Überlegungen emotionslos. Für kurze Zeit gestattete er Albers einen Blick in sein Innerstes, das er normalerweise vor neugierigen Blicken abzuschirmen verstand. Ein längeres Gespräch fand nicht statt. Wenig später zogen sich die beiden Polizisten in ihre Schlafzimmer zurück. Durch die Zusammenlegung der Reihenhausscheiben verfügten sie über reichlich Platz. Niemand musste sich auf der Wohnzimmercouch einrichten.

Am nächsten Vormittag beschlich Hilpert das Gefühl, Perlebach habe ihn im Studio erwartet, als er dort eintraf. Anscheinend war er auf ihn vorbereitet. Sie gingen ins erste Stockwerk und setzten sich in den Raum, in dem mancher Rocker den Alkohol aus Flaschen getrunken hatte. Die Flecken auf den Sitzen belegten, nicht jeder hatte den Weg zur Toilette rechtzeitig gefunden, wenn der Magen nicht mehr mitspielte. Trotzdem war alles sauber und aufgeräumt.

Hilpert schoss die erste Frage ab, nachdem sie Platz genommen hatten. »Jens Welte, was sagt dir der Name?«

»Das fragst du mich nicht ernsthaft. Den kannte damals jeder, ihn und eure Band.«

»So hab ich es nicht gemeint. Ich dachte eher an seine Beziehung zu Freddy und damit zu dir.«

»Dazu kann ich kaum etwas sagen. Als ich zu Freddy stieß, war Welte längst tot, eure Band Geschichte.«

»Und du hast nichts über eine besondere Beziehung zwischen Freddy und Jens mitbekommen. Hat Freddy vielleicht etwas darüber erzählt?«

Perlebach wand sich wie ein Aal, den der Fischer aus der Reuse gezogen und in einen Eimer gepackt hatte. »Nun ja, ein paar Andeutungen gab es. Es ging da um seine Drogensucht. Er hat wohl längere Zeit an der Nadel gehangen.«

»Mehr kannst du darüber nicht berichten?«

»Sorry, ich kann mir die Infos, die du brauchst, nicht aus den Fingern saugen.«

»Das erwartet niemand«, versuchte Hilpert ihn ruhig zu halten. »Machen wir an anderer Stelle weiter. Die Veranstaltungen, zu denen Freddy regelmäßig ging, hatten doch für ihn nicht wirklich die Funktion, als Bassmann oder Gitarrist auszuhelfen! Dort wurden primär andere Geschäfte getätigt, stimmt's? Freddy hat dir garantiert nicht das Geheimnis des Safes verraten, weil du solch ein großartiger Techniker bist, sondern ein zuverlässiger Geschäftspartner.«

Perlebach drehte sich mit zittrigen Fingern eine Zigarette und musste zweimal ansetzen, bis sie brannte. Nach zwei tiefen Zügen fühlte er sich augenscheinlich besser.

»Was soll's, es geht eh alles den Bach runter.« Er zog einen Aschenbecher zu sich herüber und drückte die Zigarette aus. »Eigentlich rauche ich nur in Gesellschaft. Wir hatten damals unsere Träume und Freddy die Kontakte zu einem Lieferanten. Von dem bekam er jeden Stoff in jeder Menge. Anscheinend hatte er sich einen Namen als zuverlässiger Verteiler gemacht.« Verlegen spielte Perlebach mit seinem Feuerzeug. »Ich hatte mit Drogen bis dahin nichts am Hut. Ich war vor allem Techniker und kein Rock 'n' Roller wie er.« Er fuhr sich mit beiden Händen durchs Gesicht. Fast schien es, als käme er ins Schwärmen. »Das Geld verdiente sich so leicht. Unser Lieferant beteiligte uns großzügig am Gewinn. Vor allem war er verlässlich. Wir vergrößerten ständig unseren Abnehmerkreis. Das ging beinahe von allein. Freddy musste tatsächlich des Öfteren als Musiker einspringen, also kam Selmeier ins Spiel. Wir konnten uns ebenfalls auf ihn verlassen. Vor allem nahm er nichts von dem Zeugs. Das war uns ausgesprochen wichtig. Allerdings war er gierig und sehr auf sich bezogen. Erst kam das Haus, dann die Einrichtung, am Ende die Harley. Wir dagegen hatten unsere Träume. Ihn interessierte ausschließlich das Geld, das er abkassieren konnte.«

»Du hast von deinem Anteil mit ins Studio investiert?«

»Nein, das wollte Freddy nicht.«

»Wo hast du dann deine Kohle gelassen?«, blieb Hilpert unerbittlich.

»Ich habe in Horst ein Mehrfamilienhaus gekauft und renovieren lassen.«

»Soweit ich weiß lebst du in einer Wohngemeinschaft.«

»So ist es, in meinem Haus. So lebe ich am besten. Ich kenne die Leute und mag sie. Ich muss sie nicht mit gnadenlosen Mieterhöhungen traktieren.«

Hilpert gestand sich ein, es versäumt zu haben, ins Grundbuch des Hauses zu schauen, in dem der Techniker lebte. Einmal mehr wurde ihm klar, wie schnell man an der Wahrheit vorbeihuschte, wenn nicht akribisch jeder Stein umgedreht wurde.

»Es ist korrekt, du und Freddy seid erst nach der Jahrtausendwende zusammengekommen?«

»Richtig.«

»Aber er hat vorher bereits gedealt. Vielleicht auf geringerem Niveau. Wer hat ihm dabei geholfen?«

»Das wirst du nicht gerne hören.«

»Darauf kommt es nicht an.«

»Es war Jens Welte. Er hat sich selbst kräftig am Stoff bedient und dennoch seinen Schnitt gemacht.«

»Woher weißt du das?«

»Freddy hat es mir erzählt. Er war so stolz auf Jens' erfolgreichen Entzug mit Dr. Kaufmann. Und dann war er tot.«

»Und trotzdem hat Freddy weitergedealt?«

»So einfach kam er aus der Nummer nicht raus. Außerdem ging das Leben weiter.«

»Moralische Bedenken waren euch keine gekommen?«

Perlebach kam mit der alten Floskel, die als letzter Strohhalm funktionieren sollte. »Hätten wir die Typen nicht bedient, hätten es andere getan.«

Hilpert beließ es bei seiner Einschätzung. Er wollte keine Diskussion über dieses Thema führen. Ansonsten säßen sie bis zum Ende des Tages zusammen.

»Lassen wir es dabei. Wer ist denn nun dieser dubiose Lieferant? Bei wem laufen die Fäden zusammen?«

Perlebach schüttelte den Kopf. »Keine Ahnung. Darüber hat sich Freddy ausgeschwiegen. Nur so viel, er muss aus unserer Gegend kommen.«

Hilpert starrte bewegungslos an dem Techniker vorbei. Seine Befürchtungen hatten sich bewahrheitet. Jens war zum Zeitpunkt seines Todes längst nicht mehr sein Freund. Er wusste es glücklicherweise nicht. Er war unter anderem Polizist geworden, um Leute zu bekämpfen, die ohne Bedenken andere mit Drogen belieferten, um gut zu leben. Er telefonierte mit Gäbler und riet ihm, nach Maschen zu kommen. Albers hatte Perlebachs Geständnis mit dem Handy aufgenommen. Vorsorglich für den Fall eines Widerrufs. Es hatte jedoch nicht den Anschein, als würde er umfallen.

Tatsächlich wiederholte er seine Aussage vor der Buchholzer Polizei und ließ nichts aus. Erst später fiel Hilpert auf, wie gehabt an dem Kollegen vorbei agiert zu haben.

Gäbler reagierte auf seine Entschuldigung gelassen. »Du löst die Fälle und ich heimse Belobigungen und Ehre ein. Das passt vorzüglich in mein Karrierekonzept. Da könnte ich mich dran gewöhnen.«

Hilpert verstand ihn besser, als es seine Worte vermuten ließen. Er gelobte, die Zusammenarbeit konstruktiver zu gestalten.

Der Polizeirat lachte auf. »Wer's glaubt.« Er respektierte Hilperts persönliche Betroffenheit. Also erhielt er ausnahmsweise Welpenschutz. Selbstredend hatte er klare Vorstellungen zum Thema Zusammenarbeit. Arbeiteten sie regelmäßig zusammen, wäre der große Knall nicht zu vermeiden. Das stand nicht an. Davon unabhängig musste er sich eingestehen, Hilperts Ermittlungsansätze waren zwar zuweilen unkonventionell, unterm Strich führten sie jedoch zu Ergebnissen. Er hängte sich wie eine Klette an die Fälle und ließ nicht los. Wo andere die ausgepresste Apfelsinenschale wegwarfen, produzierte er weiterhin Saft. Und er war mehr oder minder ein Einzelkämpfer. Das könnte auf dieser Welt niemand ändern. Eine Stunde später trennten sie sich. Es zog Hilpert und Albers zurück in die Hansestadt.

Sie hatten sich in sein Hamburger Büro zurückgezogen. Ihr gemeinsames Wochenende im Hotel hatte sich nicht unbedingt amüsant gestaltet. Hilpert und Albers waren mäßige Schachspieler und verzichteten darauf, diesen Missstand zu beheben. Die Bar im Erdgeschoss bereitete ihnen ebenso wenig Vergnügen wie die Minibar im Zimmer. Sie hatten in der unbenutzten Suite zwei Kameras eingebaut und konnten auf diesem Weg die Räumlichkeiten über ihre PCs gut überwachen. In der Zeit ihrer Abwesenheit hatte sich dort niemand zu schaffen gemacht. Aktuell erwarteten sie keinen Besuch. Sie hielten den Samstag gerade eben aus, ohne sich zu sehr gegenseitig auf den Geist zu gehen. Am Sonntag zogen sie es vor, nach dem Frühstück das Präsidium aufzusuchen. Die Fahrt dorthin schafften sie ohne Fahrer. Einem ordentlichen Killer war der Sonntag heilig.

In einer seiner Vorlagenmappen fand Hilpert eine Kurznotiz des

Präsidenten, worin er ihn zu einem weiteren Meeting Anfang der nächsten Woche bestellte. Er nahm dies zum Anlass, die Situation der beiden Anschläge auf sich und den Senator zu durchdenken. Seine Ausgangsfrage war, weshalb der Senator vorgewarnt worden war. So konnte er sich, beziehungsweise die Polizei, hierauf vorbereiten und es den potenziellen Angreifern ungleich schwerer machen, zum Erfolg zu kommen, als hätten sie überraschend zugeschlagen. Es kam ihm vor wie ein Ablenkungsmanöver, das speziell ausgebildete Einsatzkräfte band. Zwangsläufig fehlten diese an anderer Stelle, weil sich Heerscharen um den Senator kümmerten. Dann fiel es ihm wie Schuppen von den Augen. Seine Situation war eine völlig andere. Bei ihm gab es keine Vorwarnung. Der erste Anschlag hätte beinahe funktioniert, da er völlig unvorbereitet in Buchholz attackiert wurde. Ihn retteten allein seine Ortskenntnisse. Der Anschlag auf den Senator war vermutlich ein Scheinangriff, wenngleich ein gefährlicher, bei dem durchaus Opfer hätten beklagt werden können. Ging es nicht um zwei, sondern ausschließlich um einen Gegner? Je länger er darüber nachdachte, desto logischer erschien ihm diese These. Er wollte sie nochmals überprüfen, bevor er damit den Senator und den Rest der Ermittlungsgruppe konfrontierte. Das war kein Bauernopfer, das zur Disposition stand, sondern im Extremfall eher ein Damenopfer. Für eine abschließende Beurteilung fehlten ihm einige wenige Informationen, die er sich während des nächsten Treffens besorgen konnte.

Eine WhatsApp brachte ihn auf andere Gedanken. Thiemann avisierte seine Rückkehr für den Donnerstag und stand ab dem darauffolgenden Montag zur Verfügung. Hilpert gönnte ihm eine zusätzliche Woche mit seiner Freundin. Neue Liebe schmeckte besonders gut und war mit nichts zu vergleichen. Sie hatte den Alltag noch nicht entdeckt. Der würde sich früh genug einstellen. Albers traf sich mit Mitarbeitern seines Teams, die an diesem Wochenende Bereitschaft hatten. Sie arbeiteten aktuell an einem Beziehungsdrama in Harvestehude. Auch in den besseren Hamburger Gefilden menschelte es. Sie standen vor der Frage, ob die Ex-Freundin des vermeintlichen Täters Opfer eines Unfalls oder eines Mordanschlages wurde. Sie lag im Universitätskrankenhaus Eppendorf. Dem Vernehmen nach war sie in ein künstliches Koma versetzt worden und konnte nicht befragt werden. Die Zeugenaussagen widersprachen sich zum Teil. Um zu einem abschließenden Bild zu kommen, hatten sie ein Sachverständigengutachten beantragt. Erhielten sie keine neuen Verdachtsmomente, würden sie den vermeintlichen Täter demnächst aus der Untersuchungshaft entlassen müssen. Zwei Kollegen hatten damit begonnen, den gesamten Freundes- und Verwandtenkreis zu befragen. Bisher waren die Ergebnisse uneinheitlich. Sollte die Betroffene nicht mehr vernehmungsfähig werden, gäbe es für den Staatsanwalt eine gehörige Portion Arbeit. Es sei denn, der Sachverständige käme mit entscheidenden neuen Fakten, die die Schuldfrage eindeutig klärten.

Hilpert und Albers hielten bis zum frühen Abend durch. Sie verließen das Präsidium erst nach neunzehn Uhr. Diesmal machte sich bei ihnen im Hotel das Gefühl breit, sich ein Bier an der Bar verdient zu haben. Diese war für einen Sonntag überraschend gut besetzt. Offenbar waren erste auswärtige Gäste zu einem größeren Meeting angereist, das am Montag startete. Sie nahmen ihre Gläser stehend entgegen. Ein Bier schmeckte nicht nur im Sitzen. Als vor ihnen am Tresen zwei Plätze frei wurden, musste nicht weiter über eine zweite Runde nachgedacht werden. Albers schaute zur Seite und erblickte das Messer in der Hand des Mannes hinter Hilpert den Bruchteil einer Sekunde zu spät. Er stach zu und versuchte, sich zu entfernen. Dazu verblieb ihm keine Zeit. Diesmal war Albers schneller. Er traf den Mann mit zwei präzisen Schlägen am Kehlkopf. Dieser fiel im Zeitlupentempo auf den Boden. Die umstehenden Gäste wichen in Panik zurück.

Erstaunlicherweise war Hilpert weiterhin einsatzfähig. »Rufen Sie die Polizei«, instruierte er den Barkeeper. »Lassen Sie sich die Mordkommission geben. Außerdem benötigt der Herr am Boden einen Arzt.«

Albers beugte sich zu dem Angreifer herunter und erhob sich leichenblass. »Dem hilft niemand mehr«, wandte er sich an Hilpert. »Ich hab zu hart zugeschlagen. Trotzdem haben wir Glück gehabt, dass er dir nicht mit einer Pistole in den Kopf geschossen hat. Dafür gibt es bislang keine Sicherheitswesten.«

Bedrohungssituationen erlebte Hilpert während seines Einsatzes im Kosovo und ebenso in Hamburg. Nur waren sie in der Hansestadt nicht allgegenwärtig und kaum mit den Bedingungen in einem vom Bürgerkrieg geprägten Land zu vergleichen. Wurde die Gefahr zur Normalität, bildete sich eine Art Routine im Umgang mit ihr heraus. Ließ diese nach, kam es zu einer deutlichen Desensibilisierung. Das Kribbeln im Rücken fand kaum mehr statt. Es war Albers, der die Gefahr erkannte und entsprechend reagierte. Es war seine Assistentin, die ihm mehr oder weniger die Sicherheitsweste aufoktroyierte. Zum wiederholten Mal wurde ihm klar, ohne Unterstützung keine Chance zu haben.

Eines hatten sie zumindest gelernt: Ihre Gegner blieben ihnen auf den Fersen und nutzten jede Gelegenheit, ihn auszuschalten. Sie kannten sein Hotel. Damit musste er rechnen. Der Angriff im gut besetzten mehr oder minder öffentlichen Bereich kam dennoch unerwartet. Er bewies, wie konsequent und unkonventionell sie vorgingen. Keine Gelegenheit wurde ausgelassen. Hätte sich Albers nicht den Täter gegriffen, dieser hätte sich innerhalb kürzester Zeit aus der Menschentraube um die Bar herum entfernt.

Es dauerte nicht lange und der große Auftrieb der Kollegen beherrschte die Szene. Der Notarzt stellte bei dem Angreifer offiziell den Tod fest. Zu ihrem Erstaunen trug der Tote einen Ausweis bei sich. Hiernach war er Schweizer Staatsbürger. Ob er alleine handelte oder einen Komplizen hatte, war so ohne Weiteres nicht festzustellen. Ein Teil der Bargäste hatte sich verzogen, obwohl Hilpert und Albers sie aufgefordert hatten zu bleiben. Mutmaßlich durfte der Ehepartner in dem einen oder anderen Fall nicht wissen, wo sich der werte Gatte an diesem Wochenende aufhielt. Andere zogen es vor, den Sonntag nach eigenem Gusto zu verbringen und nicht in Dauergesprächen mit der Hamburger Polizei. Sie konnten damit leben, weil sie kaum Sachdienliches zu den Geschehnissen beitragen konnten.

An der Rezeption war niemand in der Lage, etwas Konkretes darüber auszusagen, ob der Gast allein oder in Begleitung angereist war. Zumindest hatte er ein Doppelzimmer für eine Person gebucht. Es lag unweit von Hilperts Suite entfernt, die dieser nicht bezogen hatte. Ansonsten war in den letzten beiden Tagen niemand in deren Nähe untergebracht worden. Die privaten Utensilien des Schweizers waren ohne jeglichen Wert für sie. Es gab keinerlei Hinweise auf Auftraggeber oder Anweisungen jedweder Art. Interessanter war sein Handy, in dem Fotos von Hilpert, Nele,

Stange und Albers gespeichert waren. Ihre Gegner bewiesen einmal mehr, über welch vorzüglichen Informationsstand sie verfügten.

Irgendwann nach Mitternacht saßen die beiden Männer in Hilperts Zimmer und leisteten sich das eigentlich an der Bar geplante Bier aus der Minibar. Hilpert wischte sich den Schaum vom Mund, bevor er auf den Mordanschlag zu sprechen kam.

»Das hätte in die Hose gehen können. Ich unterstelle, die haben sich kurzfristig dazu entschieden, in der Bar anzugreifen. Wir haben die mit unserem dortigen Besuch überrascht. Im Normalfall wird ein Profi nicht da tätig, wo sein Rückzug problematisch oder er identifiziert werden könnte. Es sei denn, er ist auf der Suche nach einundsiebzig Jungfrauen, die sich Tag für Tag für ihn runderneuern. Das können wir in diesem Fall wohl vergessen.« Hilpert stutzte, bevor er weiterredete: »Er musste wissen, ich würde nicht allein an der Theke sitzen. Der wollte sich nicht opfern. Davon dürfen wir getrost ausgehen. Folglich muss in seiner Nähe zumindest ein Komplize gestanden haben, der seinen Rückzug abgesichert und vor allem dich neutralisiert hätte. Ich schätze, deine Reaktion kam zu schnell. Und ich bin nicht umgefallen. Somit wurde er nicht aktiv und hat sich vorsichtshalber abgesetzt. Ob einem der Gäste jemand aufgefallen ist, der sich seltsam verhalten hat? Verdammt, das hätte mir eher einfallen können. Jetzt dürfte es zu spät sein.«

Albers setzte sein Glas ab und schaute ratlos zu Hilpert herüber. »Vielleicht sollten wir morgen eine erneute Befragung durchführen. Ansonsten erscheint mir deren Vorgehensweise reichlich unorthodox. Die schießen auf dich, beschäftigen sich mit deinem Wagen, versuchen, auf dich einzustechen. Sie entführen die Tochter eines ehemaligen Klassenkameraden, um etwas über dich in Erfahrung zu bringen. Was fehlt, ist ein Giftanschlag. Das Handy des Toten beweist, wie viel sie mittlerweile wissen. Und trotzdem ist es ein seltsames Gemisch aus Professionalität und Dilettantismus, mit dem wir uns auseinandersetzen müssen.«

Hilpert nickte zustimmend. »Das kann man tatsächlich so sehen. Ich frage mich allerdings, ob das nicht ein gewollter Effekt ist.«

Albers beugte sich vor und griff nach einer Tüte Chips. Immer wenn er verunsichert war, verlangte es ihn nach möglichst ungesundem Junkfood. Er gönnte sich eine Handvoll, die er genüsslich in seinem Mund verschwinden ließ, bevor er antwortete: »Ich verstehe kein Wort.«

Hilpert grinste ihn spöttisch an. »Wenn du damit aufhörst, dieses grässliche Zeugs zu knacken, erkläre ich dir, was ich damit meine.«

Albers leistete sich eine neue Fuhre, bevor er die Tüte weit von sich schob. »Erklär mir, was es zu erklären gibt, großer Meister.«

»Das ist ganz einfach. Wir wissen nicht, mit wem wir es zu tun haben. Wir wissen nicht, womit die demnächst aufwarten. Müssen wir uns auf einen Bodybuilder einrichten, der mir das Genick brechen will oder auf einen Giftcocktail? Jagen die irgendwann meinen Wagen in die Luft? Ich behaupte, es steckt Methode dahinter. Das heißt, alles ist möglich. Und wir können uns nicht auf jede Eventualität einrichten. Mir scheint, es ist gewollt chaotisch.«

»Wie schaffen wir es, uns aus diesem Dilemma herauszuwinden? Hast du eine Eingebung, Fabian?«

»Nicht die Spur. Vielleicht bekommen wir irgendwann das Heft des Handelns in die Hand. Dafür müssten wir mehr wissen. Augenblicklich habe ich keine Idee, wo wir ansetzen könnten.«

»Du gibst mir wenig Hoffnung für die Zukunft«, erwiderte Albers betroffen.

»Siehst du, Julian, das ist unter Umständen so gewollt. Sie frustrieren und verwirren uns und setzen anschließend wie ein Matador zum tödlichen Stich an. Warten wir ab, wie es weitergeht. Leider ist dies kein Stierkampf.« Hilpert schlug mit der Faust auf den Tisch. »Wir müssen Waffengleichheit herstellen.«

»Man immer zu, werter Chef«, reagierte Albers skeptisch. »Fragt sich nur wie.«

Hilpert presste entschlossen die Lippen zusammen, bevor er grummelte: »Lass mich nur machen.«

Diesmal verzichtete Albers auf eine Antwort. Kam ihren ihr Optimismus abhanden, hatten sie verloren. Momentan blieb er skeptisch. Dabei war ihm klar, es ging gleichermaßen um sein Leben. Er war kein Hasardeur, den die eigene Gesundheit nicht interessierte. Hilpert zu bewachen, war sein Job, von der freundschaftlichen Beziehung einmal abgesehen. Wären ihm die Risiken zu groß, müsste er sich bloß äußern. Der Oberrat würde ihn ohne zu zögern an seinen angestammten Arbeitsplatz zurückbeordern und auf jegliche Unterstützung seinerseits verzichten, ohne es ihm zu verübeln. Trotzdem wies er solche Gedanken weit von sich. Wer Angst vor bösen Verletzungen hatte, spielte Schach, nicht Rugby.

10

Vor dem Hintergrund der aktuellen Ereignisse hatte der Senator für den Montagvormittag eine weitere Sitzung der Ermittlungsgruppe anberaumt. Erwartungsgemäß war im Präsidium einmal mehr alles erschienen, was Rang und Namen hatte. Zusätzlich hatte Hilpert Albers hinzugezogen. Die vorherigen Zwischenfälle hatten die Nervosität der Anwesenden deutlich erhöht. Staatsrat Raben suchte nicht einmal die Gelegenheit, Hilpert verbal zu attackieren oder mit einer geringschätzigen Geste zu bedenken. Das hätte ihm nach den letzten Ereignissen niemand nachgesehen. Senator Kirschstein blickte konzentriert in seine Richtung, als Hilpert sich an den Tisch setzte.

»Wie mir scheint, haben Sie den Angriff auf sich gut überstanden, Herr Hilpert.«

»Wissen Sie, Senator, solange wir am Ende unseren Kontrahenten die Nase voraushaben, erscheinen einem die eigenen Probleme etwas entspannter als im umgekehrten Fall. Hinzu kommt, gibst du der Nervosität zu viel Raum, bist du auf der Verliererstraße.«

»Haben Sie keine Angst um Ihr Leben? Ich kann für mich sagen, ich sehe die Vorkommnisse alles andere als gelassen.«

»Wer sich um seine Gesundheit nicht schert, ist eine Gefahr für sich und seine Kollegen«, antwortete Hilpert wahrheitsgemäß. »Nur ist es unser Job, mit den eigenen Ängsten fertigzuwerden. Ihre Aufgaben liegen in einem anderen Bereich. Es ist sinnlos für Sie, sich durch Selbstverteidigungsübungen zu beweisen. Überlassen Sie das den Profis.«

Der Senator ließ es bei dieser Antwort bewenden. Hilpert blickte auf seine Uhr. Die Zeit war vorangeschritten. Ein Themenwechsel stand an. Sie hatten genug über seine Gefühle sinniert. Seine Probleme musste er mit Albers lösen. In dieser Runde saß niemand, dessen Ideen oder aktive Mitarbeit ihnen weitergeholfen hätten. Hauptthema war an diesem Tag der Anschlag auf die Fahrzeuge des Senators, der nur wenige Tage vorher stattgefunden hatte. Glücklicherweise war niemand ernsthaft verletzt worden.

Er hielt es für angebracht, die Runde auf seine Ideen einzustimmen. »Kommen wir auf Ihre Situation zu sprechen, Senator. Wir sollten zur Kenntnis nehmen, es nicht mit einem durchgeknallten Wichtigtuer oder Psychopathen zu tun zu haben. Auf der Gegenseite stehen Leute, die genau wissen, was sie wollen. Leider kennen wir deren Interessenlage nicht.«

Kirschstein war mit dem Wechsel des Themas offensichtlich einverstanden. »Der Polizeipräsident hat mir mitgeteilt, Sie hätten den Attentatsversuch auf mich vorhergesehen?!«

Hilpert winkte ab. »Wir wollen nicht übertreiben. Ich bin kein Hellseher, sondern kaue auf einer These herum, die unter Umständen reichlich konfus klingen mag. Galt der Anschlag unmittelbar Ihrem Wagen?«, wurde er konkret.

»Nicht direkt, sondern dem Fahrzeug hinter mir.«

»Die Herrschaften haben sich also nicht der Mühe unterzogen, herauszufinden, in welchem Fahrzeug Sie saßen«, kommentierte Hilpert emotionslos.

»Das lässt sich so interpretieren«, erwiderte der Senator etwas ungehalten. »So gesehen habe ich wohl Glück gehabt.«

Hilpert ließ sich nicht beirren. »Das war nicht der letzte Versuch, Sie zu beeindrucken, Senator. Liege ich mit meinen Überlegungen richtig, sind Sie letztendlich nicht gemeint. Trotzdem wird es in nächster Zeit einen weiteren Versuch ohne größere Kollateralschäden geben.«

»Jetzt versteht keiner mehr, was Sie meinen. Bin ich nun gefährdet oder nicht?«

»Sie sind es und Sie sind es gleichzeitig nicht.«

Hilperts unkonventionelle Gesprächsführung widerstrebte dem Politiker merklich. »Könnten Sie etwas konkreter werden?«, reagierte er leicht verschnupft.

»Ganz einfach, lassen Sie mit Ihren Sicherheitsbemühungen nach, kann es Sie erwischen, obwohl es den Angreifern meiner Meinung nach gleichgültig ist, ob Sie verletzt werden oder unversehrt bleiben. Ich unterstelle, die wollen bloß ernst genommen werden, um die Bemühungen für Ihre Sicherheit möglichst hoch zu halten.«

»Wie darf ich das verstehen?«

»Je mehr Leute sich Tag und Nacht um Sie kümmern, desto weniger verbleiben für einen anderen Gefährdeten.«

»Von wem sprechen Sie? Doch nicht etwa ...«

»Richtig, ich spreche von mir.«

»Wie sind Sie darauf gekommen? Sagen Sie jetzt nicht, es war eine Eingebung.«

»Nein, es ist eher eine logische Schlussfolgerung von mir. Sie kennen vielleicht den Spruch, der Blitz schlägt nie mehrmals an derselben Stelle ein. Überlegen Sie selbst, ein führender Politiker der Stadt und ein höherer Polizeibeamter werden sozusagen parallel von außen bedroht. Wie hoch schätzen Sie diese Wahrscheinlichkeit ein?«

Seine Stirn in Falten gelegt, versuchte der Senator, die Überlegungen nachzuvollziehen. »Versteh ich Sie richtig, bin ich gezwungen, meinen Sicherheitsstandard hochzuhalten, obwohl eigentlich niemand etwas gegen mich hat? Dieser Überlegung kann ich durchaus etwas abgewinnen.«

»So in etwa schätze ich das ein«, stimmte Hilpert ihm zu.

Der Staatsrat fand zu alter Form zurück. »Nehmen Sie sich da nicht etwas zu wichtig, Herr Oberrat?«

»Sie meinen die beiden Anschläge auf mich waren just for fun?«, entgegnete Hilpert.

»Natürlich nicht«, versuchte Raben zurückzurudern. »Wie kommen Sie zu Ihrer Einschätzung? Das mit dem Blitz reicht mir nicht als Erklärung.«

»Kann ich nachvollziehen. Beide Attacken erfolgten nahezu zeitgleich. Bei meinem Beispiel mit dem Blitz geht es mir um Wahrscheinlichkeiten. Trotzdem gibt es Unterschiede. Der Senator wurde vorgewarnt. Es konnten entsprechende Gegenmaßnahmen getroffen werden. Bei mir legten die gleich los. Dieser erste Anschlag ging zum Glück für mich knapp daneben.«

Kirschstein schüttelte verständnislos den Kopf. Er schien nicht wirklich überzeugt. »Sollten Sie richtigliegen, welche Konsequenzen müssen wir daraus ziehen?«

»Das ist ganz einfach, Senator. Alles bleibt, wie es ist. Dabei ist es gleichgültig, ob ich mit meiner Annahme richtig- oder danebenliege.«

»Was heißt das für mich?«

»Für Sie gilt weiterhin die höchste Sicherheitsstufe. Ich möchte sogar empfehlen, das Personal zu verstärken; sozusagen als Reaktion auf das letzte Bombenattentat auf Sie.«

Es war Röhrs anzusehen, wie sehr es ihm widerstrebte, zusätzliche Mitarbeiter für den Schutz des Senators abzustellen. Langsam gingen ihm die Leute aus. Er atmete einmal durch und wagte sich mutig nach vorn. »Wir bekommen zusehends Schwierigkeiten, andere Aufgaben wahrzunehmen. Muss der Personalaufwand wirklich erhöht werden?«

Zum Erstaunen der Anwesenden stellte sich der Senator auf seine Seite. Als Feigling konnte man ihn wahrlich nicht bezeichnen. »Ich halte zusätzliches Personal ebenfalls für übertrieben. Schließlich bevölkert die halbe Hamburger Polizei mein privates Anwesen, der Rest bildet einen Konvoi, der meine Fahrten ins Büro oder zu anderen Anlässen überwacht. Am Ende halten mich die Passanten für die Queen.«

Hilpert stimmte beiden grundsätzlich zu, beharrte dennoch auf seinem Vorschlag. »Es geht darum, nach außen den Eindruck zu erwecken, dass wir die Anschläge bitterernst nehmen. Letztendlich tun wir das. Unsere Gegner müssen das Gefühl bekommen, dass zu meinem Schutz kaum mehr personelle Kapazitäten zur Verfügung stehen. Mehr oder weniger ist es ja auch so.«

Kirschstein klackerte nervös mit seinem Kugelschreiber. »Und Sie, der Sie direkt betroffen sind, wie kommen Sie über die Runden?«

»Ich habe mir erlaubt, mir einen meiner Männer zu greifen. Soweit es passt, steht außerdem ein Fahrer zu meiner Verfügung.«

»Und das soll reichen? In und vor meinem Haus lungern Heerscharen an gewaffneten Männern.«

»Es muss reichen. Zum Schluss ist die Hamburger Polizei damit beschäftigt, uns und andere potenzielle Kandidaten zu beschützen. Das kann nicht gemeint sein. Ich muss hintanstehen.«

»Nochmals zum Mitschreiben«, meldete sich Kirschstein aufgebracht. »Ich werde rund um die Uhr von mehreren Legionen bewacht, während Sie nur einen Mann an Ihrer Seite haben.«

»Senator, ich weiß mich zu verteidigen und mit Hauptkommissar Albers steht mir ein Mann zur Seite, der sich nicht so einfach aus dem Sattel heben lässt. Das hat er eben erst bewiesen.«

»Trotzdem«, widersprach der Senator, »die Vorstellung, Sie werden das Opfer mangelnder Unterstützung seitens der Polizei, während ich fröhlich überlebe, macht mich krank. Sie müssen die gleiche Unterstützung wie ich erhalten.«

»Das funktioniert nicht«, hielt Hilpert dagegen. »Stellen wir ein SEK zu meinem Schutz ab, wird nach der erkennbaren Logik ein anderer aus unserem Verein fällig. Ich könnte mir als nächste Zielperson durchaus den Staatsrat vorstellen. So wie ich die Situation einschätze, würden die sogar die Gangart verschärfen. Das ist inakzeptabel. Ich muss das Problem auf meine Art lösen.«

»Ich versteh Sie richtig: Haben Sie die Verantwortlichen für die Anschläge auf sich einkassiert, kann ich wieder Brötchen einkaufen gehen.«

»Sie sagen es, Herr Senator.«

»Und Sie halten Ihre Vorgehensweise für alternativlos?«

»Mir fällt nichts Besseres ein.«

»Und wenn Ihr Mann ausfällt?«

»In meinem Bereich stehen genug Leute bereit, auf die ich mich wie auf mich selbst verlassen kann.«

Der Senator schüttelte den Kopf. »Ein Königreich für Ihr Selbstvertrauen. Wo nehmen Sie das her?«

»Das ist ganz einfach. Ich stehe nicht allein da.«

»Somit muss für Ihren Mitarbeiter ebenfalls ein hohes Maß an Bedrohung unterstellt werden.«

»Davon ist auszugehen.«

Überraschend richtete der Senator das Wort an Albers. »Und Sie, wurden Sie gefragt, ob Sie sich diese Tortur antun wollen?«

»Selbstverständlich. Solche Jobs werden einem nicht aufoktroyiert, man übernimmt sie freiwillig.«

»Gilt das ebenso für Ihre Kollegen?«

»Für jeden von uns. Wir müssen schließlich auf unseren Chef achtgeben.«

Kirschstein winkte entnervt ab. Er blickte in die Runde. »Jemand da mit einer besseren Idee?« Betretendes Schweigen musste ihm als Antwort genügen. Er hatte sein Pulver verschossen. Also wandte er sich Hilpert zu. »Und haben Sie irgendeine Vermutung, wer uns ans Leder will?«

»Nicht die Spur. Wünschen wir einander viel Glück. Wir können es gebrauchen.«

Die Runde war gelaufen, obwohl die anderen kaum zu Wort gekommen waren.

Im Hinausgehen richtete der Senator das Wort an den Polizeipräsidenten. »Hilpert ist hoffentlich kein Harakiri-Typ.«

»Keine Angst, er ist eher das Gegenteil.«

»Dann müssen wir uns wohl auf ihn verlassen. Irgendwie habe ich ein gutes Gefühl bei ihm. Er ist so unaufgeregt und strahlt Sicherheit aus. Röhrs hingegen wird leicht übersehen, wenn Hilpert in der Nähe ist. Davon abgesehen ist von dem Mann bislang herzlich wenig gekommen. Wie ist der auf den Chefsessel gehievt worden?«

»Das sollten Sie Ihren Staatsrat fragen.«

»Richtig, er und Hilpert sind ja nicht gerade enge Freunde. Behalten Sie ihn bloß im Auge. Wir müssen uns diesen Mann warmhalten. Vorerst muss er allerdings überleben. Beten wir, dass seine Leute so wertvoll sind, wie er glaubt.«

»Die bereiten mir die geringsten Sorgen«, zeigte sich der Polizeichef verhalten optimistisch. »Hauptkommissar Albers hat ja im Hotel gezeigt, wie reaktionsschnell er ist.«

»Meine Güte, sich in eine Hotelbar zu setzen und ein Bier zu trinken, scheint mir in der gegebenen Situation ausgesprochen leichtsinnig gewesen zu sein«, grummelte der Senator. »Demnächst gehen die im Sachsenwald joggen.«

»Das macht mir wie Ihnen großen Kummer. Durch das Vertrauen in die eigenen Möglichkeiten wird die Gefahr, in der sie schweben, leicht unterschätzt. Letztlich sind sie bloß Menschen. Und geben wir uns keinen Illusionen hin: Wir wissen nicht, mit wem wir es zu tun haben, wie viele und was für Leute auf Hilpert angesetzt wurden. Wo liegen deren Motive? Dieser seltsame Schweizer, der die Messerattacke ausgeführt hat, gibt mir einige Rätsel auf. Nach letzten Informationen werden ihm Verbindungen zur italienischen Mafia nachgesagt.«

Erschrocken blieb Kirschstein stehen. »Was hat Hilpert denn mit denen am Hut? Organisierte Kriminalität gibt es selbstredend in Hamburg. Das wird nur in Wahlkämpfen von den Parteien geleugnet, die gerade am Ruder sind. Jetzt sogar die italienische Mafia?!

Wie kommt die plötzlich ins Spiel? Demnächst laufen die auf der Reeperbahn mit abgesägten Schrotflinten durch die Gegend.«

Der Polizeipräsident hob beschwörend die Hände. »Wenn ich darüber mehr wüsste, ginge es mir ungleich besser. Das Perfide ist, die Attentäter paralysieren uns, um Hilpert mehr oder minder zu isolieren.«

Das Stichwort Mafia beschäftigte den Senator weiterhin. »Hilpert muss die Fälle der Vergangenheit eingehend analysieren. Vielleicht wurden Verbindungen in diese Richtung übersehen. Am besten, Sie stellen ihm dafür einen Beamten zur Verfügung.«

»Das können wir uns allemal schenken. Der Oberrat verfügt über eine Assistentin, die am Schreibtisch mehr bewegt als manches in Schwarz gekleidete SEK.«

Verunsichert trennten sich die beiden Männer. Sie waren auf ihre Art Realisten. Zu viele Hunde waren des Hasen Tod. Diese abgedroschene Phrase passte fraglos auf Hilperts Situation. Wurden ausreichend viele Leute auf ihn angesetzt, würde einer von ihnen zwangsläufig erfolgreich sein. Es kam darauf an, den Initiator zu ermitteln und auszuschalten. Der engagierte die Attentäter, vor allem bezahlte er sie. Fiel der aus, war Schicht im Schacht und sie konnten zur Tagesordnung übergehen. Nur, wie kamen sie an diesen Menschen heran? Ein gutes Dutzend erfahrener Kriminalisten arbeitete an diesem Fall. Hilpert und seine engsten Mitarbeiter waren alles andere als untätig. Das Ergebnis aller Bemühungen war gleich null. Zuweilen erwischte es einen der Handlanger. Davon gab es genug auf dieser Welt. Es war ausschließlich eine Frage des Geldes. Und davon war anscheinend reichlich vorhanden.

Röhrs hatte sich in sein Büro zurückgezogen. Er steckte in einem seiner Ansicht nach nahezu unlösbaren Dilemma. Das Meeting hatte ihm deutlich gemacht, im Fall einer Auseinandersetzung mit Hilpert den Kürzeren zu ziehen. Der Senator hing geradezu an seinen Lippen. Selbst der Staatsrat nahm sich ihm gegenüber spürbar zurück. Gleichzeitig begriff er, ohne Hilperts Unterstützung war der Fall nicht zu lösen. Bei rationaler Beurteilung der Sachlage war es für ihn das Beste, der Oberrat fiel den Attentätern zum Opfer. Es schüttelte ihn, als er über diesen Gedanken nachdachte. Er war zum Kriminaldirektor befördert worden. Das konnte ihm niemand nehmen. Er stand im Präsidium wie eine deutsche Eiche. Beendeten sie die Aktion erfolgreich, musste man ihn als Leiter der Sonderkommission entsprechend würdigen. So gesehen war Ruhe angesagt. Sie durften keinen Fehler machen, dem Senator durfte nichts geschehen. Ging das daneben, konnte er sich als Leiter des Kriminalmuseums bewähren. Hilpert lag richtig. Sie kamen nicht drum herum, den personellen Aufwand für den Senator abermals zu verstärken. Der Eindruck einer umfassenden Bewachung war oberstes Ziel. Nach außen hin musste ersichtlich werden, dass für Hilpert nicht ausreichend Sicherheitskräfte zur Verfügung standen. Diese Vorgehensweise erschien ihm plausibel. Zum Leidwesen aller ging es nicht um einen Bluff. Mit seiner Personalnot musste er sich abfinden. Schritt für Schritt stellte sich bei ihm die gewünschte Gelassenheit ein, die er benötigte, um seine Karriereziele zu erreichen. Unter Umständen wurde Hilpert dafür sein Steigbügelhalter.

Hilpert saß nach der Sitzung angespannt hinter seinem Schreibtisch. Vor ihm ihm lag die Akte des Senators. Seite für Seite ging er sie durch. Er hatte die Teilnehmer der Runde von seiner Beurteilung überzeugt. Passte seine Einschätzung? Es waren Zweifel angesagt. Es gab nicht ein Indiz, geschweige denn einen Beweis für seine These. Was plausibel schien, musste nicht zwangsläufig wahr sein. Sich musste er nicht belügen. Grinsend dachte er an den Blitz. Schlug der tatsächlich nicht zweimal an derselben Stelle ein? Oder war das nur eine dieser Behauptungen, die irgendjemand aufgestellt hatte, die nie überprüft worden war, weil es im Grunde niemanden interessierte. Was die Bedrohung des Senators betraf, hielten sie nicht viel in der Hand. Eigentlich blieb nur das Ehepaar übrig, von deren Haus aus der Senator ausgespäht wurde. Ohne groß nachzudenken, verließ er sein Zimmer und suchte Röhrs auf. Dieser blickte gedankenversunken aus seinem Fenster. Ob er wahrnahm, was sich draußen abspielte? Vermutlich nicht.

Erstaunt schaute er zur Tür, als Hilpert eintrat. »Mit Ihnen hätte ich jetzt nicht gerechnet«, empfing er ihn. »Ich wähnte Sie eher in kleinerer Runde mit dem Senator und dem Polizeipräsidenten.«

»Was sollte ich mit denen besprechen? Auf dem Meeting wurde alles gesagt, was es zu sagen gab«, ging Hilpert kurz auf Röhrs' Bemerkung ein. Er spürte, der Mann machte sich primär Gedanken um seinen neuen Job, auf den er ein langes Berufsleben hingearbeitet hatte. Die aktuellen Ereignisse standen hintan.

Röhrs hatte sich erhoben. »Kommen Sie, setzen wir uns an den Besprechungstisch. Was kann ich für Sie tun?«

Interessiert nahm er Hilperts Bitte auf.

»Wir sollen also das Ehepaar Schreiner nochmals befragen und ihnen das Bild des toten Attentäters zeigen. Gute Idee. Warum schicken Sie nicht einen Ihrer eigenen Leute? Sie sind nicht der Typ, der mich um Erlaubnis bittet, um jemanden befragen zu dürfen.«

»Das mag für den Normalfall gelten. In unserer Situation müssen wir sensibler vorgehen. Ich will mich, soweit möglich, nicht für Dritte erkennbar in die Arbeit der Sonderkommission einmischen. Es reicht, wenn einer der Attentäter meinen Mitarbeiter erkennt. Dann begreift der Dümmste von denen, dass wir eine Verbindung zwischen beiden Fällen sehen und das kann für den Senator schrecklich werden.«

»Für Sie nicht?«

»Für mich ist es bereits schrecklich.«

»Das stimmt. Ich werde mich darum kümmern. Ihnen ist klar, sollte das Gespräch was bringen, ist das unser Erfolg.«

»Das ist mir völlig gleichgültig. Mich interessieren nur die Ergebnisse. Lassen Sie sich gerne feiern, wenn wir die Verantwortlichen gefasst haben. Da überlasse ich Ihnen die Begeisterung der Medien. Ich möchte außerdem wissen, ob den alten Leuten irgendein Akzent ihrer ungebetenen Besucher, oder ob ihnen sonst etwas Spezielles aufgefallen ist.«

»Sie meinen wegen der Kontakte des Schweizers zur italienischen Mafia?«

»Richtig. Vielleicht stoßen wir auf eine Verbindung zu denen, so über mehrere Ecken.«

»Ich schicke gleich morgen Vormittag einen Ermittler zu dem Paar.« Er sah Hilpert mit hochgezogener Augenbraue an. »Können wir uns auf Ihre These verlassen, sind Sie sich da völlig sicher?«

»Schwer zu sagen, je länger ich darüber nachdenke, desto stärker bin ich davon überzeugt. Unabhängig, ob ich in die richtige Richtung denke oder nicht, es ändert nichts an unseren Maßnahmen. Der Senator wird beschützt, als hielten wir ihn für das Primärziel.«

Röhrs lehnte sich in seinem Sessel zurück und ging entspannt auf Hilpert ein. »Ihnen ist klar, sollten Sie die Attentate aufklären, zieht das Ihre Beförderung zum Kriminaldirektor nach sich.«

Hilpert beugte sich vor und faltete seine Hände. »In diesem Leben befördert mich niemand mehr. Ich werde bleiben, was ich bin. Ich bin Ermittler, kein Karrierebeamter.«

»Das ist tatsächlich Ihr Ernst? Sie würden solch einen Aufstieg ablehnen?«

»Damit wir uns nicht falsch verstehen: Eher kündige ich. Dr. Röhrs, ich bin kein Konkurrent für Sie. Von mir aus könnten Sie Polizeipräsident oder Innensenator werden. Solange ich Polizist bin, bleibe ich, was ich bin. Das ist mir fast schon zu viel.«

Hilpert ließ einen nachdenklichen Vorgesetzten zurück. Allem Anschein nach hatte er tatsächlich von Hilpert nichts zu befürchten. Nun musste bloß der Senator überleben. Das funktionierte mit Hilpert eindeutig besser als ohne ihn. Konnte er sich auf dessen Ausführungen hinsichtlich seiner Karriereorientierung verlassen, stand seiner nächsten Beförderung nichts im Wege. Als Chef der Mordkommissionen erfolgte sie für ihn automatisch.

11

Einen Tag darauf schaute ein Oberkommissar aus dem Röhrs-Team bei Hilpert vorbei. »Ich soll Sie über die Vernehmung des Ehepaars informieren. Also die Leute waren allesamt vermummt. Den Toten konnten sie nicht identifizieren. Interessanter ist, als sich einer von ihnen an einer Tischkante stieß, hatte er in einer ihnen unverständlichen Sprache geflucht. Der Hausherr meinte, das habe irgendwie russisch geklungen.«

»Das ist ausgesprochen interessant. Da kommen diverse Alternativen zum Tragen. Russland, die Ukraine, eigentlich alle ehemaligen Länder der früheren Sowjetunion, der Balkan. Das riecht nach Söldnern. Zumindest danke ich Ihnen für die prompte Erledigung meiner Bitte.«

Hilpert war enttäuscht. Er hätte sich mehr erhofft. Sein Gesprächspartner war im Gehen, als er die Türklinke in der Hand stehen blieb. »Das hätte ich beinahe vergessen. Die Ehefrau vermeinte, der Wortführer habe unmerklich gehinkt, als habe er Probleme mit seinem Knie. Ihr sei es aufgefallen, da sie selbst unter einem Knorpelschaden leidet. Ihr Mann musste dagegen passen. Er hat nichts bemerkt. Er sei allerdings viel zu aufgewühlt gewesen, um auf solche Details zu achten. Seine Frau war da allem Anschein nach gelassener. Sie ist wohl um einiges jünger als er.«

Was fing er mit der letzten Information an? Da bekam er ein Zipfelchen in die Hand, mit dem er vielleicht etwas anfangen konnte. Direkten Kontakt mit ihren Gegnern hatte neben dem Ehepaar und ihm Kristin. Irgendwo musste er ihre Telefonnummer vergraben haben. Die fand er nicht, wohl aber die ihrer Mutter.

»Kristin hat ein Gespräch bei Seipold. Die sind weit miteinander gekommen. Es geht um Vertragsdetails.«

»Und ihr Studium?«

»Das setzt sie fort. Es wird eine Art dualer Ausbildung werden, das die beiden ausgetüftelt haben.«

»Ich verstehe, das hört sich zumindest gut an. Ob sie mich im Präsidium anrufen könnte? Es geht nochmals um ihre Entführung. Mir ist dazu eine Frage untergekommen, die sie vielleicht beantworten kann.«

»Ich vermag nicht zu beurteilen, ob sie sich mit dir am Telefon unterhalten will. So langsam kommen die Erlebnisse in ihr hoch. Gestern wollte sie unbedingt bei dir vorbeischauen, weil sie sich in deiner Nähe sicher fühlt, obwohl du letztlich der Auslöser ihres Traumas bist.«

»Da hätte sie vor verschlossener Tür gestanden. Ich bin in Hamburg. Das wird jetzt öfter der Fall sein. Mein Urlaub neigt sich dem Ende zu.«

»Wie steht es denn um die Ermittlungen um Jens, wenn du dich nicht mehr kümmern kannst?«

»Still ruht der See. Wir konnten ein wenig über den Drogenhandel in der Nordheide aufklären. Das war kaum mehr ein Kratzen an der Oberfläche. Eine andere Frage. Ihr bleibt vorerst in Buchholz?«

»So ist es. Ich werde ebenfalls bei Seipold anfangen. Sein Angebot konnte ich nicht ausschlagen. Bis wir was gefunden haben, leben wir derweil bei meinen Eltern. Deren Haus ist groß genug. Lange können wir uns das nicht antun. Sie haben ihr Alter und ich bin nicht mehr das kleine Mädchen, dem meine Mutter Zöpfe geflochten hat. Das war nach dem Kindergarten vorbei. Und Kristin ist viel zu eigenständig, um auf die guten Ratschläge von Oma zu warten. Zöpfe hat sie nie getragen.«

»Und dein Vater?«

Sie lachte schallend auf. »Der ist gewitzt und hält sich aus allem raus. Gelobt seien das richtige Alter und Geschlecht.«

Hilpert telefonierte anschließend mit der Rechtsmedizin. Dort wurde er enttäuscht. Der tote Attentäter hatte gesunde Knie und eine Hüfte, die keine Probleme gemacht haben durfte. Ein kaputtes Knie und ein slawischer Fluch waren ihre einzigen Hinweise zur Identität der Attentäter. Die Ausbeute blieb mager.

Kristin rief schneller bei ihm an, als er erwartet hätte. »Ich kann dir nicht sagen, ob jemand hinkte«, ging sie auf seine diesbezügliche Frage ein. »Wenn ich an diese Männer denke, habe ich in meinem Kopf ein tiefes schwarzes Loch. Die Stimmlage des Sprechers, die Größe der Männer, ich weiß nichts mehr.«

»Ich will dich nicht quälen. Sollte dir was einfallen, ruf mich an.«

»Wann bist du zurück in Buchholz?«, flehte sie beinahe. »Ich habe Angst. Wenn du da bist, geht es mir besser.«

»Das ist nach wie vor keine gute Idee, sich in meiner Nähe aufzuhalten. Die bösen Männer wollen etwas von mir«, widersprach er ihr vehement. »Du hast sie schließlich kennengelernt. Bist du in meiner Nähe, behandeln sie dich wie mich.«

Er beendete das Gespräch, bevor er etwas Falsches sagte. Er musste auf sich achten. Da verblieb kein Raum, sich um junge Frauen zu kümmern. Hätte er sie täglich um sich, wäre die Gefahr zu groß, mit ihr im Bett zu landen. Er kannte sich. Wie war das mit dem willigen Geist und dem schwachen Fleisch?!

Eine kurze WhatsApp brachte seinen Kalender vollends ins Trudeln. Atifete meldete für den Nachmittag ihren Besuch an. Sie sei auf der Durchreise nach Wien und wollte ein Vorgespräch mit ihm führen. Als Kennerin der Materie fragte sie ebenso nach Thiemann. Während ihrer Tätigkeit in der Vermögensverwaltung hatte sie schnell begriffen, wie es dort lief. Hilpert war zwar der Motor, Thiemann jedoch der Macher hinter den Kulissen, quasi das Getriebe. Zu ihrem Leidwesen musste er sie bis zum Beginn der nächsten Woche vertrösten, da Thiemann die letzten Tage seines Urlaubs genoss. Für sie war das kein sonderliches Problem. Sie würden sich in wenigen Stunden treffen. Erstaunt nahm sie den Treffpunkt in einer Hotelsuite zur Kenntnis.

»Ist dein Haus an der Elbe abgebrannt?«

Er antwortete mit einer eher belanglosen Floskel.

Als Albers ihr einige Stunden später die Tür öffnete, begriff sie ohne weitere Erklärungen. Es war keineswegs der Versuch von Hilpert, lieb gewonnene Erinnerungen neu zu beleben. Sie begrüßte ihn freundlich mit zwei Küsschen auf die Wangen. Damit hatten sich die Zärtlichkeiten verbraucht, die sie an diesem Tag für ihn erübrigte. Ihr strenges Outfit unterstrich ihre sachliche Orientierung. Es wäre allerdings vergebliche Liebesmüh. Selbst im Trainingsanzug aus den Fünfzigerjahren würde sie ihre Wirkung auf ihn nicht verfehlen.

»Du bist einmal mehr in Schwierigkeiten?«, stellte sie mit Kennerblick fest.

»Das ist kaum zu verleugnen«, erwiderte er gelassen.

»Hast du die jugendliche Tochter einer Kiezgröße vernascht?«

»Du solltest mich besser kennen und wissen, ich bevorzuge erwachsene Frauen.«

»Das kann ich bestätigen.« Für einen kurzen Moment schien es, als würde sie ihre Stimmung ändern. Dabei blieb es. Nach dem kurzen Geplänkel betrachtete er die Frau, die er gerne geheiratet hätte, eingehender. Ihm schien, als hätten sich die Falten um die Mundpartie herum vertieft. Vielleicht wollte er bloß an ihrer makellosen Schönheit herumdeuteln, um sich die Vorteile des Beziehungsendes einzureden. Er fragte sich, wie er reagierte, käme es zu mehr als zwei freundschaftlichen Küssen zu Beginn und am Ende ihres Gesprächs. Er musste sich nicht belügen. Er würde zugreifen. Sie pulverisierte all seine guten Vorsätze, ohne sich anstrengen zu müssen. Atifete spürte, ihre Wirkung auf ihn war keineswegs verflogen. Und sie schien dem durchaus aufgeschlossen gegenüberzustehen. Sanft streichelte sie seine Hand. »Bei meinem nächsten Besuch bringe ich mehr Zeit mit. Dann tauschen wir uns in aller Ruhe aus.«

Er konnte bloß hoffen, sie verstand darunter das Gleiche wie er.

»Oder hast du eine Ersatzfrau für mich gefunden?«, blieb sie beim Thema.

Er schüttelte den Kopf und musste nicht mehr von sich geben. War Atifete nicht in seiner Nähe, glaubte er mit allem durch zu sein. Saß sie ihm wie an diesem Tag gegenüber, flammte das Feuer machtvoll auf. Zusammen mit dieser Frau wäre er gern alt geworden.

»Weshalb ich gekommen bin«, wechselte sie diesmal das Thema, »ich will, wie ich dir geschrieben habe, bei euch zwanzig Millionen Euro anlegen. Es ist sauberes Geld und kommt von einer englischen Geschäftsbank.«

»Wie willst du es bei uns anlegen?«

»Ich möchte mich an der Gesellschaft beteiligen.«

Er nickte in ihre Richtung. »Du kennst die Bedingungen unserer Beteiligungspolitik.«

»Ich weiß, Sicherheit vor Rendite. Die Bildung von Eigenkapital steht voran. Bei Verkaufsinteresse Andienungspflicht an die Hauptgesellschafter. Du musst nicht anfangen, mir zu erklären, wie die Geschäfte laufen. Du weißt, ich habe längere Zeit in deiner Firma mitarbeiten dürfen.«

Er lächelte sie verlegen an. »Selbstredend nicht. Mein Schwager und ich werden dir jeweils Anteile abtreten.«

»Ihr verwendet das Geld, um euren Kredit zurückzuführen, den ihr zur Begleichung der Verpflichtungen deines Schwiegervaters aufgenommen habt?«

»Du kennst dich nach wie vor gut aus. So ist es. Dabei sind zwanzig Millionen eher ein Tropfen auf dem heißen Stein.«

»Keine Angst. Wir wollen unsere Anlagen stärker auf seriöse Firmen konzentrieren. Die von dir vorgegebene Politik habe ich immer gut gefunden. Ich fliege morgen Abend nach London und werde dort Umschichtungen vornehmen. Außerdem wollen wir von dem Hamburger Family Office, das du uns empfohlen hattest, ebenfalls Gelder umbuchen.«

»Hattet ihr dort nicht Bargeld untergebracht?«

»Das ist richtig. Nunmehr ist es sauber wie ein Kinderpopo.«

»Über welche Größenordnung denkst du nach?«

»Insgesamt siebzig Millionen in drei Chargen.«

»Dir ist klar, dass ihr mit dem bisher von euch eingesetzten Kapital, bei nahezu acht Prozent am Stammkapital landet. Das wäre eine Beteiligung, die Gesicht hätte.«

Sie nickte beifällig. »Du kennst dich besser aus, als ich vermutet hätte. Siehst du darin ein Problem?«

Hilpert schüttelte den Kopf. »Nicht die Spur. Thiemann ist im Gespräch über zwei interessante Immobilienobjekte, zu klein für die Großen, zu groß für die Kleinen. Da ist ein ordentlicher Eigenkapitaleinsatz durchaus gewünscht. Wenn alles klappt, wie wir uns das vorstellen, sollte es unsere Substanz nachhaltig stärken.«

»Das höre ich gerne. Ihr spinnt nicht, das macht euch so stark. Fünfzigtausend Wohnungen in Berlin sind nicht euer, besser unser Anspruch.« Sie blickte auf ihre Armbanduhr. »So langsam bedaure ich, nicht bleiben zu können. Wann ist Thiemann zurück?«

»Ab Montag nächster Woche.«

»Dann sehen wir uns bald wieder.«

Sie erhob sich, spendierte ihm zwei Küsse auf die Wangen, verschwand im Bad und verließ anschließend die Suite. Hilpert und Albers begleiteten sie ins Foyer. Dort wurde sie von einem Mann in Empfang genommen, der sie hinausgeleitete. Sie war allem Anschein nach eine wichtige Figur in ihrem Clan geworden. Als solche erfreute man sich nur an Bewunderern. Und auf Frauen wurde in den Gefilden, in denen sie sich herumtummelte, keine Rücksicht genommen. So gesehen erging es ihr wie Hilpert, der mit Albers als Bodyguard durch die Gegend strich. Er schaute Atifete mit Bedauern hinterher. Er würde wie gehabt leiden. Das signalisierte ihm der Druck in seiner Magengegend. Dazu brauchte er sich nichts vorzumachen.

Obwohl er gern mit ihr die Nacht verbracht hätte, war es für ihn besser, die Distanz zu ihr zu bewahren. Sie hatten keine Chance auf ein gemeinsames Leben. Damit musste er sich abfinden. Wie hieß es dagegen: Pech in der Liebe, Glück im Geschäft. Ihr Vorschlag, frisches Kapital gegen eine Beteiligung auf den Tisch des Hauses zu legen, passte ihnen gut ins Konzept. Ihre Pläne, diesen Betrag deutlich zu erhöhen, ebenso. Er und sein Schwager würden das Geld dafür verwenden, ihre privaten Bankverbindlichkeiten weiter abzubauen. Sie müssten dafür zwar Anteile an der Firma abgeben, trotzdem blieben sie mit über fünfzig Prozent Mehrheitsgesellschafter. Er war sich sicher, dies war nicht das letzte Angebot von Atifete. Er blieb weiterhin offen dafür. Es war sein unabänderliches Bestreben, die Darlehen, die sie zur Bereinigung der

Schieflage seines Schwiegervaters aufgenommen hatten, so schnell wie irgend möglich zurückzuführen. Ihre Hausbank versuchte sie dagegen davon zu überzeugen, ihre Expansion stärker als bisher über Bankkredite zu finanzieren. Prinzipiell ging es ihm gegen den Strich. Gleichwohl mussten sie in absehbarer Zeit zu einem Beschluss darüber kommen, wie sie ihre Finanzpolitik langfristig gestalten wollten. Vor dieser Entscheidung stand er mehr oder minder allein. Sein Schwager lehnte es ab, sich an der Erörterung dieser Fragen zu beteiligen. Er war Literaturwissenschaftler. Ihn interessierten Autoren und ihre Bücher. Zuweilen leistete er sich eine Erstausgabe. Damit hatte es sich. Mit seinem Professorengehalt kam er exzellent über die Runden. Verlöre er kurzfristig sein Vermögen, würde er es mit deutlicher Verzögerung bemerken und gleich gar nicht bedauern. Hilperts Schwiegervater hielt sich nach den für ihn katastrophalen Beteiligungen an einem anderen Unternehmen völlig heraus. Hilpert sah seine Aufgabe darin, das Familienvermögen zu erhalten. Für wen, war ihm nicht recht klar. Seine Tochter wäre künftig nicht einmal in der Lage, die Zinsen des angehäuften Vermögens sinnvoll zu verwenden. Das galt gleichermaßen für die Kinder seines Schwagers. In seinem Kopf nistete sich seit geraumer Zeit der Gedanke ein, große Vermögensteile in eine Kinderstiftung zu geben. Es bliebe ausreichend Geld übrig, um sich, seine Familie und gleichermaßen seinen Schwager samt Anhang bis ans Ende ihrer Tage abzusichern.

Das Läuten an seiner Zimmertür schreckte ihn auf. Wer konnte etwas von ihm wollen. So furchtbar viele Leute gab es nicht, die wussten, welche Suite er gemietet hatte. Er legte den Sicherungshebel vor und sprach durch den Türspalt, seine Pistole in der Hand. »Wer ist da?«

»Ich bin es, Kristin.«

Was sollte er tun? Folglich ließ er sie eintreten. Ihm schien, als habe sie in den letzten Tagen abgenommen. Ihre Wangenknochen traten stärker hervor, als er in Erinnerung hatte. Sie huschte an ihm vorbei und setzte sich auf die Couch des Wohnzimmers. Die Beine angezogen, schaute sie ihn mit großen Augen an.

»Wann hast du zuletzt gegessen?«, fragte er sie in strengem Ton.

»Heute Morgen habe ich gefrühstückt.«

Er schüttelte den Kopf. »Wahrscheinlich eine Tasse schwarzer

Kaffee und eine Grapefruit. Du siehst aus, als seiest du für längere Zeit bei Wasser und Brot eingekerkert worden.«

Energisch griff er zum Telefon und orderte für drei Personen ein gehaltvolles Abendbrot. Anschließend bat er Albers hinzu. Dem musste der Magen knurren.

Kleine Wunder dauerten erfahrungsgemäß länger. Daher mussten sie eine Dreiviertelstunde warten, bis zwei livrierte Kellner mit dem Essen aufkreuzten. Hilpert fixierte die Hotelmitarbeiter durch den Spion in der Tür. Auf den ersten Blick kam ihm die Situation normal vor. Vorsichtshalber beorderte er Kristin ins Bad. Als sie zu einer Frage ansetzte, reichte ein energischer Blick von ihm. Trotz ihrer Erlebnisse schien sie die gefährliche Konstellation nur bedingt zu begreifen. Sie identifizierte ihn und Albers als ihre Beschützer. Also schenkte sie ihnen wie ein Kind bedingungsloses Vertrauen. Sie mussten sich dieser zusätzlichen Verantwortung schnellstens entledigen. Die Kellner deckten professionell den Tisch und ließen den Servierwagen vor der Tür stehen. Albers verbarg hinter seinem Rücken eine entsicherte Pistole, jederzeit bereit, sie einzusetzen. Das bekamen sie nicht mit. Ihr Seelenfrieden war somit nicht gefährdet.

Hilpert steckte anschließend Kerstin ein paar Scheine und die Zimmerkarte zu, mit der Maßgabe, sich in der Boutique, die im Foyer mit hohen Preisen glänzte, zu verwöhnen. Ihm war eine Idee gekommen, die er mit Albers diskutieren wollte. Da störten Dritte bloß. Sie gaben ihr die Order, kurz vorher anzurufen, wenn sie mit dem Fahrstuhl auf dem Weg nach oben war. Sie durften keine Fehler machen. Sie vermuteten im Hotel weitere Angreifer, die sich ihr Geld verdienen wollten. Die Auftraggeber setzten garantiert nicht nur einen oder zwei Attentäter auf sie an und suchten nun händeringend nach Ersatz. Albers nahm angespannt Hilpert gegenüber Platz. Er war neugierig zu erfahren, was Hilpert durch den Kopf gegangen war.

»Also, Julian, bislang haben wir die Herrschaften erwartet, in der Hoffnung deren Aktionen abwehren zu können. Ich muss dir nicht verraten, irgendwann geht das in die Hose. Ein Scharfschütze hinter einem Baum, ein Sprengsatz intelligent am Auto angebracht, vergiftetes Essen und wer weiß, was denen noch so einfallen mag. Wir müssen sie zu uns locken. Bislang sollte die Suite uns in

Ruhe schlafen lassen. Fällt es jemandem ein, sie heimzusuchen, ist niemand anwesend. Der heutige Tag ist die Ausnahme wegen des Gesprächs mit Atifete gewesen. Locken wir die Herrschaften zu uns. Beleben wir die Suite. Lass uns regelmäßig Essen dorthin bringen. Dokumentieren wir nach außen, wie intensiv sie von mir genutzt wird, bestehen somit gute Chancen, mich hier einzukassieren. Irgendwann spannen es unsere Freunde und kreuzen dort hoffentlich auf.«

»Was ist mit Kristin?«, fragte Albers nach. »Sie stört unsere Kreise empfindlich. Sie läuft zwischen unseren Füßen herum wie ein junger Hund und ist ebenso undiszipliniert. Uns fehlen alle Möglichkeiten, auf sie zu achten.«

Hilpert nickte. »Sie muss schnellstens zurück nach Buchholz. Es fehlt bloß, sie fängt sich eine verirrte Kugel ein. Ich darf nicht darüber nachdenken.«

Albers reichte es vorerst, mit Hilpert einer Meinung zu sein. »Kommen wir zurück zu deinem Plan. Ich verstehe ihn. Nur was hilft es, wenn wir uns ein, zwei Handlanger greifen? Damit landen wir beileibe nicht beim Auftraggeber. Ich behaupte, die kennen den gar nicht. Die Bedrohung bleibt uns erhalten. Die Attentäter werden ausgetauscht und das Spiel geht weiter.«

»Ich weiß selber, meine Überlegungen stehen auf schwachen Beinen. Mir geht es vor allem darum, aktiv zu werden. Ich komme mir bislang vor wie das Kaninchen, das die Schlange anstarrt, um anschließend in aller Ruhe verspeist zu werden. Davon abgesehen gehe ich davon aus, dass die ihre Leute nicht im Gros eingekauft haben. Nehmen wir den Schweizer mit den Kontakten zur italienischen Mafia. Sollten bei denen Anleihen genommen worden sein, bedeutet es, die sind international auf der Suche nach zuverlässigen Killern. Bekanntermaßen wachsen die nicht auf den Bäumen. In großen Teilen Osteuropas ist es ruhiger geworden. Da wird es schwieriger, sich die Besten aus ehemaligen Kriegsteilnehmern herauszupicken. Die haben längst ihren Schnitt gemacht oder sehnen sich nach Ruhe. Krieg schafft zumeist die Voraussetzungen, um an größere Vermögen zu gelangen. Du brauchst Frieden, wenn du dein Geld unter die Leute bringen willst. Es würde mich nicht sonderlich verwundern, sollten diese vier Leute, die Kristin einkassiert hatten, den Kern unserer Widersacher bilden.«

Albers konnte oder wollte seine Skepsis nicht verbergen. »Dann sind es jetzt nur noch drei. Fehlen bloß die Besucher im falschen Zimmer. Eins, zwei, drei machen wir sie platt.«

Hilpert verzog seinen Mund zu einem leichten Lächeln. Er verstand den Hauptkommissar nur zu gut, der seine Bedenken mit seiner Ironie auszudrücken versuchte. »Okay, okay, lass es fünf oder sechs sein. An mehr Gegner will ich nicht glauben. Schlagen wir da eine Bresche rein, bekommen unsere Feinde unter Umständen Probleme. Sie laufen Gefahr, weniger qualifizierte Leute einzusetzen, die hoffentlich Fehler machen und uns auf die richtige Fährte führen.«

»Schauen wir, wie weit wir kommen«, verzichtete Albers auf Widerspruch. Er war nach wie vor nicht von der Idee überzeugt. Sein Problem war, ihm fiel nichts Besseres ein. Und er kannte Hilpert zur Genüge. Der wurde verrückt, wenn er still sitzen und darauf warten sollte, bis sich etwas bewegte. Diese Ungeduld war zuweilen seine Stärke, nicht selten seine Schwäche. Dies insbesondere, wenn er seine berüchtigten Alleingänge startete. Zurzeit bot sich zu ihrem Glück keine Gelegenheit dazu. Das konnte sich schlagartig ändern. Einsame Aktionen grenzten in ihrer augenblicklichen Situation an Harakiri.

Kristin blieb an diesem Tag ihr einziges Problem. Was fingen sie mit ihr an, wie konnten sie sie schnellstens loswerden, ohne ein größeres Theater mit ihr zu erleben? Gegen zwanzig Uhr stand die junge Frau wieder vor ihrer Zimmertür. Sie hatte reichlich zugeschlagen. Von dem Geld war wenig übrig geblieben. Erwartungsfroh setzte sie sich zu den Männern, als seien sie für ihre Unterhaltung zuständig. Deren Gesichtern sah sie an, das Gespräch würde nicht in ihrem Sinne verlaufen.

Hilpert redete nicht um den heißen Brei herum. »Du wirst uns verlassen müssen, Kristin. Momentan ist es in meinem Umfeld zu gefährlich. Erst unlängst gab es ein Attentat auf mich hier im Hotel.«

Erschrocken blickte sie ihn an. »Das wusste ich nicht.« Sie begriff, dies war kein Spaß, sondern blutiger Ernst. Beinahe schien es, als käme in ihr die Erinnerung an ihre Entführung, an ihre Ängste hoch. Hilpert hatte exakt den Punkt bei ihr getroffen. »Fabian, versprich mir, wenn alles geregelt ist, unterhalten wir uns in Ruhe.«

»Großes Pfadfinderehrenwort«, ging er auf sie ein wie auf ein Kind, dem er versprochen hatte demnächst Hagenbeck einen Besuch abzustatten. Ihm war seine Erleichterung über ihre Entscheidung anzumerken. Sie mussten mit ihr keine großen Debatten führen, sie nicht unter Tränen nach Buchholz zurückschicken. Ein weiteres Mal drückte er ihr Geld in die Hand. Diesmal fürs Taxi.

Bevor sie ging, kam sie nochmals auf ihre Entführung zu sprechen. »Ich bin mir recht sicher, zumindest die zwei Männer, die kein Wort gesagt hatten, waren Ausländer. Frag mich nicht warum, nenn es Intuition.« Sie überlegte kurz mit gefurchter Stirn. »Jetzt fällt es mir ein. Sie waren maximal mittelgroß und schmal gebaut. Und sie rochen stark nach Knoblauch.«

»Das passt gut zu unserer eigenen Untersuchung«, zeigte sich Hilpert erfreut. Ihnen lagen nach wie vor kaum konkrete Erkenntnisse über potenzielle Angreifer vor. Jeder Hinweis, der in ihr Ermittlungsmosaik passte, wurde von ihnen wohlwollend aufgenommen, vorausgesetzt, er entsprach den Tatsachen. Dabei mussten sie sich vor Fehlinterpretationen hüten. Nicht jeder Deutsche war groß gewachsen. Knoblauch wurde mittlerweile auch in deutschen Haushalten beim Kochen verwendet.

Das Thema Mafia kam ihm in den Sinn. Mafia, was hab ich mit der Mafia am Hut?, fragte er sich verzweifelt, nachdem sie gegangen war. Trotzdem verstand er: Das Thema Internationalisierung hatte vor den Verbrechensorganisationen nicht haltgemacht. Passte Kellner, die Kiezgröße, da hinein? Führte der Weg doch in die Nordheide? Ging es um einen Verteilerring, der größere Dimensionen besaß, als sie bisher angenommen hätten? Wurde der bereits vor zwanzig Jahren aufgebaut und weitete die Zahl der Abnehmer nachhaltig aus? War selbst Kellner nur ein Zwischenhändler, der sich um Hamburg und Umgebung kümmerte?

Es war an der Zeit, das Gespräch mit ihm zu suchen. Wie erreichte er die Kiezgröße? Wie schaffte er es, mit ihm zu reden und dabei zu brauchbaren Ergebnissen zu kommen? Selbstredend konnte er ihn ins Präsidium einbestellen. Mit seinen unbewiesenen Annahmen bekäme er von keinem Richter in der Hansestadt einen Haftbefehl. Bei näherer Betrachtung würde ihm niemand abnehmen, dass sich dieser Mann solch ein kompliziertes Komplott ausgedacht haben könnte, um ihn aus dem Weg zu räumen. Angenommen, er intervenierte erfolgreich, mit welchen Argumenten wollte er ihn über längere Zeit festsetzen? Dieser Ansatz musste scheitern. Der umgekehrte Weg war angesagt. Er musste sich von unten nach oben durchbeißen. Nur so erhielt er eine Chance, an Kellner heranzukommen. Das bedeutete gleichzeitig, er musste sich in den nächsten Tagen einmal mehr auf die Tour in die Provinz begeben. Dies sollte nicht unabgestimmt mit Röhrs und Gäbler geschehen.

Mit dem Kriminaldirektor verlief das Telefonat wie geschnitten Brot. Seitdem dieser überzeugt war, in Hilpert keinerlei Konkurrenten zu haben, konzentrierte er sich darauf, dessen erfolgreiche Arbeit und vor allem seine Ideen für sich zu nutzen. Er verzichtete auf Verständnisfragen. Röhrs hatte in seinem Leben gelernt, am Ende zählten die Ergebnisse. Der Weg, dorthin, war letztlich unbedeutend. Die Meisterschale war wichtig, nicht die Anzahl der Tore, die geschossen wurden. War Hilpert erfolgreich, konnte er sich in seinem Erfolg sonnen. Ging etwas schief, konnte er einen perfekten Sündenbock präsentieren. Bei Gäbler genügte Hilpert ein kurzer Anruf. Der sah die Aussicht, mit ihm zusammenzuarbeiten, durchweg positiv. Ein größerer Drogenverteilerring in der Nordheide klang zwar auf den ersten Blick wie aus der Luft gegriffen. Gleichwohl wusste er, die Edlen lebten nicht vorzugsweise auf dem flachen Land und die Bösen in der Metropole Hamburg. Was die Orientierung am Ergebnis ihrer Arbeit betraf, unterschied er sich nicht von Röhrs. Es trennten sie die Motive. Er hatte nichts gegen Erfolg, wer liebte die Niederlage? Eine Beförderung würde ihm ebenso ins Konzept passen. Im Gegensatz zu Hilpert musste er sein Geld verdienen, um sich den einen oder anderen Traum erfüllen zu können. Aber auf Biegen und Brechen hechelte er dem beruflichen Aufstieg nicht hinterher wie der Rüde der läufigen Hündin.

Ein paar Tage planten sie, in Hamburg abzuwarten, in der Hoffnung, dass Hilperts Gegner versuchten, ihn in der Suite anzugreifen. Über den Türen der von ihnen genutzten Räume hatte Hilpert jeweils eine Webcam angebracht. Die Genehmigung dafür bekam er von der Hotelleitung im Vorbeigehen, da seine Vermögensverwaltung Anteile an dem Objekt hielt. Ansonsten verzichteten sie darauf, dort zu essen. Deren Angebot übertraf zwar das der Kantine deutlich. Dafür mussten sie dort nicht laufend darauf achten, von irgendwelchen finsteren Gestalten attackiert zu werden oder ob jemand etwas ins Essen streute, das ihrer Gesundheit abträglich war.

Ein Anruf von Kristins Mutter nahm ihm für diesen Abend die letzte Sorge. Ihre Tochter war wohlbehalten in Buchholz angekommen und präsentierte dort die hübschen Sachen, die sie für sich von Hilperts Geld erstanden hatte. Er hörte die Erleichterung der Mutter über Kristins problemlosen Hamburgaufenthalt heraus. Sie konnte sie in Buchholz heil und unversehrt an Leib und Seele in Empfang nehmen. Kristin so großzügig mit Geld ausgeholfen zu haben, fand nicht unbedingt ihre Zustimmung. Sie befürchtete, ihre Tochter könnte hieraus ein Interesse von ihm an ihr ableiten. Hilpert beendete grinsend das Telefonat. Zuweilen war es unmöglich, es allen recht zu machen. Er und Albers wollten die junge Frau einfach nur loswerden. Und das hatte funktioniert. Er schmiss mit dem Geld nicht um sich wie der reiche Onkel aus Amerika. Er hatte jedoch gelernt, es für seine Interessen einzusetzen. Nicht funktionieren wollte dagegen ihr Versuch, ihre Gegner auf die Suite zu orientieren. Wie sie einer Aufnahme der Webcam entnehmen konnten, interessierte sich offensichtlich ein Unbekannter für das Doppelzimmer. Leider hielt sich der Mann bedeckt. Sein Gesicht war nicht zu identifizieren. Er hinkte allerdings unmerklich. Hilperts Finte war vermutlich aufgedeckt worden, bevor sie zünden konnte. Albers behielt mit seinen Zweifeln recht. Hilpert nahm es schulterzuckend zur Kenntnis. Er hatte keinen Rechtsanspruch auf die besten Ideen. Sie beschlossen trotzdem, das Hotel nicht zu wechseln. Ob sie damit richtiglagen, sollte sich zeigen. Es stellte sich ihnen die entscheidende Frage, ob ein erneuter Angriff im Hotel zu erwarten oder auszuschließen war. Er unternahm einen letzten Versuch, ging nochmals in die Suite und zerwühlte das Bett. Das Bad wirkte reichlich unbenutzt auf ihn, also ließ er die Dusche laufen, riss einige Blätter von der Klopapierrolle ab und warf zwei angefeuchtete Handtücher in die Badewanne. Vielleicht interessierte sich doch jemand dafür, soweit er mitbekam, dass in der Suite aufgeräumt wurde. Bevor es sie in die Nordheide zog, wollten sie eine weitere Nacht im Hotel verbringen. Nichts sollte ihren Schlaf stören. Niemand interessierte sich für seine Suite oder ihre Zimmer. Sie frühstückten entspannt im Hotel, unsicher, ob sie über die ereignislose vergangene Nacht erleichtert oder enttäuscht sein sollten. Vermutlich traf beides zu.

12

Einem Trip nach Buchholz stand am nächsten Tag nichts im Wege. Entspannt saßen sie mit ihrem Chauffeur in der Limousine von Hilperts Schwiegervater. In seiner Jackentasche steckte eine neue To-do-Liste. Darin hatte er alle fraglichen Personen festgehalten, die mit dem Fall in Verbindung zu bringen waren. Dabei war es ihm gleichgültig, ob er sie als Tatverdächtige oder als Informanten sah. Primär wollte er sich auf diejenigen stürzen, bei denen ihm ein ungewöhnliches Verhalten oder überraschender Reichtum aufgefallen war, frei nach dem Motto: Folge dem Geld.

Als Ersten hatte er sich in Freddy Weinschenk verbissen. Sein ehemaliger Klassenkamerad finanzierte unbestritten seinen beruflichen Traum weitgehend mit Drogengeschäften. Das Geld reichte anscheinend nicht, um die gesamten Verpflichtungen auf einen Schlag auszugleichen. Vermutlich landete es scheibchenweise bei ihm, wenngleich regelmäßig mit steigender Tendenz. Für wen war er tätig gewesen? Ein Name, eine Person war ihnen zu seinen Lebzeiten ebenso wenig untergekommen wie der Schatten eines Verdachts. Freddys Gehilfen Perlebach und Selmeier kamen erst nach der Jahrhundertwende ins Spiel. Jens war zu dem Zeitpunkt längst tot. Er dagegen musste in den Neunzigern bereits aktiv gewesen sein. Konsequent arbeitete er daran, seine Träume zu verwirklichen und raffte das Geld zusammen, das er dafür benötigte.

Wer mochte ihm zur Seite gestanden haben? Wahrscheinlich neben Jens Leute aus seinem Umfeld. Diese Gedanken wollten ihm die Fahrt in seine Heimatstadt nicht unbedingt versüßen. Ihn verband während der Schulzeit zu einigen infrage kommenden Personen eine mehr oder minder intensive Beziehung. Fast schien es, als sei er damals von Kleinkriminellen umzingelt gewesen.

Mit gerunzelter Stirn versuchte er, die belastenden Gedanken loszuwerden. Angespannt blickte er aus dem Fenster. Die A7 war für Hamburger Verhältnisse relativ unbelebt. Vor dem Elbtunnel hatten sie die freie Auswahl, welche Röhre sie nehmen wollten. Der Verkehr floss unbehindert hindurch, als hätte es dort nie einen Stau gegeben. Sie nahmen die Abfahrt über die B75, um besser zu registrieren, ob sie verfolgt würden. Niemand hielt sich über Gebühr hinter ihnen auf oder näherte sich bedrohlich ihrem Fahrzeug. Relativ gemächlich setzten sie ihren Weg fort. Unbehelligt erreichten sie ihr Ziel. Um diese Zeit hatte der Verkehrsgau noch nicht die Stadt erreicht. Die Heimkehrer aus Hamburg ließen auf sich warten, bis sie damit starteten, sich durch Buchholz hindurchzuquälen.

Den Fahrer schickten sie samt Limousine zurück nach Hamburg. Das Fahrzeug war nach ihrem Dafürhalten eine ihrer größten Schwachstellen. Es bestanden vielfältige Möglichkeiten, es zu manipulieren und zur tödlichen Falle für sie werden zu lassen. Es war zwar ordentlich gepanzert, trotzdem mussten sie ein- und aussteigen. Und gegen schwerere Kaliber waren sie ohne Überlebenschance. Am ehesten kam eine Haftmine infrage, die von einem Motorrad während der Fahrt problemlos auf dem Autodach platziert werden konnte. Es war angesagt, der anderen Seite die Planung möglichst zu erschweren. Da erschien es angebracht, den fahrbaren Untersatz häufig zu wechseln, obwohl Panzerglas und stahlverstärkte Seitenteile fehlten. Im Haus fühlten sie sich am sichersten. Fremde vermochten dort nicht so ohne Weiteres hineinzukommen. Waren sie in ihrer Abwesenheit erfolgreich, hinterließen sie zumindest ausreichend Spuren, die sie vorwarnten. Versuchten Dritte einzudringen, wenn sie im Haus waren, verursachten sie ausreichend Lärm.

Hilpert setzte sich ins Wohnzimmer und starrte seine To-do-Liste an, als sei sie sein größter Feind. Er musste sich der Realität stellen. Sein verstorbener Freund war eindeutig Teil des Drogenrings gewesen. Und er wurde gleichzeitig Opfer seiner eigenen illegalen Tätigkeit, indem er sich an dem Teufelszeug gütlich tat. Hilpert ging die verbliebenen Namen durch. Wer konnte ihnen weiterhelfen? Perlebach und Selmeier waren zu der Zeit noch nicht an Bord. Freddy war tot. Er tippte mit dem Zeigefinger auf die einzige Person, die passen könnte, Dr. Kaufmann. Er hatte Jens ein Jahr lang therapiert und konnte nicht hinlänglich begründen, weshalb er sich zu einer solch ungewöhnlich langen Therapie entschieden hatte, die von der Krankenkasse bedingt finanziell begleitet wurde. Zumindest in der letzten Phase war er ausschließlich für Gotteslohn tätig gewesen. Das hakte. Praktizierende Ärzte galten nicht unbedingt als Altruisten. Er grinste in sich hinein. Wer nahm das schon für sich in Anspruch? Entschlossen griff er zum Telefon. Kaufmann erklärte sich kurzfristig zu einem Gespräch bereit. Anschließend informierte Hilpert Gäbler, der sich an dem Gespräch beteiligen wollte. Sie trafen sich vor dem Wohn- und Geschäftshaus, in dem der Arzt praktizierte. Gegen eins saßen sie ihm gegenüber. Der letzte Patient war vor wenigen Minuten gegangen. Die Mitarbeiterinnen packten ihre persönlichen Utensilien zusammen und zogen sich um. Sie waren im Begriff, ihre Mittagspause einzuläuten.

»Sie ermitteln mittlerweile in Buchholz?«, richtete der Arzt das Wort an Hilpert. »Sind Sie nicht für den Hamburger Raum zuständig?«

»Besondere Ereignisse machen besondere Maßnahmen erforderlich. Sie wissen, es geht um den Tod von Jens Welte. Die Hinweise, die uns vorliegen, verhärten den Verdacht eines Gewaltverbrechens.«

Erschrocken sah der Arzt zu ihm herüber. »Sie sind sich da ganz sicher?«

»So ziemlich.«

»Ist es Weinschenks Tod, der Sie in Ihrem Verdacht bestätigt?«, fand Kaufmann zügig zu einer sachlichen Linie zurück.

»Zumindest indirekt«, gab Hilpert zu. »Ich komme in diesem Zusammenhang auf die Therapie für Jens zu sprechen, die ungewöhnlich lange gedauert hat. Ihre damaligen Argumente dafür haben mich in der Nachbetrachtung nicht völlig überzeugt.«

»Ein langes Jahr, ein schönes Jahr«, antwortete Kaufmann leise. »Ihre Skepsis ist nachvollziehbar. Solch eine ungewöhnlich lange Therapiezeit mag im Einzelfall erforderlich sein. Sie ist selbstredend nicht zu finanzieren und damit unrealistisch.«

»Ich gehe davon aus, die Krankenkasse hat irgendwann aufgehört, Ihre Leistung zu honorieren«, gab sich Hilpert sachverständig.

Der Arzt nickte zustimmend. »Das war damals ohne Bedeutung

für mich. Natürlich hätte ich mich gern über die gesamte Dauer bezahlen lassen. Ich werde nicht vergessen, wie mein Steuerberater mit mir zu dem Thema Tacheles geredet hatte. Ärzte müssen ebenfalls leben. Das gilt nicht nur für Kriminalbeamte. Jens ist es mir selbst ohne Geld wert gewesen.«

»Sie waren ein Paar?«, mischte sich Albers überraschend ins Gespräch ein. Die Buchholzer Ereignisse waren nicht seine Spielwiese. Nur hätte Hilpert den ganzen Tag über fragen können und er wäre nicht auf die nächstliegende Lösung gekommen.

Kaufmann nickte wortlos.

Der Oberrat hatte mit dieser Entwicklung des Gesprächs nicht gerechnet. Er begriff erst mit leichter Verzögerung, sein Freund war homosexuell gewesen und er hatte nichts davon mitbekommen. Wie oft hatte er mit ihm über seine vergeblichen Bemühungen gesprochen, Angela für sich zu gewinnen?! Auch sonst waren Frauen ein immer wiederkehrendes Thema zwischen ihnen. Er erinnerte sich an dessen Ratschläge. Albers grinste ihn traurig an. Hilpert war sein Vorgesetzter und Freund. Er schätzte ihn ungemein. Trotzdem war er wie viele andere Menschen in einem Wertesystem gefangen, in dem gleichgeschlechtliche Liebe nur bedingt selbstverständlich war. Alles nach dem Motto: Ich habe nichts gegen Homosexuelle, solange sie Frauen lieben. Erstaunlich schnell fand Hilpert seine Professionalität zurück. Ihm wurde abermals klar, aufgrund seiner persönlichen Betroffenheit hätte er den Fall längst abgeben müssen.

»Ich muss bekennen, diese Information ist neu für mich«, gestand er ein. »Da glaubst du, jemanden zu kennen und in Wahrheit ist er dir fremd geblieben. Sind wir wirklich so enge Freunde gewesen, wie ich annahm?«

»Ist diese Frage für diesen Fall von Bedeutung?«, legte Albers energisch den Finger auf die Wunde. Hilperts Vorgehensweise fing an, ihn zu nerven. Er empfand sie als unprofessionell und erklärte es ihm deutlich. Ihr unfreiwilliger Zuhörer interessierte ihn dabei wenig.

»Soll ich die Ermittlungen abbrechen, weil mein bester Freund schwul gewesen ist? Was erwartest du von mir, Julian? Wer glaubst denn du, wird sich um die Aufklärung des Mordes kümmern?

Vergiss nicht, dieser Fall ist erst zum Fall geworden, weil ich involviert bin.«

»Immer mit der Ruhe, Chef. Deine Reaktion war für mich bezeichnend. So ist nun mal das Leben. Finde dich damit ab. Tag für Tag wird man mit Dingen konfrontiert, die für einen unerwartet oder neu sind. Oft genug passen sie einem nicht in den Kram.«

»Du verstehst mich falsch, Julian. Mir geht es nicht um die sexuellen Prioritäten von Jens. Mich berührt die Tatsache, von ihm nicht ins Vertrauen gezogen worden zu sein. Es mag kindisch klingen, selbst nach zwanzig Jahren fühle ich mich übergangen.«

»Sie wissen bei Weitem nicht alles, Herr Hilpert«, grätschte Kaufmann dazwischen. »Sie waren Jens' erste große Liebe. Und er konnte sich Ihnen gegenüber nicht öffnen. Das hat ihn stark belastet.«

Erstmals fragte sich Hilpert, ob er diesen Fall tatsächlich weiterhin bearbeiten sollte. Mit seinen Emotionen wurde zusehends Pingpong gespielt. Und er fühlte sich diesen ausgeliefert. Ein Abschotten war unmöglich. War er diesem überhaupt gewachsen? Was kam demnächst auf ihn zu?

Er atmete tief durch und sprach einen weiteren wunden Punkt an: »Wenn ich meine Ermittlungsergebnisse richtig interpretiere, dann ist sicher, Jens hat nicht nur Drogen genommen, sondern damit gedealt. Wissen Sie etwas darüber, Doktor?«

Kaufmann nickte einmal mehr, bequemte sich diesmal jedoch zu einer Antwort: »Ich könnte es nicht beschwören. Es gab einige Hinweise, die in diese Richtung gingen.«

»Und die wären?«

»Die Leichtigkeit, mit der er an den Stoff gelangte. Gleichzeitig hatte er keine finanziellen Probleme. Ganz im Gegenteil, er wollte mir dreißigtausend DM für die Einrichtung meiner Praxis vorschießen.«

»Schon damals hatten Sie die Praxis in diesem Haus?«

»Sie sagen es. Schließlich gehört es mir.«

»Hat Ihnen Jens tatsächlich ausgeholfen?«

»Das war nicht nötig. Das Haus hat mir meine Mutter zum größten Teil finanziert. Als sie von meinem finanziellen Engpass für die Einrichtung der Praxis hörte, hat sie mich großzügig unterstützt.«

»Ihre Mutter ist wohlhabend?«

»Das wäre leicht untertrieben. Sie ist reich. Es gab jedoch einen Deal zwischen uns.«

»Und der wäre?«

»Ich durfte meine Heimatstadt Braunschweig nicht mehr aufsuchen. Es war mir untersagt, mit Menschen aus unserem Freundes- und Bekanntenkreis über meine sexuellen Vorlieben zu reden.«

»Das heißt, außer Ihrer Mutter weiß niemand darüber Bescheid?«

»Nicht ganz, meine beiden Schwestern wissen, was Sache ist.«

»Und?«

»Die sind voll auf meiner Seite.«

Hilpert atmete schwer durch. »Es gibt also zuweilen Gerechtigkeit in diesem Leben.«

»Zumindest ein kleines Stück.«

Hilpert war bei Weitem nicht durch mit seinen Fragen. »Dr. Kaufmann, besitzen oder besaßen Sie eine Pistole?«, sprach er zum Erstaunen des Arztes ein völlig anderes Thema an.

»Wie kommen Sie jetzt darauf?«, fragte dieser konsterniert.

»Wie Sie wissen, war Jens gegen Ende seines Lebens recht häufig mit Freddy Weinschenk zusammen.«

»Natürlich, die zwei spielten schließlich gemeinsam in der Schülerband. Waren Sie da nicht ebenfalls Mitglied?«

»Das ist korrekt«, stimmte Hilpert ihm zu. »Leider fehlte mir Jens' Talent. Mal unterstellt, der Verdacht zum Thema Drogenhandel bewahrheitet sich. Er hat wohl mit Weinschenk zusammengearbeitet. Sind Ihnen andere Namen untergekommen?«

»Was soll ich dazu sagen? Es hat mich nicht interessiert. Ich bin nicht sein Aufpasser gewesen, sondern sein Therapeut«, wand sich Kaufmann wie ein Aal in der Reuse.

»Jens hat mit Ihnen nie über seine Beziehung zum Beispiel zu diesem Klassenkameraden gesprochen?«, ließ Hilpert nicht locker.

»Nein.«

»Sie wissen Weinschenk ist mit einer Pistole, einer Walther PPK, erschossen worden?«

Kaufmann zögerte einen kurzen Moment, bevor er sich zu einer Antwort bequemte: »Ich hatte tatsächlich vor einer Reihe von Jahren mit solch einer Waffe, einer Beretta und mehreren Gewehren zu tun.«

»Tatsächlich? Sie handeln damit?«

Kaufmann war sichtlich angefasst, als er weitersprach: »Ihre Ironie können Sie sich sparen. Ich war der Hausarzt von Heinrich Frie, einem zu Lebzeiten passionierten Jäger. Der schoss auf alles, was sich bewegte, von Menschen selbstredend abgesehen. Nachdem er verstarb, war seine Tochter mit dem Verkauf seiner Waffen völlig überfordert. Ich half ihr dabei, einen Abnehmer zu finden.«

»Sie sprechen von Ralph Hermann?«, fragte Hilpert nach.

»Ja, er ist ein Patient von mir. Der hat alle Waffen übernommen. Wie das ablief, kann ich nicht sagen. Ich habe den Kontakt vermittelt und das war's.«

»Wurden Sie am Verkaufserlös beteiligt?«

»Blödsinn. Dabei ging es letztlich um kleines Geld.«

»Sie sind kein Jäger?«

»Nein, damit hab ich nichts am Hut.«

»Dem Vernehmen nach reden wir über zwanzigtausend Euro«, klärte Hilpert ihn auf.

Erstaunt horchte Kaufmann auf. »So viel Geld? Das konnte Frau Frie, die Tochter des Verstorbenen, sicher gut gebrauchen.«

»Machen Sie Witze? Ihr hat er gerade mal zweitausend Euro überlassen.«

Kopfschüttelnd nahm Kaufmann diese Information zur Kenntnis. »Übervorteilt eine Frau, der es wirklich nicht sonderlich gut ging. Dabei habe ich den Mann stets für besonders seriös gehalten. Ansonsten hätte ich nie die Verbindung hergestellt.«

»Mit der überraschenden Erkenntnis stehen Sie nicht allein da.«

»Also Herr Hermann verfügte nicht nur über die Gewehre, sondern ebenso über die zwei Pistolen«, kam Hilpert auf sein eigentliches Thema zurück.

»Das ist korrekt. Das nehme ich auf meinen Eid.«

»Und an die Modelle erinnern Sie sich?«

»Worauf Sie sich verlassen können. Ich hatte sogar zeitweise darüber nachgedacht, mir die Beretta einzuverleiben. Diese Pistole hatte mich geradezu angelacht. Letztendlich war mir das ohne Waffenschein zu riskant. Sie wissen aus eigener Erfahrung, die Polizei sieht das nicht sonderlich sportlich, wird man damit erwischt. Und was hätte ich damit letztlich angefangen? Im Wald auf Bäume geschossen? Wäre ich erwischt worden, hätte es meinem Ruf als Arzt sicherlich geschadet, von der strafrechtlichen Seite mal abgesehen.«

»Wer hat die Pistolen bekommen? Ist Ihnen etwas darüber bekannt?«

»Tut mir leid, Herr Hilpert, da bin ich überfragt. Wie gesagt, habe ich mich darum nicht weiter gekümmert. Herr Hermann kann Ihnen da unter Garantie weiterhelfen.«

Hilpert richtete das Wort an seinen Buchholzer Kollegen. »Könntest du einen Termin, mit ihm vereinbaren, am besten heute?«

Dessen Büro reagierte zwar zügig, trotzdem stand Hermann erst am nächsten Vormittag zur Verfügung. Er gab eine wichtige Verabredung für den heutigen Tag an, die er nicht verschieben konnte.

»Der stimmt sich garantiert mit jemandem ab«, knurrte Hilpert entnervt. Ihre Möglichkeiten, es zu verhindern waren eingeengt. Er dachte an Claas Möller, dem er vor ein paar Tagen gesteckt hatte, wie Hermann seine Mutter übervorteilt hatte. War der inzwischen initiativ geworden? Hatte er sich Hermann zur Brust genommen? Oder konnte es eine Idee sein, den ehemaligen Schulkameraden anzustacheln und auf ihn zu hetzen? Es gab gute Gründe, es nicht zu tun. Zuweilen erschrak er über seine Vorliebe, Methoden aus dem Köcher zu ziehen, die nicht unbedingt dem Lehrbuch des korrekten Kriminalbeamten zu entnehmen waren. Mit seinem Anruf bei Möller war er eindeutig einen Schritt zu weit gegangen. Bis zum nächsten Vormittag waren es nur wenige Stunden. Bei ihrer Beweislage durfte sich der werte Jägermeister warm anziehen. Da mussten sie sich nicht der Mithilfe eines Kleinkriminellen bedienen. Solche Aktionen gingen gern in die falsche Richtung los.

Hilpert hatte sich bereits erhoben, als ihm eine letzte Frage in den Sinn kam. »Ist Ihnen zu Jens' Lebzeiten der Name Kellner untergekommen?«

»Nie gehört«, antwortete der Arzt wie aus der Pistole geschossen.

Seine Hoffnung, über die Ereignisse in Buchholz dichter an Kellner heranzukommen, sollte sich nicht erfüllen. Es ergaben sich bislang keine Verdachtsmomente, die in Richtung der Kiezgröße gingen. Das besagte nichts. Wer traute sich, sein Wissen über deren Machenschaften preiszugeben? Da mussten sie schon jemanden zu fassen bekommen, der suizidgefährdet war.

13

Kurz nach ein Uhr war für Hilpert und Albers die Nacht gelaufen. Zwar erging es Gäbler nicht besser, nur stimmte sie dies nicht wirklich froher. Ein Streifenwagen holte sie ab, um sie zu einem Tatort zu bringen, der zumindest Hilperts Interesse binden sollte. Hermann lebte in einem mit Reet gedecktem Fachwerkhaus, das er von seinen Großeltern geerbt und liebevoll renoviert hatte. Es lag auf einem mindestens fünftausend Quadratmeter großen Grundstück am Seppenser Mühlenweg und somit weit genug weg von der Innenstadt, die jedoch vorzüglich mit dem Stadtbus, bei guter Konstitution zu Fuß, oder mit dem Fahrrad zu erreichen war. Für Hermann war diese Frage mittlerweile gegenstandslos geworden. Er lag tot in seinem Wohnzimmer, akribisch bewacht von Geweihen jeglicher Couleur. Selbstredend durfte der ausgestopfte Kopf eines Wildschweines mit seinen imposanten Hauern an der Wand nicht fehlen. Das mächtige Gehörn eines Büffels unterstrich seine Vorliebe, gelegentlich in Afrika sein Unwesen zu treiben. Für einen Löwen hatte sein Kleingeld wohl nicht gereicht.

Hilpert blickte sich in dem Zimmer um. Hermann lag auf dem Rücken. Das Einschussloch befand sich in Herznähe. Ein blutiger schwarzer Rand belegte, der Hausherr war aus geringer Distanz erschossen worden. Die Patronenhülse fanden sie in der Nähe des Opfers. Der Täter hatte sich nicht die Mühe gemacht, sie zu suchen und an sich zu nehmen. Eine Schusswaffe fand sich nicht am Tatort an.

»Neun Millimeter«, informierte ihn einer der Spurensicherer. Auf dem Tisch standen zwei gefüllte Gläser und eine angebrochene Flasche Rotwein. Die Herrschaften kannten einander also. Alles andere hätte Hilpert verwundert. Das Handy des Toten wurde ebenfalls gefunden. In den letzten Stunden war hiermit nicht telefoniert worden. Hilperts Hoffnung, über Hermanns Telefonate nach dem Anruf der Buchholzer Polizei auf den Erwerber der Pistolen zu stoßen, platzte wie ein Luftballon, der mit einer Nadel konfrontiert wurde. Ansonsten war die Sachlage eindeutig. Jemand suchte Hermann auf, wurde auf ein Glas Wein eingeladen und bedankte sich mit einem Schuss aus seiner Pistole. Zweifelsfrei handelte es sich um einen geplanten Mord. Wer besuchte einen Bekannten oder Freund, eine Waffe im Hosenbund verstaut? Die Kriminalitätsrate in dem Heideort war nicht sonderlich hoch. Sich zu bewaffnen, wenn man sein Haus verließ war nicht unbedingt erforderlich. Ein Geräusch aus dem Obergeschoss ließ sie aufhorchen. Einer der Beamten hatte sich oben umgesehen und war fündig geworden. Seine Stimme klang zu ihnen nach unten durch. »Kann mal jemand zu mir kommen?«

Augenblicke später stützten zwei Männer einen dritten, der sich holprig auf den Beinen hielt. Vorsichtig kamen sie die Treppe herunter.

»Ein Segen, du bist da, Hilpert. Du weißt, ich hab mit Mord nichts am Hut«, sprach ihn der Mann an.

Der Oberrat hielt sich wohlweislich zurück. Er ließ sich von den Kollegen vielmehr erklären, was es mit dem Mann auf sich hatte. Vor ihm stand Claas Möller, leicht lädiert, ansonsten wohlauf. Seine langen zotteligen Haare im Nacken hätten eine Begegnung mit Kamm und Bürste gut vertragen. Einer der Ermittler erläuterte in knappen Worten, was er vorgefunden hatte. Möller, am Boden hockend, eine neun Millimeter Beretta 92 lag neben ihm. »Die wurde eindeutig abgefeuert«, klärte er sie auf.

»Das weiß ich selber«, begann Möller zu keifen. »Ich hab mir gedacht, ich könnte das Ding gebrauchen. Also hab ich sie mir gegriffen.«

»Bist du echt so bescheuert und nimmst eine Mordwaffe an dich?«, maßregelte ihn Hilpert. »So was fasst kein Profi an, sondern macht sich aus dem Staub und lässt sie liegen.«

»Ich weiß, ich hab einen Fehler gemacht. Ich wollte sowieso verduften, als ich Hermann dort liegen sah. Aber solch eine Pistole wollte ich schon immer haben. Die bringt unter der Hand richtig Kohle.«

»Du hattest die Absicht, eine Mordwaffe auf dem Kiez zu verhökern?«

»Na ja, die Geschäfte laufen derzeit nicht so gut. Da greifst du zu, wenn sich was anbietet, das du zu Geld machen kannst.«

»Nehmen wir mal an, das stimmt, was du sagst. Was hast du oben gesucht?«

»Muss ich dir das wirklich erklären? Hermann schuldet meiner Mutter viel Geld und ich wollte nachsehen, ob in seinem Schlafzimmer Verwertbares herumlag. Er hat eh keine Verwendung mehr dafür. Unten gab es außer der Pistole nichts, was ich hätte mitnehmen können. Verflucht sei die Erfindung der Schließfächer. Leider ist die Höhe der Türen in diesem verdammten Haus nicht für meine Größe geeignet. Zack hab ich mir die Birne gestoßen und muss für geraume Zeit weg gewesen sein.«

Hilpert lachte auf, obwohl ihm nicht danach zumute war. »Du bist ein armes Schwein. Du hast wie gehabt keine Kohle und 'ne Mordanklage wird dir außerdem umgehängt werden.«

»Bist du des Teufels! Ich hab niemanden umgelegt.«

»Ich denk drüber nach. Ich hätte morgen einige Fragen an dich in Sachen Kellner. Solltest du mir helfen, könnte ich dir gegebenenfalls behilflich sein. Du weißt, eine Hand wäscht die andere.«

»Bist du verrückt? Spannt Kellner was davon, kann ich mich gleich neben Hermann legen.«

Hilpert patschte seine Wange. »Dann müssen wir das so clever anstellen, dass Kellner nichts davon mitbekommt. Der Hellste ist er eh nicht.«

»Was der im Kopf hat, reicht allemal, um den Auftrag zu erteilen, mich umzulegen«, widersprach Möller ungewohnt energisch. Die Kellner-Brüder hatten jahrelang ein Regime der Bedrohung auf dem Kiez aufgebaut. Obwohl die beiden wichtigsten Mitglieder ums Leben gekommen waren, wirkte es nach.

Nachdem Möller abgeführt wurde, nahm Gäbler Hilpert beiseite. »Mit was für Typen gibst du dich denn ab?«

»Tja, du kannst dir deine Schulkameraden nicht aussuchen. Du musst nehmen, was kommt.«

»Dem kann man nicht widersprechen.«

Auf großartige Spuren stießen sie nicht. Der Täter musste sein Fahrzeug an der Straße abgestellt haben. Auf dem Grundstück entdeckten sie auch am nächsten Tag bei Tageslicht keine Reifenabdrücke. Selbst Möller war so schlau und hatte seinen Opel etwa hundert Meter entfernt von der Eingangspforte geparkt. Allem Anschein nach lieferte Hermann seinem Mörder das Motiv und vor Jahren die Tatwaffe. Unterm Strich ein schlechtes Geschäft. Der Jäger hätte die Pistolen besser anderweitig verwertet. Daran ließ sich nun nichts mehr ändern. Mit welchen Tätern hatten sie es zu tun? So wie ihr Mörder an die Waffen gelangte, agierte normalerweise kein Berufsverbrecher. Die kannten andere, sicherere Wege, um sie sich zu beschaffen. Zumindest war ihr Täter intelligent genug, die Pistolen ohne verräterische Hinweise jeweils am Tatort zu hinterlassen. Sie würden sie kaum zu ihm zurückverfolgen können.

»Wie siehst du das mit Möller, könnte er unser Täter sein?«, fragte ihn Gäbler.

»Schwer zu sagen. Er scheint klamm zu sein. Da bist du eher bereit, ein Risiko auf dich zu nehmen und Dinge zu tun, an die du sonst nicht gedacht hättest. Unter normalen Umständen ist er nicht der Typ für einen gedungenen Mörder.«

»Das sehe ich ebenso. Trotzdem buchte ich ihn vorerst ein.«

Hilpert nickte zustimmend. »Darum würde ich dich ansonsten gebeten haben. Ich möchte ihn morgen gerne wegen der Anschläge auf mich vernehmen.«

»Hast du eine Spur?«

»Ich habe allenfalls eine Idee. Mich interessiert, ob mir eine der Kiezgrößen an den Kragen will. Ich muss mich langsam an ihn heranrobben. Bestell ich den ins Präsidium, ist der eher draußen, als er reingekommen ist, und somit vorgewarnt. Zu unserem Fall ist mir eine Frage in den Sinn gekommen, die du mir leicht beantworten kannst. Wie seid ihr so schnell an den Tatort gekommen? Das Haus liegt ein ganzes Stück von der Straße entfernt. Bis zum nächsten Nachbarn sind es einige Meter. Da geht ein Schuss schon mal unter.«

»Es ist die Liebe«, antwortete der Buchholzer Kollege. »Ein Pärchen war an dem offenen Tor vorbeigekommen und hatte den Schuss mitbekommen und sofort bei uns angerufen.«

»Dann muss der Mörder ihnen begegnet sein. Es sei denn, Möller hat geschossen.«

»Es wäre zu schön gewesen. Leider hatten sich die beiden ein Stück weit von dem Haus entfernt und gegenüber in einer Seitenstraße verdrückt. Wer lässt gerne auf sich schießen? Freiwillig niemand. Die waren sich sogar unsicher, ob ein Fahrzeug weggefahren ist. Vermutlich hatten sie die Hosen voll. Das Blaulicht hat sie mutig gemacht und sie sind auf uns zugelaufen.«

»Ich verstehe. Mit deren Aussage ist somit wenig anzufangen«, resümierte Hilpert. »Denke ich das Undenkbare, könnten sie sogar die Täter sein.«

»Theoretisch ja. Nur, der junge Bursche ist siebzehn, sie ein Jahr jünger. Ich meine, als Nachwuchskiller passen die zumindest in unseren Breitengraden nicht. Das mag in Mittelamerika oder Afrika anders sein. Kindersoldaten in der Nordheide, scheinen mir an den Haaren herbeigezogen.«

Wer wollte dem widersprechen?! Damit waren Hilpert und Albers auf dem aktuellen Stand und konnten nunmehr über ihren versäumten Schlaf nachdenken. Ein Streifenwagen brachte sie zurück zu ihrer Unterkunft. Nach drei Uhr schafften sie es endlich ins Bett. Einen Vorteil hatte der Mord. Sie konnten länger schlafen, da ihr Vormittagstermin geplatzt war. Möller wollten sie um die Mittagszeit vernehmen. Der lief ihnen nicht weg. Im Gefängnis sollte er im Gegensatz zu Hermann diesen Termin unbeschadet überstehen. Wozu gab es Einzelzellen?

Mit dem Frühstück starteten sie gegen zehn Uhr. Hilpert hatte sich zu einem Omelette durchgerungen, das niemand besser zubereitete als er. Zumindest nach seiner Auffassung. Albers wurde nicht gefragt. Die Mengen, die er vertilgte, konnten durchaus als stumme Zustimmung gedeutet werden. Hilpert hielt problemlos mit. Glücklicherweise lag eine ausreichende Menge an Eiern im Eisschrank. Nach der zweiten Tasse Kaffee und geöffneten Hosenbünden kamen sie auf die Ereignisse des Vortags zu sprechen.

Albers brachte Kaufmann erneut ins Gespräch. »Er wusste, dass wir unbedingt mit Hermann reden wollten. Spätestens danach hätten wir gewusst, was mit den Waffen geschah. Mit seinem Bekenntnis zu seiner Liebe zu Jens hatte er uns den Wind aus den Segeln genommen und war auf der Liste der Verdächtigen weit nach hinten gerückt. Vielleicht hat er gelogen. Dir gegenüber hat sich dein Kumpel nicht geoutet. Wie ist es möglich, seine sexuellen Neigungen vor seinem besten Freund jahrelang zu verbergen? Ich weiß aus eigenem Erleben, wie schwer das ist.«

»Wer könnte uns helfen, in dieser Frage Gewissheit zu bekommen?«, dachte Hilpert laut nach.

»Wie wär's mit seiner kleinen Schwester?«, schlug Albers vor.

»Die war damals verdammt jung. Ob sie was gespannt hat? Lassen wir es auf einen Versuch drauf ankommen.«

Hilpert griff nach seinem Handy und bekam sie sofort zu fassen. Seine Frage schien sie nicht zu verunsichern. »Ich habe es eher per Zufall mitbekommen, obwohl ich es damals nur zur Hälfte verstand. Bei einem Weihnachtsessen habe ich ihn eng umschlungen mit Dr. Kaufmann draußen auf der Terrasse gesehen.«

»Wissen deine Eltern darüber Bescheid?«

»Oh Gott, sprich die bloß nicht darauf an. Für die bräche eine Welt zusammen.«

Nachdem er mehrere heilige Eide schwor, beendete er das Telefonat. »Es sieht so aus, als könnten wir Kaufmann vorerst in die zweite Reihe der Verdächtigen packen«, richtete er das Wort wieder an Albers. »Hat Lisa etwas über die Finanzlage seiner Mutter herausbekommen?«

Albers ging seine Mails durch. Schnell stieß er auf die gewünschte Antwort ihrer Kollegin. »Nach ihrer Recherche gehören der Dame in Braunschweig ganze Straßenzüge. Sie ist Alleinerbin eines erheblichen Immobilienvermögens gewesen. Über die Finanzierung des Ärztehauses lacht die nur. Warte, Lisa hat bei ihr nachgefasst. Die Mutter hat tatsächlich ausgeholfen. Das in erheblicher Größenordnung.«

»Da können wir den Arzt vorerst ganz hintanstellen«, entschied Hilpert. Gemein grinsend wandte er sich an seinen Mitarbeiter. »Wenn du möchtest, kannst du eine weitere Befragung allein durchführen.«

»Einverstanden, du legst in der Zeit die kleine Meinhard flach. Die macht bestimmt mit. Da musst du dich nicht sonderlich anstrengen. Für Heteros können die Mädels ja eh nicht jung genug sein.«

»Gut gekontert, Julian. Hältst du mich jetzt für homophob?«

»Bist du je was anderes gewesen?« Grinsend steckte er sich eine Tomate in den Mund. »Ich vergebe dir. Wer so köstliche Omeletten wie du zubereitet, muss seine guten Seiten haben. Vielleicht finde ich sie in absehbarer Zeit.«

Nach dem kleinen Scharmützel fanden sie zu ihrem eigentliches Thema zurück, ohne brauchbare Ergebnisse zu erzielen. Das Verhör von Möller sollte sie um die Mittagszeit nicht weiterbringen. Hilperts Hauptanliegen, etwas über Kellners Aktivitäten in der Nordheide herauszufinden, blieb bereits im Ansatz stecken. Das Gleiche galt für seine Frage nach auswärtigen Kontakten. In diesen Punkten war Möller erkennbar überfordert. Ein kleines Licht wie er wurde nicht ins Vertrauen gezogen. Es reichte gerade, etwas über Jens Weltes Aktivitäten als Dealer zu erfahren. Damit erzählte er ihnen nichts Neues. Und seine Zusammenarbeit mit Freddy Weinschenk war für sie die Zeitung von gestern. In Sachen Kellner blieben seine Lippen versiegelt. Seine Angst vor der Kiezgröße war nahezu physisch zu spüren. Dagegen tropften die Mordvorwürfe an ihm ab wie an einer Regenhaut. Er hing an seinem kleinen Stück Leben.

Hilpert kannte sich zu gut in der Szene aus, als dass er es dem ehemaligen Mitschüler verdenken wollte. Sie mussten einen anderen Weg finden, an Henry Kellner heranzukommen. Leicht würde es zumindest nicht werden. Sie hielten keinerlei Beweise in Händen, die sie einem Haftrichter oder Staatsanwalt vorlegen könnten. Das Attentat vor seinem Haus kam ihm in den Sinn. Ließ Kellner seine eigenen Leute töten, wenn sie ihre Ziele nicht erreichten? Konnte er sich das tatsächlich erlauben, ohne einen Aufstand in seinem Verein zu riskieren? So mir nichts, dir nichts spielte niemand auf dem Kiez den großen Boss und behandelte seinen Tross wie Einwegflaschen, die entsorgt wurden, passten sie einem nicht mehr ins Konzept. Weshalb hätte er sie töten sollen? Von denen wäre keiner auf die Idee gekommen, gegen ihn auszusagen. Bei Fremden sah das zuweilen anders aus. Letztlich kam es nicht auf ein paar Tage an, bis er ihn ins Präsidium einbestellte. Kellner konnte sich nach dem Tod seiner Brüder nicht erlauben, die Stadt mal eben zu verlassen. An allen Ecken scharrten sie mit den Hufen, die bezaubernden Kollegen, die gern die Führung ihrer Organisation übernommen hätten. War der Boss auf Reisen, wurden die Mitarbeiter mutig. Kellner mochte die Qualität seiner Brüder fehlen. Seit der Schulzeit war er in kriminelle Machenschaften verwickelt. Da machte ihm niemand was vor. Und Erfahrung hatte nur bedingt etwas mit Intelligenz zu tun.

Hilpert widmete sich im Verlauf des Nachmittags seiner Liste. Hinter die meisten Namen konnte er Häkchen setzen. Wen sollte er nochmals in Buchholz befragen? Mit seinen ehemaligen Klassenkameraden war er vorerst durch, dies im Gegensatz zu Kaufmann. Bei ihm sah er Handlungsbedarf, nachzufassen. Der Arzt hatte nicht alles von sich gegeben, was er wusste. Davon war er überzeugt. Ließ er das Gespräch Revue passieren, sah der sich eindeutig als Mitbetroffenen. Allein deshalb musste er ihm ausreichend Zeit lassen, sich zu sammeln, ansonsten verschloss er sich gänzlich. Über die Fähigkeiten, Jens umzubringen, verfügte er als Mediziner besser als jeder andere aus dem Kreis der potenziell Verdächtigen. Als Motiv käme allenfalls ein Beziehungsdrama infrage. Dagegen spräche jedoch eindeutig die exakte Vorbereitung und Durchführung der Tat. Bei ihm vermutete er eher ein Hintergrundwissen, das er nicht herauslassen wollte. Oder er verfügte über Kenntnisse, deren Bedeutung er falsch einschätzte. Selbstredend bestand die Möglichkeit, dass er alles von sich gegeben hatte, was er wusste, und Hilpert auf ihn übersensibel reagierte.

Er nagte an dem Knochen ihrer damaligen Freundschaft, in der Hoffnung auf Substanzielles. Unterhielten sie sich ab einem bestimmten Alter, nahmen die Mädchen einen überdimensionalen Rahmen ein. Jeder hatte die tollsten Geschichten zu erzählen. Der Wahrheitsgehalt hielt sich zumeist in Grenzen. Unterhaltsam waren sie allemal. Da verhielt sich Jens nicht anders als jeder andere von ihnen. Sie lachten über die gleichen Witze, mokierten sich über zu große, zu kleine Busen oder Hintern, zu dünne, zu dicke Beine.

Er dachte an Monika, die der Feier ferngeblieben war. Ihr mächtiges Hinterteil beschäftigte ihre Gedanken über alle Maßen. Sie verfügte in jungen Jahren im Gegensatz zu ihren Klassenkameraden über eine beachtliche Oberweite, an der sie Auserwählte zuweilen anfassen ließ. Überall war Jens dabei. Zu keinem Zeitpunkt näherte er sich einem ihrer anderen Freunde in eindeutiger Absicht, erst recht nicht ihm. Gelegenheiten hätte es genügend gegeben. Ab ihrem fünfzehnten Lebensjahr waren sie in den Sommermonaten mit dem Zelt unterwegs und ließen es sich gemeinsam gut gehen. Sie starteten mit Fahrten nach Cuxhaven oder Travemünde. Später ging es nach Skandinavien. Schweden wurde von ihnen als heißer Tipp gehandelt. Und jetzt, wo die Wahrheit zweifelsfrei auf dem

Tisch lag, war er schockiert? Jens war in ihn verliebt gewesen, beeindruckte ihn dieses Wissen? Es war halt so. Die letzten zwanzig Jahre hatten viel verkleistert. Es belastete ihn, einer von denen gewesen zu sein, die nicht eingeweiht gewesen waren. Wie wäre er damit umgegangen, hätte sich Jens ihm gegenüber geöffnet? Tolerant, wie es sich geziemte? Oder wäre er auf Distanz zu ihm gegangen? Die Hand hätte er für sich nicht ins Feuer gelegt. Jeder hielt sich für tolerant in diesen Fragen, selbst vor zwanzig Jahren. Diese Nagelprobe war ihm zumindest erspart geblieben. So gesehen hatte er Glück gehabt.

Albers setzte sich zu ihm. »Fabian, wenn ich es mir recht überlege, haben wir bislang jemanden aus unseren Befragungen ausgelassen.«

»Ach ja, an wen denkst du?«

»An dich.«

Hilpert musste nicht lange nachdenken, um Albers zuzustimmen. »Woran denkst du im Besonderen?«

»Ich würde gerne den Zeitpunkt festlegen, zu dem Jens mit dem Dealen begonnen hatte. Vielleicht können wir so eine Linie nach Hamburg ziehen. Denn der Stoff kam mit Sicherheit von dort.«

»Gute Idee, Alter«, lobte ihn Hilpert. »Bist du direkt betroffen, läufst du mit Scheuklappen durch die Gegend.«

»Dann legen wir mal los. Wie alt war Jens, als er ums Leben kam?«

»Zwanzig, er war ein gutes Jahr älter als ich.«

»Wie waren seine Leistungen in der Schule? Gab es irgendwann einen Einbruch?«

»Gute Frage, schwere Frage. Du liegst richtig. Anfang der zwölften Klasse wurden seine Mathezensuren deutlich schlechter. Er sackte, wie ich meine, von zwei auf vier ab. Ähnlich verhielt es sich mit Physik. Ich weiß das so gut, weil er in diesen Fächern jahrelang um einiges besser war als ich. Bei mir blieb alles unverändert bei befriedigend, mit leichter Tendenz nach unten. Aus heiterem Himmel war ich ihm darin über.«

»Und er?«

»Ihm ging es am Allerwertesten vorbei.«

»Und dir?«

»Bei mir war es das Gleiche in Grün. Zwischen uns gab es keinen Wettkampf um die besseren Zensuren.«

Albers brauchte für seine Feststellungen keinen Taschenrechner. »Liege ich richtig, dürfte es um diese Zeit mit den Drogen angefangen haben.«

»Das dürfte hinkommen. Es wurde zu der Zeit darüber getuschelt, dass auf dem Schulhof und vor der Schule gedealt wurde.«

»Habt ihr etwas von Jens' Abhängigkeit mitbekommen?«

»Klar, nur wirklich ernst genommen haben es die meisten aus unserem Freundeskreis nicht. Es wurde runtergekocht. Du kennst doch den Standardsatz: Ich könnte jederzeit damit aufhören. Die kleinen Mengen, die ich mir gönne, können kein Problem sein.«

»Und seine Lehrer, haben die nichts realisiert?«

»Schwer zu sagen. Unsere Englischlehrerin machte mal ein paar Andeutungen in diese Richtung. Dabei beließ sie es. Er sah zeitweise beschissen aus.«

»Sollten wir sie befragen?«

»Das ist schlecht möglich, die liegt seit einigen Jahren unter der Erde.«

»Sonst noch jemand?«

»Frag mich was Leichteres. Warte, der Sportlehrer brachte viel Verständnis für ihn auf. Irgendwie nahm Jens bei ihm eine Sonderstellung ein. Trotz mäßiger Leistungen erhielt er eine Zwei im Zeugnis. Ich meine, er gab ihm zwölf Punkte. Das Gleiche galt für Erdkunde. Das Fach hat er ebenfalls unterrichtet.«

»Was du nicht so alles behalten hast. Dann nehmen wir uns diesen Knaben mal vor. Oder hat der gleichermaßen das Zeitliche gesegnet?«

»Nee, nee, der dürfte um die fünfzig sein und macht bestimmt das gleiche Zeugs wie zu unserer Zeit. Geräteturnen, manchmal Basketball oder Handball, nie Fußball. Wels heißt der. Den Vornamen habe ich vergessen. Aber das Problem lässt sich leicht lösen.« Er scrollte durch sein Handy und hatte schnell die Telefonnummer der Schule zu fassen. Er erreichte das Sekretariat, jedoch nicht Wels. Jetzt im Oktober nutzte er nach Aussage der Schulassistentin die Herbstferien für einen überraschenden Urlaub an der Südsee. Sie mussten sich zehn Tage gedulden.

»Mich zu befragen, war eine gute Idee«, kam Hilpert mit einem seiner seltenen Lobe über. »Mich beschäftigt seit geraumer Zeit die Frage, wie Jens zum Dealer wurde. Sein Schlagzeug war bezahlt. Zusätzliche Module kosteten nicht die Welt. Soweit ich mich erinnere, fehlte nichts. Ansonsten war er wie wir eher bescheiden in seinen Ansprüchen. Große Sprünge hätte niemand von uns machen können. Dafür reichte das Einkommen unserer Eltern nicht. Von dem Drogengeld hat er dreißigtausend DM auf ein Konto gepackt.«

»Und wovon hat er seinen Drogenkonsum bezahlt?«

Er erwischte Hilpert auf dem falschen Fuß. »Schwer zu sagen. Vielleicht konnte er für sich was von dem Stoff abzwacken. Oder er hat mehr als diese dreißigtausend DM verdient und das restliche Geld dafür verwendet. Genau wissen wir's nicht. Wer sollte es uns zwanzig Jahre später erzählen wollen? Außerdem dürfen wir nicht vergessen, er benötigte im letzten Jahr seines Lebens keine Drogen mehr für sich.«

Einmal mehr war es Albers, der ihm behilflich war. Vermutlich halfen ihm dabei eigene Erfahrungen. »Dein Freund Jens hat erfolgreich alles getan, um seine sexuelle Neigung vor euch und seiner Familie zu verbergen. Er hatte geradezu Angst, es könnte etwas davon nach außen gelangen. Das machte ihn eindeutig erpressbar. Nach dem Motto, du hilfst mir oder jeder erfährt, dass du eine Schwuchtel bist. Das war in den Zeiten, in denen Homosexualität gesetzlich geahndet und gnadenlos geächtet wurde, ein probates Mittel, Männer zu erpressen. In den USA haben Polizisten vor Jahren ihr Einkommen damit aufgebessert, Homosexuelle in bekannten öffentlichen Toiletten aufzubringen und sie gegen ein gewisses Salär wieder laufen zu lassen. Aus Angst vor Strafe wurde gelöhnt. Manch einer war verheiratet, hatte Kinder. Das Stigma der Homosexualität wirkt bis heute nach.«

»Du meinst, der Lehrer könnte ihn erpresst haben?«

»Das ist jetzt wie das Kaninchen aus dem Hut gezaubert. Keine Ahnung. Du bist es, der ständig sagt, wir sollen das Unmögliche denken, um an das Mögliche heranzukommen. Beweisen lassen sich meine Vermutungen nicht. Ich empfinde sie allenfalls als plausibel.«

Hilpert war anzusehen, wie er auf Albers' Bemerkungen herumkaute, in seinem Gesicht arbeitete es. Überlegt ging er auf den Kollegen ein. »Was interessieren mich Beweise. Ich bin für jede

Ahnung dankbar. Also der Sportlehrer hat spontan eine größere Reise angetreten, wurde uns seitens der Schule mitgeteilt. Vielleicht wissen die es nicht besser. Fragen wir mal nach, wann es dem Herrn eingefallen ist, sich zur Südsee zu begeben. Normalerweise werden solche Trips langfristig geplant.«

Die Idee, nachzuhaken, war nicht von schlechten Eltern. Wels ließ sich einen Tag nach der Ermordung von Freddy Weinschenk zwei Tage früher beurlauben und verzog sich, bepackt mit zwei großen Koffern, mit dem Auto Richtung Autobahn. Sein Reiseziel lag allerdings nicht in der Südsee. Zumindest war er dort nicht hingeflogen, wie die Überprüfung der Fluglinien ergab. Tatsächlich hatte er kein Flugticket gebucht. Allem Anschein nach war er mit dem Auto unterwegs. Zumindest war es verschwunden. Das Ziel seiner Reise blieb somit im Verborgenen.

Hilpert klatschte zufrieden in die Hände. »Da hat jemand Schiss in der Hose und geht vorerst auf Tauchstation. Ich verwette meine letzten Kröten darauf, der Herr nennt irgendwo im Süden der Republik, in der Schweiz, Österreich oder Italien eine hübsche Unterkunft sein Eigen. Alles Örtlichkeiten, die mit dem Auto relativ problemlos zu erreichen sind. Garantiert erhält die Schule von dort irgendwann eine Krankmeldung. Mit etwas Glück erfahren wir auf diesem Weg seinen Aufenthaltsort. Gäbler sollte uns behilflich sein, diesen herauszubekommen.« Hilpert wischte fahrig über seine Unterlage. »Mag sein, er erfährt über seine Kontakte in der Stadt mehr über meinen früheren Sportlehrer.«

Das Telefonat war schnell geführt, nachdem Hilpert dem Buchholzer Kollegen die Beweggründe seiner Bitte erläuterte. Er klackerte mit seinem Kugelschreiber herum, bis es selbst ihm zu bunt wurde und er damit aufhörte. Albers wusste dies außerordentlich zu schätzen. Das monotone Geräusch ging ihm zusehends auf den Geist.

Hilpert dagegen sprang auf wie von der Tarantel gestochen. »Natürlich, du musst bloß nachdenken, alsbald meldet sich die Erinnerung zurück. Wels hatte einen Kollegen, mit dem er viel unternahm. Verdammt, wie hieß der bloß?«

»Da kann ich dir leider nicht weiterhelfen«, ging Albers mit einer Spur Ironie auf ihn ein.

»Du nicht, aber einer meiner Klassenkameraden.«

Lars Meinhard löste letztlich sein Problem. Der Kollege hieß Rüdiger Schilske. Zu ihrem Glück stand er im Telefonbuch, hatte darauf verzichtet, während der Herbstferien zu verreisen und war zu Hause, als Hilpert ihn kontaktierte.

»Die Freundschaft mit Robert Wels hat sich in den späten Neunzigern erledigt. Nachdem er zu Geld gekommen war, passte ich wohl nicht mehr so richtig in den Kreis seiner Kumpel.«

»Woher kam denn das Geld angeflogen?«

»Ich meine, von einer gut betuchten Erbtante. Da muss ordentlich was bei ihm angekommen sein.«

»Trotzdem ist er Lehrer geblieben?«

Schilske antwortete überraschend freimütig. »So viel ist es dann nicht gewesen, um auf Einkommen und Pension verzichten zu können. Er reduzierte jedoch seine Stundenzahl. Den Freitag rationalisierte er weg. Das musst du dir leisten können.«

»Und Sie haben seitdem nichts mehr gemeinsam unternommen?«

»So ist es. Das war nicht so schlimm. Kurz darauf habe ich eine Frau kennen- und lieben gelernt. Wir haben 1999 geheiratet. Es war meine zweite Ehe. Danach treten Männerfreundschaften erfahrungsgemäß in den Hintergrund. In dem Zusammenhang würde ich gerne wissen, weshalb Sie sich für Wels interessieren. Meines Wissens hat er kein spannendes Leben geführt.«

Hilpert blieb nichts anderes übrig, als ein kleines Stück der Wahrheit preiszugeben, allerdings deutlich frisiert. »Wir müssen ihn unbedingt in einer früheren Angelegenheit sprechen. Leider ist er verreist. Wie Sie vielleicht erinnern, bin ich mal Schüler an Ihrer Schule gewesen.«

»Richtig, Fabian Hilpert, Sie sind ja bei der Polizei gelandet. Interessante Entscheidung. Davon abgesehen gehen mich Ihre Beweggründe nichts an. Sie sagen, er ist auf Reisen?! Dann ist er vermutlich in seinem Haus im Tessin. Darauf ist er sehr stolz.«

»Seine Adresse hätten Sie nicht zufällig zur Hand?«

»Da muss ich leider passen. Er ist schon immer in Immobilien vernarrt gewesen. Er besitzt in Undeloh ein hübsches Wochenendhaus. Das hat er sich Mitte der Neunziger zugelegt und damit begonnen, es zu renovieren. Als der große Geldsegen kam, wurde es ratzfatz fertiggestellt. Zur Einweihung war ich sogar eingeladen.«

»Wann fand die Einweihungsfeier statt?«

»Das kann ich sehr genau sagen. Ein Dreivierteljahr später habe ich geheiratet. Es war im September 1997.«

Mit der genauen Anschrift konnte er abermals nicht dienen. Da heranzukommen, stellte sich als leichte Übung heraus. Somit waren sie vorerst mit dem Studienrat durch. Einmal mehr bat Hilpert Gäbler um seine Unterstützung. Eine Stunde später verfügte er über die genaue Adresse. Der Oberrat spürte, ein Stück weitergekommen zu sein. Die Drogengeschäfte starteten in Buchholz in größerem Umfang im Verlauf des Jahres 1997. Zu der Zeit gelangte der Sportlehrer an Geld. An die Erbtante wollte Hilpert keinen Gedanken verschwenden. Der werte Herr war garantiert in Drogengeschäfte verwickelt und besserte damit sein Gehalt auf.

Im weiteren Verlauf des Tages, landete bei ihm ein erster Überblick über Wels' Vermögensverhältnisse. Eine Rückfrage beim Finanzamt ergab keinen Hinweis auf eine größere Erbschaft. Zumindest wurde keine Erbschaftssteuer fällig. Direkte Verwandte wie Eltern, Großeltern, Onkel oder Tanten wären finanziell nicht in der Lage gewesen, ihm nennenswerte Sachwerte oder Geld zu übertragen. Hilpert hätte ihn sich gerne zur Brust genommen. Wie kamen sie kurzfristig an seine Schweizer Adresse heran? Würden die Eidgenossen mit ihnen kooperieren, wären ihre Bemühungen von Erfolg gekrönt. Das Thema Drogen sollte eigentlich ziehen. Auf dem Ohr hörten sie gut. Sie waren schließlich nicht auf der Suche nach einem Steuerflüchtling. Sie benötigten unbedingt handfeste Indizien, um den Mann zu fassen zu bekommen. Die Behauptung, Wels könnte sich an Drogengeschäften bereichert haben, reichte in Deutschland ebenso wenig für einen Haftbefehl oder eine Fahndung aus. In der Schweiz konnten sie mit diesen dünnen Argumenten nicht einmal an die Tür klopfen. Zumindest verfügten sie über die Adresse des Wochenendhauses in Undeloh. Mit einem Durchsuchungsbeschluss sah es gleichermaßen mau aus. Der Anruf eines unbescholtenen Bürgers, der dort irgendwelche dunkle Gestalten gesichtet haben wollte, käme fraglos gut gelegen. Deutlich besser wäre selbstredend die Aussage eines Beteiligten gegen Wels. Konnte ihnen Selmeier oder Perlebach weiterhelfen? Hilpert hatte sowieso die Absicht, die beiden erneut zu befragen. Da kein Verdacht auf Verdunklungs- oder Fluchtgefahr bestand, waren sie vorerst auf freien Fuß gesetzt worden. Ihre größte Furcht empfanden sie nicht vor der Strafe für ihre kriminellen Aktivitäten, sondern vor dem Finanzamt, das versuchen könnte, ihnen einen Teil ihres angesammelten Vermögens, wenn nicht alles, abzuzwacken. Hilpert grinste in sich hinein. Nicht das FBI hatte Al Capone zur Strecke gebracht, sondern die Steuerbehörde. Er war neugierig, was sich bei seinen beiden Pappenheimern ergeben könnte. Er war nicht das Finanzamt und vor allem nicht päpstlicher als der Papst. Unter Umständen reichte eine Drohung damit aus.

14

Selmeier war anzumerken, dass ihm der Besuch der Beamten nicht behagte. Hilpert versuchte, für bessere Stimmung zu sorgen, indem er ihm gegenüber deutlich machte, nicht unbedingt an seiner Beteiligung von Freddys Drogengeschäften interessiert zu sein.

»Du kannst deinen Anwalt beruhigt zu Hause lassen. Was wir besprechen, findet keinen Eingang in deinen Prozess. Ganz im Gegenteil würde eine Form der Kooperation deine Chancen vergrößern, mit einem blauen Auge davonzukommen.«

Es war deutlich zu spüren, Selmeier misstraute dem Braten. Trotzdem war er gesprächsbereit. Letztlich war er der Herr der Antworten. Darauf kam es an.

Vorsichtig legte Hilpert los. »Sagt dir der Name Robert Wels etwas?«

»Meinst du den Sportlehrer vom Gymnasium?«

»Genau den.«

»Ich hatte gelegentlich mit ihm zu tun, wenn es um gemeinsame Aktivitäten mit der Schule ging. Direkte Kontakte, die darüber hinausgingen, hatten wir keine.«

»Hat Freddy mal was in seine Richtung verlauten lassen?«

»Daran kann ich mich nicht erinnern. In welchem Zusammenhang soll das denn gewesen sein?«

»Dreimal darfst du raten.«

Selmeier begann hysterisch zu kichern. »Jetzt nehmt ihr euch bereits Pädagogen vor und verdächtigt sie, mit Drogen zu dealen! Wann ist der Bürgermeister fällig?«

»Das hat niemand behauptet.«

»Ach richtig, es geht ja um Jens Welte, deinen früheren Kumpel, der sich einen Druck zu viel gesetzt hat. Vielleicht solltest du einfach zur Kenntnis nehmen, dass er sein eigenes Opfer geworden ist.«

»Und Freddy hat uns aus Jux und Tollerei verlassen?«

»Ich schätze, der war mit seinen Raten im Rückstand. Das hat sich sein Lieferant nicht bieten lassen.«

Hilpert reagierte scharf. »Ein Mann mit 30.000 Euro im Safe setzt sich diesem Risiko aus? Erzähl das jemandem, der seinen Rasen mit 'ner Nagelschere bearbeitet.«

»Egal, ich muss keine Verbrechen konstruieren, um sie dann aufzuklären«, blieb Selmeier gelassen. »Ich hatte mit Wels nichts am Hut. Und zu dem Mord an Freddy kann ich nichts beitragen.«

»Hattest du mal mit ihm in Undeloh zu tun?«

Die Arme vor dem Oberkörper gekreuzt, saß Selmeier vor ihm. Er hatte sich offensichtlich dazu durchgerungen, nichts rauszulassen.

»In der Tiefe der Lüneburger Heide? Du machst Witze. Was sollten wir dort beschicken? Heidschnucken bestaunen?«

Hilpert nahm es hin, sie kamen mit ihm nicht weiter. Enttäuscht gab er das Zeichen zum Aufbruch. Im Gehen wandte er sich nochmals Selmeier zu. »Ich komme auch ohne deine Unterstützung zurecht. Lass dir nicht einfallen, nach mir zu schreien, wenn's eng wird für dich. Du hast deine Chance gehabt.«

Bevor sie den Raum verlassen hatten, rief Selmeier: »Fabian, nun sei nicht gleich beleidigt. Ich würde mir mal sein Wochenendhaus Am Brink anschauen. Vor allem der Schuppen auf dem Grundstück hat es in sich. Am besten nehmt ihr einen Schlosser mit. Da kommt ihr so ohne Weiteres nicht rein.«

»Woher weißt du davon?«

»Irgendwann hat Freddy mich ins Vertrauen gezogen. Von dort hat er seinen Stoff bezogen. Anfangs wusste ich nichts über die Eigentumsverhältnisse des Grundstücks. Und es hat mich nicht wirklich interessiert.«

»Und, hast du Wels mal darauf angesprochen?«

»Hältst du mich für bescheuert?! Der durfte nicht mitbekommen, was ich wusste. Dahinter stehen gefährliche Leute. Es ist vorteilhaft, nichts zu wissen.«

»Hältst du ihn für gefährlich?«

»Ihn nicht, hingegen seine Geschäftspartner.«

»Hast du irgendwelche Namen parat?«

»Kein Stück und wüsste ich es, du würdest keine Silbe davon erfahren. Ich hab vor, noch ein paar Jahre zu leben.«

»Alles klar. Dann wollen wir mal sehen, wie weit wir mit deinen Informationen kommen.«

»Haltet bloß die Schnauze über das, was ich euch erzählt habe. Sonst könnt ihr mich demnächst auf dem Friedhof besuchen. Das wäre in niemandes Sinn.«

Vor Selmeiers Haus stiegen sie in den Streifenwagen, mit dem sie gekommen waren. Hilpert übernahm wie gehabt das Kommando. »Dann besuchen wir jetzt den Studiotechniker und anschließend geht's nach Undeloh.«

Er war mit ihren bisherigen Resultaten unzufrieden. Mit etwas Glück sprengten sie den Drogenring. Jens' Mörder waren sie kein Stück näher gekommen. Selmeier konnte nach seinem Dafürhalten als vermeintlicher Täter ausgeschlossen werden. Als er ins Geschäft einstieg, war Jens längst tot. Warum hätte er ihn umbringen wollen? Ein furchtsamer Mensch wie er war unter Umständen zu einem Mord im Affekt fähig, nicht zu einem durchdachten Verbrechen. Für Perlebach galt im Prinzip das Gleiche. Vielleicht war er nicht so ängstlich wie Selmeier. Er stieg ebenfalls nach Jens' Ableben in das Drogengeschäft ein.

Sie trafen ihn im Studio an. Es erweckte beinahe den Eindruck, als sei er dabei, klar Schiff zu machen, bevor er es verließ. Je nachdem, was ihm vorgeworfen und vor allem bewiesen werden konnte, war eine Bewährungsstrafe durchaus denkbar. Fraglich war allerdings, wie glaubhaft er vor Gericht die Rolle des unbedeutenden Gehilfen spielte, der seinem Boss zur Hand ging. Dumm waren bloß seine Anschaffungen, die er sich ebenso wie Selmeier leistete und die er mit seinem eher geringen Einkommen nicht zu gestalten vermochte. Er hätte viel zu erklären. Unbedeutende Handlanger wurden selten wohlhabend.

Perlebach ließ sich nicht mal eben ins Bockshorn jagen. Vermutlich hatte ihm sein Anwalt geraten, den Mund zu halten. Hilperts

Hinweis, weniger über die Drogen als über die Morde zu reden, half bei ihm nicht viel. Seine Körperhaltung war wie bei Selmeier auf Ablehnung ausgerichtet. Wortkarg saß er vor ihnen, die Hände vor sich auf dem Tisch wie zum Mittagsgebet gefaltet. Gelassen ließ er sie kommen. Der Name Wels sei ihm nicht untergekommen. In Undeloh wollte er zuletzt als Kind mit seinen Eltern gewesen sein.

Hilpert war kurz davor aufzugeben, als ihm ein letzter Strohhalm an der Nase vorbeischwamm. »Solltest du mit Bewährung davonkommen: Hast du einen Gedankenblitz, was du beruflich machen wirst? Für die Rente bist du in jedem Fall zu jung. Sieht man davon ab, dass da nicht viel zusammengekommen sein kann.«

»Janette Welte will den Laden unter Umständen fortführen. Dafür fehlt es ihr unter anderem an einem ordentlichen Techniker. Ich hoffe auf ein Angebot von ihr«, antwortete er frank und frei.

Hilpert lachte auf. »Du glaubst wirklich, sie verschafft einem Mann einen Job, der keinen Finger zur Aufklärung des Mordes an ihrem Bruder gerührt hat? Wovon träumst du denn sonst so? Von der unbefleckten Empfängnis?«

Perlebach rutschte unruhig in seinem Sessel hin und her. Hilpert hatte den Nagel auf den Kopf getroffen, und zwar den einzigen auf dem Brett. Das Studio war seine Achillesferse. Hierin steckten viele Jahre an Arbeit und Emotionen. Auf die verzichtete man nicht so mir nichts, dir nichts. Dies insbesondere, wenn sich die sonstigen beruflichen Alternativen in Grenzen hielten.

»Was habe ich mit Weltes Tod am Hut? Kannst du mir das sagen?«

»Darauf kommt es nicht an«, erläuterte ihm Hilpert. »Die richtige Frage ist, was glaubt die junge Frau und vor allem wem?«

»Was willst du damit andeuten, Hilpert?«

»Nichts, rein gar nichts. Ich könnte mir sogar vorstellen, das Studio zu übernehmen und meine alte Liebe zur Musik aufleben zu lassen.«

»Du hast doch keine Ahnung von der Technik«, erboste sich sein Gegenüber.

»Es reicht, über das notwendige Kleingeld zu verfügen. Damit kaufe ich ein, wen ich gebrauchen kann. Und zwar mit einem Fingerschnipsen.«

Nervös kaute Perlebach auf seiner Unterlippe herum. »Okay,

ich kenne Wels. Er hat die Verteilung eines Teils des Stoffs unter seinen Fittichen. Er wird zu ihm gebracht. Er verhökert ihn nicht persönlich, sondern bedient sich anderer Leute dafür. Nenn sie Zwischenhändler. Weinschenk gehörte dazu. Das ist ein relativ großes Gebiet, das er beliefert. Er verfügt trotz der Größe des Abnehmerkreises nur über relativ begrenzte Mengen. Daher wird er regelmäßig beliefert.«

»Ist das nicht riskant, regelmäßig mit dem Zeug durch die Gegend zu fahren?«

»Frag mich was Leichteres. Ich vermute, das eigentliche Drogenlager liegt in Buchholz oder im Umfeld. Ansonsten, wird jemand erwischt, hält sich der Verlust in Grenzen. Meines Wissens ist jedoch nie jemand aufgeflogen. Das lief über viele Jahre wie geschnitten Brot.«

»Wohin wird die Ware geliefert? Wohl nicht in sein Wohnhaus.«

»Der ist doch nicht bescheuert. Die Lieferadresse ist sein Wochenendhaus in Undeloh. Dort lagert er die Ware zwischen und verteilt sie weiter.«

»Wer bringt den Stoff zu ihm?«

»Keine Ahnung. Das hat mich nie interessiert. Hilpert, du bist Profi, obwohl du auf der anderen Seite stehst. Die Hauptmatadore haben kein Interesse daran, durch einen kleinen Verteiler oder Dealer hochzugehen. Ich wollte nichts wissen, was für die gefährlich werden könnte. Was hast du als Toter von dem schönen Geld oder einer Belobigung der Polizei?«

Hilpert begann zu grübeln. »Irgendjemand betreibt ein größeres Lager für das Gebiet. Die Hauptlieferung kommt vermutlich aus Hamburg einmal im Monat oder alle vierzehn Tage. Das Zeugs wird verteilt und anschließend vertickt, das Geld abgeliefert, neue Ware angefordert.«

»So wird es sein«, stimmte Perlebach ihm mürrisch zu. Er hatte ein schlechtes Gefühl in der Magengegend, weil er sich von Hilpert hatte überreden lassen, sein Wissen preiszugeben. Ihm war klar, aus der Klemme kam er nicht mehr heraus.

»Wie lief das mit dem Bezahlen?«, ließ Hilpert nicht locker.

»Wels erhielt meines Wissens von seinen Abnehmern Anzahlungen, die er weiterreichte. Für den Rest gab es ein Zahlungsziel über zehn Tage oder so. Das hat gut funktioniert. So wie Freddy mir mal erzählte, stecken hinter allem Profis, die nicht groß fragen, sondern unverzüglich handeln. Außerdem hatte er es nicht nötig, diese Leute warten zu lassen oder hinzuhalten. Wir haben den Stoff an den Mann gebracht. Und er wurde sofort bezahlt. Somit gab es keine finanziellen Engpässe oder Probleme mit den Hauptorganisatoren.«

Hilpert war mit den Informationen, die ihnen Perlebach geliefert hatte, am Ende einigermaßen zufrieden. In diesem verschlungenen Wirrwarr der Drogengeschäfte konnte er froh sein, ein Stück der Wahrheit herausbekommen zu haben.

»Solltest du es dir anders überlegen, haben wir deine Aussage auf Band aufgenommen«, warnte er Perlebach. »Wir werden es löschen, wenn wir uns Wels gegriffen haben. Über ihn kommen wir hoffentlich weiter.« Er schlug im Hinausgehen Gäbler auf die Schulter, der sich die ganze Zeit zurückgehalten hatte. »Was uns jetzt fehlt, sind Durchsuchungsbescheide. Nun zeig mal, was du kannst.«

»Die kriegen wir nach den Aussagen problemlos gebacken. Wir werden in Tostedt garantiert einen Richter auftreiben.«

Er griff sich sein Handy und bekam kurz darauf jemanden zu fassen, der ihnen weiterhalf. Keine Stunde später konnten sie sich auf den Weg nach Undeloh machen. Ihre Hoffnung, die Adresse der Immobilie in der Schweiz herauszufinden, zerschlug sich. Hierzu fanden sich keinerlei Unterlagen an. Eine zweite Gruppe nahm sich die Privatwohnung des Pädagogen vor. Sie war erwartungsgemäß sauber. Wels hatte sie geschmackvoll eingerichtet. Sie passte jedoch zur Brieftasche eines Gymnasiallehrers. Kontoauszüge oder Verträge, die diese überstiegen, fanden sich keine an. Fraglos waren alle an den Drogengeschäften Beteiligten gut beraten worden. Sie führten ihr Normalleben in einem Stil, der nicht sonderlich auffiel. Sie lebten in relativ bescheidenen Häusern oder Wohnungen. Kein Freund oder Kollege fragte sich, wie sie sich den hohen Lebensstandard leisten konnten, den ihre Kleidung, Einrichtung oder das Auto vor der Haustür verriet. Die eigentlichen Wertsachen waren an anderer Stelle verwahrt. Das Wochenendhaus strahlte eine gewisse Klasse aus. Wer sich auskannte, entdeckte dort bei genauerem Hinsehen Anflüge von Wohlstand. Wels war offenkundig Kunstliebhaber. Vor allem das

Werk von Horst Janssen schien es ihm angetan zu haben. Einzelne Blätter waren offensichtlich Originale. Im Obergeschoss, das vom Raumangebot gerade für ein Schlafzimmer und ein Bad reichte, war eine Stereoanlage vom Feinsten installiert worden. Sie beschallte das gesamte, sorgfältig restaurierte Haus. Zuweilen galt, du musst zweimal hinschauen, um den Wert einer Einrichtung erkennen zu können. Dem Vernehmen nach verbrachte Wels in dem Haus große Teile seiner Freizeit. Gäste lud er nie in sein Refugium ein. Hier wollte er augenscheinlich für sich sein und hatte kein Interesse daran, Dritten erläutern zu müssen, wo all der Reichtum herkam, dem man in den Räumen begegnete. Der ein oder andere Steuerbetrüger stolperte über seine Lust, mehr nach außen zu tragen, als er sich offiziell leisten konnte. Und Neid war häufig die Triebfeder, mit der mancher Zeitgenosse seinem Gastgeber oder Bekannten schadete.

Das kleine Fachwerkhaus war schnell durchsucht. Auffälliges trat nicht zutage. Dafür war ein kleiner Schuppen, der einige Meter entfernt vom Haupthaus stand, ergiebiger. Vorher musste allerdings ein vorsichtshalber mitgebrachter Schlosser Amtshilfe leisten, um Einlass zu finden. Damit waren die fest eingebauten stabilen Metallschränke beileibe nicht geöffnet. Bevor sie sich dazu durchrangen, diese gewaltsam aufzubrechen, riefen sie die Kollegen an, die die Wohnung des Lehrers durchsuchten. Ein Schlüssel aus dem Schlüsselbund, das sich dort in einer Stahlkassette anfand, passte für die Sicherheitsschlösser der stabilen Schränke im Schuppen.

Sie wurden dennoch enttäuscht. Diese waren leer. Vorsichtig klopften sie deren Böden ab. An zwei Stellen trafen sie auf Hohlräume. Mit einem ordentlichen Schraubenzieher gelang es ihnen, diese abzuheben. Endlich hatten sie ihr Ziel erreicht. Die Kassette darunter enthielt wasserdicht verpackte größere Mengen an Stoff, mit dem so manche Party hätte aufgemischt werden können, hier insbesondere Kokain und die gängigen Designerdrogen. Hilpert schätzte den Straßenverkaufswert auf etwa 250.000 Euro. Das reichte allemal, um die Abnehmer im Umfeld für geraume Zeit ruhigzustellen. In einer anderen Kassette lagen knapp 80.000 Euro. Wels musste sich auf gehörige Schwierigkeiten einstellen, käme er zurück. Das Geld wurde neben den Drogen konfisziert. Ähnlich wie im Fall Freddy Weinschenk würde es aus dem Verkehr gezogen werden. Ob die Lieferanten von Wels dafür Verständnis aufbrachten, durfte bezweifelt werden.

Für ihn wäre es allemal besser, sich im Tessin oder an einem anderen Ort einzugraben. Höhlen gab es in den Bergen genügend. Einen Tag darauf lag ein internationaler Haftbefehl gegen ihn vor. Ging es um Drogen, war es vorbei mit der Schweizer Toleranz für Straftäter. Damit bekamen sie allerdings den Pädagogen nicht zu fassen. Er blieb verschollen. Hatte sich sein ehemaliger Freund vertan und er besaß eine Liegenschaft in Österreich oder Italien? Mit einer Krankmeldung rechneten sie ebenfalls nicht mehr. Ob er in diesem Leben nochmals seinen Dienst antreten würde, durfte bei der Beweislage bezweifelt werden. Momentan halfen Hilpert ihre Ermittlungserfolge nicht wirklich weiter. War Wels Jens' Mörder? Zumindest stießen sie erstmals auf ein Motiv. Als Lehrer hätte er viel zu verlieren gehabt, wäre seine Tätigkeit nach außen gedrungen. Eigentlich sah Hilpert die Thematik umgekehrt. Er vermutete vielmehr, Wels könnte seinen Schüler mit seinem Wissen um dessen Homosexualität erpresst haben. Er fuhr sich nachdenklich übers Kinn. Wer wusste zur damaligen Zeit von Jens' Homosexualität? Seine kleine Schwester. Die hatte garantiert den Mund gehalten. Sie liebte ihren Bruder. Selbstredend Kaufmann. Sein Interesse an einem Outing war mit absoluter Sicherheit gering. Selmeier! Als Jugendwart hörte er bestimmt das Gras wachsen. Hilpert beließ es bei einem Anruf. Der Mann war ausgesprochen erstaunt über seine Frage. Daher nahm Hilpert ihm vorerst seine Ahnungslosigkeit ab. Blieb nur Perlebach übrig.

»Ich wusste davon«, gab er offen zu. »Freddy ließ mal 'ne Bemerkung in diese Richtung los. Da war Welte längst tot. Er äußerte sich in die Richtung, wie intolerant die Gesellschaft sei. Jens musste wohl darunter leiden. Vor einem Outing hatte er eine Heidenangst. Zumindest hab ich das so verstanden. Wir hielten uns mit diesem Thema nicht lange auf und sind auch nicht mehr drauf zurückgekommen. Das Thema Homosexualität ist heutzutage nicht mehr so furchtbar prickelnd. Jens ist tot. Seine Probleme haben viel an Aktualität verloren.«

Für Hilpert war mit Perlebachs Aussage belegt, nur ein kleiner Kreis wusste um die Homosexualität seines Freundes. Aus den unterschiedlichen Gründen hielten sie es unter der Decke. Vermutlich um das Drogengeschäft nicht zu gefährden. Die Werte, die sich die bisher identifizierten Beteiligten in den Jahren zusammengerafft hatten, bestätigten, es wurde ein relativ großes Rad gedreht. Die eigentlichen Drahtzieher durften sich im zeitlichen Ablauf eine goldene Nase verdient haben. Hilpert vermutete sie außerhalb seiner Heimatstadt. Wahrscheinlich saßen sie in Hamburg. Sie konnten mit der aktuellen Entwicklung nicht einverstanden sein. Das Geld von Freddy und Wels war ebenso wie der Stoff unweigerlich verloren. Freddy war tot und konnte seinen Verpflichtungen nicht mehr nachkommen. Wels war verschwunden. Tauchte er wieder auf, standen erst einmal eine Verhandlung mit Verurteilung und anschließender Haft an. Er stände somit nicht zum Ausgleich der Verluste zur Verfügung. Hilpert fragte sich, ob das so hingenommen würde. War Kellner Chef im Ring, musste er allein aus disziplinarischen Gründen aktiv werden. Stärker als der materielle Verlust musste sie dennoch der Verlust der eingespielten Dealer treffen. Weinschenk, Wels, Selmeier, Perlebach, sie waren aus unterschiedlichen Gründen ausgefallen. Zuverlässige Verteiler, brave Bürger, die über Jahrzehnte nicht auffielen, wuchsen nicht auf den Bäumen und wurden nicht so leicht ersetzt. Führte er seine Überlegungen bis zum bitteren Ende, blieb die Frage offen, ob die Organisatoren für die Morde verantwortlich waren. Die Logik sprach dafür. Der Schutz der Organisation stand garantiert im Vordergrund. Vermutungen über Vermutungen. Hilpert steckte fest und musste zum Befreiungsschlag ausholen. Er kam nicht dran vorbei, mit Kellner zu reden. Der Mann würde sich ihm gegenüber nicht öffnen. Zuweilen reichte es zu erfahren, worüber diese Leute ungern redeten oder welche Themen sie abzublocken versuchten. Er instruierte Stange, Kellner für den nächsten Tag ins Präsidium einzubestellen.

Im Verlauf des Abends suchte Gäbler sie auf. »Ich hab mich bisher nicht so richtig bei dir bedankt, Fabian. Einen Drogenhändlerring sprengen wir in Buchholz nicht jeden Tag.«

»Da bleibt einiges an Arbeit übrig, Thomas.«

»Du meinst den Mord an deinem Freund?«

»Sowieso. Nein, es geht vor allem darum, die Hauptmatadore

zu fassen. Bislang haben wir uns gerade mal bis ins Mittelmanagement vorgearbeitet.«

»Klar, ich verstehe. Du denkst an Typen aus Hamburg?«

»An wen sonst? Jeder weiß, alles Schlimme kommt von dort. Wir Heidjer sind eigentlich die Guten, die mit Verbrechen nichts am Hut haben.«

»Ich sehe, du kennst dich vorzüglich bei uns aus. Im Grunde sind wir in der Nordheide überflüssig. Für die paar Hühnerdiebe reicht 'ne Bürgermiliz.« Sie plauderten eine ganze Zeit und schafften es, die aktuellen Fälle zur Seite zu drängen.

Nachdem Gäbler gegangen war, griff sich Hilpert Albers. »Wir fahren heute Abend nach Hamburg und übernachten im Hotel. Morgen Vormittag gibt es eine Vernehmung im Präsidium.«

»Wer ist der Glückliche?«

»Kellner. Bernd Stange hat mir vor einer Stunde einen Termin um elf Uhr bestätigt.«

»Sieh da, die Daumenschrauben werden nunmehr angezogen.«

»Es ist an der Zeit. Ich hoffe, er hilft uns irgendwie weiter.«

Sie packten das Notwendige zusammen, beorderten ihren Fahrer zu sich und machten sich auf den Weg in die Hansestadt.

15

Die drei Kellner-Brüder hatte es in den späten Achtzigern nach Hamburg gezogen. Sie starteten als Türsteher in Etablissements an der Großen Freiheit. Mit ihrer Statur gingen sie gut und gerne als Schwarzeneggers Zöglinge durch. Insbesondere der älteste von ihnen hatte mit verbissenem Training eine Muskelmasse kreiert, die auf dem Kiez ihresgleichen suchte. Er war aggressiver als seine Geschwister und vor allem intelligenter als sie. So gab es nie eine Diskussion, wer von ihnen die Nummer eins war. Das Trio hatte schnell die ersten Mädchen auf dem Straßenstrich am Fischmarkt laufen. Kein Jahr später betrieben sie die ersten Bordelle am Kiez und verdienten nicht nur dort ihr Geld. Für Glücksspiel und Drogenhandel waren sie sich selbstredend nicht zu schade. Zwei der Brüder überlebten ihren Job nicht. Somit hatte mit Henry der schwächste aus der Familie das Ruder übernommen. Er hatte nochmals an Masse zugelegt und kam damit seinem verstorbenen älteren Bruder ein beachtliches Stück näher. Dabei konnte Hilpert nicht beurteilen, ob es sich vorwiegend um Muskelmasse oder ebenso um Fettanteile handelte. Der wuchtige Mann passte vermutlich in keinen Flugzeugsitz. Das war wiederum kein größeres Problem für ihn. Es wurde kolportiert, dass er sehr ungern flog. In eine Privatmaschine setzte er sich gleich gar nicht hinein. Solch ein Berg von einem Mann und gleichzeitig die Angst vorm Fliegen. Die Psyche der Menschen hatte wenig zu tun mit deren Statur oder Tätigkeit.

Henry blickte sich um. »Läuft eine Videokamera oder ein Band?«

Hilperts Kopfschütteln reichte ihm aus. »Sind Sie verkabelt?«

»Natürlich nicht.«

»Gut, was wollen Sie von mir? Wie Sie sehen, hab ich meinen Anwalt zu Hause gelassen. Was werfen Sie mir vor?«

»Momentan nichts. Zumindest nichts Konkretes.«

»Sie behaupten hoffentlich nicht, mich einzubestellen, um mit mir einen Kaffee zu trinken?«, blieb Kellner gelassen. »Nicht nur Sie haben Ihre Termine.«

»Oh verdammt, ich bin ein schlechter Gastgeber.«

»Machen Sie sich da keine Gedanken, eine freundliche Dame hat mich nach meinen Wünschen gefragt. Ich nehme wie Sie einen Milchkaffee.«

Kaum gesagt, schon öffnete sich die Bürotür und Lisa trat mit zwei großen Tassen ein. Egal, wie sie ansonsten Kellner sahen. Sein höflicher Dank beeindruckte Hilpert wie seine Assistentin. Damit war die Kiezgröße nicht am Ende seines Lobs. Er nahm einen Schluck und grunzte zustimmend. »Bei der Hamburger Polizei einen Kaffee angeboten zu bekommen, der so gut schmeckt wie dieser, hätte ich nicht erwartet.« Er setzte seine Tasse ab und schaute in Hilperts Richtung. »Also, was kann ich für Sie tun?«

»Ich versuche mich mal dezent auszudrücken. Erstrecken sich Ihre Geschäftsinteressen auch ins Hamburger Umland, sagen wir mal in die Nordheide?«

»Gut ausgedrückt, Herr Oberrat. Ihnen ist vielleicht bekannt, ich rede sehr ungern mit der Polizei. Die Gründe dafür sind vielfältig. Ich will nicht weiter darauf eingehen. Meine Brüder und ich haben Sie geschätzt. Nicht weil Sie korrupt sind, sondern weil Ihr Wort etwas gilt. In gewisser Hinsicht vertrau ich Ihnen mehr als manchem meiner Mitstreiter. Ich lasse Ihre Frage zu und werde sie weitgehend beantworten. Danach leeren wir unsere Becher und gehen anschließend unseren Geschäften nach. Was halten Sie davon?«

Dieses Angebot war mehr, als Hilpert es sich hätte erträumen lassen. »Einverstanden. Im Übrigen hätte ich nichts dagegen, wenn sie einen Obolus in unsere Kaffeekasse tun.«

Kellner begann prustend zu lachen. »Das ist der größte Gag, den ich bei der Polizei erlebt habe. Ist ein Hunderter angemessen?«

»Das ist viel zu viel.«

»Nicht für diese bezaubernde Dame.«

»Dann müssen Sie ihr das Geld selber überreichen.«

»Mit dem größten Vergnügen.«

Lisa nahm das Geld voller Überraschung entgegen und bedankte sich höflich. Für sie war es eine Premiere, von einem stadtbekannten Kriminellen Geld für die Kaffeekasse zu erhalten. Hilpert war diese Idee spontan gekommen. Das Gesprächsklima konnte durch diese kleine Geste nicht besser sein.

Kellner hatte nicht vergessen, was Hilpert von ihm wollte. »Wir waren frisch in Hamburg aufgeschlagen und hatten uns unter anderem im Umland orientiert. Um diese Zeit erhielten wir das Angebot, das Gebiet der Nordheide einem anderen Interessenten zu überlassen. Wir waren klamm und er zahlte cash. Das war's. Bis heute haben wir uns daran gehalten. Unser Wort hat immer was gegolten.«

Hilpert brannten weitere Fragen auf der Zunge. Doch sie hatten eine Vereinbarung. Die galt es einzuhalten. Bald darauf verließ ihn Kellner. Er nickte in Richtung des Mannes, der in Begleitung eines Uniformierten sein Büro verließ. Henry hatte sich entwickelt. Der Tod seiner Brüder setzte offensichtlich bei ihm ungeahnte Kräfte frei. Selbst sprachlich präsentierte er sich mittlerweile selbstbewusst. Er hätte ihm allerdings empfohlen, ein wenig von seiner imposanten Figur abzuspecken. Allein sein Anblick verbreitete Schrecken. Vermutlich war es so gewollt. Bei den Gorillas war es der Silberrücken, der Rivalen auf Distanz hielt, bei Hirschen das Geweih. Reichte Kellners Muskelmasse aus, um seine Position zu behaupten? Es würde sich zeigen. Bislang hatte sich niemand an ihn herangetraut. Und er, konnte er etwas auf die Aussage des Mannes geben? Oder wollte der ihn bloß einlullen? Je mehr er darüber nachdachte, desto unentschlossener war er. Er entschied sich, ihm vorerst zu glauben. Seine Meinung ändern konnte er jederzeit.

In seine Überlegungen platzte Lisa und wedelte mit dem Hunderter. »Was soll ich damit anfangen?«

»Du hast doch gehört, wofür er bestimmt ist. Pack ihn in die Kaffeekasse.«

»Die hast du schon prall gefüllt.«

Er zückte seine Brieftasche und entnahm ihr zwei Fünfziger. »Komm, wir tauschen. Das Geld ist für dich und den Hunderter steck ich in einen Klingelbeutel.«

Verlegen wendete sie die Scheine in ihrer Hand. »Ich weiß nicht, was ich sagen soll.« Zumindest bedankte sie sich ein weiteres Mal. Eine alleinerziehende Mutter konnte immer Geld gebrauchen. Insbesondere in ihrem Fall. Ihr Sohn hatte sein Studium aufgenommen und war ständig knapp bei Kasse.

Die kurze Unterbrechung hatte Hilpert gutgetan. Was fing er mit Kellners Aussage an, das Gebiet der Nordheide bereits vor Jahrzehnten abgegeben zu haben? Waren die Attentate auf ihn zurückzuführen, konnte Hilpert sie als Lüge vergessen. Sagte er die Wahrheit, blieb ihnen nichts übrig, als wie bisher nach dem großen Unbekannten zu fahnden. Dieser musste ganz andere Mengen umschlagen, als die, die sie bei Wels gefunden hatten. Woher bezog er den Stoff? Wie gelangte er zu ihm? Wo war das Hauptlager? War er es, der die Anschlagsserie auf den Senator und ihn initiiert hatte. Eine gewisse Unlogik steckte in diesen Überlegungen. Mit den Attentatsversuchen machte er auf sich aufmerksam und bekäme sie erst recht in den Nacken. Hilpert klaubte seine To-do-Liste hervor. Er kaute auf dem Namen Wels herum. Nahm er allein die Verteilerfunktion wahr? Stimmten seine Überlegungen, so hatte er Jens zu einer Mitarbeit erpresst. Nur war der 1998 verstorben. Machte er danach allein weiter? Organisierte er sich neue Unterstützer? Er stellte es sich durchaus schwierig vor. Nicht jeden Tag fand sich jemand, der bereit war, sich an dem kriminellen Geschäft zu beteiligen, und der vor allem den Mund hielt. Schließlich stand hinter allem das Risiko aufzufliegen. Wels hatte viel mehr zu verlieren als etwa ein Kleinkrimineller wie Möller.

Hilpert fing an, auf einem Stück Papier herumzukritzeln. Die Tätigkeit reichte gerade als Konzentrationsübung und tat ihm irgendwie gut, nicht mehr und nicht weniger. Gab es einen Komplizen, so war es für Wels angesagt, sich jemanden zu greifen, der sich in einer ähnlichen sozialen Situation befand wie er. Kam dafür jemand aus dem Kollegium infrage? Er konnte unmöglich die gesamte Lehrerschaft an der Schule mit seinem Anliegen kontaktieren. Am ehesten funktionierte es bei Kollegen, die Geldprobleme hatten. Eine Scheidung, vielleicht ein neu gebautes Haus, das einen auffraß? Der ehemalige Freund von Wels, Schilske, erzählte ihm von einer neuen Beziehung und einer anschließenden Heirat. Das bedeutete, er hatte sich scheiden lassen. Erfahrungsgemäß kostete das. Hatte der um die Zeit der Trennung von seiner ersten Frau vielleicht ein Eigenheim bezogen und musste nunmehr eine Ex-Frau und eine Immobilie finanzieren? Gab es Kinder in der Ausbildung, die es zu unterstützen galt? Lehrer galten als ehrgeizig mit ihren Abkömmlingen. Abitur und eine anschließende akademische Ausbildung waren Selbstgänger. All das kostete. Mit dem Sohn, der sich nach der abgeschlossenen Hauptschule zu einer handwerklichen Ausbildung durchrang, kam man günstiger davon.

Er zerknüllte seine zeichnerischen Ergüsse und versuchte den Ball in dem Papierkorb zu versenken, der einige Schritte vor ihm stand. Drei Meter waren selbst für einen ungeübten Werfer zu bewältigen. Dieses Erfolgserlebnis konnte ihm an diesem Tag niemand nehmen. Zumindest füllte er mit dem Pädagogen seine Liste auf. Gelassen nahm er seinen Schreibtisch in Augenschein. Die Berichte der Sonderkommission, die Lisa sorgfältig auf seinem Schreibtisch drapiert hatte, gaben nichts her. Nele und Stange saßen an Fällen, wo er durch penetrantes Nachfragen das Arbeitsklima gefährdete. Somit hielt ihn kaum etwas in Hamburg. In der Nordheide konnte er hingegen einige Fäden aufnehmen, obwohl er sich nicht der Illusion hingab, der Lösung der Mordfälle näher gekommen zu sein. Albers nahm klaglos Hilperts Entscheidung zur Kenntnis. Ihm waren einige Stunden am Schreibtisch vergönnt gewesen. Seine Leute konnte er zumindest davon überzeugen, präsent zu sein. Chefs wurden seltener vermisst, als sie glaubten oder hofften. Zuweilen lief es ohne sie sogar besser.

Während der Fahrt nach Buchholz informierte Hilpert Gäbler über sein Gedankenspiel. Sie mussten versuchen, etwas über Schilskes private Situation herauszufinden. An die Adresse des Mannes gelangten sie über das Sekretariat der Schule. Hätte er es über das Telefonbuch versucht, wäre er ebenso erfolgreich gewesen. Er lachte auf. Zwei Lehrer an einem Gymnasium, die in den Verdacht gerieten, an Rauschgiftgeschäften beteiligt zu sein. Das gäbe Schlagzeilen, die über die Nordheide hinausgingen. Sie mussten sehr sensibel vorgehen. Solange sie über keine griffigen Beweise verfügten, galt es, ihre Verdachtsmomente unter dem Deckel zu halten. Gelangte ein Unbescholtener in den Fokus der interessierten Öffentlichkeit, konnte das zu unangenehmen Konsequenzen führen. Das galt vor allem für Lehrer, die es nicht nur mit ihren Schülern zu tun hatten, sondern insbesondere mit deren Eltern. Gäbler versprach, diese Überlegungen im Hinterkopf zu behalten, wenn sie Erkundigungen über den Oberstudienrat einholten. Hilpert kam sein Verdacht mittlerweile abstrus vor. Er war beinahe geneigt, nicht weiter in diese Richtung zu recherchieren. Er griff nach dem Telefonhörer, um den Kollegen zurückzupfeifen. Schließlich unterließ er es. Ihm fiel eine seiner Thesen ein. Dachte man das Unmögliche, musste alles darangesetzt werden, es entweder zu bestätigen oder mit eindeutigen Gegenbeweisen fallen zu lassen.

Um die Mittagszeit empfing sie in Buchholz die strahlende Sonne. Der Klimaumschwung zeigte sich von seiner besten Seite. Die beiden Beamten hatten keine Chance, es sich auf der Terrasse gemütlich zu machen. Ein besseres Ziel hätten sie ihren Gegnern nicht bieten können. Dabei war ihnen nicht klar, ob sie unter Beobachtung standen. Die Gegenseite verstand es trefflich, ihre Freiräume einzuschränken. Sollte sie es auf ihr Nervenkostüm abgesehen haben, konnte man nur gratulieren. Gäbler war zügiger als erwartet erfolgreich. Gegen vierzehn Uhr stand er vor Hilperts Haustür, bepackt mit einem großen Pizzakarton.

»Woher wusstest du, dass wir noch nichts gegessen haben?«, fragte Hilpert den Kollegen in einem Gemisch aus Freude und Erstaunen.

Der Kriminalrat lachte auf. »Du musst wissen, ich bin Ermittler. Als solcher ist es stets von Vorteil, nach vorne zu denken. Essen zu gehen, ist für euch nicht ohne Risiko, einen Pizzaservice zu bestellen, gleichermaßen. Ich unterstelle, ihr habt nicht daran gedacht, einkaufen zu gehen. Ergo müssen eure Mägen knurren. Das gilt ebenso für mich. Getränke hast du hoffentlich im Haus.«

Die beiden Wagenräder, die Gäbler anschleppte, ließen sie schier verzweifeln. Gleichgültig, wie oft sie sich bedienten, sie hätten mindestens einen weiteren Erwachsenen vorm Hungertod bewahren können.

Die wesentlichen Informationen, die in Buchholz recherchiert wurden, trug er zügig vor: »Also, Schilske und Wels sollen nach wie vor gut befreundet sein. Einer unserer jüngeren Kommissare hatte beide als Lehrer. Sie sind wohl häufiger im Lim's oder im Bistro im Gewerbegebiet gesehen worden. Schilske war zweimal verheiratet. Seine zweite Ehe wurde 2001 geschieden. Seitdem hat er von diesem Abenteuer wohl die Nase voll. Jetzt genau hinhören: Wels soll dem eigenen Geschlecht zugetan sein.« Er warf einen ängstlichen Blick zu Albers hinüber. Als erwarte er Absolution für seine Aussage. Der nahm sie zur Kenntnis wie den Wetterbericht. Beruhigt fuhr Gäbler fort: »Schilske gilt dagegen als Womanizer. Seine Scheidungen sind wohl primär auf seine Frauengeschichten zurückzuführen.«

»Trotzdem sind sie eng miteinander befreundet«, machte sich Albers überraschend bemerkbar.

»Die kennen sich aus der Sandkiste. Sie waren Nachbarskinder und haben viel gemeinsam gemacht. Am Ende landeten sie an derselben Schule in Buchholz.«

»Das könnte ein hohes gegenseitiges Vertrauen bedeuten«, stellte Hilpert fest. »Wie steht es um seine finanzielle Lage?«

»Nach der ersten Scheidung ist er ausgezogen. Seine Ex-Frau hat das Haus behalten und ihn ausgezahlt.«

»Da hat er wirklich Glück gehabt.«

»Bedingt, Fabian. Seine Ehefrau Nummer eins war Anwältin. Die hat damals mehr Geld mit nach Hause gebracht als er.«

»Jetzt sag nicht, die zweite Ex-Frau war die Erbin eines größeren Vermögens.«

»Nicht ganz, aber finanziell war sie unabhängig von ihm. Sie ist wie er im Schuldienst tätig, allerdings in Schneverdingen in der tiefen Heide.«

»Da gibt es eine Schule?«

»Und was für eine. Das ist ein durchaus größerer Komplex.«

»Wie sieht es mit Kindern aus?«

»In beiden Fällen Fehlanzeige. Es wird gemunkelt, Schilske soll als Kind Mumps mit den bekannten Folgen zu tun gehabt haben. Lange Rede, kurzer Sinn: Finanziell scheint er gesund zu sein. Über seinen Lebensstil habe ich nichts herausbekommen. Mein junger Kollege wird bei uns vorbeischauen, sollte er unter der Hand mehr herausbekommen. Solange könnten wir Skat spielen.«

Die Idee war gut. Leider gehörte Albers zu den eher ungebildeten Menschen, die dieses geniale Spiel nicht beherrschten. Je jünger die Leute waren, desto seltener wurde es gepflegt, obwohl mittlerweile sogar Partien via Internet möglich waren.

Hilpert saß da mit gerunzelter Stirn. »Hat Schilske irgendein teures Hobby? Junge Mädchen in Bangkok, rote Ferraris, teure Uhren?«

»Sieht nicht danach aus«, blieb sein Kollege die Antwort nicht schuldig. »Er fährt einen mittelgroßen Audi und lebt in einer 100 m^2 Eigentumswohnung in Holm-Seppensen. Auf Kleidung soll er wenig Wert legen. Kleine Mädchen sind offensichtlich vor ihm sicher. Zum Thema Uhren haben wir nichts in Erfahrung gebracht.«

Hilpert war seine Enttäuschung anzusehen. »Sonst nichts Hervorstechendes?«

»Sollten wir seine ehemaligen Frauen ansprechen? Die wissen unter Umständen mehr.«

»Das wäre bei unseren dürftigen Verdachtsmomenten nicht zu empfehlen«, wiegelte Hilpert ab. »Die tratschen unter Umständen darüber, schon ist der Bock fett. Vor allem, wenn er nichts mit der Dealerei zu tun hat. Das gäbe erheblichen Diskussionsbedarf.«

»Verstehe.« Gäbler überlegte angestrengt. »Vielleicht erfahren wir von meinem Buchholzer Kollegen mehr. Er kann ja mal bei uns antanzen.«

»Muss er sich deswegen extra auf den Weg zu uns machen?«, gab sich Hilpert fürsorglich.

Gäbler sah das eher pragmatisch. »Wir sind nicht in Hamburg.

Du müsstest wissen, von der Polizeiinspektion in der Schützenstraße hierher zu dir fährst du keine zehn Minuten.«

»Da hast du auch wieder recht. Das sieht in Hamburg je nach Standort anders aus.«

Der Polizeikommissar Malte Treiber hatte schätzungsweise die dreißig knapp erreicht. Er war mittelgroß und hatte die asketisch angehauchte Figur eines Langstreckenläufers. Vermutlich fieberte er dem nächsten Hamburg-Marathon entgegen. Er machte einen gut informierten Eindruck.

»Ich habe mit zwei ehemaligen Klassenkameraden telefoniert, die ebenfalls in Buchholz geblieben sind. Beide Lehrer waren ihnen in Erinnerung. Bei Wels waren sie unabhängig voneinander von seiner Homosexualität überzeugt. Das war zu der Zeit keine Sensation mehr. Von Widerständen gegen ihn ist nichts bekannt geworden. Vor zehn Jahren hat man sich darüber nicht mehr sonderlich aufgeregt. Vielleicht wurde hinter vorgehaltener Hand getuschelt.«

»Wie sah das bei Schilske aus?«, fragte Hilpert nach.

»Der fiel allenfalls wegen seiner Frauengeschichten auf. Es soll eine Schülerin dabei gewesen sein. Das war entweder böswilliges Getratsche oder wurde irgendwie unter den Teppich gekehrt. Ansonsten machte er als Lehrer keine Probleme. Er ist recht beliebt und lässt durchaus mal alle fünfe gerade sein.«

»Gab es irgendwelche Hinweise auf die beiden, die in Richtung Drogen gingen? Und seien es nur verharmlosende Bemerkungen?«

»Nichts da. Wie nicht anders zu erwarten, äußerten sie sich dazu im Unterricht ebenso kritisch wie ihre Kollegen.«

Wirklich weiterhelfen wollte ihnen die Aussage des Kommissars nicht. Hilpert schlug mit der Faust gegen die flache Hand. »Was eiern wir rum? Am besten befragen wir den Herrn nochmals. Da bekommen wir hoffentlich alles aus erster Hand, was uns interessiert.«

Da ihnen keine eindeutigen Verdachtsmomente oder Indizien vorlagen, entschieden sie sich für eine Art Kompromiss. Sie wollten ein weiteres Gespräch mit Schilske führen und vorerst darauf verzichten, Dritte zu befragen. Das konnten sie bei Bedarf nachholen. Insbesondere seine Ex-Frauen liefen ihnen nicht davon.

16

Schilske kam ihrem Terminwunsch ohne größere Umstände nach. Am Telefon interessierte es ihn nicht, weshalb sie nochmals mit ihm sprechen wollten. Der Pädagoge begrüßte sie eine knappe Stunde später völlig entspannt in seiner Wohnung. Er wirkte auf sie wie ein Mensch, der sich nichts vorzuwerfen hatte. Er trug sein Shirt leger über die Jeans, dazu ein paar Sneakers. Selbst für einen Kaffee hatte er gesorgt. Diese Bewirtung entsprach bei Weitem nicht dem mitteleuropäischen Standard. Die Beamten hätten Geschichten darüber erzählen können, wie sie zuweilen bei Zeugenbefragungen abgefiedelt wurden.

»Ich vermute, Sie kommen erneut, um meine Aussage betreffend meiner Beziehung zu Wels zu überprüfen«, ging Schilske gleich auf sie ein. »Es ist richtig, ich habe gelogen. Wir sind bis heute Freunde. Daran änderte auch seine Homosexualität und sein plötzlicher Reichtum nichts. Vor Jahr und Tag war das durchaus nicht unproblematisch. Heute interessiert es niemanden mehr. Berlin und Hamburg hatten schwule Bürgermeister. Das störte offensichtlich die Mehrheit der Bürger nicht. Ganz im Gegenteil wurden zeitweise relativ gute Wahlergebnisse eingefahren.«

»Ein Paar im engeren Sinn sind Sie nicht gewesen?«, wollte Hilpert wissen.

»Gott bewahre, nein. Ich bin hetero und habe nicht die Absicht, etwas daran zu ändern.«

»Ansonsten haben Sie die volle Wahrheit gesagt?«, interessierte sich Gäbler mit deutlicher Skepsis.

»Wie darf ich das verstehen?«

»Also Ihre zweite Ehe hat ebenfalls nicht gehalten.«

»Ich hielt es nicht für erforderlich, zu detailliert auf meine persönliche Situation einzugehen. Ich rede sehr ungern über das Thema. Ich hoffe, Sie sehen es mir nach.«

»Müssen Sie an eine Ihrer Ex-Frauen Unterhaltszahlungen leisten?«, kam Gäbler langsam in Form.

»Nein, die sind autark. Meine erste Frau könnte mich bequem aushalten, ohne es zu merken. Sie ist als Anwältin und Notarin sehr erfolgreich. Ihre Nachfolgerin ist finanziell ähnlich gestellt wie ich. Die Scheidungen gingen ohne große Forderungen und

Diskussionen über die Bühne. Wie Sie vermutlich wissen, musste über Kinder nicht gestritten werden.« Die Stirn in Falten gelegt, erhob er spürbar die Stimme. »Worauf wollen Sie hinaus? Sie planen sicherlich keine Kolumne im Wochenblatt über mein Privatleben. Stehe ich plötzlich in Verdacht, mich an krummen Geschäften beteiligt zu haben?«

Diesmal ging Hilpert auf ihn ein. »Darum geht es nicht und wenn, dann eher, um Sie als potenziellen Mittäter zu entlasten. Eigentlich sind wir weniger an Ihnen interessiert als an Ihrem Freund Wels. Er hat augenscheinlich viel Geld nebenbei verdient.«

»Nebenbei?«, fragte Schilske überrascht nach. »Könnten Sie etwas genauer werden?«

»Er hat als Drogenverteiler in einer kriminellen Vereinigung sein Taschengeld aufgebessert.«

»Ach das meinen Sie. Er leitete vor Jahren gelegentlich geringe Mengen Rauschgift an irgendwelche Dealer weiter. Das ist längst Geschichte.«

»Ich fürchte, Sie müssen das Wort gering neu definieren. Und die Geschichte reicht nach unseren Ermittlungsergebnissen bis in die Neuzeit hinein.«

»Ist das Ihr Ernst? Mir hat er vor Jahren etwas anderes erzählt.«

Hilpert wollte nicht zu viel von sich geben und wiegelte ab. »Da hat er wohl ein bisschen gelogen. Lassen wir das einfach mal im Raum stehen.«

Es war Schilske anzumerken, dass ihn die Entwicklung des Gesprächs nicht behagte. Gleichwohl blieb er relativ gelassen.

»Sagt Ihnen der Name Jens Welte etwas?«, fuhr Hilpert fort.

Schilskes Augen verengten sich merklich.

»Worauf Sie sich verlassen können. Den Namen werde ich nie vergessen. Es handelt sich um einen ehemaligen Schüler, der an einer Überdosis gestorben ist.«

»Er war damals mein bester Freund«, klärte ihn Hilpert auf.

Schilske nickte und stand völlig unerwartet auf. »Darf ich Ihnen noch einen Kaffee anbieten?«

»Machen Sie sich keine Mühe«, winkte Gäbler ab.

»Ich habe einen Automaten, das geht ratzfatz. Außerdem glaube ich, Sie können gleich ein Getränk vertragen.«

Die Beamten blickten wie nach einem Startschuss auf den Studienrat und nickten zu einem Espresso. Hilpert verrührte den Zucker in seiner Tasse. »Mir scheint, Sie wollen uns etwas mitteilen, das zumindest für mich unangenehm werden könnte.«

»Das kann man so sehen, Herr Hilpert. Ihr Freund, der im Übrigen homosexuell war wie meiner, hat Robert erpresst, sich an der Drogenverteilung zu beteiligen. Der Lieferant wollte wohl eine seriöse Person dazwischen haben. Mit einem süchtigen Schüler hatte er anscheinend wenig im Sinn.«

Albers hatte bislang geschwiegen und meldete sich erstmals zu Wort. »Mal unterstellt, es stimmt, was Sie behaupten. Warum hat er nach Weltes Tod weitergemacht?«

»Sie meinen, er war danach nicht mehr erpressbar? Meine Anmerkung, er habe mit geringen Mengen gedealt und sei längst ab davon, war gelogen. Ich weiß, er steckt bis heute mittendrin.«

Albers ließ nicht locker. »Wollen Sie uns weismachen, dass die Erpressung Jahrzehnte nach dem Tod des Erpressers nachwirkte?«

Schilske schüttelte betroffen den Kopf. »Natürlich nicht. Da spielen andere Interessen durchaus eine Rolle«, blieb er nebulös.

Hilpert musste die Vorwürfe gegen den toten Freund erst einmal verdauen. Zögerlich kam er zurück auf die Spur. »Obwohl er, wie Sie anmerkten, gegen seinen Willen an dem Geschäft beteiligt war, hat er es sich gut gehen lassen.«

Schilske zuckte mit den Achseln. »Er hat letztlich für sich das Beste draus gemacht. Er wusste, es würde schwer werden, aus dieser Kiste herauszukommen.« Er stockte. »Ganz offensichtlich konnte er in den Jahren das Geld gut gebrauchen.«

»Sein Ferienhaus, wie steht es damit? Ist Ihnen die genaue Adresse weiterhin nicht bekannt?«

»Sie nehmen es mir ab oder nicht, Herr Hilpert. Ich kenne sie nicht. Inzwischen bin ich mir sogar unsicher, ob der Standort wirklich in der Schweiz ist. Vor einigen Jahren erhielt ich von ihm eine Karte aus Südtirol.«

»Haben Sie die aufbewahrt?«

»Machen Sie Witze? Ich bin kein Sammler.«

»Ich will offen mit Ihnen reden, Herr Schilske«, bemühte sich Hilpert um Sachlichkeit. »Wir fragen uns, ob Sie nicht Ihrem Freund gelegentlich zur Hand gegangen sind.«

Mit rot verfärbtem Gesicht sprang er auf. »Wie können Sie so etwas behaupten?! Was glauben Sie, geschieht mit mir, werden solche Anschuldigungen publik?!«

Mittlerweile hatte sich Hilpert gesammelt. »Wir müssen alle Eventualitäten in Betracht ziehen. Da bleibt niemand ungeschoren.«

Heftig atmend setzte sich Schilske wieder in seinen Sessel. Er beruhigte sich relativ schnell. »Bis zu einem gewissen Punkt verstehe ich Sie. Ich muss Sie dennoch bitten, mit diesen Verdächtigungen zurückhaltend umzugehen. Macht das die Runde, ist die Frage von Schuld und Unschuld irrelevant. Dann kann ich meine Siebensachen packen und umziehen. Sie dürfen mir abnehmen, ich habe mit diesen Geschichten nichts am Hut. Ich lehne jegliche Form von Drogen aus innerer Überzeugung ab. Die Gefahren des Rauschgiftkonsums sind ständig Thema in meinem Unterricht. Mein Freund musste sich manches von mir anhören. Ich weiß, er wollte raus aus diesem Sumpf. Sie kennen sich in dieser Branche besser aus als ich. Er war nach seiner langjährigen Beteiligung an diesen dubiosen Geschäften mehr oder minder gezwungen weiterzumachen.«

Hilpert schüttelte den Kopf. »Bei allem Verständnis für die Notsituation von Menschen. Mit dem verdammten Zeug werden vor allem junge Menschen bedient. Sie und Ihr Freund sind Lehrer. Da kann von Ihnen mehr Motivation erwartet werden, dagegenzuhalten und sich nicht an der Verbreitung des Teufelszeugs zu beteiligen.«

Schilske ließ den unterschwelligen Vorwurf nicht auf sich und seinem Freund sitzen. »Über Zivilcourage verfügst du. Sie entwickelt sich nicht, indem du einen bestimmten Beruf ergreifst. Nicht jeder ist zum Helden geboren.«

»Tja und dann lassen sich mit diesem leicht verdienten Geld nette Dinge kaufen, die einem ansonsten verwehrt blieben«, warf Albers ein. Schilskes Argumentation passte nicht in sein Weltbild.

Der Pädagoge verzichtete auf eine Antwort. Das Gesprächsklima hatte sich deutlich verschlechtert. Eine Fortsetzung der Vernehmung erschien kaum sinnvoll. Die Beamten ließen das zuletzt Gesagte so stehen, als sie den Mann verließen. Auf dem Weg zu ihrem Fahrzeug stoppte Hilpert seinen Schritt. »Irgendwie glaube ich dem Herrn nicht. Das lief wie geschnitten Brot, so, als habe er sich akribisch auf das Gespräch einschließlich unserer Vorwürfe vorbereitet. Immer, wenn er spürte, wie gut wir informiert waren, gab er etwas zu. Dies jedoch ständig mit der Tendenz, die Dinge herunterzukochen.«

»Du meinst, die Verdächtigungen gegen deinen Freund?«, fragte Gäbler nach.

»Nicht wirklich. Ich habe mich mit seiner Verwicklung in Drogengeschäfte abgefunden. Warum soll er seinen Lehrer nicht erpresst haben?«

»Das ist doch ein Nullsummenspiel«, befand Albers. Er konnte die Situation nun wirklich am besten beurteilen. »Habe ich es richtig verstanden, wäre für beide ein Outing aus unterschiedlichen Gründen eine Katastrophe gewesen. Da ist die Frage, für wen mehr, für wen weniger, eher philosophisch zu betrachten.«

»Mal unterstellt, deine Analyse stimmt«, ging Hilpert auf ihn ein, »wie müssen wir dann mit Schilskes Aussage umgehen? Der Mann ist nicht dumm. Will er uns in eine falsche Richtung lenken? Welches Ziel verfolgt er damit?«

»Versucht er, den Freund zu schützen?«, warf Gäbler ein.

Hilpert winkte ab. »Da ist die lapidare Aussage, sein Freund und Kollege sei von Jens Welte erpresst worden, reichlich dünn. Damit gewinnt er keinen Blumentopf.«

»Muss es zwangsläufig um Wels gehen?«, gab Albers zu bedenken. »Schilske spielt den informierten Freund, der ihm treu zur Seite steht und für ihn die Wahrheit zu dessen Vorteil verbiegt. Steckt mehr dahinter? Ist er ebenfalls an den Drogengeschäften beteiligt?«

Hilpert gewann Albers' Bemerkung viel ab. »Er spielt die Rolle des edlen Ritters, der alles daransetzt, den Freund gut aussehen zu lassen. Solch ein integrer Mann kann mit Drogen nichts am Hut haben. Versucht der uns Sand in die Augen zu streuen?«

»Dann sollten wir Wels aus seiner Sicht in nächster Zeit nicht zu fassen bekommen. Der könnte die Dinge geradebiegen und erzählen, welches Instrument sein Freund in dem Orchester spielt.«

»Weise gesprochen, Julian.« Hilpert setzte seinen Weg zu ihrem Wagen fort. »Fragen wir uns, was wir mit der Information anfangen, Wels verfüge über ein Ferienhaus in der Schweiz oder Südtirol.« Der Fahrer wollte starten, als sich Hilpert lachend auf die Oberschenkel schlug. »Herrgott, was sind wir für Intelligenzler. Überlegt mal. Wels wie Jens sind wegen ihrer Homosexualität erpressbar. Wer ist es nicht? Schilske! Ganz im Gegenteil liebt er die Frauen. Das ist ein offenes Geheimnis. Er hat anfangs versucht, die freundschaftliche Beziehung zu Wels herunterzuspielen. Im zweiten Gespräch tut er so, als habe er sich für die Wahrheit entschieden und beschuldigt Jens. Der Mann ist ausgesprochen clever. Wir sollten das Pferd von hinten aufzäumen. Wir müssen uns auf ihn konzentrieren. Ich unterstelle, er hat den Freund und Kollegen wie den Schüler dazu gedrängt, sich an den Drogengeschäften zu beteiligen. Glaubt mir, der ist von Anfang an dabei gewesen. Er ist der Erpresser!«

Er wandte sich Gäbler zu. »Besteht die Möglichkeit, ihn für ein paar Tage zu beschatten? Wäre eventuell aufschlussreich, wie er sich nach unserem Verhör verhält. Mit etwas Glück reagiert er zügig.«

»Und womit und wie?«

»Keine Ahnung. Meine Glaskugel ist mir leider abhandengekommen. Ist vorbei mit Voraussagen.«

Gäbler winkte ab. »Ich verlass mich gerne auf dein Näschen und deine Mutmaßungen.« Er griff sich sein Handy und gab klare Anweisungen. In den nächsten Stunden würde sich ein Team mit der Überwachung des Studienrats befassen.

Hilpert rieb sich zufrieden die Hände. Der bisherige Erfolg ihrer Ermittlungen machte es Gäbler leichter, Extrawürste gebraten zu bekommen. Dabei definierte Hilpert diesen Begriff anders als seine Buchholzer Kollegen. Der Drogenhandel interessierte ihn nur insoweit, wie er durch ihre Ergebnisse dem Mörder von Jens näher kam.

»Schenken wir uns unsere Rücksichtnahmen. Wir kommen nicht drum herum, mit den Ex-Frauen von Schilske zu reden. Am besten fangen wir mit der Studienrätin an. Die hat ja Ferien. Hoffentlich ist sie nicht auf Reisen.«

Sie hatten Glück, Gisela Schilske war erreichbar. Gegen ein Gespräch über ihren ehemaligen Ehegatten hatte sie keine Einwände und sah kein Problem darin, die Männer in Hilperts Haus aufzusuchen.

Sie vergewisserten sich während der Fahrt, ob sie verfolgt wurden. Ihre Aufmerksamkeit war unnötig. Niemand beachtete sie oder setzte sich auf ihre Fährte. Gäbe es nicht die Schüsse und weitere Anschläge auf ihn, er hätte die gesamte Bedrohungssituation als das Resultat überspannter Nerven abgetan. Die ungewöhnliche Ruhe erhöhte ihre Nervosität. Hilperts Widersacher würden ihn nicht vergessen. Vielleicht holten sie gerade zum großen Schlag aus. Sie konnten nur hoffen, im entscheidenden Augenblick darauf vorbereitet zu sein. Vorbereitet auf einen Gegner, über den sie nichts wussten, der sich nicht zu erkennen gab, dessen Motive im Dunkeln lagen. Seine Aktionen waren nicht vorhersehbar. Somit hielten sich ihre Möglichkeiten, ihn wirksam zu bekämpfen, in Grenzen. Nach wie vor konnten sie nur ihre Defensive stärken. Wie im Fußball reichte das nicht. Es mussten vorne die Tore geschossen werden. Hilpert fühlte sich unwohl in seiner Haut. Er war für Albers verantwortlich. Gewehrkugeln oder Sprengstoff unterschieden nicht nach gezielten oder zufälligen Opfern.

Gisela Schilske trat selbstbewusst auf. Sie mochte Mitte, Ende vierzig sein. In ihren mittelblonden Haaren hatten sich bereits erste, unübersehbare graue Strähnen eingenistet, die sie nicht zu stören schienen. Sie verfügte über eine propere Figur, nennenswerte Falten suchten sie vergeblich in ihrem Gesicht. Sie verkörperte den Typ von Frau, auf den Männer gerne ansprangen.

Ohne große Umwege kam sie auf ihren Ex zu sprechen. »Wir waren fünf Jahre verheiratet. Leider habe ich zu spät mitbekommen, wie er ständig Abenteuer mit anderen Frauen suchte. Das war fast schon so etwas wie ein Hobby von ihm. Seltsamerweise störte es unser Sexualleben nicht. Da konnte ich mich nicht beschweren. Als ich verstand, was er von ehelicher Treue hielt, zog ich die Reißleine. In den Fragen bin ich eher konservativ.«

Hilpert kam ohne Umschweife auf ihr eigentliches Thema zu sprechen. »Verfügte er neben seinem normalen Einkommen über zusätzliche Einkünfte?«

»Das musste er«, antwortete sie bereitwillig. »Wie sonst könnte er seine teuren Hobbys finanzieren?!«

»Teure Hobbys, wie darf ich das verstehen?«, wurde er hellwach.

»Nun, mindestens einmal im Jahr machte er einen dreiwöchigen

Urlaub in die Karibik, auf die Malediven, an den Amazonas. Zwischendurch Städtereisen nach New York, Paris, Tokio, Singapur. Überall, wo es gut und teuer war, ist er gewesen.«

»Und Sie, hat er Sie nicht mitgenommen?«

»Das war eine Frage des Kleingeldes. Außerdem muss ich lange Reisen nicht haben. Ich fliege nicht gern und auf ein Schiff bekommt mich niemand. Wir verfügten von Anbeginn an über getrennte Kassen. Für den Haushalt zahlten wir in einen gemeinsamen Topf.« Sie lachte auf. »Ich lebte allerdings mietfrei in seiner Wohnung. Da war er großzügig. Er erwartete keinen Zuschuss. Ein Geizhals im engeren Sinne ist er nicht gewesen. Trotzdem hat er das Geld zusammengehalten. Vermutlich für seine teuren Hobbys.«

Hilpert verarbeitete die Informationen aufmerksam. Was ihnen Schilskes Ex-Frau mitteilte, passte gut zu seinen Verdachtsmomenten. »Sie sprachen von Hobbys. Hatte er weitere Leidenschaften?«

»Oh ja, sein Boot. Im Sommer ging es an jedem Wochenende an die Ostsee. Er hatte in Travemünde ein Motorboot liegen. Ich muss sagen, es war vom Feinsten. In der ersten Zeit bin ich gerne mal mitgefahren. Solange ich Land sehen kann, habe ich keine Probleme mit dem Wasser. Irgendwann wurde es mir zu langweilig. Für längere Touren entlang der Küste, hoch nach Skandinavien war ich nicht zu haben.«

»Handelte es sich um ein größeres Boot?«

»Kann man so bezeichnen. Er hatte mal eine Unterlage liegen lassen. Der Kaufpreis lag bei 400.000 DM für das gebrauchte Schiff. Es musste einiges hineingesteckt werden. 100.000 DM ist er bestimmt zusätzlich losgeworden. Das Geld hat er, ohne mit der Wimper zu zucken, auf den Tisch des Hauses geblättert. Als ich ihn einmal darauf ansprach, meinte er, das Schiff habe nunmehr einen Wert von über einer Million.«

Hilpert bohrte weiter: »Hat er für die hohen Aufwendungen eine Finanzierung abgeschlossen?«

»Keine Ahnung. So weit ging meine Neugier nicht. Für mich war es wichtig, trotz seiner teuren Hobbys anständig leben zu können. Das war gewährleistet. Wir hatten keine Kinder, für die gespart werden musste. Warum sollte ich ihm seine Freude nehmen? Zu Geburtstagen, zu Weihnachten war er mir gegenüber ausgesprochen spendabel.«

Hilpert überlegte kurz. Ein Boot in diesem Ausmaß musste nicht zwangsläufig aus Drogengeldern finanziert worden sein. Als Beamter hätte er dafür vermutlich bei entsprechenden Eigenmitteln problemlos eine Finanzierung bekommen. Kombiniert mit den Reisen konnte es dagegen eng werden.

»Und er hält sich nach wie vor auf dem Boot auf, wenn es Freizeit und Wetter zulassen?«

»So ist es. Wie ich hörte, hat er sich inzwischen sogar gesteigert. Das neue Boot soll um einiges geräumiger und eindrucksvoller sein als dessen Vorgänger. Gemunkelt wurde von einem siebenstelligen Kaufpreis, diesmal in Euro. Da kann ich erst recht nicht mitreden. Seit unserer Trennung und der Scheidung habe ich nicht mehr die Ehre gehabt, von ihm eingeladen zu werden. Da haben andere Damen den Vorzug erhalten oder sein schwuler Kumpel Wels.«

»Sie wissen von seiner Homosexualität?«

»Das war schwerlich zu verheimlichen.«

»Sie haben Ihr Wissen für sich behalten?«

»Natürlich. Wels soll selbst entscheiden, wann und ob er damit an die Öffentlichkeit gehen will. Er hat mir nie etwas getan. Ganz im Gegenteil hat er mir über so manche schwere Stunde hinweggeholfen. Er ist ein netter Kerl.«

»Es muss nicht alles an die große Glocke gehängt werden«, lobte Hilpert sie. »Haben Sie eine Ahnung, wie Schilske an das Geld für seine teuren Hobbys gekommen ist? Teure Reisen, ein aufwendiges Boot finanzierst du nicht aus der Portokasse.«

Sie zuckte unschlüssig mit den Achseln. »Insbesondere das Schiff ist richtig teuer. Von der Anschaffung mal abgesehen. Der Liegeplatz, das Winterlager, Reparaturen und dann der Sprit. War er auf Tour, rauschten die Geldscheine nur so durch den Tank. Ich habe ihn mal darauf angesprochen. Er murmelte was von einer Erbschaft. Seine früh verstorbenen Eltern sollen Eigentümer eines Mehrfamilienhauses in Lübeck gewesen sein, das er vor Jahren verkauft haben will. Das reichte mir als Information. Wie gesagt, finanziell war jeder autark. Durch das mietfreie Wohnen konnte ich damals Geld beiseitelegen. Es ging mir absolut nicht schlecht.«

Er überlegte kurz, wie er weiter vorgehen sollte. Schließlich entschied er sich für eine volle Breitseite. »Wir haben Wels und Ihren Mann in Verdacht, an Drogengeschäften beteiligt zu sein.«

Betroffen fragte sie nach: »Sie meinen, die haben Stoff an ihre Schüler verteilt?«

»Nicht unbedingt. Wir sehen die beiden eher im organisatorischen Bereich. Der Stoff kommt von irgendwo, muss zwischengelagert, weitergegeben und selbstverständlich bezahlt werden. Wie wir annehmen, hat das erhebliche Dimensionen erreicht. Das will gemanagt werden. Die Zwischenhändler müssen auf ihre Art seriös sein. Die Lieferanten verstehen keinen Spaß, wenn es um ihr Geld geht.«

Sie erholte sich schnell von seiner Anschuldigung gegen ihren Ex-Mann. Emotional hatte sie sich längst von ihm getrennt. »Dazu kann ich wenig sagen. Über Finanzen mussten wir uns keinen Kopf machen. Er schöpfte gern aus dem Vollen. Unter Businessclass flog er beispielsweise nicht. War er mit einem Kreuzfahrtschiff unterwegs, musste es selbstverständlich eine Suite sein, die er bewohnte. Schlug er im Reisebüro auf, rollten die für ihn einen roten Teppich aus. Ich glaubte ihm seine dicke Erbschaft. Ich habe es dabei belassen. Neugierig bin ich nicht gewesen. Seine Hobbys nahmen mir nichts. Ich muss zugeben, auf Drogen wäre ich nie gekommen.« Sie schüttelte den Kopf. »Unvorstellbar, gelänge allein Ihr Verdacht an die Öffentlichkeit, könnte er im Schuldienst einpacken, ganz abgesehen von der strafrechtlichen Seite. Das ist ein absolutes No-Go. Ich habe Rüdiger wirklich für intelligenter gehalten. Wie lange lief das denn?«

»Mindestens zwei Jahrzehnte.«

»Und es hat nie einen Verdacht in seine Richtung gegeben? Ich will das nicht glauben. Sind Sie ganz sicher, die Drogenvorwürfe entsprechen den Tatsachen?«

Hilpert wand sich sichtlich. »Es spricht viel für unsere These. Bewiesen ist momentan nichts.«

»Das heißt, genau wissen Sie es nicht.«

»So ist es.«

»Dann sollten Sie mit Ihren Verdächtigungen sehr vorsichtig umgehen.«

»Worauf Sie sich verlassen können. Wir sind nicht auf der Suche nach einem Sündenbock. Wir wollen die Täter haben. In dem Zusammenhang: Sein Boot, wissen Sie, wo er es liegen hat?«

»Anfangs lag es in Travemünde. Ich meine, er ist später nach

Grömitz gezogen. Die verfügen ja über einen schönen Mariner. An der großzügigen Promenade ist es nett.«

»Und wo überwintert es?«

»Fragen Sie mich was Leichteres. Das hat mich nie interessiert. Selbst in unseren guten Jahren habe ich ihn nicht zur Werft begleitet und Rost geklopft oder die Polster gesaugt.«

Hilpert war kurz davor, das Gespräch zu beenden, als ihm Wels einfiel. »Sie sagten, Sie kennen Herrn Wels ein wenig. Haben Sie eine Ahnung, ob er über ein Ferienhaus verfügt? Wenn ja, hätten Sie dessen Adresse?«

»Natürlich, das Haus war sein ganzer Stolz. Es liegt im Allgäu. Die genaue Adresse kann ich Ihnen nachher zumailen. Dahin hat er sich gerne verzogen, wenn ihn einer seiner Lover mal wieder enttäuscht hatte. Wirklich Glück hat er mit seinen Beziehungen nicht gehabt. Das fing mit diesem Schüler an, der vor zwanzig Jahren an einer Überdosis gestorben war. Er hat lange um ihn getrauert.«

Hellhörig geworden stürzte sich Hilpert auf ihre letzte Aussage. »Hieß der Schüler Jens Welte?«

»Genau, der Name war mir entfallen. Jetzt hab ich ihn vor meinem geistigen Auge. Ich meine, er war ein begabter Musiker und spielte als Schlagzeuger in einer Schülerband.« Erstmals sah sie sich Hilpert etwas genauer an. »Sie haben da ebenfalls mitgemacht, stimmt's?«

Es gab keinen Grund zu widersprechen. Warum sollte er? Zu ihrem Leidwesen konnte sie zu der Beziehung zwischen Wels und Welte nichts Neues beitragen. Sie machte als Junglehrerin ihr Referendariat am Gymnasium und hatte andere Probleme, als sich Gedanken um Wels und sein Liebesleben zu machen. Die Beziehung war ihr nur deshalb bekannt, weil sie zu der Zeit Schilske kennengelernt hatte.

Das Gespräch mit dessen ehemaliger Ehefrau brachte sie ein gehöriges Stück weiter und bestätigte ihren Verdacht gegen den Lehrer. Schilske war mit einiger Sicherheit von dem seriösen Pädagogen, den er ihnen vorgespielt hatte, ein ganzes Stück entfernt. Hilpert gab seiner Assistentin in Hamburg alle Daten durch, über die er verfügte. Sie sollte versuchen herauszufinden, über welches Boot er verfügte. Hilpert merkte sich Kaufmann vor. Die Beziehung von Jens zu einem anderen Mann hatte er verschwiegen und den

Eindruck erweckt, als führten sie eine harmonische Beziehung ohne nennenswerte Störungen. Mit Schilskes erster ehemaliger Ehefrau beließen sie es bei einem kurzen Telefonat. Für sie war die Information, ihr damaliger Mann habe ein halbes Jahr vor ihrer Trennung im Jahr 1997 plötzlich über größere Geldmittel verfügt, unbedeutend. Ihr sei es gleichgültig gewesen, woher sie stammten. Sie war mit ihrem zweiten Staatsexamen beschäftigt und kümmerte sich entsprechend wenig um ihn und ihre Ehe. Sie wollte Anwältin werden. Dem ordnete sie damals alles unter. Hinzu kam, es begann zwischen ihnen zu kriseln. Interessiert nahm er die Information auf, dass Schilske seit Jahren eine Eigentumswohnung in Jesteburg besaß. Sie diente vorrangig als seine Liebeshöhle.

Gäbler versprach, einen seiner Leute zu beauftragen, die Adresse ausfindig zu machen.

Der Tag neigte sich dem Ende zu. Gäbler verabschiedete sich. Hilpert fabrizierte für sich und Albers ein einfaches Nudelgericht.

Es war in der Stadt ruhig geworden. Der Straßenverkehr hatte sich weitgehend zurückgezogen. Die beiden Jungkommissare saßen gelangweilt in ihrem Fahrzeug. Wie nicht anders zu erwarten, durften sie bei der Überwachung des Verdächtigen die Spätschicht übernehmen. Sie rechneten mit keinem ereignisreichen Abend. Inzwischen ging es auf dreiundzwanzig Uhr zu. Abwechselnd vertraten sie sich die Beine. Einer von ihnen nutzte die Gelegenheit für eine schnelle Zigarette. Viel Freude kam darüber bei seinem Kollegen nicht auf, der sich anschließend über den geräucherten Atem aufregte. Mehrere Pfefferminztaler stellten den Seelenfrieden einigermaßen her. Gähnend warf der Kommissar seine Zigarette in die Gosse und lehnte sich gegen ihr Auto. Er begann zu frösteln. Er hätte besser einen Mantel übergezogen. In seiner Jackentasche schien die Zigarettenpackung ein Loch brennen zu wollen. Ging es ums Rauchen, war er ein unbelehrbarer Wiederholungstäter. Eine Hand verschwand bereits dorthin, als sich die Haustür vor ihnen öffnete. Sich vorsichtig umschauend verließ Schilske das Haus und ging auf seinen Audi zu. Vorbei war es für den Beamten mit der Aussicht auf die nächste Zigarette. Er hüpfte ins Auto, in der Hoffnung, nicht auf sich aufmerksam gemacht zu haben. Sie gaben Schilske eine knappe Minute Vorsprung. Bei der geringen Verkehrsfrequenz mussten sie für einen geeigneten Abstand sorgen, wollten sie nicht auffallen. Sie erreichten ihren Chef am Telefon. Er war gerade dabei, sich bettfertig zu machen. Als er in die Schuhe schlüpfte, war seiner Lebensgefährtin klar, auf das geplante Ende des gemeinsamen Abends verzichten zu müssen. Er stürmte die Treppe des Hauses hinunter und wählte dabei Hilperts Telefonnummer an. Der Tag endete für ihn und Albers aufreibender als angenommen. Gäbler holte seine Hamburger Kollegen ab. Sein Handy hatte er auf Lautsprecher gestellt und war in permanenter Verbindung mit seinen Mitarbeitern. Es ging eindeutig Richtung Jesteburg. Einige Minuten später erkannten sie die Rücklichter des Fahrzeugs der Polizisten. Sie waren auf dem richtigen Weg.

»Verdammt«, fluchte Gäbler, »ich hab vergessen, euch die Adresse seiner Eigentumswohnung durchzugeben! Sie liegt in der Lüllauer Straße 96. Sie läuft auf seinen Namen und ist nicht vermietet.«

»Was sucht der dort zu solch später Stunde?«, fragte Hilpert. »Hat er seinen Freund dort untergebracht? Hält der sich gar nicht in Süddeutschland auf, wie wir bislang vermuteten? Wartet der fröhlich ab, was auf ihn zukommen könnte?« Er schüttelte den Kopf. »Die müssten eigentlich wissen, dass es gerade mal für einen kleinen Aufschub langt.«

Er tippte Gäbler an. »Überhol beide Wagen. Wir wollen als Erste dort aufschlagen.«

Der Kriminalrat ließ sich nicht zweimal bitten und trat das Gaspedal durch. Jetzt kurz vor Mitternacht konnte er auf der relativ gerade verlaufenden Landstraße problemlos überholen. Weit und breit gab es keinen Gegenverkehr. Am Kreisel in Lüllau hatten sie sich einen kleinen Vorsprung herausgearbeitet. Sie würden direkt in der Lüllauer Straße landen. So gesehen hatte Schilske aus ihrer Interessenlage heraus vor Jahren das richtige Objekt ausgewählt. Das rot verklinkerte Mehrfamilienhaus lag ein Stück von der Straße versetzt. Davor erblickten sie acht bis zehn Stellplätze, die nur zum Teil belegt waren. Sie stellten ihren Wagen dort ab. Unweit davon suchten sie den Schutz einer Eiche auf. Entdeckte Schilske sie, würde er unter Umständen das Weite suchen. Kurz darauf bog er in die Zufahrt ein und parkte sein Fahrzeug sinnigerweise neben ihrem. Er ging, ohne sich umzublicken, auf das Haus zu.

Für ihren Wagen zeigte er kein Interesse. Als sie den Schlüssel im Schloss vernahmen, verließen die beiden Beamten ihre Deckung.

»Herr Schilske«, rief Hilpert ihm zu, »nehmen Sie uns mit in Ihre Wohnung? Hier draußen wird es ungemütlich kalt.«

Bei dem Angesprochenen machte sich Hektik breit. Er zog den Schlüssel ab und stieß die Tür auf. Bevor sie ihn erreicht hatten, war er eingetreten und zog die Tür hinter sich zu. Vorsichtshalber schloss er ab. Über den Summer war sie nicht mehr zu öffnen. Eintritt wurde ihnen nur gewährt, wenn sich einer der Mieter dazu herabließ, sie hereinzulassen.

»So ein Blödmann!«, schimpfte Gäbler. »Er sollte wissen, über kurz oder lang gelangen wir ins Haus. Die paar Minuten, die er schindet, helfen ihm nicht weiter.«

»Da komme uns einer so spät am Abend mit innerer Logik«, blieb Hilpert gelassen. Schilske hatte Fakten geschaffen, an denen sie vorerst nicht vorbeikamen. »Setz mal dein Blaulicht auf den Wagen und schalte es ein«, richtete er wieder das Wort an den Buchholzer Kollegen. »Ich klingel die Nachbarn aus ihrem wohlverdienten Schlaf. Einer wird uns bestimmt helfen.«

Mittlerweile waren die beiden Kommissare eingetroffen. Sie hatten sich zurückfallen lassen, um keinen Verdacht zu erregen. Sie taten es ihrem Vorgesetzten nach und schalteten ebenfalls das Blaulicht ein. Es fehlte bloß die Sirene und sie weckten den beschaulichen Heideort aus seinem Dornröschenschlaf. Trotz ihrer gemeinsamen Bemühungen dauerte es eine gute Viertelstunde, bis ein älterer Herr sie einließ. Auf seine erschrockenen Fragen antworteten sie lapidar. Bislang konnten sie Schilske gerade mal vorwerfen, ihnen die Tür vor der Nase zugeschlagen zu haben. Dafür gab es nicht einmal eine Verwarnung. Sie eilten die Treppe hinauf und standen kurz darauf vor der gesuchten Wohnung. An der Eingangstür standen sie vor dem gleichen Problem wie vor dem Haus. Wie kamen sie hinein?

Diesmal konnte sich einer der jungen Kommissare nützlich machen. Er fischte einen kleinen Besteckkasten aus der Jackentasche. Ein paar Umdrehungen weiter und die Tür war offen. Zuweilen lernten die jungen Kollegen in ihrer Fortbildung Nützliches. Mit gezogenen Waffen betraten sie die Wohnung. Wie sich schnell zeigte, konnten sie darauf verzichten. Tote gefährdeten niemanden.

Schilske hing an der Wohnzimmerdecke, unter ihm lag ein umgestoßener Stuhl. Auf einen Notarzt konnte geflissentlich verzichtet werden. Sein gequälter Gesichtsausdruck sagte alles. Gleiches galt für die Leiche im Nebenzimmer. Dort fanden sie Wels mit eingeschlagenem Schädel. Auf diesem unkonventionellen Weg endete eine Männerfreundschaft unwiderruflich.

Die Beamten durchtrennten den Strick, der Schilskes Leben beendete. Sie legten ihn vorsichtig auf dem Boden ab, so als wollten sie ihn nicht verletzen. Hilpert starrte auf den Toten. Gut zwei Jahrzehnte Drogenhandel fanden einen unrühmlichen Abschluss. War es das wert gewesen? Hatten sie ihren Fall gelöst? War Schilske der Mörder von Jens oder war es Wels? Fungierte dieses Duo als das gesuchte Glied in der Verteilerorganisation? Diese Frage beschäftigte Hilpert weiterhin, als sie nach zwei Uhr sein Haus in Buchholz aufsuchten.

Albers meldete Bedenken an. »Das Fassungsvermögen der verborgenen Fächer in Wels' Schuppen kommt mir zu gering vor. Die haben daraus kleinere Verteiler bedient. Wenn ich mir vergegenwärtige, wie viel Geld von diesen Leuten abgesahnt wurde, muss es um andere Größenordnungen gehen. Überleg selbst, die beiden haben ordentlich abgekocht. Es muss um mehr Dope gehen.«

Hilpert stimmte ihm zu. »Also machen wir uns wie gehabt auf die Suche nach dem großen Unbekannten, der auf den eigentlichen Mengen sitzt. Wo mag der die lagern? Für mich bleibt allerdings die Frage im Raum stehen, waren die zwei Toten in den Mord an Jens involviert, wenn nicht als Täter, dann als Unterstützer?«

Bei dieser Frage musste Albers gleichermaßen passen. Er war skeptisch. »Der Mord an Wels und Schilskes anschließender Selbstmord machen auf mich den Eindruck relativ spontaner Taten. Die passen meines Erachtens nicht zu den bisherigen Morden. Beide sind Lehrer gewesen und trotz ihrer Nebenaktivitäten keine Berufsverbrecher. Ich schätze, Schilske war verzweifelt. Alles war dabei, über seinem Kopf zusammenzukrachen. Vermutlich kam es zum Streit. Er tötete seinen Freund. Wer weiß, was dem vorausgegangen ist. Spätestens durch unsere Aktion ist ihm schließlich klar geworden, damit kein Problem gelöst zu haben. Also richtet er sich selbst. Sein Suizid ist eindeutig. In dieser kurzen Zeit war es für einen Dritten unmöglich, ihn vorzutäuschen. Eine fremde Person im Haus wäre außerdem nicht unbemerkt geblieben.«

»Dann müssen wir wohl oder übel weitersuchen«, stimmte ihm der Oberrat zu.

Es blieb ihnen nichts anderes übrig, als sich vorerst mit dem Vorhandenen zufriedenzugeben. Hilpert fand nur langsam in den Schlaf. Ihn quälte nach wie vor die Frage, ob die beiden Pädagogen für den Mord an seinem Freund verantwortlich waren. Hatten sie diese Option zu früh ad acta gelegt? Zumindest bedeutete sie ein Ende seiner Ermittlungen in Buchholz. Er fühlte sich hin und her gerüttelt. Die schnelle, scheinbar plausible Lösung führte damals bereits zu einer Fehleinschätzung, der Todesursache seines Freundes. Diesen Fehler wollte er nicht wiederholen.

17

Ob es ihm passte oder nicht, Hilpert musste am Wochenanfang neben seinem Kollegen Gäbler und dem zuständigen Staatsanwalt an einer Pressekonferenz teilnehmen. Die Ereignisse waren für Buchholzer Verhältnisse außerordentlich spektakulär. Da konnten sie unmöglich in aller Ruhe zur Tagesordnung übergehen. Er hielt sich zurück, als seine Rolle bei den Ermittlungen angesprochen wurde. Der Staatsanwalt genoss es augenscheinlich, sich mit einem bedeutenden Verbrechen befassen zu dürfen. Seit der Ermordung eines Handwerksmeisters vor Jahren hielt sich die Anzahl der schweren Kapitalverbrechen in der Gegend auf niedrigem Niveau. Die Interviewwünsche einiger Journalisten befriedigten er und Gäbler in einer Manier, als hätten sie ein Leben lang dafür geübt. Aus einer großen anschließenden Lagebesprechung konnten sich Hilpert und Albers elegant herauswinden. Nach elf Uhr waren die Hamburger Ermittler wieder in Hilperts Reihenhaus. Wie aus dem Jungbrunnen gezogen, stand Thiemann eine halbe Stunde später vor ihm.

Der Oberrat blickte ihn von oben bis unten an. »Wenn ich dich so anschaue, erübrigt sich die Frage, ob dir dein Urlaub gefallen hat.«

»Man erkennt sofort den Detektiv in dir. Die freien Tage haben mir tatsächlich gutgetan. Und der Beziehung mit Katja ebenso.«

»Und warum habt ihr nicht verlängert? Es wäre in unserem Laden nichts angebrannt, hättest du eine Woche drangehängt.«

»Da ich eine berufstätige Freundin habe, mussten wenigstens fünfzig Prozent unserer Kleingruppe zurück in die heimatlichen Gefilde. Allein wollte ich sie nicht fliegen lassen.«

Wirkliches Bedauern machte sich bei Hilpert nicht breit.

»Atifete ist letzte Woche in Hamburg gewesen«, informierte er seinen Mitarbeiter.

»Ich weiß, sie hat mir eine Mail geschrieben. Sie denkt über eine Anlage von bis zu siebzig Millionen in mehreren Tranchen nach. Und das soll nicht das Ende der Fahnenstange sein.«

»Sie erwartet dafür eine Unternehmensbeteiligung«, warf Hilpert ein.

»Siehst du darin ein Problem?«

»Nicht die Bohne. Von mir aus soll sie sich mehrheitlich bei uns einkaufen.«

»Sehr gut. Frisches Kapital können wir eh gebrauchen. Und du denkst sicherlich über einen Abbau eurer Bankverbindlichkeiten nach.«

»Du sagst es.«

Thiemann war seine gute Laune anzusehen. »Ich sollte öfter Urlaub machen. Allem Anschein nach fallen uns dann die guten Geschäfte in den Schoß.«

»Untersteh dich.«

»Eine andere Frage, Fabian, was suchst du in Buchholz? Erzähl mir nichts von Heimweh.«

Seine Geschichte war schnell erzählt.

Die Information über die vermutliche Ermordung von Jens Welte machte Thiemann betroffen. Sie waren nicht eng befreundet. Dennoch verbanden sie viele gemeinsame Erlebnisse. Die Anschläge auf Hilpert brachten ihn in Rage. »Dein Scheißpolizeijob bringt dich in jungen Jahren unter die Erde. Häng den endlich an den Nagel!«, schimpfte er aufgebracht.

»Das wird mir momentan wohl kaum helfen, mein lieber Freund. Hier werden mir Ereignisse aus der Vergangenheit um die Ohren geschlagen. Meinen Gegnern reicht es wohl kaum, wenn sie im Abendblatt lesen, dass ich den Polizeidienst quittiert habe.«

»Da wirst du recht haben. Davon abgesehen, machst du sowieso, was du für richtig hältst. Wechseln wir das Thema. Ich werde heiraten. Und du wirst mein Trauzeuge. Einzige Voraussetzung ist selbstredend, du bist bis dahin in einem gebrauchsfähigen Zustand. Das Wann hängt davon ab, zu welchem Zeitpunkt wir im Standesamt des Rathauses einen Termin bekommen.«

»Sich in Schönheit vereinigen. Das muss funktionieren.«

»Davon geh ich aus. Schließlich ist es der Wunsch meiner Zukünftigen, dort den Bund für die Ehe zu schließen.«

»Und wo soll die Feier stattfinden?«

»Das wird sich zeigen. Kommt Zeit, kommt Rat.«

Hilpert strahlte ihn an. »Ich hätte da eine Idee. An der Elbe lässt es sich vortrefflich feiern. Mein Haus ist dann dein Haus. Was hältst du davon?«

Thiemann lachte hell auf. »Damit gelangst du ganz weit nach vorne auf der Liste der beliebtesten Menschen meiner Zukünftigen.«

»Es ist der reine Egoismus, der mich leitet. Wir müssen endlich eine Schneise in den Weinkeller meines Schwiegervaters schlagen. Die Versorgung der Gäste übernehmen wir.«

»Aber ...«

Hilpert winkte ab. »Nimm es als Hochzeitsgeschenk zur Kenntnis.« Er nahm den Freund in seine Arme. »Sehr erfreulich, wenigstens einer von uns schafft es, sich eine Ehefrau zu krallen.«

»So pessimistisch? Du bist jung genug. Ein paar Jahre sollten dir verbleiben, es mir nachzumachen.«

»Lassen wir uns überraschen. Mal was anderes: Verdienst du eigentlich genug bei mir, um dir eine Ehe leisten zu können?«

»Was für eine Frage, Fabian. Mit dem Einkommen könnte ich mir sogar eine Zweitfrau leisten.«

»Dann ist ja alles im Lot. Über eine Gehaltsanpassung können wir uns trotzdem unterhalten.« Er blickte seinen Freund zweifelnd an. »Die Heirat kommt mir irgendwie spontan vor. Ist was unterwegs?«

»Es lässt sich nicht ausschließen.«

»Und ihr seid glücklich?«

»Ja, unbeschreiblich.«

»Du bist nicht schwanger. Du siehst ausgeruht aus. Dann wollen wir mal sehen, was ich im Keller stehen habe.«

»Ich habe schon befürchtet, du würdest darauf nicht ohne einen deftigen Hinweis kommen.«

Hilpert hatte sich erhoben und machte sich auf den Weg nach unten. Im Gehen wandte er sich dem Freund zu. »Gib bitte Albers Bescheid, er soll sich zu uns setzen.«

»Und wie läuft es mit deiner Bewachung?«, ging Thiemann auf ihn ein.

»Seit geraumer Zeit ist es ruhig geworden. Da brät jemand was aus. Vermutlich halten wir uns momentan im Auge des Hurrikans auf. Ich denke, die schlagen nicht gerade heute zu. Die Wahrscheinlichkeit dafür halte ich für relativ gering. Ich sehe keinen Angriff auf das Haus. Um mich hier zu fassen zu bekommen, gehen sie erhebliche eigene Risiken ein. Verlass dich darauf, die werden an anderer Stelle aktiv. Außerdem reicht es, wenn wir uns an den guten Weinen delektieren und nicht besaufen. Dafür gibt es andere Gelegenheit zu anderen Zeiten.«

Es wurde ein fröhlicher Abend. Am Ende entschied sich Thiemann, die Nacht in Hilperts Haus zu verbringen. Er sollte es nicht bereuen. Es blieb ruhig. Nach dem Frühstück nutzten sie die Zeit, um ohne Hektik Geschäftliches zu besprechen.

»Am besten vereinbarst du einen Termin mit Paul Seipold«, instruierte Hilpert Thiemann. »Ich bin kein EDV-Spezialist und kann seine Kompetenz nicht beurteilen. Das sieht bei dir besser aus. Grundsätzlich hast du ja genickt. Kommen dir Zweifel, erhält er den Auftrag nicht. Was ich bei ihm gesehen habe, macht einen ordentlichen Eindruck. Nur, was will das heißen?! Ich halte einen Server für einen Kellner.«

»Keine Angst, das bekomm ich hin. Irgendwelche Vorgaben was die Honorierung betrifft?«

»Bin ich für die Kalkulation dieser Aufträge zuständig? Mach dir selbst einen Kopf.«

»Ich wollte dir nur das Wort gegönnt haben. Schließlich bist du einer der Hauptgesellschafter der Firma und ich ein unbedeutender, weisungsgebundener Mitarbeiter.«

Hilpert grinste in seine Richtung. »Mir scheint, als sei doch eine Gehaltserhöhung fällig. Und möchtest du einen schönen Titel für deine Visitenkarte? So zur Steigerung deines Selbstwertgefühls?«

»Darf ich keinen schnöden Witz mehr machen?«, wiegelte Thiemann ab.

»Jetzt ist es zu spät, dein Festgehalt wird um zehn Prozent angehoben.«

»Das hab ich wirklich nicht gewollt«, versuchte er sich herauszuwinden. Er wurde bislang hervorragend bezahlt. Er war mehr als zufrieden. Dabei war das größte Plus die freundschaftliche Beziehung zu Hilpert. Der ließ ihm Freiheiten, von denen er an anderer Stelle nur träumen könnte. Das ersetzte kein hoch dotierter Vertrag bei einer renommierten Geschäftsbank. Davon abgesehen stand da nichts an. Und sie zahlten nicht besser als sein Freund. Vor allem wurde er nicht in unregelmäßigen Abständen mit Neuorganisationen konfrontiert, die die Börse beruhigen sollten.

»Ich habe eine zusätzliche Bitte«, setzte Hilpert nach. »Mach dir ein Bild davon, ob Mutter und Tochter Meinhard wirklich so gut sind wie behauptet. Unsere Firma soll von Profis betreut werden, nicht von netten Menschen, denen wir einen Gefallen tun möchten.«

»Du wirst erstaunt sein, von Angela habe ich vor etwa zwei Jahren auf einem Kongress gehört. Dort wurde sie über den grünen Klee gelobt. Lars wurde dagegen als aufgeblasener Wichtigtuer ohne Format bezeichnet. Was die Tochter betrifft, kann ich nicht viel sagen, die hatte damals gerade ihr Studium aufgenommen.«

»Das über Angela höre ich gerne. Was Lars betrifft, hat sich Paul Seipold ähnlich geäußert.«

»Das mit Jens tut mir unglaublich leid. Insbesondere für dich. Schließlich wart ihr damals dicke miteinander. Ich fand ihn ausgesprochen nett.«

»Erstaunlich, welche Gefühle durch den Mord wiedererweckt werden. Dabei fällt mir eine Frage ein. Jens ist schwul gewesen, wusstest du davon?«

Thiemann schüttelte den Kopf. »Jens und schwul, du machst Scherze. Der hat doch bei allen Aktionen an vorderster Front mitgemischt. Mädchen hatten ihn nie gestört. Und aus der Klasse ist er niemandem zu nahe getreten.«

»Da geht es dir wie mir. Gut zu hören, nicht der Einzige gewesen zu sein, der nicht eingeweiht war und keinerlei Verdacht geschöpft hat.«

»Das muss für die meisten von uns gegolten haben«, beruhigte ihn Thiemann. »Sonst wäre darüber getuschelt und Witze gerissen worden. Das wurde von ihm schon gut unterm Deckel gehalten.«

»Trotzdem muss es an einer Stelle ein Leck gegeben haben. Ich denke, er ist erpresst worden.«

»Wer tut denn so was?«

»Erinnerst du dich an Wels?«

»Unseren damaligen Sportlehrer. Du meinst, der hat Jens erpresst?«

»Der nicht unbedingt. Wels war wie Jens nicht auf Publizität aus. Nein, ich meine Schilske.«

»An den Namen erinnere ich mich. Soviel ich weiß, hat er bei uns nicht unterrichtet. Und der soll Jens erpresst haben?«

»Davon gehe ich aus. Leider können wir ihn nicht mehr befragen. Er hat sich das Leben genommen.«

Thiemann schüttelte verständnislos den Kopf. »Besuch eine Schule und du erlebst dein blaues Wunder.« Ihm war anzumerken, die aktuellen Ereignisse machten ihn nicht sonderlich betroffen. Er war mit seinem Kopf bereits wieder im Job. Die Schulzeit war für ihn Geschichte.

»Kann ich mal in Ruhe nebenan telefonieren? Jetzt bin ich in Buchholz und könnte mich mit Paul Seipold verabreden. Vielleicht hat er heute Abend Zeit.«

Wie nicht anders zu erwarten, konnte der Angerufene einen Termin verschieben, um sich mit seinem ehemaligen Klassenkameraden zu treffen. Sie wollten sich bei Henry's in Steinbeck treffen. Das Angebot, ihn zu begleiten, lehnte Hilpert aus guten Gründen ab. Es ging nicht nur um ihn und seine Gesundheit. Egal, wo er aufkreuzte, bedeutete er eine latente Bedrohung für sein Umfeld. Trotz der momentanen Ruhe war er Profi. Er wusste, dem potenziellen Opfer wurde gern das Gefühl von Normalität vorgegaukelt, um zu einem Zeitpunkt zuzuschlagen, an dem es begann, seine Sensibilität für Gefahren zu verlieren. Zumindest würde er diese Einlullungsstrategie anwenden, wollte er auf jemanden einen Anschlag verüben. Dies war beim Senator weitaus virulenter. Ihm fehlte die Erfahrung für solche Ereignisse. Er wurde aus seinem Lebensrhythmus geworfen und versuchte alles, sich dort wieder hineinzudrängen. Er stolperte ständig über einen Tross an

Personal, das ihn zu beschützen hatte und zwar vierundzwanzig Stunden am Tag, sieben Tage die Woche. Diese Leute mischten sich gnadenlos in sein Leben ein. Sie waren darauf orientiert, keinen Widerspruch hinzunehmen, wenn es um die Gesundheit des Betroffenen ging. Diese Situation war relativ neu für ihn. Aufgrund des hohen Personaleinsatzes fehlte es im Präsidium wie während einer Grippeepidemie an diversen Ecken. Es wurden an Stellen Löcher gerissen, die auf den ersten Blick nichts mit Personenschutz zu tun hatten. Ohne Rücksicht auf Verluste mussten alle Dezernate personell bluten.

Bei Sichtung seiner Unterlagen stieß Hilpert auf sein Gedächtnisprotokoll über das Gespräch mit Kellner. Er war geneigt, dem Mann zu glauben. Damit erübrigte sich allerdings sein Verdacht, er wolle ihn im Konzert mit der italienischen Mafia ausschalten. Davon unabhängig war ihm das Gebiet, das mit Drogen versorgt wurde, zu klein, dieser Markt zu unbedeutend, um internationale Kooperationen zu schließen. Je mehr Leute um den Tisch herumsaßen, Messer und Gabel gezückt, desto kleiner wurden die Fleischstücke, die für jeden Einzelnen abfielen. Am Ende blieb ein abgeschnittener Fettrand übrig. Wer in der Hierarchie am höchsten stand, dem wurde automatisch der größte Anteil reserviert. Trotzdem war der zu erwartende Anteil nicht umfangreich genug, um die italienische Mafia dafür zu interessieren. Eigentlich reichte er nicht einmal für Kellner, auch ohne Kooperationspartner.

Die Hoffnung auf einen geruhsamen Abend, die Füße hochgelegt vor dem Fernseher, sollte sich zerschlagen. Seipold hatte bei Henry's ein Menü für vier Personen geordert und war mit Thiemann bei Hilpert aufgetaucht. Nach zwanzig Uhr standen zwei Mitarbeiter des Restaurants vor ihnen. Sie wurden nicht enttäuscht. Das Essen war vorzüglich. Sie mussten es Seipold lassen, er verstand es, Kunden an sich zu binden, vor allem wenn die Verträge noch nicht unterschrieben waren. Mit der Menge der kulinarischen Schweinereien hätten sie Teile der Buchholzer Polizei satt bekommen. Anschließend gerieten sie ins Fachsimpeln. Diesmal blieben die Weinflaschen im Keller des Hauses vorerst verkorkt. Hilpert nahm die Fachsimpelei zum Thema EDV-Organisation seiner Vermögensberatung eher am Rande wahr. Eines ihrer großen Themen war die Datensicherung. Darüber hinaus ging es ihm um eine zeitnahe Lösung unerwartet anfallender Probleme. Ihre Klienten verlangten einen perfekten Service bei anstehenden Fragen. Da durfte es bei ihrer dünnen Personaldecke keine nennenswerten Wartezeiten geben. Hier biss sich die Katze in den Schwanz. Um einen ausschließlich für sie tätigen Sachbearbeiter zu beschäftigen, war ihr Auftragsvolumen zu niedrig. Die Realität zeigte dagegen, Systemprobleme tauchten nicht parallel bei allen Mandanten auf. Des Weiteren verfügten sie über den Vorteil, in der Nähe von Seipolds Zentrale tätig zu sein. Keiner ihrer Analytiker musste ins Flugzeug steigen, um frustrierte Kunden Stunden später zufriedenzustellen. Selbst bei einem Stau vor den Elbbrücken hielt sich die Wartezeit in Grenzen. Die Frage der Honorierung war schnell gelöst. Die Verhandlung als solche war zügig abgewickelt, da Seipold keinen der Anwesenden von der Fachkompetenz seiner Leute überzeugen musste. Über die Höhe der Stundensätze zu verhandeln, war Hilpert zu dumm. Er winkte sie vielmehr durch. Seit Jahr und Tag verfuhr er nach dem Motto: leben und leben lassen. Über die Höhe des Kilometergeldes für die Strecke Hamburg - Buchholz zu diskutieren, hatte er keinen Nerv. Alles in allem überraschte ihn Seipold insoweit, als er beileibe nicht als introvertierter Nerd punktete, sondern als cleverer Unternehmer, der sehr genau wusste, was er wollte. Diese Lektionen hatte er schnell gelernt, nachdem sich sein Personalstand laufend erhöhte und er sich leidvoll mit dem Thema Fixkosten befassen musste. Wie nicht anders zu erwarten, kamen sie irgendwann auf Hilperts Ermittlungen zu sprechen. Seipold war ebenso erstaunt wie sie, als er von Jens' Homosexualität erfuhr.

»Das ist allerdings neu für mich, Fabian. Soviel ich weiß, ist darüber nicht geratscht worden. Nun war ich damals ein wenig außen vor gewesen. Als Musikant kam ich nicht infrage. Ich hätte nicht einmal den Rhythmus stampfen können. Jens' Rauschgiftsucht ist ebenso an mir vorbeigegangen.«

»Wie war dein Kontakt zu Freddy Weinschenk?«

»Nicht sonderlich intensiv. Er hatte eh nur seine Musik im Kopf. Trafen wir uns in Buchholz City, reichte es gerade mal zu einem Cappuccino oder ein gemeinsames Bier. Wir verstanden uns, hatten uns jedoch nicht viel zu sagen. Dafür sahen wir uns zu selten. Und unsere Interessen lagen zu weit auseinander.«

»Wie ist das mit Selmeier?«

»Der Name sagt mir gar nichts.«

»Richtig, da du nichts mit der Musik am Hut hattest, wurdest du wohl eher selten im Jugendzentrum gesehen, das er geleitet hat.«

»Soweit ich mich erinnere, bin ich dort nie aufgeschlagen. Musik und Tischtennis waren nicht mein Ding.«

»Wie sieht es eigentlich privat bei dir aus?«, wechselte Hilpert das Thema. Paul Seipold hatte sie nicht aufgesucht, um von ihm verhört zu werden.

»Die Frauen kommen, die Frauen gehen. Ich bin geschieden. Zu einem Kind hat es Gott sei Dank oder leider nicht gereicht.«

Gegen elf hatten sie das Geschäftliche ebenso besprochen wie das Private. Langsam gingen ihnen die Themen aus.

Seipold war fast im Gehen, als Hilpert nochmals auf Familie Meinhard zu sprechen kam. »Mutter und Tochter werden bei dir anheuern?«

»Ihre Verträge sind unter Dach und Fach. Das ist ein absoluter Glücksfall für mich gewesen, die beiden wiederzutreffen. Vor allem die Kleine ist eine Wucht. Angela ist ebenfalls richtig gut.«

»Hast du für Lars was gefunden?«

»Ich gebe ihm eine Chance bei der Kundenakquisition. So lange er keinen Mist labert, soll er zeigen, was er drauf hat.«

»Laufen die Geschäfte nicht so gut, musst du richtig mit der Akquise ran?«

»Darum geht es nicht. Wir können uns nicht beklagen. Mittlerweile haben wir neben der Zentrale hier in Buchholz drei Zweigstellen laufen, in München, Köln und Stuttgart. Das kostet, selbst wenn keine Aufträge reinkommen. Wir müssen höllisch auf die Kosten achten. Sie sind bloß unabänderlich. Also muss ständig ordentlich kalkuliertes Neugeschäft akquiriert werden. Ein paar Bankkredite wollen ebenso bedient werden. Gibt es da Störungen, verstehen die keinen Spaß. Lars spricht die EDV-Sprache und er ist vertrieblich orientiert. Das könnte passen. Wenn nicht, muss er zu Hause den Hausmann spielen. Kochbücher sind meines Wissens durchaus erschwinglich.«

»Und wie bezahlst du ihn?«

»Nach Erfolg. Er ist nicht fest angestellt, sondern wird künftig als freier Mitarbeiter für uns auf Honorarbasis tätig werden.«

»Und das akzeptiert er so?«

»Soweit ich ihn richtig verstanden hab, rechnet er mit einer Privatinsolvenz. Da darf er eh nicht zu viel verdienen, sonst wird ihm ein Teil davon gleich abgezwackt. Sollten alle Stricke reißen, erhalten Ehefrau oder Tochter Sonderzahlungen.«

»Das hört sich nachgerade edel von dir an«, versuchte sich Hilpert mit einem Lob. »Da bringst du eine ganze Familie in Lohn und Brot.«

»Das glaubst du selber nicht«, winkte er ab. »Die Meinhard-Frauen sind einfach spitze, was ihre EDV-Kompetenz betrifft. Kristin schaut sich einen Apparat an und er läuft wieder. Angela ist kaum zu schlagen, wenn es um die Implementierung neuer Programme oder den Austausch von Hardware geht. Mutter und Tochter stecken meine besten Leute in die Tasche, wenn es drauf ankommt.«

»Warum waren die nicht in ihrem eigenen Laden erfolgreich?«

»Sie haben Lars zu lange werkeln lassen. Die Mädchen sind technisch hoch talentiert. Vom Geldverdienen haben die keine Ahnung. Für mich ist das nur gut. Der Arbeitsmarkt ist wie leer gefegt, was qualifizierte Leute angeht. Die meisten werden von den großen Unternehmen und Beratungsgesellschaften einkassiert. Triffst du auf jemanden, der gern in einem kleineren Laden arbeiten möchte, kannst du ihn nicht bezahlen. Jetzt kassier ich gleich zwei Spitzenkräfte zu vergleichsweise vertretbaren Konditionen ein. Und wenn Lars nur halb so gut ist, wie ich hoffe, wird er sein Geld verdienen. Der hat bestimmt keine Lust, sich von Frau und Tochter aushalten zu lassen.«

Hilpert lachte auf. »Richtig. Da fällt mir der Spruch eines Ingenieurs ein, die Techniker sind die Kamele, auf deren Rücken die Kaufleute das Geld verdienten. So oder ähnlich ging das.«

»Da ist was dran. Es gilt nur nicht für mich. Das Geld für die teuren Gerätschaften, mit denen wir arbeiten, für das Personal muss verdient werden. Außerdem soll für meinen Partner und mich gleichermaßen was kleben bleiben. Und da sorg ich für, obwohl ich Ingenieur bin. Inwieweit sich Lars tatsächlich als Kaufmann bewährt, wird sich zeigen. Seine verquasten Ideen darf er zumindest zu Hause lassen.«

»Gute Strategie. Hoffen wir, sie geht auf.«

»Das wird sie, Fabian. Ich bin da sehr optimistisch. Ansonsten, wo liegt das Risiko für mich, wenn's in die Hose geht? Ein paar Spesen, das war's.«

Diesmal waren sie tatsächlich am Ende ihrer Gespräche angelangt, als sie ein hektisches Läuten an der Haustür aufschreckte. Hilpert und Albers griffen nach ihren Waffen, bevor sie sich zur Tür hin bewegten. Dabei war die Frage unbedeutend, wie hoch die Wahrscheinlichkeit war, auf ihre Gegner zu treffen. Hilpert blickte auf den Monitor im Eingangsbereich und öffnete voller Erstaunen die Haustür. Vor ihm stand Atifete.

»Du feierst hier in Buchholz wilde Partys und lädst mich nicht ein«, begrüßte sie ihn unaufgeregt.

»Da weiß ich nicht, ob es in deinem Sinn ist, im Haus halten sich momentan ausschließlich Männer auf. Zum Glück für dich fällt einer aus bekannten Gründen aus.«

»Und ein anderer wird mich beschützen«, reagierte sie ausgelassen. Sie schlang ihre Arme um seinen Hals und forderte einen Kuss. Sie hatte ihn sofort wieder im eisernen Griff. Vorbei war es mit all seiner Selbstbeherrschung und der frommen Hoffnung, alle Wunden seien verheilt. Fröhlich ging sie auf Thiemann zu und begrüßte ihn wie einen alten Freund. Seipold war anzusehen, wie sehr ihn die Frau beeindruckte. Zumindest verabschiedete er sich vorerst von dem Plan, nach Hause zu fahren. Atifete hatte sie alle eingefangen, von Albers als Sonderfall abgesehen. Selbst er kam um eine schwungvolle Begrüßung nicht herum. Bis zu ihrem Eintreffen waren alkoholfreie Getränke angesagt. Nunmehr gab Hilpert seinen Weinkeller frei zum Abschuss. Seipold hatte plötzlich alle Zeit der Welt und überhäufte Atifete im Minutentakt mit Komplimenten. Thiemann hatte mehrere Monate mit ihr zusammengearbeitet und war somit gegen ihre Ausstrahlung einigermaßen gefeit. Außerdem war er frisch verliebt. Hilpert ging es nicht gut. Sie hatte sich neben ihn auf die Couch gesetzt und drückte sich eng an ihn. Wie zufällig lag ihre Hand zwischendurch auf seinem Oberschenkel. Zuweilen drückte sie sanft zu. Er reagierte auf sie wie am ersten Tag und war wütend auf seine Schwäche. Trotzdem oder gerade deshalb genoss er ihre Nähe.

»Wieso hast du dich nicht neu orientiert?«, fragte sie ihn leise. Dabei verstärkte sie ihren Griff.

Was sollte er ihr antworten? Also beließ er es bei der Wahrheit. »Es ist nicht so einfach, dich zu ersetzen.«

»Das hätte ich dir gleich sagen können«, entgegnete sie selbstbewusst. Plötzlich sprang sie auf. »Es ist wohl an der Zeit, den Abend zu beenden, meine Herren. Herr Hilpert hat einen anstrengenden Tag vor sich. Und noch ist er nüchtern.«

»Und eine Nacht«, sprach Seipold mehr zu sich. Was hätte er dafür geben, mit Hilpert zu tauschen.

Gehorsam standen Thiemann und Seipold auf. Letzterem war anzusehen, er wäre gern geblieben. Thiemann wandte sich ihr zu. »Wann wollen wir uns treffen?«

»Passt elf Uhr?«, richtete sie ihre Frage an Hilpert.

Dieser hätte jede Zeit der Welt akzeptiert, Hauptsache, seine Gäste machten sich vom Acker. Albers verschwand nach nebenan. Eine Fortsetzung des Abends stand in seiner Prioritätenliste nicht sonderlich weit oben. Kurz darauf hatten die restlichen Gäste das Haus verlassen. Atifete schlang ihre Arme um Hilperts Hals.

»Hast du überhaupt ein Bett für mich frei, oder muss ich im Wohnzimmer auf der Couch übernachten?«

Nach Reden war ihm nicht zumute. Er spürte ihre Hand zwischen seinen Beinen und verschaffte sich Zugang zu ihrem Dekolleté. Es reichte nicht bis in sein Schlafzimmer im Obergeschoss. Atifete verhielt sich, wie er sie kannte. Er warf all seine guten Vorsätze, die sie betrafen, über Bord. Hätte sie es verlangt, er wäre zum Islam konvertiert. Diese Forderung stand zu seinem Glück nicht im Raum. Dafür gab es eine Fortsetzung ihrer gemeinsamen Aktivitäten in seinem Schlafzimmer. Irgendwann nach zwei Uhr hatten sie nicht einmal mehr die Kraft, unter der Dusche zu verschwinden. Er hätte viel dafür gegeben, wäre diese Nacht ein Neuanfang gewesen. Ihm war klar, er erhielt bloß einen Nachschlag auf vergangene Zeiten. Er schmeckte allerdings vorzüglich.

Am Morgen nach der Dusche gab es eine Neuauflage. Gegen zehn frühstückten sie gemeinsam mit Albers. Thiemann erschien pünktlich, einen Stoß Unterlagen im Pilotenkoffer.

Nach dem gemeinsamen Essen wartete sie mit einer Überraschung auf. »Wir denken darüber nach, hundert Millionen bei euch anzulegen. Wir haben kein Vertrauen mehr in den Standort London. Der Brexit ist uns zu heiß. In etwa vier bis sechs Wochen könnt ihr über das Geld verfügen. Vorher sollten wir uns treffen, um über Objekte im Einzelnen zu sprechen.«

Hilpert und Thiemann mussten einmal tief durchatmen. Dieser Kapitaleinsatz brächte sie ein gehöriges Stück voran. Die Modalitäten waren zügig umrissen. Atifete dachte an eine Splittung des eingesetzten Geldes. Mit der Hälfte wollte sie sich an der Firma beteiligen, mit dem Rest dachte sie an ausgewählte Einzelobjekte. Die Rahmenbedingungen orientierten sich an den bisherigen Vereinbarungen. Darüber musste nicht heiß verhandelt werden. Um die Mittagszeit verließ sie Buchholz. Ihr Flieger in Fuhlsbüttel wartete nicht auf sie. Hilpert atmete tief durch, als sie in die Limousine einstieg. Der Beifahrer war ausgestiegen und hielt ihr die Hintertür auf. Es handelte sich eindeutig um einen Leibwächter. Sie kam aus einer Gegend, in die nur langsam die Normalität einzog.

Traurig blickte er ihr hinterher. Ihm hätte viel daran gelegen, wäre sie geblieben. Dies war nicht ihr erster Abschied von ihm. Er hatte gelernt, damit umzugehen, trotzdem blieb stets ein schaler Geschmack zurück. Sie würde wieder vorbeischauen. Sollte ihr der Sinn danach stehen, würde er sich auf eine lockere Beziehung mit ihr einlassen. Eigentlich hatte er sich geschworen, die Trennung konsequent durchzuziehen und nicht für gelegentliche Begegnungen zur Verfügung zu stehen. Sie musste nicht einmal mit den Fingern schnipsen, schon stieß er alle guten Vorsätze um. Dabei wusste er, auf Dauer der Verlierer zu sein.

18

Sosehr Hilpert die Nacht und der anschließende Morgen gefangen hielten, ihn plagten andere Probleme. Er hatte vorerst die Vorstellung aufgegeben, die italienische Mafia könnte hinter den Anschlägen auf ihn stecken. Auf dem internationalen Parkett war er zu unbedeutend, als dass sich die Verbrecherorganisation mit ihm beschäftigte. Die gedungenen Mörder waren halt bereit, für jeden tätig zu werden, der ihre Preise bezahlte. Er ließ das Gespräch mit Kellner an seinem geistigen Auge vorbeistreichen und glaubte nicht mehr an eine Zusammenarbeit beider Organisationen. Selbst Kellner als Kiezgröße träte in solch einer Beziehung gerade mal als Juniorpartner auf. Egal, wie er das Gespräch bewertete, das zu erwartende Volumen an Drogen im Bereich der Nordheide reichte nicht aus, um Partnerschaften wie diese einzugehen. Das schaffte Kellner im Vorbeigehen, sollte er gelogen haben und weiterhin in diesem Umfeld tätig sein. Selbst wenn er über Orte wie Buchholz, Jesteburg oder Hanstedt hinaus eine größere Stadt wie etwa Lüneburg belieferte, stellte es eher einen kleineren bis mittleren Lieferanten zufrieden. In der Nordheide lebten einschließlich der Stadt Lüneburg deutlich weniger Menschen als im Hamburger Bezirk Altona. Würde Kellner davon unabhängig in seiner momentanen Situation Zeit und Kraft aufwenden, um ihn aus dem Weg zu schaffen? Hilpert hielt es für unwahrscheinlich. Der Mann musste seine Position auf dem Kiez festigen. Dazu passten Nebenkriegsschauplätze nicht und einen Senator zu attackieren gleich gar nicht. Womöglich hatte der Mann unter Umständen die Wahrheit gesagt und die Gebietsrechte waren tatsächlich verkauft worden. Sie mussten weiterhin nach dem großen Unbekannten fahnden. Er grinste in sich hinein. Immerhin dachte er über einen Drogenhändler nach und belegte ihn bereits mit ökonomischen Kategorien. In Buchholz hatte er das Gros seiner Fragen gestellt, die ihm in den Sinn gekommen waren. Es gab somit keine stichhaltigen Gründe mehr für ihn, hier den Aufenthalt auszudehnen. Einen Tag wollte er sich abschließend gönnen und dann endgültig seine Zelte abbrechen. Den Mord an seinem Freund konnte er ebenso gut von Hamburg aus bearbeiten.

Im Verlauf des Nachmittags erreichte ihn der Anruf von Kristin, in dem sie ihm mitteilte, von Seipold für seine Vermögensberatung eingesetzt worden zu sein. Nicht sehr begeistert beendete er das Gespräch. Die junge Frau wäre in seinem engeren Umfeld eine ständige Herausforderung für ihn. Er fragte sich, ob dies so gemeint sein konnte. Nach längerer Überlegung beschloss er, Seipold aufzusuchen, um mit ihm eine andere Besetzung für seine Firma zu diskutieren. Spontan, wie er zuweilen war, verzichtete er darauf, mit ihm einen Termin zu machen. Großartige zeitliche

Alternativen standen ihm wegen seiner geplanten Rückreise nach Hamburg sowieso nicht zur Verfügung. Klopfte er an seiner Tür, würde er ihn hereinlassen. Unabhängig davon hatte er ein kurzes Gespräch eingeplant.

Jetzt gegen halb sieben trafen sie Seipold nicht mehr im Büro an. Er habe eine Verabredung, wurde ihm am Telefon mitgeteilt. Folglich wollten sie ihn privat aufsuchen. Er wohnte ›In den Bergen‹ einem relativ zentralen Standort, der trotzdem die Ruhe bot, die man sich in der Nordheide erhoffen mochte. Ehe sie von der Bremer Straße abbogen, telefonierten sie mit ihm und informierten ihn über ihren geplanten Besuch. Fast klang er so, als käme es ihm ausgesprochen ungelegen. Hilpert überhörte es geflissentlich. Wie erwartet, setzte er seinen Kopf durch. An der Straße bekamen sie mit, wie eine Frau in einen Polo stieg und davonfuhr. Hilpert war sich sicher, Angela erkannt zu haben. Ihrer Kleidung nach zu urteilen, handelte es sich nicht um eine wichtige Besprechung. Dafür war ihr Outfit zu aufreizend. Dies war nicht seine Baustelle, stellte er grinsend fest. Darüber mochte sich ihr Mann seine Gedanken machen, sollte er davon erfahren. Sie sahen Seipold an, dass ihm bis vor Sekunden anderes im Sinn stand als Geschäfte. Sein schütteres Haar hätte gut einen Kamm vertragen. Er schaffte es geradeso, den Hosenstall seiner Jeans zu schließen und sein Hemd zuzuknöpfen.

Hilpert entschuldigte sich lapidar für den in letzter Minute anberaumten Überfall. »Ich bin ab morgen vorerst in Hamburg. Was mich jetzt bewegt, duldet meines Erachtens keinen Aufschub und sollte nicht am Telefon besprochen werden.«

»Worum geht es?«, wollte Seipold, neugierig geworden, von ihm wissen.

»Kristin, sie teilte mir mit, sie soll als Projektverantwortliche für uns tätig werden.«

»Warum ist das ein Problem für dich? Sie ist genau die Richtige für deine Firma. Ist sie durch ihr Studium verhindert, springt ihre Mutter ein.«

»Aufgrund der Ereignisse in letzter Zeit, hat sie sich recht eng an mich geklettet.«

»Misstraust du dir selbst und hast Angst, dem Mädel an die Wäsche zu gehen?«, traf Seipold den Punkt.

Hilpert fühlte sich nicht ertappt. Er bezog offen Stellung. »Ich will das nicht ausschließen. Ich habe das Gefühl bei ihr, als sei ich für sie der liebe Onkel, der einem die Probleme löst und zuweilen mit einem Geschenk punktet. Eigentlich soll sie nicht versucht sein, sich bei mir auf ihre Art zu bedanken. Irgendwann lange ich zu und stehe da, mit einem schlechten Gefühl in der Magengegend. Das hätte ich nicht verdient und sie ebenso wenig.«

Seipold verstand ihn. »Du warst schon immer ein Moralist, Fabian. Andere hätten Augen zu und drauf gemacht. Wenn wir dabei sind, offen miteinander zu reden, Angela und ich haben seit Kurzem ein Verhältnis. Ich bin wohl kaum der Mann ihrer Träume, eher der Problemlöser für ihre materiellen Defizite. Ich sage dir, es ist mir scheißegal. Also hab ich zugelangt. Du weißt selbst, ich bin nie ein Womanizer gewesen. Daran hat sich bis zum heutigen Tag nichts geändert. Du tätest mir übrigens einen riesigen Gefallen, mit niemandem darüber zu sprechen.«

»Das müssen wir nicht groß diskutieren«, winkte Hilpert ab. Als er sie aus dem Haus hatte kommen sehen, war es nur eine Vermutung. Nunmehr war sie zur Gewissheit geworden. Störte ihn diese Nachricht? Zu seinem Erstaunen stellte er für sich fest, es war ihm gleichgültig. Angela war für ihn Geschichte, sie hatte auf seiner Seele keine Blessuren hinterlassen. Dies ganz im Gegenteil zu Atifete. Die eine Frau hatte er nicht bekommen, die andere würde nicht zu ihm zurückkommen. In Beziehungsfragen hatte er schon immer das Talent zum zweiten Sieger.

»Ich danke dir«, riss Seipold ihn aus seinen Gedanken. »Was machen wir nun mit Kristin?«

»Lass die Dinge laufen wie geplant«, gab Hilpert überraschend nach. »So häufig werden wir uns eh nicht im Büro sehen. Nehmen wir sie bei uns aus dem Spiel, liefen wir Gefahr, sie zu verletzen. Das wäre das Letzte, was ich wollte.«

»Und deine moralischen Bedenken?«

»Ich werde damit leben und mich zurückhalten.«

Seipold war seine Zufriedenheit anzusehen. »Du und Helge werdet sehen, wie fit Kristin in diesem Metier ist.«

»Das hat keiner von uns in Zweifel gezogen.« Hilpert war unsicher, ob diese Entscheidung für ihn auf Dauer die richtige war. Letztendlich ging es um die Frage, wie lange die Schwärmerei von Kristin für ihn anhielt. Sie war gerade Anfang zwanzig und lernte während ihres Studiums mit Sicherheit Gleichaltrige kennen, die eher zu ihr passten als er. Er war alt genug, um sich gegen die Herausforderung zu stemmen. Sein wirkliches Problem lag in ihrer Attraktivität. Er kannte sich zu gut und wusste, unter anderen Umständen hätte er längst zugegriffen. Sie lebten in einer Welt, in der ältere Frauen sich nicht zierten, sich jüngere Männer zu greifen. Die Spezies Mann hielt es eh seit Menschengedenken umgekehrt für selbstverständlich, ohne darauf große Gedanken zu verschwenden. In ihm schlummerte ein Funken Hoffnung, Atifete könnte zurückkommen. Wollte er diese theoretische Chance für sich nutzen, störte ein Verhältnis mit einer anderen Frau, egal wie jung sie war.

Hilpert war im Begriff, den Besuch bei Seipold zu beenden, als dieser ihn nochmals auf die Situation mit Angela ansprach. »Wie ich dir erzählte, war sie in jungen Jahren die Frau meiner Träume. Es gibt da eine Situation mit ihr und Lars. Ich hatte einen Job bei einer Computerfirma und machte ordentliches Geld nebenbei. Ein Tausender im Monat war da nichts. Zuweilen war es wesentlich mehr. Die Inhaber steckte ich mit links in die Tasche. Durch mich konnten die ihr Geschäft deutlich ausbauen und gleichzeitig im Büro festes Personal einsparen.«

»Dann warst du zu der Zeit im Vergleich zu uns richtig reich.«

»Du übertreibst. Eines stimmt allerdings, ich konnte mir Sachen leisten, die ansonsten außerhalb meiner Reichweite gestanden hätten. Es war Angela, die mich auf den Wert meiner Armbanduhr ansprach. Offensichtlich hatte sie einen Blick dafür. Für die hatte ich einen Tausender hingeblättert.«

Hilpert lachte auf. »Ja, Frauen haben ein gewisses Gefühl für wertvolle Preziosen. Unsereiner ist in dieser Hinsicht zu blöd. Mir geht das bis heute ab. Die einzige Ausnahme in meinem Leben war die Fender Stratocaster. Für meine Verhältnisse war die damals unendlich teuer.«

Seipold zeigte auf Hilperts Uhr. »Die ist nicht von Tschibo.«

»Es ist ein Geschenk meiner verstorbenen Frau. Sie hat einen hohen emotionalen Wert für mich.«

»Zeig mal her.« Seipold betrachtete sie von allen Seiten. »Ich hoffe, du gehst sorgfältig damit um.«

»Worauf du dich verlassen kannst.«

»Du bist wirklich kein Spezialist, mein Bester. Das ist eine Breitling, in achtzehn Karat. Die kriegst du kaum unter dreißigtausend Euro.«

Hilpert band die Uhr erschrocken um. »Dreißigtausend Euro! Bist du dir ganz sicher?!«

»Ich kenne mich damit aus. Die ist mir beim Klassenfest gleich aufgefallen. So was sieht du nicht so oft.«

Von diesem Schock musste sich Hilpert erholen. Dies würde nicht die letzte Botschaft an diesem Tag sein, an der er herumknabbern musste.

Seipold war beileibe nicht fertig mit seiner kleinen Geschichte. Eigentlich hatte er gerade erst angefangen. »Du erinnerst dich daran, es war Lars, der als Erster mit einem eigenen Wagen vorfuhr.«

»Na klar, er war ja auch deutlich älter als beispielsweise ich.«

»Er war schon damals ein Hasardeur. Zumindest konnte er zeitweise die Raten für die Kiste nicht aufbringen. Eines Tages standen er und Angela vor mir und baten mich, ihnen behilflich zu sein, den Kredit für den Wagen abzustottern. Und Angela war bereit, dafür einige Nächte mit mir zu verbringen.«

»Und du?«

»Ich habe mit vollen Händen zugegriffen. Für mich ging ein Traum in Erfüllung.«

»Und Angela?«

»Die sah das ziemlich gelassen.«

»Sie hat sich prostituiert? Ich will das nicht glauben.«

»Wenn ich es dir sage. Von einem Tag auf den anderen war es dann vorbei mit der gefälligen Bedienung.«

»Der Wagen war bezahlt?«

»Keine Ahnung. Ich habe das sehr bedauert.«

Diese Information musste Hilpert vorerst verdauen. Er hatte Angela in jungen Jahren wie eine Heilige betrachtet. Dieses Bild zerbarst vor seinem geistigen Auge wie eine Glaskugel, die einem durch die Hände rutschte und auf dem Fliesenboden zerschellte. Nichts konnte repariert werden, nichts würde sein wie früher.

»Tu mir einen Gefallen«, bat ihn Seipold. »Sprich niemanden aus der Familie darauf an. Nach zwanzig Jahren sollte das kein Thema sein.«

»Wo denkst du hin, natürlich halte ich darüber den Mund«, versprach ihm Hilpert. Eine Viertelstunde später trennten sie sich.

Es ging auf zwanzig Uhr zu. Er wollte unbedingt noch mal Kaufmann wegen Jens' Beziehung zu Wels gesprochen haben. Die Abweichung von Aussagen war die Mutter erfolgreicher Ermittlungsarbeiten, wenn es einem gelang, die Ursache hierfür herauszufinden. Diese führten nicht selten zum Täter oder zumindest in die richtige Richtung. Es war die Spezialität von Verdächtigen und zuweilen von Zeugen, sich ihre Wahrheiten so zurechtzubiegen, wie sie ihnen ins Konzept passten. Die Gründe hierfür waren vielfältig. Oft genug ging es um reinen Selbstschutz. In vielen Menschen steckte die Furcht, sie könnten zu Verdächtigen werden oder jemandem auf die Füße treten, dem man lieber auswich. Das Risiko, zwischen die Mühlsteine der Justiz zu geraten, und die Angst davor, waren ebenfalls nicht unerheblich. Sie bestand zuweilen zu Recht. Manch einer saß im Gefängnis, weil irgendwelche Indizien gegen ihn sprachen. Die Dunkelziffer unschuldig Verurteilter war höher als der Normalbürger annehmen mochte. Oft genug war dies auf den Druck zurückzuführen, den Ermittler und Gerichte aushalten mussten, wenn Volkes Stimme nach dem Schuldigen schrie. Zuweilen führten simple Vorurteile in die falsche Richtung.

Leicht zerknirscht stimmte Kaufmann einem relativ späten Gesprächstermin zu. Kaum jemand fand Gefallen daran, sich nach einem anstrengenden Arbeitstag mit Polizeibeamten auseinandersetzen zu müssen. Wer dazu nicht bereit war, lief Gefahr, auf der Liste der Verdächtigen nach oben durchgereicht zu werden. Dazu bedurfte es keiner Erfahrung mit der Polizei. Das sagte einem der gesunde Menschenverstand. Sie trafen sich abermals in seiner Praxis. Jetzt, wo die Mitarbeiter und Patienten fehlten, stach ihnen erst die Asepsis und Kühle der Räumlichkeiten ins Auge. Sie fungierten halt nicht als Begegnungsstätte für einsame Menschen.

Kaufmann versuchte sich anfangs mit Rhetorik aus der Schlinge zu ziehen, die Hilpert ihm um den Hals legte, bevor es aus ihm herausplatzte: »Es entspricht der Wahrheit, Jens hatte sich diesem verdammten Sportlehrer zugewandt. Er war gerade siebzehn, als er mit Wels eine Beziehung anfing. Anfangs bekam ich nichts davon mit. Als ich es erfuhr, führten wir miteinander diverse Streitgespräche. Er ließ sich nicht umstimmen. Jens wollte sich nicht von ihm trennen. Und ich wollte ihn nicht verlieren. Jung, wie er war, sah er eine Dreierbeziehung völlig gelassen. Ich gebe zu, ich war brennend eifersüchtig.«

Hilpert begegnete seinen Ausführungen mit einer gewissen Portion Misstrauen. »Und trotzdem erklärten Sie sich einige Zeit später bereit, ihm dabei zu helfen, mit seiner Sucht fertigzuwerden?! Und das über die Dauer eines Jahres, ohne dafür anständig entgolten zu werden?«

Kaufmann lehnte sich in seinem Sessel zurück, als sei er ertappt worden. »Glauben Sie mir, dafür gab es für mich durchaus schwerwiegende Argumente. Er hing an der Nadel. Das Risiko einer Infektion war nicht von der Hand zu weisen. Eine Erkrankung wie Aids wäre alles andere als lustig gewesen. Außerdem habe ich darin die Chance gesehen, ihm wieder näherzukommen und ihn zurückzugewinnen. Ich habe die Behandlung so weit wie möglich hinausgezogen. Nach menschlichem Ermessen war er nach acht, spätestens zehn Wochen mit dem Schlimmsten durch. Eine intensive Therapie über ein ganzes Jahr ist unter normalen Umständen nicht zu leisten, obwohl sie durchaus sinnvoll ist. Die Erfahrung zeigt: Sind die Betroffenen allein auf sich gestellt, fallen sie häufig in ihre alten Verhaltensweisen zurück. Die Zeit hat uns gutgetan. Jens und ich waren uns wieder nähergekommen. Wir diskutierten sogar darüber, uns nach seinem Abitur zu outen, um endlich mit der Geheimnistuerei aufhören zu können. Wir hatten einen Neuanfang an anderer Stelle ins Auge gefasst.«

»Sie wollten alles aufgeben, was Sie sich aufgebaut hatten?«, fragte Hilpert skeptisch nach.

»Mit Jens allemal. Außerdem wären wir weich gefallen. Es gab zu der Zeit einen Interessenten, der für mein Haus drei Millionen DM geboten hatte. Zusammen mit meinen Ersparnissen wären wir in aller Ruhe in der Lage gewesen, über unsere gemeinsame Zukunft nachzudenken. Davon abgesehen war da meine Mutter im Hintergrund, die mir sicher ausgeholfen hätte.«

Die letzte Information blieb Hilpert im Kopf verhaften, nachdem er mit Albers Kaufmann verlassen hatte. Zu Hause kam er ins Grübeln. Outete sich Jens, wäre das problematisch für Wels geworden.

Dem konnte nicht daran gelegen sein, seine sexuellen Neigungen in der Öffentlichkeit breitgetreten zu sehen. Und ein Verhältnis mit einem Schüler, der zu Anfang ihrer Beziehung minderjährig war, wurde an der Schule und in der Öffentlichkeit garantiert nicht sportlich gesehen. Wurde man deshalb zum Mörder? Hilpert war mit seiner Überlegung nicht am Ende. Wurden Wels und Jens von Schilske zum Drogenhandel mehr oder minder gezwungen, entfiel bei einem Outing sein Druckmittel, das er zumindest gegen Jens in der Hand hielt. Ganz im Gegenteil wäre für seinen Freund die Tür weit offen gewesen, etwa als Kronzeuge der Staatsanwaltschaft aufzutreten. Was konnte er verlieren? Für Schilske und Wels hätte es das Ende ihrer beruflichen Zukunft bedeutet. Und Kaufmann? Stimmte seine Behauptung, er und Jens seien einander wieder nähergekommen? Oder erwies sich Jens als undankbar und hielt an Wels fest? Hatten sie es mit einem Eifersuchtsdrama zu tun, der Mutter vieler Tötungsdelikte? An Kaufmann als Mörder wollte er nicht so recht glauben. Der Mann benötigte kein Jahr, um festzustellen, ob seine Liebe erwidert wurde oder nicht. Von der Logik her passten Schilske oder Wels perfekt. Sie liefen Gefahr, ihre Existenz aufs Spiel zu setzen. Die Fakten passten. Bis hin zum Motiv lag alles fein säuberlich vor ihnen. Konnte er endlich in Buchholz die Akten schließen und sich auf die Attentate konzentrieren? Gleichwohl waren die Ursachen ihrer fruchtlosen Bemühungen nicht der knappen Zeit geschuldet, vielmehr lag es an der Cleverness ihrer Gegner. Er empfand sie als massive Bedrohung. Einem direkten Angriff konnten sie begegnen. Dafür waren sie als eingespieltes Team ausreichend sensibilisiert. Nur, wie wollten sie auf einen Gegner reagieren, von dem sie keine Vorstellung hatten? Von dem sie nicht wussten, was ihm als Nächstes einfiele? Bislang gab es nicht einmal ansatzweise Konturen von ihm.

Weiter führten ihn seine Überlegungen nicht. Das Läuten an seiner Haustür beendete seine fruchtlosen Überlegungen. Diesmal war es Kristin, die ihn aufsuchte. Ihre Augen funkelten, als sie eintrat. Bevor er mit seinem Lamento einsetzen konnte, legte sie los: »Paul Seipold gab mir zu verstehen, du hättest Probleme damit, wenn ich deine Firma betreute.«

Er sah keine Veranlassung, sie zu belügen. »Das entspricht den Tatsachen.«

»Glaubst du, mir fehlt die Erfahrung, mit eurer EDV umzugehen?«

»Ganz im Gegenteil, ich bin davon überzeugt, du bist die perfekte Spezialistin dafür. Davon abgesehen habe ich meine Meinung geändert und bin damit einverstanden, wenn du unsere Computerprobleme behebst.«

Sie ließ nicht locker. »Hattest du Angst, ich könnte dich belästigen?«

Schmunzelnd winkte er ab. »Umgekehrt wird ein Schuh daraus. Ich bin mir meiner nicht sicher gewesen.«

Sie starrte ihn mit großen Augen an. »Davon habe ich bisher nichts bemerkt. Du hast dich mir gegenüber immer perfekt benommen. Es gab keine Anmache von dir, meine eindeutigen Angebote hast du ohne zu überlegen, vom Tisch gewischt.«

»Meinungen und Verhaltensweisen können sich ändern. Eine schöne Frau wie du ist immer eine Herausforderung. Ich gebe zu, selbst an deine Jugend habe ich mich gewöhnt.«

»Du findest, ich bin schön?« Mit roten Wangen stand sie vor ihm. Ihre Wut war längst verraucht. Nunmehr stand eine junge Frau vor ihm, die sich über das Kompliment freute.

Er musste aufpassen, die Kurve zu bekommen. Also antwortete er kurz und bündig: »Allerdings. Das weißt du bestimmt selber. Was hältst du davon, wenn wir das Thema wechseln. Was suchst du hier in meinem Haus? Du weißt, wie gefährlich es werden kann.«

Sie antwortete gelassen: »Ich musste das mit Seipold klären, egal wie gefährlich es werden könnte.«

»Sei's drum. Ab sofort bist du für unsere EDV zuständig. Ansprechpartner ist Helge. Er ist für das operative Geschäft zuständig. Ich bin praktisch auf dem Weg nach Hamburg. Schließlich habe ich dort meinen Arbeitsplatz. Und ich schätze, dort liegt das Epizentrum der Bedrohung für mich.«

»Du meinst nicht, die Attacken gegen dich haben mit den Drogengeschäften zu tun?«, fasste sie nach.

»Theoretisch denkbar wäre es. Ich will nur nicht so recht dran glauben.«

Seine Äußerung über ihre Schönheit hatte sie in Mark und Bein getroffen. Für den Augenblick wollte sie sich damit zufriedengeben. Sie würde bei Gelegenheit darauf zurückkommen. Fröhlich verabschiedete sie sich von ihm.

Hilpert war sich darüber im Klaren, übers Ziel hinausgeschossen zu haben. Rückgängig machen konnte er nichts. Kirstin sollte im Verlauf der Woche ihre gesamte EDV, die Hardware wie die Software auf Herz und Nieren überprüfen. In dieser Zeit wollte er tunlichst einen Bogen um das Büro der Vermögensberatung machen. Seine Bedrohungssituation sprach eh dafür.

Ein Anruf von Gäbler holte ihn in die bittere Realität zurück. »Wir haben überprüft, ob Schilske und oder Wels als Mörder deines Freundes infrage gekommen sein könnten. Keine Chance. Die beiden haben zu der Zeit Bangkok unsicher gemacht. Es gibt eindeutige Belege dafür. Sie sind erst mehrere Tage nach seinem Tod nach Buchholz zurückgekehrt. Von dort fliegt man nicht mal eben nach Deutschland, bringt jemanden um und kehrt dorthin zurück, ohne Spuren zu hinterlassen. In deren Räumlichkeiten gibt es ausreichend Hinweise auf die Reise. Selbst die Flugkarten haben sie aufgehoben.«

Die Jagd nach Jens' Mörder ging somit weiter. Zwei mögliche Täter wurden soeben aussortiert. Eine einfache Problemlösung war damit gegessen. Ihm kam das Gespräch mit Seipold in den Sinn. Er fragte sich, was ihn stärker beeindruckte, der Wert seiner Armbanduhr oder der Verdacht, Angela und Lars könnten in die Drogengeschäfte involviert gewesen sein? Wie sonst hätten sie den für sie zu teuren Wagen bezahlen können? Er fragte sich zuweilen, ob er als Einziger in seinem damaligen Umfeld nicht in Drogengeschichten verwickelt oder darüber informiert war. Lag es an seinem Berufswunsch, zur Polizei gehen zu wollen? Darüber wurde mit Sicherheit geredet. Wurde er deshalb nicht darauf angesprochen? Dafür sprach einiges.

War es wirklich eine gute Idee, die Aufklärung der Morde auf Distanz betreiben zu wollen? Eher nicht. Nur, die Anschläge auf ihn waren seine größte Bedrohung und der Innensenator war wie er betroffen. Die Initiatoren dafür fand er nicht in Buchholz. Und mit Röhrs leitete ein Kollege die Ermittlungen, dessen Qualitäten überschaubar waren. Er kam nicht drum herum, der Nordheide vorerst den Rücken zu kehren. Jens' Tod rutschte in der Prioritätenskala nach hinten, egal, ob es ihm passte oder nicht. In Gäbler hatte er einen kompetenten Kollegen, der über viel Erfahrung verfügte. Sie würden auch ohne ihn einen guten Job machen. Er war nicht der unersetzbare Sherlock Holmes.

19

Obwohl sie über eine überschaubare Zahl an Tagen keine vierzig Kilometer entfernt von Hamburg tätig geworden waren, empfingen sie ihre engsten Mitarbeiter wie verlorene Familienmitglieder. Bevor sich Hilpert über die neuesten Ergebnisse hermachen durfte, belegte Lisa Kohler ihn mit Beschlag. Von Ausnahmen abgesehen ging es vor allem um Unterschriften für Anträge, Spesen jeglicher Art und selbstredend die Urlaubsplanung seiner Leute. Er musste sich nicht groß mit diesem Teil seiner Arbeit auseinandersetzen. Lisa hatte akribisch vorgearbeitet. Selbst den Schriftverkehr hatte sie in nennenswerten Teilen für sich okkupiert. So sicher wie sie kannte sich niemand in seinem Bereich mit der neuen Rechtschreibung oder der Interpunktion aus. Und sie wusste vor allem, welche Meinung er sich zu gewissen Anfragen gebildet hatte. Was sie unterschied: Ihre Absagen oder negativen Bescheide kamen bei ihren Texten verbindlicher rüber als seine. Das Gros der vorgelegten Vorgänge unterschrieb er mehr oder minder blind. Bei komplizierteren Sachverhalten lagen zuweilen kleine handgeschriebene Zettel mit Empfehlungen bei. Jede Vorlagenmappe, die seinen Schreibtisch verließ, verbesserte seine Laune. Mittags war sein Schreibtisch so aufgeräumt, als hätte er sein Büro nie verlassen. Er kannte sich. Das würde sich schnell ändern. Nach dem gemeinsamen Essen in der Kantine saßen Stange und Nele erwartungsfroh vor ihm. Nele hatte eine Ermittlungsakte vor sich liegen, über die sie liebevoll strich, als er sie darauf ansprach.

Stange nickte in ihre Richtung und sie begann aufgeregt zu sprechen: »Vor einigen Jahren hast du, haben wir ein Nest korrupter Polizisten ausgehoben. Die, die bleiben durften, regeln heute in hübschen Uniformen den Verkehr oder sitzen im Betrugsdezernat mit miserablen Aufstiegschancen. Einige von ihnen haben uns verlassen dürfen.«

»Ich erinnere mich an diese Fälle. Vermutet ihr, es könnte sich um die Leute handeln, die auf mich schießen und gleichzeitig den Senator bedrohen?«

»Momentan glauben wir nichts«, ging sie selbstbewusst auf ihn ein. »Wir sind bloß auf der Suche nach potenziellen Attentätern. Und eines müssen wir ihnen lassen. Die wissen, wie es bei uns funktioniert, wenn beispielsweise ein hoher Politiker bedroht wird.«

»Das hat was für sich. Nur, wie kämen die an diesen Schweizer Killer heran, der versucht hat, mich zu erstechen?«, ließ er nicht locker.

»Das wissen wir bislang nicht. Kommt Zeit, kommt Rat. Unabhängig davon lässt sich mit Geld vieles regeln.«

Hilpert stützte seinen Kopf auf beiden Händen auf. »Irgendwie kommt mir das reichlich dünne vor. Trotzdem bleibt am Ball. Was ihr ausgegraben habt, ist um einiges besser, als das, was mir bislang eingefallen ist.«

Diesmal mischte sich Stange ein. »Wir haben deine Antwort vorhergesehen. Alles nach dem Motto, wer eine gute Idee hat, darf sie selbstredend im Schweiße seines Angesichts abarbeiten. Also haben wir ein wenig herumgeschnüffelt. Fünf Ex-Kollegen haben eine Securityfirma gegründet. Als Chef hat sich der ehemalige Hauptkommissar Jürgen Grothe herauskristallisiert. Der sollte dir in Erinnerung geblieben sein. Die Geschäfte scheinen dem Vernehmen nach zu laufen. Konkreteres ist uns nicht bekannt. Selbstverständlich wollen fünf Mann satt werden.«

»Du hast recht, der Name Grothe ist mir geläufig. Wenn ich nicht irre, gab es nach dem Skandal einen tiefen Einschnitt in sein Privatleben. Seine Frau war die Tochter eines ehemaligen Polizisten. Korruption hat sie ebenso angewidert wie uns. Ich weiß, sie hat ihn verlassen. Die Ehe wurde geschieden.«

»Richtig und es gibt eine ganze Reihe an Äußerungen von ihm, wonach er es dir heimzahlen will. Die Frau soll sein Ein und Alles gewesen sein.«

»Seitdem ist gut ein Jahr vergangen«, gab Hilpert zu bedenken. »Solche Rachegedanken legen sich zumeist oder werden zügig abgearbeitet. Er weiß schließlich am besten, von uns nicht aus Jux und Tollerei in die Ecke getrieben worden zu sein. Davon abgesehen muss der mit seinem Laden Geld verdienen. Kann er es sich leisten, Killer für teuer Geld von außen zu organisieren, nur um sein Mütchen zu kühlen? Geht der gleich auf den Senator los?«

»Der letzte Fluch auf dich ist keine drei Wochen alt. Ein Kollege hat ihn bei einem gemeinsamen Bier mitbekommen. Seine Wut wirkt folglich nach. Seine Ex-Frau ist inzwischen neu liiert. Dem Vernehmen nach soll es was Festes sein. Vom Timing her kann das passen.«

»Wie seid ihr an die Informationen gelangt?«

»Einer der Mitarbeiter aus der Securityfirma hat Stange angerufen und uns vorgewarnt, nachdem er von den Anschlägen gehört hatte.«

Damit hatte sich Hilperts Widerspruchspaket verbraucht. »Da bleibt uns nichts anderes übrig, als uns mit dem Herrn zu unterhalten. Besorgt vorsichtshalber die Akten von jedem aus dieser Firma.« Er sah das Grinsen in Stanges Gesicht. »Nicht wahr, das ist längst geschehen. Macht ihr so weiter, kann ich mich aufs Altenteil begeben.«

»Schütte das Kind nicht mit dem Bade aus«, grinste der Hauptkommissar in seine Richtung. »Wir sind nervös geworden, nachdem sich in den letzten Tagen ermittlungstechnisch nichts bewegt hat. Mein Gefühl sagt mir, die planen den großen Hiev. Wenn nicht die, dann die großen Unbekannten. Am Ende ist gleichgültig, von welcher Seite die Bedrohung kommt. Es wäre natürlich gut zu wissen, aus welcher Richtung der Wind weht.«

»Wer wollte dir widersprechen«, stimmte Hilpert ihm zu. »Ihr seid nochmals unsere Freunde vom Kiez durchgegangen? Es gibt nicht nur die Kellner-Gruppe.«

»Natürlich nicht, wir wollten uns nicht zu viel Arbeit machen«, klang Stange leicht verschnupft.

»Und die Ergebnisse?«

»Still ruht der See. Du wirst nicht geliebt, aber zurzeit stehst du nicht im Fokus dieser Herrschaften. Die haben andere Sorgen. Hinzu kommt, die wagen sich nicht an den Senator ran. Das ist ihnen viel zu heiß. Die wissen selbst, sie müssten jede Woche mit Razzien in den einschlägigen Läden rechnen. Das führt zu erheblichen finanziellen Einbußen. So viel bist du denen nicht wert.«

Hilpert nickte zustimmend. Wie gehabt, hatten seine Leute gute

Arbeit geleistet. »Dann sollten wir Herrn Grothe zu uns einbestellen. Macht es Sinn, die gesamte Rotte hierherzuholen?«

Stange legte die Hand auf die Ermittlungsakte. »Da kommen wir nicht drum herum. Das sind alles keine Warmduscher. Grothe kann unmöglich allein handeln, selbst wenn Unterstützung von außen zu ihnen gestoßen ist.«

»Knallen die ihre eigenen Leute ab, wenn eine Aktion misslungen ist?«, ließ Hilpert nochmals Skepsis durchscheinen.

»Absolut«, zeigte sich Stange überzeugt. »Zum Teil ist das der Typus Mensch, der von der SS während des Zweiten Weltkriegs für ihre Einsatzgruppen rekrutiert wurde. Da waren viele Polizisten bei. Die haben während des Russlandfeldzugs gnadenlos gegen Juden und Widerstandskämpfer gewütet.«

Es war Hilpert anzumerken, nicht überzeugt zu sein. »Und solche Herrschaften existieren heute im einundzwanzigsten Jahrhundert, über siebzig Jahre nach Ende des Zweiten Weltkriegs? Ich will das nicht glauben.«

»Worauf du dich verlassen kannst. Die haben vielleicht ihre Ziele angepasst, aber die Grundeinstellung ist geblieben. Glücklicherweise haben sich die Zeiten geändert.«

Hilpert war mit Vergleichen aus der NS-Zeit vorsichtig. Er wusste, ein nicht unerheblicher Teil seiner Kollegen war politisch weit am rechten Rand und darüber hinaus angesiedelt. Das machte sie längst nicht zu Mördern oder zu schlechten Polizisten. Viele von ihnen hegten Zweifel an der bestehenden Rechtsordnung, die sich dem Schutz potenzieller Täter verschrieben hatte und die Unschuldsvermutung über Gebühr strapazierte oder akzeptierten den Umgang mit abgelehnten Asylbewerbern nicht, die nach wie vor im Lande blieben. Das trieb sie zur AFD, machte allerdings keine Killer aus ihnen. Grothe und seine Kollegen waren wegen Korruption aus dem Dienst ausgeschieden. Dahinter steckten keine ideologischen, sondern rein materielle Motive. Fakt war allerdings, es wurden mehrere Attentate auf ihn verübt. Ihre Gegner waren ohne nach links oder rechts zu blicken bereit, ihn zu töten. Sie hatten keinerlei Hemmungen, auch Unbeteiligte zu gefährden. Und es bestand ein Anfangsverdacht gegen die ehemaligen Kollegen. Das gab ihnen gleichwohl nicht das Recht, sie mit Nazis zu vergleichen. Er verzichtete darauf, Stange zurechtzuweisen. Sein

Mitarbeiter sorgte sich um ihn und war dabei verbal entgleist. Darüber konnten sie gemeinsam an anderer Stelle zu einem anderen Zeitpunkt reden.

»Habt ihr jemand Besonderen aus der Gruppe im Sinn?«

»Worauf du dich verlassen kannst«, übernahm Stange wieder das Reden. »Ralph Tensfeld, ehemaliger Oberkommissar. Der war vom Rauschgiftdezernat in die Abteilung Betrug versetzt worden. Die Beweislage gegen ihn war anscheinend zu dünn. Dort hat er sich nicht wohlgefühlt und ist aus dem aktiven Dienst ausgeschieden. Der soll einen richtigen Hass auf dich haben.«

»Der Name sagt mir nichts«, reagierte Hilpert erstaunt.

»Der ist eher indirekt durch unsere Tätigkeit aufgeflogen«, zeigte sich Stange bestens informiert. »Wir hatten mit dem keine Berührungspunkte. Den hat die Dienstaufsicht einkassiert.«

»Und hängt er mir das an?«

»Du bist das Synonym für diese ehemaligen Kollegen für ihre heutige Situation. Der Mann, dem sie ihren Abstieg zu verdanken haben. Darüber lassen die keine Diskussion zu. Ihre offenen Hände reden sie dagegen klein.«

»Und der Maulwurf in der Gruppe?«, erinnerte sich Hilpert. »Was ist mit dem?«

»Kein Kommentar«, ließ sich Stange nichts entlocken. Sein Boss akzeptierte es. Zuweilen hatten die Wände in ihren Büros Ohren.

Hilpert blieb gelassen. »Dann ist es so, viel Feind, viel Ehr. Wie gesagt, ihr macht die Termine. Lisa kennt meinen Kalender. Verfügt über mich. Ich bin wirklich gespannt, was die vorzubringen haben.«

»Du hältst dich in nächster Zeit in Hamburg auf?«, ließ sich Stange vernehmen.

»Es gilt das Gerücht.«

Hilpert wusste, ehemalige Polizisten waren gefährliche Gegner. Sie kannten sich in den Strukturen des Präsidiums aus und waren gut ausgebildet. Vermutlich verfügte der eine oder andere weiterhin über beste Kontakte ins Präsidium. Mit Sicherheit hielt nicht jeder ihrer Kollegen ihren Rausschmiss für gerechtfertigt. Er wollte bereits die Runde auflösen, als Nele eine weitere Akte herbeizauberte.

»Wir können nicht ausschließen, es mit einem anderen Gegner

zu tun zu haben. Da ist uns ein älterer Vorgang zwischen die Finger geraten. Er könnte vorzüglich passen.«

»Tatsächlich?«, zeigte sich Hilpert erstaunt.

»Du hast ein halbes Jahr, bevor du in den Kosovo gegangen bist, einen Drogenhändler hinter Gitter gebracht. Er erhielt zehneinhalb Jahre, die er weitgehend abgesessen hat. Der ist seit Kurzem auf freiem Fuß.«

»Da kann es sich nur um Bähre handeln«, gab sich Hilpert kundig. »Damals ist ihm der gewaltsame Tod eines Komplizen als Totschlag ausgelegt worden. Dafür muss der bis heute dem Richter dankbar sein.« Nachdenklich kratzte er sich am Kopf. »Ich erinnere mich genau, er hat bei seiner Verhaftung wüste Drohungen gegen mich ausgestoßen.« Trotzdem war ihm seine Skepsis anzusehen. »Meint ihr, der hat nach all den Jahren noch einen Hass auf mich?«

Nele hob hilflos die Hände. »Keine Ahnung. Wären wir mit unseren Ermittlungen vorangekommen, hätten wir die Attentäter vielleicht schon am Haken und könnten Bähre zufriedenlassen oder einbuchten.«

Hilpert spürte die Verzweiflung seiner Leute. Sie mussten in absehbarer Zeit erfolgreich sein. Mit jedem Tag, den sie auf der Stelle verharrten, erhöhte sich die Gefahr für ihn und im Zweifelsfall für seinen Begleiter. Allein schon deshalb durfte das Kontingent seiner Bewacher nicht erhöht werden. Er ließ sich die Akten der Verdächtigen geben und bat um einige Stunden Ruhe, um sich damit eingehend zu beschäftigen.

Grothe war vor gut einem Jahr kurzfristig in Haft genommen worden. Der Vorwurf: Zusammenarbeit mit einer kriminellen Vereinigung. Sein Anwalt kam zu einer Vereinbarung mit der Behörde, die die Klage fallen lassen wollte, wenn er aus dem aktiven Dienst unter Verzicht auf jegliche Pensionsansprüche ausschied. Für Hilpert und seine Leute war ihre Aufgabe im Vorfeld mit der Aufklärung mehrerer Morde erledigt. Der Fall Grothe hatte für sie keine Priorität. Die Arbeit, die Lösung privater Angelegenheiten hielten ihn davon ab, sich eingehender mit dem Ex-Kollegen zu beschäftigen. Er war faktisch eine Art Beifang bei ihren Ermittlungen. Möglicherweise war diese Gleichgültigkeit einer seiner größeren Fehler, sollte der Ex-Kollege tatsächlich hinter den Anschlägen stecken. Ein gewaltiger Vorteil für sie wäre, ihre Gegner nunmehr identifiziert zu haben. Der Nachteil, sie hätten es mit ausgeschlafenen Feinden zu tun. Nichts anfangen konnte er weiterhin mit Tensfeld. Dabei verfolgte ihn vornehmlich dieser Mann mit seinem Hass. Dies zumindest laut Aussage ihres Gewährsmannes. Der frühere Oberkommissar verließ den Polizeidienst nach seiner Versetzung. Bei den Vorwürfen gegen ihn ging es vor allem um unverhältnismäßige Gewaltanwendung bei Verhaftungen und Verhören. Zum Thema Bereicherung gab es keine Hinweise. An der Klage eines Festgenommenen rauschte er knapp vorbei.

Hilpert bat Lisa und Nele, sich mit seiner Akte näher zu befassen. Er unterstellte bei den beiden Frauen stärker als bei sich die erforderliche Sensibilität zwischen den Zeilen zu lesen und gegebenenfalls auf die Ursachen seiner Gegnerschaft zu stoßen. Aus Erfahrung wusste er, negative Emotionen kamen zuweilen auf wie ein überraschender Sturm in der Südsee und niemand war darauf gefasst. Die Ursachen dafür konnten vielfältig sein. Erst wenn er besser auf diesen Mann eingestellt war, wollte er mit ihm ein Gespräch führen. Vorher hatte es keinen Sinn. Über die anderen Männer aus Grothes Fraktion hieß es, sie liefen mit und warteten mehr oder weniger auf die Ideen ihres Vorturners. Ihre Ablehnung gegen ihn hielt sich in Grenzen. Trotzdem liebte ihn niemand aus der Gruppe.

Bei Bähre galt es, sein Kleinhirn stärker anzustrengen, um die vergangenen Jahre zurückzuspulen. Der Mann behauptete damals, durch seine Verhaftung größere finanzielle Verluste hinnehmen zu müssen. Dies insbesondere, weil ihn einer seiner Komplizen um erhebliche Geldbeträge betrogen haben sollte, die eigentlich für seine Lieferanten vorgesehen waren. Hierbei handelte es sich wohl um eine Gruppierung vom Balkan, die als besonders brutal verschrien war. Erst zwei Jahre später konnte diese zerschlagen werden. Bähre hielt es für völlig legitim, auf den Kollegen solange einzuschlagen, bis dieser nicht mehr in der Lage war, ein Wort von sich zu geben. Als er in dessen Wohnung das abgezweigte Geld an sich nehmen wollte, erfolgte der Zugriff durch sie. Damals überhäufte er gerade ihn mit wüsten Beschimpfungen und behauptete, er habe von den aufgefundenen Banknoten mindestens eine Viertelmillion für sich abgezweigt. Er fühlte sich zweimal hintergangen, von seinem Komplizen ebenso wie von Hilpert. Sein

Opfer konnte sich nicht allzu lange an dem Geld erfreuen. Bähre hatte einmal zu oft zugeschlagen. Er schrammte knapp an einer Mordanklage mit anschließender Sicherheitsverwahrung vorbei.

Der Mann war seit einem halben Jahr in Freiheit. Je nach Finanzlage hätte er in dieser Zeit eine Truppe zusammenstellen können, die gegen ihn initiativ werden sollte. Standen ihm ausreichende finanzielle Mittel zur Verfügung, um Leute aus dem Ausland zu engagieren? Verfügte er über internationale Kontakte zu professionellen Mördern? Die beiden Männer, die vor Hilperts Haustür erschossen worden waren, kamen vom Kiez. Die arbeiteten nicht für kleines Geld. War er der Typ, der dieses komplizierte Konstrukt zusammenbastelte? Sorgte er dafür, dass ehemalige Kumpel vom Kiez von den eigenen Leuten ausgeschaltet wurden?

Auf all diese Fragen wusste Hilpert keine Antworten. Die Erinnerung an diesen Mann war zu verschwommen und wurde von anderen Ereignissen überdeckt. Bähre konnte fraglos als Berufsverbrecher bezeichnet werden. Nur, wo stand er nach zehn Jahren Gefängnis? Er gehörte zu den Menschen, die von jung an regelmäßiger Arbeit aus dem Weg gingen, an denen Resozialisierungsmaßnahmen abprallten wie Wasser an einem Regencape. Gleichwohl nahm er in Hilperts Erinnerung keinen dominanten Platz ein. Typen seines Zuschnitts war er vielfach begegnet. Es blieb ihm nichts anderes übrig, als sich mit ihm wie mit Grothe und gegebenenfalls mit Tensfeld zu unterhalten. Nele würde sich um zeitnahe Termine kümmern. Je nach Gefühlslage hielt er die Gespräche für sinnvoll oder meinte, seine Zeit zu vergeuden.

Seine Gedanken führten ihn zu der Messerattacke im Hotel zurück. Es gab einen Kinken, den er noch nicht vollends ausgeräumt hatte. Urs Kilcher, der Attentäter, verfügte über Fotos seiner engsten Mitarbeiter in seinem Handy. Wie kam er daran? Gab es im Präsidium jemanden, der ihn damit fütterte? Er sperrte sich dagegen. Er wollte sie sich nochmals genauer anschauen. Vielleicht verrieten sie etwas über ihre Herkunft. Als Beschaffer kam selbstredend Grothe oder einer seiner Leute infrage. Wie sollte Bähre darankommen? Er wollte sich mit dem Ex-Kollegen als Erstem unterhalten. Der Verdacht, er und seine Kollegen könnten hinter den Anschlägen stecken, war trotz seiner Zweifel nicht von der Hand zu weisen. Nur, war der in der Lage, relativ kurzfristig eine internationale Truppe zusammenzustellen, um die Anschläge auszuführen? Dies galt für Grothe ebenso wie für Bähre. Sie waren keine Global Player. Und deren finanzielles Potenzial hielt er für überschaubar. Er war beinahe versucht, die Verhöre abzublasen, bis ihm neue Pro-Argumente einfielen.

20

Der ehemalige Kriminalbeamte zierte sich, als Nele versuchte, mit ihm telefonisch einen Termin im Präsidium zu vereinbaren. Als Kompromiss schlug er ein Treffen in seinem Büro in der Rothenbaumchaussee vor. Hilpert nahm es mit einem Schulterzucken zur Kenntnis. Das Gespräch war wichtig, nicht die Örtlichkeit, wo es stattfand. Grothe würde nicht versuchen, ihn in den eigenen Räumlichkeiten umzubringen. Dazu war das Risiko der Entdeckung viel zu groß. Es gab stets ein Leben nach der Tat. Als ehemaligem Kriminalbeamten zog es ihn garantiert nicht in die JVA Fuhlsbüttel. Sollte er es auf ihn abgesehen haben, dann ging die Gefahr von ihm an einem neutralen Standort aus. Mit der Adresse hatte er es nicht schlecht getroffen. Er war neugierig, wie Grothe sich eingerichtet hatte, weil sich hieraus Schlüsse über ihre Finanzsituation ergeben konnten. Und der zeigte sich durchaus interessiert zu erfahren, was Hilpert von ihm wollte.

Er hatte sich einen Schreibtisch geleistet, der für seine beachtliche Größe zu zierlich geraten schien. Vermutlich hatte jemand das Möbelstück seines mittlerweile erwachsenen Kindes auf den Markt geschmissen. Die sonstige Einrichtung wurde mit Sicherheit für kleines Geld erworben. Designermöbel suchte man vergeblich. Und die gerahmten Kunstdrucke wären keinem Versteigerer wert gewesen, sie anzubieten.

Sie verzichteten auf Höflichkeitsfloskeln. Grothe kam mit aggressivem Unterton sofort auf den Punkt. »Was wollen Sie von mir? Ich kann wohl kaum von einem Höflichkeitsbesuch ausgehen.«

Gelassen ging Hilpert auf ihn ein. »Ihnen ist sicherlich bekannt, es wurden mehrere Attentate auf mich verübt. Der Innensenator wird ebenfalls bedroht.«

»Und was habe ich damit zu tun?«

»Deshalb sind wir hier, um das in Erfahrung zu bringen.«

Grothe lachte freudlos auf. »Und da meinen Sie, ich könnte einen passablen Attentäter abgeben.«

Hilpert nickte, ohne mit der Wimper zu zucken. »Ich hätte es nicht besser ausdrücken können.«

»Da muss ich Sie leider enttäuschen«, ließ sich sein Gegenüber nicht aus der Ruhe bringen. »Wir haben andere Probleme, als die Racheengel zu spielen.«

Hilpert blickte sich um. Sie saßen im ersten Stock eines sorgfältig renovierten Jugendstilhauses zusammen. Die einfache Einrichtung wurde dem altehrwürdigen Gebäude nicht gerecht. Vermutlich verfuhren die Ex-Kollegen nach dem Motto, lieber bescheiden leben, als in Schönheit zu sterben. Die Miete, die sie berappen mussten, dürfte hoch genug sein und vertilgte einiges von dem monatlichen Honorar, das sie momentan erzielten. Das Ambiente vermittelte ihm nicht den Eindruck einer gut florierenden Securityfirma. Grothe und seine Mitarbeiter verzichteten bestimmt vorerst auf ein Gehalt, um mit ihrer Firma über die Runden zu kommen. Darauf hätte Hilpert Wetten angenommen Wer leichtfertig ein festes Einkommen mit Pensionsberechtigung aufs Spiel setzte, musste begreifen, wie hart das Leben in der Selbstständigkeit sein konnte. Ein Gehalt, das nicht am Monatsende auf dem Konto erschien, bekam in der Nachbetrachtung fraglos eine gewisse Attraktivität, dies unabhängig von dessen Höhe. Es wurde vermisst wie ein guter Freund, der nach Australien ausgewandert war.

»An dieser eher exklusiven Adresse hätte ich eine passendere Ausstattung vermutet«, konnte sich Hilpert nicht verkneifen.

Der Jungunternehmer lachte auf. »Wir residieren in der Wohnung des Großvaters eines unserer Kollegen. Der verzichtet vorerst auf eine Miete. Wir müssen bloß die Nebenkosten berappen. Ansonsten wäre für uns gerade mal ein Steilwandzelt machbar.«

»Ohne Kontakte geht nichts im Leben«, gab sich Hilpert verständnisvoll. Die materielle Situation der ehemaligen Kollegen war ihm gleichgültig. Sie hatten ihre Chance gehabt und diese wie eine Ware ohne Wert vertan. »Kommen wir auf die Anschläge zurück. Mal unterstellt, Sie haben tatsächlich keine Aktien darin. Sind Sie auf Hinweise gestoßen, wer dahinterstecken könnte?«

»Warum sollten wir Ihnen behilflich sein?«, gab sich Grothe widerspenstig. »Durch Sie haben wir viel verloren.«

»Ich verstehe, als Sündenbock bin ich allemal gut geeignet. Ansonsten müssten Sie über eigenes Fehlverhalten nachdenken. Wer ist schon so bescheuert?«

Grothe zündete sich eine Zigarette an und blies den Rauch von sich weg. Nun erst wurde ihm sein Tun bewusst. »Das gibt wieder Ärger mit den Kollegen. Ich hoffe, es stört Sie nicht zu sehr.«

»Sie sind der Hausherr und müssen mich nicht um Entschuldigung für Ihr Laster bitten«, merkte Hilpert trocken an.

Nach einem kräftigen Zug bequemte sich der Ex-Polizist zu einer Antwort: »Es gab durchaus Situationen, da hätte ich Sie am liebsten auf den Mond gewünscht oder zumindest an den Südpol. Ich muss Ihnen trotzdem zustimmen. Sie sind nicht für unsere augenblickliche Situation verantwortlich. Am Ende hab ich auf mich geflucht. Außerdem haben Sie den Mörder meines Freundes Saupe dingfest gemacht. Ich bin nicht Ihr Opfer geworden, sondern das meiner eigenen Gier. Zu Ihrer Frage, wir haben keine Ahnung, wer Ihnen und dem Senator ans Leder will.«

»Gibt es sonst jemanden in Ihrem Verein, der das unter Umständen anders sieht?«

»Kollege Tensfeld hat einen unbändigen Hass auf Sie. Ob der so weit geht, auf Sie zu schießen, wage ich zu bezweifeln. Wir segeln alle dicht am Wind und kämpfen um unser finanzielles Überleben. Wie bereits gesagt, da kann sich niemand von uns unartikulierte Racheaktionen erlauben.«

»Verfügt Tensfeld über nennenswerte Geldmittel?«

»Vergessen Sie's«, winkte Grothe ab.

»Mein Problem ist, ich kenne keinen Tensfeld. Er ist mir während seiner aktiven Zeit nicht untergekommen. Was könnte er von mir wollen?«

»Ihr habt direkt nichts miteinander zu tun gehabt. Ein Cousin von ihm wurde durch einen aus eurer Gruppe, gegebenenfalls von Ihnen, vor einigen Jahren erschossen.«

»Es handelte sich um einen Kriminellen?«

»Kommt drauf an, wie man es sieht. Eigentlich war er ein Kollege von uns, der suspendiert worden war.«

Hilpert nickte. »An den Fall erinnere ich mich gut. Der freundliche Herr hatte seinerzeit die Absicht, mich zu töten. Das konnte verhindert werden und hat ihn sein Leben gekostet.«

»Sie gelten als konsequenter Mensch, der seinen Kopf gebraucht«, reagierte Grothe überraschend sachlich. »Aus Jux und Tollerei ist es nicht Ihre Art, Kollegen zu liquidieren. Was soll's, gehen Sie davon aus, von unserer Seite gibt es keine Bedrohung für Sie.«

»Das höre ich gerne.« Die Gesprächsatmosphäre war gelassener geworden, als Hilpert befürchtet hätte. Grothe bewies seine Intelligenz, die ihn als Ermittler auszeichnete. Die Stirn in Falten gelegt, blickte Hilpert zu ihm hinüber. »Wie laufen die Geschäfte, kommt ihr über die Runden?«

»Ich hab meinen Porsche abbestellt und bin auf Ferrari übergewechselt.«

»Dann würde ich Ihnen mit einem kleinen Auftrag keinen Gefallen tun?«

Hellhörig geworden beugte sich der Ex-Kollege vor. »Wie darf ich das verstehen?

»Sie wissen, wir sind als Polizisten an Recht und Gesetz gebunden.«

»Jetzt sagen Sie nicht, wir sollen für Sie jemanden umlegen.«

»Keine Angst, das schaffen wir allein. Ich habe vor gut zehn Jahren einen Mann ins Gefängnis gebracht. Der glaubte damals, ich hätte mich an seinem Drogengeld bereichert. Er soll nicht gut auf mich zu sprechen sein. Hätten Sie Lust, ihn zu befragen? Offiziell liegt nichts gegen ihn vor. Wir können ihn uns nicht so einfach greifen, ohne Staub aufzuwirbeln. Interessant wäre beispielsweise, ob er über so viel Geld verfügt, Killer von draußen einzufliegen.«

»Sie meinen diesen Schweizer, der versucht hat, Sie zu erstechen?«

»Genau den. Sie sind tatsächlich gut informiert.«

»Ist das für Sie ein Problem?«

Hilpert lachte auf. »Ganz im Gegenteil.« Er griff in seine Jackentasche und zog einen Zettel heraus. »Darauf steht sein Name und seine Adresse. Die muss nicht stimmen.«

Der künftige Ferrari-Fahrer griff zu. Er war sich für kleine Geschäfte absolut nicht zu schade. Auch teure Autos mussten betankt werden. »Was sind Sie bereit, für unsere Dienstleistung zu zahlen?«

»Machen Sie mir ein Pauschalangebot einschließlich Spesen.«

»Tageshonorar inklusive Spesen 750 Euro.« Gespannt schaute er zu Hilpert hinüber.

Vermutlich würde er auch für die Hälfte aktiv werden. »Schicken Sie mir eine Pauschalrechnung über 5.000 Euro. Sollte der Auftrag umfänglicher werden als geplant, gibt es einen Nachschlag. Nur eines: Ich will keine gebrochenen Knochen oder sonstige Verletzungen haben. Mir reicht eine kompetente Einschätzung von Ihnen, ob er als Attentäter oder Beteiligter infrage kommt.«

Grothe fuhr seinen PC hoch. Das Angebot stellte ihn erkennbar zufrieden. Offensichtlich konnte er das Geld gut gebrauchen. Hilpert hatte richtig vermutet. »Einen kurzen Moment, die Rechnung können Sie gleich mitnehmen.«

»Immer zu. Ich weise das Geld umgehend an.« Er warf einen kurzen Blick auf die ausgedruckte Rechnung. »Sie haben die Mehrwertsteuer vergessen. Die kommt oben drauf.«

Hilpert ließ einen konsternierten Menschen zurück, der in diesem Leben mit allem gerechnet hätte, jedoch nicht mit einem Auftrag von Hilpert.

Die gesamte Zeit über hatte sich Albers nicht geräuspert. Beim Hinausgehen sprudelte es aus ihm heraus: »Du bist dir sicher, nicht zu leichtgläubig zu sein?«

»Hast du dir das Umfeld angesehen, in dem die ihr Büro betreiben?«

»Natürlich. Dagegen leben wir in aller Pracht.«

»Und der soll für teuer Geld Leute vom Kiez und sogar aus der Schweiz beauftragt haben, mich zu liquidieren? Das kannst du erzählen, wem du willst, nicht mir.«

»Und die Moral von der Geschichte?«

»Wir kommen nicht drum herum, unkonventionelle Wege zu gehen. Das ist für Kriminalbeamte zuweilen nicht ungefährlich, wollen sie ihre Pension nicht gefährden. Beschäftigst du dafür Leute von außen, läuft das in die richtige Richtung.«

»Ich verstehe. Nur, hast du darüber nachgedacht, jemand aus Grothes Verein könnte engagiert worden sein, dich zu erledigen?«, gab Albers zu bedenken.

»Mit diesem Restrisiko kann ich leben. Ansonsten gilt das Prinzip, kannst du deine Gegner nicht ausschalten, verbünde dich mit ihnen. Dies wird nicht der letzte Auftrag an Grothe gewesen sein, einmal unterstellt, er und seine Leute arbeiten zuverlässig.«

»Wie das?«

»Ich glaube nicht an Bähre als Täter. Ich sehe den nicht als Auftraggeber und ebenso wenig als Auftragnehmer. Das passt hinten und vorne nicht. Ich selbst hatte ihn längst aus den Augen verloren und in den letzten Jahren mit niemandem über ihn gesprochen. Arbeiten die suspendierten Beamten ordentlich, können die meinen Schutz in Hamburg übernehmen. Das entlastet dich. Du kannst dein Team nicht zu lange sich selbst überlassen. Dafür ist das Gros deiner Leute zu jung.«

»Und wenn es wieder nach Buchholz geht?«

»Dann setze ich weiterhin auf dich. Zu dicht möchte ich die Grothe-Truppe nicht an mich heranlassen. Selbst wenn sie es nicht auf mich abgesehen haben, werden sie nicht zu meinen Fans mutieren. Das gilt insbesondere für diesen Tensfeld. Der wird ein Sicherheitsrisiko bleiben. Und ich kann Grothe nicht vorschreiben, wen er einsetzen soll. Bis zu einem gewissen Grad muss ich ihm vertrauen.«

»Du hältst es wirklich für eine gute Idee, ihn für unsere Interessen einzusetzen?«

»Keine Ahnung, es wird sich relativ kurzfristig erweisen.«

»Bin ich nicht mehr qualifiziert genug, um für deine Sicherheit zu sorgen?«

»Blödsinn, ich kenne niemanden, der dafür besser geeignet ist als du.«

»Aber?«

»Es gibt kein Aber. Wir zwei stehen ziemlich alleine da. Stell dir vor, die Gruppe Grothe würde sich gegen uns wenden. Zwei gegen fünf. Allein da hätten wir denkbar schlechte Karten.«

Hilpert spürte, Albers war nicht überzeugt. Daran konnte er für den Augenblick nichts ändern. Er wollte ihn, soweit wie möglich, aus der Schusslinie nehmen. Das musste er für sich behalten. Gelassen nahm Hilpert sein Handy und überwies das vereinbarte Honorar an Grothe. Er sah seine Entscheidung pragmatisch. Das Sextett hatte seine Strafe erhalten. Konnte er sich auf diese Männer verlassen, verfügte er über eine Taskforce, die ihm in schwierigen Situationen behilflich wäre. Irrte er in seiner Einschätzung, durfte er sich über einen Platz auf dem Ohlsdorfer Friedhof nicht beschweren.

Die nächsten beiden Tage verliefen ereignislos. Aus Buchholz erreichten ihn keine neuen Nachrichten. In Hamburg blieb es ruhig. Fast hatte es für ihn den Anschein, als seien seine Gegner seit dem letzten Anschlag eingeschlafen. Garantiert ließen sie ihn schmoren. Gleiches galt für den Senator. Wie ihm der Polizeipräsident mitteilte, wurde dieser mit jedem Tag ungeduldiger. Kriminaldirektor Röhrs schnürte sich der Hemdkragen Tag für Tag enger um den Hals. Regelmäßig landete er bei Hilpert, in der Hoffnung auf neue Informationen, dies ohne messbaren Erfolg. Den Senator störte das dauernde Gewusel der Sicherheitskräfte um ihn herum. Ihn nervte das ewige Schulterzucken, wenn er nach Ergebnissen fragte. Der Kriminaldirektor musste sich mit den Beschwerden der Kollegen auseinandersetzen, denen ständig die Leute abgezogen wurden. Hilpert fühlte sich wie ein Hengst an der kurzen Leine, der nur darauf wartete, losgebunden zu werden.

Endlich erreichte ihn ein Anruf von Grothe. »Wir haben Bähre getroffen. War gar nicht so einfach, den aufzutreiben. Vielleicht sollten wir uns sehen. Ein kurzer Bericht ist in Arbeit.«

Diesmal hatte Grothe kein Problem damit, seine alte Arbeitsstätte aufzusuchen. Gegen Abend saßen sie einander gegenüber. Wie in alten Zeiten referierte er aus einem kleinen Schreibblock, in dem er die wesentlichen Informationen festgehalten hatte.

»Also Bähre hat sich in Wilhelmsburg in nicht gerade bester Gegend niedergelassen. Es scheint, als versuchte er einen seriösen Weg zu gehen. Die zehn Jahre Gefängnis haben ihm offenbar gereicht. Bereits im Verlauf des Prozesses will er mitbekommen haben, dass von Ihrer Seite kein Geld einkassiert wurde. Zumindest soll es der Frau des getöteten Komplizen in den Jahren gut gegangen sein. Sie lebt heute in Süddeutschland, ist neu verheiratet und lutscht nicht am Daumen. Ihr Ehemann soll Handwerker sein, der es wohl kaum zu nennenswertem Wohlstand gebracht hat. Sie sind für ihn kein Thema. Die Frau ist es dagegen schon eher. Nur traut er sich an die nicht so recht ran.«

»Ist er glaubhaft?«

»Schwer zu sagen. Wäre ich vernommen worden, hätte ich ähnlich reagiert. Seine Lebensumstände deuten nicht auf einen Mann hin, der es sich leisten kann, gedungene Mörder einzukaufen. Außerdem denke ich, solch ein langer Gefängnisaufenthalt läutert viele Menschen. Sie wollen nicht zurück in den Bau. Bähre gehört meines Erachtens zu dieser Gruppe. Bestimmt erwartet er noch etwas vom Leben. Sollte der erneut kriminell werden, dann vermutlich für viel Geld. Seine Lebensumstände nerven ihn sichtlich.«

Hilpert nickte nachdenklich. »Das hieße, er kommt allem Anschein nach nicht als Attentäter infrage.«

»So seh ich das. Mehr ist nicht hinzuzufügen. Übrigens vielen Dank, das Geld liegt bereits auf unserem Konto. Wie sehen Sie das mit dem Honorar? Fünftausend Euro für diesen kurzen Job sind deutlich überbezahlt.«

Hilpert schüttelte den Kopf. »Wir hatten eine Vereinbarung. Sie wurde von Ihnen eingehalten. Ich will nichts davon zurückhaben. Beim nächsten Auftrag ist die Kalkulation vielleicht schlechter.«

Grothe passte diese Antwort eindeutig ins Konzept. »Das finde ich großzügig. Sie sollen in der Nordheide auf einen Drogenverteilerring gestoßen sein?«

»Sie erstaunen mich einmal mehr mit Ihren exzellenten Kontakten ins Präsidium.«

»So ist es halt. Geht es dir schlecht, wirst du nicht von jedem vergessen. Also, Bähre erzählte, in den späten Neunzigern Drogen in größeren Mengen in der Nordheide vertickt zu haben. Den Stoff bezog er über eine Amsterdamer Connection. Er lebte einige Zeit ganz ordentlich davon. Dann wollte er höher hinaus. Die Konsequenzen kennen Sie. Durch seine Haftstrafe sind all seine Kontakte eingeschlafen. Er will mit einem ehemaligen Hamburger Dealer in Buchholz zusammengearbeitet haben. Dieser hat sich mit ziemlicher Sicherheit ganz auf die Provinz konzentriert. Das Hamburger Umfeld war ihm anscheinend zu stressig.«

Hilpert fühlte sich, als sei er aus einem Koma erwacht. »Konnte er einen Namen nennen?«

»Leider nicht. Er behauptete, nur indirekt mit ihm zu tun gehabt zu haben. Er habe den Stoff in irgendein Versteck in der Heide gebracht. Mit der Verteilung von dort aus hatte er nichts am Hut. Daneben sind die Geldgeschäfte über ihn abgewickelt worden. Er meinte, das lief wie geschnitten Brot, weil die Geschäftspartner das Dope nicht für den Eigengebrauch nutzten, sondern clean waren.«

»Glauben Sie, er hatte andere Namen auf Lager? Zum Beispiel den seines Kooperationspartners?«

»Der soll das Zeitliche gesegnet haben. Und dessen Nachfolger kennt er nicht. Die Lieferungen laufen wohl bis zum heutigen Tag.«

»Meinen Sie Bähre sagt die Wahrheit?«

»Ich bin mir da unsicher. Er machte eher den Eindruck eines Mannes, der im Verlauf des Gesprächs zu viel preisgegeben hatte und dabei war, zurückzurudern. Garantiert steckt bei dem ein Ass im Ärmel. Wer weiß, vielleicht haben wir den auf eine Idee gebracht.«

Hilpert hatte sein Kinn aufgestützt und schien nachzudenken. »Nehmen Sie sich bitte Bähre nochmals zu diesem Thema vor. Vielleicht erzählt der dann mehr als bisher. Was Ihr Honorar betrifft, schlage ich den gleichen Kurs vor. Je schneller mir die Rechnung vorliegt, desto schneller erfolgt die Zahlung.«

Grothe verließ Hilpert in aufgeräumter Stimmung. Hilpert forderte nicht nur kein Geld zurück, sondern erteilte ihnen den nächsten Auftrag. Mit dem Geld konnten sie einen Teil der ausstehenden Nebenkosten für ihr Büro begleichen. Es löste keine größeren Probleme, war trotzdem ausgesprochen willkommen. Die Rechnung würde noch heute auf Hilperts Schreibtisch liegen.

Bähre war äußerst erstaunt, als Grothe ihn anrief. »Es ist ja kaum einen Tag her, dass wir miteinander gesprochen haben. Worum geht es diesmal? Hat es wieder mit Hilpert zu tun?«

»Eher am Rande. Ich könnte ’ne Flasche Whisky mitbringen.«

»Einen Maltwhisky?«

»Was denn sonst.«

»Kommen Sie, wann Sie wollen. Meine Tür steht offen. Ich hab keine Termine.«

Grothe war mit sich zufrieden. Wie in alten Zeiten hatte er sich umgesehen und die Flasche Scotch auf einem Couchtisch entdeckt. Dabei handelte es sich nicht um einen Maltwhisky, sondern eher um ein Getränk aus dem ALDI. Wer knapp bei Kasse war, trank nicht unbedingt die teuren Sorten. Diese Lektion musste er ebenso lernen. Warum sollte sich Bähre nicht verbessern wollen? In seinem

Büro schickte er einen seiner Kollegen mit der neuen Rechnung zu Hilpert und nahm Tensfeld mit zu Bähre. Während der Fahrt grummelte der herum. Schmallippig gab er kurze Antworten auf Grothes Fragen. Dieser ließ das nur kurze Zeit zu. »Könntest du mir sagen, was dein Herz bewegt? Deine schlechte Laune ist ja nicht zum Aushalten!«

»Hilpert, wieso arbeiten wir jetzt für diesen Mann, der für unsere verdammte Situation verantwortlich ist?«

Grothe lachte schallend auf. »Hilpert ist für unsere Situation verantwortlich?! Erzähl das deinem fünfjährigen Neffen. Wir haben uns nicht wie Polizisten verhalten, sondern wie Kleinkriminelle. Das hat unseren Abstieg bestimmt.«

»Und mein Cousin?«

»Der war ein Großkrimineller. Der wollte Hilpert umlegen. Das haben schon ganz andere nicht geschafft.«

»Das ist nicht wahr!«, schrie Tensfeld ihn an.

Nun schrie Grothe zurück: »Ist es doch. Ich kenne die Akten. Warum sollte ich dich anlügen?! Außerdem hat Hilpert ihn nicht erschossen.«

»Das erzählst du mir nur, weil du mit Hilpert Geld verdienen willst.«

»Hilpert hätte deinen Cousin nicht erschießen können, weil er schwer verletzt war.«

»Wie das?«

»Weil dein Cousin ihn töten wollte.«

Tensfeld war weiterhin aufgebracht. »Und damit kommst du erst heute?!«

»Vorher war das kein Thema für uns. Und natürlich war Hilpert nicht mein Freund. Es ist mir egal gewesen, wie du zu ihm stehst.«

»Und jetzt?«

»Jetzt verdienen wir mit ihm Geld. Geld, das wir dringend brauchen. Und ich sage dir eines: Nicht eine Sekunde nutzt er unsere Scheißsituation aus. Vielmehr trägt er ihr Rechnung.«

»Ja, ja, er ist ein netter Mensch.«

»Ich muss dich enttäuschen. Hilpert ist alles, nur nicht nett. Der weiß genau, was er tut. Vor allem verschenkt der nichts. Aber er ist fair. Mit ihm vergrößern sich unsere Überlebenschancen als Unternehmer.«

Mehr oder weniger überzeugt lenkte Tensfeld ein. Ihm musste niemand erzählen, wie mau es in ihrer Kasse aussah. Verfügten sie nicht über das günstige Büro, hätten sie längst das Handtuch schmeißen müssen.

Von der Rothenbaumchaussee bis nach Wilhelmsburg brauchten sie eine gute halbe Stunde. Bähre wohnte in der Fährstraße. Hier gab es noch Siedlungshäuser, deren Mieten einigermaßen zu berappen waren. Der Ausländeranteil war relativ hoch. Frauen ohne Kopftücher fielen hier eher auf als mit. In dieser Gegend lebten keine wohlhabenden Menschen. Gleichwohl schien das Gros der Bewohner einer geregelten Arbeit nachzugehen. Auf Höhe einer Buchhandlung fanden sie einen Parkplatz.

Bähres Augen begannen zu leuchten, als Grothe ihm die Flasche reichte. Dabei machte er nicht den Eindruck eines Alkoholikers, sondern eher den eines Genussmenschen. Und er war nicht dumm, was seine ersten Fragen deutlich unterstrichen. »Ihr besucht mich garantiert nicht, um soziologische Studien in Wilhelmsburg zu betreiben und mit mir als Ex-Knackie zu beginnen. Das hat alles mit diesem Hilpert zu tun. Okay, worum geht es? Was spuckt ihr aus?«

»Nun mal immer ruhig mit den jungen Pferden«, versuchte Grothe die Situation zu entspannen. »Ja, es geht um Hilpert. Dem Vernehmen nach soll er für gute Informationen anständig Kohle auf den Tisch des Hauses blättern.«

»Geld kommt nie schlecht an.« Bähre stellte drei Wassergläser auf den einfachen IKEA-Tisch und öffnete die mitgebrachte Flasche. »Dann sorgen wir für die richtige Stimmung. Wer von euch fährt?«

Grothe und Tensfeld blickten einander an. Schließlich beschloss Grothe mitzutrinken. Tensfeld bekam Wasser eingeschenkt. Mehr als zwei Finger breit investierte Bähre nicht. Mit wertvollen Getränken ging man sorgfältig um. Grothe war es recht. Sie prosteten einander zu. Bähre hatte sein Glas nach dem ersten vorsichtigen Schluck kaum abgesetzt, als er seine Frage wiederholte: »Worum geht es?«

»Um Ihre ehemalige Tätigkeit in der Nordheide.«

»Ihr wollt einen Drogenhandel mit mir besprechen, der mehr als zwanzig Jahre zurückliegt. Wollt ihr mich wieder in den Kahn bringen?«

»Blödsinn«, ging Grothe auf ihn ein. »Es dreht sich um Mord. Und Hilpert hängt da irgendwie drin, weil das Opfer ein Freund von ihm war. Viel mehr wissen wir nicht.«

»Also umgelegt hab ich in der Nordheide keinen«, antwortete Bähre süffisant. »Was wollt ihr wissen?«

»Wer war Ihr Nachfolger, als Sie in den Kahn gingen?«

»Bert Prange, mit dem hatte ich schon vorher gelegentlich zusammengearbeitet.«

»Und hat der bis zum heutigen Tag durchgehalten?«

»Eher nicht, Herr Grothe. Er ist mit seinem Wagen ungebremst gegen einen Baum gefahren. Lenkung und Bremsen waren manipuliert worden.«

»Und wer hat anschließend seinen Job übernommen?«

»Keine Ahnung. Die Verbindung zu den Holländern soll mittlerweile direkt über Buchholz laufen. Da hatte ich keine Aktien drin. Die Hamburg-Connection ist denen zu stressig geworden. Zumindest hat mir das ein Freund vor Jahren erzählt, lange bevor ich in Haft ging.«

»Sie haben nicht versucht, die alten Kontakte neu zu beleben?«

»Nicht wirklich. Ich hätte nicht gewusst, wen ich ansprechen sollte. Und wer sollte auf mich gewartet haben?«

»Was ist mit Ihrem Freund, der so gut informiert ist? Weiß der mehr?«

»Schwer zu sagen, ob er helfen kann. Er hatte zeitweise wohl direkten Kontakt zu den Organisatoren in Buchholz. Bislang bin ich nicht dazu gekommen, ihn darauf anzusprechen. Zumindest gab es für mich dafür keinen Grund.«

»Sie haben nicht darüber nachgedacht, dort Ihr Glück zu versuchen?«

»Fange ich mit dem alten Geschäft an, lande ich irgendwann da, wo ich herkomme. Da hab ich keinen Bock drauf. Das fängt schon damit an, mit den falschen Typen einen trinken zu gehen. Die schmeißen mit dem Geld um sich und du kaust auf den Fingernägeln. Nein danke. Eins, zwei, drei steckst du plötzlich mittendrin. Ich will das nicht.«

»Ich verstehe.«

Grothe wollte nachsetzen, als ihn Bähre unterbrach: »Was ist mit einer kleinen finanziellen Unterstützung? Ich geh davon aus, ich soll Ihnen Namen nennen. Die fallen mir unter Umständen wieder ein. Sie wissen selbst, der Winter steht vor der Haustür und ich könnte einen neuen Wintermantel gut gebrauchen.« Grinsend griff er nach seinem Glas und nahm einen kleinen Schluck. »Die Flasche ist in den nächsten Tagen leer. Nachschub wär nicht drin.«

»Was müssen Sie denn für solch ein Kleidungsstück hinblättern?«, ging Grothe auf Bähre ein.

»Ich denke, ein hübscher lila Schein könnte mir weiterhelfen.«

Grothe lehnte sich zurück. »Ich kann das nicht entscheiden. Mit der Kohle ist das bei mir ebenfalls nicht weit her.« Er griff nach seinem Handy und wählte Hilperts Nummer an. Anschließend durfte er über tausend Euro verfügen.

»Fünfhundert Euro sind genehmigt, also wie ist sein Name?«

»Wo ist die Kohle?«

»Die muss ich erst besorgen.«

»Gut, bis dahin kommt bestimmt die Erinnerung zurück.«

Die Männer leerten ihre Whiskygläser und verzichteten auf eine zweite Runde.

Grothe und Tensfeld gingen schweigend die knarrenden Holzstufen hinunter. Sie wussten um ihre desolate finanzielle Situation. So ohne Weiteres würde Grothe keine 500 Euro von ihrem Konto ziehen können. Ihm blieb nichts anderes übrig, als Hilpert abermals anzurufen.

»So knapp seid ihr bei Kasse?«, ging er auf Grothes Bitte ein. »Ich gebe Ihnen das Geld. Kommen Sie bei mir vorbei.«

»Sie sind also, der Mann, der etwas gegen mich hat, obwohl wir uns nie kennengelernt haben«, empfing er Tensfeld, der sich nach dieser Ansprache sammeln musste. »Woher kommt Ihre Aversion?«, fasste Hilpert nach.

Die Schockstarre hielt nicht lange bei Tensfeld an. »Sagt Ihnen der Name Ihle etwas, Oberkommissar Ihle?"

»Natürlich, der Mann hat auf mich geschossen und wäre mir nicht ein Kollege zu Hilfe geeilt, läge ich längst zwei Meter unter der Erde.«

»Warum sollte er auf Sie schießen?«

»Weil er ein Krimineller war. Und ich für seine Enttarnung gesorgt hatte. Dagegen wart ihr alle Waisenknaben.«

Tensfeld starrte ihn wütend an. »Das glaube ich Ihnen nicht. Mein Cousin war ein sauberer Polizist.«

»Haben Sie 'ne Ahnung, wer ihn beerbt hat?«, fragte Hilpert, die Gelassenheit in Person. Er musste sich nicht rechtfertigen. Die Narbe an seiner Schulter erinnerte ihn beizeiten an die Kugel, die er sich eingefangen hatte.

»Warum wollen Sie das wissen?«

»Wer hat seine Eigentumswohnung geerbt?«

»Eigentumswohnung?«

»Sie sagen es. Alles vom Feinsten einschließlich Tiefgaragenstellplatz. Erwähnte ich, wir sprechen über die Körnerstraße, beste Lage in Hamburg?«

»Ich meine, seine Ex-Frau wohnt dort mit ihrer Tochter.«

»Dann fragen Sie mal nach, wie man da rankommt und informieren sich, was damals für eine 120-Quadratmeter-Wohnung in der Lage einschließlich Pkw–Stellplatz hingeblättert werden musste.«

»Das ist unnötig«, mischte sich Grothe in das Gespräch ein. »Ich hab die wichtigsten Unterlagen zu Hause liegen. Für die Wohnung hat Ihle vor Jahr und Tag über eine halbe Million Euro bezahlt.«

»Stellst du dich jetzt auf Hilperts Seite?«, quakte Tensfeld ihn an, die Anwesenheit des Oberrats ignorierend.

Grothe blieb gelassen. »Kann ein Grundbuchauszug, kann ein Vertrag lügen?«

Zum zweiten Mal an diesem Tag schaffte er es, seinen Kollegen ruhigzustellen.

»Wie ist das Gespräch gelaufen?«, kam Hilpert auf ihr eigentliches Thema zu sprechen.

»Also, Bähre will den Namen des Organisators in Buchholz besorgen können. Er verlangt vorab, wie Sie wissen 500 Euro.«

»Soll er haben«, entschied Hilpert. Er öffnete eine Schublade seines Rollboys und entnahm einen Briefumschlag. »Hierin sind 2.000 Euro. Er wird unter Umständen nachkobern. Ansonsten geht mal ordentlich essen. Die Nudeln schmecken beim Italiener nach wie vor am besten. Die sind meist selbst gemacht. Schicken Sie mir darüber 'ne Rechnung, diesmal inklusive Mehrwertsteuer.«

Entschlossen griff Grothe zu, als befürchtete er, Hilpert könnte den Umschlag wieder an sich nehmen. »Ich bin im Übrigen davon überzeugt, Bähre weiß durchaus, wen Sie suchen. Der muss niemanden befragen. Vermutlich macht er sich Gedanken über den Preis, den seine Info kosten soll.«

»Sein Wissen ist mir einiges wert«, blieb Hilpert gelassen. »Und wenn es euch gelingt, ihn ordentlich auszuquetschen, wird es nicht zu eurem Nachteil sein.«

Selbst Tensfeld begriff, die Geschäftsbeziehung mit Hilpert ermöglichte ihnen mehr als ein paar Stunden Luft und einen Teller Nudeln. Hilperts Besucher wollten aufstehen. Er bedeutete ihnen zu bleiben. Er sprach Grothe direkt an. »Was das Thema Bewachung betrifft. Ich denke darüber nach, zwei, drei Mann aus Ihrer Gruppe für mich zu engagieren. Geben wir uns keinen Illusionen hin, das kann richtig gefährlich werden. Zu zweit kommen wir auf Dauer nicht über die Runden. Außerdem muss Albers entlastet werden. Der hat kaum mehr Zeit für sich. Sein Team steht mittlerweile hintan.«

Grothe beugte sich ihm entgegen. »Sie sind sich sicher, dass wir Sie nicht aus dem Weg räumen wollen?«

Hilpert begegnete ihm mit einem leicht arroganten Lächeln. »Sie bekommen momentan keine 500 Euro aus dem Geldautomaten und wollen mehrere Auftragsmörder für teuer Geld engagiert haben?! Und parallel gehen Sie auf den Innensenator los?! Das passt nicht. Damit zerlegten Sie Ihre Gegenwart und Ihre Zukunft.«

»Sie scheinen uns trotz unserer Vergangenheit so etwas wie letzte Anzeichen von Intelligenz zu unterstellen. Das halte ich als Grundlage einer verstärkten Zusammenarbeit für ausreichend.« Er grinste hilflos in Hilperts Richtung. »Geben wir uns keinen Illusionen hin. Wir könnten es uns nicht erlauben ein Angebot von Ihnen auszuschlagen.«

»Und Sie, Tensfeld?«, richtete Hilpert das Wort an Grothes Partner, der sich bislang eher zurückgehalten hatte. »Können Sie sich vorstellen, für mich zu arbeiten?«

»Wir müssen uns zur Decke strecken. Da dürfen wir auf ein Angebot von Ihnen nicht verzichten.«

»Er wird gebraucht. Schließlich schießt er wie Jesse James«, ergänzte Grothe.

Das Gespräch stellte Hilpert sichtlich zufrieden. »Wenn Sie also für meinen Schutz tätig werden wollen, greifen Sie sich die besten

Ihrer Leute heraus. Arbeite ich im Präsidium, werden sie nicht benötigt. Ich brauche sie, wenn ich mich außerhalb aufhalte. Sie sollen ausnahmslos zu zweit auftreten, wenn sie für mich jobben. Ansonsten relaxen sie, wie es ihnen in den Kram passt. Unsere Gegner sind keine Warmduscher. Übermüdet haben sie gegen die keine Chance. Die müssen wir bitterernst nehmen.«

»Bisher hat das mit Albers allein gut geklappt. Brauchen Sie uns wirklich?«, wandte sich Grothe nochmals an Hilpert.

»Ich habe so ein dumpfes Gefühl in der Magengegend. Hinzu kommt die kalte Logik. Meine Gegner werden aufrüsten. Ob ich will oder nicht, ich muss es ihnen gleichtun, da beißt die Maus keinen Faden ab.«

»Gibt es irgendwelche Hinweise auf eine Verstärkung der Aktivitäten Ihrer speziellen Freunde?«

»Kein Stück. Momentan ist Ruhe angesagt. Ich fühle mich wie vor einem Tsunami, bei dem sich anfangs das Wasser zurückzieht, um anschließend mit geballter Macht zurückzukehren. Wenn die aktiv werden, schlagen die meiner Meinung nach mit äußerster Power zu. Bisher waren die nicht so furchtbar erfolgreich. Die stehen unter gehörigem Zugzwang.«

Grothe lehnte sich entspannt zurück. »Dem ist nichts hinzuzufügen. Sie sitzen unversehrt vor mir. Uns schrecken Ihre Visionen nicht ab. Wie viele Tage sehen Sie auf uns zukommen?«

»Keine Ahnung, fangen wir mit zehn Tagen an. Danach sehen wir weiter.«

»Wie viel wollen Sie abdrücken?«, kam Grothe auf das für ihn wichtigste Thema zu sprechen.

»Ich sehe die ersten zehntausend Euro, die Sie heute von mir erhalten, wie eine Anzahlung. Also ich denke an eine Pauschale von zwanzigtausend Euro plus tausend Euro Spesen für jeden Ihrer Leute.«

»Und wenn Sie morgen die Verantwortlichen fassen?«

»Dann haben Sie Glück gehabt.«

»Was ist, wenn es länger dauert?«

»In dem Fall verhandeln wir neu.«

Grothe reichte ihm die Hand. »Einverstanden. Das Angebot ist ausgesprochen attraktiv. Es hilft uns ungemein.«

»Gut. Ich habe eine Empfehlung für Sie. Gleichen Sie Ihr Geschäftskonto aus. Liquidität ist das A und O für einen Unternehmer. Stellen Sie sich vor, Sie können niemanden verfolgen, weil Sie aufgrund Ihres überzogenen Kontos Ihr Auto nicht betanken können. Ich weiß wie die Banken ticken. Die machen bereits bei zwanzig Euro dicht, wenn keine ausreichende Deckung vorhanden ist.«

Grothe lachte auf. »Wie mir scheint, gehören Sie zu den Leuten, die sich auskennen.«

»Wissen ist Macht. Es ist gut, sich mit den wichtigen Dingen des Lebens zu beschäftigen. So gelangst du an Lebenserfahrung. Ich zumindest bin kein Primaner, der zum ersten Mal auf eine Party mit Mädchen geht.«

»Wem erzählen Sie das. Es hat seine Vorteile, Sie ernst zu nehmen. Ich werde Ihrem Rat folgen und lass die zehntausend Euro Anzahlung zu großen Teilen auf dem Konto. Meine Partner können froh sein, wenn ich sie zu einem netten Abendessen beim Italiener um die Ecke einladen kann. Ich komm morgen in Sachen Bähre auf Sie zu.«

»So will ich es haben«, reagierte Hilpert zufrieden.

Anschließend ließ er das Gespräch mit den beiden Ex-Polizisten nachwirken. Ob sie Tensfeld auf Kurs bekämen, sollte sich erweisen. Grothe war ein tatkräftiger Mann. Er traute ihm eine Menge zu. Wäre er moralisch gefestigter, hätte er ihn gern wieder in die Truppe aufgenommen. Davon unabhängig bezweifelte er, ob er damit das richtige Zeichen für die sauberen Kollegen setzte. Für seine jetzige Aufgabe konnte er hingegen über einen Mann verfügen, der nicht lange fackelte. Bedenkenträger halfen ihnen in ihrer speziellen Situation ebenso wenig weiter wie Moralisten. Zuweilen waren es die Schlechten, über die man verfügen musste, um über die Runden zu kommen.

21

Bähre schaute den beiden Männern hinterher, als sie seine Wohnung verließen. Er lachte gehässig auf. Mit der Banane wollten sie ihn aus dem Urwald locken und hatten nicht einmal 500 Euro bei sich in der Brieftasche. Ohne Hilpert lutschten sie auf dem Daumen.

Er war der Finanzier. Sie waren nur seine Erfüllungsgehilfen. Während seiner Zeit im Gefängnis hatte er irgendwann gelesen, dass er zu Geld gekommen war. Unruhig spielte er mit einem Werbekugelschreiber, der vor ihm auf dem Tisch lag. Was interessierten den die ollen Kamellen in der Nordheide? Grothe hatte was von dem Tod eines Freundes gemurmelt. Daraus konnte ein Schuh werden. Er wusste, wen er anrufen musste, um sich schlauzumachen. Sein Kumpel aus alten Zeiten brachte dem Vernehmen nach den Laden in Buchholz auf Vordermann und war damit anscheinend bis zum heutigen Tag erfolgreich. Die Aktivitäten in der Nordheide interessierten ihn damals nicht sonderlich. Dicke Backen hatte er gemacht, wollte ganz groß in Hamburg rauskommen. Er hatte alles darauf gesetzt und verloren. Sein Freund war nicht so dumm wie er und ließ sich bei einem Mord erwischen. Der war schon immer cleverer als er. Er wollte es damals nur nicht wahrhaben. Bähre musste den Ärger über sich herunterschlucken.

Er erreichte seinen gewünschten Gesprächspartner sofort. Sein Kumpel hatte diese alte Nummer also nicht löschen lassen. Der erkannte Bähres Stimme, als habe es keine Unterbrechung von zehn Jahren gegeben. »Du bist wieder draußen?«

»Ja, ein paar Monate haben sie mir geschenkt.«

»Tut mir leid, leider konnte ich dich nicht besuchen. Es hätte nicht zu meinen Geschäften gepasst.«

Bähre nahm die Entschuldigung entspannt hin. »Wir sind keine Kinder, die nicht allein zurechtkommen. Jeder muss sich um seine eigenen Klamotten kümmern und versuchen, sein Leben auf Linie zu kriegen. Weshalb ich anrufe: Ich hatte heute Besuch von zwei ehemaligen Kripobeamten. Die interessierten sich für deine Geschäfte in der Provinz. Dahinter steckt wohl Hilpert, der mich damals in den Kahn gebracht hat.«

Sein Gesprächspartner musste sich sammeln, bevor er reagierte. »Scheiße, der Mann ist wie die Pest. Du wirst ihn einfach nicht los. Er hat einen Teil meiner Verteilerorganisation zerschlagen. Was wollen die von dir?« Er unterbrach sich. »Klar, die sind über deine Akte auf Buchholz gestoßen. Bisher bin ich für die nicht in Erscheinung getreten. Ich hoffe, du hältst dicht.«

»Worauf du dich verlassen kannst.«

»Brauchst du Geld?«

»Du glaubst hoffentlich nicht, ich wollte dich erpressen!«

»Entschuldige, natürlich nicht. Unter Freunden hilft man sich aus.«

»Lass gut sein«, blieb Bähre gelassen. Natürlich wollte er absahnen. Nur mit ein paar gelben Scheinen war ihm nicht gedient. Die mussten schon eine andere Farbe haben. Um Forderungen zu stellen, war es zu früh. »Ich komm über die Runden. Vor meiner Festnahme konnte ich ein paar Mäuse bunkern. Die reichen mir vorerst.«

»Willst du ins alte Geschäft einsteigen? Mein Einzugsgebiet ist groß. Ich könnte dich an einer Stelle unterbringen, wo du nicht so leicht erkannt wirst.«

»Spar dir die Mühe. Es freut mich, wenn du an mich denkst. Zehn Jahre Knast haben mir gereicht. Ich werde versuchen, mich seriös durchs Leben zu boxen.«

»Mensch, Thomas, du bist der einzige Freund, auf den ich mich verlassen konnte. Das galt schon für deinen Prozess, als du die Fresse über alte Geschichten gehalten hast.«

»Und dabei bleibt es.« Bähre war versucht aufzulegen, als sein Gesprächspartner nochmals einlenkte. »Ich hätte da eine Idee. Sie ist nicht kriminell, würde mir allerdings behilflich sein.«

»Raus damit. Ich helf dir gerne.«

»Das nehme ich nur an, wenn ich dich dafür bezahlen darf.«

»Du musst mir kein Geld geben, wenn ich dir einen Gefallen tun kann.«

»Ich will es so. Du bekommst dafür fünf Riesen von mir. Am besten treffen wir uns heute Abend. Was hältst du von einem kleinen Imbiss in der Innenstadt?«

»In Hamburg?«

»Nein, in Harburg.«

»Gute Idee. Da laufen keine Leute rum, die uns erkennen könnten.«

»Du nimmst am besten die S-Bahn. Da bekommst du gut mit, ob diese Ex-Bullen dir auf den Fersen sind. Zurück spendier ich dir ein Taxi.«

Bähre rieb sich die Hände. So funktionierte das. Man musste sich das Geld aufdrängen lassen, nicht fordern. Fünf Riesen waren ein ordentlicher Anfang. Sie lösten keines seiner Probleme, verschafften ihm jedoch Luft zum Durchatmen.

Bähre begrüßte die beiden Männer am nächsten Vormittag mit einem angedeuteten Grinsen. »Gibt es diesmal keinen Whisky? Habt ihr Omas Tafelsilber verscherbelt?«

»So ähnlich«, ließ sich Grothe auf den ironischen Unterton ein. »Unser großer Bruder hat ausgeholfen. An Whisky haben wir nicht gedacht.«

»Gott lobe die Verwandtschaft.« Er streckte Grothe die Hand entgegen. Dieser reichte ihm einen Umschlag mit dem vereinbarten Geld. Bähre schaute hinein. »Ein Schein, da muss nicht groß nachgezählt werden.«

»Wir wollten es Ihnen so leicht wie möglich machen und Sie nicht überfordern«, ging Grothe auf Bähres Tonlage ein.

»Da bin ich Ihnen verbunden. Also der Name des Partners ist Schilske. Er arbeitet als Lehrer an einem Buchholzer Gymnasium.«

»Wie sind Sie denn an den Mann gekommen? Oder wollten Sie am Abendgymnasium das Abitur nachmachen?«

Bähre lachte auf. »Sie sind ein witziger Mensch, Grothe. Und Sie haben mal zur Kripo gehört. So ohne Weiteres wär ich nicht darauf gekommen. Normalerweise sind die furztrocken.«

»So leicht kann man sich täuschen. Also, wie habt ihr euch kennengelernt?«

»Wie? Besser, wo schon?! Im Puff natürlich. Es gab zu der Zeit Unstimmigkeiten beim Bezahlen. Wir konnten das ohne große Umstände regeln und sind ins Gespräch gekommen. Danach haben wir uns des Öfteren getroffen. Geld konnte er gebrauchen, so sind wir Geschäftspartner geworden.«

»Das ist ja eine Geschichte wie aus dem Märchenbuch.«

»Ja, so werden Freundschaften geschlossen, die ewig halten. Der Kiez ist ideal dafür. Dort lernst du was fürs Leben.«

Viel gab es anschließend nicht zu bereden. Wenige Minuten später trennten sie sich. Bähre bog sich vor Lachen, als seine Besucher ihn verlassen hatten. Zuweilen verdiente sich das Geld von allein. Der lila Schein passte gut zu dem Geld, das er von seinem Kumpel bekommen hatte.

Hilpert hörte schweigend zu, ohne Grothe zu unterbrechen. Sie hatten sich um die Mittagszeit im Präsidium getroffen. Langsam kam Bewegung in ihn. »Schilske soll dahinterstecken?!«

»Ja, er ist anscheinend Lehrer am Gymnasium.«

»Ich weiß, ich kenne ihn aus der Zeit als Schüler. Und wo will Bähre ihn kennengelernt haben?«

»Auf dem Kiez, in einem Bordell.«

Hilpert hatte sich in seinem Sessel zurückgelehnt und wippte kaum merklich. »Da stimmt was nicht.«

»Ach ja, wo hakt es denn?«

»Schilske ist leider tot. Er hat sich das Leben genommen. Der kann sich dazu nicht mehr äußern. Das ist allemal praktisch. Mit Sicherheit war er in Rauschgiftgeschäfte verwickelt. Aber als Kopf des Ganzen? Gehen wir mal die Situation im Bordell durch. Schilske fühlt sich übervorteilt und geht dagegen an. Bähre regelt das. Ich vermute, Schilske musste bluten. Daraus entwickelt sich eine Freundschaft, die die Grundlage einer Zusammenarbeit bildet?! Da bist du leicht erpressbar. Ich behaupte, Schilske hätte diesen Laden nie mehr betreten. Als Lehrer kann der sich keinen Ärger auf dem Kiez erlauben. Die nächste Frage ist, was hatte Bähre in einem Bordell zu suchen?«

Grothe hatte ihn darauf angesprochen. »Wie seinen Worten zu entnehmen war, spielte er dort eine Art Aufpasser. Zuweilen sind die Freier schlimmer als die Luden.«

»Das ist wohl wahr«, stimmte Hilpert ihm zu. »Mancher Freier verhält sich wie ein Arsch. Ich habe mich nochmals um Bähres Akte gekümmert. Von einer Tätigkeit in einem Bordell stand nichts darin. Der hatte schon als Jugendlicher mit Drogen zu tun. Seltsamerweise hat er nie selbst welche konsumiert, sondern nur Geld damit verdient. Mag sein, dass wir zu wenig über ihn wissen. Aber ich bin mir sicher, er lügt.«

Grothe kratzte sich nachdenklich am Kopf. »Sollten Ihre Bedenken stimmen, muss es einen anderen Menschen geben, der seinen Job übernommen hat. Gibt es unter Umständen aus jungen Jahren einen Komplizen oder Freund, mit dem er zusammenarbeitete?«

»Da ist jemand«, erinnerte sich Hilpert. »Während des Prozesses war ein Komplize ins Gespräch gekommen. Bähre hat sich allerdings geweigert, einen Namen zu nennen. Es wurde nicht weiter insistiert. Primär ging es um das Tötungsdelikt. Da war die Täterschaft eindeutig.« Hilpert beugte sich vor und fixierte Grothe. »Dieser Unbekannte war mit Sicherheit nicht Schilske. Die wollen uns vom eigentlichen Verteiler ablenken. Das heißt, wir müssen nach einem Mann suchen, der aus Hamburg kommt und nun in Buchholz lebt oder dort zumindest tätig ist.«

»Normalerweise ist das ja wohl umgekehrt«, warf Grothe ein.

»Genau«, stimmte Hilpert ihm zu. »Ich komme nochmals auf Schilske zurück. Vielleicht ist uns eine seiner Ex-Frauen behilflich.«

»Sind die Ehepartner nicht üblicherweise die Letzten, die von den Eskapaden ihrer besseren Hälfte erfahren?«

Hilpert sah es ähnlich, gab jedoch zu bedenken, dass bei einer Scheidung häufig alles auf den Tisch kam, was dem einen helfen und dem anderen somit schaden könnte. »Versuch macht klug.«

Er scrollte in seinem Handy nach der Telefonnummer von Frau Schilske. Kurz darauf vernahm er am anderen Ende ihre Stimme. »Sie wollen wissen, ob mein Ex Bordelle aufsuchte?« Ihrer Reaktion entnahm er, sie fand diese Frage nicht gerade prickelnd. Trotzdem rang sie sich zu einer Antwort durch. »Rüdiger war ein Mann, der immer etwas nebenbei laufen hatte. Der musste keine Prostituierten aufsuchen, um zu bekommen, was er wollte. Während unserer Ehe ist mir nichts untergekommen.« Sie stockte, bevor sie weitersprach. »Mancher Mann holt sich dort, was ihm seine Frau verwehrt. Aber er ist sexuell nicht sonderlich anspruchsvoll gewesen. Er stand nicht auf perverse Spielchen. Vielleicht lag es an mir, denn ich bin in unserer Ehe nie prüde gewesen.«

Hilpert spürte, mit seiner Frage an die Grenze des Zumutbaren gegangen zu sein und suchte nach einer geeigneten Formulierung, das Gespräch zu beenden.

Sie reagierte unerwartet gelassen. »Kommen Sie, wir sind keine Teenies mehr, die rot werden, wenn das Thema Sex angesprochen wird. Es gibt ein Argument, das über allem steht. Rüdiger achtete auf sein Geld. Er war nicht geizig. Zum Fenster warf er es jedoch nicht hinaus. Der hat es für das Boot und seine Reisen zusammengehalten. Und der soll es regelmäßig in Bordelle getragen haben? Ich wage das zu bezweifeln. Der hat seinen Sex für weniger bekommen und nicht nur von mir. Das dürfte sich seit unserer Scheidung nicht geändert haben.«

Hilpert legte nachdenklich auf. Schließlich griff er sich die Akte und stieß auf die Telefonnummer der ersten Ehefrau Schilskes. Kurz darauf vernahm er ihre Stimme am Apparat. Es zeigte sich, die Aussagen der beiden Frauen waren zu diesem Thema nahezu identisch. Offensichtlich liebte der Tote die Frauen, sein Boot und sein Geld. Was an erster Stelle stand, blieb offen.

Zweifelnd wandte er sich an Grothe. »Menschen verhalten sich auf unterschiedlichste Art und Weise. Zuweilen überschüttet der Geizhals seine Freundin mit edlen Preziosen. Der zurückhaltende Ehemann entpuppt sich an anderer Stelle als perverser Frauenschänder. Nichtsdestotrotz kann man den ehemaligen Ehefrauen den Blick fürs Wesentliche zutrauen, wenn es um den Ex geht.«

Bähres Aussage half ihnen somit nicht weiter. Zu einem wichtigen Ergebnis führte sie dennoch. Er musste den Kontakt zu ihrem Mann aufgenommen haben. Den Namen Schilske hatte sich Bähre nicht ausgedacht. Den musste ihm jemand zugeflüstert haben.

»Könnte es 'ne Idee sein, Bähre zu überwachen?«, schlug Grothe vor.

Nach kurzer Überlegung entschied sich Hilpert dagegen. »Einer wie er bekommt das schneller mit, als uns lieb ist. Er wird sich danach sofort zurücknehmen. Außerdem hat euer Schutzauftrag erste Priorität. Konzentriert euch vorerst darauf. Vielleicht kommen wir zu einem anderen Zeitpunkt auf Bähre zurück. Er und unser Unbekannter werden sich in absehbarer Zeit eher nicht treffen. Die können nicht einschätzen, wie wir uns verhalten.«

»Ist sein Leben nicht gefährdet?«, gab Grothe zu bedenken. »Er scheint ja 'ne Menge zu wissen.«

»Das können wir nicht ausschließen. Ich halte es momentan jedoch für eher unwahrscheinlich. Wird Bähre umgebracht, zerlegen sich die sorgfältig gestrickten Verdachtsmomente gegen Schilske von allein. Somit muss unser Unbekannter davon ausgehen, durchschaut worden zu sein. Momentan kann er sich in dem Gefühl suhlen, uns geleimt zu haben und wird unter Umständen unvorsichtig.«

»Wird er nicht sowieso mitbekommen, dass Sie weiterrecherchieren?«, warf Grothe ein.

»Damit müssen wir leben. Immerhin läuft der Mörder meines Freundes weiterhin frei herum. Schilske kann es nicht gewesen sein, der machte zum Tatzeitpunkt Bangkok unsicher.«

»Und wenn wir uns Bähre greifen und ihn auf die harte Tour befragen?«, ließ Grothe nicht locker.

Hilpert schüttelte entschieden den Kopf. »Das wäre einen Schritt zu weit gegangen. Davon mal abgesehen, stellt euch vor, ihr schlagt zu fest zu oder einer Ihrer Leute wird gekrallt. Hinzu kommt, an bestimmten Methoden beteilige ich mich nur im Extremfall. Da muss es um Leben und Tod gehen. Hiervon sind wir ein ganzes Stück entfernt.« Er blickte Grothe ernsthaft an. »Ich kann mir durchaus vorstellen, mit Ihnen und Ihren Leuten in der Zukunft zusammenzuarbeiten. Ich unterstelle, ihr versteht nach wie vor euren Job. Soweit es möglich ist, sollten wir uns im seriösen Rahmen bewegen. Ihr Vorteil ist, Sie benötigen keine richterlichen Verfügungen oder müssen den Leuten ihre Rechte vorlesen. Sie sollten bloß darauf achten, sich nicht zu verbrennen.«

»Unsere Vergangenheit ist für Sie nicht relevant?«

»Und ob. Sehen Sie, Herr Grothe, Sie haben entweder Ihre Lektion gelernt und sind mir ein treuer Weggefährte. Oder Sie sind zu clever für diese Welt. Dann können Sie mich kreuzweise. Ich will an die zweite Alternative nicht glauben. Dafür sind Sie zu intelligent. Warten wir es ab.«

»Sie können sich auf uns verlassen.«

Wenig später saß Hilpert allein hinter seinem Schreibtisch. Er war sich unsicher, ob er mit diesem Engagement keinen Fehler gemacht hatte. Lag Albers mit seinen Zweifeln richtig? Die Arme hinterm Kopf verschränkt, starrte er Richtung Tür. Wie auf einen geheimen Befehl hin betrat der Hauptkommissar den Raum. Allem Anschein nach hatte er darauf gewartet, Hilpert alleine anzutreffen.

»Es gibt Gerede auf den Gängen«, legte er los. »Einige Kollegen scheinen es nicht lustig zu finden, wie du dich mit Grothe und anderen Ex-Polizisten gemein machst, die wegen ihrer Machenschaften aussortiert wurden.«

Der Oberrat winkte ihn zu sich und deutete ihm an, sich zu ihm zu setzen. »Ich kann die gut verstehen. Nur in meiner Magengegend rumort es. Wir müssen uns auf massivere Angriffe vorbereiten. Wir zwei reichen bei Weitem nicht. Das sollten unsere Kollegen zur Kenntnis nehmen.«

»Was ist mit Bernd oder Nele? Und sie sind nicht die Einzigen, die uns behilflich wären.«

»Du sprichst von tollen Beamten und treuen Freunden. Sie haben vor allem andere Aufgaben zu erfüllen. Sollen sie ihre Tätigkeit einstellen, um Tag und Nacht auf mich achtzugeben?«

Albers sah ihn voller Zweifel an. »Das ist nicht der wahre Grund. Du willst uns aus der Schusslinie nehmen. Komm bloß nicht auf die Idee, zu widersprechen.«

»Und wenn dem so ist, wo ist das Problem?«, verzichtete er darauf, sich über eine Ausrede Gedanken zu machen.

»Du bist dir sicher, du weißt, mit welchen Typen du dich da zusammentust?!«, ließ Albers nicht locker.

»Gerade deshalb. Ich erwarte, es wird in absehbarer Zeit richtig zur Sache gehen. Da sind diese Handlanger genau richtig. Die fackeln nicht lange, sondern handeln. Und sie sind Profis.«

Der Hauptkommissar ließ nicht locker. »Und so stellst du dir Polizeiarbeit vor, indem du den Teufel mit Beelzebub ausräucherst?«

»Natürlich nicht. Besondere Situationen verlangen besondere Maßnahmen. Grothe und seine Gefolgsleute haben nichts zu verlieren. Ganz im Gegenteil bin ich deren Option für eine akzeptable, vor allem seriöse Zukunft. Das macht mich für sie und sie für mich wertvoll.«

Albers war anzusehen, wie sehr er an dem Gesagten zweifelte. Hilpert war bekannt für eine unkonventionelle Vorgehensweise und agierte zuweilen am Rand des Abgrunds. Nicht immer lag er damit richtig.

Entschieden unterband der Oberrat seinen sich anbahnenden Widerspruch. »Es bleibt vorerst bei meiner Entscheidung. Es macht keinen Sinn, wenn du mir Bernd Stange oder Nele auf den Hals hetzt. Die würden dieselbe Antwort von mir erhalten. Das versaut nur die Stimmung in unserer Runde.«

Der Hauptkommissar wusste, wann er sich zurückzunehmen hatte. Alle Gegenargumente, die er sich zurechtgelegt hatte, mussten vorerst ungesagt bleiben. Später traf er sich mit Stange. Diesem gab es nicht viel zu erklären. Sein Gesichtsausdruck verriet den Verlauf des Gesprächs. Hilpert war nach der Auseinandersetzung unzufrieden. In der augenblicklichen Situation musste er über seine eigene Sicherheit ebenso nachdenken wie über die seiner Mitarbeiter. Er befand sich im Gegensatz zu den Kollegen finanziell in der Ausnahmesituation, Unterstützung von außerhalb initiieren zu können und auf das Geld nicht achten zu müssen. Selbstredend musste er sich fragen, ob er sich mit diesen Leuten keine Laus in den Pelz setzte. Dieses Risiko schätzte er gleichwohl relativ gering ein. Die Ex-Polizisten lutschten auf dem Daumen. Aufgrund seiner Kontakte schanzte er ihnen unter Umständen neue Kunden zu, sollten sie einen ordentlichen Job machen. Momentan war er für sie nicht nur unentbehrlich, sondern vielmehr der Garant für die absehbare Zukunft. Fiel er aus, mussten sie sich um eine neue Alternative kümmern. Es sei denn, ihr unbekannter Gegner zog sie auf seine Seite und ließ entsprechende finanzielle Zuwendungen rüberwachsen. Ein guter Freund meinte einmal, jeder ist bestechlich. Es sei bloß eine Frage des Preises. Mit diesem Restrisiko wollte er leben. Außerdem gab es mit Stange jemanden, der über einen vermutlich privaten Kontakt zu einem der Männer aus der Gruppe Grothe verfügte. Mit den zusätzlichen Leuten machte er es hoffentlich seinen Gegnern schwerer, ihn auszurechnen. Er hatte sich fest vorgenommen, keine unüberlegten Aktionen im Alleingang zu starten. Damit begegnete er keineswegs allen potenziellen Gefahren. Das zu Erwartende konnte gestaltet werden. Das Unerwartete lauerte auf ihn weiterhin wie der Jaguar im Dschungeldickicht.

Eigentlich hätte er den Arbeitstag mit gutem Gewissen beenden können, hätte nicht Dr. Röhrs unerwartet in der Tür gestanden. »Sie halten es ja nicht für erforderlich, mich gelegentlich aufzusuchen, da bleibt mir nichts anderes übrig, als den Weg zu Ihnen zu suchen. Außerdem gibt es bei Ihnen den besten Kaffee im Haus.«

Hilpert gönnte seinem neuen Vorgesetzten ein freundliches Grinsen. Seitdem diesem klar war, es nicht mit einem direkten Konkurrenten in seiner Karriereplanung zu tun zu haben, hatte sich ihr Verhältnis deutlich entspannt. Für den Kaffee sorgte Lisa. Mittlerweile wusste sie, welche Vorlieben Röhrs hatte. Oft waren es die kleinen Gesten, die die Stimmung aufhellten. Zumindest schlürfte der Polizeidirektor seinen Caffè Latte genüsslich. Am Ende packte er sogar einen Fünfer in die Kaffeekasse.

»Ist dies ein reiner Höflichkeitsbesuch?«, hoffte Hilpert auf ein entspanntes Gespräch.

»Das könnte Ihnen so passen«, reagierte Röhrs energisch. »Es geht um Ihren Umgang mit ehemaligen Mitarbeitern des Präsidiums. Sie sind allesamt gegangen, weil sie mehr oder minder korrupt waren. Hätten Sie nicht einen Teil der Herrschaften überführt, würde ich mir Gedanken über Ihre Loyalität machen.«

Hilpert entschied sich für eine offene Ansage. »Auf dem Sicherheitsmarkt bekomme ich kaum bessere personelle Alternativen. Nach traumatisierten ehemaligen Bundeswehrsoldaten steht mir ebenso wenig der Sinn. Mit den moralischen Defiziten der Ex-Kollegen muss ich leben.«

Zu seinem Erstaunen nickte Röhrs zu seinen Worten. »Kapiert. Ich stehe voll zu Ihrer Entscheidung und bin Ihnen überaus dankbar dafür. Das nimmt mir einen Teil der Sorgen, die ich mir um Sie mache. Teilen Sie den Herrschaften mit, sollten sie ein Dirty Game vorhaben, bekommen sie es mit uns zu tun.« Die Stirn in Falten gelegt, kam er auf ein anderes Anliegen zu sprechen. »Sie gehen davon aus, dass wir nicht durch sind mit den Anschlägen?«

»Ganz im Gegenteil, die werden nachlegen.«

»Klingt logisch. Danke für Ihre offenen Ratschläge. Passen Sie auf sich auf.«

Hilpert blieb verblüfft zurück. Es gab sie, die Menschen, die eine zweite Chance wert waren. Röhrs gehörte dazu. Der hätte nun jede Möglichkeit gehabt, sich hinter einem Wust an Vorschriften zu verstecken und ihm Probleme zu bereiten. Stattdessen zeigte er neben seiner unerwarteten Flexibilität den Anflug von Menschlichkeit.

Am folgenden Tag holte Hilpert seine Vermögensberatung ein. Kristin hatte eine erste Analyse ihrer EDV-Organisation vorgenommen, insbesondere das Netzwerk überprüft und sich eine Meinung über die Hardware gebildet. Das Urteil war eher erschreckend. Thiemann hatte daraufhin Seipold und Kirstin zu einem Grundsatzgespräch nach Hamburg gebeten. Und er legte gesteigerten Wert auf Hilperts Anwesenheit. Immerhin wurden nicht unerhebliche Investitionen erforderlich, über die er nicht entscheiden konnte und vor allem nicht wollte. Hilpert war zwar daran interessiert, ihre Firma mit optimaler Technik auszustatten, dennoch war es nicht seine Art, das Geld zum Fenster hinauszuschmeißen. Für ihn war die EDV veraltet, wenn sie den unternehmerischen Anforderungen nicht mehr genügte. Sie nur auszutauschen, weil der Markt Neues hergab, lehnte er ab. Somit nickte er zu einem Termin am Nachmittag nach siebzehn Uhr. Er würde Albers mit hinzuziehen. Zwei Mitarbeiter aus der Gruppe Grothe sollten sie als Nachhut begleiten. Sie würden ihn in die Tiefgarage begleiten und dort wieder in Empfang nehmen. Ein Mitarbeiter versorgte sie unterdessen mit Getränken und Essbarem.

Seipold hatte Kristin an seiner Seite. Er überließ ihr den größten Teil der Argumentation. Thiemann brillierte zwischendurch mit der einen oder anderen Verständnisfrage. Hilpert glänzte durch Schweigen. Am Ende der Präsentation hatte Kristins Sachverstand die Oberhand gewonnen. Sie besprachen anschließend die Einzelheiten der erforderlichen Investition. Hilpert und Thiemann winkten sie durch. Das Angebot klang fair. Kristin wurde mit der Implementierung der neuen Anlage betraut. Seipold war anzusehen, wie zufrieden er mit der Entwicklung des Abends war. Es gab Schlimmeres als einen Kunden, der mit einem ordentlichen Auftrag winkte.

Hilpert nahm ihn zwischendurch beiseite. »Weiß Kristin von eurem Verhältnis?«

»Keine Ahnung«, blieb Seipold gelassen. »Das mit Angela und mir hat sich so ergeben. Es hält so lange, wie es hält. Nach ihrer Aussage steht sie vor dem Absprung aus ihrer Ehe. Und glaub mir, garantiert nicht meinetwegen.« Selbstkritisch fuhr er fort: »Ich bin nicht unbedingt ihre große Liebe und als Liebhaber eher Durchschnitt. Ich vermittle ihr Sicherheit und Berechenbarkeit. Gehen wir zusammen essen, muss sie nicht nach den billigsten Gerichten fahnden. Und ein Glas Wein ist ebenfalls drin. In den Jahren mit Lars wurde sie zunehmend von Zukunftsängsten geplagt. Mag sein, sie sieht mich als eine Art Neuanfang.«

»Und wie stehst du dazu?«

»Ich suche eine Partnerin, die mich liebt, keine Versicherungsnehmerin.«

Hilpert verstand den ehemaligen Klassenkameraden. »Ich will mich bei euch nicht einmischen. Nur möchte ich Kristin als unsere EDV-Fachfrau für uns erhalten. Am Ende sucht sie frustriert das Weite. Soweit ich ihre Ausführungen richtig verstanden habe, hat unser bisheriger Betreuer keinen akzeptablen Job gemacht. Helge ist in diesen Fragen kein ausgewiesener Spezialist und ich habe keine Ahnung. Jeder Drittklässler macht mir auf seinem Handy etwas vor. Also packt mir die junge Frau in Watte.«

»Nun, mein lieber Fabian, ich weiß, was ich an ihr habe. Sie bekommt heute bereits das Gehalt eines berufserfahrenen Systemanalytikers. Was die Emotionen betrifft, fang am besten bei dir an. Selbst ein Taubblinder hätte mitbekommen, die junge Frau will insbesondere dir gefallen.«

Hilpert ging erstaunt auf Seipold ein. »Wie kommst du denn darauf? Davon habe ich nichts mitbekommen.«

»Dann sprich mal mit Helge darüber. Der hat es bestimmt bemerkt. Dem Vernehmen nach warst du schon in der Schule in diesen Fragen ziemlich bescheuert. Die Mädels mussten sich schon auf dich stürzen, wenn sie was von dir wollten.«

»Hast du das Wasser der hehren Erkenntnis getrunken oder wie bist du an das Insiderwissen gelangt?«

»Ich habe ein Verhältnis mit einer Frau, mit der wir zur Schule gegangen sind.«

»Jetzt, wo du's sagst, versteh ich's. Manche Frage klärt sich im Vorbeigehen.«

Als zum Aufbruch geblasen wurde, wäre Kristin gerne geblieben. Hilpert lehnte eindringlich ab. Eher unwillig verließ sie mit Seipold das Appartement an der Elbe. Dieser durfte sich auf der Rückfahrt einiges anhören. Für ihren Liebeskummer brachte er wenig Verständnis auf. Er verspürte keine Lust, ihr zu erklären, weshalb Hilpert sie nicht um sich dulden konnte. Er hätte mit ihr lieber über ihre erfolgreiche Präsentation gesprochen. Sie würden doppelt verdienen, an der Hardware und an der Dienstleistung. Mit Kristin hatte er einen guten Fang gemacht. Er sah sie beileibe nicht nur bei Hilpert, sondern ebenso bei anderen wichtigen Kunden, bei denen in absehbarer Zeit die Datenverarbeitung aufgefrischt werden musste. Sie verfügte über ein Fachwissen, das selbst ihn erstaunte. War Angela nur halb so gut wie ihre Tochter, hatte er seine Personalprobleme für die nächste Zeit gelöst. Er könnte sich ein gehöriges Stück aus dem operativen Geschäft zurückziehen und seinen unternehmerischen Erfolg genießen. Seit Langem träumte er von einer großen Reise nach Australien. Bislang stand die Arbeit zwischen ihm und Sidney. Er beabsichtigte, Kristin nach erfolgreichem Studienabschluss Prokura zu erteilen und ihr Gehalt mächtig aufzustocken. Kristins Schwärmerei für Hilpert sah er als einzigen Schwachpunkt. Glücklicherweise verwuchs sich das in dem Alter relativ schnell. Es war deren Privileg, sich Anfang der Woche zu verlieben und sich an deren Ende neu zu orientieren. Problematischer wurde es, wenn die Gefühle weiter reichten. Eine tief empfundene Liebe hatte nichts mit dem Alter der Betroffenen zu tun.

22

Albers und Hilpert zogen sich ins Hotel zurück. Zwei Männer aus der Grothegruppe bezogen Hilperts Doppelzimmer. Er hatte sich für die Suite entschieden. Nachdem sein Trick offensichtlich durchschaut worden war, gab es keine Veranlassung, diese nicht zu nutzen. Schließlich kam er für die Kosten auf. Albers belegte weiterhin sein Zimmer neben Hilpert. Er ließ sich nicht mit einem Federstrich nach Hause schicken. Hilpert hatte nicht das Interesse, ihn vollends aus dem Verkehr zu ziehen. Auf den Hauptkommissar war jederzeit Verlass. Das war sein Problem. Hilpert graute die Vision, einer seiner Leute könnte für ihn sein Leben verlieren. Selbstredend gönnte er seinen neuen Beschützern keinen schnellen Tod. Nur, sie wurden für seinen Schutz extra bezahlt und wussten, worauf sie sich einließen. Sie waren keine unerfahrenen jungen Leute, die sich in ein Abenteuer stürzen wollten, sondern alte Hasen, denen niemand etwas vormachte.

Er war unruhig eingeschlafen. Die Ereignisse in Buchholz, die Anschläge auf ihn und die Herausforderung seiner Vermögensberatung zerrten an ihm. Er sah kaum eine Chance, in ruhigeres Fahrwasser zu gelangen. Schwierige Ermittlungen hatten ihn nie geschreckt. Verbrechen aufzuklären, deren Ursachen lange Jahre zurücklagen, waren für ihn nichts Neues. In seinem Fall konnten sie nicht mit DNA-Analysen glänzen, die manchen Sexualverbrecher oder Mörder überführten. Die Anschläge kosteten seine Gelassenheit. Wer starb schon gern in relativ jungen Jahren?

Sirenengeheul riss ihn aus dem Halbschlaf. Vor seiner Zimmertür vernahm er hastige Schritte. Kinder schrien und wurden von ihren Müttern überstimmt. Es gab offensichtlich Feueralarm im Hotel. Er schaltete seinen PC ein, der mit der Webcam vor seiner Tür verbunden war. Sie nahm eilige, nachgerade hysterische

Menschen auf. Er kontaktierte Albers und seine Personenschützer.

»Bleibt in euren Zimmern und schaltet die Außenkameras ein. Ich will nicht an den Zufall glauben, dass das Hotel wie aus heiterem Himmel brennt. Schauen wir, was passiert.«

Nur wenige Minuten später verließen zwei Feuerwehrmänner den Aufzug. Sie gingen auf die letzten Gäste zu und trieben sie zur Eile an. Nachdem sich der Korridor geleert hatte, näherten sie sich zielbewusst dem ehemaligen Zimmer von Hilpert. Einer der Männer klopfte gegen die Tür.

»Hier spricht die Feuerwehr. Das Hotel brennt. Verlassen Sie das Zimmer. Ansonsten müssen wir die Tür aufbrechen.«

Hilpert bekam diese Aktion über sein Notebook mit. Seine Widersacher hatten seinen Zimmerwechsel offensichtlich nicht mitbekommen. Hätte er Zweifel an seiner These vom Fehlalarm gehabt, entlarvten sich die beiden Männer selbst. Welcher Profi benutzte in einem brennenden Gebäude einen Aufzug? Einer der Feuerwehrmänner nahm Anlauf. Mit seinen festen Stiefeln wäre der Widerstand der Tür schnell zu brechen. Der andere zog eine Pistole mit aufgesetztem Schalldämpfer aus dem Hosenbund und lud durch.

»Die beiden tragen höchstwahrscheinlich schusssichere Westen«, informierte Hilpert seine beiden Sicherheitsleute. »Wenn ihr schießt, zielt auf die Beine oder die Köpfe.«

Mit einem Knall flog die Zimmertür auf. Tensfeld stand in aller Ruhe breitbeinig im Raum, als die Männer hineinstürmten. Er gab zwei Schüsse ab. Jeder traf sein Ziel. Nicht umsonst galt er als einer der besten Schützen im Präsidium. Sekunden später standen Hilpert und Albers in Schlafanzügen mit gezogenen Waffen neben den Toten. Tensfeld hatte die sichere Alternative gewählt. Darin unterschied er sich in nichts von Hilpert oder Albers. Griff ein bewaffneter Gegner an, musste er ausgeschaltet werden, dessen Tod im Zweifelsfall in Kauf genommen werden. Alles andere gefährdete das eigene Leben. Hilpert hatte sich heruntergebeugt. Was die Gesichter der Erschossenen betraf, gab es wohl nur geringe Chancen, diese zu identifizieren. Vielleicht halfen deren DNA oder die Fingerabdrücke weiter.

Hilpert fegte die drei Männer an: »Es ist noch nicht vorbei. Zieht euch schleunigst an! Wir müssen in die Tiefgarage. Zweifellos steht dort unten deren Fahrzeug mit Fahrer. Vielleicht können wir uns den lebend greifen.«

Sie brauchten nicht lange, um leidlich bekleidet den Weg nach unten zu suchen. Der Mann von Welt überzeugte eh ohne Socken. Sie hatten kein Problem, den Aufzug zu nehmen. Die Hotelführung begriff mittlerweile, einer Fehlmeldung aufgesessen zu sein. Die Information über die zwei Toten auf ihrer Etage verbesserte deren Stimmung eher nicht. Mit einem Anflug von Verzweiflung kontaktierten sie die Polizei. Zornige Gäste begaben sich murrend zurück in ihre Zimmer. Hilpert und seine Leute zog es nach unten. Die Tiefgarage wirkte auf sie wie ausgestorben. In den Untergrund hinein war auf zwei Etagen ausreichend Raum für die Fahrzeuge der Gäste geschaffen worden. Hilpert und Tensfeld orientierten sich auf das obere Parkdeck, Albers und sein Begleiter ein Stockwerk tiefer. Tensfeld entdeckte das Feuerwehrfahrzeug. Hilpert deutete an, ihm Feuerschutz zu geben, wenn er einen Blick hineinwarf. Der Wagen war leer. Konzentriert sah er zu Tensfeld hinüber und bekam die Bewegung in seinem Rücken zu spät mit. Dies im Unterschied zu seinem Begleiter. Obwohl die Distanz um einiges größer war als in dem Hotelzimmer traf dieser den Kopf des Mannes mit einem Schuss. Die Frage, ob er wie seine Kumpanen eine schusssichere Weste trug, war für ihn rein akademisch. Dies führte zum dritten Toten in dieser Nacht. Hilpert wandte sich erschrocken um. Von der geplanten Vernehmung war abzusehen.

Tensfeld ging langsam auf ihn zu und blickte auf den Getroffenen hinunter und reagierte kühl: »Der hätte sich besser verzogen.«

»Sie haben mir das Leben gerettet«, bemerkte Hilpert seltsam gelassen.

»Ist das nicht mein Job?«

»Kann man so sehen. Trotzdem bedanke ich mich dafür.«

Tensfeld zuckte mit den Achseln. Ihm fiel keine Entgegnung ein. Er versuchte, sich seine gelassene Haltung zu bewahren. So ganz wollte ihm das nicht gelingen. Immerhin hatte er drei Menschen erschossen. Da brauchte es seine Zeit, wieder zur Normalform zu gelangen.

Bis drei Uhr morgens mussten sie den herbeigerufenen Kollegen Rede und Antwort stehen. Endlich schafften sie es in ihre Zimmer. Hilpert nahm seine beiden Bodyguards mit in seine Suite.

Immerhin verfügte sie über zwei Schlafzimmer. So schnell fand sich mitten in der Nacht niemand, der die eingetretene Tür ihres Zimmers reparierte. Sie beabsichtigten, am nächsten Tag die Unterkunft zu wechseln. Der Hotelier machte vermutlich drei Kreuze hinter ihnen. Die Hotelalternative hatte auf voller Linie versagt. Das Appartement in der HafenCity verfügte über ausreichend viele Zimmer, um sie alle bei Bedarf zu beherbergen. Bislang hatte er davon abgesehen, weil dort die Vermögensverwaltung residierte. Nunmehr gab es dazu keine Alternative.

Dr. Röhrs war am nächsten Vormittag nach seinen Leuten einer der Ersten, die ihn aufsuchten. »Mensch, Hilpert, Sie müssen über das zweite Gesicht verfügen. Hätten Sie nicht Ihre Truppe verstärkt, müssten wir Sie in der Rechtsmedizin aufsuchen. Jetzt verstehe ich umso besser, weshalb Sie zu Ihrer Unterstützung gerade diese Profis ausgewählt haben.«

»Ohne Glück und Intuition geht nichts«, ging Hilpert auf ihn ein. »Tatsächlich war es mehr eine spontane Idee von mir, die ehemaligen Kollegen zu engagieren. Was unsere Gegner betrifft, müssen wir in deren Linie eine ordentliche Bresche gerissen haben. Ich vermute stark, die werden sich neu aufstellen müssen. Über qualifizierte Auftragsmörder stolperst du nicht jeden Tag.«

»Das wäre für mich die beste Nachricht dieser Woche. Könnte dies der Anfang vom Ende Ihrer Bedrohung und der des Senators werden?«

»Schön wär's. Ihr Optimismus erscheint mir verfrüht. Wir haben eine Schlacht gewonnen, beileibe nicht den Krieg. Solange wir den Auftraggeber der Anschläge nicht kennen, stellt er eine Bedrohung dar. Ich habe eine Bitte an Sie.«

»Immer zu, was kann ich für Sie tun?«

»Kristin Meinhard wurde vor etwa eineinhalb Wochen für kurze Zeit entführt. In dem abgestellten Pkw fanden sich DNA-Spuren der beteiligten Personen. Diese DNA sollte unbedingt mit der der Toten aus dem Hotel verglichen werden. Sorgen Sie bitte dafür. Erst dann wissen wir, ob wir unsere Gegner wirklich spürbar getroffen haben.«

Röhrs stellte seine Tasse ab und erhob sich. »Ich werde alle Hebel in Bewegung setzen, um so schnell wie möglich zu den gewünschten Ergebnissen zu kommen. Darauf können Sie sich verlassen.«

Hilpert lehnte sich zufrieden zurück. Dieser Mann hatte eine Kehrtwendung von hundertundachtzig Grad vorgenommen. Hielt dies über die gemeinsame aktuelle Interessenlage hinaus an, sah er ein konstruktives Miteinander auf sich zukommen. Er war gern bereit, sein erstes Urteil über den Weber-Nachfolger zu revidieren. Einer wie er konnte beispielsweise als sein verlängerter Arm und vor allem vorzüglich als Schutzschild gegen die Anfeindungen des Staatsrats herhalten. Im Gegensatz zu Röhrs verzichtete er mit Freude auf Belobigungen, Beförderungen oder Anerkennung der Medien. Solange er bei der Hamburger Polizei tätig war, hatte er ein ausschließliches Interesse: Er wollte ordentlich und vor allem ungestört arbeiten können.

Die Schießerei im Hotel sorgte für eine gewaltige Medienresonanz. Die Stadt war in Aufruhr. Noch vor dem Mittagessen stand Staatsanwalt Fiege in seinem Büro. »Wir müssen heute eine Pressekonferenz anberaumen, sonst zünden die Medienvertreter das Präsidium an. Die Telefone laufen heiß.«

Hilpert schilderte ihm kurz und knapp die Ereignisse der Nacht. »Bitte übernehmen Sie mit Dr. Röhrs. Von mir aus lassen Sie durchscheinen, terroristische Elemente hätten einen Angriff auf das Hotel gestartet. Drei Eindringlinge seien durch Spezialkräfte ausgeschaltet worden. Über das Ziel des Angriffs könnten Sie bis auf Weiteres keine Auskunft geben.«

»Warum wollen Sie nicht mitmachen?«, fragte Fiege erstaunt. Auf Pressekonferenzen konnte man sich zeigen und vor allem auf sich aufmerksam machen. Da unterschied er sich nicht von Röhrs.

»Ich brauche Ruhe, um mit unseren eigentlichen Problemen fertigzuwerden. Sie täten mir wirklich einen großen Gefallen, ließen Sie mich außen vor.«

»An mir soll's nicht scheitern«, akzeptierte Fiege seine Bitte.

Röhrs telefonierte spürbar erfreut mit Hilpert, nachdem Fiege sich an ihn gewandt hatte. »Sie verzichten auf eine gute Gelegenheit, sich in der Öffentlichkeit zu profilieren. Sind Sie sich dessen bewusst?«

»Ist geschenkt, Dr. Röhrs. Nutzen Sie diesen Rückenwind für sich.«

»Sie wissen, es spielt mir voll in die Karten?«

»So soll es sein. Erreichen Sie dadurch die nächste Beförderung, sei sie Ihnen gegönnt.«

»Und mit Staatsanwalt Fiege funktioniert das gut?«

»Ich sehe da keine Probleme«, erläuterte ihm Hilpert. »Er hat politische Interessen. Stimmen Sie sich mit ihm ab. Es ist wenig hilfreich, sich gegenseitig ins Wort zu fallen. Es ist genug Futter für jeden da. Zusammenarbeit heißt für mich, soweit möglich die Kollegen gut aussehen zu lassen. Selber essen, macht fett, ist das falsche Motto. Es kommt nicht gut. Außerdem brauchen wir einander.«

»Danke für den Hinweis, Herr Hilpert. Ich werde es mir hinter die Ohren schreiben.«

»Ich habe nur eine Bitte, halten Sie mit den tatsächlichen Beweggründen für die Schießerei im Hotel hinterm Berg. Dies führt auf mich bezogen zu ungewollter Publizität, die ich momentan nicht gebrauchen kann.«

»Kein Problem, der Senator will Ruhe an dieser Front haben. Meinen Sie, wir könnten es verantworten, den Personaleinsatz zu reduzieren?«

»In keinem Fall. Es würde mich nicht wundern, warteten die bloß darauf, mit geringem Aufwand an ihn heranzukommen.«

»Aber nach Ihrer Aussage ist er gar nicht gemeint.«

»Es geht denen um Glaubwürdigkeit«, erläuterte ihm Hilpert. »Die müssen sich neu positionieren. Ich konnte denen gerade ein Bein stellen, indem ich mich von außen verstärkt habe. Vermutlich sind die nun auf der Suche nach meinen Mitstreitern. Bis die auf die ehemaligen Polizisten stoßen, die ich engagiert habe, dürfte einige Zeit vergehen.«

»Ich verstehe Ihre Denke zunehmend besser. Es wird schwerer für unsere Widersacher, Sie auszurechnen. Hoffentlich gehen Ihre Überlegungen auf«, ließ Röhrs eine gewisse Skepsis durchscheinen.

Sie hatten es mit einem gefährlichen Gegner zu tun. Bislang schüttelte der sich ein-, zweimal und schlug abermals zu. Konnte er mit den erneuten Verlusten ebenso leicht umgehen?

Stimmte die Hierarchie, erreichten einen in Blitzgeschwindigkeit Untersuchungsergebnisse, die ansonsten länger gebraucht hätten.

Zumindest lagen Hilpert am nächsten Vormittag die DNA-Proben der Erschossenen vor. Im Verlauf des Nachmittags erhielten sie die Ergebnisse der Abgleiche mit den Spuren aus dem Fahrzeug, mit dem Kirstin entführt worden war. Zwei Proben ergaben eindeutige Treffer. Als dritte Person wurde ein Österreicher anhand seiner Papiere identifiziert, der seit geraumer Zeit unter dem Verdacht stand, als gedungener Mörder tätig zu sein. Bislang war er bis auf zwei eher unbedeutende Straftaten durchs Fahndungssieb der österreichischen Kollegen gerutscht. Wieder ein eher atypischer Ausländer, mit dem sie es zu tun bekamen.

Er blätterte den vorläufigen Obduktionsbericht interessiert durch. Bei den beiden anderen Toten handelte es sich, von der Physiognomie ausgehend, vermutlich nicht um Westeuropäer. Sie kamen eher aus dem Osten und trugen keine Papiere bei sich. Das musste nichts heißen. In den letzten Jahren war eine Reihe an Osteuropäern nach Deutschland, Österreich, in die Schweiz eingewandert. Manch einer hatte die Staatsbürgerschaft des jeweiligen Landes erhalten. Das Gros dieser Menschen war ehrbar und versuchte, seine Chance im fremden Land zu nutzen. Selbstredend waren darunter ebenso Kriminelle, die in den wohlhabenden Staaten ihr eigenes Süppchen kochen wollten. Keiner der Erschossenen hatte als Ergebnis der Obduktion ein nennenswertes Problem mit den Knien oder der Hüfte. Der Hinkende war also weiterhin im Geschäft. Hilpert konnte nicht sagen, warum, doch diesen Mann hielt er für am gefährlichsten. Dies vor allem, weil er perfekt Deutsch sprach und eine Art Wortführer zu sein schien. War er sein unbekannter Feind? Hielt er die Fäden zusammen? Wenn es zutraf, wer war er, wo kam er her? Wo lagen die Ursachen für seine Feindseligkeit?

Egal, mit welcher Geschwindigkeit sie sich bei ihren Ermittlungen bewegten, sie kamen nicht voran. Er fühlte sich wie ein Hamster in seinem Rad, nur im Gegensatz zu ihm wusste er um seine Unzulänglichkeit. Das änderte nichts an den Gegebenheiten. Er zermarterte sich den Kopf, ob sie im Rahmen ihrer Analysen etwas übersahen. Er hatte sich intensiv den vorliegenden Ermittlungsunterlagen gewidmet. Da konnte er sich nichts vorwerfen. Waren ihnen irgendwelche systematische Fehler unterlaufen? Hatten sie etwas übersehen? Ihm war nichts aufgefallen. Das musste nichts bedeuten. Hatten sie getürkte Indizien als Fakt hingenommen, ohne es zu erkennen? Sie kamen nicht umhin, die Faktenlage ständig zu überprüfen.

Hilpert betrachtete eingehend die Bilder der drei Toten. Sie sagten ihm nichts. Landsmannschaftlich vermochte er nicht, sie einzuordnen. Auf einen Blick hätte er nicht einmal den Österreicher als solchen erkannt. Waren es Deutsche? Wie sah ein typischer Deutscher aus? Erst die Sprache gäbe ihnen ausreichende Hinweise. Und selbst dann waren Irrtümer nicht ausgeschlossen. Er legte die Unterlagen fein säuberlich zusammen und schob die Akte von sich weg. Anschließend schloss er die Dateien im PC. Entnervt dachte er wieder an das Hamsterrad. Er musste sich anderweitig beschäftigen.

Ohne großen Enthusiasmus erledigte er mehrere Urlaubsgesuche und zeichnete Spesenabrechnungen ab. Diese Arbeit musste getan werden, obwohl er sie nicht sonderlich schätzte. Zwischendurch erreichte ihn Fiege, der ihn über die kurzfristig anberaumte Pressekonferenz am Nachmittag informierte. Hilpert dachte darüber nach, sie als Mithörer zu besuchen. Da sein Name nicht weiter erwähnt wurde, würden ihn die Pressevertreter vermutlich in Frieden lassen. Er sollte sich gehörig irren. Einige findige Kollegen der schreibenden Zunft hatten etwas von seinem Aufenthalt im Hotel mitbekommen. Glücklicherweise versuchten sie vorab per Telefon Informationen aus ihm herauszuquetschen. Er war vorgewarnt. Somit änderte er seine Pläne. Das fehlte ihm nachgerade, die Pressekonferenz zum Platzen zu bringen, indem er im Plenum Rede und Antwort stand. Das hätte ihm selbst Fiege nicht verziehen. Da gönnte er sich lieber mit Albers und Stange in seinem Büro einen Kaffee und stellte das Telefon auf Lisa Kohler um. So gut wie sie log niemand an der Strippe. Sie verstand es wie keine Zweite, den Telefonpartner am anderen Ende dabei nicht zu verärgern. Dies war eine überaus hohe Kunst, die er nicht einmal ansatzweise beherrschte. Fühlte er sich durch Fragen genervt, bekam dies der Fragesteller frei Haus von ihm um die Ohren geschlagen.

Unweit von Hilperts Standort saßen sie zusammen, zwei Männer, denen ihre Unzufriedenheit anzumerken war.

»Verdammt!«, entfuhr es einem von ihnen. »Wir sind auf einen Schlag drei Kämpfer losgeworden. Ich frage mich, ob der Blutzoll, den wir zahlen, nicht langsam zu hoch wird. Was waren das für Typen, die da plötzlich aufgetaucht sind? Es hieß doch, er habe nur einen ständigen Begleiter als Bodyguard. Hätten wir uns nicht im Hotel zurückgehalten, wären wir unter Umständen ebenfalls mit draufgegangen.«

Der andere war aufgestanden und schenkte sich ein Glas Wasser ein. Er trank wie ein Verdurstender im Stehen. Bevor er etwas erwidern konnte, meldete sich sein Handy. Er sagte kaum etwas, von einigen zustimmenden Äußerungen abgesehen. Kurz darauf beendete er das Gespräch.

»Die Strategie ist geändert worden«, informierte er seinen Partner. »Wir sollen einen Hotelwechsel vornehmen und uns ruhig verhalten.«

»Strategiewechsel, was bedeutet das?«, äußerte der Angesprochene seinen Unmut.

»Keine Ahnung. Bis uns neue Anweisungen erreichen, sollen wir die Füße stillhalten. Das hat zumindest den Vorteil, uns auf absehbare Zeit keine Gedanken über unsere Gesundheit machen zu müssen.« Er leerte das Glas und stellte es ab. Anschließend kehrte er an seinen Platz zurück. Bei genauer Hinsicht war zu bemerken, dass er unmerklich humpelte. Er hatte nur die halbe Wahrheit gesagt. Tatsächlich ging die Geschichte weiter. Er hatte bereits den nächsten Auftrag erhalten. Dafür benötigte er keine Unterstützung. Ein Risiko für sich sah er nicht. Er hatte bloß ein Problem, er verstand zu wenig von dem, was sie taten. Damit musste er leben. Sein Kollege hatte allerdings recht. Sie zahlten einen hohen Blutzoll. Ob er angemessen war, konnte er nicht beurteilen. Letztlich war das nicht sein Job.

Röhrs fuhr an diesem Abend zufrieden nach Hause. Dies war seine erste Pressekonferenz in Hamburg. Er und Fiege hatten sich mit Bravour geschlagen. Jeder gönnte dem Kollegen seine Sprechzeit. Niemand fuhr dem anderen in die Parade. Anfangs riefen die anwesenden Journalisten nach Hilpert. Von ihm erhofften sie sich offenbar authentische Informationen. Da sich dieser nicht herbeizaubern und am Telefon verleugnen ließ, gaben sie sich letztlich mit ihnen zufrieden. Gern nahmen sie Fotos der nicht identifizierten Toten und sagten zu, diese in ihren Blättern zu veröffentlichen. Das Hamburg Journal war ihnen naturgemäß ein Stück weit voraus. Bereits am Abend gingen die Fotos und ein Bericht über den Sender. Die Zeitungen würden den Tag darauf folgen. Die Berichterstattung erfolgte in relativ großer Aufmachung. Für den Anfang durfte er sich nicht beschweren.

Er hatte sich in Rissen in besserer Lage eine Doppelhaushälfte gemietet. An die Hamburger Preise musste er sich allerdings gewöhnen. In Hildesheim ging es ruhiger und gesitteter zu. Dort hätte er zu dem Kurs eine Villa mieten können. Er winkte seinem Fahrer zu und begab sich Richtung Eingang. Er schaffte es gerade noch, einen Fuß auf den Tritt zu setzen. Danach wurde es um ihn herum schwarz. Ob er den Schuss hörte, der ihn von hinten traf, blieb offen. Er bekam nicht mehr mit, wie eine Nachbarin schreiend auf ihn zulief. Zu seinem Glück beruhigte sie sich schnell und telefonierte nach einem Krankenwagen. Sein Fahrer bekam von den Ereignissen nichts mit. Drei Stunden später erwachte Röhrs aus dem Koma. Er war hart auf den Gehwegplatten aufgeschlagen und trug eine schwere Gehirnerschütterung davon. Alles in allem durfte er sich an diesem Abend trotz dieser Umstände zu den Glücklichen in der Stadt zählen. Er lebte, wenngleich in wenig gebrauchsfähigem Zustand. Nach Aussage der Ärzte kam er um einen längeren Krankenhausaufenthalt nicht herum. Er war von hinten an der rechten Schulter getroffen worden. Mit bleibenden Schäden war nicht zu rechnen, von einer gewissen Einschränkung des Gelenks einmal abgesehen. Damit konnte er leben. Schließlich gehörten Gewichtheben oder Rudern nicht zu seinen bevorzugten Sportarten. Vermutlich erhielt er dafür sogar eine kleine Rente.

Hilpert hatte Röhrs direkt nach dem Anschlag aufgesucht. Viel erzählen konnte er nicht. Er hatte nichts mitbekommen, da sich die Geschehnisse in seinem Rücken abspielten. Der Angriff hatte ihn völlig unvorbereitet getroffen. Es reichte nicht einmal zu einer Abwehrbewegung. Davon abgesehen hätte sie ihm nichts gebracht. Hilpert war fassungslos. Röhrs war nicht gerade sein Freund. Nur, was sollte er anderen in der kurzen Zeit, die er in Hamburg verbrachte, angetan haben, was zu dieser Attacke führte? Fraglos standen ihre speziellen Freunde dahinter. Er versuchte zu verstehen, welche Motive diese bewegten. Bestand die Absicht, ihnen zu zeigen, wie vital sie trotz aller Verluste waren? War es ein Hinweis für ihn, im Sinne, wir bekommen jeden zu fassen, den wir haben wollen? Dieser extreme Aufwand, ihn aus dem Weg zu räumen, erschien ihm irrational. Mussten sie ihre Annahmen nochmals überdenken? Trotzdem verließ Hilpert das Krankenhaus einigermaßen erleichtert. Röhrs würde überleben. Er selbst war operativ nicht in die Ermittlungen eingebunden und dachte darüber nach, Feierabend zu machen. In seinem Appartement in der HafenCity könnte er ungestört nachdenken. Dort ginge die Hektik des Präsidiums an ihm vorbei. Momentan waren ausreichend viele Beamte auf den Fall angesetzt. Da kam es auf ihn nicht an. Vor allem konnte er darauf verzichten, Gott und der Welt zu erklären, selbst nicht mehr zu wissen als die anderen Kollegen. Die angesagten Fahndungen würden seiner Überzeugung nach eh nichts bringen. Ihnen lag zu wenig vor. Es gab einen Zeugen, der einen dunkelhaarigen mittelgroßen Mann gesehen haben wollte, wie dieser aus einem BMW stieg. Er bekam noch mit, dass er auf die andere Straßenseite wechselte. Einen Schuss hatte er nicht gehört. Vermutlich war ein Schalldämpfer verwendet worden.

Bevor Hilpert sich entschieden hatte, was er als Nächstes tun wollte, erreichte ihn Lisa. Er wurde händeringend im Präsidium erwartet. Vorbei war es mit seiner Sonderrolle mit eigenem Spielraum. Ihm musste niemand erklären, was ihm bevorstand. Ab sofort steckte er in dem organisatorischen Wust mittendrin, der nicht zuletzt aufgebaut wurde, um die Oberen zu beruhigen. Die Attentate waren zuvor zwar seine Spielwiese, da er direkt betroffen war. Nur konnte er bislang sein eigenes Tempo vorlegen und musste nicht laufend irgendwelche Berichte verfassen oder Aktionismus demonstrieren. Einsatzkräfte mit schwarzen Uniformen und Helmen auf dem Kopf gehörten nicht zu seinen bevorzugten Ermittlungsgehilfen, auch wenn zuweilen auf sie zurückgegriffen werden musste. Dabei wollte er nicht über sie stolpern, nur weil jemand mit einem Taschenmesser spielte. Mit dem Schuss auf Röhrs war die Zeit der Unschuld ein für allemal vorbei. Nunmehr wurde er einkassiert und konnte nicht widersprechen. Ihn grauste vor dem, was ihn erwartete. Eins war ihm klar, es würde seine eigenen Ermittlungen behindern.

Dr. Diercksen, der Polizeipräsident, kam ihm auf den Gängen leichenblass entgegen. »Ah, da sind Sie endlich. Der Staatsrat trommelt bereits mit den Fäusten auf der Tischplatte herum und ruft im Minutentakt nach Ihnen.«

Hilpert schwante nichts Gutes. Wenn die natürlichen Feinde nach einem riefen, konnte nichts Gutes dabei herauskommen. Er musste mitspielen. Wer in einem Chor mitsang, musste auch bei den Liedern sein Bestes geben, die ihm nicht in den Kram passten. »Ich habe mich im Krankenhaus über Röhrs' Gesundheitszustand informiert und mich mit ihm unterhalten.«

»Ach, ist er wieder vernehmungsfähig?«, fragte Diercksen interessiert nach.

»Keine Ahnung«, erwiderte Hilpert gelassen. »Ich hab es versäumt, danach zu fragen. Es scheint ihm den Umständen entsprechend gut zu gehen.«

»Da bin ich froh. Ich hatte das Krankenhaus gebeten, mich zu informieren, sollte sich an Dr. Röhrs' Zustand etwas verändern.«

Hilpert versuchte den Präsidenten zu beruhigen. »Die haben anderes zu tun, als laufend mit uns zu telefonieren und Wasserstandsmeldungen durchzugeben.«

»So wird es sein«, gab Diercksen nach. Er war verärgert. Er und seine Leute verließen sich auf andere. Hilpert schaffte Fakten. Werner Raben sah nicht besser aus als der Polizeipräsident. Als Hilpert eintrat, erhob er sich überraschend aus seinem Sessel und streckte ihm die Hand entgegen. »Schlimme Geschichte, die Schüsse auf Dr. Röhrs.«

Hilpert nickte und verzichtete auf eine Antwort. Die war nicht erforderlich, da Raben gleich weitersprach. »Haben Sie eine Idee, wer dahinterstecken könnte?«

»Wenn Sie Namen wünschen, muss ich passen. Da sind wir keinen Schritt vorangekommen. Ansonsten sind das garantiert dieselben Leute, die den Senator und mich traktieren.«

»Sie gehen nach wie vor davon aus, das eigentliche Opfer zu sein? Der Senator und der Chef der Mordkommissionen sind demnach eine Art Kollateralschaden.«

»Das hätte ich etwas anders ausgedrückt. Im Prinzip hat sich an meiner Einstellung dazu nichts geändert. Wir haben es mit brutalen Killern zu tun, die zur Durchsetzung ihrer Interessen auf nichts und niemanden Rücksicht nehmen. Die wollen mich möglichst isolieren und dann aus dem Weg räumen. Dafür nehme ich jede Wette an.«

»Röhrs teilte mir vertraulich mit, Sie hätten eine kleine Truppe zum eigenen Schutz engagiert. Ich fand die Idee ungewöhnlich und trotzdem genial. Ihre Gegner müssen sich neu sammeln, vor allem nach dem Aderlass, der ihnen überraschend zugefügt wurde. Sie wollen es dabei belassen und bestehen nicht auf Kollegen aus Ihren Reihen?«

»Das funktioniert gut so, wie es momentan angelegt ist. Unsere Personaldecke ist durch die Bedrohung des Senators extrem dünn. Jede verfügbare Hand wird in den Kommissariaten benötigt. Meine Unterstützer sind vorzüglich ausgebildet. Deren Moral hat allerdings gelitten. Das muss jedoch kein Nachteil sein. «

»Sie befürchten nicht, die Herrschaften könnten zu dem überspringen, der besser zahlt?«

»Das Restrisiko muss ich eingehen. Ich schätze, bislang weiß die Gegenseite nicht, mit wem sie es neuerdings zu tun bekommt. Selbst wenn, so ohne Weiteres nimmt niemand zu ihnen Kontakt auf, ohne dass wir nicht davon Wind bekämen.«

Raben fuhr sich übers Kinn. »Ich könnte versuchen, für Sie einen Topf aufzutun. Dann bleiben Sie nicht auf allen Kosten sitzen.«

»Das bekomme ich geschultert«, widersprach Hilpert.

Raben hielt dagegen. »Es ist eine Frage der Ehre, Sie nicht mit den Ausgaben alleine zu lassen. Da ist es gleichgültig, wie es um Ihre Finanzen gestellt ist. Sie hören von mir.«

Diercksen mischte sich in das Gespräch ein. Das Harmoniegesäusel passte ihm nicht ins Konzept. »Wir können nicht wie das Kaninchen vor der Schlange sitzen bleiben. Wir müssen handeln. Als Erstes haben wir unsere personelle Struktur wiederherzustellen. Der Chef der Mordkommissionen ist ausgefallen. Wir müssen jemanden kommissarisch bestimmen.«

»An wen denken Sie?«, hakte Raben nach.

Der Polizeipräsident zeigte auf Hilpert. »Ich kenne keinen Besseren.«

Raben nickte. »Sehe ich ebenso. »Herr Oberrat, ich muss Ihnen Abbitte tun. Ich habe Sie als überheblich und anmaßend empfunden. Das war eine Fehleinschätzung von mir. Sie sind selbstbewusst, weil Sie gut sind. Ich respektiere Ihre Arbeit.«

Hilpert mochte sich winden, wie er wollte. Die Entscheidung war gefallen. Er kannte sich mit Danaergeschenken aus. Sie verhießen nichts Gutes. Und er konnte nicht gegenhalten. Es war Diercksen, der ihn letztlich darum bat, vorerst diese Position zu übernehmen. Er schätzte den Mann ungemein. Ihm konnte er die Bitte nicht abschlagen. Er war gespannt, wie die anderen Kollegen seinen märchenhaften Aufstieg verarbeiten würden. Bislang verstanden sie einander gut. Mit dem kleinen Unterschied, ihnen waren die eigene Position und ihre Aufstiegschancen nicht gleichgültig. Er landete dagegen dort, wo er nie hinwollte, in das Gerangel um Position, Titel und Einkommen, aus dem er sich stets herausgehalten hatte. Dies hatte nichts mit seinem ererbten Vermögen zu tun. Er war mit Leib und Seele Ermittler. Er wollte nicht auf dem Feldherrenhügel stehen und zusehen, wie seine Truppen zusammengeschossen wurden und anschließend einen Orden in Empfang nehmen. Noch am selben Tag sollte diese Nachricht offiziell in den Führungsgremien bekannt gegeben werden. Wie hieß es so trefflich: Du musst etwas nur nicht wollen, schon erhältst du es frei Haus geliefert. Aus dieser Falle kam er vorerst nicht heraus. Garantiert würde er darin nicht stecken bleiben. Niemand tat einem mit einer Reise nach Singapur einen Gefallen, wenn man eigentlich durch den Harz wandern wollte.

Seine direkten Mitarbeiter nahmen seinen überraschenden Aufstieg gelassen zur Kenntnis. Stange schlug ihm lachend auf die Schulter. Zu seinem Entsetzen erwartete ihn eine zusätzliche Herausforderung. Er durfte die Gruppe leiten, die die Anschläge auf den Senator aufklären sollte. Das brachte Stange wiederum ein Schulterklopfen von Albers ein, der sein Grinsen nicht verkneifen konnte.

Hilpert berief nach der offiziellen Sitzung ein Meeting mit den Leitern der Mordkommissionen ein. Zu seinem Erstaunen wurde seine vorübergehende Beförderung eher mit Wohlwollen aufgenommen. Er musste sich nicht erklären. Egal, wer sich auf diese Position versteift hätte, verzichtete darauf, mit den Hufen zu scharren. Er gehörte zu ihnen, war akzeptiert und respektiert. Später saß er hinter seinem Schreibtisch und fragte sich, wie er mit dieser neuen beruflichen Herausforderung fertigwerden wollte. Brauchbare Antworten wollten ihm nicht einfallen.

Zuweilen waren es die unangemeldeten Gäste, die einen vom Grübeln abhielten. In diesem Fall erschien Grothe in seinem Büro. Grinsend ging er auf Hilpert zu und reichte ihm die Hand.

»Herzlichen Glückwunsch. Wie ich Sie einschätze, wurde Ihnen Ihr größter Herzenswunsch von den Lippen abgelesen.«

Hilpert grinste zurück. »Wäre ich verheiratet, wüsste meine Frau nicht, was sie zum Mittagessen kochen soll. So bleibt nur die Kantine übrig.«

»Passt diese Beförderung überhaupt zu Ihren Plänen?«

»Nicht die Bohne. Um das zu erfahren, sind Sie hier nicht aufgeschlagen. Was kann ich für Sie tun?«

»Ich bin gekommen, um mich zu bedanken. Sie haben bereits das gesamte Honorar angewiesen und es sogar noch aufgestockt.«

»Ich hatte nicht erwartet, dass es so schnell zu einer Schießerei kommen würde. Der Job hat es in sich. Halten Ihre Leute weiter zur Stange?«

»Mensch, Hilpert«, brach es aus Grothe heraus, »unser Geschäftskonto ist nicht nur ausgeglichen, wir schreiben für diesen Monat erstmals schwarze Zahlen. Sie sind unser Lebensretter.«

»Wie kommt Tensfeld damit zurecht, drei Männer erschossen zu haben?«

»Er ist total gelassen. Er hat keinem Flüchtigen in den Rücken geschossen, sondern mehrere Killer aus dem Weg geräumt, die ihn und seine Kollegen umbringen wollten.«

»Das höre ich gerne«, antwortete Hilpert beruhigt. »Ich brauche Leute um mich, die im Ernstfall funktionieren und nicht nach ihrer Mutter rufen.«

»Deshalb haben Sie uns schließlich beauftragt.«

»Freut mich, mit Ihnen einer Meinung zu sein. Kriegen wir dieses Ding geregelt, werden Sie und Ihre Leute sich vor Aufträgen nicht retten können. In den nächsten Tagen beziehen wir ein Appartement in der HafenCity. Ich möchte Sie und Tensfeld dort haben. Sehen Sie darin ein Problem? Jeder bekommt selbstverständlich ein eigenes Zimmer. Für Strom und fließend Wasser ist ebenfalls gesorgt.«

»Warum sollte ich?«

»Dann ist ja alles im Lot.«

Grothe hatte in der Angelegenheit Tensfeld nur bedingt die Wahrheit gesagt. Drei Menschen innerhalb eines Tages zu töten, zog nicht in den hohlen Zahn, obgleich es sich eindeutig um Auftragsmörder handelte. Vielleicht half ihm der Aufenthalt in einem Luxusappartement, mit sich ins Reine zu kommen. Sie mussten funktionieren. Hilpert war mehr oder weniger ihr Alpha und er hatte das Potenzial, ihr Omega zu werden. Er hatte vor Kurzem ein Gespräch mit einem Verwandten geführt, der bei einer Großbank arbeitete. Der hatte ihm die Augen geöffnet, welche Rolle Hilpert nebenbei als Finanzier spielte. Solch einen Klienten bekämen sie in diesem Leben kein zweites Mal in den Schoß gelegt. Die persönlichen Risiken mussten sie hinnehmen. Sie hatten sich für einen Job entschieden, bei dem nicht mit Brummkreiseln gespielt wurde.

Bähre blickte in den Spiegel seines kleinen Badezimmers. Eigentlich war es eine Toilette mit Waschbecken und nachträglich eingebauter Dusche. Er wollte ein ganz normales Leben führen. In den zehn Jahren Gefängnis begriff er, dass dort ein Stück seines Lebens vernichtet worden war. Und er durfte sich keinen Illusionen hingeben. Diese Suppe hatte er sich selber eingebrockt. Spießige Normalbürger bekamen zuweilen einen Strafzettel wegen Falschparken. Ansonsten lebten sie unbehelligt von der Staatsmacht. Als junger Mann hatte er sie verachtet. Heute wollte er selbst so jemand werden. Er verfügte über fünfzigtausend Euro, die er angelegt hatte. Sie wurden ihm damals nicht abgezwackt, weil nicht danach gesucht worden war. Furchtbar weit kam er damit nicht. Er musste sorgfältig mit dem Geld umgehen. Das Angebot seines Freundes würde ihm über manche Klippe helfen. Es bedeutete jedoch, nochmals in sein altes Leben einzutauchen. Eigentlich war er dazu nicht bereit. Dafür sprach, er konnte sich eine bessere Wohnung leisten, sein Outfit überarbeiten, einfach besser leben. Er hatte es tunlichst vermieden, ihn um Geld anzugehen. Sein Kumpel war intelligent und vor allem unberechenbar. Hatte der das Gefühl, er wollte ihn erpressen, konnte er sich gehackt legen. Sein Angebot war unglaublich verlockend. Er konnte es nicht ablehnen. Er sollte Hilpert aus dem Weg schaffen. Es fragte sich nur, wie sie es anstellen wollten. Rachegefühle spielten dabei für ihn keine Rolle. Für hunderttausend Mäuse war er allerdings zu allem bereit. Seinem Kumpel bereitete dieser Betrag keine besonderen Probleme. Er wählte auf seinem Handy eine Nummer an. Bähre machte keine großen Worte. Ein paar Bedenken hatte er im Hinterkopf. Die wollte er klären. »Wenn du Hilpert umlegen willst, muss er dir ja ziemlich nahegekommen sein. Meinst du nicht, der hat sich seine Notizen zu dir gemacht?«

Sein Gesprächspartner atmete tief durch. »Für wie bescheuert hältst du mich? Bisher ist der weit weg von mir. Er ist der Einzige, der sich um den zwanzig Jahre alten Mord kümmert. Er arbeitet mit brachialer Gewalt daran. Wenn ich mir anschaue, wie der in unserer Organisation gewütet hat, wird mir schlecht. Daher muss er verschwinden.«

»Und die neuen Morde?«

»Die werden in diesem Leben nicht aufgeklärt werden. Vor allem, wenn Hilpert nicht mehr ist. Was sollen deine Bedenken, reicht das Geld nicht?«

»Oh Gott, ich mach mir eher Gedanken darüber, ob es für dich nicht viel zu viel ist.«

»Ich dachte mir, du kannst es gebrauchen.«

»Worauf du dich verlassen kannst. Eigentlich bin ich dir dankbar für das Angebot.«

»Dann ist alles gesagt. Du stehst also zur Verfügung?«

»In jedem Fall. Diese Chance darf ich mir nicht entgehen lassen.«

»Gut, lass dir was einfallen. Und denk dran, Hilpert ist nicht dumm. Bei dem haben sich ganz andere die Zähne ausgebissen.«

Dachte er über Bähre nach, so war er der einzige Freund, dem er mehr oder weniger vertrauen konnte. Alle anderen Kontakte reichten nicht über den Tag hinaus. Das Geld juckte ihn nicht sonderlich.

Hilpert war im Begriff zu gehen, als ihn ein Anruf von Bähre erreichte.

»Sie können sich an mich erinnern?«

»Selbstverständlich.«

»Hör'n Sie genau zu, Hilpert. Ich weiß, Sie sind auf der Suche nach jemandem, Stichwort Nordheide. Ich kann Ihnen seinen Namen nennen.«

»Und was kann ich für Sie für diese Information tun?«, fragte Hilpert, ohne sich Illusionen hinzugeben. Bei solchen Leuten ging es prinzipiell um Geld. Er konnte es bei Bähre sogar verstehen, schließlich hatte dieser Mann zehn Jahre gesessen. In der Zeit sammelten sich keine Reichtümer an.

»Zwanzigtausend Tacken, cash auf die Kralle«, beantwortete der ehemalige Sträfling seine Frage, ohne sich weiter bitten lassen zu müssen. »Sie geben mir das Geld, ich gebe Ihnen den Namen. Ich will niemanden dazwischengeschaltet haben. Solange der Knabe frei herumläuft, kann er mir gefährlich werden. Glauben Sie mir, er ist nicht ohne. Deshalb sollten nicht zu viele von unserem kleinen Geschäft wissen.«

»Es ist für mich zurzeit nicht so einfach, mich frei zu bewegen. Ich muss darüber nachdenken, wie wir uns treffen können. Rufen Sie mich in zwei Stunden wieder an. Bis dahin habe ich eine Idee.«

Er beendete nachdenklich das Telefonat. Sollte er mit der Banane aus dem Urwald gelockt werden? Oder stand die Lösung der Buchholzer Morde bevor? Das Geld war nebensächlich, wenngleich er in letzter Zeit reichlich davon ausgegeben hatte. Er wollte nicht auf den großen Batzen seitens des Staatsrates hoffen. In Gelddingen konnte er nicht aus seiner Haut heraus. Er war der geblieben, der in einem Reihenhaus einer gutbürgerlichen Familie aufgewachsen war.

Es war an der Zeit, seine engsten Mitarbeiter zu sich zu bitten. Als hätten sie sich miteinander abgestimmt, hielten alle drei das Risiko, sich allein mit Bähre zu treffen für zu hoch. Albers kam mit den richtigen Argumenten über. »Ich unterstelle, er hat sich mit unserem Mann abgesprochen. Unter Umständen ist er der Initiator der Anschläge auf dich. Von einer besseren Gelegenheit, dich umzubringen, kann der nur träumen. Als Kopf einer Dealerorganisation verfügt er über ausreichend Geld, um Bähre anständig zu bezahlen. Zwanzigtausend Euro lösen dessen finanzielle Probleme mit Sicherheit nicht.«

Egal, wie sie es drehten und wendeten, ihnen fielen keine guten Argumente ein, weshalb sich Hilpert mit Bähre treffen sollte. Im Gegensatz zu seinen früheren spontanen Entscheidungen stimmte Hilpert diesmal seinen Leuten ohne Widerspruch zu. »Machen wir mit dem jungen Mann einen Test. Ich werde ihn jetzt anrufen. Mal sehen wie er auf meinen Vorschlag eingeht.«

»Auf welchen Vorschlag?«, fragte Nele konsterniert. »Ich habe bisher nichts mitbekommen.«

Ihre Kollegen stimmten in den Chor mit ein.

Hilpert wählte grinsend Bähres Nummer. »Gleich wisst ihr mehr.«

Bähre nahm Hilperts Angebot nicht gerade wohlwollend zur Kenntnis. »Sie wollen sich mit mir am Flughafen treffen und dort die Angelegenheit regeln?! Nein danke, das ist mir viel zu riskant. Ich zeige mich mit Ihnen an keinem Ort der Welt in der Öffentlichkeit.«

»Das hieße, heute Nacht im Stadtpark wäre Ihnen lieber?«

»Sie sagen es.«

»Für wie bescheuert halten Sie mich, Bähre? Am Flughafen, am Hauptbahnhof oder bei IKEA im Restaurant sind wir ebenso anonym. Wer sollte uns dort sehen und sich seinen Reim drauf machen?«

»Das ist mir egal«, reagierte er wie ein trotziges Kind. »Das Treffen erfolgt nach meinen Regeln oder überhaupt nicht.«

Hilpert war brennend an der Aussage des Mannes interessiert. Also verabredete er mit ihm ein weiteres Telefonat.

»Es ist eindeutig«, wandte er sich an seine Leute. »Der nette Zeitgenosse hat anderes im Kopf, als mit mir zu kooperieren. Wie bekommen wir den zu fassen?«

»Sollen wir Grothe auf ihn ansetzen?«, schlug Albers vor.

»Das können wir unmöglich tun«, winkte Hilpert ab. »Geht da was schief, stecken die voll in der Scheiße und wir gleich mit. Wir haben ihm und seinen Kollegen viel zu viel zu verdanken.«

»Sollen wir uns überhaupt mit dem abgeben?«, ließ Albers Skepsis durchscheinen.

Hilpert zuckte mit den Achseln. »Was ist richtig, was ist falsch? Ich bin davon überzeugt, unser Freund weiß 'ne ganze Menge.«

»Und du meinst, der lässt sich anzapfen?«

Hilpert grinste in seine Richtung. »Wäre ich Wahrsager, säße ich nicht hier, sondern würde die Stadien dieser Welt füllen, mein lieber Julian. Zumindest im deutschsprachigen Raum«, korrigierte er sich.

Bähre stierte ernüchtert auf sein Handy. Hilpert ließ sich nicht so schnell aufs Glatteis führen. Ihm fiel nichts Besseres ein, als seinen Freund zu kontaktieren. Dieser reagierte überraschend gelassen. »Hätte ja auch gut gehen können. Verabschieden wir uns von unserem Plan. Hilpert hat was gerochen, den bekommst du nicht zu fassen. Besser, du legst eine Pause in Hamburg ein. Hast du ein Problem damit, dich an einem anderen Standort einzurichten?«

»Jede Stadt ist so gut wie die andere«, erwiderte Bähre.

»Ausgezeichnet. Pack deine Klamotten und überweise ein paar Mieten im Voraus. Unsere Freunde sollten keinen Grund geliefert bekommen, nach dir zu fahnden. Wir treffen uns in drei Stunden an der Raststätte Grundbergsee Richtung Bremen. Sei pünktlich. Ich bringe Taschengeld für dich mit.«

»Und du siehst keine Möglichkeit, unser Ding durchzuziehen?«

»Du bist verbrannt. Die Scheiße ist, auf Hilpert hat es wohl Anschläge gegeben. Der ist total sensibilisiert für potenzielle Gefahren. Vergiss dein Prepaidhandy nicht. Wir müssen miteinander kommunizieren können.«

Bähre war sich unsicher darüber, inwieweit er seinem Freund vertrauen konnte. Fraglos stellte er für ihn eine Bedrohung dar, nach menschlichem Ermessen die einzige. Er hätte viel Geld gespart und sein Problem ein für alle Mal gelöst. Und er hatte in der Vergangenheit bewiesen, vor Mord nicht zurückzuschrecken. Bähre war es zu riskant, auszuloten, wie er es mit ihm meinte. Mit einer Kugel im Kopf gab es keine Entscheidungsalternativen. Ging es um die eigene Zukunft, war sich jeder selbst der Nächste. Er würde tatsächlich verschwinden. Nur nicht Richtung Bremen, sondern ins Ruhrgebiet. Dort verfügte er über einige Kontakte aus alten Zeiten, die auch seinem Freund unbekannt waren. Etwas war wichtiger als alles Geld der Welt: das eigene Leben. Somit fiel er für beide aus, indem er sich in die neutrale Ecke stellte. Als Nächstes musste er sich ein neues Handy besorgen. Sein altes entsorgte er vorsorglich. Er hatte keine Lust, sich orten zu lassen.

Hilpert begriff nach kurzer Zeit, auf Bähre als Gesprächspartner verzichten zu müssen. Sein erhoffter Zeuge hatte sich verflüchtigt. Für ihn war es vermutlich eine gute Entscheidung, dies im Gegensatz zu ihm. Gerne hätte er eine bundesweite Fahndung gestartet. Er ließ die Idee fallen, kaum dass sie ihm in den Sinn gekommen war. Er würde sie nicht durchbekommen. Gegen den Mann wurde nicht ermittelt. Er hatte sich nach der Entlassung aus dem Gefängnis nichts zuschulden kommen lassen. War er auf dem Weg, sich eine seriöse Existenz aufzubauen, konnte eine ungerechtfertigte Fahndung viel Porzellan zerschlagen. So war das halt in einem Rechtsstaat. Er schützte seine Bürger. Im Zweifelsfall selbst vor der Polizei.

An anderer Stelle wartete jemand vergeblich auf den Kumpel aus alten Zeiten. Seinen Revolver mit Schalldämpfer konnte er im Handschuhfach belassen. Bähre war cleverer, als er erwartet hatte. Hoffentlich versteckte er sich weit genug entfernt von seinem Standort und hielt still, um so vor dem Zugriff der Polizei verborgen zu bleiben. Angestrengt dachte er darüber nach, wohin er sich verkrümelt haben könnte. Er wusste viel über ihn, aber bei Weitem nicht alles. Zumindest war klar, er hatte sich augenscheinlich nicht für einen Deal mit der Polizei entschieden, sonst wäre die längst bei ihm aufgekreuzt. Somit war er kurzfristig keine Bedrohung. Das beruhigte ihn für den Augenblick. Solange Bähre existierte, musste er ihn auf der Rechnung haben. Spätestens wenn dessen Geldvorräte aufgebraucht waren, wäre er gezwungen, initiativ zu werden. Viele Problemlöser hätte er dafür nicht. Hoffentlich käme er dann auf ihn zu und nicht auf Hilpert. Er kannte den Freund aus Jugendjahren. Seine Entscheidung, sich aus dem Staub zu machen, bewies den Profi. Leider passte es nicht in sein Konzept. Er hatte viel zu verlieren. Und er würde niemandem erlauben, dies zu gefährden. Wütend schlug er mit beiden Händen aufs Lenkrad. Wie kam er an ihn heran? Wen konnte er ansprechen? So recht fielen ihm keine Antworten auf seine Fragen ein. Warum hatte er ihm nicht während des Gesprächs in Harburg eine Tasche mit Geld vor die Nase gestellt mit der Auflage, Hamburg schleunigst zu verlassen? Dieser Zug war abgefahren. Er orientierte sich nochmals auf der Raststätte. Vielleicht hatten sie einander verpasst. Vorsichtig ging er verräterischen Lichtquellen aus dem Weg. Hatte er Pech, identifizierte ihn zu einem anderen Zeitpunkt ein Lkw-Fahrer oder er begegnete jemandem, den er kannte. Desillusioniert brach er seine Suche ab. Er kam nicht drum herum, Bähre hatte es vorgezogen, nicht zu kommen.

23

Hilpert besuchte an diesem Vormittag Röhrs. Er meinte, eine leichte Verstimmung bei ihm zu erkennen. Er sprach ihn direkt darauf an.

»Wenn es Sie interessiert, Herr Hilpert, kaum werde ich aus dem Verkehr gezogen, schon sitzen Sie auf meinem Stuhl.«

Hilpert konnte sich ein Grinsen nicht verkneifen. »Haben Sie Angst um Ihren Job? Und das mit einer Schussverletzung. Ja, das Leben kann sehr ungerecht sein.«

»Hören Sie auf, veralbern kann ich mich allein«, knurrte Röhrs ihn an. »Vor allem liege ich hier und kann mich nicht wehren.«

»Lassen Sie sich nicht aus dem Konzept bringen. An dem Tag, an dem Sie im Präsidium auftauchen, sitzen Sie in Ihrem Sessel. Ihr Zimmer wird sauber gehalten, regelmäßig gelüftet und anschließend sorgfältig verschlossen. Ich wiederhole mich zwar, aber ich habe keinerlei Ambitionen, Ihren Platz einzunehmen.«

Röhrs atmete zusehends ruhiger. »Entschuldigung. Du liegst in diesem verdammten Bett und kannst dich nicht ordentlich bewegen. Da kommen einem alle möglichen Gedanken. Sie setzen sich in deinem Kopf fest und lassen dich nicht mehr los.«

Hilpert beruhigte ihn im Aufstehen. »Es bleibt Ihnen nichts anderes übrig, als mir zu vertrauen. Ansonsten drehen Sie in Ihrem Flügelhemd durch. Das kann niemand wollen. Am allerwenigsten Sie.«

Röhrs blickte Hilpert zweifelnd hinterher, als dieser den Raum verließ. »Du hast gut reden«, murmelte er. »Du kannst dir aussuchen, was du haben willst. Ich muss nehmen, was mir vor die Füße geworfen wird.«

Auf dem Korridor ließ Hilpert das kurze Gespräch Revue passieren. Röhrs war der typische Verwalter, der Spesenabrechnungen taggleich abzeichnete. Seine Stärke bestand nicht darin, an Tatorten aufzutauchen und zu versuchen, an der Aufklärung von Fällen mitzuwirken, indem er hilfreiche Ideen einbrachte. Diese Macher bekamen die große Bühne, wenn sie erfolgreich waren. Wer vergab Orden an Leute, deren Kunst darin bestand, Buchhalternasen bis zur Perfektion zu zeichnen. All das in einer Zeit, in der der Computer diese Funktionen bereits weitgehend übernommen hatte. Trotzdem hielten einem solch typische Beamten den Rücken frei. Irgendwie wurden sie gebraucht. Wie beim Eiskunstlaufen, dachte er. Dort bildeten die Pflichtelemente die Grundlage, um das Publikum mit der Kür zu begeistern.

Albers kam ihm auf dem Flur entgegen, einen Becher mit Kaffee in der Hand. »Na, wie sieht es bei Röhrs aus?«

»Er schwitzt bereits wieder Angst um seine Karriere aus. Somit kann es ihm nicht schlecht gehen.«

»Werden Leute in zu große Schuhe gesteckt, erfüllt sie die Angst, diese zu verlieren und wieder in zu engen Latschen durch die Gegend zu hecheln.«

Hilpert nickte zustimmend. »Mensch, Julian, so langsam entwickelst du dich zum Philosophen.«

»Ja, jeder verfügt über seine geheimen Talente. Wie ist das eigentlich mit diesem Bähre? Wurde versucht, ihn zu erreichen?«

»Nicht nur das, Grothe stand vor seiner verschlossenen Tür. Das Handy ist tot. Der Junge ist abgetaucht.«

»Wir müssen in seine Wohnung«, stellte Albers sachlich fest. »Vielleicht finden wir dort einen Hinweis auf den Namen seines ehemaligen Kompagnons.«

»Gute Idee. Setzen wir sie in die Tat um, bevor uns jemand zuvorkommt.« Hilpert ließ sich mit Staatsanwalt Fiege verbinden. Wenn ihm jemand einen Durchsuchungsbeschluss besorgen konnte, dann er. Er sollte richtigliegen. Als sie im Präsidium ankamen, lag dieser keine Stunde später auf seinem Schreibtisch. Die Attentate auf den Senator und ihn, der Anschlag auf Röhrs brachten Bewegung in die Justiz. Der Staat, beziehungsweise dessen Organe, reagierten nervös, wenn sie attackiert wurden. Es war nicht die Zeit für Bedenkenträger. Zuweilen ließen die verantwortlichen Akteure sogar Flexibilität aufleuchten.

Bei der dichten Verkehrslage brauchten sie gut vierzig Minuten, um Bähres Wohnung zu erreichen. Verglichen mit dem Umfeld, in dem Hilpert seit Jahren lebte, war es hier im tiefsten Wilhelmsburg durchaus gewöhnungsbedürftig. Ein Großteil der Siedlungshäuser war vermutlich in den ersten Jahren nach Kriegsende hochgezogen worden. Die Menschen mussten aus den Nissenhütten in ordentliche Wohnungen umgesiedelt werden. Wer hier wohnte, brauchte sich über Multikulti keine sonderlichen Gedanken zu machen. Es fand statt und schien durchaus zu funktionieren. Bislang gab es in dieser Gegend einigermaßen bezahlbaren Wohnraum. Dieses knappe Gut weckte Begehrlichkeit. Mittlerweile waren auch in diesem Stadtteil die Sanierer unterwegs, die sich den Einbau neuer Fenster durch höhere Mieten versüßen ließen. Das Mehrfamilienhaus, in dem Bähre wohnte, passte sich nahtlos in die Architektur der Umgebung ein. Das Treppenhaus hatte garantiert bessere Zeiten gesehen. In die Wohnung gelangten sie mithilfe von Albers' Besteckkasten, da sie über keine Schlüssel verfügten. Die Tür war nur zugezogen und nicht abgeschlossen worden. Bähres Räumlichkeiten hatten seit dem Besuch Grothes nichts an Charme hinzugewonnen, sondern eher verloren, soweit das überhaupt möglich war. Sie trafen auf herausgerissene Schubladen und einen Eisschrank, der nicht richtig verschlossen war. Das Bett war nicht gemacht. Anfangs glaubten sie an einen unerwünschten Besucher, der sich wie sie um seinen Aufenthaltsort kümmern wollte. Es zeigte sich alsbald, es war Bähre selbst, der das kleine Chaos verursacht hatte. Offensichtlich hatte er hastig das Weite gesucht und das Notwendigste an Kleidung Unterwäsche und Toilettenartikeln zusammengeklaubt. Er war nicht dumm genug, Unterlagen, Briefe oder Fotos liegen zu lassen, die einen Hinweis auf seinen Fluchtort gaben. Sie fanden nichts in der Wohnung, das einigermaßen von Wert gewesen wäre, von einem Schuco-Auto aus den Sechzigern einmal abgesehen, das im Originalkarton auf dem Wohnzimmertisch stand. Es war kaum bespielt. Dafür würde ein Sammler vermutlich einen Hunderter hinblättern, wenn nicht mehr. Hilpert betrachtete die Schachtel von allen Seiten. Sie wollte ihm nichts verraten. Er fragte sich, weshalb ein Ex-Sträfling, der vermutlich über keine sonderlichen Reichtümer verfügte, solch ein relativ wertvolles Spielzeug einfach liegen ließ. Bestimmt hatte er es als Andenken an bessere Zeiten mit ins Gefängnis genommen. Solche Erinnerungsstücke hatten nicht selten einen hohen emotionalen Wert. Die wurden nicht einfach vergessen. Sperrig war das Teil jedenfalls nicht. Ob im Koffer oder im Rucksack, es nahm wenig Platz weg. Er winkte Albers zu sich. »Pack diesen Daimler bitte zu den anderen Sachen, die wir mitnehmen wollen.«

»Da muss ich dich enttäuschen. Mir ist nichts untergekommen.«

»Hast du keine Bankunterlagen gefunden, Versicherungsscheine oder Ähnliches?«

Albers wies auf eine Schublade im Schlafzimmer. »Darin lagen wohl seine wichtigsten Papiere.« Er zeigte ihm zwei Zettel, die vermutlich an Kontoauszügen und anderen Unterlagen mit Büroklammern befestigt waren. Auf einem stand Bank, auf dem anderen Anwalt. Die Zettel brachten sie nicht weiter. Am Ende verließen sie die Wohnung mit einem Spielzeugauto. Bähre hatte vorsorglich alles mitgenommen, das auf ihn oder seine Pläne weisen könnte. Den Besuch hätten sie sich schenken können. Das war der frustrierende Teil ihrer Arbeit. Man meinte, eine gute Idee zu haben, ging ihr nach und musste zur Kenntnis nehmen, sie funktionierte nicht. Wie hieß es so trefflich: hätte ja auch gut gehen können. Zum eigenen Leidwesen kam einem diese bittere Erkenntnis stets im Nachhinein. Vor dem Hauseingang trafen sie auf Grothe. Er und Tensfeld waren ihnen verabredungsgemäß gefolgt.

»Na, was Interessantes gefunden?«, fragte der Ex-Kollege.

»Nicht wirklich. Eure Whiskyflasche steht oben in der Küche. Er hat sie bloß bis zur Hälfte geleert.«

Grothe nickte in seine Richtung. »Bähre hatte augenscheinlich kein Alkoholproblem.«

»Das beweist seine Flucht«, stimmte Hilpert ihm zu. »Er hat sich überstürzt vom Acker gemacht und trotzdem an seine wichtigsten Unterlagen gedacht. Das riecht nicht nach einem Trinker, dessen Hirnzellen Schaden genommen haben.«

»Wo geht's jetzt hin?«, wollte Grothe wissen.

»Ins Präsidium. Danach solltet ihr euch ein paar Stunden absetzen. Wir rufen euch an, soweit ihr gebraucht werdet.«

Hinter seinem Schreibtisch betrachtete Hilpert den Spielzeugkarton eingehend. Verbarg der etwas, das zum Beispiel eine Art Botschaft für sie beinhaltete? Wenn ja, was konnte es sein? Er nahm das Auto heraus. Darin war nichts enthalten, das für sie von Bedeutung gewesen wäre. Er schüttelte die zusammengefaltete Bedienungsanleitung heraus. Er war beinahe versucht, das Auto fahren zu lassen. Er verzichtete darauf. Vielmehr entfaltete er die Bedienungsanleitung. Zu seinem Erstaunen entdeckte er einen zweiten Zettel, eine handgeschriebene Quittung über 3,90 DM. Sie hatte jedoch nichts mit dem Auto zu tun. Jemand hatte in den späten Fünfzigerjahren Schokolade, Zigaretten und ein Comicheft gekauft. Dieser Jemand war vermutlich Bähre gewesen. Die Quittung war wohl für die Mutter bestimmt und er hatte vergessen, sie ihr auszuhändigen. Aus unerfindlichen Gründen hatte er sie aufbewahrt. Nur, was suchte sie in dem Schuco-Karton? Er schaute sich das vergilbte Stück Papier eingehender an. Von Interesse waren ausschließlich der Name des Tabakwarengeschäfts und des Standorts, Stephan Brodersen in Osnabrück. Viel anfangen konnte er damit nicht. Der Name Brodersen war ihnen bislang nicht untergekommen. Mit Osnabrück konnten sie ebenfalls nicht viel anfangen. Wollte Bähre ihnen durch die Blume mitteilen, wo er sich aufhielt? Wohl kaum, da hätte er sie gleich im Präsidium aufsuchen können. Trotzdem hatte es mit dieser Quittung eine Bewandtnis. Fragte sich nur, welche? Bähre war Ende sechzig. Als der Einkauf getätigt wurde durfte er zehn, elf Jahre alt gewesen sein, somit konnte er seiner Mutter durchaus einen Einkauf abgenommen haben. Zu der Zeit hatte niemand ein Problem, einem Jugendlichen Zigaretten zu verkaufen. Vermutlich bekam er abgezähltes Geld mit. Dies war ein Fall für Lisa. Er beauftragte sie, alles über das Tabakwarengeschäft und dessen Inhaber herauszufinden. Vielleicht half es ihnen weiter. Schließlich starb die Hoffnung zuletzt. Optimismus machte sich bei ihm dennoch nicht breit. In ihrem Metier durften sie zwar keine Details unberücksichtigt lassen. Zuweilen führten sie in die falsche Richtung oder in eine Sackgasse und relativ selten zum anvisierten Ziel. Bislang wurden sie nicht gerade mit Indizien und brauchbaren Hinweisen überschüttet. Somit wurde genommen, was sich ihnen anbot.

Seine Assistentin brauchte nicht lange, um an erste Informationen zu gelangen. Wie nicht anders zu erwarten, war der Laden vor mehr als zwanzig Jahren aufgegeben worden. Heutzutage wurden in der Immobilie Handys und entsprechendes Zubehör einschließlich entsprechender Verträge angeboten. Der Fortschritt machte selbst vor Raucherbedarf nicht halt. Der frühere Besitzer war vor fünfzehn Jahren verstorben, seine Ehefrau fünf Jahre später. Sie hatten einen Sohn, der einige Jahre älter war als Bähre und den gleichen Vornamen wie sein Vater trug. Er galt schon in jungen Jahren als schwierig. Mehrmals stand er kurz vor einem Rausschmiss aus der Schule. Letztlich schaffte er einen ordentlichen Realschulabschluss. Eine Ausbildung im väterlichen Geschäft brach er ab. Regelmäßige Arbeit war nicht sein Ding. Bereits im Alter von neunzehn Jahren verschwand er von der Bildfläche. Familienmitglieder hatten seit Jahrzehnten kein Lebenszeichen von ihm mitbekommen. Dabei hielt sich deren Interesse an ihm in Grenzen. Anfangs meldete er sich dem Vernehmen nach zu Geburtstagen der Mutter. Das unterblieb nach relativ kurzer Zeit. Vermutlich könnte er heute an ihnen vorbeigehen und niemand würde ihn erkennen. Eine Cousine erinnerte sich an Bähre. Bei ihm handelte es sich um einen Nachbarsjungen. Er und Stephan waren trotz des Altersunterschiedes miteinander befreundet. Sie besuchten gemeinsam die Realschule in unterschiedlichen Klassen. Bähre war dort weniger erfolgreich. Er verließ die Hauptschule mit Abschluss der neunten Klasse, nachdem er auf der Realschule zweimal nicht versetzt worden war. Er verzichtete auf eine Ausbildung, sondern wurstelte sich durch diverse Gelegenheitsjobs. Seine Eltern waren wohl nicht sonderlich an ihm interessiert und ließen ihn gewähren. Es hieß, sie hätten Alkoholprobleme gehabt. Es existierte eine Schwester, die dem Vernehmen nach in die USA gegangen war, um dort zu heiraten. Sie verzichteten darauf, verstärkt nach ihr zu fahnden. Was sollte sie ihnen erzählen? Was wollten sie ihr erzählen? Nach wie vor lag gegen Bähre nichts vor.

»Stephan Brodersen«, ließ sich Hilpert den Namen auf der Zunge zergehen. »Hat es dich nach Buchholz getrieben und du managst von dort aus das Drogengeschäft für die Nordheide? Wo hast du dich versteckt?«

Er gab seinem Kollegen Gäbler den Namen durch. Spontan wusste der damit nichts anzufangen. Er versprach, sich umzuhorchen. Er sollte nicht weiterkommen als Hilpert. Dieser hatte den Karton mit dem Spielzeugauto vor sich auf den Schreibtisch gestellt. Er wollte ihn so lange dort liegen lassen, bis sie auf die richtigen Antworten stießen. Ab sofort durfte er sich auf die ständig gleichen Fragen einstellen. Ein Kollege wollte ihm sogar das Spielzeugauto abkaufen. Schuco war bei Sammlern gefragt. Selbst in den USA gab es Sammler, die sich danach die Finger leckten. Sein letztes Angebot lag bei hundertundzwanzig Euro, ein fairer

Preis, wie Hilpert von kompetenter Seite zugetragen wurde. Blechspielzeug erfreute sich großer Beliebtheit, insbesondere wenn der Originalkarton noch vorhanden war und die Marke stimmte.

Die Suche nach den Attentätern hatte ihn erneut auf die Buchholzer Ereignisse orientiert, ohne es beabsichtigt zu haben. Gab es doch eine Verbindung zwischen den Fällen? War er nur nicht in der Lage, diese miteinander zu verknüpfen? Unterschätzte er die Bedeutung dieses regionalen Marktes bei den Lieferanten? Sie sollten aus Amsterdam kommen. Saßen dort seine Widersacher? Nur, woher bezogen sie ihre guten Informationen über ihn? Verfügten die über Kontakte ins Präsidium hinein? Es gab eine Sollbruchstelle, an der dieser Verdacht abschmierte, die ihm glücklicherweise wieder in den Sinn kam, ohne die Unterlagen quälen zu müssen. Der erste Anschlag auf ihn erfolgte am selben Tag, als er über die Umstände des Todes seines Freundes nachzudenken begann. Das passte nicht. Jens' Schwester hatte nur ein paar Stunden vor dem Klassentreffen die Lawine losgetreten und ihn damit motiviert, Mordermittlungen aufzunehmen. Sie hatte sich mit niemandem darüber unterhalten. Wer wollte über ihr Gespräch und seine Entscheidung informiert worden sein?! In der Nacht war bereits auf ihn geschossen worden. Solch ein Attentat musste vorbereitet werden. Und das eingesetzte Motorrad wurde wenige Tage vor dem Gespräch mit Janette gestohlen. Es war am Rande der Umgehungsstraße zur A1 aufgefunden und von der KTU eindeutig als Tatfahrzeug identifiziert worden. Sie lagen mit ihren bisherigen Überlegungen richtig. Die Attentate und die Nordheider Ereignisse mussten getrennt voneinander untersucht werden. Sie hatten nichts miteinander zu tun. Dieses Wissen half ihm zu seinem Leidwesen nicht wirklich weiter, da sie bislang sowieso auf dieser Grundlage gearbeitet hatten. In beiden Fällen fehlte ihnen die zündende Idee oder der passende Hinweis, die sie zu den Tätern führten.

Verärgert fuhr er zurück nach Buchholz. Dabei traf seine Wut primär nicht Bähre. Vielmehr ging es ihm um seine eigene Unzulänglichkeit, die Situation in den Griff zu bekommen. Mit gerunzelter Stirn hatte er sich ins Wohnzimmer zurückgezogen. Der Whisky, den er sich eingeschenkt hatte, wollte ihm nicht so recht munden.

Bähre hatte sich in seinen Kopf eingenistet. Der Mann war alles andere als ein Geistesakrobat. Auf seinen Instinkt konnte er sich jedoch verlassen. Wie war das in jungen Jahren? Beide waren sie in einem Milieu groß geworden, wo sie ständig Möglichkeiten auskoberten, ans leichte Geld zu gelangen. Wichtig war dabei der Erhalt der eigenen Gesundheit. Welcher Tote freute sich über eine Rolex-Uhr? Ständig lauerten an den Ecken irgendwelche Typen, die ihnen das bisschen abnehmen wollten, das sie ergattert hatten. Es kam auf die eigene Cleverness und körperliche Stärke an, wenn es darum ging, die Nase vorn zu behalten. Bähre und Hilpert störten sein Wohlbefinden gleichermaßen. Es reichte, wenn einer von ihnen aus dem Weg geräumt werden konnte. Hilperts Tod würde aller Voraussicht nach den Ermittlungsdruck deutlich vermindern, der in seine Richtung führen könnte. Nur an den Mann war schwer heranzukommen. Da erschien es ihm erheblich effektiver, Bähre zu beseitigen, wie er es geplant hatte. Er gehörte zu den wenigen, die von seiner Existenz wussten und über seine Tätigkeit informiert waren. Sich von der großen Metropole Hamburg zu lösen und in die Provinz zu verziehen, erwies sich für ihn als genialer Ansatz. Es blieb genug Geld übrig, um ein sorgenfreies, luxuriöses Leben zu führen. Vor allem streckte die gierige übermächtige Konkurrenz ihre klebrigen Finger nicht in ihre Richtung aus. Die konzentrierten sich lieber auf St. Pauli oder St. Georg. Ob man über zwanzig Millionen oder eine Milliarde verfügte, war ihm gleichgültig. Sinnvoll konnten diese Summen nicht ausgegeben werden. Er zumindest war mit dem Erreichten zufrieden.

Nervös ließ er den Alkohol im Glas kreisen, bevor er einen Schluck nahm. Bähre, wo mochte der sich aufhalten? War er zurück in die kalte Heimat gegangen? Er wollte es nicht glauben. Zu wem wollte er nach all den Jahren Kontakt aufnehmen? Inzwischen hatte er Gefallen an dem Alkohol gefunden und sein Glas geleert. Er schenkte sich nach und nahm einen kleinen Schluck. Er war stets ein mäßiger Trinker gewesen. Ein klarer Kopf war die Grundlage seines Erfolgs. Diesen hatte er sich in der Nordheide hart erkämpft und selbst vor Mord nicht haltgemacht. Er musste Ruhe bewahren und auf den richtigen Moment hoffen, um den Kurs wieder bestimmen zu können. Bähre würde sich hoffentlich bei ihm melden, wenn ihm sein Geld ausgegangen war. Zumindest war diese Wahrscheinlichkeit größer, als dass er versuchte, bei der Polizei abzukochen. Dort konnte er wenig abgreifen. Spätestens dann ergab sich die Gelegenheit, ihn auszuschalten. Gefährlich könnte es für ihn werden, sollte der alte Kumpel den klassischen Weg gehen und über Raubüberfälle oder unausgegorene Drogengeschäfte an Geld kommen zu wollen. Er würde mit höchster Wahrscheinlichkeit der Polizei ins Netz gehen. Was sollte ihn davon abhalten, ihn zu belasten, um sich freizukaufen?

Und Hilpert? Er wäre ein kaum zu überwindender Brocken für ihn. Seine Nachforschungen hatten ergeben, dass dessen Leben mehrfach bedroht worden war. Bislang hatte er es, wenngleich nicht ohne gelegentliche Blessuren, überlebt. Wie ein Korken fand er stets den Weg an die Wasseroberfläche. Das konnte von der Mehrzahl seiner Gegner nicht behauptet werden. Die blieben unten. Er müsste sich etwas einfallen lassen, ohne selbst initiativ zu werden. Bislang schaffte er es, sich bedeckt zu halten, und war nicht in Verdacht geraten. Er müsste folglich nach Partnern Ausschau halten. Dafür kamen ausschließlich Profis infrage.

Ob er alte Kiezkontakte neu beleben sollte? Leider war das so 'ne Sache mit den Kontakten. Die Leute, an die er dachte, waren wie er älter geworden. Mancher ehemalige Gefährte lebte nicht mehr. Ihre Nachfolger waren ihm unbekannt oder er konnte sie nicht einschätzen. Sollte er sie auf sich aufmerksam machen? Eher nicht. Somit wäre es angebracht, sich außerhalb ihrer Region zu orientieren. Dafür mangelte es ihm an Namen. Er verwarf diesen Gedanken. An Hilpert wagte er sich nicht heran. Im Fall Bähre sah es dagegen anders aus. Er könnte mit seinem Wissen alles gefährden: seine Gegenwart, seine Zukunft. Dies durfte er nicht zulassen. Wäre es tatsächlich eine geeignetere Alternative, ihm einen größeren Betrag an die Hand zu drücken, unter Umständen mit Besserungsschein? Im Zweifelsfall in mehreren Tranchen? Litt er keine finanzielle Not, gab es für ihn kein Argument, gegenüber anderen zu quatschen. Das Geld verschmerzte er mit links. In diesem Fall musste er sich Bähre greifen. Vor allem müsste er ihn von seinen lauteren Absichten überzeugen. Je länger er darüber nachdachte, desto besser gefiel ihm diese Idee. Dieser Mann repräsentierte das letzte Glied zu seiner Vergangenheit. Gelang es ihm, auf welchem Weg auch immer, Bähre einzufangen, bedeutete der Kriminalbeamte für ihn keine sonderliche Bedrohung mehr. Er war der letzte Zeuge, der ihm gefährlich werden konnte. Die anderen waren tot oder fest eingebunden in ihre Geschäfte. Wie kam er an den Mann heran? Bekam ihn die Polizei vor ihm zu fassen, konnte er sich gehackt legen. Konnte ein Privatdetektiv eine Lösung sein? Durfte er dieses Risiko eingehen? Lief er nicht Gefahr, dass sich dessen Wege mit denen der Polizei kreuzten? Wütend setzte er das Whiskyglas auf dem Tisch ab. Der Alkohol schwappte die Wand des Glases hoch. Ihm war es gleichgültig. Er hatte seinen Appetit darauf verloren.

Dieser Vormittag wurde für Hilpert zu einer Tortur mit angezogener Handbremse. Es begann mit dem stürmischen Wetter, das ihm den Regen ins Gesicht peitschte. Dagegen war ein weiteres Treffen mit den Leitern der Mordkommissionen mehr als erträglich. Er kannte die anstehenden Themen aus eigenem Erleben. Seine Kollegen wussten, ihm waren ihre Sorgen und Nöte bekannt. Längerfristig anstehende Angelegenheiten wollte er seinem Nachfolger beziehungsweise Vorgänger überlassen.

Einer seiner Kollegen, zu dem er einen außerordentlich guten Draht hatte, unterbrach ihn. »Genau hinhören, Fabian. Aktuell bist du der Liebling der Götter. Sie fressen dir aus der Hand. Es steht ein gutes Dutzend gravierender Probleme an, von denen zumindest vier kurzfristig abgearbeitet werden sollten. Sie sind Diercksen allesamt bekannt. Wie ich ihn einschätze, hat er sie den zuständigen Herrschaften diverse Male vorgetragen. Die haben sie garantiert auf die lange Bank geschoben. Greif dir den Staatsrat, besser den Senator, hau sie denen um die Ohren.« Er reichte ihm ein Blatt Papier mit den dringlichsten Forderungen.

Hilpert streckte die Hand aus und nahm es entgegen. »Gute Idee, da hätte ich von allein drauf kommen können.« Er las die kurze Notiz durch und wandte sich an die Kollegen. »Das müssen wir ein wenig aufpäppeln. Die müssen das Gefühl bekommen, dass das Vaterland in Gefahr ist, wenn hier keine Abhilfe geschaffen wird. Das gebe ich Lisa Kohler in die Hand. Danach müsste jeder von uns bestrebt sein, seinen gefährlichen Job aufzugeben. Es sei denn, es wird Abhilfe geschaffen.«

Ansonsten arbeiteten sie ihre Punkte systematisch und vor

allem unemotional ab. Die Formkurve stieg an, als sie das Thema Personaleinsatz zu fassen bekamen. Sie litten allesamt unter dem personellen Aderlass, der bedingt war durch die Anschläge auf den Senator. Hier konnte Hilpert die Situation insoweit entspannen, als er die Fakten darstellte.

»Leute, es gibt keine Alternative dazu, den Schutz des Senators zu gewährleisten. Dabei müssen wir mit der Tatsache leben, mit unseren Ermittlungen nicht wirklich vorangekommen zu sein. Ich habe das Gefühl, als warteten die bloß darauf mitzubekommen, wie wir in unseren Bemühungen nachlassen, um ihre Möglichkeiten unter Beweis zu stellen. Diese Leute sind knallhart. Dies nicht nur gegen andere, sondern ebenso gegen sich selbst. Das macht die so gefährlich wie IS-Terroristen.«

Die Kollegen hörten angespannt zu. Hilpert war in seiner Funktion respektiert. Er war als Realist bekannt. Seine Argumente wurden durch die Bank akzeptiert. Sie trennten sich einigermaßen zufrieden und drückten ihm die Daumen. Für die Sitzung gebrauchten sie gerade mal die Hälfte der üblichen Zeit.

Hilpert reichte Lisa die Notiz der Kollegen herüber und bat sie, mehr Druck aufzubauen. Das gelang ihr in weniger als einer Stunde. Noch vor dem Mittagessen saß er Diercksen gegenüber.

»Gute Idee, den augenblicklichen Rückenwind zu nutzen. Ich maile das unseren politischen Vorturnern zu. Mal sehen, was wir davon durchbekommen. War das Ihre Idee?«

»Nein, so weit bin ich in meiner neuen Rolle noch nicht. Die kommt von den Kollegen.«

»Ja, ja, die alten Hasen wissen, wie es funktionieren könnte. Auf die Zugmaschine kommt es an, nicht auf die Hänger. Sie können sich nicht vorstellen, diese Funktion auf Dauer wahrzunehmen?«

Er blickte zu Hilpert herüber und verzichtete auf dessen Antwort, als er sein Mienenspiel deutete. Die Frage hätte er sich schenken können.

Zu Hilperts Erstaunen erreichte ihn an diesem Tag die Nachricht, es sei ihm zur Unterstützung seiner Bemühungen ums eigene Überleben ein Sonderbudget von 25.000 Euro zur Verfügung gestellt worden. Es kam aus dem Topf des Senators. Von ihren vier Hauptforderungen wurden tatsächlich zwei kurzfristig durchgewinkt.

Es lief wie geschnitten Brot. Hilpert war lebenserfahren genug, um zu wissen, der nächste Rückschlag war vorprogrammiert. Die Zuneigung der Oberen hatte eine kurze Halbwertzeit. Am Ende stand er wieder im kurzen Hemd da.

Nach der Mittagspause erhielt er überraschenden Besuch. Angela Meinhard stand einigermaßen aufgelöst vor ihm. Einen Kaffee akzeptierte sie erst nach mehrmaligem Nachfragen.

»Was kann ich für dich tun?«, fragte er gespannt.

Um Kristin konnte es nicht gehen. Da war die Sachlage eindeutig geklärt.

Die Augen der ehemaligen Klassenkameradin funkelten, als sie auf ihr Anliegen zu sprechen kam. »Paul Seipold hat mir mitgeteilt, ihr habt über meine Beziehung zu ihm gesprochen.«

»Das entspricht bedingt der Wahrheit. Paul hat die Attacke nach vorne gewagt, als ich ihn vor Kurzem aufsuchte. Ihm war klar, wir mussten dich gesehen haben, als du sein Haus verlassen hast. Also machte er klar Schiff.«

»Und was wirst du mit diesem Wissen anstellen?«, fuhr sie angefressen fort.

»Ich will 'ne Million dafür.« Bevor sie reagieren konnte, setzte er gelassen nach. »Was erwartest du von mir? Dein Privatleben hat mich nicht zu interessieren und es interessiert mich tatsächlich nicht.«

Es war ihr anzusehen, seine Antwort passte ihr. Obwohl er es nicht erwartete, versuchte sie, sich zu erklären. »Mit Lars waren die letzten Jahre ein ewiges Auf und Ab, mit deutlicher Tendenz nach unten. Ich habe davon die Nase gestrichen voll. Bei Paul ist Kontinuität angesagt.«

»Angela, es ist dein Leben. Mach das Beste draus. Noch bist du nicht zu alt für einschneidende Veränderungen.«

»Versteh mich nicht falsch. Paul ist nicht meine große Liebe. Er vermittelt mir eben Sicherheit.«

»Dann ist es so«, erwiderte er irritiert. Was wollte sie von ihm? Sie sollte ihn gut genug kennen, um zu wissen, er würde sie nicht in die Pfanne hauen.

Seine nicht gestellte Frage beantwortete sich schneller, als er erwartet hätte.

»Lars hat mir gestern Abend eine unangenehme Szene gemacht.

Er scheint zu spüren, dass ich mich auf dem Absprung befinde.«

»Dann schenk ihm reinen Wein ein«, schlug ihr Hilpert vor.

»Das wäre in jedem Fall zu früh. Außerdem ist da unsere Tochter, die an ihrem Vater hängt. Bevor nicht klar ist, für welche Richtung Paul sich entscheidet, soll alles bleiben, wie es ist.«

»Es war ja nur 'ne Idee von mir. Wie kann ich helfen?«

»Wie gesagt, hatten wir eine Auseinandersetzung. Lars hat dich im Verdacht. Er meint, du und ich, du verstehst?!«

Obwohl er ihre Aussage als nicht lustig empfand, lachte er los. »Glaubst du, er wird mich zum Duell fordern?«

»Hör auf mit dem Blödsinn, Fabian. Neben seinen beruflichen Fehlschlägen, hat Lars zwei Probleme. Er ist fett geworden und seine Haare sind dabei, sich zu verabschieden. Du bist schlank, verfügst über volles Haar und hast dich mal für mich interessiert. Er hat seine frühere Lockerheit verloren.«

»Muss er dich abermals erobern? Ich dachte, das sei gegessen. Egal, was erwartest du von mir?«

»Lars will mit dir reden. Bitte verhalte dich diplomatisch. Es wäre mir nicht lieb, käme er Paul und mir auf die Schliche.«

»Du denkst, er traut sich ins Präsidium?«

»Spätestens, wenn du wieder in Buchholz aufschlägst, wird er vor deiner Tür stehen.«

»Na gut, warten wir ab, was auf mich zukommt.«

Nachdem Angela gegangen war, kam er ins Grübeln. Er war weder ihr noch ihrem Mann zu irgendetwas verpflichtet. Lügen wollte er für sie nicht. Er würde halt auf Teile der Wahrheit verzichten. Damit kam er zurecht. Es sollte sich zeigen, wie sehr sie beide recht behielten und dennoch irrten. Meinhard wurde initiativ, obwohl er sich nicht nach Hamburg traute. Stattdessen schickte er seine Tochter vor. Die hatte kein Problem damit, ihn im Präsidium aufzusuchen und die Dinge direkt anzusprechen. Gegen sechzehn Uhr saß sie ihm gegenüber. Ihre Augen funkelten ähnlich wie die ihrer Mutter.

»Hast du mich abgeschrieben, weil du dich für ein älteres Modell entschieden hast?«, ließ sie eine Portion Arroganz gemischt mit einer Spur Zynismus durchscheinen.

»Was willst du von mir wissen?«, verzichtete er darauf, ihr entgegenzukommen.

»Schläfst du mit meiner Mutter?«

Er antwortete cool und direkt: »Nein. Sie ist nicht mehr mein Typ.«

»Mein Vater meint, sie habe ein Verhältnis und verdächtigt dich.«

»Da irrt er.«

Sie spielte mit ihren Fingern, bevor sie zur nächsten Frage ansetzte. »Hast du etwas mitbekommen?«

»No Comment, nächste Frage.«

Sie versuchte es mit energischer Nachfrage. Als das nicht fruchtete, verlegte sie sich aufs Schnurren. Schließlich gab sie auf. »Es macht wohl keinen Sinn, meinen Vater vorbeizuschicken?!«

»So ist es. Ich werde einen Teufel tun, mich in eure Familienangelegenheiten einzumischen. Einen Tipp hätte ich trotzdem. Sprich deine Mutter an. Sie sollte über die totale Wahrheit verfügen.«

»Du denkst, die wird mir alles erzählen?«

»Keine Ahnung. Das wirst du mitbekommen, wenn du sie gefragt hast.«

Sie verließ ihn in angespannter Stimmung. Ganz verwöhntes Einzelkind war sie es anscheinend gewohnt, ihren Willen durchzusetzen. Bei ihm traf sie auf einen Menschen, der sich dem erfolgreich entgegenstemmte. Mit dieser Erfahrung musste sie umzugehen lernen. Das Drama setzte sich im Gespräch mit ihrer Mutter fort. Diese war nicht bereit, mit ihr das Thema auch nur ansatzweise zu diskutieren. So gesehen war sie keine große Hilfe für ihren Vater. Der war keineswegs davon zu überzeugen, von seinem Verdacht abzugehen. Kristin dagegen glaubte Hilpert unbesehen. Er war ungebunden und musste sich gegenüber niemandem erklären.

Am späten Nachmittag bat er Albers zu sich. Durch seinen Kopf ging eine Reihe an Gedanken, die er mit jemandem besprechen wollte. Wuchsen die Büsche auf einem Grundstück wild durcheinander, mussten sie beschnitten werden. Kompetente Hilfe eines Gärtners konnte da wahre Wunder bewirken, um Erhaltenswertes zu bewahren. Ob Albers über den grünen Daumen verfügte, blieb dahingestellt. Zumindest war er ein gescheiter Kriminalist.

Nach einem gemeinsamen Kaffee kam Hilpert auf sein Anliegen

zu sprechen. »Ich kaue auf einem Paradoxon herum. Ein ehemaliger Klassenkamerad behauptet, mit einer Klassenkameradin geschlafen zu haben, weil sie beziehungsweise ihr Freund Geld brauchten. Er sei da eingesprungen, weil er es sich leisten konnte, und hat sich geflissentlich bedient. Sie hat es ebenso wenig gestört wie ihren Freund und jetzigen Ehemann. Genau diese Frau erzählt mir nun, er sei brennend eifersüchtig und habe ihr erst gestern eine dicke Szene gemacht.«

»Da gibt es vielfältige Antworten«, erwiderte Albers nach kurzem Nachdenken. »Die einfachste ist, jemand hat gelogen. Fragt sich bloß, wer und warum?«

»So weit war ich bereits«, reagierte Hilpert schroff.

»Warum befragst du die Parteien nicht?«, ließ sich Albers nicht aus der Ruhe bringen. »Die Ereignisse in Buchholz nagen an deiner Gelassenheit. Du bist einfach zu tief darin involviert. Könnte ich entscheiden, ich würde dich aus dem Fall abziehen.«

»Es gibt eine Reihe von Gründen, die mich im Moment davon abhalten, deinem wohlgemeinten Rat zu folgen«, winkte Hilpert ab.

»Lassen wir das mal so stehen, Fabian. Vielleicht sah das Paar, das Thema sexuelle Treue damals gelassener?! Mit zunehmendem Alter sollen sich Menschen zuweilen verändern. Dabei werden sie relativ selten toleranter oder liberaler.«

»Das könnte selbstredend passen. Sie meinte, er habe seine Leichtigkeit verloren, die ihn früher auszeichnete.«

Albers grinste in seine Richtung. »Das löst unter Umständen dein Problem.«

»Die beiden sollen damals den finanziellen Engpass nach relativ kurzer Zeit überraschend gelöst haben. Die sexuellen Gefälligkeiten fanden ihr Ende.«

»Waren sie möglicherweise an den Drogendeals beteiligt?«

»Schwer zu sagen. Bei den Schulden, die sich bei ihnen in den Folgejahren aufgebaut haben, ist das eher unwahrscheinlich.« Nachdenklich kratzte sich Hilpert am Kopf. »Oder sie haben sich zu schnell davon verabschiedet und konnten keine ordentlichen Reserven anlegen. Nicht lange nach dem Abitur verließen sie die kalte Heimat.«

Albers ließ nicht locker. »Vielleicht haben sie an ihrem neuen Standort weitergedealt.«

»Und sie stecken trotzdem in einem Wust aus Schulden? Du weißt selber, bei Drogengeschäften bleibt ordentlich was kleben. Es sei denn, Meinhards misslungene Geschäfte haben richtig Geld vernichtet. Ich kenne das von meinem Schwiegervater. Bist du erst mal auf der schiefen Ebene, geht es rasant nach unten.«

»Du kommst nicht drum herum, die werten Herrschaften zu befragen«, kam Albers auf seinen anfänglichen Rat zurück. »Du musst deine Rücksichtnahme vergessen. Du willst eine Reihe an Morden aufklären und nicht die Vorstellungen von Freundschaft oder Liebe bewahren, die in der Vergangenheit dein Leben bewegt haben.«

Es war Hilpert anzusehen, wie sehr ihm die Antwort seines Mitarbeiters gegen den Strich ging, obgleich er Albers zustimmen musste. Notgedrungen gab er seine verstockte Haltung auf.

»Ob es mir passt oder nicht, starten wir eine neue Tour nach Buchholz. Für heute machen wir Schluss.«

24

Ganz so leicht, wie Hilpert es sich vorgestellt hätte, funktionierte es am nächsten Tag nicht, sich mal eben nach Buchholz abzusetzen. An diesem Vormittag schauten nacheinander bei ihm zwei Kollegen vorbei. Den ersten interessierten offensichtlich seine Karrierepläne. Der verließ ihn nach einer knappen halben Stunde ausgesprochen zufrieden. Der andere sah ihn unbedingt auf Dauer in der neuen Funktion. Der blieb eine gute Stunde und suchte sein Büro anschließend weniger fröhlich auf. Seine Überzeugungsarbeit fruchtete nicht.

Nach dem Mittagessen machten sie sich auf den Weg nach Buchholz, gefolgt von Grothe und einem seiner Kollegen. Albers hatte sich mittlerweile an ihre Begleiter gewöhnt und spätestens nach den Ereignissen im Hotel seinen Widerstand gegen sie aufgegeben. Hilpert beabsichtigte, eigentlich abgearbeitete Angaben, die an sie herangetragen worden, waren, nochmals zu überprüfen. Dies galt speziell für Seipold und Familie Meinhard. Da knallten Aussagen aufeinander, die teilweise nicht passten. Inwieweit deren Klärung wirklich relevant war, blieb dahingestellt.

Ein Anruf von Lars Meinhard erleichterte sein Vorhaben. Der bestand darauf, ihn unbedingt von Mann zu Mann zu sprechen. Er wollte am frühen Nachmittag bei ihm vorbeischauen. Hilpert war's mehr als recht.

Meinhard suchte ihn zu Fuß auf. Schweißtropfen auf der Stirn und der Oberlippe machten deutlich, dass er in der Vergangenheit nicht sehr viel für seine Fitness getan hatte. Die letzten verbliebenen Haupthaare klebten auf seinem Kopf, als habe er bei der Morgentoilette sein Gel fürs Haar mit Alleskleber verwechselt. An den Seiten und im Nacken hingen wiederum Strähnen wirr herunter. Dafür konnte er nichts. Er teilte das Leid der meisten Männer, denen nach jedem Haarwaschen zusehends mehr Kopfhaut entgegenblinkte. Vermutlich hätte eine Radikalrasur den äußeren Eindruck verbessert.

»Na, tust du etwas für deine Gesundheit?«, begrüßte ihn Hilpert.

»Nicht wirklich, mein Wagen ist in der Inspektion.«

Nach wie vor sah Hilpert keine Veranlassung, auf den ehemaligen Klassenkameraden besonders Rücksicht zu nehmen. Er verübelte ihm nichts mehr. Damit hatte sich sein Vorrat an Sympathie für ihn aufgebraucht. Er war ihm gleichgültig.

»Du bist hier, weil du wissen willst, ob ich mit deiner Frau bumse?!«

»Du nimmst mir die Worte aus dem Mund«, antwortete Meinhard leicht erregt.

»Ich muss dich enttäuschen, ich habe sie nicht einmal angefasst.«

»Ich glaub dir nicht. Ich bekomm doch mit, bei ihr läuft was. Ihr Verhalten mir gegenüber hat sich völlig gewandelt.«

»Und du denkst, ich bin der einzige Mann in der Nordheide, der infrage käme, sollte deine Vermutung stimmen?«

»Ist doch klar, du würdest nie ein Verhältnis mit Angela zugeben«, giftete ihn Meinhard an.

»Du gehst somit davon aus, ich lüge. Warum fragst du mich überhaupt, wenn du die Antwort zu kennen glaubst?«

Meinhard spielte mit seinen kurzen, wurstigen Fingern. »Darüber denke ich gerade nach.«

Hilpert beugte sich vor und blickte ihm starr in die Augen. »Ich muss auf niemanden Rücksicht nehmen. Also hätte ich es nicht nötig, dich zu belügen, sollte ich ein Verhältnis mit Angela haben. Nimm zur Kenntnis, ich habe deine Frau zufriedengelassen, Gleiches gilt für deine Tochter, sollte das deine nächste Vermutung sein.«

Meinhard wollte etwas erwidern, als Hilpert abwinkte. »Bist du von meinen Worten nicht überzeugt, dann vertrau wenigstens auf meinen Verstand. Zurzeit versucht jemand, mich umzubringen. Meinst du wirklich, ich setze eine Frau der Gefahr aus, ebenfalls gefährdet zu werden, egal, um wen es sich handelt? Denk nur an die Erlebnisse deiner Tochter.«

Betroffen blickte Meinhard nach unten. »Du hast recht. Ich hab wohl mit meiner Eifersucht übers Ziel hinausgeschossen. Tut mir leid.«

»Ist schon gut, wir konnten das schließlich hier und heute klären. Wechseln wir mal das Thema. Ich habe gehört, du sollst für Paul Seipold als Vertriebler unterwegs sein?«

»Richtig, den ersten Kunden hab ich bereits an Land gezogen. Es ist keine Granate. Wie heißt es so schön, Kleinvieh macht auch Mist. Paul ist nach so kurzer Zeit mit meinem ersten Erfolg zufrieden.«

»Dann mach deiner Familie mal Ehre. Kristin hat voll bei uns eingeschlagen. Sie wird unsere gesamte EDV-Organisation erneuern.«

»Ich hab davon gehört. Wir sind ganz begeistert.«

Bislang hatte es Hilpert versäumt, ein Getränk anzubieten. Das holte er nun nach. Ein Cappuccino wurde immer gern genommen. Nach dem ersten Schluck hatte er die Idee, wie er seine wichtigste Frage loswerden konnte. Leutselig kam er auf Meinhards Wagen zu sprechen, den der sich vor dem Abitur geleistet hatte.

»Du meinst den 3er-BMW. Gott war das 'ne geile Kiste«, erwiderte Meinhard sichtlich gerührt. Für einen kurzen Augenblick kam er ins Träumen über vergangene Zeiten. »Der hat richtig Spaß gemacht. Ich war damit der King. Leider musste ich den kurz nach dem Abitur wieder abstoßen.«

»Wie das?«, fragte Hilpert, neugierig geworden.

»Die Kohle hat nicht gereicht. Außerdem kam die Schwangerschaft von Angela dazwischen. Mit einiger Mühe sind wir den losgeworden. Der Verlust war zu verschmerzen.«

»Ich verstehe.«

Meinhard machte sich zehn Minuten später wieder auf die Socken. Er musste seinen Wagen abholen. Er hatte mehrere Termine auf dem Zettel. Der erfolgreiche Verkäufer verdiente sein Geld nicht am Schreibtisch, sondern draußen beim potenziellen Kunden. Offensichtlich hatte er keine Freude daran, sich von Frau und Kind ernähren zu lassen. Sein Problem, was den vermeintlichen Ehebruch seiner Frau anging, nahm er mit auf den Weg zur Werkstatt.

Hilpert drehte und wendete Meinhards Information nach allen Seiten. Sagte er die Wahrheit? Warum sollte er lügen? Vielleicht um den Eindruck zu verwischen, er habe seine damalige Freundin und künftige Frau überredet, sich zu prostituieren? Und das alles für ein gebrauchtes Auto? Ihm blieb bloß übrig, Angela zu befragen. Er erreichte sie am Handy auf dem Weg zu einem Kunden.

»Es ist richtig, ich habe damals Geld organisiert, damit Lars sein verdammtes Auto behalten konnte. Ich landete bei Seipold. Ich wusste, der war immer flüssig. Na ja, so gesehen war es ein Tauschgeschäft. Sex gegen Geld.«

»Und Lars?«

Sie druckste herum, bevor sie ihm antwortete. »Der hat davon nichts mitbekommen. Wir brauchten Geld, ich habe einen Teil davon besorgt. So einfach war das.«

»Und hat dir das nichts ausgemacht?«

»Frag mich was Leichteres. Paul war und ist kein Perverser. Er verlangte mir nichts Peinliches ab. Große Gedanken hab ich mir ansonsten nicht gemacht. Ich war jung und sah das nicht so verbissen. Zumindest bin ich auf diesem Weg schnell zu Geld gekommen. Außerdem lief das nicht lange. Lars hat dann den Wagen verkauft. Die Geschichte mit Seipold fand ein natürliches Ende. Und heute, zwanzig Jahre später wärmen wir sie auf. Und wieder geht es letztlich um Geld. Hast du Lars was gesteckt?«

»Natürlich nicht. Ich bestand allerdings darauf, nicht dein Lover zu sein.«

»Das versteht sich von selbst. Du hast ja während des Klassenfests kein Interesse an mir gezeigt.«

»Daran erinnerst du dich?! Mir schien, du warst reichlich angesäuselt.«

»Das ist richtig. Lars hat es mir am nächsten Tag aufs Brot geschmiert.«

Seipold kam am Telefon nur langsam auf Touren. Das Thema war ihm erkennbar unangenehm. »Was soll's, es ist tatsächlich etwas anders gewesen. Angela stand eines Tages bei meinen Eltern vor der Tür. Sie hatte wohl etwas über meine Nebeneinkünfte mitbekommen. Sie brauchte einen Tausender. Den hat sie in meinem Bett mehrmals abstottern müssen. Das klappte leider nur für kurze Zeit.«

Hilpert reagierte angefasst. »Fandest du das so in Ordnung?«

»Über Moral hab ich damals nicht nachgedacht und tu das heute ebenso wenig. Ich wollte sie und hab sie bekommen. Sie brauchte Geld und hat es bekommen. So etwas nennt man auf Neudeutsch eine Win-win-Situation. Sie machte auf mich nicht den Eindruck, als müsse sie sich anschließend übergeben, wenn wir zusammen waren. Und heute gefällt ihr, was wir tun.«

»Beeindruckend, wie du das durchziehst.«

»Mensch, Fabian, in welcher Welt lebst du? Deine Firma macht Geschäfte mit Leuten, die richtig Asche haben. Du selbst bist durch deine Heirat zu Geld gekommen und mehrst es. Hat es dich je interessiert, woher es kommt, mit welchen Mitteln es erwirtschaftet wurde? Soweit ich informiert bin, verdiente dein Schwiegervater sein Geld nicht mit Fruchtsäften. Das ist Teil unseres Systems. Ich hätte Lars niemals eine Chance gegeben, bei uns anzufangen, würde ich seine Frau nicht knallen. Und sie findet bei mir die materielle Sicherheit, die ihr über die Jahre gefehlt hat. Hätte ich keine Kohle, würde sie mich auf der Straße nicht einmal wiedergrüßen. Wer ist denn nun der oder die Böse?«

Hilpert musste ihm zustimmen. Paul tickte halt anders als er. Er wäre nie auf die Idee gekommen, eine Frau, die sich in einer Notsituation befand, ins Bett zu bekommen. Paul Seipold sah das anders und Angela nahm es hin, als ginge es um die Frage, was es am Wochenende zu essen gäbe. Sollten sie ihr Leben gestalten, wie sie es für richtig hielten. Es war an der Zeit, damit aufzuhören, den Moralapostel zu spielen.

Er hatte Lisa gebeten, nochmals zu überprüfen, ob Kaufmanns Mutter tatsächlich nennenswerte Geldmittel in sein Ärztehaus gesteckt hatte. Sie bestätigte den damaligen Deal mit ihrem Sohn. Offensichtlich lamentierte sie längere Zeit am Telefon über dessen Homosexualität. Ihr anfänglicher Stolz über sein erfolgreiches Studium zum Mediziner löste sich für sie in Wohlgefallen auf, als er sich outete. Sie war in einem Alter, in dem sie nicht mehr bereit war, ihre Einstellung zu ändern. Wie verhielt es sich eigentlich bei seinem Mitarbeiter Albers? Bekam der Druck aus der Familie? Er käme nicht drum herum, ihn zu fragen. Es sollte sich erweisen, seine Welt befand sich im Gleichgewicht. Seine Eltern liebten ihn, seinen Geschwistern war seine sexuelle Orientierung gleichgültig. Zu Familienfeiern nahm er selbstverständlich seinen jeweiligen Partner mit. Die Welt war nicht nur schlecht. Hilpert grinste in sich hinein. Wie sähen das seine Eltern? Die Frage war unbotmäßig. Seinen Vater würde es nicht jucken. Gegen die Liebe seiner Mutter war eh kein Kraut gewachsen.

Er war in wenigen Stunden ein Stück vorangekommen. Krampfhaft überlegte er, wo sie zusätzlich ansetzen könnten. So spontan wollte ihm nichts einfallen. Wie verhielt es sich mit dem vorhandenen Material? Nicht jede Aussage erwies sich als der große Wurf. Dann wieder hatte jemand eine Bemerkung fallen lassen, die erst bei einer geänderten Beweislage ihre Bedeutung erhielt. Manche Anmerkung wurde gern überhört und verschwand nicht selten im Wust ihrer Akten oder wurde gar nicht erst aufgenommen. Manche Antwort lag vor einem, ohne dass deren Bedeutung erkannt wurde.

Sorgfältig schloss er seinen Notizblock. Es hatte keinen Sinn, Erfolge erzwingen zu wollen. Er bewegte sich wie gehabt im Nirwana. Nichts brachte sie voran. Hatten sie alle relevanten Personen befragt? Hatten die Befragten alles gesagt? Konnte er sich auf diese Aussagen verlassen? Wie kamen sie weiter? Seine Spezialität bestand zuweilen darin, einen Stein ins Wasser zu werfen und auf die Wellen zu warten, die sich konzentrisch um ihn bewegten. Zu seinem Leidwesen war ihm kein Stein zwischen die Finger geraten, ein entsprechendes Gewässer stand ihm ebenso wenig zur Verfügung. Was suchte er in Buchholz?

Das Läuten an seiner Haustür unterbrach seinen Gedankengang. Zu seinem Erstaunen standen Seipold und Angela vor ihm.

Nachdem sie sich im Wohnzimmer niedergelassen hatten, ergriff sie das Wort. Mit einer Hand wies sie auf Seipold. »Paul hat das Gefühl, du hieltest ihn für einen Menschen, der Frauen bedrängt, um sie gegen ihren Willen ins Bett zu bekommen. Was mich betrifft, ist das nicht so gewesen. Ich hatte ihm angeboten, mit ihm für eine gewisse Summe Geldes zu schlafen. Er hat angenommen.«

»Du hast dich prostituiert, geht es euch so schlecht?«, fragte Hilpert erstaunt, bis er begriff, die Situation vor zwanzig Jahren war keineswegs anders.

»Ich möchte mir gelegentlich etwas leisten können und nicht auf meinen Nägeln rumkauen«, antwortete sie frank und frei. »Außerdem hat es mir mit Paul Spaß gemacht. Die Jobs, die er Kristin und mir angeboten hat, waren unter Dach und Fach, bevor wir in die Kiste gesprungen sind.«

Hilpert empfand die Situation als reichlich skurril. Vor ihm saßen zwei erwachsene Menschen, die sich ihm nicht erklären mussten. Er konnte keine Absolution erteilen. Wenn er dazu auserkoren wurde, als moralische Speerspitze zu fungieren, wollte er dies durchziehen.

»Paul, hättest du damals Angela das Geld auch ohne Sonderleistungen gegeben?«

»Ihr immer, Lars nie.« Er schaute sie verträumt an. »Für eine Nacht mit ihr hätte ich alles getan. Das hat sich bis heute nicht geändert. Und ich hätte sie eingestellt, selbst wenn sie Apple für eine renommierte Obstfirma aus dem Alten Land hielte. Allein um sie in meiner Nähe zu haben. Du hast für Angela eine ganze Zeit geschwärmt. Ich dagegen habe sie immer geliebt.« Er erhob sich. »Das musste ich loswerden.«

Hilpert winkte beschwichtigend ab. »Ich kann mich nicht erinnern, dir einen Vorwurf gemacht zu haben.«

»Komm, du machst dir deine Gedanken. Das war dir an der Nasenspitze anzusehen.«

»Durchs Telefon hindurch?«

»Ich hab hervorragende Augen.«

Das Eis war gebrochen. Diesmal stand Hilpert auf. »Bleibt sitzen. Mittlerweile ist es spät genug für ein Glas Wein. Eigentlich müsste ich nach Hamburg fahren. Hab aber keinen Bock darauf.«

Sie entschieden sich für einen Weißwein und sollten es nicht bereuen.

Angela schob ihr Glas von sich weg. »Ich habe keine Lust mehr auf diese Heimlichtuerei. Ich werde Lars verlassen.«

Seipold stellte sein Glas erschrocken ab. »Du bist gerne bei mir willkommen. Aber gib deinem Mann die Chance, sich zu bewähren. Damit hätte er eine Chance bei einem anderen Arbeitgeber. Warte einfach einen Monat oder etwas länger. Bis dahin wissen wir, ob seine ersten Erfolge ein Strohfeuer sind. Oder ob er ein verkäuferisches Talent ist. Bewährt er sich, müsste er nicht einmal gehen, sondern könnte in einer unserer Filialen andocken.«

Angela war anzusehen, sie konnte mit diesem Aufschieben ihrer Entscheidung leben. Hilpert war es gleichgültig. Mehr als ein Glas gönnten sie sich nicht. Später saß er allein in seinem Sessel. Die Hoffnung, die Situation in Buchholz aufzuhellen, erfüllte sich für ihn nicht.

Albers gesellte sich zu ihm. »Na, zufrieden mit deinem Besuch in Buchholz?«

»Nicht wirklich. Die Situation konnte geklärt werden. Warum erzählen die Leute nicht gleich die Wahrheit? Pass ich nicht auf, gerate ich mitten in eine sich anbahnende Ehekrise. Das fehlte mir zu meinem Glück. Eines lass dir gesagt sein, manchmal hat es seine Vorteile, wenn du nicht bekommt, was du dir sehnlich wünschst. Mit der lieben Angela als Partnerin wäre ich garantiert nicht glücklich geworden. Du glaubst, die Welt stürzt für dich zusammen. Am Ende begreifst du, es hätte richtig schlimm kommen können, wären alle Steine aufeinander geblieben.«

Albers beließ es dabei. Ihm reichten seine eigenen privaten Baustellen. Sie brachen ihren Buchholzaufenthalt ab und fuhren zurück nach Hamburg. Je länger Hilpert die letzten Stunden an seinem geistigen Auge vorbeiziehen ließ, desto schaler wurde der Geschmack in seinem Mund. Er hatte vor dem Klassenfest jahrelang nicht mehr an Angela gedacht. Was hatte sie mit seiner damaligen Wunschfrau gemein? Nicht sehr viel. War er so blind, in jungen Jahren ihren gnadenlosen Egoismus nicht erkannt zu haben? Hatte diese Frage für ihn überhaupt eine Bedeutung? Im Großen und Ganzen nicht. Ihn beschäftigten genug eigene private und berufliche Probleme. Entweder schob er sie vor sich hin oder er fand keine befriedigende Lösung. Das beste Beispiel dafür war Atifete. Er wusste nicht, was er falsch gemacht hatte, um sie zu halten. Sie war einfach gegangen, ohne sich zu erklären. Beruflich eierte er herum wie ein Abiturient, der nicht wusste, ob er studieren oder erst einmal eine Auszeit nehmen sollte.

Während der Rückfahrt kam Hilpert aus dem Grübeln nicht heraus. Er vermisste die Zeit, die er in der Bibliothek seines Hauses zubrachte, wenn nichts mehr ging, dies mit und ohne Cognac. Wurde es um ihn herum still, nutzte er die Gelegenheit, um seine Gedanken in Ruhe zu ordnen und zu strukturieren. Das verhalf ihm zu mancher Lösung komplizierter Sachverhalte. Im Rahmen ihrer Ermittlungen waren sie unterwegs wie die Jäger und Sammler. Sie griffen nach allem, das passen könnte und nahmen es als Hinweis, als Beweismittel oder Indiz mit. Oder sie prüften es und ließen es fallen. Die eigentliche Aufgabe bestand darin, diese Informationscluster zu ordnen und in ihre Hypothesen zu integrieren. Nicht selten mussten sie lieb gewonnene Annahmen über Bord werfen, weil das vorliegende Material dem widersprach oder neue Erkenntnisse gewonnen wurden. Zuweilen funktionierte es umgekehrt. Unbedeutende Aussagen mussten neu bewertet werden, weil sie die Sicht der Dinge veränderten. Um an solche Ungereimtheiten heranzukommen, tat ihm die Ruhe und Gelassenheit in seinem Haus gut. Diese Tür war ihm vorerst verschlossen. Nach wie vor konnte er unmöglich, dorthin zurückzukehren, obwohl seine Eltern jetzt während der Herbstferien mit seiner Tochter Verwandte in Süddeutschland besuchten. So musste wegen seiner Abwesenheit nichts erklärt und vor allem nicht gelogen werden. Die Ferien neigten sich jedoch dem Ende zu. Zum Schutz der Familie musste er sich etwas einfallen lassen. Sie war seine Achillesferse, machte ihn erpressbar.

Alternativ zu seinem Haus in Blankenese konnte er sich in sein Appartement in der HafenCity zurückzuziehen. Ein guter Cognac stand im Barschrank. Für Ruhe konnte er sorgen. Er hatte einen Teil der Räumlichkeiten abtrennen und zur eigenen Nutzung ausbauen lassen, als er entschied, das Appartement für seine Firma zu nutzen. Seine verstorbene Frau hatte damals zwei große Wohnungen zusammenlegen lassen. So existierte ein Appartement im Appartement. Einen Schlüssel dafür besaßen ausschließlich er und die Reinmachefrau. Nicht einmal Atifete verfügte darüber. Sie hatten sich hier nie längere Zeit aufgehalten, sondern verbrachten die gemeinsame Zeit in der Elbvilla. Dort gab es alles, was das Herz begehrte. Eine erlesene Einrichtung, die das Auge erfreute, Personal, das ihnen jeden Wunsch von den Augen ablas und einen Weinkeller, der seinesgleichen suchte.

Gelassen lehnte er sich zurück. »Wir fahren direkt zur HafenCity«, wies er Albers an. »Das Präsidium muss ich heute nicht mehr haben. Es ist eh spät genug.« Er rief Grothe an und gab grünes Licht für den Feierabend, wenn sie ihr Ziel erreichten.

Tatsächlich tat Hilpert die Distanz zur Umwelt und zur Arbeit gut. Mit jedem Kilometer, den sie sich von Buchholz entfernten, verloren für ihn die dortigen Ereignisse ihre Bedeutung. Er freute sich auf einen besinnlichen Feierabend, an dem er seine strapazierten Hirnzellen wieder beruhigen konnte. Von der Tiefgarage aus fuhren sie mit dem Fahrstuhl direkt in das Appartement. Thiemann blickte ihnen überrascht entgegen. Er war der letzte Mohikaner, der den Schreibtisch dem Miteinander mit seiner Lebensgefährtin und künftigen Frau vorzog.

»Ihr habt Feierabend gemacht. Dabei haben wir nicht einmal Mitternacht. Den Tag muss ich mir im Kalender anstreichen.«

Sie unterhielten sich kurz. Thiemann musste weiterarbeiten, drei Wochen Urlaub waren wie einmal abgebrannt. Manches erledigte sich halt nicht von selbst. Hilpert zog sich wie geplant zurück. Nur Albers fühlte sich deplatziert. Den ganzen Tag über war er nicht sonderlich gefordert gewesen. Sollte er sich das Fernsehprogramm antun oder ein Video ansehen? Es gab in dem Haus sogar ein gut gefülltes Bücherregal, in das er die Nase stecken konnte.

Hilpert sah sich in seinem Appartement um. Es war im Vergleich zum Rest der Behausung klein. Tatsächlich verfügte er auf achtzig Quadratmetern über ein stattliches Arbeitszimmer und einen Schlafraum. Er saß kaum, als es an seiner Tür klopfte. Vor ihm stand Thiemann mit der Aussicht auf eine ordentlich belegte Pizza. Zu dritt machten sie sich nebenan darüber her. Gut gesättigt zog er sich anschließend in sein Appartement zurück. Er spülte die kulinarische italienische Spezialität mit einem Landwein herunter und fühlte sich einfach nur wohl. Als sei dies genug des Wohlbefindens gewesen, drängten sich ihm die Gedanken über die

Anschlagsserie auf. Die Opfer, die die Attentäter bisher beklagen mussten, kamen ihm in den Sinn. Insgesamt waren sechs Mann ausgefallen, wobei zwei bekannte Berufsverbrecher vom Kiez auf deren eigenen Rechnung gingen. Identifiziert hatten sie inzwischen den Schweizer und den Österreicher. Beides Kriminelle, die in ihrem Leben keiner seriösen Arbeit nachgegangen waren. Ihn beschäftigte die Verbindung dieser Männer zu den bislang unbekannten Auftraggebern. Mit hoher Wahrscheinlichkeit saßen diese nicht in den Alpenländern. Lag er mit seiner Vermutung richtig, diese in Hamburg anzutreffen? Verunsichert stand er auf und genehmigte sich den ersten Cognac der Woche. Für ihn stand außer Frage, bis auf den Jahre zurückliegenden Aufenthalt im Kosovo hatte er ausschließlich in der Hansestadt und gelegentlich im Umland seine Spuren hinterlassen. Die Alpenländer lagen weit weg von seinen beruflichen Aktivitäten. Er klaubte aus seinem PC alle Mutmaßungen zu den Anschlägen heraus und legte sie in einer gesonderten Datei ab. Trotz ihrer tagelangen Recherchen fand sich nicht viel an. Akribisch scrollte er jede Seite in den Dateien herunter. Er durfte nichts übersehen oder falsch bewerten. Und plötzlich stürmten Unmengen an Fragen auf ihn ein, denen er sich schon früher hätte stellen können. Er schrieb sie auf, ohne ihre Relevanz zu überprüfen. Geradezu schleichend setzte er mit den Antworten an, soweit er sie geben konnte.

Er bekam sie zu fassen, die Struktur, nach der er so lange gesucht hatte. Die Dinge begannen, für ihn verständlicher zu werden. Der Ausgangspunkt seiner Antworten lag tatsächlich in Österreich und der Schweiz. Eine Äußerung, die er selbst getätigt hatte, kam ihm in den Sinn. Nämlich, dass die Attentäter ebenso knallhart gegen ihre Gegner wie gegen sich selber vorgingen. Das waren Verhaltensweisen, die Al Kaida oder dem IS unterstellt wurden. Ansonsten kannte man sie vom Militär. Sollte eine Höhe genommen werden, ohne darüber nachzudenken, wie sinnvoll der Befehl war, mit welchen Verlusten zu rechnen war? Der durchschnittliche Kriminelle hatte primär materielle Motive, gegebenenfalls ergänzt um das Interesse ihrer Oberen, deren Macht zu erhalten. Bei der sizilianischen Mafia gingen die emotionalen Erfordernisse unter Umständen darüber hinaus. Hatte er die nicht bislang ausgeklammert? War es angebracht, diese stärker einzubringen? Instrumentalisierten die ihre eigenen Leute als Auftragsmörder und schickten sie sozusagen auf fremde Rechnung durch die Lande, um Geld zu verdienen? Es wäre für ihn neu. Dieses Söldnerprinzip passte nach seinem Dafürhalten nicht zu der Organisation. Allerdings gestand er sich ein, sich bislang nicht sonderlich intensiv damit beschäftigt zu haben. So gesehen war alles denkbar. War es jedoch wahrscheinlich? Hilpert war sich unsicher, ob er alle Facetten seiner Unterlagen richtig durchdacht hatte. Er verzichtete darauf, sich weiter zu malträtieren.

Nebenan suchte er Albers auf. Vielleicht hatte der die alles entscheidende Idee. Der erwies sich wie er nicht als der intime Kenner dieser Verbrecherorganisation. Liegen lassen hatte ihm in der Vergangenheit geholfen, warum nicht auch in der Gegenwart? Thiemann stieß zu ihnen. Er hatte sich an diesem Abend von seinen eigentlichen Aufgaben gelöst und sich seine Gedanken über die Anschläge gemacht.

»Ihr habt die ganze Zeit die Bedrohung auf eure Tätigkeit als Polizisten reduziert. Mal drüber nachgedacht, ob es in eine ganz andere Richtung gehen könnte?«

Verblüfft bat Hilpert ihn, sich zu ihnen zu setzen. »Würdest du dich näher erklären. Wir sind für jede Idee dankbar und sei sie noch so abstrus.«

»Ihr denkt, wie ich mitbekommen habe, über die italienische Mafia nach.«

»Das kannst du laut sagen. Gerade heute Abend bin ich wieder auf diese Leute gestoßen«, gab Hilpert zu.

»Dann komme ich mit meinen Überlegungen gerade recht. Erinnerst du dich an das Angebot dieses Finanzberaters, der bis zu fünfzig Millionen unterbringen wollte?«

Hilpert nickte. »Na klar, da sollte eindeutig Geld gewaschen werden. Die hätten ihr Bargeld in einem mittelprächtigen Lieferwagen bei uns vorbeibringen müssen.«

»Na ja, es wäre ja nicht auf einem Haufen gekommen. Letztlich ist uns diese Thematik gleichgültig gewesen. Da wir prinzipiell keine Schwarzgeldgeschäfte betreiben, haben wir eine Zusammenarbeit abgelehnt.«

»Richtig. Nahmen die nicht ein, zwei weitere Anläufe?«

Thiemann nickte. »Um diese Leute loszuwerden, ist mir möglicherweise ein Fehler unterlaufen. Ich habe darauf hingewiesen, dass einer der Hauptgesellschafter Kriminalbeamter ist und deshalb für solche Geschäfte nicht zur Verfügung steht. Danach haben sie Ruhe gegeben.«

Hilpert ließ sich Thiemanns Ausführungen auf der Zunge zergehen. »Und du meinst, die Anschläge sind eine Art Rache für unsere Absage? Nach dem Motto, wenn die Mafia ruft, hast du gefälligst zu folgen. Oder es wird von der Seite befürchtet, wir geben diese sogenannten Investoren an Kollegen oder die Steuerfahndung weiter?«

Thiemann fasste in seine Jackentasche und entnahm eine Visitenkarte und reichte sie Hilpert. »Was weiß ich? Ich bin kein Wahrsager, lesen kann ich allerdings.«

»Paolo Rossi«, murmelte Hilpert, »Finanzmakler. Eine E-Mail-Adresse, eine Telefonnummer, ein Postfach. Alles vertrauenerweckend. Erinnerst du dich an ihn, seine Sprache, sein Aussehen?«

»Er war nicht sehr groß, hatte dunkle Haare. Sein Akzent deutete eher auf Schwaben als auf Italien hin.«

»Wir können ihn nicht anrufen und mitteilen, wir hätten unsere Meinung geändert«, stellte Hilpert mit Bedauern fest. »Den Braten riecht der sofort. Solche Leute dürfen wir nicht unterschätzen. Nele kann sich morgen um den Herrn kümmern und Lisa gleich mit einspannen. Das wär 'ne Sache. Die italienische Mafia will in Deutschland Geld unterbringen und bestraft Ablehnungen konsequent mit dem Tod. Hat der Mensch versucht, dich zu bedrohen oder zu bestechen?«

»Na klar, über den Versuch, mich zu bestechen, ist er nicht hinausgekommen. Immerhin sollte ich fünfzigtausend Euro von ihm bekommen.«

»Warum hast du die Kohle nicht genommen?«, fragte ihn Hilpert grinsend.

»Die sollte erst nach erfolgreicher Abwicklung des Geschäfts fließen.«

Hilpert prustete los. »Der wollte dich nicht mit 'ner Banane aus dem Urwald locken, sondern mit einer Attrappe davon.«

»Ja, ja, die Menschen sind schlecht«, beschwerte sich sein Freund.

»Warten wir ab, wie weit unsere Kolleginnen kommen«, fand

Hilpert zum Ernst der Situation zurück. »Morgen wissen wir mehr.«

Die Ruhe und Abgeschiedenheit in seinem Appartement hatten Hilpert gutgetan. Das abschließende Gespräch mit Thiemann und Albers führte ihn ein Stück nach vorne. Helge brachte in eine Ermittlung Bewegung. Das bildete den Höhepunkt dieses Tages. Nun mussten sie zusehen, was sie daraus machten. Einmal mehr zeigte sich, wie wichtig es war, alle Facetten eines Falls auszuleuchten. Sie drehten mit ihrer Vermögensverwaltung große Räder. Natürlich kamen sie an einen Branchenriesen wie BlackRock nicht heran. Immerhin bewegten sie sich im Bereich von deutlich über einer Milliarde Euro. Dabei waren gerade mal eine Handvoll Mitarbeiter für sie tätig. Für Hamburger Verhältnisse war das durchaus ordentlich. Als Privatmann durfte er über diese Größenordnung nicht nachdenken. Sie überstieg alles, was ihm bislang durch den Kopf gegangen war.

25

Nele und Lisa machten sich mit Feuereifer an die Arbeit. Insbesondere Nele genoss es, wieder Teil der Ermittlungen um Hilpert herum geworden zu sein. Dieser verschwand vorerst auf irgendwelchen Besprechungen. Mit seiner neuen Position nahm deren Frequenz ständig zu. Allerdings machte er seinen Einfluss geltend, indem er ein Ausufern der Diskussionsrunden verhinderte. Trotzdem sahen ihn seine Leute erst zum Mittagessen wieder. Insgeheim bedauerten sie ihn. Jeder von ihnen wusste, wie sehr ihm diese Meetings gegen den Strich gingen. Das war der Fluch der guten Tat. Beförderungen waren stets mit einer Veränderung der beruflichen Situation verbunden. Nicht alles passte einem ins Konzept.

Lisa versuchte, den kürzesten Weg zu gehen und rief die Telefonnummer auf der Visitenkarte an. Dies zu ihrem Leidwesen ohne Erfolg. Ähnliches widerfuhr Nele mit der Mailadresse. Offensichtlich war sie ebenso tot wie WhatsApp. Als Nächstes sprachen sie ihre Kontaktpartner in der Szene an. Die konnten durch die Bank nichts mit dem Namen anfangen. Wieso löste sich dieser Finanzberater in Luft auf? Auf diesem Weg ließ sich kein Geld verdienen.

Hilpert hörte sich nach seiner Rückkehr erwartungsfroh an, was ihm seine frustrierten Mitarbeiterinnen mitzuteilen hatten.

»Es gibt nur eine Erklärung«, stellte er fest. »Dieser Finanzberater besitzt für jedes Projekt, das er angeht, eine individuelle Telefonnummer und eine spezielle Mailadresse. Ist er damit durch, verwischt er seine Spuren. Ich behaupte, sein Name ist nicht Paolo Rossi. Ich meine, das war mal ein bekannter italienischer Fußballer. Mag sein, er ist Italiener, oder er kennt einen, das war's dann.«

Er war automatisch aufgestanden und blickte auf die beiden Frauen. Diese wussten, er dachte nach. Es fehlten bloß die Hände, die er in die Hosentasche steckte. So weit kam er diesmal nicht.

»Na klar, so machen wir es«, sprudelte es aus ihm heraus.

»Wenn du uns an deinem Herrschaftswissen beteiligst, wären wir dir außerordentlich verbunden«, traute sich Nele, ihn zu unterbrechen.

»Na, sagt dir der Name Annabell Grefe etwas?«

Nele legte ihre Stirn in Falten, Lisa blieb entspannt. Über einen Namen, der ihr nichts sagte, musste sie nicht weiter nachdenken. Er war ihr garantiert unbekannt.

Hilpert griff nach seinem Handy und wählte eine gespeicherte Nummer an. Zu seinem Erstaunen bekam er Annabell direkt zu fassen. »Na, Fabian, hast du Sehnsucht nach mir?«, begrüßte sie ihn.

Sie hatte seine Handynummer ebenso wenig wie er gelöscht.

»Muss das wirklich betont werden?«, entgegnete er aufgekratzt. Beide hatten sie eine schöne Zeit miteinander erlebt. Ihre Beziehung wurde letztlich auf dem Tisch der Ökonomie geopfert. Die Trennung war für sie ebenso gut wie für ihn. »Hattest du nicht geheiratet?«, fragte er neugierig nach.

»Der Kelch ist an mir vorbeigegangen«, kam ihre prompte Antwort. »Da suchte jemand eine Goldeselin. Was kann ich für dich tun? Oder willst du dich mit mir auf einen Kaffee verabreden.«

Sie war direkt wie immer. Hilpert schätzte es an ihr. Somit wusste er stets, woran er bei ihr war. »Hat ein Finanzberater versucht, einen größeren Geldbetrag bei euch unterzubringen? Jemand mit südländischem Namen und süddeutschem Dialekt?«

Er spürte ihre Skepsis am Telefon. Misstrauisch fasste sie nach. »Weshalb willst du das wissen?«

»Wir hatten das Angebot, fünfzig Millionen anzulegen und es

selbstredend zu waschen. Du weißt, ich lehne solche Geschäfte prinzipiell ab.«

Er spürte, sie nicht völlig überzeugt zu haben. »Rufst du mich deshalb an?«

»Wir vermuten, es könnte sich um Mafiageld handeln. Wobei ich gestehen muss, wir können mit der Annahme völlig danebenliegen.«

Das Wort Mafia raubte ihr vorerst die Stimme. Nur langsam kehrte ihr Selbstbewusstsein zurück. »Ich kaue tatsächlich auf solch einem Angebot herum. Fünfzig Millionen sind eine Hausnummer, die zu uns passt. Außerdem soll dies nicht das Ende der Fahnenstange sein. Das Problem ist, es wird zunehmend schwieriger, solche Mengen an Bargeld unterzubringen. Zusehends schwenken wir auf deine Linie ein. Mit der Mafia wollen wir selbstredend nichts zu tun haben. Irgendwann fliegt ein Boss auf und wir sind die Gelackmeierten. Danke für den Hinweis, ich werde dem Mann absagen.«

»Du bist zu schnell«, widersprach er. »Halt ihn hin. Mach mit ihm einen Termin in einem guten Restaurant. Ich würde jemanden vorbeischicken, der ein Foto von ihm schießt.«

»Sag nicht, ich soll dir bei deinen Ermittlung behilflich sein«, antwortete sie leicht angefasst.

»Nicht wirklich. Es geht vielmehr um die Frage, ob diese Leute eine Ablehnung so ohne Weiteres hinnehmen. Ich werde zumindest bedroht.«

»Willst du mir Angst machen?«

»Eher nicht, eigentlich will ich dich beschützen.«

»Gut, ich bin einverstanden. Dann soll er mich ins Scherrer an die Elbchaussee einladen. Mal sehen, wie gut er bei Kasse ist.«

»Ruf mich bitte an, wenn der Termin steht. Und erzähl mir anschließend, wie das Gespräch gelaufen ist.«

»Ich versteh dich richtig, von deinen Leuten wird jemand anwesend sein, wenn ich mit dem Herrn diniere.«

»So ist es.«

»Wenn dein Fall gegessen ist, bist du mir eine Einladung schuldig. Am besten in einem guten Hotel mit ordentlicher Gastronomie.«

»Wo ist das Problem?«

Lachend beendete er das Gespräch. Annabell war, wie sie war. Gleichwohl erlebte er sie lockerer als vor Jahren. Sollte sie begriffen haben, dass Geld nicht zwangsläufig glücklich machte? Im Prinzip war er sich unsicher. Es gab sie, die Menschen, die davon nicht genug bekommen konnten. Seiner Meinung nach gehörte Annabell dazu. Eines musste er ihr lassen. Sie ließ die Dinge nicht lange auf sich beruhen. Am frühen Nachmittag stand der Termin in dem Nobelrestaurant. Nele und Lisa bekamen die Chance auf ein hoffentlich vorzügliches Mittagessen. Jede von ihnen erhielt dreihundert Euro und den Auftrag, ordentliche Handyfotos von dem Paar zu schießen. Sie sollten es sich gut gehen lassen. Darauf bestand er.

Die beiden Frauen spielten die Rolle der Touristen, die das Umfeld des Restaurants mit ihren Fotoapparaten malträtierten, geradezu perfekt. Damit konnten sie es bequem mit jedem japanischen Urlauber aufnehmen, der sich auf Hamburgtour begeben hatte. Den Finanzberater bekam Lisa mehrfach ins Visier, als er mit der attraktiven Frau eintraf. Sie folgten dem Paar etwas später. Das Ambiente kam ihnen altjüngferlich vor. Die Tische waren schwach besetzt. So war es für sie kein Problem, einen Platz zugewiesen zu bekommen, der nicht zu weit von ihrer Zielperson entfernt war. Sie versuchten es mit neuen Fotos. Der Erfolg ihrer Bemühungen hielt sich in Grenzen. Die Aufnahmen waren nicht sehr aussagekräftig. Nach einem Gang auf die Toilette gab es zumindest ein ordentliches Bild des Mannes im Profil. Anschließend ließen sie sich kulinarisch verwöhnen. Als sie später ihre Rechnung präsentiert bekamen, war ihnen klar, ein Michelin Stern hatte seinen Preis. Trotzdem reichte das Geld von Hilpert ohne Probleme. Es blieb sogar einiges übrig. Angetan von den Fotos verzichtete dieser später auf das Wechselgeld.

Im Verlauf des Nachmittags erreichte ihn ein Anruf von Annabell. Von dem Gespräch war sie nicht sonderlich angetan. Zwischendurch beschlich sie das Gefühl, der Mann hätte sie gerne nach dem Dessert vernascht. »Im Übrigen habe ich deine Leibgarde vermisst. Bis auf zwei nervige Touristinnen waren wir längere Zeit unter uns. Später gesellten sich zwei ältere Paare hinzu. Für Kriminalbeamte waren die eindeutig zu alt.«

Hilpert lachte auf. »Das macht nervige Touristen aus. Sie schießen gute Fotos.«

Zustimmend fiel sie mit in sein Lachen ein. »Mein Gesprächspartner hat ebenso wenig etwas gespannt wie ich. Ansonsten verlief das Gespräch eher kurios. Der Herr war sehr darauf bedacht, sich seine Provision zu sichern. Er meinte, es gäbe andere Interessenten. Den Großzügigsten wollte er mit der Anlage betrauen. Hinsichtlich der Investoren hielt er sich bedeckt. Er wollte partout nicht mit Namen rausrücken.«

»Habt ihr irgendeine Vereinbarung getroffen?«, fasste Hilpert nach.

»Ich habe ihn insoweit hingehalten, als ich meinen Vater vorschob. Nach dem Motto, für die verbindliche Zusage bräuchte ich dessen Okay. Wir telefonieren in zwei Tagen wieder, um Nägel mit Köpfen zu machen.«

»Denkst du darüber nach, mit dem Herrn Geschäfte zu machen, sollte er kein Abgesandter der italienischen Mafia sein?«

»Unter gar keinen Umständen«, zeigte sie sich entschlossen. »Dieser Mann ist garantiert nicht seriös. Der fädelt den Deal ein und erpresst mich anschließend. Oder er greift sich die Provision und liefert nicht.«

»Sehr gut, wir bleiben in Kontakt. Mal sehen, wie weit wir mit unseren Recherchen kommen. Zumindest reiche ich mal sein Foto ans Betrugsdezernat weiter.«

Hilpert beorderte zwei jüngere Kollegen aus dem Team Stange zu sich. Er überließ ihnen die besten Fotos des Finanzmannes und gab ihnen den Auftrag, sich in der Stadt und vor allem auf dem Kiez umzuhorchen. Ansonsten mailten sie Fotos an befreundete Finanzberater und Family Offices, in der Hoffnung jemand könnte den Gesuchten wiedererkennen.

Zu ihrem Leidwesen verpuffte dieser Ansatz. Der Mann war bislang in Hamburg nicht in Erscheinung getreten. Seine Aussage, er sei mit mehreren Interessenten im Gespräch war entweder falsch oder sie hatten die falschen Adressen kontaktiert. Hamburg war groß, Hamburg war reich. Menschen und Firmen, die sich, hoffentlich mit Erfolg, um das Vermögen anderer kümmerten, gab es zuhauf. Die Banken waren sich ebenfalls nicht zu schade, ihre Dienste anzubieten.

Die jungen Kollegen konnten ihre Bemühungen abbrechen. Der Mann war offensichtlich neu in Hamburg und versuchte in der Hansestadt seine Abdrücke zu hinterlassen. Hilperts Hoffnung, über ihn eine Verbindung zur Mafia zu bekommen, zerrann ihm zwischen den Fingern. In der Nachbetrachtung war die Vorgehensweise dieses Rossis zu unprofessionell. Die Mafia regelte ihre Finanzgeschäfte, wie es seriöse Institute taten. Die Herkunft der Mittel war halt bedenklich, deren Tun im Vorfeld kriminell. Dabei war die Idee, Geld zum Beispiel über Immobiliengeschäfte zu waschen, nicht neu und sie funktionierte in Deutschland wie in einer Bananenrepublik. Egal, um welche Summen es ging, sie hassten alle den Steuereintreiber. Da wurden selbst hochseriöse Spitzen der Gesellschaft schwach. Zuweilen wurden sie sogar erwischt.

Für Hilpert eröffnete sich durch Thiemanns Hinweis auf ihre Finanzaktivitäten eine zusätzliche Option, über die sie bislang nicht nachgedacht hatten. Er beauftragte einen ihrer Mitarbeiter damit, alle großen Investitionsprojekte zu durchleuchten. Erstmals kam ihm die Idee, inwieweit sich die Situation um ihre Finanz- und Immobilienanlagen verändern würde, wäre er ausgeschaltet. Seine Familie hätte keine Ambitionen, sich mit dieser Materie auseinanderzusetzen, sein Schwager erst recht nicht. Das operative Geschäft bliebe bei Thiemann hängen. Er besaß die Kompetenz, ihm vertrauten sie wie er. Über ihn musste er nicht nachdenken. Helge war sein Freund. Er würde ihn nicht verraten und gleich gar nicht darauf hinwirken, ihn umzubringen. Er war eine Karte im Spiel und ahnte es garantiert nicht. War es eine Idee, ihn zur Gans zu machen, um den Fuchs aus dem Bau zu locken? Vor Jahren war er ihm schon einmal bei Mordermittlungen behilflich. Spontan wollte ihm dazu nichts einfallen. Er beschloss, darüber nachzudenken und es anschließend mit seinem Freund zu besprechen oder diese Option fallen zu lassen.

Als er an diesem Abend das Appartement betrat, hatten sich die Mitarbeiter längst verabschiedet. Thiemann suchte er ebenfalls vergeblich. Zu seinem Erstaunen traf er auf Kristin, die dabei war, Teile der Verkabelung zu überprüfen. Unmengen an Kartons wiesen darauf hin, die neue Hardware war eingetroffen. Nun fiel ihm ein, an diesem Wochenende sollte die Umrüstung starten. Sie würde von zwei Kollegen unterstützt werden. Am Sonntag wäre die Arbeit laut Aussage von Seipold erledigt. Sie hockte auf dem Boden und stellte eine Steckverbindung her, als er auf sie zutrat. Mit roten Wangen blickte sie hoch.

»Hallo, Fabian, ich hab dich nicht kommen hören.« Sie stand auf und wischte ihre Hände an ihrer Jeans ab. »Ich bin soweit fertig, hättest du Lust, einer unterbezahlten Angestellten ein Getränk auszugeben?«

Er schaute sie unverwandt an. »Du bist älter als achtzehn. Warum nicht. Komm mit nach nebenan.« Er war nicht davon angetan, eine fremde Person allein im Büro anzutreffen, als sich die Tür öffnete und Thiemann eintrat. Er hatte sich erlaubt, die Gekachelten aufzusuchen. Also war Verlass auf seine Leute. Für ein Glas Wein konnte er ihn nicht begeistern. Zu Hause erwartete ihn eine reizende Frau, die er heiraten wollte. Garantiert bewegten ihn andere Pläne.

Sie hatten sich ins Besprechungszimmer gesetzt und Albers hinzugebeten. Sein Kollege war der Garant für ein seriöses Miteinander. Es wurde ein angenehmer privater Abend.

Irgendwann griff sie nach ihrem Rucksack und zog eine Brieftasche heraus. »Ich trage ein Foto von uns mit mir herum, darauf bist du mit meinen Eltern zu sehen. Ich sitze in einem Buggy Ihr steht alle vor dem BMW meines Vaters und lächelt in die Kamera. Ich meine, das Foto wurde in Hamburg aufgenommen.«

Jetzt erinnerte sich Hilpert. Familie Meinhard suchte ihn damals völlig überraschend in seiner Dienststelle auf. Kristin bereits in seinem Arm, als sie noch nicht laufen konnte. Er hatte nach seinem Glas gegriffen und stellte es wieder zurück. Albers spürte, es war etwas geschehen, was er nicht einzuschätzen vermochte und nichts mit Sex zu tun hatte. Sein Gefühl sollte ihn nicht trügen. Überraschend hob Hilpert die Runde auf. Kristin wurde in ein Taxi zum Hauptbahnhof gesetzt. Albers fragte ihn später nach seinem Stimmungsumschwung.

»Ein Auto, es geht um ein Scheißauto. Kannst du mir sagen, wie oft wir eigentlich die Leute befragen müssen, bis sie uns die ganze Wahrheit anbieten?«

»Wüsste ich es, ich könnte mir viel Arbeit ersparen.«

»Nicht nur du.«

Albers war mit der Antwort nur bedingt zufrieden. »Du steckst wieder in dem Buchholzer Fall?«

»Und zwar mittendrin. Ich frage mich nur, wo Kristin steht.«

»Die kleine Maus gefällt dir?«

»Und ob.«

»Warum greifst du nicht zu?«

»Ich will für beide Fälle Klarheit. Dann weiß ich zumindest, wo ich stehe.«

»Du meinst, Kristin spielt dir etwas vor?«

»Eher nicht. Die Frage ist momentan sekundär. Ich muss unbedingt mit ihren Eltern sprechen. Mal sehen, ob ich in meinen Unterlagen was finde. Es ist eh spät geworden. Ich ziehe mich zurück. Wir sehen uns morgen beim Frühstück. Bevor ich es vergesse. Die EDV-Umstellung ist mit einer Reihe an Leuten verbunden, die ins Appartement kommen. Grothe und zwei seiner Leute stellen am Wochenende sicher, dass die Techniker, die kommen, auch wieder gehen. Außerdem wollen wir nicht irgendwelche Eier ins Nest gelegt bekommen, die uns nicht schmecken.«

Er setzte sich in sein Arbeitszimmer und überließ Albers den Großbildfernseher und die Videofilme. Sich dieses abgeschlossene Appartement im Appartement zu gönnen, war eine seiner besseren Ideen gewesen. Er machte sich über die Familie Meinhard her und kam auf einige Fragen, die er bislang nicht gestellt hatte. Situationen und Aussagen bekamen eine andere Qualität, wenn er Personen stärker in seinen Fokus nahm und vor allem Emotionen oder Vorlieben zurückdrängte. Manches eröffnete sich einem erst, sofern eine gehörige Portion Misstrauen ins Spiel kam. Für Kristin tat es ihm leid, sollte sich sein Verdacht gegen ihre Eltern bestätigen. Er beschloss, das Ehepaar am Wochenende auszuquetschen. Bis dahin fielen ihm unter Umständen ein paar neue Fragen ein, mit denen er das Paar malträtieren konnte.

Hilpert kam der dreiste Versuch des verkappten Italieners in den Sinn. Insbesondere im Finanzsektor musste man darauf erpicht sein, nicht über den Löffel barbiert zu werden. Manch ein Betrüger hatte es national wie international geschafft, Anleger und Banken um Beträge zu erleichtern, die bis in den dreistelligen Millionenbereich und darüber hinaus gingen. Sein Schwiegervater kam ihm in den Sinn, dessen verfehlte Investitionen ihn beinahe eine dreiviertel Milliarde Euro gekostet hatten. Sie konnten gerade noch den Ausverkauf seiner Anteile an der Vermögensverwaltung verhindern. Hilpert und sein Schwager hatten knapp vierhundert Millionen Euro aufbringen müssen, um die Verwertung seiner Anteile durch Dritte zu verhindern. Sein Schwiegervater war Bürgschaften im Rahmen der Kreditaufnahme für ein Konstrukt eingegangen, das Hilpert nach wie vor nicht durchschaute. Hinter allem stand eine Bank auf den Bahamas, besser deren Tochtergesellschaft in Irland. Diese wiederum hatte eine deutsche Großbank beteiligt, die mit aller Macht versucht hatte, an die Gesellschaftsanteile seines Schwiegervaters heranzukommen. Ihre Überprüfungen hatten ergeben, dass die gesamte Aktion zwar windig, im Prinzip jedoch seriös war. Hinter allem stand eine dubiose Unternehmergruppe, die sich nicht zu erkennen gab. Sie bekamen es mit deren Anwälten und Wirtschaftsprüfern zu tun, die allesamt treuhänderisch tätig waren.

In seinem Kopf begann es zu dämmern. Bislang hatten sie die Attacken gegen ihn vor dem Hintergrund allgemeiner krimineller Aktivitäten vermutet, die sich aus seiner Tätigkeit bei der Hamburger Polizei ergaben. Er war in den Jahren als Ermittler manchem auf die Füße getreten, hatte sich fraglos eine ganze Reihe an Feinden gemacht. Aber mit der italienischen Mafia war er nicht aneinandergeraten. Dies auch nicht im Rahmen seiner Finanzgeschäfte. Seinem Schwiegervater aus der Klemme zu helfen, war seine Idee gewesen. Er hatte seinen Schwager davon überzeugt, sich hieran zu beteiligen. Er hatte die Verhandlungen geführt, als es darum ging, hierfür Kredite in nennenswerter Größenordnung aufzunehmen. Er musste einem international agierenden Konsortium auf die Hacken getreten sein. Offensichtlich suchten diese modernen Raubritter eingeführte, seriöse Beteiligungen, um Schwarzgeld zu waschen. Dem hatte er ein P vorgesetzt. Dabei war es sekundär, ob sie es mit der italienischen Mafia zu tun bekamen oder einer verwandten Gruppierung aus Südamerika oder Russland. Wollten die ihn aus dem Weg schaffen, um sich die Anteile ihrer Gesellschaft zu sichern? Im Konzert mit einer deutschen Großbank könnten sie herrlich und in Freuden Schwarzgeld einfließen lassen.

Den Tag darauf setzte er Thiemann auf diese Fährte. Gleichzeitig suchte er im Präsidium den Kontakt zu den Kollegen, die sich mit dem organisierten Verbrechen beschäftigten. Diese empfanden seine Vorstellung nicht an den Haaren herbeigezogen. Sie wollten direkt bei der Bank in Deutschland ansetzen. Bei dem irischen Ableger der federführenden Bank von den Bahamas versuchten sie über Interpol voranzukommen. Es blieb bei dem hoffnungsfrohen Versuch.

Hilpert setzte seine Überlegungen am nächsten Tag dort fort, wo er am Vorabend aufgehört hatte. Sie erschienen ihm durchaus plausibel. Was ihm fehlte waren Beweise. Diese Erkenntnis war nicht neu für ihn. Eigentlich verfolgte sie ihn in diesem Fall ständig. Ansonsten verlief der Vormittag schleppend. Die neue Funktion ließ ihn zufrieden. Niemand verlangte ihm administrative Entscheidungen ab. Kein Kollege wollte von ihm einen Rat, wie er an seinen Job käme oder dies verhindern konnte. Diercksen schirmte ihn erfolgreich gegen die Politik ab, sodass er nicht im Stundentakt um neue Ergebnisse ersucht wurde. Er hatte die Ermittlungsgruppe, die Röhrs eingesetzt hatte, in ihrer aktuellen personellen Struktur belassen. Seine Idee, Stange zu integrieren, ließ er vorerst fallen. Leute abzulösen, nur weil sie nicht klüger waren als man selbst, führte zu nichts. Er hasste Aktionismus. Er brachte nur selten etwas ein. Oft führte dieser dazu, erste kleine Resultate zu zertreten wie junge Pflanzen, durch die unsensible Menschen mit schweren Stiefeln stampften. Den Einsatzkommandos, die den Schutz des Senators zu gewährleisten hatten, musste er nicht erzählen, wo der Barthel den Most holte. Die zusätzliche Beteiligung von Kollegen aus anderen Bereichen war völlig in seinem Sinn. Ein informelles Treffen mit den zuständigen Leitern brach er nach kurzer Zeit ab. Es gab keine erwähnenswerten Fakten, die ihn interessierten. Einer von ihnen kam auf Hilpert zu und reichte ihm spontan die Hand.

»Mensch, Fabian, weshalb hast du diesen Job nicht bereits früher übernommen. Ich hasse diese elenden Meetings, in denen stundenlang salbadert und nichts beschickt wird. Bleib uns erhalten.«

Bevor er darauf antworten konnte, hatte sich der Leiter des SEK bereits vom Acker gemacht. Hilpert gönnte sich in seinem Büro einen Milchkaffee. Damit hatte der Tag seine Sonnenseiten abgearbeitet. Lisa bat ihn in das Großraumbüro der Gruppe Stange. Dieser saß mit Nele vor einem Fernsehgerät und starrte ungläubig auf den Bildschirm. Atifete gab vor laufender Kamera ein Interview. Hilpert begriff mit Verzögerung, auf ihr Fahrzeug war mit einer Maschinenpistole geschossen worden. Die Täter waren flüchtig. Außer unbedeutenden Sachschäden gab es keine Opfer zu beklagen. Er spürte in sich eine Beklemmung aufsteigen, die ihm den Hals zuzuschnüren drohte. Bevor er sich äußern konnte, meldete sich sein Handy. Am anderen Ende vernahm er Atifetes Stimme. Sie teilte ihm in ihrer sachlichen Art mit, tatsächlich unversehrt zu sein. Sie bedankte sich für seine Idee, möglichst in gepanzerten Fahrzeugen zu fahren. In ihrem Clan rumore es ständig. Andere Familien wollten sich gerne an ihrem Erfolg beteiligen. Manch einer, der sie aufgrund ihres Geschlechts nicht ernst nahm, durfte dies mit erheblichen Blessuren beklagen. In ihrer Heimat war es nach wie vor üblich, solche Probleme nicht im Gespräch, sondern im Zweifelsfall auf der Straße zu lösen. Eigentlich wollte sie ihn am Wochenende in Hamburg überrascht haben, musste dieses Vorhaben aber aus gegebenem Anlass aufgeben. Er bedauerte es zwar, doch Atifete hatte den Anschlag wohlbehalten überlebt. Ausschließlich das zählte.

Er beorderte nach dem Telefonat Albers und Stange zu sich. »Wir halten möglicherweise ein weiteres Motivbündel für die Attentate auf uns in Händen. Alles passt. Die ausländischen Täter, die Brutalität, mit der die ihre eigenen Leute ausgeschaltet haben, die mafiös anmutende Struktur der Anschläge. Die haben bewusst keine Personen aus dem Kosovo eingesetzt, um Atifete und mich im Dunkeln tapsen zu lassen. Unglaublich, was für einen Aufwand die betreiben. Geld spielt für die letztlich keine Rolle. Und trotzdem wollen sie anscheinend mehr davon.«

»Wahnsinn!«, reagierte Stange konsterniert. »Das nimmt beinahe die Formen eines Kleinkriegs an, den die gegen euch führen.«

»Kann man so sehen. Wir müssen berücksichtigen, diese Leute kommen aus einem militärisch strukturierten Umfeld. Was wir vorfinden, ist geradezu generalstabsmäßig geplant. Deshalb war der Verdacht, wir könnten es mit der Mafia zu tun haben, nicht aus der Luft gegriffen. Die greifen an allen Stellen an. In Buchholz, in Hamburg und jetzt in der Schweiz. An entsprechenden Leuten mangelt es denen offensichtlich nicht. Nur vom Kiez können sie sich verabschieden. Wer seine eigenen Komplizen umbringt, findet selten Gefolgsleute.«

»Eines lernen wir zumindest, die Gefahr ist virulent«, stellte Albers sachlich fest. »Wer diese Typen unterschätzt, hat verloren.«

Hilpert rief einmal mehr Nele und Lisa zu sich. »Ich vermute, in Hamburg sitzen Leute aus dem Kosovo, die mit der Anschlagsserie zu tun haben. Vielleicht versuchen die, sich personell zu verstärken, obwohl ich das bezweifeln möchte. Horcht euch um, ob jemand etwas mitbekommen hat. Seid vorsichtig, wir haben es nicht mit Warmduschern zu tun.«

Stange ergänzte: »Greift euch zur Unterstützung meine beiden Kommissare, die sind ausgeschlafen und können euch unterstützen, wenn es auf die Piste geht.«

Nele wollte widersprechen, als Hilpert dazwischenfunkte: »Es hat nichts mit eurem Geschlecht zu tun. Was diesen Fall betrifft, ermittelt niemand ohne Rückendeckung. Hätten Julian und ich diese Medizin nicht genommen, könntet ihr Blumen auf unsere Gräber legen.«

Um an die Verantwortlichen der Anschlagsserie zu gelangen, eröffnete sich ihnen ein weiterer Kanal. Ob es um international agierende Finanzhaie oder um Auseinandersetzungen im Kosovo ging, in die er verwickelt wurde: In beiden Fällen waren ihm die Hände gebunden. Dies im Gegensatz zu den Ereignissen in seiner Heimatstadt. Hier hatte er Heimspiel.

26

Hilpert fuhr an diesem Wochenende wenig motiviert nach Buchholz. Der Termin mit dem Ehepaar Meinhard war schnell gemacht. Seinen Vorschlag, sich ausschließlich auf Grothe und seine Kollegen zu verlassen, wischte Albers mit einer unwirschen Handbewegung vom Tisch. Er ließ sich nicht aus dem Spiel nehmen. Hilperts Gedanken verweilten nach wie vor bei Atifete. Egal, wohin es sie zog, sie war überall gefährdet. Sie musste sich ständig fragen, ob der Landsmann, der ihr ewige Treue geschworen hatte, tatsächlich auf ihrer Seite stand oder längst die Seiten gewechselt hatte. Leider hatte sie es versäumt, ihm mitzuteilen, wo sie sich derzeit aufhielt. Es hätte ihm wie ihr kaum weitergeholfen. Er konnte unmöglich alle Zelte abbrechen und ihr auf Schritt und Tritt folgen. Im Kosovo hätte er sowieso keine Überlebenschancen. Manch einer wartete nur darauf, ihn dort zwischen die Finger zu bekommen, um den Tod seines Freundes oder Verwandten posthum zu rächen. Die Ereignisse lagen fast ein Jahrzehnt zurück, doch er kannte sich mit der Mentalität der Menschen aus. Sie vergaßen selten etwas und vergaben nie. Rache wurde gepflegt wie ein wertvolles Gut.

Mit einem schlechten Bauchgefühl betrat er sein Haus. Nach seinem Empfinden wäre Hamburg der geeignetere Standort, um seine Ermittlungen voranzutreiben. Das galt selbst fürs Wochenende. Aber er hatte sich in die Buchholzer Ereignisse hineingebohrt und kam aus dieser Klemme nicht mehr heraus. Er hatte mit dem Ehepaar vereinbart, diese getrennt voneinander zu vernehmen. Angela stand pünktlich um elf vor seiner Haustür. Sie begrüßte ihn aufgekratzt, als gäbe es nur Nettigkeiten auszutauschen. Sie nickte zu einem Getränk. Im Wohnzimmer saßen sie einander gegenüber. Damit war die erste Runde des gelassenen Miteinanders gelaufen. Hilpert hatte nicht die Absicht, es bei der absurden Harmonie zu belassen. Er wollte Ergebnisse sehen.

Entsprechend kurz angebunden begann er mit seinen Fragen: »Lars hat mir erzählt, ihr musstet den BMW aus finanziellen Gründen bei Kristins Geburt abgeben. Auf einem Foto, das mir deine Tochter gezeigt hat, ist sie etwa ein Jahr alt. Der BMW nahm darauf einen dominanten Platz ein. Woher kam das Geld?« Sie wollte antworten, doch Hilpert winkte ab. »Ihr habt ein Kind gehabt und konntet es euch leisten, außerhalb von Hamburg zu studieren. Trotz Bafög hätte das unter normalen Umständen nie gereicht. Wo kam das Geld her? Ich behaupte, ihr wart an Drogengeschäften beteiligt.«

»Ja, ja, ich hab gehört, du bist ein erfolgreicher Detektiv geworden«, antwortete sie angefasst. »Erstaunlich, wie du die Puzzleteile zusammengefügt hast.«

Unumwunden gab sie zu, mit ihrem Mann gedealt zu haben. Sie übernahmen die Verteilung an Schulen außerhalb von Buchholz. Ihnen war das Risiko zu hoch, in ihrer Heimatstadt tätig zu werden. Große Umsätze erzielten sie ihrer Aussage nach nicht. Immerhin habe es gereicht, den Wagen abzubezahlen und Geld für das Studium zurückzulegen.

»Nach Kristins Geburt wollte ich damit nichts mehr zu tun haben. Die Vorstellung, wir werden erwischt und von ihr getrennt, hätte mich umgebracht. Lars machte einige Monate allein weiter. Er meinte, wir bräuchten unbedingt das Geld. Als wir Buchholz verließen, war's das.«

»Ihr habt nicht in Hamburg studiert, die TU Harburg bot sich doch an. Eure Familie wäre sicherlich mit der Kleinen behilflich gewesen.«

»Wenn wir aus dem Drogensumpf hinauswollten, mussten wir die Örtlichkeit wechseln. Da biss die Maus keinen Faden ab. Deshalb entschieden wir uns für einen konsequenten Standortwechsel. Wir kamen in Mannheim für Wirtschaftsinformatik unter.« Sie blickte unaufgeregt in seine Richtung. »Wir müssen nicht darüber diskutieren. Drogenhandel ist voll und ganz abzulehnen. Wir waren jung, brauchten Geld und machten uns darüber keinen Kopf. Zu unserem Glück hat Kristin damit nichts am Hut. Sie weiß vor allem nichts von unseren damaligen Nebengeschäften. Bitte belass es dabei.«

»Darauf habe ich keinen Einfluss. Ich will sehen, was ich tun kann. Allein wegen der Frage der Verjährung wird weiter recherchiert werden.«

Offensichtlich hatte sie sich mit dieser Frage bereits beschäftigt. »Die kurze Zeit und die geringen Mengen, die wir vertickt haben, sollten aktuell abgearbeitet sein.«

»Immer unterstellt, du sagst die Wahrheit. Im Zusammenhang mit der Dealerei geschah der Mord an Jens. Seid ihr darin direkt oder indirekt verwickelt, kann sich die Verjährung ziehen.«

Empört sprang sie auf. »Willst du uns einen Mord unterjubeln? Du hast sie wohl nicht alle.«

Beschwichtigend winkte er ab. »Es geht nicht um mich. Ich ermittle nur im Mordfall Jens. Welche Gedanken sich meine Buchholzer Kollegen machen, kann ich nicht beurteilen.«

Sie setzte sich. Ihr Gesicht bekam wieder die Normalfarbe. »Musst du denen denn von unserem Gespräch erzählen?«

»Da komm ich nicht drum herum. Stimmt deine Aussage, seid ihr eh aus dem Schneider. Die Verjährung ist längst durch. Überzeugt die Kollegen davon, wenn sie euch vernehmen.«

Dass sie gemeinsam mit ihrem Mann einen Klassenkameraden umgebracht hatte, hielt er eher für an den Haaren herbeigezogen. Ihre Tatmotive waren nicht sonderlich ausgeprägt. Das große Verdienen fand zu einer Zeit statt, als sie längst Buchholz verlassen hatten. Da brannte bei ganz anderen der Dachstuhl.

»Wie seid ihr denn auf den Handel gestoßen?«, fuhr er fort. »Am Schwarzen Brett wurde der Job nicht ausgelobt. Das hätte ich mitbekommen.«

»Jens hatte uns darauf angesprochen und gefragt, ob wir nicht Lust hätten, ein paar Mäuse nebenbei zu verdienen. Natürlich hatten wir Lust darauf. Wir konnten immer Geld gebrauchen. Das war nun wirklich kein Geheimnis.«

»Ich habe es nicht gewusst«, reagierte Hilpert pikiert.

Angela lachte auf. »Du hattest deine Gitarre im Kopf. Solltest du dir Gedanken über unser Portemonnaie machen?«

»Wenn du es sagst. Wie ging es nach Jens' Tod weiter?«

»Wir wurden von irgendwelchen Typen angequatscht, die mit unserer Ausbeute nicht zufrieden waren. Sie wollten uns künftig mit dem Stoff versorgen und versuchten gleichzeitig, unsere Produktivität zu steigern. Wie gesagt, machte Lars über Kristins Geburt hinweg weiter. Ich zog mich zurück. Ich gebe zu, zuletzt ist richtig Geld kleben geblieben.«

»Jens' Tod gab euch keinen Anlass, über die Dealerei nachzudenken?«

»Du weißt selbst, wir sind nicht eng miteinander befreundet gewesen. Das im Gegensatz zu dir. Klar hat es uns betroffen gemacht. Drogentote kamen vor. Selbst in Buchholz war Jens nicht der erste und nicht der einzige. Rauschgiftkonsum, Rauschgiftkriminalität ist ein gesellschaftliches Problem, bei dessen Lösung der Staat versagt hat. Das müsstest du als Polizist besser als ich wissen. Wir haben halt abkassiert und uns keinen Kopf gemacht. Das kannst du sehen, wie du willst. Ändern lässt sich daran nichts mehr.«

Hilpert wollte sich auf eine Diskussion über dieses Thema nicht einlassen, also verzichtete er darauf, zu ihrer Aussage Stellung zu beziehen. Es war keine neue Erfahrung für ihn. Menschen versuchten, ihre individuelle Verantwortung für ihr Tun gesundzubeten. Klappte das nur bedingt, gab es zum Glück den Staat, dem alles angelastet werden konnte.

Das Gespräch mit Lars war kaum ergiebiger. Das Paar hatte sich eindeutig abgesprochen. Er fiel auf keine Finte von Hilpert herein. Auf die Frage, ob das Geld aus dem Drogenhandel reichte, meinte er gelassen, Angela habe sich in Mannheim bei kleineren Betrieben einen Ruf als Problemlöserin erworben. Unterm Strich seien sie über die Runden gekommen. Das Thema Ethik oder Moral war bei ihm ebenso unterentwickelt wie bei seiner Frau. Da er nichts anderes erwartet hatte, beließ es Hilpert dabei. Wie so oft in seinem Berufsleben hielten sich die Befragten für intelligent und nahmen ihn als Polizisten nur bedingt ernst. Damit konnte er leben, weil er damit leben musste. Er fasste seine Protokolle anschließend zusammen und mailte sie Gäbler zu. Albers setzte sich zu ihm und sah ihn stumm an. Hilpert stand die Unzufriedenheit über die Vernehmungen ins Gesicht geschrieben. Sichtlich enttäuscht kam er selbst darauf zu sprechen und berichtete kurz.

Albers bewies einmal mehr, was für ein kluger Kopf er war. »Was erwartest du von den Menschen? Sollen die, mit denen du zu tun hast oder hattest, besser als der Rest der Welt sein? In unserer Gesellschaft wird Reichtum und Macht hofiert. Gehst du in die Geschichte zurück, ist das keine neue Erfahrung. Edlen Menschen wird nach ihrem Ableben zuweilen ein Denkmal gesetzt. Oft genug werden sie Opfer der Rationalität der politischen Systeme.«

Was blieb Hilpert anderes übrig, als ihm zuzustimmen? Sie waren dabei, ihre wenigen Utensilien zusammenzupacken, als sie ein Sturmläuten an der Haustür unterbrach. Sie ließen eine aufgebrachte Kristin herein. Wütend stand sie vor Hilpert. Nur widerwillig setzte sie sich ihm gegenüber. Er versuchte gar nicht erst, einen Witz zu reißen oder sie anderweitig aufzuheitern. Eigentlich hatte er nicht vor, sie zu vernehmen. Seit ihrem Gespräch vom Vortag, hatte sich nichts Spektakuläres ereignet.

»Gibt es neue Informationen, mit denen du mir behilflich sein möchtest?«, fragte er ironisch.

Entsprechend patzig kam die Antwort: »Denkst du den ganzen

Tag darüber nach, wie du anderen schaden kannst? Dies vielleicht aus gekränkter Eitelkeit?«

Er hatte keine Lust, sich von der jungen Frau in seinem eigenen Haus maßregeln zu lassen. »Kannst du mir sagen, weshalb du hier wie eine Furie aufschlägst?«, fuhr er sie an.

»Muss ich dir das wirklich erklären? Weißt du das nicht selber? Du bist dabei, unsere Familie mit unbewiesenen, aus der Luft gegriffenen Anschuldigungen zu zerstören. Ich habe zu Hause eine weinende Mutter beruhigen müssen. Sie ist völlig enttäuscht von dir.«

Er dachte einen kurzen Moment nach. Angela hielt ihn offensichtlich nach wie vor für den sympathischen jungen Mann, der auf Harmonie bedacht war und sich selbst dann nicht wehrte, wenn er ungerechtfertigt beschuldigt wurde. Er griff nach seinem Handy. »Hör dir das an und bilde dir anschließend deine eigene Meinung. Ich habe das Gespräch mit deiner liebreizenden Mutter aufgenommen. Gelobt seien die moderne Technik und unseriöse Kriminalisten.«

Hilpert konfrontierte sie mit einem Teil der Aussage. Dies erschütterte sie bereits in Mark und Bein. Er verzichtete darauf, ihr vorzuspielen, was ihr Vater ihm gestanden hatte. Sie versuchte sich mit Ausflüchten. Es kamen ihr Argumente wie Schwangerschaft, junge Ehe, wenig Geld, Studium der Eltern über ihre Lippen.

Hilpert ließ dies nicht gelten. »Danach hätte jede alleinerziehende Mutter das Recht, kriminell zu werden, um sich und ihr Kind durchzubringen. Wir reden über Drogenhandel«, widersprach er. »Das Zeugs ging vor allem an junge Leute, die damit ihr Leben zerstörten. Ich finde dafür keine Entschuldigung.«

Sie wischte sich die Tränen aus ihren Augen. »Du hast recht. Wenn jemand unsere Familie zerlegt, dann meine Eltern. Am Ende machen die mir ein schlechtes Gewissen für meine Existenz.«

Hilpert begann ihr spontanes Auftreten zu schätzen. Ihr stand es zu, übers Ziel hinauszuschießen. Schließlich ging es um Vater und Mutter. Vielleicht konnte Kristin ihm bei der Einschätzung der Aussagen seiner beiden ehemaligen Klassenkameraden behilflich sein.

»Ich habe Probleme mit den Angaben deiner Eltern. Entsprechen sie der Wahrheit, sind sie aus dem Schneider. Der Handel mit einer relativ geringen Menge Dope, den deine Mutter zugegeben hat, wäre nach so vielen Jahren längst verjährt. Was deinen Vater betrifft, gibt es keinerlei Beweise für größere gehandelte Mengen, obwohl ich davon ausgehe.«

»Soll ich dir dabei behilflich sein, Argumente dafür zu finden, wie sie fröhlich weitergemacht haben und nicht nach meiner Geburt diese Aktivitäten eingestellt haben?«, entfuhr es ihr angesäuert.

»Ihr schnallt nach wie vor nicht, worum es mir geht«, entgegnete er genervt. »Drogenhandel ist schäbig und ich werde, so gut ich kann, dagegen kämpfen. Mir geht es in diesem Fall um den Tod meines Freundes und ein paar weitere Morde. Ich will wissen, ob sie darin involviert sein könnten oder nicht. Für dich sollte das ebenfalls seine Bedeutung haben.«

Sie schüttelte energisch den Kopf. »Meine Eltern haben zügig nach meiner Geburt mit den Drogen aufgehört. Davon bin ich überzeugt. Dann ging es sowieso nach Mannheim. Von dort aus die Nordheide zu beliefern, halte ich für nachgerade unwahrscheinlich. Soweit ich mich erinnern kann, haben sie in den Folgejahren rumgekrebst. Es fehlte ständig an Geld. Ich erinnere mich Jahre danach an Mahnungen von Banken und Geschäftspartnern. Gerichtsvollzieher gingen bei uns zeitweise ein und aus. Dann kam wieder Geld in die Bude, weil meine Mutter bei irgendeinem Auftraggeber einen guten Job gemacht hatte. Oder mein Vater tatsächlich einen Einfall hatte, der sich verkaufen ließ. Ihm fehlte für die guten Sachen ständig das erforderliche Kapital. Hatte er welches, steckte er es in die falschen Projekte. Davon konnten wir nur bedingt leben. Den dicken Reibach machten andere. Er war der Typ, der bei der Jagd nicht das Wild, sondern die Treiber traf.« Als kämen die Erinnerungen an die schwierigen Zeiten massiv zurück, stöhnte sie auf. »War das Geld verbraten, ging derselbe Mist von vorne los, weil mein Vater wieder eine seiner Ideen ausbrütete. Wären die weiter in Drogengeschäfte verwickelt gewesen, hätten wir nicht ständig umziehen müssen und lebten heute nicht bei meinen Großeltern. Das Geld, das wir inzwischen bei Seipold verdienen, geht zu großen Teilen ans Finanzamt. Viele Gläubiger haben zu unserem Glück längst aufgegeben und auf einen Insolvenzantrag verzichtet. Das Finanzamt ist hartnäckig geblieben. So gesehen sind meine Eltern nur bedingt Nutznießer des Drogenhandels gewesen, an dem sie beteiligt waren. Mit welchen Argumenten sollten sie mitgeholfen haben, deinen Freund zu ermorden?«

Hilpert hatte ihr angespannt zugehört. Im Wesentlichen bestätigte sie seine Überlegungen. Die Meinhards lebten allemal nicht wie Menschen, die mit ihren Drogengeschäften den großen Schnitt gemacht hatten. Die aktuellen Morde unterstrichen, dem unbekannten Organisator kam es auf einen Toten mehr oder weniger nicht an. Für den ging es vermutlich um den dicken Profit. Schieden die Meinhards als Mordbeteiligte tatsächlich aus, hatte sich der Kreis der Verdächtigen abermals ausgedünnt.

»Wie ist denn die Beziehung deiner Eltern gewesen? Wie ist sie heute?«, fragte er ohne rechte Motivation.

»Sie haben sich geliebt und lieben sich noch immer«, beteuerte sie mit dem Brustton der Überzeugung.

Was für eine Antwort hätte er erwarten sollen? »Du hast mich erst vor Kurzem gefragt, ob ich mit deiner Mutter etwas angefangen hätte.«

»Du bist ein Sonderfall. Sie schaut dir schon mal hinterher. Du hast damals deine Chance gehabt, warst wohl zu zurückhaltend. Mein Vater war dagegen ein Draufgänger, meinte sie mir gegenüber vor geraumer Zeit.«

Hilpert überlegte. Er hatte keineswegs die Absicht, die Thematik zu vertiefen. Stimmte Kristins Aussage, hatte Angela kein Verhältnis mit Seipold. Eine Frau, die ihren Mann liebt, betrügt ihn nicht. Dafür sprach die lange Ehe, die selbst in kritischen Zeiten hielt. Weshalb belogen ihn Seipold und Angela zu dieser Angelegenheit? Wem sollte dieses Lügengespinst helfen? Er schüttelte unbewusst den Kopf. Es gab zu viele Indizien, die für Angelas Untreue sprachen. Die Tochter glaubte einfach an ihre Mutter. Konnte er es ihr verdenken? Wollte er die Morde aufklären, musste er Gewissheit über die Aussagen aller Beteiligten bekommen. Die Balken bogen sich in seinem Haus. So oft war er im Verlauf dieser Ermittlungen belogen worden. Passte er nicht auf, landete das Dach auf seinem Kopf. Alles in allem durfte er sich bei niemandem beschweren. Der Fehler lag vor allem bei ihm. Er hatte es bislang versäumt, eine Reihe an Fragen zu stellen oder die Antworten zu überprüfen. Dabei ging es nicht nur um Rücksichtnahmen.

Er hatte sich dagegen innerlich gesperrt. Zuweilen ging es ihm nachhaltiger um Verhaltensweisen seines toten Freundes als um das Ziel, an die letzte Wahrheit zu gelangen. Es war an der Zeit, dies zu korrigieren. Er musste seine Befangenheit ablegen, wenn es darum ging, ehemalige Freunde oder Klassenkameraden mit Verbrechen bis hin zu Mord zu konfrontieren. Dabei konnte er froh sein, in Gäbler einen Kollegen zu haben, der ohne nach links oder rechts zu schauen auf seiner Seite stand und selbst bei schrägen Ermittlungsansätzen mitspielte. Bei lockerer Draufsicht waren sie durchaus erfolgreich und konnten einem größeren Drogenring gehörige Schläge versetzen. Bei der Frage nach dem Mörder von Jens und den anderen Opfern tapsten sie dagegen im Dunkeln, wie bei der Suche nach dem Chef der Drogenorganisation. Nach seinem Dafürhalten fahndeten sie nach ein und derselben Person. War diese Annahme überhaupt richtig? Wie funktionierte dieses Gewerbe? Einer saß oben und wies andere an, die Drecksarbeit zu verrichten. Machte der sich die Hände schmutzig? Oder hatten sie es in Buchholz ebenfalls mit Auftragsmördern zu tun? Egal, zu welchen Schlussfolgerungen er kam, ständig fielen ihm neue Gesichtspunkte ein. Er machte sich nichts vor. Dies waren eindeutige Hinweise darauf, dass er nicht akribisch genug arbeitete oder die Sachlage zu kompliziert war. Vielleicht lag die Wahrheit in der Mitte. Dabei konnte ihm Kristin nicht behilflich sein. Er wollte sie nicht so einfach wie einen Anzeigenverkäufer nach Hause schicken und setzte zu einem netten Small Talk an. Sie spielte mit.

»Gefällt dir die Arbeit für Seipold«, fragte er sie interessiert.

»Das ist alles okay. Paul hat richtig Ahnung. Ich konnte von ihm einiges lernen. Vor allem ist er auf dem neuesten Stand der Technik. Das sieht an der Uni anders aus. Wir arbeiten da mit einer Hardware, die du nur bedingt als aktuell bezeichnen kannst. Zum Glück kommt es darauf nur am Rande an. Schließlich verfügt jeder der Studierenden über seine eigene Technik. In Seipolds Firma hat es einfach Gesicht, mit Leuten zusammenzuarbeiten, die wissen, wo's langgeht. Egal, welche Frage dir in den Sinn kommt. Irgendwo sitzt jemand, der sie beantworten kann. Die einzige Ausnahme ist sein Partner, Born, der hat mit der Datenverarbeitung und dem Geschehen im Internet nichts am Hut. Er ist der typische Investor. Den interessiert die Rendite am Ende des Jahres.«

»Du kommst also in dem Laden klar?«

»Und ob. Es sind ausschließlich nette Leute an Bord. Mir scheint, Seipold ist froh über meine Mitarbeit. Dem fehlen an allen Ecken gut ausgebildete Leute. Gleiches gilt für meine Mutter. Selbst Old Daddy kommt immer besser auf Touren. Sein Einzugsbereich vergrößert sich ständig. Er ist viel auf Reisen.«

Er sah Kristin an, wie sehr das vorherige Gespräch an ihr geknabbert hatte. Er nahm sie in den Arm und streichelte sanft ihr Haar. »Es wird alles gut.«

»Du darfst mich nicht in die Arme nehmen«, sagte sie mit belegter Stimme.

»Entschuldige, ich wollte dich nicht belästigen.«

»Das tust du nicht. Ich genieße es sogar, aber du behandelst mich wie ein Neutrum, wie ein Kleinkind. Und das tut weh.«

Er musste auf sich aufpassen. Glücklicherweise entschied sie sich zu gehen. Sie gab ihm einen sanften Kuss auf den Mund und verließ die beiden Männer.

»Das ist mehr als das Verliebtsein eines Teenagers«, äußerte sich Albers leidenschaftslos. »Das Mädel hat Gefallen an dir gefunden. Beachtlich, wie standhaft du bleibst. Du könntest sie im Vorbeigehen vernaschen.« Er grinste in seine Richtung. »Oder hast du dich umorientiert und es mich nicht wissen lassen?!«

»Ich werde sie weiterhin zufriedenlassen«, vermied es Hilpert auf den lockeren Ton seines Gegenübers einzugehen. »Die Frau, die ich liebe, wird bedroht und ich reagiere mich derweil an einer verliebten jungen Frau ab. Nein danke.«

»Du glaubst, Atifete kommt zurück zu dir?«

Hilpert schüttelte den Kopf. »Vergiss es, die Kirchweih ist gehalten. Wir werden uns gelegentlich sehen und verstehen uns dann hoffentlich. Trotzdem, die Trennung ist endgültig. Das ist mir in den letzten Tagen klar geworden. Sich an einen Menschen zu klammern, der dich nicht will, zerstört dich. Ihre Bedrohung muss sie selbst in den Griff bekommen, obwohl ich ihr gerne behilflich wäre. Uns bleibt nichts anderes übrig, als dafür zu sorgen, so viele Attentäter wie möglich aus dem Weg zu räumen, wenn sie uns attackieren. Einen Vorteil haben wir, die können nicht an drei Ecken gleichzeitig ihre besten Männer ansetzen. So gesehen wird es für uns leichter.«

»Möge uns dein Optimismus erhalten bleiben, Fabian.«

Er schlug Albers auf die Schulter. »Ich habe keine Lust, Opfer irgendwelcher Depressionen zu werden. Wir müssen an unsere Stärken und die Schwächen unserer Gegner glauben.«

»Du gehst weiterhin davon aus, deine Bedrohung, die von Atifete und des Senators kommen aus einer Richtung?«

»Schwer zu sagen. Es spricht einiges dafür. Beweise habe ich keine.«

»Und die Idee mit den internationalen Finanzhaien, die dich aus dem Weg schaffen wollen?«

»Daran wird erst seit Kurzem gearbeitet. Wir müssen sehen, wie weit Thiemann beziehungsweise meine Kollegen kommen.

27

Für das restliche Wochenende scheuchte Hilpert seinen Gefolgsmann nach Hause. Vorsichtshalber beauftragte er Grothe, zwei Leute zu Albers' Schutz abzustellen. Sie erlebten ein unaufgeregtes und somit langweiliges Wochenende. Hilpert hatte die EDV-Erneuerung um eine Woche verschoben. Erfreulicherweise funktionierte die alte Technik noch. Zu viel Unruhe in seinem direkten Umfeld konnte er insbesondere nach dem Attentat auf Atifete nicht gebrauchen. Vergeblich versuchte er sie von zu Hause aus per Telefon oder WhatsApp zu erreichen. Er hoffte, sie hatte ihre Situation im Griff. Grothe und Tensfeld ließ er bei Bedarf in seinem Appartement übernachten. Entweder man vertraute jemandem oder verzichtete auf die Zusammenarbeit. Mit Tensfeld führte er ein erneutes Gespräch. Er klärte ihn über die damalige Auseinandersetzung mit dem ehemaligen Oberkommissar Ihle auf, die letztendlich zu dessen Tod geführt hatte. Am Ende machte er ihm das Angebot, ihn wieder in den Polizeidienst aufzunehmen. Der Mann war zeitweise verblendet, war jedoch im engeren Sinn nicht straffällig geworden. Tensfeld wollte dies mit Grothe besprechen. Hilpert nahm sich das Gleiche vor. Im Präsidium musste er ebenso vorstellig werden. Sie hatten genügend Zeit. Warum keine Personalgespräche führen?

Grothe sah keine Probleme darin, auf Tensfeld zu verzichten.

»Wir sind auf Dauer eh überzählig. Wir müssen zu viele Mäuler stopfen. Es stehen Investitionen an. Dabei gehört die Ausstattung unseres Büros zu den kleineren Baustellen. Steigt einer aus unserer Gruppe aus, ist das nur von Vorteil für die Kasse. Natürlich verzichten wir auf unseren besten Schützen. Ich gehe davon aus, wir werden nicht regelmäßig zu Schießereien gerufen.«

Ansonsten hatte Hilpert alle Zeit der Welt, sich in Ruhe Gedanken über die Ereignisse der letzten Zeit zu machen. Kristin kam ihm in den Sinn. Unterschwellig misstraute er ihr weiterhin.

Er strich durch das Appartement und schaute sich im Bürotrakt um. Überall stieß er auf Verkabelungen, die Kristin zum Teil optimiert beziehungsweise erneuert hatte. Langsam begann es ihm zu dämmern. War es ihr Job, über die Server an Vermögensteile zu gelangen? Das war so ohne Weiteres nicht möglich. Das Geld war festgelegt und konnte nicht per Mausklick auf die Cayman Islands transferiert werden. Er patschte sich an die Stirn. Es sei denn, auf ihren Konten landeten höhere Beträge, über die einige Tage verfügt werden konnte. Er dachte an Atifete, die mit einem Riesenauftrag drohte. Schaute jemand zum geeigneten Zeitpunkt in ihre Konten hinein, wenn das Geld gerade transferiert worden war, konnte er oder sie theoretisch durchaus darüber verfügen, soweit dafür in ihrer EDV die Voraussetzungen geschaffen worden waren. Nervös ging er auf und ab.

Er hielt es nicht aus und rief Thiemann an. Der sah kein Problem darin, ihn an diesem Abend aufzusuchen. Keine Stunde später saß er ihm gegenüber. Wortlos nahm er Hilperts Mutmaßungen auf.

»Das wäre ein gewaltiger Coup«, ging er auf ihn ein. »In aller Ruhe bauen die bei uns Trojaner ein und kassieren bei Gelegenheit ab. Das wäre genial. Soviel ich überblicke, sind die bei den vorbereitenden Arbeiten stecken geblieben, weil du eine Woche Aufschub angeordnet hast. Gab es da bereits in deinem Kopf dieses Misstrauen?«

Hilpert winkte ab. »Dafür gibt es andere Gründe. Sie haben mit diesen Überlegungen nichts zu tun.«

»Ich verstehe. Dann beordern wir einen Fachmann zu uns. So einen, der mit Computern liiert ist und am liebsten einen heiraten würde. Ich kenne da jemanden. Der ist absoluter Freak. Er war mal mit meiner Schwester befreundet. Am Ende verstand er sich mit mir besser als mit ihr.«

Das Telefonat war kurz, das Honorar mit fünfhundert Euro überschaubar. Er brauchte eine gute halbe Stunde. Es war spät geworden, der Verkehr hielt sich in Grenzen.

Robert Rehm, genannt Bob, warf einen Blick auf die Hardware. »Was ich sehe, macht einen guten Eindruck. Besseres ist kaum auf dem Markt zu finden. Die Klamotten, die ihr ersetzt, gehören tatsächlich auf den Abfallhaufen. Wie gut und vor allem seriös eure EDV-Leute gearbeitet haben, kann ich erst beurteilen, wenn die mit allem durch sind. Ich würde die Konten für höhere Geldeingänge über einen separaten Server ziehen, der nicht ins Netzwerk integriert ist. Ansonsten würde ich Verfügungen ab einer bestimmten Größenordnung ausschließlich per Hand vornehmen wie im Mittelalter. Da reicht eine Vereinbarung mit der Bank. Ihr entscheidet, wer welche Unterschriftsvollmacht erhält.«

Thiemann und Hilpert sahen einander an und nickten zu dem Vorschlag.

Rehm beförderte seinen Kaugummi von der linken auf die rechte Seite. »Dann mal ran an die Bouletten. Ich schnitz euch das Ding zurecht. Ansonsten kann ich erst eine Aussage treffen, wenn die Software eingerichtet wurde.«

»Hört sich gut an«, stimmte Hilpert dem Mann zu.

Hilpert reichte dem Mann das vereinbarte Geld. »Wir kommen auf Sie zu, wenn die Umstellung abgeschlossen ist.« Dieser machte sich ohne Aufheben vom Acker.

»Manchmal sind es die einfachen Lösungen, die das Leben erleichtern helfen«, stellte Hilpert zufrieden fest.

Er fragte sich später, ob er nicht Gefahr lief, an seinem eigenen Misstrauen zu ersticken. Er mochte Kristin. Er wollte abwarten, ob versucht wurde, die Voraussetzungen dafür zu schaffen, von dritter Seite Verfügungen von ihren Konten vorzunehmen. Dann konnte er zuschlagen und die Verantwortlichen einkassieren. Wäre Kristin an solch einem Betrug beteiligt, so wuchs der garantiert nicht auf ihrem Mist. Andererseits war sie alt genug, zu begreifen, es nicht mit einem Kavaliersdelikt zu tun zu haben. Thiemann informierte Hilpert kurz über seine ersten Bemühungen bei dem deutschen Kreditinstitut, das die Transaktionen seines

Schwiegervaters, Dr. Wellner, begleitet hatte. Er war noch nicht weit gekommen. Dafür war die Zeit zu kurz. Ungeduldig befragte er zu Wochenbeginn die Kollegen, die ebenso wie Thiemann am Beginn ihrer Ermittlungsarbeit standen.

Am Abend vernahm er Atifetes Stimme am Telefon. Nach ihrer Aussage hielt sie sich im Kosovo auf, um aufzuräumen, wie sie es ausdrückte. Sie klang euphorisch und keineswegs angespannt. Ihn beruhigte es. Ihre Gegner durften sich warm anziehen. Trotzdem hoffte er, dass sie nicht überzog und vor allem nicht leichtsinnig wurde. Sie versprach, ihn in den nächsten zwei Wochen zu besuchen. Die geplante Investition verschob sie um einen Monat. Bis dahin meinte sie, sei ihr Kopf wieder frei. Ihre finanziellen Pläne waren ihm gleichgültig. Ihn interessierte ausschließlich ihr Wohlbefinden. Er fragte sich, ob er mit seiner Vermutung richtiglag, die Kette Senator, Röhrs, Atifete bis zu ihm habe einen Verursacher. War Atifete erfolgreich, hatte dann der Spuk ein Ende? Wie wahrscheinlich steckten Finanzjongleure hinter allem? Gingen seine Überlegungen in die falsche Richtung, konnte es eng für ihn werden. Und er musste sich eingestehen, er hing an seiner eigenen Existenz.

Den Sonntag vergrub er sich einmal mehr in seine Akten, ohne Erfolg. Dabei waren die Anschläge sein einziges Thema. Die Buchholzer Ereignisse wollte er vollständig ausgrenzen. Wirklich voran kam er nicht. Schätzte er die vorliegenden Fakten realistisch ein, war er das verbindende Glied bei diesen Aktionen. Das galt ebenso für seine neue These. Bis vor Kurzem spielte er das klassische zweidimensionale Schachspiel. Mit der direkten Bedrohung Atifetes war das System um eine Dimension komplizierter geworden. Stimmten seine Hypothesen noch oder musste er sie neu überdenken? Entnervt gab er vorerst auf.

Die Woche begann, wie sie geendet hatte. Er wollte ein kompliziertes Schloss knacken. Egal, welches Werkzeug er verwendete, keins funktionierte. Vollmundig hatte er in größerer Runde behauptet, die wahre Zielperson der Attentäter zu sein. Lag er mit dieser Aussage tatsächlich richtig? Ging es nicht primär um Atifete? Wie passten da der Senator und das Attentat auf Röhrs hinein? Vermutlich wusste Atifete mehr. Gab es im Kosovo eine Gruppierung, die all die Betroffenen simultan bedrohte? Je länger er darüber nachdachte, desto unwahrscheinlicher erschien ihm diese Option. Atifetes Gegnern musste klar sein, dass er ihr, von unbedeutenden Ausnahmen abgesehen, außerhalb Deutschlands nicht wirklich behilflich sein konnte. Er konnte nicht einfach auf den Balkan fahren und sich dort an ihre Seite stellen. Diese Tour würde er nicht überleben oder zumindest einen Kleinkrieg anzetteln. Ihr eigentliches Problem blieb somit unverändert. Es war ihnen nicht gelungen, ihre Gegner zu personalisieren. Stimmten ihre Annahmen hinsichtlich der Motive? Die einzige Ausnahme waren die international aktiven Finanzjongleure. Für die war er der Störenfried. Startete man deshalb diese spektakuläre Aktion? Selbst hieran begann er zu zweifeln. Oder schlug der Blitz doch mehrmals an derselben Stelle ein? Mussten sie sich auf wenigstens zwei Gruppierungen einstellen, die es unabhängig voneinander auf sie abgesehen hatten?

Mit schwerem Kopf suchte er die Kantine auf. Erstmals seit Längerem verzichtete er darauf, mit einem seiner Leute essen zu gehen. Sie würden unweigerlich auf dieses Thema zu sprechen kommen. Er dagegen versuchte, etwas Abstand zu gewinnen. Die Buchholzer Ereignisse hatte er den Vormittag über konsequent von sich weggeschoben. Jetzt am Nachmittag drängelten sie sich unaufhaltsam nach vorne. Sie ließen sich nicht so ohne Weiteres verbannen.

Ihm drängte sich eine Aussage von Kristin auf, die nicht in sein Ermittlungsschema passte. Hastig scrollte er durch seinen PC und fand ziemlich zu Beginn seiner Buchholzer Recherchen, was er suchte. Hätte er darauf früher stoßen können? Zumindest veränderten sie seine Sicht auf den Drogenhandel und auf die Morde maßgeblich. Einmal mehr begriff er, wie sehr er sich selber im Weg stand. Er bekam seinen Kopf nicht frei, weil gleichzeitig zu viel auf ihn einstürzte. In der Vergangenheit ging er damit souveräner um. Im konkreten Fall behinderte ihn die eigene Betroffenheit. Sie hing ihm wie ein Mühlstein um seinen Hals.

Er beschloss, einen letzten Versuch zu starten. Kam er damit nicht weiter, wollte er sich konsequent zurücknehmen und sich ausschließlich auf die Attentate konzentrieren. Bei unvoreingenommener Betrachtung hätte er sich längst von den Buchholzer Ereignissen verabschieden müssen.

Ein Anruf von Thiemann riss ihn aus seinen Selbstvorwürfen. »Ich habe mich mit Dr. Wellner, deinem Schwiegervater, unterhalten und mir seine Unterlagen geben lassen. Unter Umständen können wir der einheimischen Bank in die Hacken treten. Meines Erachtens ist die ihren Aufklärungspflichten nicht oder nur sehr unvollständig nachgekommen. Ich setze unseren Hausanwalt und unsere Wirtschaftsprüfer drauf an.«

»Hat es nicht bereits eine Prüfung des Sachverhalts gegeben?«, fasste Hilpert erstaunt nach.

»Bedingt. Es ging hierbei um eine Prüfung der Frage, ob Betrug vorlag. Darum geht es in diesem Fall nicht. Die irische Bank und ihre Muttergesellschaft von den Bahamas können wir vergessen. Die deutschen Vertreter bekommen wir dagegen vielleicht an den Hinterbeinen zu fassen.«

»Das wäre ein schöner Nebeneffekt. Ich kann mir jedoch nicht vorstellen, dass die Killer auf uns ansetzen.«

»Das sehe ich ebenso. Nur bewegen wir uns auf zwei Ebenen. Aus deutscher Sicht geht es gegebenenfalls um eine Schadenersatzklage. Die internationale Gruppierung ist nach deiner Einschätzung an einer Übernahme eurer Gesellschaft interessiert. Keine Ahnung, wozu die in der Lage sind.«

»Bleib am Ball und nimm den Kontakt zu meinen Kollegen im Präsidium auf, wenn ihr mit eurer Analyse durch seid.«

Er war gespannt, wie weit die neuen Überlegungen reichten.

Zu seinem Erstaunen hatte sich Röhrs gesundschreiben lassen und tauchte für alle überraschend in seinem Büro auf, um das Zepter zu übernehmen. Jeder in seinem engeren Umfeld riet ihm davon ab, die Ärzte schlugen die Hände über dem Kopf zusammen. Er ließ sich davon nicht beeindrucken. Hilpert verstand ihn dagegen, obwohl er die Entscheidung wie alle anderen für ausgesprochen problematisch hielt. Röhrs war weder als Persönlichkeit überzeugend, noch glänzte er durch fundiertes Fachwissen. Er war Administrator. Dieser Mann hatte Angst um das Erreichte. Er wollte es unbedingt sichern. Hilpert war für ihn wieder zum gefürchteten Gegner geworden. Dies nicht so sehr, weil der unbedingt an der neuen Position festhielt, sondern weil ihn die Entscheidungsträger dort auf Dauer belassen wollten. Am Ende knickte Hilpert ein, weil er Gefallen an der neuen Aufgabe gefunden hatte. Könnte er es ihm vorwerfen? Röhrs war in den gegebenen Strukturen aufgestiegen und musste dafür Sorge tragen, dass sie sich nicht gegen ihn richteten. Wäre er an der Stelle des Oberrats, er hätte mit beiden Händen zugegriffen. Der Polizeipräsident hatte daraufhin für den Dienstag eine Lagebesprechung einberufen, zu der sich der Staatsrat ebenfalls gesellen wollte. Röhrs empfand das nicht unbedingt als Zeichen des Wohlwollens für ihn. Raben hatte sich mittlerweile nicht nur an Hilpert gewöhnt, sondern mutierte zunehmend zu seinem Fan. Dies war aus Sicht des Kriminaldirektors seine größte Bedrohung. Es gab niemanden mehr, der für ihn votieren würde.

Die Teilnehmer der Besprechung sahen ihm an, er wäre besser im Krankenhaus geblieben. Seine Augen lagen tief in ihren Höhlen. Die dunklen Ränder wirkten wie hineingemalt. Mit seiner bleichen Gesichtsfarbe wäre er in manches Wachsfigurenkabinett aufgenommen worden. Er äußert sich leise und dennoch bestimmt. Seiner Meinung nach sei es für ihn unabdingbar, wieder in die Ermittlungen einzusteigen. Er stecke als Einziger tief genug in der Materie, um die Aufklärung der Attentate voranzutreiben. Er wusste selbst, wie mager diese Argumente ausfielen. Staatsrat und Polizeipräsident sahen sich vielsagend an. Bei ihnen verfingen seine Worte nicht. Gleichwohl hielten sie sich vorerst zurück. Hilpert dagegen brachte ihm und seinem unerwarteten Energieausbruch Respekt entgegen. Er fand, Röhrs hätte eine Chance verdient, dort weiterzumachen, wo er aufgehört hatte.

Bevor der Staatsrat oder der Präsident eingreifen konnten, intervenierte Hilpert, indem er sich direkt an ihn wandte. »Sie sind der Leiter der Mordkommissionen und wurden als solcher angeschossen. Sie stehen wieder zur Verfügung. Mit welchen Argumenten sollte ich bei Ihnen reingrätschen wollen?« Er blickte in die Runde und erhob sich. »Meine Herren, selbstverständlich werde ich weiterhin meinen Beistand leisten, sollte Not am Mann sein. Nunmehr steht das eigentliche Team vollzählig bereit. Da kann ich mich zurückziehen.«

Bevor jemand reagieren konnte, machte er sich auf den Weg hinaus. Kurz darauf stand er auf dem Korridor und atmete tief durch. Das passte besser, als er erwartet hätte. Den Steilpass von Röhrs nahm er dankend an. Allerdings hatte er die Rechnung ohne den Wirt gemacht. Diercksen und Staatsrat Raben standen wenig später in seinem Büro. Egal, wie er zu ihnen stand, sie waren keine Warmduscher.

»So leicht kommen Sie nicht davon«, maßregelte ihn der Polizeipräsident. »Haben Sie sich Röhrs einmal angeschaut? Den Mann können wir nicht in seiner Funktion belassen. Der hält keine zwei Tage durch. Wir haben ihm gegenüber eine Sorgfaltspflicht.«

»Das mag so sein«, erwiderte Hilpert. »Er ist zum Dienst erschienen. Er ist der Chef der Mordkommissionen. Wenn er geschlachtet werden soll, können Sie auf mich nicht zählen. Vielleicht hält er durch. In seiner augenblicklichen Verfassung kann er nichts gegen die Wand fahren. Und die Ermittlungen zu den Anschlägen liegen eh in meiner Hand. Es hat sich inzwischen eine völlig neue Konstellation ergeben. Röhrs weiß davon nichts. Schicken Sie ihn zum Amtsarzt. Unter Umständen kollabiert er an seinem Schreibtisch. Dann wäre der Bock fett.«

»Heißt das, Sie können bald mit Namen dienen?«, fasste Raben nach.

Hilpert zuckte mit den Achseln. »Vielleicht, vielleicht nicht. Ich ermittle in zwei Richtungen.«

»Bitte geben Sie mir ein Stichwort«, versuchte der Staatsrat ihm Infos aus der Nase zu ziehen.

Hilpert hielt konsequent dagegen. »Gelangt eine meiner Überlegungen hinaus, kann das schreckliche Folgen haben. Zu gegebener Zeit sind Sie die Ersten, die die Lösung des Falls auf einem silbernen Tablett von mir serviert bekommen. Ich habe kein persönliches Interesse an popularitätssteigernden Aktionen.«

Der Staatsrat nickte Diercksen zu. »Gehen wir.« Wer wusste besser als er, wie schnell vertrauliche Informationen nach draußen gelangten. Hilperts hatte damit freie Hand.

Auf dem Weg ins Büro des Polizeipräsidenten meinte Raben lapidar: »Dieser Mann ist schwer zu greifen. Er weiß genau, was er will und ist nicht risikoscheu.« Er blieb stehen und schaute Diercksen an. »Weshalb hat man bei ihm das Gefühl, er wird es richten?«

»Gute Frage, nur seien Sie sich darüber im Klaren, er ist ein absoluter Moralist. Daran kommt niemand vorbei.«

»Ja, solche Leute sind nicht ungefährlich«, ging der Politiker auf ihn ein. »Trotzdem ist er unverzichtbar.« Er ging zügig weiter. »Lassen Sie sich was einfallen, wie wir den Mann auf Dauer an uns binden können. Es geht nicht an, ihm einen Kleinigkeitskrämer wie Röhrs auf die Hacken zu stellen.«

Späte Einsicht, die du da hast, dachte der Polizeipräsident. Vor nicht allzu langer Zeit hättest du ihn am liebsten auf den Mars geschossen. Jetzt willst du ihm die Füße waschen.

Als Hilperts Telefon läutete, war ihm klar, wer ihn sprechen wollte. Es konnte nur Röhrs sein. Er sollte recht behalten.

»Hätten Sie ein paar Minuten Zeit für mich?«, fragte ihn sein Vorgesetzter beinahe devot, darauf gefasst, eine Absage zu erhalten.

»Klar. Ich bin gleich bei Ihnen.«

Fraglos hatte die Sitzung nicht zur Verbesserung von Röhrs' Wohlbefinden geführt. Die dunklen Augenränder schienen sich noch tiefer in die Augenhöhlen eingefräst zu haben. Sie verrieten, wie zu Beginn der Sitzung, seinen besorgniserregenden Allgemeinzustand. Egal, was Röhrs von sich geben wollte, Hilpert gab ihm keine Chance, sich zu äußern. Vielmehr ergriff er das Wort. »Wenn Sie Ihren Job loswerden wollen, machen Sie weiter so. In Ihrem Zustand übernimmt demnächst der Pförtner Ihre Aufgaben, weil Sie zusammenklappen.«

»Ja, aber ...«

Wieder unterbrach ihn Hilpert. »Bevor ich Ihren Job auf Dauer übernehme, verlasse ich den Verein. Glauben Sie mir das endlich. Von meiner Seite gibt es keine Bedrohung für Sie. Bekommen Sie einen Rückschlag, der Sie um Wochen zurückwirft, übernimmt jemand Ihre Stelle, der gerne die Treppe hochfallen will. Den schieben Sie nicht so ohne Weiteres beiseite. Mein Wort darauf, dann landen Sie im Kriminalmuseum.«

Schwer atmend lehnte sich Röhrs zurück. »Und was raten Sie mir?«

»Nun gibt es kein Zurück. Sie beauftragen Ihren Assistenten, alle Leiter innerhalb der Sonderkommission nach neuen Ergebnissen zu befragen. Es wird nichts dabei herauskommen, sonst wüsste ich es. Er soll die wichtigsten Aussagen festhalten und ein Memorandum für alle anfertigen. Damit ersparen Sie sich ein kräftezehrendes Meeting. Der Amtsarzt wird Sie stattdessen untersuchen und Sie, soweit erforderlich, mit Medikamenten versorgen. Achten Sie darauf, Ihre geschädigte Schulter sollte unbedingt ruhiggestellt bleiben.«

»Und was wird aus den Ermittlungen zu den Anschlägen?«

»Das überlassen Sie geflissentlich mir. Unter Umständen bin ich einen Schritt vorangekommen. Ansonsten müssen wir uns unsere Antworten woanders suchen.«

»Darüber reden wollen Sie nicht?«

»Lassen Sie die Dinge auf sich zukommen. Uns sind momentan eh die Hände gebunden. Zu Ihrer Information, ich werde heute nochmals nach Buchholz fahren. Dort kommen wir hoffentlich zu einem Ende. Wenn nicht, steige ich dort aus.«

»Na dann viel Glück. Ich werde Ihren Ratschlägen folgen. Danke dafür.«

Somit stand einem Abstecher in die Nordheide nichts mehr im Wege. Vorher organisierte er sich über Lisa den Lebenslauf und das Foto eines emeritierten Universitätsprofessors. Zusehends nahm sein Ermittlungskonzept Formen an, die über reine Mutmaßungen hinausgingen. Nach seiner Ansicht waren sie dem Leiter der Drogenorganisation und damit dem gesuchten Mörder nahegekommen. Lag er daneben, war's das. In Buchholz konnte er sich dann frühestens um die Weihnachtszeit mit Freunden über einen Eierpunsch auf dem Platz hinter dem neuen Einkaufszentrum freuen.

Wären Hilpert und Albers gefragt worden, sie hätten nicht sagen können, wie oft sie in letzter Zeit nach Buchholz gefahren waren. Sprächen nicht die Umstände dagegen, Hilpert hätte mehr daraus gemacht und sich mit Freunden verabredet. Ihm stand der Sinn nach einem gemeinsamen Abendessen in einem der ordentlichen Landgasthöfe in der Gegend. Das Ganze garniert mit einigen Bieren. Stattdessen verschanzte er sich mit Albers in seinem Reihenhaus. Da half ihm auch die Qualität seiner eigenen Weine nicht weiter. Letztlich ging es nicht darum. Menschen waren Herdentiere. Sie verbrachten ihre Zeit am liebsten dort, wo sich andere ihrer Spezies aufhielten. Wer kam auf die Idee, eine CD mit Blasmusik aufzulegen und sich dazu mit einem Bierkrug mit einem Fassungsvermögen von einem Liter allein auf dem Sofa breitzumachen. Freude kam erst auf, wenn der Geräuschpegel in einem Bierzelt so hoch war, dass selbst die Musik nicht mehr wahrzunehmen war. Und man mittendrin auf einer Holzbank saß und die Worte eines Nachbarn nicht mehr verstand. Das nannte sich Gemeinschaftserlebnis.

In der Innenstadt empfing sie bereits Gäbler, den sie telefonisch auf ihren Besuch orientiert hatten. Er hatte vorsichtshalber einen Oberkommissar aus seinem Bereich mit. Einschließlich Grothe brachen sie zu fünft in den Bereich der Systemanalytiker und EDV-Freaks ein. Seipold war das Entsetzen anzusehen, als er das Aufgebot zur Kenntnis nahm. Der Durchsuchungsbescheid, den ihm Gäbler vor die Nase hielt, tat sein Übriges.

Er versuchte einen letzten Ausbruchsversuch, indem er Hilpert ansprach: »Fabian, was soll dieser Aufstand? Bist du mit unserer Arbeit unzufrieden?«

»Paul, ich befürchte, du und dein genialer Partner seid nicht nur EDV-Dienstleister, sondern Rauschgifthändler und vor allem kaltblütige Mörder.«

»Wie kommst du auf diese abwegige Idee?«, widersprach Seipold. Widerstandslos wollte er nicht aufgeben.

»Tja, eigentlich ist es der ehemalige Universitätsprofessor, der den Stein ins Rollen gebracht hat«, klärte Hilpert ihn auf. »Er hätte sich besser nicht in euren Räumen aufgehalten.«

»Wie das?«, fragte Seipold verblüfft nach. Erwartungsgemäß verstand er nichts.

»Weil er keine Ahnung von EDV hat. Der kann mit einem Smartphone gerade mal telefonieren. Außerdem hatte der emeritierte Professor Born von der Universität Tübingen keine Haare auf dem Kopf und war mittlerweile 82 Jahren alt. Von unserer Seite wurde nachlässig recherchiert. Die Frage ist, wer versteckt sich hinter dem Namen Born? Selbst da muss nicht lange gebohrt werden. Er heißt Stephan Brodersen. Er hat sich bereits in jungen Jahren kriminell betätigt. Garantiert war der professionelle Drogenhandel in der Nordheide auf seinem Mist gewachsen. Wo ist dein kongenialer Partner?«

Seipold presste die Lippen zusammen. Von ihm war keine brauchbare Information mehr zu erwarten. Dies erwies sich vorerst als unproblematisch, da sie in einem Kellerraum des Bürohauses fündig wurden. Das Dope, das dort gelagert war, repräsentierte einen Wert von mehreren Millionen Euro. Auf Eigengebrauch konnte sich da niemand hinausreden. In den Fußboden von Seipolds Büro war ein Safe von beachtlichem Umfang eingebaut worden. Nach einigem Zögern gab er die Zahlenkombination heraus. Wie nicht anders zu erwarten, stießen sie auf eine größere Menge sorgfältig gebündelten Geldes. Es handelte sich beileibe nicht mehr um kleinteiliges Drogengeld. Die Umtauschaktion hatte bereits stattgefunden. Hilpert schätzte den Betrag mit angefeuchtetem Daumen, den er in die Luft streckte, auf mindestens zwei Millionen Euro. Vermutlich war es angedacht, das Geld in den Betrieb einfließen zu lassen. Oder es ging direkt an die Lieferanten. Aufgrund dieser Ergebnisse war es völlig problemlos, Durchsuchungsbescheide für die Privatunterkünfte der Hauptverdächtigen zu bekommen.

In Seipolds Haus hatten sie sich bereits aufgehalten. Bei genauerem Hinschauen stach ihnen an allen Ecken der Wohlstand ins Auge, der sich über zwanzig Jahre angehäuft hatte. Eines mussten sie ihm zubilligen. Er verfügte über einen ausgezeichneten Geschmack und neigte nicht zum Protzen. An den Wänden hingen ausgesuchte Originale und Radierungen. Selbstredend war seine technische Ausstattung vom Fernseher bis zur Stereoanlage, von seinem Computer bis zu seinem Handy nicht zu toppen. Und trotzdem blieb er deutlich erkennbar mit beiden Füßen auf dem Boden. Er fuhr einen Audi. Sein Haus war großzügig, aber beileibe nicht mächtig. In seinen Unterlagen fanden sich diverse Kaufverträge über Immobilien in der Nordheide wie in Hamburg. Im gesamten Objekt stießen sie auf keinerlei Rauschmittel und relativ geringe Geldbeträge. Seine Bankkonten waren dagegen prall gefüllt. In seinem Schließfach lagen ein Stapel Wertpapiere und einiges an Schmuck und Bargeld. Seipold war ein reicher Mann. Hilpert fragte sich, ob er das auf ehrlichem Wege erreicht hätte. War er der Selfmade-Unternehmer, der auf seriöse Art und Weise eine Erfolgsgeschichte in Deutschland geschrieben hätte? Diese Frage wäre schwer zu beantworten, da sie nie gestellt wurde. Insbesondere die Anfänge wurden mit Drogengeldern finanziert. Sie vermuteten manchen Scheinauftrag, ausschließlich darauf orientiert, Geld zu waschen. Damit war für Hilpert klar, ihre EDV würde mit absoluter Sicherheit ohne Trojaner implementiert werden. Seipold hätte in keinem Fall sein illegales Geschäft dadurch gefährdet. Die Gefahr, auf sich aufmerksam zu machen, wäre viel zu groß gewesen. Vor allem bei einem Klienten wie ihm.

Born besaß eine Wohnung in der Hamburger Straße. Diese durchzog den gesamten Ort und führte ab dem Stadtzentrum den Namen Bremer Straße. Auf etwa hundert Quadratmetern stießen sie auf eine unspektakuläre Ausstattung, die sich nahtlos an die mäßige Lage der Wohnung anpasste. An den Wänden hingen lieblos gerahmte Lithografien und billige Drucke. Wie bei Seipold waren nirgendwo Dope oder auffällig große Geldmengen vorzufinden. Das Bett war unbenutzt. Eine Haarbürste im Bad gab den Hinweis auf einen gelegentlichen Damenbesuch. Im Eisschrank lagerten keine leicht verderblichen Lebensmittel, sondern ausschließlich Getränke. Born blieb verschwunden. Hilpert wollte nicht glauben, den Hauptsitz des angeblichen Professors gefunden zu haben. Nach längerer Suche entdeckten sie einen Hinweis auf eine weitere Adresse in der Gegend. Das Schreiben einer Hauseigentümergemeinschaft lag achtlos abgelegt auf einem Schreibtisch im Arbeitszimmer der Wohnung. Hiernach war er Eigentümer eines größeren Appartements in Hittfeld, wie die Miteigentumsanteile dokumentierten.

Born war kräftig dabei zu packen, als sie ihn dort überraschten. Im Gegensatz zur Immobilie in Buchholz war offensichtlich ein Innenausstatter tätig geworden oder er verfügte über einen exzellenten Geschmack. Auf etwa hundertachtzig Quadratmetern strahlte ihnen eine wohlgefüllte Brieftasche entgegen. Ähnlich wie bei Seipold war auf Masse verzichtet, sondern auf Qualität gesetzt worden. Die Geldbeträge, die sie fanden, waren von der Menge her unbedeutend. Rauschgifte jeglicher Art, Fehlanzeige. Wie sich bald herausstellte, war dafür sein Schließfach ähnlich wie bei seinem Partner prall mit Wertgegenständen wie Schmuck und Wertpapieren gefüllt. Er und Seipold lebten hervorragend von ihren illegalen Geschäften. Widerstandslos ließ er sich abführen. Sie hatten sie gefunden, die Organisatoren der Rauschgift-Connection Nordheide. Nur, waren sie auch für die Morde verantwortlich? Die Logik sprach dafür. Ihre Verhöre sollten sich endlos hinziehen. Das Beweismaterial für die Drogengeschäfte war eindeutig Die Beamten waren nicht lange bereit, sich mit den Ausreden der Inhaftierten zu beschäftigen. Je länger der Tag andauerte, desto größer wurde das angehäufte Vermögen, auf das die Ermittler stießen. Das Finanzamt hatte Spezialisten geschickt, die die steuerliche Seite ausleuchten sollten. Sie zogen eine Wirtschaftsprüfungsgesellschaft hinzu, die anhand der Jahresabschlüsse prüfte, welche Gewinne seriös mit der EDV-Beratung erzielt wurden. Es zeigte sich, Seipold und Born wären auf legalem Weg vorzüglich über die Runden gekommen. Allerdings hätte es zu Beginn der Geschäftstätigkeit einer Anschubfinanzierung ihrer Hausbank bedurft. Diese hatte Born großzügig übernommen. Hilpert war im Begriff, die Zelte abzubrechen und mit Albers zurück nach Hamburg zu fahren, als Seipold ihn zu sprechen wünschte. Warum sollte er dem Wunsch nicht entsprechen?

Erwartete Hilpert große Entschuldigungen, so wurde er enttäuscht. Seipold erklärte ihm vielmehr sachlich, durch die Bekanntschaft mit Born schlichtweg um Jahre nach vorne geschossen worden zu sein. So etwas wie ein schlechtes Gewissen über diese Aktivitäten war nicht erkennbar. Sollte er eines Tages vor Gericht sitzen, konnte ihm Hilpert nur empfehlen, die amoralische Seite seines Handelns kritisch zu überdenken. Ansonsten durfte er mit einer gewaschenen Strafe rechnen. Nun war er nicht als Ratgeber für potenzielle Straftäter angetreten. War er clever, leistete sich Seipold einen ausgeschlafenen Anwalt, der ihm diese Feinheiten beibrachte. Fragte sich nur, was von seinem angehäuften Vermögen zur eigenen Verwendung übrig blieb. Das Finanzamt war für seine klebrigen Finger bekannt. Egal, mit welcher Strafe er rechnen musste, es würde ihm viel Geld abgezwackt werden.

»Weshalb ich dich hergebeten habe«, kam Seipold auf sein eigentliches Anliegen zu sprechen. »Es geht um Jens' Tod. Ich habe damit nichts zu tun. Nimm mir ab, dass ich dafür viel zu feige gewesen wäre. Über die anderen Morde müssen wir gleich gar nicht nachdenken. Ich kann nicht mal mit einer Pistole umgehen. Bis vor Kurzem war ich davon überzeugt, dass Jens an einer Überdosis starb.«

Hilpert nahm seine Aussage mit einem Schulterzucken zur Kenntnis. Wer gab schon einen Mord ohne erdrückende Beweise oder Indizien zu? Das Unschuldslamm nahm er ihm nicht ab. Ob er in der Lage gewesen wäre, jemanden zu töten, blieb dahingestellt. Als Schüler beteiligte er sich nie an körperlichen Auseinandersetzungen. Er hatte ihn nicht als jemanden in Erinnerung, der beim Mannschaftssport vorneweg lief. Nur, was bewies das? Seine Unfähigkeit, jemanden zu töten?

Ihr Gespräch war relativ schnell gegessen. Er informierte Gäbler kurz darüber. Auf dessen Frage, wie er Seipolds Ausführungen einschätzte, zeigte er sich unentschlossen. Gleichwohl hielt er ihn nicht für den Typen, der jemanden packte und oder ihm gewaltsam eine Überdosis verpasste. Der Mord musste von zwei Personen verübt worden sein. Selbstredend bot sich Born als Haupttäter an. Je länger er sich damit auseinandersetzte, desto weniger glaubte er an Seipolds Mittäterschaft an den Gewaltverbrechen. Jens durfte sich garantiert heftig gewehrt haben. Da musste kraftvoll gegengehalten werden. Nur, wer unterstützte ihn, wenn Seipold nicht in Betracht gezogen werden konnte? Oder war Jens niedergeschlagen und anschließend getötet worden? Damit käme ein Einzeltäter infrage. Er stellte es sich schwierig vor, mitten im Wald jemanden niederzuschlagen. Doch möglich war es.

Viel konnte sein Buchholzer Kollege nicht mit seinen Überlegungen anfangen. Keine davon hielt einem Kreuzverhör stand. Wenn, hätte und vielleicht wurden vor Gericht sehr ungern als verwertbar eingestuft. Hilpert kam ins Grübeln. Sie hatten über vieles nachgedacht, zuletzt jedoch nicht über das konkrete Tatmotiv. Weshalb musste Jens sterben? Vermutlich hatte es mit den Rauschgiftgeschäften zu tun. Er stellte seinen Plan, nach Hamburg zu fahren, hintan. Er sah ausschließlich einen Menschen, der ihm dabei behilflich sein konnte, diese Fragen zu beantworten: Dr. Kaufmann. Er rief ihn an, um einen schnellen Termin mit ihm zu vereinbaren. Dieser zeigte sich ausgesprochen zögerlich und bat ihn, die Sachlage am Telefon aus der Welt zu schaffen. Hilpert hatte kein Problem damit und erklärte ihm sein Magenbrummen.

»Wie war das damals?«, sprach der Arzt mehr mit sich selbst als mit Hilpert. »Ich weiß, Jens wollte aus der Kiste aussteigen. Einmal deutete er an, alles an die große Glocke zu hängen. Er hat sogar zeitweise darüber nachgedacht, Sie darauf anzusprechen. Er war hin- und hergerissen.«

»Erinnern Sie sich, ob Jens vielleicht durch einen Schlag auf den Kopf aus dem Verkehr gezogen wurde?«

»Glauben Sie mir, ich habe ihn sehr genau untersucht. Es gab bis auf ein paar unbedeutende Hämatome keinerlei Verletzungen an seinem Körper. Der war hellwach, als die Spritze angesetzt wurde.«

»Hämatome«, wiederholte Hilpert. »Wurde er kraftvoll festgehalten? Stammten die vielleicht daher?«

»Fragen Sie mich was Leichteres. Ich habe sie nicht für bedeutsam gehalten. Und mit der Todesursache hatten sie nichts zu tun. Über Fremdverschulden hat damals niemand nachgedacht.«

Hilpert nahm einmal mehr zur Kenntnis: Stand eine Meinung im Raum, interessierten keine Fakten, die in eine andere Richtung wiesen. Born stand mit oder ohne Seipolds Unterstützung für ihn ganz oben, was die Täterschaft für den Mord betraf. Über Motive mussten sie nicht nachdenken. Sie lagen auf der Hand. Die Ausführung war clever. Eine Überdosis oder einen goldenen Schuss vorzutäuschen stellte sich als leichte Übung heraus. Einmal Junkie, immer Junkie. Zwanzig Jahre hatten sie keine Last damit. Das Tagebuch spülte die Tat hoch. Mit den aktuellen Morden wurden Mitwisser beseitigt. Die Indizienkette erschien plausibel, die Beweislage war hingegen dünn. Nach dem Telefonat mit dem Arzt rief Hilpert Gäbler an. Er gab ihm den Rat, die Alibis der beiden für die jeweiligen Tatzeitpunkte der aktuellen Verbrechen zu überprüfen. Da sie zwei Verdächtige mit identischer Motivlage hatten, ergaben sich auf den ersten Blick keine wirklichen Probleme, sollte einer von ihnen für einen der Morde ein Alibi nachweisen können. Um jemanden zu erschießen, war keine Unterstützung erforderlich, bloß eine Waffe, die entsprechende Munition und die Bereitschaft zur Tat. Diese entwickelte sich schlagartig, sah man sich direkt bedroht. Peinigte einen der Hunger, aß selbst der Vegetarier Skorpione.

Auf der Rückfahrt diskutierten Hilpert und Albers die Situation. Wieder war es der Hauptkommissar, der ihm den entscheidenden Hinweis gab. »Mal unterstellt, dein ehemaliger Mitschüler ist nicht als Killer geeignet, dies im Gegensatz zu seinem Partner, dem falschen Professor. Dann benötigen wir nur dessen Alibi. Kommen beide für einen der Morde nicht infrage, weil sie sich gegebenenfalls gemeinsam an einem anderen Ort aufhielten, muss es einen

Dritten im Bunde geben. Ich vermute, es ist die Person, die bereits bei der Ermordung deines Freundes behilflich war. Immer unterstellt, wir können Seipolds Aussage vertrauen, unfähig zu sein, einen Menschen zu töten. Trotzdem verfügt er über die gleichen Mordmotive wie Born. Somit müssen wir mit seiner Äußerung äußerst kritisch umgehen. Mit dem Rücken zur Wand sind Menschen zuweilen zu Taten fähig, die niemand in ihnen vermutet.«

»Du unterstellst also Born in jedem Fall, an den Morden beteiligt gewesen zu sein?!«

»Ohne Frage, Fabian. Er ist der einzige Beteiligte mit einer eindeutigen kriminellen Biografie. Die anderen haben sich zwar kriminalisiert, sind aber im eigentlichen Sinn brave Bürger gewesen. Ich denke, für Seipold ist der Deal eine ökonomische Herausforderung gewesen. Die, die mitgemacht haben, waren entweder Opfer ihrer Gier oder wurden erpresst. Dein Freund wollte alles auffliegen lassen und musste dran glauben. Wären die beiden Pädagogen nicht zum Zeitpunkt der Tat in Bangkok gewesen, hätte ich denen ebenfalls ein starkes Mordmotiv unterstellt. Schilske hat bewiesen, zu einem Totschlag fähig gewesen zu sein. Der Mord aus niederen Motiven ist beileibe nicht nur Berufsverbrechern vorbehalten. Nichtsdestotrotz haben diese eine deutlich geringere Hemmschwelle zu überwinden.«

Hilpert massierte sich mit beiden Händen die Stirn. »Warten wir es ab und hoffen auf brauchbare Ermittlungsergebnisse der Kollegen.«

Er blieb mit einem Auge an den Buchholzer Morden kleben. Gleichwohl schaltete er einen Gang runter und konzentrierte sich auf seine Ermittlungen in Hamburg. Zuweilen telefonierte er mit Gäbler, der ihn über die Ergebnisse der Verhöre auf dem Laufenden hielt. Hinsichtlich des Drogenhandels machten Polizei und Staatsanwaltschaft große Fortschritte. Das Finanzamt vermeldete ebenso nachhaltige Erfolge. Von ihrem Vermögen verblieb Born und Seipold nach Sicht der Dinge nicht viel. Hierbei ging es vor allem um den Tatbestand der Steuerhinterziehung. Dabei drehte es sich nicht nur um die nicht gezahlten Steuern, die nachgefordert wurden, sondern insbesondere um daraus resultierende Versäumniszinsen und sonstige Aufschläge. Strafzahlungen waren vorerst nicht erfasst, da blieb die gerichtliche Auseinandersetzung abzuwarten. Selbst das mehr oder minder legal verdiente und versteuerte Geld haftete mit für ihre Verpflichtungen.

Bei der Tätersuche für die Morde taten sie sich schwer. Die beiden Inhaftierten ließen sich nichts entlocken. Sie beschuldigten niemanden und wurden von niemandem belastet. Sie widerstanden der Versuchung, die Verantwortung jeweils auf den Partner zu schieben. Gäbler nahm sich nochmals das Ehepaar Meinhard vor. Denen entlockte er ebenfalls nichts, womit sie etwas hätten anfangen können. Sie hielten an ihrer Aussage fest, sich an längst verjährten geringfügigen Drogendeals beteiligt zu haben und seit der Geburt ihrer Tochter mit dem Standortwechsel diese Tätigkeit aufgegeben zu haben. Zurzeit wurde Lars Meinhards auswärtige Tätigkeit durchleuchtet. Die Firmen, die er angab, bestätigten seine Akquisitionsgespräche. Er suchte durchgehend seriöse Mittelständler auf, die für Drogengeschäfte auf den ersten Blick nicht infrage kamen. Diesmal ließen sie sich nicht mit lapidaren Worten abspeisen und gruben so tief, wie sie kamen. Allerdings führte Meinhard ausschließlich Neukundengespräche, sodass die Wahrscheinlichkeit, beim Erstbesuch Drogengeschäfte ins Spiel zu bringen, außerordentlich gering war. Die Ergebnisse ihrer akribischen Untersuchung blieben somit unbefriedigend. Mutter und Tochter Meinhard waren vollauf mit ihren Aufgaben in Seipolds Firma eingedeckt. Die Auftragslage war vorzüglich.

Vermutlich hätten sie weiter auf der Stelle herumtrampeln müssen, wäre nicht ein Mitarbeiter der KTU auf eine Liste mit diversen Namen von Firmen und Ansprechpartnern gestoßen. Oberflächlich betrachtet wirkte diese auf ihn wie eine Akquisitionsunterlage für Meinhard. Wäre Gäbler zu einem späteren Zeitpunkt befragt worden, weshalb er Hilpert eine Kopie davon zumailte, wäre ihm kein passendes Argument eingefallen. Ähnlich hätte Hilpert auf die Frage reagiert, weshalb er sich damit befasste. Ihn interessierten die zwei Handvoll Firmen nicht wirklich. Erst nachdem ihm der Name eines der Ansprechpartner aufstieß, setzte er sich damit akribischer auseinander. Mehrere Namen der aufgeführten Manager waren ihm geläufig. Es bedurfte keiner umfassenden Analyse, um festzustellen, dass sie in jungen Jahren in Buchholz oder einem der anderen Heideorte eines der Gymnasien oder Realschulen besuchten. Handelte es sich um ehemalige Konsumenten oder Dealer, die den Weg ins normale Leben geschafft hatten? War Meinhard beauftragt, einen groß angelegten Erpressungsversuch zu starten oder sollten alte Kontakte neu belebt werden? An einen Zufall wollte Hilpert zumindest nicht glauben. Um EDV-Beratung ging es allem Anschein nach bloß am Rande.

Vorsorglich entsandte Gäbler Kollegen in die Firmen. Sie wurden angewiesen, zurückhaltend aufzutreten, allerdings konsequent zu recherchieren. Die Ergebnisse konnten sich sehen lassen. Die Befragten waren sehr darauf bedacht, ihre Jugendsünden, zu denen sie sich bekannten, kleinzuhalten. Entsprechend auskunftsfreudig zeigten sie sich bei den Verhören. Die Standardaussage ging in Richtung »Klar haben wir mal Pott geraucht. Das war's dann«. Offensichtlich war es nicht Meinhards Aufgabe, diese Leute zu erpressen, sondern zu einer erneuten Mitarbeit zu bewegen. Die Organisation war auf der Suche nach qualifiziertem Personal. Die Ermittlungserfolge der Polizei hatten zu einem gewissen personellen Notstand geführt.

Für Meinhard wurde die Luft dünner. Mehrstündige Verhöre führten zu seinem Eingeständnis, über eine Zusammenarbeit mit Seipold in Sachen Drogenverteilung nachgedacht zu haben. Seine finanzielle Schieflage habe ihn dazu gezwungen. Die Ansprache ehemaliger Abnehmer sei jedoch in die Hose gegangen. Gegen die Tochter gab es keine Verdachtsmomente. Ihre Mutter musste dagegen eine ganze Reihe an kritischen Fragen über sich ergehen lassen, die sie einigermaßen standhaft durchhielt. Diesmal war die Familie tatsächlich im Begriff auseinanderzubrechen. Der letzte Kitt, der sie zusammenhielt, ergab sich aus der mangelnden Kooperationsbereitschaft ihres Mannes bei den Verhören und dem Schweigen von Seipold und Born. Solange sich das Trio einig war, wäre ihre Beweissuche schwierig. Born lehnte Antworten auf jedwede Fragen konsequent ab, Seipold spielte den unwissenden EDV-Freak. Meinhard wusste vermutlich nichts, um etwas zur aktuellen Sachlage beitragen zu können. Am Ende der Wertschöpfungskette spielte er garantiert keine besondere Rolle in der Organisation. Sie fragten sich, wo stand er vor zwanzig Jahren? Bei seiner Frau waren sie unsicher. Sie hielt eisern den Mund und ließ sich nichts entlocken. Entweder wusste sie nicht genug oder zu viel. Auf die Buchholzer Polizei kamen lange Verhöre zu, bis tief in die Nacht hinein und darüber hinaus. Hinsichtlich der Morde ruhte der See dennoch still.

28

Hilpert hielt Wort und gab am nächsten Tag nicht der Versuchung nach, sich in Buchholz an den Vernehmungen zu beteiligen, obwohl es ihm in den Fingern kribbelte. Er hatte sich an seinem Schreibtisch im Präsidium eingerichtet und wartete auf die Wasserstandsmeldungen zum Gesundheitszustand von Röhrs. Hielt der Kriminaldirektor durch, konnte er sich in aller Ruhe um seine eigenen Belange kümmern. Dabei ging es beileibe nicht nur um die Tagesarbeit oder die Ermittlungen zu den Attentaten. Die Firma, die seine EDV neu implementieren sollte, war auf Stand-by. Hier musste in jedem Fall entschieden werden, wie es weitergehen sollte. Er wählte Kristins Telefonnummer an, in der Hoffnung, sie hatte den Apparat nicht ausgeschaltet. Er vermutete, dass mittlerweile die schreibende Zunft im Minutentakt versuchte, sie zu sprechen, um bei ihr Informationen zu den Verhaftungen und Verhören abzugreifen. Sie konnte den Vorteil für sich nutzen, mit ihrer Handynummer nicht im Telefonbuch verzeichnet zu sein. Das gab ihr ausreichend Luft. Vermutlich erkannte sie seine Nummer. Nach anfänglichem Zögern stimmte sie einem Besuch in Hamburg zu, wohlweislich im Präsidium.

Sie erschien gegen Mittag bei ihm. Einen Kaffee lehnte sie dankend ab. »In unserer Firma findet das reinste Tohuwabohu statt«, ging er auf sie ein. »Die alte EDV läuft zum Glück noch. Die neuen Apparate stehen überall herum. Es sieht aus wie bei Hempels unterm Sofa. Kriegst du das unter den neuen Gegebenheiten gebacken?«

Er sah ihr an, die Ereignisse des Tages waren an ihre Substanz gegangen. Trotzdem war sie selbstbewusst bereit, den Auftrag zu Ende zu bringen.

»Wo ist das Problem? Es ist alles Erforderliche angeliefert worden. Der Umbau ist unabhängig von der Frage zu sehen, wer künftig die Führung unserer Gesellschaft übernehmen wird. Die finanziellen Bedingungen sind geregelt, die Gehälter für diesen Monat wurden gezahlt. Bei Bedarf könnten mich Kollegen unterstützen.«

»Ausgezeichnet, wenn alles zu unserer Zufriedenheit gelöst worden ist, gibt es in jedem Fall eine Prämie.«

»Willst du dem armen Kind, dessen Eltern mit Kerker bedroht werden, dabei helfen, über die Runden zu kommen?«

»Eigentlich nicht. Ich versuche vielmehr, das EDV-Genie dazu zu motivieren, einen schnellen und guten Job zu machen. Du brauchst mich nicht, um über die Runden zu kommen. Du wirst deinen Weg gehen.«

»Alles ist gut, ich fang morgen Vormittag an. Ich denke, zehn Uhr müsste passen.«

»Mit Sicherheit, solltest du Unterstützung benötigen, sprich Thiemann an, der wird die Dinge für dich regeln.«

»Du meinst, ich schaff das als schwache Frau nicht?«

Hilpert grinste sie an. »Willst du aus mir einen unverbesserlichen Macho machen? Meine Ansage war, lass dir helfen, soweit du es für erforderlich hältst.«

Sie winkte mit feuchten Augen ab. »Ich weiß, du hättest mich nicht angesprochen, trautest du mir nicht zu, die Aufgabe zu bewältigen.« Sie wischte die ersten Tränen mit dem Handrücken weg. »Nur eines: In den nächsten Tagen wird dein Laden auf null gestellt.«

»Ich misch mich da nicht ein und sehe das nicht als Problem. Besprich das mit Thiemann.«

Er beugte sich vor und faltete die Hände vor sich auf der Tischplatte. Um ein Gebet ging es ihm allerdings weniger. »Du bist dir darüber im Klaren, deine Eltern, hier insbesondere dein Vater, werden für ihre Verfehlungen vor dem Kadi landen.«

Sie erhob sich mit einem Ruck. »Ich will darüber nicht reden. Alles andere wird abgewickelt wie besprochen.« Grußlos verließ sie ihn.

Er verzichtete darauf, sich einen Kopf darüber zu machen, wie er ihr Verhalten einschätzen sollte. Es ging um ihre Eltern. Sie wollte an sie glauben und machte letztlich die böse Welt und damit ihn für deren Schicksal verantwortlich. Die Geschehnisse in Buchholz begannen für ihn ein Stück weit in der Versenkung zu verschwinden. Tendenziell waren die Hauptverdächtigen einkassiert worden. Im Hinblick auf die Ermordung seines Freundes vor zwanzig Jahren ging es mehr um die Beweissicherung als um die Frage nach dem Täter. Der stand für ihn mit Brodersen alias Born fest. Gelang es den Kollegen, ihn zu überführen, bekämen sie ebenso den Namen seines Komplizen auf einem silbernen Tablett serviert. Dies stellte sich als hartes Stück Arbeit heraus. Born war in einem Alter, wo ihm der Verlust seines Vermögens gleichgültig sein konnte. Bei der zu erwartenden lebenslänglichen Strafe verließe er das Gefängnis, um es gegen ein Altenheim einzutauschen. Allerdings war wohl davon auszugehen, dass er seine Entlassung nicht mehr erlebte. Er musste alles daransetzen, sich aus der Schlinge der Mordanklage herauszuwinden. Beschuldigte er jemanden der Komplizenschaft, steckte er tief im Sumpf. Um die Mittagszeit wurde Angela Meinhard nach Hause geschickt. Gegen sie ergaben sich keine neuen Verdachtsmomente. Aktuell war sie offensichtlich nicht in Drogengeschäfte verwickelt. Vermeintliche Aktivitäten der Vergangenheit waren allem Anschein nach verjährt.

Am frühen Nachmittag saß Hilpert mit dem Team Stange zusammen und diskutierte mit den Ermittlern einen neuen Fall, der hereingekommen war. Es ging um eine Beziehungstat, die das Gros der Tötungsdelikte ausmachten, mit denen sie konfrontiert waren. Anschließend kam er um ein längeres Telefonat mit dem Senator nicht herum. Dem Politiker war anzuhören, wie sehr ihn die Ungewissheit über die Verursacher der Anschläge belastete. Glücklicherweise war er klug genug, Hilperts Rat zu folgen und weiterhin auf die Bewachung durch die SEKs zu setzen. Im Gegensatz zu Röhrs war er bislang unverletzt geblieben. Letztendlich zählte die eigene Unversehrtheit. Zuweilen war der naturgegebene Egoismus ein probater Antrieb für das eigene Handeln und führte Menschen zu den richtigen Entscheidungen.

Röhrs war seinem Rat gefolgt und ließ es ruhig angehen. Die Telefonaktion mit den Sektionsleitern kam gut an. Den Besuch beim Amtsarzt wollte der Kriminaldirektor allerdings auf den nächsten Tag verschieben. Gäbe es nicht die Sorge um die eigene Sicherheit, könnte Hilpert einen durchwachsenen Tag abschließen und gelassen dem Feierabend entgegensehen. Tatsächlich trieb ihn wenig in die HafenCity. Er hätte sich gerne mit seinem Freund Thiemann an die Elbe gesetzt und bei einem Glas Wein oder alternativ einem Bier die Probleme des HSV gelöst.

Unschlüssig darüber, wann und wie er den Arbeitstag beenden wollte, holte ihn sein Telefon in den real existierenden Alltag zurück. Grothe informierte ihn über einen Anruf von Bähre, der offenbar von der Verhaftung seines ehemaligen Freundes Born erfahren hatte. Er war bereit, sich mit Hilpert zu treffen. Zu seinem Erstaunen akzeptierte er sogar einen Termin im Präsidium. Hilpert fragte sich, welche Neuigkeiten er ihnen mitteilen wollte. Bähre hatte sich für den nächsten Vormittag angesagt. Gäbler nahm erfreut Hilperts Einladung zu dem Gespräch an. Sich für ein paar Stunden von den nervigen Vernehmungen der Drogenorganisatoren zu lösen, bedeutete für ihn ein Stück Lebensqualität, obwohl er wusste, er durfte in diese Tretmühle zurückkehren.

Er erschien überpünktlich zu dem angesagten Gespräch. Kurz darauf stieß Bähre zu ihnen. Die Tage außerhalb von Hamburg hatten ihm nicht wirklich gutgetan. Seine Augen flackerten unstet, seine Hände zitterten leicht, was eindeutig auf Schlafmangel zurückzuführen war. Vermutlich hatte er auf die Schnelle keine ordentliche Unterkunft aufgetan, die er sich leisten konnte.

»Stimmt es, Brodersen wurde wegen Mordverdacht verhaftet?«, war seine erste Frage an Hilpert.

»So ist es«, antwortete dieser bereitwillig. »Die Beweislage ist allerdings dünn«, schenkte er Wasser in den Wein. »Unter Umständen muss dieser Anklagepunkt fallen gelassen werden.« Ihm musste niemand erklären, wo die Achillesferse ihres Gastes lag. Brodersen machte ihm Angst.

»Er ist ein Killer«, stieß Bähre hervor. »Schon vor zwanzig Jahren hat er diesen Schüler in Buchholz umgebracht und die letzten Morde gehen ebenso auf sein Konto.«

Hilpert und Gäbler blickten einander überrascht an. Dass Bähre ohne große Ansprache auf ihr Thema einstieg, hatten sie so nicht erwartet. »Es ist richtig, Sie kennen Brodersen sozusagen aus der Sandkiste?«, setzte Hilpert seine erste Frage an.

»Das stimmt so in etwa. Er ist ja ein paar Jahre älter als ich. Wir waren Nachbarkinder. Im Laden seines Vaters konnte ich immer die ersten Comichefte lesen, ohne was zu bezahlen. Wir mussten sie bloß pfleglich behandeln. Darauf legte Brodersens alter Herr großen Wert. Das war damals 'ne Wucht. Da konnte ich mein Taschengeld für andere Sachen ausgeben. Später haben wir Zigaretten abgestaubt. Das hat sein Vater gar nicht gerafft.«

»Aber irgendwie seid ihr die Jahre danach auf der schiefen Bahn gelandet?«, mischte sich Gäbler erstmals in das Gespräch ein.

»Manchmal ergeben sich die Dinge so«, versuchte sich Bähre herauszuwinden, ohne konkret zu werden. »Wir hatten uns 'ne ganze Zeit aus den Augen verloren. Auf dem Kiez trafen wir uns wieder. Ich war damals Koberer vor einem der vielen Klubs. Er arbeitete als Loddel auf eigene Rechnung. Wir gingen zusammen boxen. Schließlich mussten wir fit bleiben. Irgendwann landete ich bei den Kellners. Brodersen heuerte bei der Konkurrenz an.« Bähre wurde schlagartig klar, sich einen größeren Feind zu machen als seinen Kumpel aus alten Zeiten. »Also die Geschäfte, die ich für Kellner abgewickelt habe, waren natürlich vollkommen legal. Sollten Sie anderer Meinung sein, muss ich das Gespräch abbrechen.«

»Warum sollten wir? Kellner steht momentan nicht auf unserem Zettel.«

Erleichtert fuhr Bähre fort: »Brodersen und ich verloren uns aus den Augen. Also, ich wurde von dem ältesten Kellner-Bruder in die Nordheide geschickt, um dort gewisse Geschäfte anzuleiern. Das muss so um 1995, '96 gewesen sein. Das verlief überaus schwergängig. Mir fehlte das Interesse. Die Provinz ging mir auf den Sack. Die schickten dann aus Hamburg Bert Prange sozusagen als meinen Assistenten vorbei, der es richten sollte. Das ging völlig in die Hose. Der Idiot hing an der Nadel. Das ist in dem Business absolut tödlich.«

Es war Bähre anzusehen, wie er sich die Seele freisprach. Fast schien es, als habe ihm die Zeit im Gefängnis gutgetan oder der letzte Aufenthalt unter mäßigen Bedingungen geläutert. »Ein junger Bursche vertickte für mich ... ähm ... gewisse Sachen an seine Mitschüler. Der erzählte mir irgendwann, für einen Mann namens Born zu arbeiten. Der verschob geklaute Fahrzeuge in den Ostblock und in den Vorderen Orient. Er kümmerte sich um den Papierkram. Der ging mit dem PC um wie ein Musiker mit seinem Instrument.«

Hilpert war leise aufgestanden, um den Redeschwall des Mannes nicht zu unterbrechen. Fürsorglich beschaffte er neuen Kaffee.

Bähre fuhr unbeirrt fort: »Irgendwann lernte ich den Mann kennen. Zu meinem Erstaunen war es Brodersen, der sich einen Künstlernamen zugelegt hatte. Clever, wie er war, hatte er die alten Initialen beibehalten, SB. Der hörte sich interessiert meine Geschichte an. Kellner wollte mich zurück nach Hamburg holen. Ich hatte nichts dagegen. Prange sollte den Laden alleine schmeißen. Nachdem ich weg war, ist er kurz darauf bei einem Unfall ums Leben gekommen. Der war entweder zugedröhnt oder jemand hatte nachgeholfen. Keine Ahnung.« Vorsichtig blies er in die Tasse und nahm einen Schluck. »Also Brodersen zeigte sich sehr interessiert daran, das Geschäft zu übernehmen. Der Autohandel war ihm zu kompliziert geworden. Ständig gab es Ärger mit irgendwelchen Polen, die seine Transporte an der Grenze auffliegen ließen, wenn er sie nicht ordentlich stopfte. Auch sonst waren die wohl nicht ohne. Er machte mit denen einen Deal und bekam 'ne nette Abfindung. Gut gestopft kaufte er den Kellners die Rechte in der Nordheide ab. 'nen Teil hat er sofort abgedrückt, den Rest abgestottert. Das hat kein Jahr gedauert, da war er sauber. Der ist abgegangen wie eine Rakete. Im Gegensatz zu uns hatte er ein Konzept.«

»Und die Kellners, haben die das so hingenommen? Die müssen das doch mitbekommen haben.«

»Die sind auf ihre Art vertragstreu gewesen. Sie haben das vereinbarte Geld einschließlich Zinsen erhalten. Außerdem waren die dabei, ihre Position auf dem Kiez auszubauen. In der Nordheide hätten die bloß ihre Kräfte zersplittert. In Hamburg ging es um ganz andere Kohle.«

Seipold kam Hilpert in den Sinn. Sein Nebenjob, mit dem er vor ihnen prahlte, fand schon während der Schulzeit statt und zwar für einen Kriminellen. Auf seine Art war er Technokrat, der sich um die Moral seiner Tätigkeit nicht kümmerte. Vermutlich sprach er Klassenkameraden an, für ihn tätig zu werden. So kamen die Meinhards plötzlich zu Geld und konnten ihren Wagen bezahlen. Born war nicht Seipolds Partner, umgekehrt wurde ein Schuh daraus. In den folgenden Jahren bauten sie ihr Geschäft aus und mussten das Geld waschen. Seipolds Fähigkeiten im EDV-Sektor bildeten eine vorzügliche Grundlage dafür. Die Geschichte mit dem

Professor, der als Geldgeber für den Bau des Bürohauses einsprang, war schnell gesponnen. Fraglos war deren Konzept genial. Und es funktionierte verdammt lange. Mit dem Bürogebäude erledigte sich für sie das Problem der Lagerung des Stoffs.

Hilpert war mit dem Gesagten noch nicht zufrieden. »Wie ging das weiter?«

Bähre musste nicht lange nachdenken. »Also ich bin zurück nach Hamburg und spielte das Mädchen für alles. Brodersen kassierte richtig ab. Ich musste mich mit Kleingeld zufriedengeben. Aber aus der Kiste kam ich nicht raus. Kündigungen waren in unserem Verein eher unüblich.« Sichtlich enttäuscht schob er seine leere Espressotasse von sich weg. Hilpert wusste, was zu tun war. Diesmal setzte er einen doppelten auf.

Bähre kam wieder in Schwung. »Das muss so '98 gewesen sein, als Brodersen alias Born mich in Hamburg aufsuchte. Er brauchte jemanden, der ihn dabei unterstützte, jemanden beiseitezuschaffen.«

Die Spannung stieg. Vermutlich hätte man hören können, wie eine Stecknadel zu Boden fiel. Aufgekratzt fragte Hilpert nach: »Und?«

»Es drehte sich um einen jungen Mann, der eine ganze Zeit mitgemischt hatte und die Beteiligten kannte. Der war dabei, clean zu werden, und er dachte anscheinend darüber nach, die Kiste auffliegen zu lassen. Mit der Entgiftung stellte sich sein schlechtes Gewissen ein.«

»Sie haben abgewinkt?«, fragte Hilpert ungläubig nach. »Der hat Ihnen doch bestimmt 'ne Menge Geld geboten.«

»Das war mir egal. Was glauben Sie wohl hätten die Kellners mit mir angestellt, wären die mir auf den Trichter gekommen? Einer ihrer Leute legt jemanden um, und die wissen nichts davon. Nein danke, das war mir zu heiß. Somit ist Brodersen ergebnislos abgezwitschert.«

»Dann wissen Sie nicht, wie sich der Mord abgespielt hat?«, reagierte Hilpert enttäuscht.

»Keine Angst, der Clou kommt jetzt. Zu der Zeit wurde das Dope in einem Erdloch im Wald angeliefert. Sagen wir mal, ich wollte mein Insiderwissen mit einem kleinen Taschengeld aufbessern. 'n Kilo Koks hätte mir damals gut zu Gesicht gestanden.

Ich bin dort also hingefahren und musste zu meinem Erstaunen feststellen, nicht der Einzige zu sein. Ich stieß auf drei Personen: ein junger Mann, Brodersen und eine Frau oder ein Mann mit langen Haaren. Der junge Mann wurde von hinten festgehalten, Brodersen hatte dessen Arm abgebunden und jagte ihm eine Spritze in die Vene. Ich hatte mich natürlich zurückgehalten. Er schaffte es, der Person, die ihn von hinten festhielt, kräftig in die Hand zu beißen. Die blutete heftig. Brodersen hatte von dem Blut ihres Opfers etwas abbekommen. Er verwendete ständig Taschentücher mit Monogramm, SB. Beide wischten das Blut damit ab. Dann schafften sie den inzwischen Ohnmächtigen oder Toten, ich weiß es nicht, tiefer in den Wald hinein und räumten das gesamte Lager leer. Nichts war's mit Abstauben. Das Taschentuch hatte Brodersen zur Seite gelegte. Er wollte das Teil wohl nicht in die Hosentasche stecken. Später hatte er es anscheinend vergessen. Sie arbeiteten hektisch und hatten keine Lust, mit einem Toten aufzufliegen. Als die abzogen, habe ich es mir geschnappt, so nach dem Motto: Wer weiß, wozu das gut sein kann. Ob er es später vermisst und danach gesucht hat, kann ich nicht beurteilen. Ich habe es bis heute aufbewahrt.«

Gäbler nahm diese Information erstaunt auf. Insbesondere die Monogramme hatten es ihm angetan. »Wie kommt jemand auf die Idee, seine Taschentücher besticken zu lassen? Das in einer Zeit, wo der Durchschnittsbürger Papiertaschentücher benutzt, die nach Gebrauch weggeworfen werden?«

»Auslöser ist vermutlich ein zwölfteiliges Silberbesteck gewesen, das sein Vater in den Fünfzigerjahren mit Monogramm hatte anfertigen lassen. Das beeindruckte Stephan damals ungemein. Es machte was her. Für ihn war es der Beleg dafür, es geschafft zu haben. Er war ständig auf der Suche nach dem Besonderen. So hat jeder seinen Tick.«

Hilpert legte seine Stirn in Falten und fand zu ihrem eigentlichen Thema zurück. »Haben Sie versucht, ihn zu erpressen?«

»Ich hab vor Jahren mal darüber nachgedacht, die Idee schließlich in die Tonne getreten. Das wäre unterm Strich nicht gut gekommen. Nachdem ich eingebuchtet wurde, hatte ich andere Probleme.«

»Warum machten Sie sich dann vor Brodersen aus dem Staub?

Sie haben schließlich jahrelang den Mund gehalten und ihn aus allem rausgehalten«, fasste Gäbler interessiert nach.

»Na ja, ich erinnerte mich an eine Bemerkung von ihm, die er mir gegenüber vor zwanzig Jahren und mehr gemacht hatte. Wird dir ein Zeuge gefährlich, schalte ihn rücksichtslos aus. Egal, wer das ist. Du hast nur ein Leben. Ich hab lieber nicht ausgetestet, ob er es ernst meinte.« Nervös begann er, mit den Fingern an den Knöpfen seines Hemdes zu nesteln. »Wir wollten uns an der A1 an einer Autobahnraststätte treffen. Da bin ich lieber in die entgegengesetzte Richtung abgedampft. Das wurde mir zu riskant. Der hätte mich kalt lächelnd umgelegt. Brodersen war mir selbst in jungen Jahren stets einen Schritt voraus. Er ist ein heller Kopf. Und er ist unglaublich stark.«

Dem konnte Hilpert wenig hinzufügen. Die Organisation in der Nordheide sprach dafür. Und in Seipold hatte er einen kongenialen Partner. Nicht umsonst überlebten sie mit ihren kriminellen Aktivitäten mehr als zwei Jahrzehnte erfolgreich.

»Eines interessiert mich zum Schluss«, ging Hilpert nochmals auf Bähre ein. Er zog aus der Schublade seines Schreibtischs das Schuco-Auto heraus. »Wieso haben Sie es in Ihrer Wohnung gelassen?«

Bähre bekam feuchte Augen. »Sie haben mein Spielzeug gefunden. Es hat mich viele Jahre begleitet. Kann ich es wiederhaben?«

»Wenn wir mit allem durch sind, schauen Sie bei mir vorbei. Ein Kollege wollte es mir schon abkaufen. Warum haben Sie es nicht mitgenommen? Es scheint ja für Sie einen hohen Erinnerungswert zu haben.«

Nervös spielte er mit seinen Fingern. »Also eigentlich war es nicht für Sie bestimmt, sondern für Brodersen. Ich ging davon aus, er würde mich in meiner Wohnung suchen. An Sie hab ich nicht gedacht. Er sollte wissen, dass es mich weiterhin gab. Irgendwann würde ich Kohle brauchen und er wäre der Einzige, den ich darum angehen könnte. Bis dahin wollte ich ihn schmoren lassen. Mir wär schon was eingefallen, wie ich gefahrlos darankommen könnte. Das hat sich ja nun ergeben.«

»Mit anderen Worten, Sie wollten ihn erpressen?«

»Was für ein böses Wort. Sagen wir, ich hätte ihn um Unterstützung gebeten.«

Hilpert beließ es bei dem Gesagten. Mit einem Mann über Moral zu diskutieren, der in seinem Leben keinen Cent oder Pfennig auf ehrliche Weise verdient hatte, betrachtete er als vergeudete Zeit.

Er reichte Lisa das Band, um es abtippen zu lassen. Gedacht war es speziell für Gäbler. Bähre fasste in seine Jackentasche und reichte Hilpert eine Plastiktüte mit einem Tuch darin. Das Blut darauf war deutlich zu erkennen, obgleich sich die Flecken in den Jahren aufgehellt hatten.

»Ab in die KTU«, entschied Hilpert. Was er nunmehr brauchte, war Jens' DNA, ein schwieriges Unterfangen bei einem Leichnam, der vor zwanzig Jahren verbrannt worden war. Seine Eltern hatten sich schweren Herzens dazu durchgerungen, da sie nicht sicher sein konnten, wer sich um das Grab kümmerte, wenn sie das Zeitliche gesegnet hatten oder körperlich dazu nicht mehr in der Lage waren. An ihre jüngste Tochter hatten sie nicht gedacht. Aus Kindern wurden Leute. Das war ihnen damals nicht in den Sinn gekommen.

Nachdem Bähre sie verlassen hatte, blieben die beiden Kollegen zusammen. Gäbler war die Zufriedenheit über die Aussage ihres Zeugen anzusehen. Sie diskutierten die Frage, wer der Komplize gewesen sein könnte.

»Die Kraft, die aufgewendet werden musste, um Welte zu halten, spricht für einen Mann. Viele von uns hatten damals lange Haare. Ich sah auch nicht gerade aus wie ein GI«, stellte Hilpert ungerührt fest. »Das wird dein Job werden, Thomas.« Er dachte einen kurzen Moment nach, bevor er weiterredete: »Weinschenk hatte von uns die längsten Haare. Den konnte man von hinten durchaus für ein Mädchen halten. Damals trug er nur gelegentlich einen Zopf. Hardrocker zeigten gefälligst ihre volle Haarpracht. Unter Umständen musst du nur nach einem Mörder suchen, Thomas.«

»Warten wir mal ab, wie Brodersen mit den neuen Informationen umgehen wird«, erwiderte der Angesprochene ebenso gelassen. »Wer begibt sich gern allein in den Knast?«

Hilpert starrte in Richtung des Buchholzer Kriminalrats. »Mir ist 'ne Idee gekommen, die uns möglicherweise weiterhilft.« Er schnappte sich sein Handy, scrollte die gewünschte Nummer herunter und wartete auf das Freizeichen. Jens' Schwester Janette nahm seinen Anruf erfreut auf. »Seid ihr vorangekommen mit eurer Recherche?«, war ihre erste Frage, bevor er sein Anliegen loswurde.

»Das will ich nicht ausschließen. Ich darf darüber nicht reden, hätte jedoch eine Frage. Liegen bei euch Sachen herum, die Jens gehört haben?«

»Worum geht es denn? Sicher willst du nicht seine Märklin Eisenbahn abstauben.«

»Du denkst richtig. Wir versuchen an seine DNA heranzukommen, um einen Beweis anzutreten.«

»Das wird schwierig. Meine Mutter hat damals seine Kleidung ans Rote Kreuz weitergegeben. Sie wollte nicht mehr an seinen Tod erinnert werden. Aber vielleicht kann ich weiterhelfen. Es existiert ein kleiner Karton mit Babysachen von ihm. Der ist nicht entsorgt worden. Ich nehme an, da ist eine Haarbürste bei.«

»Das wäre ausgesprochen hilfreich. Zu niemandem ein Sterbenswörtchen darüber. Kriminalrat Gäbler wird die Sachen abholen. Er wird dir unaufgefordert seinen Ausweis zeigen. Er schlägt in circa eineinhalb bis zwei Stunden bei dir auf.«

»Er ist willkommen. Wer dabei behilflich ist, Jens' Mörder zu fassen, ist mein Freund.«

Die zwei Beamten trennten sich kurz darauf. Gäbler wollte unbedingt sein Beweismittel sichern, soweit sich in der Bürste Haare des Toten anfanden, die analysiert werden konnten. Jetzt am frühen Nachmittag käme er einigermaßen gut durch den Verkehr. Eine Stunde später müsste er mehr Zeit einplanen. Seine Überlegungen passten. Mühelos kam er durch den Elbtunnel. Die restliche Fahrstrecke machte keine Probleme. Eine quälende Baustelle, die auf Höhe der Köhlbrandbrücke begann und vor der Abfahrt Fleestedt endete, war aufgelöst worden. Trotzdem brauchte es seine Zeit, bis er in Tostedt landete. Erst nach mehrmaligem Läuten wurde die Haustür geöffnet. Vor Gäbler stand ein Mann um die dreißig, mittelgroß mit Vollbart, wie ihn der moderne Mann von Welt trug. Dieser fuhr ihn barsch an: »Was wollen Sie?«

»Ich bin mit Janette Welte verabredet.«

»Die ist nicht zu sprechen.«

Gäbler wurde es zu bunt. »Das sollte mir Frau Welte selber sagen.«

Der Mann stellte sich demonstrativ in die Türöffnung. »Sollte ich mich nicht eindeutig ausgedrückt haben?!«

Die Aktion war nicht mehr lustig. Der Kriminalrat drückte den Mann zur Seite und trat ein. Den Schlag, der seinen Kopf treffen sollte, erahnte er mehr, als dass er ihn visuell mitbekam. Er drehte sich blitzschnell dem Angreifer zu, blockte dessen Faust ab und schlug stattdessen selber zu. Sein Kontrahent hatte die eiserne Regel der Straße missachtet. Versuche nur einen Boxer zu schlagen, wenn du selber einer bist oder ein paar Freunde mitgebracht hast. In die Olympiamannschaft hatte es Gäbler nicht geschafft, für niedersächsische Verhältnisse reichte es allemal. Sein Gegner machte sich darüber vorerst keine Gedanken. Ihn hatte es an der Kinnspitze erwischt.

Aus dem Obergeschoss vernahm Gäbler ein heftiges Klopfen. Kurz entschlossen stürmte er die Treppe hoch. Die Tür war verschlossen. Der Schlüssel steckte von außen. Er öffnete und traf auf Janette, die einen aufgekratzten Eindruck auf ihn machte. Ihre Eltern waren in die Stadt zum Einkaufen gefahren. Auf ihrem Schreibtisch entdeckte er einen Unterlagensatz. Offensichtlich handelte es sich um Bankdokumente. Ihr Ex-Freund, Benjamin Pöhlemann, nutzte die Situation, um von ihr eine Unterschrift für einen Kreditvertrag zu erzwingen. Langsam beruhigte sie sich. Gäbler nahm sie in den Arm und musste sich eingestehen, die Frau gefiel ihm. Er durfte sich bei der Vorsehung bedanken, dass seine Lebensgefährtin ihm nicht in die Augen schaute. Zu seinem Bedauern musste er sich um die Beweismittel kümmern.

Pöhlemann bekam Handschellen angelegt. Ihn sollte eine Streife abholen. Zu seinem finanziellen Problem käme ein strafrechtliches hinzu. Diese Nacht verbrachte er erst einmal in einer Arrestzelle. Der Streifenwagen war gerade mit dem Ex von Janette abgezogen, als deren Eltern zu Hause eintrafen. Betroffen nahmen sie die Ereignisse zur Kenntnis.

»Bis vor Kurzem war Benjamin eher eine Art Familienmitglied als ein Zugezogener«, erklärte Ute Welte. Sie warf einen kurzen Blick auf ihre Tochter und dann auf Gäbler. »Sie gehören also zur Buchholzer Kripo. Haben Sie mit der Ermittlung zum Tod meines

Sohns zu tun? Bisher glaubte ich, das sei die Aufgabe von Fabian Hilpert. Schließlich waren sie eng miteinander befreundet.«

»Das ist eine Frage der Zuständigkeit«, versuchte Gäbler ihr verständlich zu machen. »Ich komme gerade von einer Vernehmung mit Fabian in Hamburg. Er hat mich gebeten, die Ermittlungen bei Ihnen fortzusetzen.«

»Ich verstehe«, antwortete sie beruhigt. »Man hört so schlimme Dinge über meinen toten Sohn, die ich einfach nicht glauben will.«

»Mama«, mischte sich Janette ein. »Wir müssen der Wahrheit ins Auge sehen. Jens war homosexuell.«

Sie stemmte ihre Fäuste in die Hüften. »Und du glaubst, ich habe das nicht gewusst? Ich bin seine Mutter gewesen. Er umgab sich lieber mit Jungen als mit Mädels. Es gab viele Anzeichen dafür. Das nahm ich hin, weil ich ihn liebte. Mein Sohn war mir wichtig. Es geht mir um die Drogengeschichte.«

Janette ging auf ihre Mutter zu und nahm sie in den Arm. »Entschuldige, wie konnte ich an dir zweifeln?«

Sie löste sich von ihr. »Alles ist gut.« Sie wandte sich Gäbler zu. »Und weshalb haben Sie uns besucht?«

Ruhig hörte sie zu. »Da hätten Sie gleich zu mir kommen sollen. Die Bürste hilft Ihnen nicht sonderlich weit. Jens hatte als Kind so schöne Locken. Da habe ich mir irgendwann mal eine abgeschnitten. Sie stöberte ihre Tasche durch, entnahm ihr eine unscheinbare durchsichtige Tüte und reichte sie Gäbler herüber. »Die trage ich seit seinem Tod mit mir herum. So ist mein Sohn mir ständig nah.« Mit strengem Blick schaute sie Gäbler in die Augen. »Was nicht gebraucht wird, möchte ich wiederhaben. Sie sind mir dafür verantwortlich.«

Der Beamte war versucht, die Hacken vor der energischen Mutter zusammenzuknallen. »Selbstverständlich gehen wir damit pfleglich um.«

Am liebsten wäre er in die Luft gesprungen. Die Schlinge um den Hals der Verdächtigen zog sich Stück für Stück zu. Hilpert nahm diese Information mit der gleichen Euphorie wie sein Kollege auf. Ihre zähen Ermittlungen näherten sich einem erfolgreichen Ende.

29

Sie würden beide Täter anhand der DNA überführen können. Mit einem Lächeln dachte Gäbler in seinem Fahrzeug über seine scheinbar unbedeutenden Beweismittel nach. Die Locke eines Kindes und ein blutbeschmiertes Taschentuch mit der DNA von Täter und Opfer. Egal, ob sie inhaftiert waren oder sich auf freiem Fuß befanden, alle Verdächtigen hatten sich zu einer DNA-Analyse einzufinden. Als die Ergebnisse vorlagen, bot Gäbler Hilpert an, die Verhöre der beiden mutmaßlichen Mörder seines Freundes zu führen. Der Mord war aufgeklärt, die Indizien waren hieb- und stichfest. Obwohl er sich eigentlich dagegen entschieden hatte, ließ es sich Hilpert an diesem Vormittag nicht nehmen, nochmals in seine Heimatstadt zu fahren. Mit Albers neben sich und Grothe im Schlepptau hatte er ein gutes Gefühl. Die absolute Sicherheit gab es eh nicht. Hilpert und Gäbler saßen nebeneinander, als Brodersen in das Vernehmungszimmer geführt wurde.

»Wie möchten Sie angesprochen werden?«, fragte ihn der Buchholzer Kriminalrat ausgesucht höflich.

»Verwenden Sie bitte meinen Geburtsnamen«, reagierte der Mann gleichermaßen höflich. »Irgendwie hab ich es in den letzten Jahren vermisst, diesen zu hören.«

Hilpert musste an sich halten. Er wollte das harmonische Gesäusel mit dem Mörder seines Freundes nicht mitmachen. Gleichzeitig akzeptierte er die Strategie seines Kollegen. Eine schlechte Stimmung garantierte schlechte Ergebnisse. Leider passte der Umkehrschluss nur bedingt. Er atmete tief durch, bevor er zu reden begann: »Sie hätten Ihr Taschentuch besser eingesteckt und nicht im Wald liegen lassen sollen.«

»Taschentuch? Wie darf ich das verstehen?«

»Es ist das Taschentuch, das in der Nähe von Jens Weltes Leiche gefunden wurde.«

Es war Brodersen anzumerken, wie sich in ihm Nervosität aufbaute. Die bisherige selbstbewusste Attitüde begann, sich zu verflüchtigen. »Darüber ist mir nichts bekannt«, versuchte er sich herauszuwinden.

Hilpert nickte lächelnd. »Nun, wir reden über ein Taschentuch mit Blutflecken des ermordeten Jens Welte und einer anderen Person. Die Initialen belegen, es gehört Ihnen.«

»Interessant, und wie ist das Blut von Welte darangekommen?«

»Er hat so kräftig bei der Person zugebissen, die ihn festhielt, dass er Zahnfleischbluten bekam«, klärte ihn Hilpert auf.

»Wenn Sie das sagen. Wie wollen Sie festgestellt haben, dass es sich um das Blut des Toten gehandelt hat? Meines Wissens wurde Weltes Leiche verbrannt«, zeigte sich Brodersen sachverständig.

Hilpert schmunzelte in seine Richtung. »Tja, die Mütter ermordeter Söhne, die natürlichen Feinde der Täter. Sie war uns behilflich.«

Brodersen presste die Lippen zusammen. Allein mit Bähres Aussage war das Taschentuch bereits ein gefährliches Beweisstück. Ihm wurde zusehends klar, kombiniert mit der DNA des Opfers steckte er in der Falle, ohne Chance, sich dort herauszuwinden.

»Wie kann ein Profi wie Sie solch ein Beweismittel vergessen?«, fuhr Hilpert fort.

»Ich hatte mich davor geekelt«, bekannte Brodersen erstaunlich offen. Seine Verteidigungslinien waren zusammengebrochen. »Außerdem waren wir im Stress. Die gelagerte Ware musste woanders untergebracht werden. Da unterlaufen einem schon mal Fehler.«

»Ich verstehe«, antwortete Hilpert gelassen. »Bähre war da cleverer und hat es mitgehen lassen und bis heute aufbewahrt. Hat er versucht, Sie zu erpressen?«

Brodersen schüttelte den Kopf. »Nicht wirklich. Er ist mir damit nicht untergekommen. Ich wusste lange Jahre nicht einmal, dass er uns beobachtet hatte und im Besitz des Tuchs war. Kurz bevor er damals ins Gefängnis kam, erzählte er mir davon. Dann gab es eine lange Pause über die Dauer seiner Haft. Das Thema Welte war bereits davor für die Polizei und damit für mich abgeschlossen.«

»Wollen Sie über Ihren Partner bei dem Mord reden?«, stellte Hilpert seine nächste Frage. Das Verhör lief konstruktiver, als er erwartet hätte.

»Nicht wirklich. Machen Sie sich Ihre eigenen Gedanken. Da musste ich allerdings improvisieren. Seipold konnte ich vergessen. Der hat Probleme, 'ne Mücke totzuschlagen. Bähre lehnte überraschend ab. Der hatte Schiss vor den Kellners.«

»Wie ist es mit den anderen aktuellen Morden«, ergriff Gäbler die Initiative.

»Dazu äußere ich mich ebenso wenig«, kam Brodersens lapidare Antwort.

Ihnen war unklar, was er sich davon versprach. Vorerst nahmen sie es zur Kenntnis. Kurz bevor sie das Gespräch beendeten, wartete er mit einer Überraschung auf.

»Es ist egal, die Kirchweih ist gehalten. Ich kann Freddy Weinschenk, den Tonstudiobesitzer, nicht umgebracht haben. An dem Tag lag ich mit einer Nierenkolik im Krankenhaus. Vielleicht sollten Sie sich mit dem Arzt unterhalten, der mich behandelt hat. Ich hatte unglaubliche Schmerzen. Ich hätte nicht einmal eine Kirsche entkernen können.«

Vorerst brachen sie ab. Sie waren sich sicher, Brodersen würde sich ihnen im Zeitablauf öffnen. Garantiert stellte er sich einen Deal mit der Staatsanwaltschaft vor. Er fütterte sie an und wartete auf den großen Hiev. Hilpert stieß die Kühle dieses Mannes einfach nur ab. Er musste sich beherrschen. Am liebsten hätte er sich auf ihn gestürzt und letzte Gefühle aus ihm herausgeprügelt. Zum wiederholten Mal kam ihm die Regel in den Sinn, keine Fälle zu übernehmen, bei denen man selbst betroffen war. Sie hatte viel für sich.

Gäbler sah ihm an, wie sehr er sich bemühte, seine Fassung zu bewahren. Er versuchte, ihm entgegenzukommen. »Wenn es zu viel für dich wird, verzichte besser auf das zweite Verhör. Jetzt geht es erst recht zur Sache.«

»Du bist ein feiner Mensch, Thomas. Aber diese Suppe habe ich mir selber eingebrockt und werde sie selbstverständlich bis zur bitteren Neige auslöffeln.«

Nach einem gemeinsamen Kaffee ging es abermals in das Vernehmungszimmer. Dort saß bereits Angela. Nervös spielte sie mit ihrem Ehering. Sie blickte hoch, als die Männer eintraten. »Ah, du bist dabei, Fabian, das ist gut. Du kannst mir sicher erklären, was diese laufenden Befragungen sollen. Ich fühle mich ausgequetscht wie eine Pampelmuse.«

Hilpert verzichtete auf eine Antwort. Die Zeit der unausgesprochenen Sympathie war gegessen.

Gäbler startete das Gespräch. »Frau Meinhard, an Ihrer rechten

Hand haben Sie eine lang verheilte Narbe. Können Sie uns erklären, wie Sie darangekommen sind?!«

»Können Sie mir sagen, was diese unsinnige Frage soll? Es ist zu lange her. Ich weiß es nicht mehr genau. Ich habe mich als junger Mensch irgendwie verletzt.«

Hilpert setzte das Spiel mit der scheinbar unsinnigen Befragung fort. »Es ist doch korrekt, du hast bereits als Zwölfjährige mit dem Speerwerfen als sportliche Betätigung begonnen?«

»Könnt ihr mir erklären, welches Spiel ihr mit mir treibt?« Sie atmete tief durch und entschied sich letztlich zu antworten. »Genau genommen war ich elf Jahre alt. Es hieß, ich sei ein Bewegungstalent gewesen. Ich hatte ebenso mit Kugelstoßen und Diskuswerfen begonnen. Es ging Richtung Siebenkampf.«

»Hast du damals schon viel mit Gewichten gearbeitet?«, ließ sich Hilpert nicht von seiner Befragungsstrategie abbringen.

»Anfangs hielt es sich in Grenzen. Von Jahr zu Jahr wurde es mehr. Sollte dies deine nächste Frage sein, nein, ich habe keine Anabolika genommen.«

»Das hätte mich nicht sonderlich interessiert«, blieb Hilpert gelassen.

»Bei der Antwort auf die Narbe kann ich Ihnen behilflich sein«, kam Gäbler auf seine Eingangsfrage zurück. »Es handelt sich um eine Bisswunde. Jens Welte hat sie Ihnen beigebracht, als Sie ihn gemeinsam mit Born, alias Brodersen umbrachten.«

Ihr Gesicht verfärbte sich puterrot. Aufgebracht sprang sie hoch und kippte dabei ihren Stuhl um. »Das muss ich mir nicht bieten lassen! Warum seid ihr so gemein zu mir?«, wandte sie sich an Hilpert.

»Das will ich dir genau erläutern«, begegnete er ihr mit scharfem Unterton. »Uns beschäftigt die Frage, ob Klage gegen dich wegen Beihilfe zum Mord an Jens erhoben wird. Oder müssen wir dir zusätzlich Freddy Weinschenks Tod umhängen? Von deiner Aussage hängt viel ab.«

Unwirsch pustete sie eine Haarsträhne aus ihrem Gesicht. »Was Freddys Tod betrifft, wirf mir vor, was dir in den Sinn kommt. Ich habe damit nichts zu tun. Was willst du gegen mich bezüglich Jens' Tod vorbringen? Hast du nach mehr als zwanzig Jahren einen Beweis in einem Geheimfach gefunden?«

»Was wir gefunden haben, lag zum einen jahrelang in dem Portemonnaie einer netten Dame, die dir bestimmt bekannt ist, zum anderen in den privaten Unterlagen eines alten Freundes von Brodersen aus seinen Jugendtagen.«

»Ach ja und worum handelt es sich bitte schön?«

»Um eine Haarlocke von Jens. Du weißt ja, wie das so ist. Mütter bewahren gerne persönliche Dinge auf, die ihre Kinder betreffen. Vor allem wenn die aus dem Leben geschieden sind. Somit konnte seine DNA unzweideutig ermittelt werden.«

»Die Haarlocke beweist meine Mittäterschaft an Jens' Tod?! Du bist dir sicher, heute noch nichts getrunken zu haben?«

»Du hast selbstverständlich recht.« Er machte es bewusst spannend. »Willst du eine Gerade zeichnen, benötigst du mindestens zwei Punkte. Brodersen hat es gleich begriffen, als ich darauf hinwies.«

»Hör damit auf, rumzufaseln. Welches ist der zweite Punkt?«

»Kannst du es dir nicht denken? Er griff in die neben ihm liegende Mappe und zog eine Plastiktüte heraus. Das Taschentuch war klar und deutlich zu erkennen. »Na, findet sie langsam zu dir, deine Erinnerung? Beweismittel wirft der halbwegs intelligente Kriminelle nicht weg. Er entsorgt sie anständig. Dieser Tipp kommt leider etwas zu spät für euch.«

Ihre Stimme wurde leiser, der anmaßende Ton verzog sich wie ein kurzer Regenschauer im Sommer. »Ihr seid im Besitz von Borns Taschentuch?«

»Du sagst es. Es passt perfekt, das Blut von Jens, von dir, die Bisswunde an deiner Hand. Einen Zeugen gibt es außerdem.«

»Zeugen, was für einen Zeugen?«

»Da wollte jemand im Wald an euren Drogenbunker rangehen. Das hat er nicht mehr geschafft. Er ist Zeuge des Mordes gewesen. Du hast geholfen, einen Klassenkameraden zu töten. Wie konntest du dich dazu herablassen!«

Mit Lippen, die sie zu einem Strich zusammengepresst hatte, saß sie vor ihm. Es arbeitete in ihrem Gesicht. Schließlich war sie entschieden. »Jens wollte gestehen. Er wollte alles ausplaudern und hätte unsere Einnahmequelle kaputt gemacht. Das durften wir nicht zulassen. Angefleht hatte ich ihn im Vorfeld, den Mund zu halten. Er wollte sich darauf nicht einlassen.«

»Und dann habt ihr beschlossen, ihn zu töten?«

»Nein!«, schrie sie auf. »Hätte ich gewusst, was Born plante, ich hätte mich nie daran beteiligt. Überrumpelt hat er mich. Wir wollten ihn erschrecken, wollten ihn mundtot machen. Und dann war Jens tot. Nichts konnte mehr zurückgeschraubt werden.«

»Du hättest nur loslassen müssen und Brodersen wäre nicht imstande gewesen, die Spritze zu setzen.«

»Das hab ich ja getan. Es war nur zu spät.«

»Da sagt unser Zeuge was anderes«, widersprach Hilpert ihr heftig. »Obwohl Jens dich gebissen hatte, konntest du ihn festhalten. Die Kraft dazu hast du und offensichtlich das Durchhaltevermögen.«

Angela atmete heftig durch. »Das hab ich anders in Erinnerung. Born hat mich dazu gezwungen.«

Hilpert spürte, wie sehr sie darum kämpfte, nicht wegen Beihilfe zum Mord belangt zu werden. Vermutlich hatte sie sich mit der Sachlage in der Vergangenheit eingehend beschäftigt. Bähres Aussage käme in dem Zusammenhang eine gewisse Bedeutung zu. Dass er sie nicht eindeutig identifizieren konnte, war den Lichtverhältnissen geschuldet und spielte ihr in die Karten. Es blieben ihre Bisswunde und ihr Blut auf dem Taschentuch. Um die Karte der Verjährung zu spielen, musste sie wie bei ihrem augenblicklichen Gespräch massiv gegen Brodersen vorgehen. Ob der das so hinnehmen würde, blieb dahingestellt. Hilpert wollte nicht daran glauben. Besondere Bedeutung erlangte die Frage, ob ihr die Ermordung Weinschenks oder eine Beteiligung daran angelastet werden konnte. Diese Thematik interessierte ihn gleichwohl am Rande. Es war sein Bestreben, die Mörder seines Freundes hinter Gittern zu sehen. Für die anderen Straftaten stand er nicht mehr zur Verfügung. Er wollte es für sich beim Erreichten belassen. Das Thema Rache hatte er von seiner To-do-Liste gestrichen. Freddys Mörder zu überführen, konnte er beruhigt Gäbler und seinen Leuten überlassen. Das galt ebenso für die Ermordung von Ralph Hermann, den enthusiastischen Jäger, der sich nicht zu schade dafür war, eine Frau mit geringen finanziellen Mitteln über den Tisch zu ziehen. Ihn bedrückten die Ergebnisse, die sie bisher erzielt hatten. Angela, eine Frau, in die er heftig verliebt war, beteiligte sich an der Ermordung eines Klassenkameraden, seines besten Freundes. Das musste er verarbeiten. Sie zerstörte ein Stück seiner Biografie, vergiftete wichtige Erinnerungen.

Grothe erwartete ihn und Albers auf dem Parkplatz der Polizei in der Schützenstraße neben der Tankstelle. Er hatte sich sorgfältig orientiert und keine verdächtigen Bewegungen feststellen können. Davon unabhängig war die Wahrscheinlichkeit, vor den Augen der Staatsmacht attackiert zu werden recht gering. Ihre Gegner waren keine Kamikaze. Sie gingen das Risiko ein und gönnten sich im Lim's ein Mittagessen. Eine erbauliche Stimmung wollte nicht aufkommen. Irgendwie waren sie auf dem Sprung, als erwarteten sie jeden Augenblick, von vermummten Gestalten mit vorgehaltenen Schnellfeuergewehren bedroht zu werden. Somit reichte es für jeden gerade zu einem Hawaii-Toast und einem Wasser. Sie waren bereits auf dem Absprung, als Kristin unerwartet vor ihnen stand.

»Du musst meiner Mutter behilflich sein und den Mörder von Freddy Weinschenk suchen«, hielt sie sich nicht lange mit einer Vorrede auf.

»Warum sollte ich?«, fragte er sie mit hochgezogener Augenbraue. Sie hatte einen guten Job in seiner Vermögensverwaltung gemacht und ein ordentliches Erfolgshonorar von ihm erhalten. Sonstige Verpflichtungen sah er ihr gegenüber keine. Über Angela oder ihren Mann musste er gleich gar nicht nachdenken. Beide waren ihm gleichgültig, sie waren für die Ermordung seines Freundes verantwortlich. Angela konnte froh sein, wenn sie es schaffte, für sich die Verjährung ihrer Straftat geltend zu machen. Dies verdeutlichte er Kristin relativ emotionslos.

Sie gab ihren Kampf nicht auf. Ungebeten setzte sie sich neben ihn. »Dieser Born hat meine Mutter damals zur Mithilfe gezwungen. Sie ist nicht der Typ, der jemanden umbringt.«

Hilpert lachte auf. »Wer ist das schon.«

»Außerdem ging es um mich, das ungeborene Leben.«

»Das hat deine Mutter dir vorgelogen? Da kann ich bloß kichern.«

»Wieso behauptest du das?«

»Als Jens Welte aus niederen Gründen ermordet wurde, war deine Mutter noch nicht schwanger. Das frohe Ereignis stellte sich etwas später ein.«

»Woher willst du das wissen?«

»Das nennt man kleines Einmaleins. Mein Freund wurde zehneinhalb Monate vor deiner Geburt getötet. Benötigst du zusätzliche Argumente?«

Weinend hielt sie beide Hände vor ihr Gesicht. Zumindest war Hilpert zu Mitleid fähig. Er reichte ihr ein Papiertaschentuch und fand zum Erstaunen aller tröstliche Worte für sie. »Warte die Entwicklung ab. Sollte deine Mutter nichts mit dem Mord an Weinschenk zu tun haben, kommt sie vielleicht mit zwei blauen Augen davon. Ansonsten wird es bitter für sie.«

Vorsichtig tupfte sie ihre Augen mit dem Tuch. Merkwürdig entschlossen richtete sie das Wort an Hilpert. »Jetzt kann ich nicht einmal meiner Mutter vertrauen.« Sie zerknüllte das Taschentuch und rollte es zu einer Kugel. »Ich habe über meinen Prof. das Angebot bekommen, ein Studienjahr in Kalifornien, konkret in Stanford zu absolvieren. Ich werde es annehmen. Unter Umständen könnte ich die Möglichkeit nutzen, dort meinen Master zu machen.«

Hilpert tätschelte ihre Hand. »Gute Idee, verschwinde vorerst aus diesem Schlamassel und versuche, zu dir zu finden.«

Kristin stand auf und nickte den Männern zu. »Es ist bestimmt das Beste für mich.«

Bevor Hilpert antworten konnte, war sie mit schnellen Schritten aus ihrem Blickfeld verschwunden.

Grothe zeigte sich beeindruckt. »So jung und schon so konsequent.«

»Das sind die Gene ihrer Mutter. Die weiß ebenfalls genau, was sie will«, zeigte sich Hilpert wohl informiert.

Erstaunt musste er sich eingestehen, er würde sie vermissen. Es kam ihm gleichwohl nicht in den Sinn, sie zum Bleiben zu bewegen. Kristin musste ihre Ausbildung abschließen. Dass ihr nicht mehr viel beigebracht werden konnte, mochte ein Vorteil für ihre Abschlussnoten sein. Vor allem brauchte sie gehörigen Abstand zu ihren Eltern. Die Vorwürfe, die insbesondere gegen ihre Mutter erhoben wurden, hatten es in sich.

In Hilperts Hamburger Büro ließen er und Albers den Tag nachwirken. Der Hauptkommissar kratzte sich am Kopf. »Warum ist die kleine Familie abgezogen, bevor das große Geld anrollte?

Wollte Lars Meinhard seine Frau damals aus der Schusslinie nehmen? Bestimmt weiß er, wer an der Ermordung von Jens beteiligt gewesen ist. Trotzdem haben beide den Rückzug gut gespickt angetreten. Nach Lisas Recherchen verbrannte Meinhard deren Geldreserven in Windeseile. Er hat mit seinen Vorhaben wenig verdient und viel investiert.«

Albers ließ nicht locker. »Mich interessiert eine andere Frage. Bist du tatsächlich gewillt, die Mordermittlungen in Sachen Weinschenk zu schlabbern? Könnte es nicht angehen, dass die Geldgeschenke faktisch eine Art Honorar für seine Beseitigung gewesen sind?«

»Es könnte so gewesen sein. Sie empfanden Freddy als Bedrohung. Also musste er schnellstens von der Bildfläche verschwinden. Brodersen war erkrankt, Seipold ist unfähig, einen Menschen zu töten. Geld spielt für beide keine besondere Rolle. Folglich tauschten sie sein Leben gegen die Schulden der Familie. Ich meine, es ging insgesamt um dreihundertfünfzigtausend Euro. Das haben die aus der Portokasse bezahlt.«

»Und du willst nicht wissen, wie es sich abgespielt hat?«, bohrte Albers nach.

»Julian, ich weiß, wer es gewesen ist: Angela. Nur sie kommt infrage. Sie ist ein entschlossener Mensch, sie war am Mord an Jens beteiligt. Und sie neigt dazu, ihre Probleme konsequent zu lösen. Da gibt es keine zwei Meinungen.«

»Und du willst dich nicht daran beteiligen, sie zu überführen? Immerhin war dieser Freddy Mitglied eurer Band.«

»Daran können sich unsere Buchholzer Kollegen versuchen. Sollen sie sich die letzten Meriten selber verdienen. So wahr ich hier sitze. Ich will diesen verdammten emotionalen Ballast loswerden. Weißt du, nichts ist mehr wie früher. Damit habe ich mich abzufinden. Aber hier und heute laufen vor meiner Haustür Strolche herum, die mir ans Leder wollen. Das muss ich in den Griff bekommen. Vergiss nicht, Atifete ist ebenso betroffen.«

»Du denkst nach wie vor an eine Verkettung der Anschläge auf dich, den Senator Röhrs und Atifete?«

»Davon gehe ich aus.«

»Das hieße jedoch, der Schlüssel liegt im Kosovo«, gab Albers zu bedenken.

»Oder irgendwo auf den Bahamas. Zumindest schwappt es gnadenlos zu uns herüber.«

Albers blieb skeptisch. »Der Anschlag auf den Senator erscheint mir logisch. Damit sollen die Kräfte gebunden werden, die zu deinem Schutz erforderlich wären. Meine Probleme habe ich mit dem Versuch, Atifete zu töten. Ich habe das Gefühl, ihr Fall steht auf einem anderen Blatt.«

»Darüber hab ich auch nachgedacht, bis mir klar wurde, dass sie genauso passt. Sie hat sich zu einer wichtigen Mitgesellschafterin gemausert. So ohne Weiteres lässt sie sich nicht zur Seite schieben. Immerhin verfügt sie über eigene Truppen. Also versucht man sie zu einem Zeitpunkt zu beseitigen, zu dem sie nicht sensibel für eine Bedrohung ist. Gott sei Dank ist das wie bei mir in die Hose gegangen.«

»Das kommt mir reichlich konstruiert vor«, war Albers nicht überzeugt.

Hilpert blieb gelassen. »Zuweilen musst du das Undenkbare ins Visier nehmen. Manchmal passt es.«

Ein Anruf von Thiemann unterbrach ihr Gespräch. »Die finanziellen Transaktionen, die über die einheimische Bank gelaufen sind, werden zusehends interessanter. Ich rate dringend zu einer Schadenersatzklage. Die bankinterne Abwicklung lief über einen der Direktoren der Bank. Der hat offensichtlich beide Hände aufgehalten, als dein Schwiegervater geschröpft wurde. Seine Bank muss sich warm anziehen. Die hat mit Sicherheit kein Interesse an einer Veröffentlichung unserer Vorwürfe.«

30

Mittlerweile waren Hilperts Eltern aus dem Urlaub mit seiner Tochter zurück. Sie trafen sich gelegentlich in seinem Appartement in der HafenCity. Insbesondere sein Kind verstand nicht alles, was er auf die Beine stellte, um seine Familie zu schützen. Seine Eltern ließ er weitgehend im Ungewissen. Zwei von Grothes Leuten hielten sich zum Schutz seiner Familie auf dem Grundstück an der Elbe auf. Leichter als in den folgenden Tagen konnten sie ihr Geld nicht verdienen. Niemand interessierte sich für sie.

Röhrs erholte sich zügiger, als anfangs erwartet. Die unbegründete Angst um seine Position ließ ihm Flügel wachsen. Und er wusste sich bei Hilpert zu bedanken. Soweit es ihm möglich war, hielt er ihm so viele administrative Verpflichtungen vom Hals, wie er schaffen konnte.

Ein unerwarteter Anruf von Kellner schreckte Hilpert auf. »Es entspricht den Tatsachen, Sie beherbergen einen ehemaligen Mitarbeiter von uns?«

Es machte wenig Sinn, dem Mann zu widersprechen. »Das ist korrekt. Er ist für uns ein wichtiger Zeuge für die Geschehnisse in Buchholz.«

»Ich verstehe. Ist unsere Rolle thematisiert worden, die wir damals gespielt haben?«

»Mit keiner Silbe. Der lässt sich eher die Zunge abschneiden, als darüber etwas verlauten zu lassen. Außerdem sind Sie für uns in dieser Angelegenheit kein Thema.«

»Das freut mich zu hören. Dem Vernehmen nach arbeiten Sie mit Grothe zusammen?«

»Vor Ihnen kann man offensichtlich nichts verheimlichen. Es ist korrekt.«

»Ihnen ist bekannt, wir hatten einige unbedeutende Begegnungen zu unbedeutenden Angelegenheiten?«

»Das mag so sein. Das ist mir völlig gleichgültig. Die Akte Grothe ist geschlossen. Er wurde aus dem Polizeidienst entlassen und arbeitet für mich privat. Sie haben bestimmt etwas von den Anschlägen auf mich mitbekommen. Ansonsten, Herr Kellner, wenn ich das Gefühl habe, gegen Sie ermitteln zu müssen, wissen Sie es bei Ihren Kontakten vermutlich früher als ich.«

Durch das Telefon vernahm er das Gelächter der Kiezgröße. »Da kann was dran sein. Entschuldigen Sie die Störung.«

Das Telefonat beunruhigte Hilpert. War das Leben von Grothe oder Bähre gefährdet, weil sie in der Vergangenheit mit Kellner zusammengearbeitet und Informationen über die Geschäfte der Kiezgröße hatten, die diesen belasten könnten? Er informierte Grothe knapp und instruierte ihn, vorerst mit Bähre ins Appartement überzusiedeln. Vorab wollte er sich mit ihnen im Präsidium unterhalten. Zuweilen vermutete er hinter jeder Bemerkung eine Bedrohung oder einen Beleg für ein Verbrechen. Oft genug saß er einer verbalen Fata Morgana auf. Zuweilen war sein Misstrauen gerechtfertigt. Nach seinem Eintreffen konnte Grothe nicht viel zum Thema Kellner beitragen. Im engeren Sinne war es nie zu einer Zusammenarbeit mit ihnen gekommen. Bis er anfing in der Erinnerung zu kramen.

»Was ich jetzt von mir gebe, habe ich nie gesagt. Ich will nicht ausschließen, dass es strafrechtlich gegen mich verwendet werden könnte.« Er hüstelte nervös. Hilpert winkte beruhigend ab. »Also vor Jahren hab ich nach meiner ersten Scheidung finanziell tief in der Klemme gesteckt. Die Kellner-Brüder hatten davon gewusst. Sie boten mir an, das Problem für mich aus der Welt zu schaffen. Ein, zwei Gefallen wurden selbstredend von mir gewünscht. In Hamburg wurde ein Container mit Koks erwartet. Diese Info erhielt ich von einem unserer Informanten. Diese gab ich an Siegfried Kellner weiter. Der befand sich damals noch auf freiem Fuß. Sie leiteten den Container um und machten das Geschäft ihres Lebens. Der Stoff gehörte zu der Iraner Clique. Die sind bis heute schwer aktiv. Wie durch ein Wunder gerieten die Kellners nicht unter Verdacht. Und ich hatte meinen Obolus entrichtet.«

»Wie lange liegt dies zurück?«, fragte Hilpert nach.

»Zehn, zwölf Jahre.«

»Unter Umständen ist das verjährt.«

Grothe winkte ab. »Die Iraner kennen keine Verjährung. Die und Kellner sind eh ständig im Clinch.«

»Das ist wohl wahr. Und Henry braucht in seiner augenblicklichen Situation keinen zusätzlichen Stress mit denen. Damit könnten Sie ihm plötzlich gefährlich werden. Das weiß Henry Kellner. Vermutlich schläft er schlecht, seitdem er von unserer Zusammenarbeit weiß. Unterhalten wir uns mit Bähre. Schauen wir mal, was dessen Herz bewegt.«

Der Mann sah ihn einigermaßen konsterniert an, als er auf Kellner angesprochen wurde. »Hatten wir nicht vereinbart, die außen vor zu lassen?«, beschwerte er sich.

»Daran ändert sich nichts«, versuchte Hilpert ihn zu beschwichtigen. »Es geht eher um Ihre Gesundheit.«

Hilpert musste anschließend nicht viel erklären. Bähre war intelligent genug, um zu begreifen, dass es mit den aktuellen

Geschehnissen nichts zu tun hatte. Er brauchte nicht lange nachzudenken. Er wusste, wo bei ihm der Pferdefuß steckte.

»Es ist eine dumme Geschichte, in die ich eher indirekt verwickelt gewesen bin. Henrys Bruder Siegfried war wegen schweren Totschlags zu zwölf Jahren mit anschließender Sicherungsverwahrung verurteilt worden. An der Tat beteiligt war gleichermaßen Henry. Er wollte sich wohl beweisen und hat kräftig mitgemischt. Das geschah vor der Disco, wo ich als Türsteher eingesetzt war. Henry konnte sich verpieseln. Siegfried wurde von einem ehemaligen Polizisten wiedererkannt. Dem half kein falsches Alibi. Auf einen zweiten Mann gab es keinen Hinweis. Vermutlich reichte ihnen damals Siegfried. Also wurde gegen Henry nicht ermittelt.«

»Diese Hinweise auf Henry kämen den Kollegen von der organisierten Kriminalität garantiert recht«, meinte Hilpert, ganz Polizist. Er schüttelte den Kopf. »Das ist momentan nicht unsere Baustelle. Wir dürfen uns nicht selbst umzingeln. Eines ist jedoch klar, ihr seid unter Umständen gefährdet.«

Nachdenklich kratzte er sich am Kopf. »Henry wird wohl so bald nach dem Telefonat mit mir nicht zuschlagen wollen. Trotzdem ist es besser, Sie ziehen beide bis auf Weiteres zu mir in mein Appartement am Hafen ein. Das ist relativ sicher.«

Bähre versuchte, sich selbstbewusst dagegenzustemmen. »Und wenn ich nicht will?«

»Das müssen Sie entscheiden. Niemand zwingt Sie zu irgendetwas. Sollten Sie allerdings die Absicht haben, Knall auf Fall Ihr Leben zu beenden, empfehle ich Ihnen, in die Elbe zu springen. Das ist kurz und schmerzlos und macht vor allem keinen Dreck.«

»Ich meinte ja nur«, ruderte er zurück.

»Sollte Henry tatsächlich etwas unternehmen wollen, haben wir recht gute Karten. Wir wissen, aus welcher Richtung der Angreifer kommt.«

Hilpert klang souverän, so als habe er sich ausgiebig mit der Sachlage beschäftigt. Überzeugt war er von seiner Idee nicht. Mussten sie sich an der Elbe nunmehr darauf einrichten, von zwei Seiten beharkt zu werden? Den beiden Angesprochenen war ihre Skepsis anzumerken. Sie fühlten sich wie kleine Mädchen, die in den dunklen Keller gehen sollten. Denen wurde erfolgreich glauben gemacht, alles wäre gut, wenn sie nur laut genug pfiffen.

Lag Hilpert mit seinen Befürchtungen richtig, war mehr angesagt, als die Lippen zu spitzen. Das Moment der Bedrohung schweißte sie gleichwohl zusammen. Also stimmten sie Hilperts Vorschlag zu. Für die langweiligen Abendstunden war vorgesorgt. Wie sich zeigte, spielten sie Skat. In der modernen Zeit bedeutete das ein Novum. Bei den jungen Leuten bewegte sich das Kartenspiel seit Jahren auf einem absteigenden Ast. Neu belebt wurde es durchs Internet. Nur hatte das mit dem Erlebnis des Spiels kaum noch etwas zu tun.

Kellner saß mit zwei seiner engsten Vertrauten im Hinterzimmer eines ehemaligen Spirituosenladens zusammen, in dem man sich früher Schnäpse aus kleinen Fässern abfüllen lassen konnte. Zwischenzeitlich hatte sich dort ein Handyshop eingerichtet, der für sie als Fassade gut geeignet war, um sich ungestört im Hinterzimmer treffen zu können. »Was hast du gemacht, Henry, du hast mit Hilpert über Bähre und Grothe gesprochen! Und nun willst du sie aus dem Weg räumen?«, sprach ihn einer der Männer entgeistert an. »Das ist nicht dein Ernst.«

»Was soll daran verkehrt gewesen sein? Ich brauchte Gewissheit, Hilpert hat sie mir gegeben.«

»Und er ermittelt nun gegen dich und will gleichzeitig die Iraner auf uns hetzen?«

»Nein, das hat er weit von sich gewiesen. Zurzeit befasst er sich mit anderen Problemen. Ist er damit durch, wird er auf mich zurückkommen. Dafür nehm ich jede Wette an. Wir müssen daher schneller sein als er.«

»Und du denkst, der schnallt nicht, wer da versucht, ihm in die Suppe zu spucken?«

Wütend ging er auf seinen Gesprächspartner ein. »Das ist egal, Bähre und Grothe werden umgelegt.« Oder muss ich neuerdings deine Erlaubnis für meine Entscheidungen einholen?«

»Natürlich nicht, ich meinte ja nur«, machte sich der Mann klein. Kam Kellner auf Touren, konnte es ungemütlich für ihn werden.

Sie diskutierten gemeinsam verschiedene Optionen durch, wie sie an ihre Zielpersonen herankommen konnten und auf welchem Weg sie die ausschalten wollten. Sie kamen vorerst zu keinen brauchbaren Ergebnissen. Das größte Problem sahen sie in Hilpert, der sich selbst gegen einen unbekannten Feind verteidigen musste. Da reichte es nicht, zwei Leute mit Schnellfeuerpistolen in einer Limousine vorbeizuschicken und auf die erwünschten Ergebnisse zu hoffen. Kellner drängte auf unverzügliche, konsequente Aktionen. Je länger sie seiner Meinung nach warteten, desto eher befürchtete er, Grothe oder Bähre könnten aussagen. Die Vorstellung, nach so vielen Jahren verklagt zu werden, belastete ihn mindestens so stark wie die Aussicht auf einen Konflikt mit den Iranern. In beiden Fällen lief er Gefahr zu verlieren, was er und seine Brüder aufgebaut hatten. Und trotzdem sollte dies nicht sein einziger Ärger werden.

Seine beiden Kollegen verließen betroffen das Zimmer durch den Hintereingang. Sie sprachen miteinander kein Wort, als sie Richtung Große Freiheit gingen. Die Reeperbahn am Tag ohne die Glitzerwelt war der reine Horror. Dabei war das Viertel auf dem besten Weg, sein Gesicht deutlich zu verändern. Die Immobilienspekulation hatte längst den Kiez erreicht und bahnte sich gnadenlos ihren Weg. Dennoch durfte es dauern, bis die Gegend alltagstauglich würde. Die beiden Männer bewegten andere Probleme, als darüber nachzudenken.

Der Mann, der bisher darauf verzichtet hatte, das Gespräch über Kellners Anruf bei Hilpert mit einem eigenen Beitrag zu bereichern, ergriff das Wort. »Das geht so nicht weiter mit Henry. Er hat zwar äußerlich Ähnlichkeit mit seinen Brüdern. Ihm fehlt nur leider deren Format.«

Sein Nachbar nickte heftig. »Das sehe ich genauso. Was sollten wir auf die Beine stellen, um größere Fehler zu vermeiden? Am Ende geht's uns nämlich an den Kragen. Wir können ihn nicht in Rente schicken. Freiwillig geht der nicht aufs Altenteil.«

»Das heißt, er muss weg.«

»Einverstanden und wer soll's richten? Mir fällt keiner ein, der sich ein paar Scheine verdienen will. Im Zweifelsfall fängt der an zu quasseln.«

Sein Gesprächspartner blieb stehen und atmete tief durch. »Da müssen wir selber ran. Die Kellners sind eine Legende. Henry hat genügend Gefolgsleute in unserem Verein. Spannen die was, geht's uns an den Kragen.«

»Scheiße, dabei war es in letzter Zeit so schön ruhig.«

»Da müssen wir durch. Oder fällt dir was Besseres ein?«

»Nein.«

»Gut. Er wird heute bei seiner Ische rumhängen. Wenn er abhaut, ziehn wir das durch.«

»Er wird nicht allein sein.«

»Da seh ich nur seinen Fahrer. Und der sitzt in seiner Limousine vor dem Appartementhaus. Spätabends ist es draußen inzwischen ungemütlich kalt. Hoffen wir für ihn, er latscht nicht auf und ab und zieht 'ne Zigarette durch. Ansonsten können wir auf ihn keine Rücksicht nehmen.«

»Aber er ist einer von uns.«

»Ist Henry das nicht?«

»Du sagst es. Scheißsache. Es kann nicht bleiben, wie es ist. Henry ist gegen seine Brüder eine Laus. Eins, zwei drei haut er alles in die Grütze. Uns und die anderen zieht er damit gleich mit nach unten. Das müssen wir verhindern.«

Ihrer Miene war anzusehen, wie sehr sie ihre Entscheidung mitnahm. Seit gut zwanzig Jahren arbeiteten sie mit und für die Kellners und hatten dabei ihren Schnitt gemacht. Nach Henrys Tod käme es garantiert zu Grabenkämpfen um die Macht. Sie wollten sich da heraushalten.

Weit nach Mitternacht standen Albers und Hilpert vor einem modernen, mit viel Glas errichteten mehrgeschossigen Haus am Mühlenkamp. Kellner hatte für seine Freundin ein Refugium direkt in dem Appartementhaus an einem Alsterkanal einrichten lassen. Sich dort einzumieten, kostete bereits das Gehalt eines Sachbearbeiters bei einer Großbank. Die Lage bot einfach alles, Exklusivität, Wasser und relative Innenstadtnähe. Vielleicht war es dort einen Tick zu laut, wollte man auf dem Balkon sitzen. Der Mühlenkamp war stark befahren. All die netten Accessoires bewahrten Kellner nicht davor, im Erdgeschossflur, gleich neben dem Aufzug erschossen zu werden. Offensichtlich wurde ein Schalldämpfer verwendet. Die Wohnungseigentümer oder Mieter schliefen selig weiter, als der Mord geschah. Die nette Dame, die Kellner aufgesucht hatte, stand zu dem Zeitpunkt vermutlich unter der Dusche und wusch seinen Schweiß ab, den er auf ihr hinterlassen hatte. Wohlweislich verzichtete sie darauf, über den Schlüssel zu reden, den sie an

Henry vorbei einem anderen Herrn aus seinem Umfeld zugesteckt hatte. Sie wollte nichts wissen, nichts verstehen. Sie beabsichtigte, niemandem etwas zu erzählen und vor allem niemanden darauf anzusprechen. Dafür lebte sie zu gerne gut. Und den Mund zu halten, war eine der ersten Lektionen, die einem in diesem Milieu eingebläut wurden. Ein Nachfolger würde sich für sie zügig finden. Diesmal vielleicht jemand, der attraktiver als Henry war. Noch war sie jung und begehrenswert. Im Prinzip war sie nicht wählerisch. Bevor er in ihr Leben trat, schaute sie nicht so genau hin, wenn die Kasse stimmte. Mit dieser Einstellung kam sie hervorragend über die Runden. Der einzige unerbittliche Feind war das Alter. Wer klug genug war, sorgte für diese Zeit vor. Ansonsten landete man irgendwann in der Nähe des Fischmarkts auf der Straße und tat, was die Freier einem für kleines Geld abverlangten. So weit war sie noch nicht. Schaute sie in den Spiegel, entdeckte sie kein graues Haar auf dem Kopf.

»Die Vorsehung hat es nicht gut mit den Brüdern gemeint«, stellte Hilpert ohne erkennbares Mitleid fest. »So endet eine Familiendynastie auf dem Kiez. Die Kellners sind jahrelang ihren Weg gegangen, ohne nach links oder rechts zu schauen. Wer sich traute, ihnen Paroli zu bieten, hatte schlechte Karten. Manch junge Frau wurde Opfer ihrer Brutalität. Manch junger Mensch wurde Opfer der Drogen, die sie in Hamburg gegen viel Geld auf den Markt schmissen. Nun mussten sie die gleiche Medizin schlucken, die sie ansonsten ihren Widersachern verabreichten.«

Niemand musste Hilpert erklären, dass Henrys Tod nicht die Probleme der Kriminalität in Hamburg löste. Zumindest erfüllte es manchen Ermittler mit Genugtuung. Der eine oder andere Kollege mochte sich Gedanken um sein Zweiteinkommen machen. Das würde sich von allein regeln. Kellners Nachfolger kam garantiert ebenso wenig um nützliche Kontakte zur Polizei herum. Hilpert vollzog nach, was Henry das Genick brach. Er hätte ihn nicht kontaktieren dürfen. Vermutlich hatte er sich dazu an der falschen Stelle geäußert. Die Bedrohung für Bähre und Grothe war in den Hintergrund gerückt. Sie durften am nächsten Tag wieder in ihre eigenen Wohnungen ziehen. Kaum hatten sie sich an die Elbe gewöhnt, schon war es vorbei mit dem schönen Leben. Für Hilpert war es allemal angenehmer, die Abende in kleinerer

Runde zu verbringen. An Albers hatte er sich gewöhnt. Gerade wegen seiner Homosexualität hielt er sich ihm gegenüber deutlich zurück, darauf bedacht, keinen falschen Zungenschlag aufkommen zu lassen. Sie teilten aus ihrer beruflichen Arbeit heraus viele gemeinsame Erlebnisse und liefen nicht Gefahr, einander auf den Geist zu gehen. Das Team Albers wurde mit der Bearbeitung des Mordfalls beauftragt. Sie gaben sich keinen Illusionen hin, den oder die Täter zu fassen. Wie in einer geheimen Gesellschaft drang nichts nach außen. Traditionell wurde gegen die Polizei gearbeitet, nicht mit ihr. Die eigentlichen Strukturen blieben, wie sie waren. Aus Trauer um Henrys Tod fiele es keinem Bordell ein, eine Pause einlegen. Vermutlich reichte es nicht einmal für eine Gedenkminute. Selbstredend bekäme er eine bombastische Beerdigung. Alle Kiezgrößen durften eine Blume in sein Grab werfen. Schon bald würde sich ein Nachfolger etablieren. Dessen Aufgabe bestand insbesondere darin, kein Machtvakuum aufkommen zu lassen. Die Konkurrenz stand vor der Tür und wartete nur darauf, das Ruder in die Hand zu nehmen.

Am nächsten Vormittag erreichte Hilpert ein Anruf Atifetes. Als er sie auf ihre Gefahrenlage ansprach, verweigerte sie die Aussage. »Ich will mit dir nicht über diese unselige Angelegenheit reden. Ich denke, das bekomme ich ohne deine Mithilfe geregelt. Wie geht es dir?«

Er erzählte ihr von den Ermittlungserfolgen in Buchholz. Sie bedauerte ihn nicht ohne Ironie, als er von seiner ständig zunehmenden Integration in die Hierarchie erzählte.

»Das hast du davon, wenn du besser als die anderen bist«, half sie ihm nur bedingt weiter. »Irgendwann bemerken es sogar die Oberen.«

Sie hatte seinen wunden Punkt getroffen. Er steckte in der Zwickmühle. Ob er wirklich besser als andere Kollegen war, ließ er so stehen. Er stand nicht im Clinch mit ihnen um die nächste Beförderung. Er hatte mehr erreicht, als er jemals wollte. Zu seiner Freude wiederholte sie ihre Absicht, ihn für längere Zeit in Hamburg aufzusuchen. Diese Nachricht brachte ihn in einen Zwiespalt. Er genoss es, sie zu treffen, mit ihr zusammen zu sein. Ging sie wieder, fing das Leiden von vorne an. Gleichwohl war er sicher, es auszuhalten. Er bekam halt nicht alles, was er wollte. Ein Stück vom Braten war eindeutig besser als eine Scheibe trockenes Brot. Momentan war sie mit dem Problem befasst, ihr in London festgelegtes Kapital zügig freizubekommen. Das interessierte ihn eher am Rande. Sie war für ihn wichtig. Zu seinem Erstaunen wollte sie nicht nur mit ihm am Telefon plauschen.

»Ich bin auf dem Weg nach London und hätte eine gute Stunde Zeit, mich mit dir am Flughafen zu treffen«, überraschte sie ihn. »Wenn du Lust hast?!«

Natürlich hatte er Lust. Bei dieser Frau versagte sein gesamtes intellektuelles Vermögen. Alle Schutzmechanismen, die er sich antrainiert hatte, strandeten auf ganzer Linie, war sie in seiner Nähe. »Und wann könnten wir uns treffen?«

»Heute Nachmittag sechzehn Uhr. Du musst schauen, bei welchem Gate wir uns treffen können.«

»Das schaffe ich gerade eben. Ansonsten muss mir Lisa helfen.«

»Bei ihr habe ich ein gutes Gefühl«, gab sie fröhlich zu.

Albers wollte sich aus seiner Tagesarbeit lösen, als er von Hilpert erfuhr, dass er am frühen Nachmittag zum Flughafen fahren wollte, um Atifete zu treffen. Hilpert wusste das zu unterbinden.

»Ich nehme Grothe und Tensfeld mit. Die wissen, was im Ernstfall zu tun ist. Wer kommt auf die Idee, dass ich zum Flughafen will? Und vor dem Präsidium haben die garantiert keine Beobachtungsposten aufgebaut. Kümmer du dich um deine Klamotten. Nicht dass da was anbrennt.«

Ausnahmsweise ließ sich Albers von ihm überzeugen. Die Akten stapelten sich inzwischen auf seinem Schreibtisch. Seine Kollegen unterstützten ihn nach Kräften. Trotzdem verblieben diverse unerledigte Vorgänge, die ihm niemand abnehmen konnte.

Tensfeld hatte sich hinters Steuer geklemmt. Grothe und Hilpert nutzten die Zeit, sich im Fond von Hilperts Golf auszutauschen. »Es ist eigenartig, was zurzeit abgeht oder besser nicht abgeht«, kam der Ex-Polizist auf seine letzten Erfahrungen zu sprechen. »Wir haben an verschiedenen Positionen in unregelmäßigen Abständen überprüft, ob sich irgendwelche Leute darum kümmern, wie Sie den Feierabend verbringen. Wir konnten nichts feststellen. Selbstverständlich stromern die nicht ums Präsidium herum.

Darüber muss nicht nachgedacht werden. Nach meinem Dafürhalten sollten die sich dafür interessieren, was Sie unternehmen, wenn Sie nach Hause fahren. Mit wem umgeben Sie sich? Nicht umsonst konnten wir die Herrschaften im Hotel ausschalten. Ich würde so vorgehen. Die müssten eigentlich die Schwachpunkte des Appartements in der HafenCity und der Tiefgarage ausloten. Nichts davon findet statt.«

»Kennen die sich inzwischen aus?«, versuchte sich Hilpert mit einer Erklärung.

»Das reicht nicht«, widersprach Grothe. »Denen sollte es wichtig sein, wie Sie sich an einem normalen Tag verhalten, beziehungsweise, ob sie auf dem Weg in die Nordheide sind. Im Präsidium, in ihrem Reihenhaus, im Appartement bekommen die Leute Sie schwer zu greifen. Ihre Sollbruchstellen finden auf den Wegen dorthin oder von dort statt. Wann steigen Sie in ein Auto ein, wann steigen Sie aus? Wo bekommt man Sie am besten zu fassen? Mit welchem Fahrzeug sind Sie unterwegs? Da Sie kein regelmäßiges Verhalten an den Tag legen, ist es für die dringend erforderlich, Strukturen zu erkennen, sollte es welche geben. Nichts da passiert. Hätte es nicht die konkreten Anschläge gegeben, ich hielte sie für Hirngespinste.«

Hilpert hatte nachdenklich zugehört. »Ich muss darüber nachdenken. Ich halte Ihre Bedenken für ausgesprochen wichtig. Ich meine sogar, sie sind einer der Schlüssel zu den Attentätern.«

Sie stellten den Wagen am Flughafen auf dem Parkdeck ab und gingen zügig über die Straße zum Ankunftsbereich. Im Gebäudekomplex angegriffen zu werden, schlossen sie weitgehend aus. Ihre Gegner waren professionell, aber keine Gotteskrieger. So schnell konnten sie nichts über seinen geänderten Tagesablauf erfahren haben. Davon abgesehen gab es im Bereich des Flughafens zu viele Bewaffnete, die ihr Vorhaben verhindern konnten. Ein Blick auf eine der Tafeln erübrigte sich. Atifete kam ihnen mit schnellen Schritten entgegen. Sie trug High Heels, die es ihr einigermaßen erlaubten, ihre Arme um seinen Hals zu schlingen und ihn zu küssen, ohne einen Hocker zu benutzen. Anschließend wies sie mit dem Zeigefinger auf Grothe und Tensfeld. »Du hast neue Kollegen als Bodyguards?«

Lächelnd winkte er ab. »Die habe ich mir privat geleistet. Es sind ehemalige Polizisten, die leider aus dem Dienst entfernt werden mussten.«

Grinsend hakte sie sich bei ihm ein. »Bei dir müssen deine Feinde ständig auf unkonventionelle Entscheidung gefasst sein. Das ist gut für dich, weniger gut für die. Komm, gehen wir einen Kaffee trinken.«

Sie drückte sich fest an ihn, als sie die Rolltreppen nach oben nahmen. Sanft küsste sie seine Hand. »Zum nächsten Hotel ist es wohl zu weit. In deinem Auto wäre es mir zu unbequem.«

Er hätte es auf dem Rücksitz seiner Limousine getan, wäre sie dazu bereit gewesen. Was wollte er ihr alles erzählen. Seinen Schutz vor ihren Feinden wollte er ihr andienen, sie zum Bleiben bewegen. Doch alles lief in die falsche Richtung. Bis sie das Restaurant erreichten und ihr Getränk in Empfang nahmen, war ein Teil der verbleibenden Zeit schon zwischen ihren Fingern zerbröselt.

Sie unterbrach seine zaghaften Versuche. »Ich pass auf mich auf. Mach dir da keine Gedanken. Es dauert nicht lange, da sehen wir uns wieder und ich bringe mehr Zeit mit.« Sie verrührte ihren Zucker in ihrem Espresso. »Es gibt einen gewichtigen Grund, weshalb ich dich sehen wollte.«

»Und ich dachte für einen Augenblick, du hättest Sehnsucht nach mir«, beschwerte er sich.

»Die habe ich jeden Tag. Nein, es handelt sich um die Attentate. Ich bin mir sicher, den Verantwortlichen zu kennen. Da will jemand in meiner Heimat lästige Konkurrenz ausschalten. Es scheint eine Übernahme unserer Gruppe geplant zu sein. Da störe ich ebenso wie ein paar meiner Gefolgsleute. In diesem Wirrwarr spielst du leider eine tragende Rolle. Jeder weiß, du würdest meinen Tod nicht so einfach hinnehmen.«

Erschrocken blickte er auf. »Das muss verhindert werden.«

»Du siehst, ich sitze gesund und munter vor dir. Ich weiß mich zu wehren. Und deine Abwehrmaßnahmen haben dessen Position durchaus geschwächt. Er hat anfangs nicht gerafft, in dir einen potenten Gegner zu haben.«

»Um wen handelt es sich? Was kann ich tun, um an dieses Schwein heranzukommen?!«

»No Comment, überlass das mir. Dieser Mensch ist schwer zu greifen. Er pendelt zwischen dem Kosovo und der Schweiz hin und her. Dort wurde ja auch versucht, mich auszuschalten. Ich weiß, er hat nicht unerhebliche Interessen in Deutschland. Gelegentlich soll er sich in Berlin aufhalten. Doch solange du nicht aus dem Verkehr gezogen wurdest, wird er nicht in Hamburg aufschlagen. Davon abgesehen kann niemand vorhersagen, wann er wohin reist. Er könnte bei dir in die Schule gegangen sein.«

»Nun nenn mir schon den Namen«, drängte Hilpert ungeduldig.

»Einen Teufel werde ich tun. Wie ich dich kenne, wirst du aktiv werden. Geht das daneben, zerlegt das meine eigenen Pläne. Außerdem, willst du eine neue Blutfehde lostreten? Reichen dir deine bisherigen Erfahrungen nicht?«

Was sollte er tun? Atifete war ein konsequenter Mensch. War sie zu etwas entschlossen, gab es kein erneutes Nachdenken. Nicht umsonst stand sie weit oben in ihrem Familienclan. Einmal mehr vermisste er Ivo Pristic, seinen verstorbenen Freund aus dem Kosovo, der ihm zu Entwicklungen in seinem Land mit Rat und Tat zur Seite stand. Atifete führte das Kommando. Sie wusste sich durchzusetzen. Geschickt wechselte sie das Thema und kam auf seine Familie zu sprechen. Eher unwillig ging er auf ihre Fragen ein. Wenig später gemahnte sie zum Aufbruch, nicht ohne ihre Grüße an seine Eltern und seine Tochter loszuwerden.

Traurig sah er ihr hinterher, als sie durch die Sicherheitsschleuse ging. Ihr Gepäck lag längst in dem anderen Flieger. Sie war schnell überprüft. Ein kurzes Winken und sie verschwand aus seinem Blickwinkel.

Er nickte seinen beiden Begleitern zu. »Einer von euch wird fahren und darf sich mit einer Limonade begnügen, der andere muss mit mir ein Glas Wein trinken.«

»Das ist eine Frau, die man ungern ziehen lässt«, gab Grothe zu verstehen, als sie mit dem ersten Glas Wein anstießen.

»Geht es um diese Frau, werde ich nicht klüger«, erwiderte Hilpert. »Sie kommt und geht, wie sie es für richtig hält. Und ich Trottel lass mich immer wieder auf sie ein und kann mich nicht gegen die sich anschließende Traurigkeit wehren.«

Grothe blieb ungerührt. »Sollte ein Ersatzmann gefordert sein, melde ich mich gerne freiwillig. Eine Nacht mit dieser Frau und ich wäre bereit, den Rest meines Lebens zu leiden.«

Hilpert lachte auf. »Die Realität sieht anders aus, glauben Sie mir. Sie vermissen den Menschen, nicht nur den Sex. Sie fragen sich, was er gerade tut, ob er treu ist. Die Eifersucht zermürbt dich. Ängste um den Menschen drängen auf dich ein.«

Er trank seinen Wein aus und orderte zwei neue Gläser, ohne darauf Rücksicht zu nehmen, ob Grothe mitgehalten hatte. Für den gab es Schlimmeres auf dieser Welt. Wieder ließen sie die Gläser klingen. Hilpert hatte sich eingeholt. Er war darin Profi, von Atifete verlassen zu werden. Unlängst schlug sie eine lockere Beziehung vor. Er hatte abgelehnt. Er wollte alles, nicht bloß ein kleines Stück vom Kuchen. Nun war es anders gekommen. Er akzeptierte schon ein paar Krümel. Atifete hatte sich durchgesetzt. Sie gab das Zeichen und er folgte ihr treu ergeben wie ein frisierter Pudel, der frisch aus der Hundeschule kam. Und er gab sich damit zufrieden. Sie beließen es bei zwei Gläsern Wein. Mehr davon könnten zu einem Problem für sie werden, sollten ihre Freunde mittlerweile mitbekommen haben, wo sie sich aufhielten. Das Garagendeck wäre eine treffliche Örtlichkeit für eine unfreundliche Begegnung. Betrunken wären sie eine leichte Beute.

Sie hätten sich die Kante geben können. Auf dem Parkdeck erwarteten sie keine dunklen Gestalten, die ihnen ans Leder wollten. In aller Ruhe ging es zurück in die HafenCity. Dort stießen sie ebenfalls auf gähnende Langeweile. Hilpert und seine Leute standen inzwischen extrem stark unter Strom. Sie liefen Gefahr, sich nach Action zu sehnen.

Dem ruhigen Abend folgte eine ebenso ereignislose Nacht. In dem Appartement fühlte er sich relativ sicher. So einfach gelang es Eindringlingen nicht, dort gegen ihren Willen einzusteigen. Die moderne Technik garantierte ein gerüttelt Maß an Sicherheit. Die Achillesferse blieb seine Familie. Wurde dort angesetzt, um ihn zu treffen, wurde es für ihn haarig. Neben den Leuten von Grothe fuhr ein Streifenwagen regelmäßig an dem Haus vorbei. Trotzdem musste ihm niemand erzählen, wozu wild entschlossene Attentäter fähig waren. Ihm wurde übel, dachte er darüber nach. Doch auch in Blankenese blieb es ruhig. Die Untätigkeit der anderen Seite verunsicherte ihn. Es gab nichts Konkretes, dem sie sich stellen konnten. Sie hatten keine Idee, was als Nächstes auf sie einstürmen könnte. Die Ungewissheit zermürbte sie stärker als die Furcht vor direkten Angriffen. Soviel stand zumindest fest, seine Feinde waren längst nicht durch mit ihm.

31

Die Stunden plätscherten an diesem Tag mehr oder minder belanglos dahin. Am Vormittag informierte Hilpert Röhrs über das Gespräch mit Atifete. Übereinstimmend beurteilten sie die Situation mit einem schlechten Bauchgefühl. Sie konnten bloß hoffen, dass die ausgeschlafene Frau erfolgreich, zumindest jedoch vorsichtig agieren würde. Hilpert verstand ihre zurückhaltende Reaktion auf sein Hilfsangebot mittlerweile besser. Im Kosovo konnten sie nicht tätig werden. In Deutschland ging für sie nichts, solange keine Straftaten nachgewiesen werden konnten. Dabei blieb die Frage offen, gegen wen sie intervenieren wollten. Und er konnte unmöglich Grothe und seine Leute anstiften, gegen geltende Gesetze zu verstoßen. Röhrs drückte seine Zweifel darüber aus, ob sie sich den Schutz der Frau hätten ans Bein binden können. Ihre bisherigen Ermittlungsergebnisse boten sich kaum als Ruhmesblatt an. Selbstkritisch mussten sie sich eingestehen, sie wären mit ihren Bemühungen überfordert, Atifete wirksam zu unterstützen. Ihre Befürchtung, sie könnten eher Schaden anrichten als ihr behilflich zu sein, hatte einiges für sich. Unzufrieden verließ er den Polizeidirektor. Sein eigenes Schicksal hatte für ihn an Gewicht verloren. Atifete stand im Zentrum seiner Empfindungen. Trotzdem beherzigte er ihren Rat, sich um seine eigene Sicherheit zu kümmern. Gegen den Selbsterhaltungstrieb reichte auf Dauer nicht einmal die große Liebe.

Der Tag blieb ereignislos wie gehabt. Das Telefon war ruhig wie selten. Gedanklich schlug er sich auf die Finger, als er daran dachte, seine Kommissare aufzusuchen, um sich mit Rat und Tat an deren Arbeit zu beteiligen. Seine engsten Mitarbeiter kamen mit ihren eigenen Fällen ohne kluge Ratschläge von seiner Seite aus. Der Mordfall Kellner wurde routinemäßig von Albers' Mitarbeitern abgearbeitet. Niemand gab sich dem Trugschluss hin, jemand aus dem Dunstkreis der ehemaligen Kiezgröße könnte etwas verlauten lassen. Hinter den Kulissen erwartete Hilpert das Säbelrasseln um Kellners Nachfolge. Sein Tod kam vermutlich für das Gros seiner ehemaligen Mitstreiter eher überraschend. Ob einige von ihnen nach Rache schrien? Es würde sich zeigen, wer machtvoll in die erste Reihe drängte und wie der Rest der Mannschaft darauf reagierte. Das Kapitel der Brüder Kellner war geschrieben. Weitere Familienmitglieder waren nicht in Sicht. Die Hamburger Polizei würde wie gehabt mit dieser Organisation leben und versuchen müssen, sie durch einzelne Nadelstiche zu schwächen. Da sie schwerpunktmäßig im Drogenhandel, in der Prostitution und im Glücksspiel tätig waren, lag sie nur bedingt in der Schusslinie von Hilperts Team.

Hilpert verschränkte seine Hände hinter dem Kopf und starrte aufs Telefon. Nichts regte sich. Kein aufgeregter Anruf riss ihn aus seinen Überlegungen. Kein Meeting wurde anberaumt, um ihn zu nerven. Hätte er vor oder nach dem Mittagessen das Haus verlassen, niemand würde ihn vermissen. Erst im Verlauf des frühen Abends wendete sich das Blatt machtvoll. Tatsächlich spielte er mit dem Gedanken, nach Hause zu fahren und dort an seinem Schreibtisch seine eigene Bedrohungslage zu überdenken. Dies war ihm wiederum nicht vergönnt. Aufgeregt stürmte Nele in sein Büro. Es gab einen erneuten Anschlag auf die Fahrzeugkolonne des Senators. Eine Limousine wurde durch einen Sprengsatz beschädigt, der in einem am Straßenrand abgestellten Mülleimer ferngezündet wurde. Es gab keine verletzten Personen zu beklagen. Der Senator war eh dem guten Rat gefolgt, sich mit der S-Bahn nach Hause zu begeben. Mit drei Personenschützern an seiner Seite kam er dort wohlbehalten an. Vermutlich wäre ihm in einem der Fahrzeuge nichts geschehen. Dafür war die Sprengladung zu knapp dimensioniert. Obgleich es für ihn nicht viel zu begutachten gab, wurde Hilpert gebeten, den Anschlagsort aufzusuchen.

Albers an seiner Seite, Tensfeld und Grothe im Schlepptau ging es Richtung Ludwig-Erhard-Straße. Die Explosion ereignete sich unweit der S-Bahn-Station Stadthausbrücke in der Nähe des Steigenberger Hotels. Das Volumen des Mülleimers reichte glücklicherweise nicht aus, größere Mengen an Sprengstoff aufzunehmen. Die Schäden an Unbeteiligten hielten sich in Grenzen. In Mitleidenschaft gezogen wurden mehrere parkende Autos. Den relativ geringen Sachschaden konnten die Versicherungen verschmerzen. Hilpert und Albers kamen einigermaßen zügig durch die Straßen. Der massive Feierabendverkehr hatte sich merklich zurückgezogen. Das Blaulicht half ihnen zusätzlich über die Runden. Je näher sie dem Ort des Anschlags kamen, desto schwieriger gestaltete sich die Verkehrslage, da die Straße in beide Richtungen gesperrt worden war. Unter Umgehung aller Vorschriften erreichten sie dennoch ihr Ziel. Absperrbänder und Streifenwagen verhalfen ihnen dazu, ihre Fahrzeuge abzustellen. Mancher Familienvater schlug entnervt aufs Lenkrad. Er musste mit einer deutlichen Verzögerung seiner Heimfahrt zurechtkommen.

Hilpert und Albers ließen sich von einem der Kollegen der SpuSi über den Sprengkörper informieren. Sie gaben sich alle Mühe, interessiert zu klingen. Die technischen Details interessierten sie nicht wirklich. Das eingesetzte Material war nicht spektakulär. Es bedurfte keiner besonderen technischen Fertigkeiten, den verwendeten Sprengsatz zu bauen. Stimmte ihre Vermutung, es mit Tätern aus dem Kosovo zu tun zu haben, war für diese die Beschaffung des Sprengstoffs ebenso ein Kinderspiel, wie einen ferngesteuerten Zünder anzubringen. Es gab ansonsten keinerlei Hinweise auf die Attentäter. Wer ließ bei solch einem Anschlag seine Visitenkarte liegen? Die Tatsache, dass der Senator nicht in einer der Limousinen saß, machte deutlich, dass ihre Gegner nachlässiger geworden waren.

Hilpert hätte sich lieber den Tag darauf den Bericht über die Geschehnisse angesehen und sich am Schreibtisch eine Meinung gebildet. Er erhielt keine Chance gegen die Erwartungen, die an ihn gestellt wurden. Es war unsinnig, sich darüber einen Kopf zu machen. Letztlich investierte er ein, zwei Stunden und alle waren es zufrieden. Zumindest war seine Langeweile wie weggewischt. Er hätte sich jedoch ein weniger spektakuläres Ereignis vorstellen können als gerade einen Sprengstoffanschlag.

Mittlerweile wurde die beschädigte Limousine abgeschleppt. Mit den Absperrungen verschwanden nach und nach die Streifenwagen. Der Stau löste sich zügig auf. Am Ende verabschiedeten sich die Spurensicherer mit den mickrigen Resten der Sprengstoffladung, die an die KTU ging. Hilpert und Albers entschieden sich, noch zu bleiben. Wenn sie schon an den Ort des Geschehens gerufen wurden, wollten sie die Gelegenheit nutzen, sich dort darüber ihre Gedanken zu machen. Grothe und Tensfeld hatten sich bereits in Richtung ihres Wagens verzogen. Es war unsinnig, ins Präsidium zurückzufahren und sich dort in ellenlange Diskussionen mit den Sektionsleitern zu verstricken. Davon unabhängig war Röhrs für die Ermittlungen zuständig. Hilpert ging es sowieso gegen den Strich, von allen Seiten als der omnipotente Spezialist bemüht zu werden. Kam ihnen nicht Kommissar Zufall zu Hilfe, konnten sie das Thema Zeugen vergessen. Er ließ den Blick schweifen. Der Bereich war überwiegend gewerblich genutzt. Wen interessierte da eine Mülltonne, die hübsch drapiert zwischen zwei Fahrzeugen stand? Hilpert blickte zur anderen Straßenseite hinüber.

»Aus einem Wagen dort drüben dürfte die Zündung erfolgt sein«, wandte er sich seinem Kollegen zu. »Dann haben die vermutlich den Blinker gesetzt und sind abgedampft.« Er fuhr sich mit den Fingern durch die Haare. »Eines will mir nicht in den Kopf. Um nachhaltigen Eindruck zu erwecken, war die Sprengladung eindeutig zu klein. Wären größere Schäden beabsichtigt gewesen, hätten die Attentäter besser ein Auto mit dem Zeugs vollgepackt und in die Luft gejagt. Wie das funktioniert, könnten sie problemlos im Internet recherchieren. Vermutlich wissen die es sowieso. Gerade das stimmt mich nachdenklich. Mit diesem Light-Anschlag locken die niemanden hinterm Ofen hervor. Pfeifen die mittlerweile personell auf dem allerletzten Loch und können keine Profis mehr einsetzen?« Er wollte es nicht glauben.

Albers überlegte nicht lange. »Langte vielleicht ihr Sprengstoff nicht? Mussten die sich mit dem begnügen, was sie vorrätig hatten?«

Hilpert winkte ab. »Ich glaube eher nicht. Aus dem Kosovo hätten die das Zeugs tonnenweise mitbringen können.«

»Ist dies eventuell als eine Art Erinnerung gedacht, nach dem Motto, wir sind weiterhin aktiv. Lasst nicht nach in den Anstrengungen, euren Senator zu beschützen, ansonsten wird es schrecklich?«, gab Albers zu bedenken.

Hilpert schüttelte den Kopf. »Die haben jetzt erst auf Röhrs geschossen und wissen, dass wir die auf dem Zettel haben. Bei uns ist die Kacke bereits am Dampfen. Mehr geht nicht. Nein, nein, dieser Anschlag macht meiner Meinung nach keinen erkennbaren

Sinn. Zumindest keinen, den wir durchschauen. Dahinter steckt etwas anderes, fragt sich bloß, was es sein könnte.«

Die Antwort sollte er früher bekommen, als ihm lieb war. Sie gingen auf seinen Golf zu, als mehrere Schüsse aufpeitschten. Die erste Salve galt nicht ihnen, sondern Grothe und Tensfeld. Hilpert und Albers konnten nicht erahnen, ob die beiden getroffen wurden. Sie warfen sich mit einer Hechtrolle zu Boden. In dieser Position waren sie von der gegenüberliegenden Straßenseite kaum zu treffen. Mit gezogenen Pistolen robbten sie sich an die Seite von Hilperts Wagen. Gegenüber hatten zwei Männer nunmehr auch auf sie das Feuer mit Sturmgewehren eröffnet. Jetzt machte sich das Sicherheitspaket von Hilperts Wagen bezahlt. Aus den Augenwinkeln rafften sie, wie aus Richtung Grothe zurückgeschossen wurde. Hilpert öffnete im Liegen die Seitentür seines Golfs und griff sich das G 36, das auf dem Beifahrersitz zu ihrem ständigen Begleiter geworden war. Das Magazin steckte, er musste nur durchladen. Ein volles Ersatzmagazin steckte er ebenfalls ein. Er war wild entschlossen zurückzuschlagen. Der Verkehr behinderte jedoch eine effektive Gegenwehr. Wollte er nicht Unschuldige treffen, musste er die nächste Rotphase abwarten. Sie kam wie der Herbststurm. Ohne Rücksicht auf Verluste schlängelte er sich an den stehenden Fahrzeugen vorbei und eilte auf den Lieferwagen zu, von dem aus die Schützen auf sie angelegt hatten. Für sie galt die eherne Regel, der wehrlose Gegner war der Garant für den eigenen Erfolg. Sein Gegenfeuer kam für sie offensichtlich unerwartet. Allem Anschein nach traf er einen der Männer. Beide Angreifer verschwanden auf der Ladefläche und schoben die Tür zu. Hilpert war nunmehr dicht genug am Fahrzeug dran und stellte auf Dauerfeuer um. Aus den Augenwinkeln erblickte er Grothe, der es ihm gleichtat. Bei dem Lieferwagen war offenbar an einem Sicherheitspaket gespart worden. Nicht einmal auf gestohlene Fahrzeuge konnte man sich verlassen. Der Fahrer schaffte es gerade noch aus der Parklücke. Von mehreren Geschossen getroffen verhakte sich sein Fuß vermutlich auf dem Gaspedal. Das Fahrzeug schoss ungebremst in einen von hinten in zweiter Reihe herankommenden Truck. Der Fahrer bekam zu spät etwas von den Ereignissen mit. Das laute Knallen, das verursacht wurde, traf Blech auf Blech, signalisierte, einige Fahrer hatten es nicht geschafft, zeitig in die Bremsen zu steigen. Sie hofften auf erträgliche Personenschäden. Ein lautes Hupkonzert begleitete die Karambolagen. Vorsichtig näherten sich Hilpert, Albers und Grothe dem qualmenden Lieferwagen. Von den Insassen ging keine Gefahr mehr für sie aus. Die Hamburger Polizei hatte an diesem Abend an gleicher Stelle, zeitlich versetzt, den nächsten Großkampftag. Diesmal würde es etwas länger dauern, bis sich die Staus auflösten. Der Gerechtigkeit war Genüge getan, beide Straßenseiten bekamen ihr Fett weg. Grothe wies mit einer Hand in Richtung auf ihren Wagen. »Tensfeld hat es erwischt.«

»Bloß hin zu ihm«, rief ihm Hilpert zu.

Stöhnend hockte der Angeschossene am Boden. Sie versorgten seine Schusswunde, so gut sie konnten. Hilperts Erfahrungen, die er im Kosovo mit der Versorgung von Schusswunden gesammelt hatte, zahlten sich nunmehr aus. Sein Bodyguard hatte Glück im Unglück. Er war am Oberarm getroffen worden. Dreißig Zentimeter weiter links und sie hätten einen Leichenwagen bestellen müssen. Ihre Angreifer waren deutlich schlechter dran. Die Krankentransporte erwiesen sich aufgrund der Verkehrslage als zu schwierig. Es verblieb nur der Hubschrauber. Dafür musste allerdings die Straße großflächig geräumt werden.

Hilperts Absicht, nach Hause zu fahren und den Arbeitstag zu beenden, erübrigte sich. Bis nach Mitternacht rieben sie sich in Diskussionsrunden im Präsidium auf. Gegen dreiundzwanzig Uhr traf der Senator ein, wie gehabt mit seinem Staatsrat an der Seite. Obwohl nicht direkt involviert, fühlte er sich betroffen. Alle Ereignisse mussten erneut vorgetragen und bewertet werden. Am Ende blieb alles beim Alten. Ihre Vorsichtsmaßnahmen hatten sich bewährt. Trotzdem dachten die Verantwortlichen für die Anschläge weit entfernt von ihnen hinter einer Nebelwand garantiert über neue Attacken nach. Der Senator bedankte sich bei Hilpert für seinen unkonventionellen Ratschlag, zuweilen auf den Dienstwagen zu verzichten. Sehr oft würde dieser Trick nicht klappen. Diesmal hatte er funktioniert. Die Hoffnung des Politikers, die Anschlagsserie ginge nach dem personellen Aderlass ihrer Gegner nunmehr dem Ende zu, erstickte der Oberrat im Keim. Nach seiner Auffassung gäbe es erst Ruhe, wenn sie den Verantwortlichen gefasst oder ausgeschaltet hatten. Er fragte sich einmal mehr, ob er den Auftraggeber kannte. Welche Motive bewegten ihn final? Ging es nur darum, einen potenziellen Unterstützer von Atifete zu eliminieren? Das waren keine lapidaren Ablenkungsmanöver, die gegen ihn initiiert wurden, sondern blutiger Ernst. Dies teilte er den Beamten der Dienstaufsicht später mit, die sich mit dem Ereignis zu beschäftigen hatten. Es wurde nicht gern gesehen, wenn Polizisten von der Schusswaffe Gebrauch machten. Insbesondere dann nicht, wenn Personenschäden zu beklagen waren.

Die seit Wochen andauernde Ungewissheit legte sich bleischwer auf Hilperts psychische Verfassung. Dabei ging es gar nicht um die Momente der Bedrohung, sondern eher um die permanente Ungewissheit für das, was demnächst folgen mochte. Dass bei den aktuellen Anschlägen keine Unbeteiligten schwerer geschädigt wurden, ging gerade mal als Laune der Vorsehung durch. So gesehen war das Glück auf ihrer Seite. Hilpert wusste, es war launisch und verteilte seine Huld nach Belieben. Es war nicht angeraten, sich darauf zu verlassen.

Tensfeld wurde noch in der Nacht erfolgreich operiert. Seine Ärzte waren optimistisch, was seine Heilungschancen betraf. Sie gingen von einer vollständigen Genesung aus. Ihre Angreifer hatte es dagegen schwerer erwischt. Sie überlebten zwar, erlitten allerdings neben einigen Schusswunden diverse Knochenbrüche. Die Zugmaschine, in die sie gerast waren, meldete Totalschaden. Deren Fahrer musste aus seiner Kabine herausgeschnitten werden. Ansonsten wäre er bald wieder auf den Beinen. Ihn beschäftigte mehr der Schock. Bei mehreren unbedeutenden Zusammenstößen hinter dem eigentlichen Unfall war außer Blechschäden nichts Spektakuläres zu vermelden. Zum Vorteil aller wurde innerhalb geschlossener Ortschaften deutlich langsamer gefahren als etwa auf der Autobahn. Der Fahrer des Lieferwagens war am nächsten Tag trotz mehrerer unbedeutender Schussverletzungen einigermaßen vernehmungsfähig. Zu ihrem Erstaunen kam er aus Deutschland. Wie sich herausstellte, lebte er seit mehreren Jahren in der Schweiz. Damit schloss sich zum wiederholten Mal der Kreis. Über seinen Auftraggeber konnte oder wollte er sich nicht äußern. Ebenso wenig über frühere Kontakte in Deutschland oder der Schweiz.

Vermutlich verspürte er geringes Interesse daran, sich selber zu belasten oder andere, die Illoyalität gnadenlos bekämpften.

Der Begriff Mafia ging Hilpert einmal mehr durch den Kopf. Diese Option bekam in Zusammenhang mit dem desaströsen Finanzgeschäft seines Schwiegervaters eine zusätzliche Qualität. Die Verbindung sei telefonisch aufgenommen worden. Ihm war nicht klar, wie es zu der Vermittlung kam. Kontakte zur Mafia bestritt er vehement. Das Geld für die Zugfahrt erster Klasse und ein Hotelzimmer in Hamburg habe er in seinem Briefkasten gefunden. Das vereinbarte Honorar wurde kurz vor Antritt ihrer Fahrt ausgezahlt. Das Geld trug er bei sich. Ihm waren zehntausend Euro übergeben worden. Gleich hohe Beträge fanden sie bei den anderen Verletzten. Seine Begleiter habe er vorher nicht gekannt. Kommuniziert hätten sie auf Englisch. Der Mann, von dem sie das vereinbarte Geld erhielten, habe leicht gehinkt. Hin und wieder habe er sein rechtes Knie massiert. Seine sonstige Personenbeschreibung blieb vage. Damit hatte sich seine Auskunftsbereitschaft erschöpft. Dieser Mann war Berufsverbrecher. Dafür hatte er geradezu geredet wie ein Wasserfall. Von den Komplizen erwarteten sie sich nicht mehr, sollten sie sich von ihren schweren Verletzungen erholt haben. Darauf zu warten, machte eh keinen Sinn. Einer der Schützen überlebte die Nacht nicht. Der Masse des Trucks war er ebenso wenig wie der Transporter gewachsen. So gesehen saß er auf der falschen Seite des Lieferwagens. In den nächsten Tagen konnten sie sich die Hoffnung auf eine Befragung des anderen Überlebenden nach Aussage der Ärzte schenken. Hilpert nahm das gelassen zur Kenntnis. Der Mann kannte seine Auftraggeber mit Sicherheit nicht. Wie bei der Drogenorganisation in Buchholz taperten sie blind durch die Gegend auf der Suche nach den eigentlichen Drahtziehern. Deren Strategie, sich den Handlangern nicht zu erkennen zu geben, hatte sich bewährt. Es traf die Erfüllungsgehilfen, die jederzeit zu ersetzen waren.

Die Ereignisse liefen bei Hilpert nochmals wie ein Film ab, als er endlich seine Unterkunft aufsuchen konnte. Dabei stieß er auf eine Ungereimtheit, die ihn nachdenklich stimmte. Die ersten Schüsse waren nicht auf ihn abgegeben worden, sondern auf Tensfeld und Grothe. Er war somit nicht das primäre Ziel gewesen. Seine Unterstützer waren enttarnt. In letzter Konsequenz waren sie ebenso gefährdet wie er. Es hatte nicht lange gedauert, dass man auf sie gestoßen war. Sollte er an den Rändern ausgetrocknet werden? Die Situation verkomplizierte sich zunehmend. Am Ende benötigten seine Bodyguards eigene Bodyguards, um zu überleben. Wie sah es bei seinen Kontrahenten aus? Das Gros der bisher eingesetzten Auftragsmörder war gescheitert. Es würde sich zunehmend schwieriger gestalten, Ersatzleute des erforderlichen Kalibers zu engagieren. Und der Preis, der ausgelobt wurde, hatte sich garantiert erhöht. Er kratzte sich nachdenklich am Kopf. Es würde seine Gegner nicht jucken. Vermutlich, weil eine Regel unbarmherzig galt. Wer über die erforderlichen Finanzen verfügte und bereit war, sie einzusetzen, verkleisterte die Augen vieler Menschen. Das galt für den Normalbürger ebenso wie für Schwerkriminelle. Wer sich auf solche Aktionen einließ, ging eh davon aus, nicht getroffen oder erwischt zu werden. Die Hoffnung, die Anschläge könnten mangels verfügbarer Auftragsmörder im Sande verlaufen, konnte er getrost vernachlässigen. Er war gefährdet wie am ersten Tag. So wie sich ihm die Situation darstellte, saßen die Organisatoren entweder im Kosovo oder irgendwo in der Karibik. Selbst wenn ihnen deren Namen vorlägen, wie wollten sie an die herankommen? Von deren Kooperationsbereitschaft abgesehen war es Fakt, dass er den Behörden im Kosovo keinen Namen anbieten konnte. Auf den Bahamas konnte er den Verdacht gegen eine renommierte Großbank vorbringen. Als Ergebnis finge er sich vermutlich eine Verleumdungsklage ein.

32

Egal, wie er es drehte und wendete, nach wie vor lag vor ihnen ein Berg unbeantworteter Fragen. Er tat sich ungewohnt schwer. Das Stakkato der aktuellen Geschehnisse behinderte seinen Denkapparat. Er wurde vom Augenblick einfangen, der Blick fürs Ganze blieb dagegen getrübt. Er verfügte über einen Vorteil. Zu fassen bekämen ihn seine Opponenten ausschließlich in Deutschland. Vielleicht erwischten sie den Hinkenden lebend. Der wusste vermutlich mehr als seine Helfer. Hilpert lachte auf. Wie hieß es so trefflich, die Hoffnung starb zuletzt. Am stärksten belastete ihn die Situation um Atifete, ihre Gefährdung ebenso wie ihre ›Unbeziehung‹. Die Umstände um die Ermordung seines Freundes hatten ein Übriges bewirkt. Er hing emotional in den Seilen. Dieser Umstand war nicht abzustellen. Er belastete seinen Denkapparat. Bislang gehörte es zu seinen Stärken, unterschiedliche Ermittlungsergebnisse miteinander zu verbinden, aus kleinsten Hinweisen Beweise zu schmieden. Er war in der Lage, scheinbar Zusammenhängendes aufzutrennen und sich von irrelevantem Ballast zu befreien. Bei der Einschätzung ihrer Arbeit konnte er nicht sagen, von welchen Thesen sie sich verabschieden, welche Aspekte sie näher beleuchten sollten. In Hinsicht auf die Anschläge war er konsterniert darüber, wie viel seine potenziellen Feinde über ihn wussten.

Damals im Hotel richtete er sich neben der Suite in einem normalen Doppelzimmer ein, in der Hoffnung, das Luxusappartement würde Ziel der nächsten Attacke werden. Tatsächlich wurde diese kleine Finte bereits im Ansatz durchschaut. Der Schweizer Auftragsmörder, der ihn mit einem Messer töten wollte, hatte die Fotos seiner engsten Mitarbeiter in seinem Handy gespeichert. Wieso waren sie ihm, besser seinem Auftraggeber, bekannt? Woher hatte er die Aufnahmen bekommen? Woher kannten die Leute seine Buchholzer Adresse? Woher wussten sie von dem Klassenfest, das er besuchen wollte? Von seinen engsten Mitarbeitern abgesehen hatte er im Präsidium mit niemandem darüber gesprochen und keine Werbung damit gemacht. Wie war das Insiderwissen nach außen gedrungen? Er fühlte sich wie in der Politik. Je vertraulicher Entscheidungen oder Pläne behandelt wurden, desto schneller gelangten sie an die Öffentlichkeit. Nur arbeitete er in keiner Partei, wo ständig an irgendwelchen Sesseln gesägt wurde. Indiskretionen fanden in seiner Truppe nicht statt.

Überraschend wendete sich dann das Blatt. Beim zweiten Anschlag im Hotel waren seine Gegner nicht auf Grothe und Tensfeld vorbereitet. Die Verstärkung kam für sie unerwartet und führte zum totalen Desaster ihrer Aktion. Seine Idee, ehemalige Kollegen, die aus dem Polizeidienst entfernt worden waren, als seine Personenschützer einzustellen, kam für sie aus heiterem Himmel. Dabei wurde über diese Entscheidung auf den Gängen des Präsidiums geratscht. Waren sie nachlässig geworden, zu siegessicher? Ihm fiel sein Gespräch mit Grothe ein, das sie erst kürzlich auf dem Weg zum Flughafen geführt hatten. Er hatte sich darüber geradezu beklagt, dass sich niemand in der Nähe des Präsidiums, des Appartements in der HafenCity oder seines Reihenhauses in Buchholz für ihn interessierte. Befragungen der Nachbarn blieben ebenso ergebnislos. Wie wollten seine Gegner Veränderungen bei ihm wahrnehmen, wenn sie sich nicht darum kümmerten? Schließlich hatten sie es mit Profis zu tun, die nichts dem Zufall überließen.

Der Verdacht, es könnte sich jemand in ihr Umfeld eingeschlichen haben, verwarf Hilpert. Wer sollte dafür infrage kommen? Wirklich eingeweiht war nur ein Teil seiner engsten Mitarbeiter. Im Kern verblieb Grothes Gruppe. Er konzentrierte sich in der direkten Zusammenarbeit auf zwei Leute, Tensfeld und Grothe. Beide waren nunmehr ins Schussfeld geraten. Tensfeld musste dem Auftrag bereits Tribut zollen. Nur einige Zentimeter entschieden bei ihm über Leben und Tod. Grothe blieb unverletzt. Ihn hätte es ebenso treffen können. Die anderen Mitglieder der Gruppe kümmerten sich um seine Familie. Gedanklich winkte er ab. Sie bildeten eine Art Schicksalsgemeinschaft. Da gefährdete niemand bewusst den anderen. Wie hätte davon abgesehen einer von ihnen den Kontakt zu den Attentätern aufnehmen wollen? Er unterstellte, sie wussten nicht mehr als er.

Wie so oft, wenn er zu grübeln anfing, war er aufgestanden, die Hände in den Hosentaschen versenkt. Er schaute aus seinem Fenster, ohne etwas wahrzunehmen. Wie stand es um Atifete? Da konnte er bloß auf ihre Professionalität hoffen. Er ging an den Kaffeeautomaten. Vielleicht half ihm eine Portion Koffein in seinen Überlegungen. Das Mahlwerk der Maschine orientierte ihn auf die Schüsse in der Ludwig-Erhard-Straße. Als habe jemand seinen grauen Star gestochen, begann er zu begreifen. Er war mehr oder minder dorthin bestellt worden. Es gab seitens seiner Vorgesetzten die unausgesprochene Erwartungshaltung an ihn, sich zu kümmern, war der Senator bedroht. Dies begriffen seine Gegner. Dazu bedurfte es keiner besonderen Kenntnis der Sachlage. Es reichte vielmehr, sich mit seiner Situation im Präsidium zu beschäftigen. Röhrs war mehr oder weniger aus dem Spiel genommen worden. Der Anschlag auf ihn verfolgte exakt dieses Ziel und war keineswegs als Warnung oder Machtdemonstration gedacht. Einer gewissen inneren Logik folgend, gingen seine Gegner davon aus, er würde vorerst dessen Aufgaben übernehmen. Es war nachgerade faszinierend, wie präzise sich seine Gegner mit den Strukturen seines Arbeitsumfeldes auskannten. Hatten die einen Ehemaligen aus ihren eigenen Reihen als Ratgeber zur Seite? Sie wollten ihn dort positionieren, wo sie ihn zu fassen bekamen. Sie bestimmten das Schlachtfeld und den Zeitpunkt der Auseinandersetzung. Und er tappte in die Falle wie ein blinder Maulwurf. Seine Beschützer folgten ihm selbstredend wie die Lemminge. Irgendwann entzog ihm Fortuna ihre Huld. Bekamen sie nicht zügig die Initiatoren der Anschläge zu fassen, war er es, für den demnächst das kürzere Ende vorgesehen war. Sein Problem, er verstand nicht viel von den Motiven seiner Widersacher. Nach wie vor dilettierte er vor sich hin. Sie gewannen Schlacht um Schlacht und liefen dennoch Gefahr, den Krieg zu verlieren.

Von Atifete erreichte ihn zu seinem Leidwesen kein Lebenszeichen. Er hätte viel für einen Tipp von ihr zu dem Auftraggeber gegeben. Sie spielte ihr Spiel und musste auf sich achten. Von ihm erwartete sie das Gleiche. Er hatte es zu respektieren. Er durfte sich nicht beschweren. Schließlich hatte sie ihm in aller Offenheit ihre Vorgehensweise dargelegt. Und wären ihm Ross und Reiter bekannt, er käme dennoch nicht an den Strippenzieher heran. Im Kosovo konnte er nicht auftauchen. Irgendwo im Ausland besaß er keine Rechte, tätig zu werden. Scherte er sich nicht darum, wie wollte er den jeweiligen Aufenthaltsort des Organisators der Anschläge auf sie ausfindig machen? Für ihn wäre es allemal besser, Atifete griff sich diesen Menschen. Sollte er ein paar Tage an einen unbekannten Ort in Klausur gehen? Er befürchtete jedoch, es würden Mittel und Wege gefunden werden, ihn zurück nach Hamburg zu locken. Mit einem Anflug von Verzweiflung schüttelte er den Kopf. Sie klaubten mit großer Leidenschaft alles an Indizien zusammen, das in ihre Reichweite kam und vergruben sie in der Fallakte. Zuweilen kramte er Teile davon hervor und versuchte zu verstehen. Dies mit zweifelhaftem Erfolg. Der Durchbruch lag nach wie vor in weiter Ferne. Konnte er sich auf seine Ahnung verlassen, es mit demselben Täterkreis zu tun zu haben? Oder hatten sich zwei Organisationen zusammengetan, für die einen war Atifete die primäre Zielperson, für die anderen er? Diese Vermutung hatte manches für sich. Synergie nannte man das.

Albers steckte seinen Kopf bei ihm herein. Er hätte es besser nicht getan, schon wurde er von Hilpert verhaftet. Der Kaffee, der ihm angeboten wurde, linderte seine Qualen nur bedingt. Zähneknirschend setzte er sich mit Hilpert an dessen Besprechungstisch. Mit gequälter Miene schaute er ihn an. Sein Getränk blieb vorerst unberührt. Er ließ sich dessen Überlegungen, die er mit knappen Worten darlegte, auf der Zunge zergehen.

»Das sind allerdings gewichtige Argumente, die du vorbringst, Fabian. In dieser komprimierten Form kommt man tatsächlich ins Grübeln. Schleicht durch unsere Gänge ein Maulwurf, verdient sich ein Pensionär mit guten Kontakten ins Präsidium ein Zubrot?« Kopfschüttelnd beantwortete er seine Frage selbst. »Ich halte die Wahrscheinlichkeit für extrem gering. Allein die Tatsache, dass die neueste Entwicklung mit Grothe und seinen Gefolgsleuten anfangs nicht bekannt war, spricht dagegen. Deren Wiederbelebung war die Meldung des Jahres. Stände ein Interner auf der Gehaltsliste der Attentäter, er hätte diese wichtige Info direkt weitergegeben.« Er fuhr sich mit dem Handrücken über die Stirn. Er war nicht durch mit seiner Analyse, suchte nur nach geeigneten Worten. »Vergegenwärtige dir, der hohe Aufwand, die Massivität, mit der du aus dem Weg geräumt werden sollst, weisen eindeutig auf Gegner hin, die dich meinen. Du sollst nicht daran gehindert werden, Atifete zu unterstützen. Du sollst getötet werden! Damit ist sie nicht aus dem Schneider. Ihr seid beide primäre Ziele dieser Aktionen. Deine Idee mit der Synergie klingt gut. Atifete hat offenbar das Glück, durch ständigen Wechsel ihrer Standorte schwer zu greifen zu sein.«

»Meinst du, sie soll unter Umständen davon abgehalten werden, mir behilflich zu sein?«, warf Hilpert ein.

Albers zuckte mit den Schultern und hob dabei ansatzweise die Hände. »Frag mich was Leichteres. Ob sie bei deiner Vergangenheit im Kosovo eigene Leute einsetzen dürfte, um das durchzusetzen, wage ich zu bezweifeln. Die würden eher auf dich schießen, als dir unter die Arme zu greifen. Das weiß Atifete ebenso wie wir. Konkrete Ansätze sehe ich am ehesten bei ihr. Clans reiben sich aneinander. Wie Kontinentalplatten stoßen sie gegeneinander. Die Erdbeben der Menschen sind halt Kriege oder wie in eurem

Fall Attentate. Es ist ein probates Mittel, die Leitfiguren beiseitezuschaffen. Die Truppen laufen hinter dem her, der an der Spitze steht. Er muss bloß für deren Versorgung und Entlohnung sorgen.«

Was wollte Hilpert dem hinzufügen? Albers' klare Worte halfen ihm, seinen Kopf aufzuräumen. Er konnte ein paar eindeutige Irrwege verlassen. Somit kam er bei seiner Analyse ein Stück voran. Trotzdem reichte diese geringe Strecke nicht aus, um zu verstehen, worum es ging. Da konnte ihm sein Hauptkommissar nicht helfen.

Albers war längst gegangen, als irgendwo in seinem Kleinhirn ein Lämpchen anging. Sie hatten tatsächlich nicht zu Ende gedacht. Er schüttelte über sich den Kopf und griff nach seiner Tasche. Es war an der Zeit, das Präsidium zu verlassen. Seine Eingebung nahm er mit.

An diesem Abend verzog er sich in sein Appartement. Ihm kamen Erinnerungen an die Schulzeit in den Sinn. Wie war das in der Mathematik. Die Parallelen schnitten sich im Universum im Unendlichen. Gleiches geschah gerade in seinem Minikosmos. Er war dabei, das Feld von hinten aufzurollen. Dabei bekam er langsam die heiß ersehnte Schnittstelle zu fassen. Egal von welcher Seite er seine neuesten Überlegungen betrachtete, es gab keine passendere Lösung.

Er stand auf, ging an seinen Barschrank und genehmigte sich einen großen Cognac. Die Flasche hatte er in den Tiefen des Weinkellers seines Schwiegervaters entdeckt. Er musste sich keinen Kopf darüber machen, ob der sie irgendwann vermissen würde. Allein die Cognacvorräte reichten für diverse Alkoholexzesse ganzer Ortschaften. Über die Weinreserven durfte er gleich gar nicht nachdenken. Er nahm einen kräftigen Schluck im Stehen, griff sich die Flasche und setzte sich an seinen Schreibtisch. Ob er wollte oder nicht, Grothe musste mit einem seiner Leute die nächsten Tage in seinem Appartement übernachten. Um Nägel mit Köpfen zu machen, durfte er sich nicht allein auf sich oder Albers verlassen. Bedauerlicherweise war Tensfeld bis auf Weiteres nicht einsatzfähig. Auf diesen vorzüglichen Schützen verzichtete er ausgesprochen ungern. Trotzdem waren sie gut aufgestellt. Sie traten als kleines Team an, das zu seiner Beruhigung ausschließlich aus Profis bestand.

Zur Bestätigung seiner These, die ihm durch den Kopf ging, griff er sich eine DVD und legte sie in seinen Recorder. Er warf einen interessierten Blick auf die laufenden Bilder. Er sah sie sich mehrfach an. Es hatte seine Zeit gedauert, bis es bei ihm klick machte. Man sieht im Fernsehen einen Eisbär und geht zur Tagesordnung über. Bis einem auffällt, der Film handelte vom Leben in der Antarktis. An dem Punkt war er angelangt. Pinguine hätten eher gepasst. So erging es einem zuweilen. Du registrierte etwas und begreifst es nur bedingt oder zu spät. In seinem Fall war es einfacher, weil der Zeitraum, in dem er suchen musste, auf zwei Minuten begrenzt war. Ohne weitere Anstrengungen hatte er entdeckt, was er suchte. Nunmehr legte er es im richtigen Ordner in seinem Kopf ab. Es passte perfekt. Auf einen Schlag erledigte sich sein größtes Problem nachgerade von allein. Darauf hätte er weitaus eher kommen können. Vielfältige Hinweise erreichten ihn bereits früher. Er hatte sie nicht wahrgenommen oder bewusst verdrängt. Zeitweise hielt er die Lösung in Händen und begriff sie nicht. Gab es dafür eine Entschuldigung? Sie wurden durch diverse Mordanschläge gnadenlos unter Strom gesetzt. In alter Manier hatte er sich einen weiteren Fall in Zusammenhang mit der Ermordung seines Freundes in der Nordheide umgehängt. Beide Male ging es nicht um komplizierte Ermittlungen, die ihn an die Grenze seiner Belastbarkeit getrieben oder intellektuell überfordert hätten. Die psychische Belastung war sein eigentlicher Knackpunkt. Die Angst ums eigene Leben und das der Frau, die er liebte. Die Trauer um seinen Freund. Die Frustration, über seine damalige Naivität. Er sah nunmehr klarer. Er hatte endlich sein Unterbewusstsein in den Griff bekommen.

Nach wie vor war die Motivlage unzureichend. Ein verwertbarer Einfall zeigte sich nicht am Horizont. Er hätte besser auf den zweiten Cognac verzichtet. Er brachte ihn nicht weiter, sondern blockiert ihn vielmehr. Schließlich gab er auf und verzog sich ins Bad. Der Alkohol gab ihm die erforderliche Bettschwere. Er sollte ihn irgendwann in der Nacht aus dem Schlaf reißen. Seine Überlegungen in den Wachphasen malträtierten ihn.

Am Morgen stand er mit einem dicken Kopf auf. Das war nicht primär dem Alkohol geschuldet. Dafür war die Menge, die er getrunken hatte, zu gering. Am Frühstückstisch wollte bei ihm keine Ruhe einkehren. Stimmte seine Analyse, oder machte er sich selber etwas vor? War er nunmehr auf die Lösung des Falls gestoßen? Oder raste er mit vollem Tempo in die nächste Sackgasse? Alles war denkbar. Er kam nicht umhin, weitere Befragungen zur Absicherung seiner Thesen durchzuführen. Mit dem bedingt auskunftsfreudigen Auftragsmörder wollte er beginnen. Vielleicht gab der seinem Herzen einen Stoß und plauderte ausgiebiger mit ihnen als bisher. Er steckte die DVD, die er sich am Vorabend angesehen hatte, in seinen Aktenkoffer. Nach einem gehaltvollen Frühstück mit zwei großen Bechern Kaffee ging es ihm einigermaßen.

Albers hatte ihn mit einem kritischen Seitenblick bedacht, als er ihn an diesem Morgen in der HafenCity aufsuchte. Hilpert hatte schon besser ausgesehen. Zum Glück war er nicht auf dem Weg zu einer Mister-Germany-Wahl. Der Hauptkommissar hatte die Nacht an anderer Stelle verbracht und verspürte kein Interesse, mit Hilpert darüber zu plauschen. Schließlich waren sie keine Pennäler mehr, die sich mit ihren tatsächlichen oder erfundenen Abenteuern gegenseitig entzückten. Punkt acht saßen sie in ihren Büros. Nele wollte sich um den vernehmungsfähigen Attentäter kümmern. Hilpert gönnte sich bereits einen weiteren Kaffee. Er würde es durchaus bedauern, entzöge man ihm jeglichen Alkohol. Müsste er auf seinen Kaffee verzichten, käme es hingegen einer Katastrophe gleich. Sein geplantes Verhör stand auf Messers Schneide, da Diercksen ihn unbedingt sprechen wollte. Sie einigten sich auf elf Uhr. Ein Zettel, den Lisa ihm reinreichte, beantwortete seine nicht gestellte Frage. Röhrs war in der Nacht wieder ins Krankenhaus eingeliefert worden. Er hatte eindeutig zu früh mit seiner Arbeit begonnen. Sein Körper nahm das nicht widerspruchslos hin. Hilpert verschwendete darauf vorerst keinen weiteren Gedanken, da Nele den Gefangenen, Heinz Berthold, hereinführte. Ein uniformierter Begleiter blieb vor der Bürotür stehen. Die Verletzung des Mannes erübrigte Handschellen. Hilpert schob die DVD, die er von zu Hause mitgebracht hatte, in den Player. Er scrollte die Bilder so weit vor, bis er den Mann im Fokus hatte, der ihm in seinem Appartement aufgefallen war.

»Kennen Sie diesen Herrn?«, fragte er übergangslos.

Berthold blickte ihn unverwandt an. »Für einen doppelten Espresso will ich drüber nachdenken.«

Das Problem löste Nele, ohne dazu aufgefordert zu werden. Sie versorgte ihn sogar mit der gewünschten Menge Zucker. Sie grinste in sich hinein. Ein Auftragsmörder, der Süßes liebte. Dieser schlürfte den Kaffee genussvoll und ließ sich gerne nachschenken. Er griff nach der neuen Tasse und nahm einen Schluck. Anschließend beantwortete er Hilperts Frage, ohne große Umstände zu machen. »Das ist der Kerl, von dem wir die Kohle bekommen haben.«

Hilpert nickte zufrieden, obwohl er mit dem Ergebnis gerechnet hatte. Sie waren einen wesentlichen Schritt weitergekommen. Er bat Albers zu sich.

»Der Herr ist ausgesprochen kooperativ gewesen. Er kann so viel Espresso trinken, bis er ihm zu den Ohren herauskommt. Ich muss zum Präsidenten.«

Nach der dritten Tasse ließ sich der Auftragsmörder zurückbringen.

Diercksen wirkte angespannt, als Hilpert sein Büro betrat. »Ah, da sind Sie endlich. Sie haben von Dr. Röhrs gehört?«

Der Oberrat nickte, ohne auf die Worte seines Vorgesetzten einzugehen.

»Ich muss Sie bitten, wieder als Ausputzer für ihn tätig zu werden.«

Hilpert lamentierte nicht lange herum, sondern nickte zustimmend. »Für den Übergang stehe ich zur Verfügung. In Situationen wie diesen müssen wir zusammenhalten.«

»Sehr gut. Ich soll Grüße vom Senator und Ihrem neuen Fan, dem Staatsrat ausrichten. Sie denken sogar darüber nach, Sie demnächst zum Kriminaldirektor zu befördern. Damit wagen die sich verdammt weit nach vorne. Geht es um Beamtenrecht, ist es nicht einmal für unsere Oberen problemlos, sich darüber hinwegzusetzen.«

Hilpert wollte aufbegehren. Diercksen winkte ab. »Keine Angst, es gibt Pläne für Sie, die Sie sich anhören sollten. Bis dahin nehmen Sie bitte den Platz von Röhrs ein. Der Mann hat überraschenderweise Stehvermögen bewiesen. Da sind wir gezwungen, ihm nach seiner Genesung wieder die alte Position zu übertragen. Eine andere Entscheidung wäre nicht in Ordnung. Davon abgesehen sind wir kein Bundesligaverein, der dauernd seine Trainer austauscht. Das kann der HSV besser als wir.«

Hilpert nahm das Beförderungsangebot zwiespältig auf. Machten Danaer Geschenke, hieß es auf der Hut zu sein. Solange er ordentliche Arbeitsbedingungen vorfand, waren für ihn Fragen von Beförderung oder Nichtbeförderung bedeutungslos. Diese Einstellung war beileibe nicht seinem Wohlstand geschuldet. Als Otto Normalverbraucher hätte er, mit sich und der Welt im Reinen, dem Pensionsalter als Hauptkommissar entgegengesehen.

Ohne sonderliche Motivation suchte er Röhrs Büro auf. Der Mann war durch und durch Administrator. Das belegte ein kurzer Blick in die Wiedervorlagemappen auf seinem Schreibtisch. Darin lagen keine unbearbeiteten Vorgänge wie angebissene Äpfel herum. In Oberkommissar Müller stand ihm ein Assistent zur Verfügung, der ihn hierin kongenial unterstützte. So wie Lisa ihm den Rücken freihielt, um die totale Unordnung zu verhindern, unterstützte der Kollege Röhrs darin, die perfekte Ordnung aufrechtzuerhalten. Für Hilpert war er der Retter aus tiefster Not. Er beorderte ihn an den Schreibtisch seines Vorgesetzten und beauftragte ihn, den Telefondienst zu übernehmen und ausschließlich wichtige Anliegen an ihn weiterzuleiten. Wer ihn im Haus sprechen wollte, versuchte es eh über sein Telefon oder suchte ihn in seinem Büro auf. Die Bearbeitung verwaltungstechnischer Angelegenheiten überließ er ihm vollends. Mussten administrative Entscheidungen gefällt werden, verwies er diese an Diercksen. Dieser nahm diese spezifische Form der Rückdelegation zähneknirschend hin. Hilpert hielt die aufmüpfigen Leiter der einzelnen Mordkommissionen im Zaum und dirigierte die in die Sonderkommission abgestellten Kollegen. Eine nennenswerte neue Richtung vermochte er nicht vorzugeben. Einen größeren Dienst konnte er dem Polizeipräsidenten nicht erweisen. Mit der Nachricht von Röhrs' Rückfall, begann einmal mehr das Stühlerücken.

Für den Oberrat hielt der Tag eine weitere Überraschung parat. Atifete kündigte für die kommende Woche ihren Besuch in Hamburg an. »Solltest du daran interessiert sein, mit mir nicht nur die Bilanzen der Vermögensverwaltung durchzugehen, nimm zur Kenntnis, ich möchte mit dir allein sein. Ich mag keine ungebetenen Zuschauer oder Zuhörer«, gab sie ihm klare Anweisungen.

»Keine Angst, damit sprichst du mir aus vollem Herzen«, kam die gehorsame Antwort.

Er stimmte Albers auf diesen bevorstehenden Abend ein und bat ihn, Grothe darüber zu informieren.

Röhrs hatte sich mit seiner zu frühen Arbeitsaufnahme keinen Gefallen getan. Er fiel nach Aussagen der Ärzte mehrere Wochen aus. Zusätzlich musste er sich auf eine Reha einstellen. Die Chance, sich abermals auf eigene Verantwortung aus der Klinik zu entlassen, bekäme er kein zweites Mal. Hilpert besuchte ihn am Abend und versuchte, die Befürchtungen des Mannes um seinen Job zu beseitigen. Wie nachhaltig diese Medizin wirkte, würde sich zeigen. Röhrs wusste, der Appetit kam beim Essen. Weshalb sollte dies nicht für Hilpert oder andere Kollegen gelten?

Im Präsidium kam Hilpert einigermaßen zurecht. Müller suchte ihn regelmäßig am Vormittag und am Abend auf und informierte ihn über die wichtigsten Vorgänge. Er war an selbstständiges Arbeiten gewöhnt, begriff allerdings schnell, Hilpert wollte gut informiert zu sein. Leute wie er halfen nicht unbedingt bei der Aufklärung von Kapitalverbrechen. Sie leisteten gleichwohl ihren Beitrag zum Funktionieren der Organisation. Ständen ausschließlich kreative Chaoten wie Hilpert am Ruder, würde keine Akte ordentlich geführt, kein Gehalt pünktlich ausgezahlt werden. Bei der aktuellen Arbeitsteilung blieb zumindest kein Vorgang unbearbeitet. Liegen gebliebene Spesenabrechnungen verbreiteten alles andere als gute Laune.

33

Atifete hielt Wort. Er konnte sie zu Beginn der nächsten Woche am frühen Abend in seinem Appartement in der HafenCity in die Arme nehmen. Sie hatte darauf verzichtet, den Flieger zu nehmen, sondern war mit ihrer Limousine nach Hamburg gekommen. Aus welcher Richtung, konnte er nicht sagen. Und sie sah keine Veranlassung, ihn darüber aufzuklären. Sie trug ein hochgeschlossenes Kleid, das kurz über den Knien endete. Die kurze Umarmung und der flüchtige Kuss auf den Mund ließen bei ihm nicht die Hoffnung aufkeimen, einen erlebnisreichen Abend mit ihr zu verbringen. Da musste er durch. Je nach Lust und Laune entschied sie den Verlauf ihres Beisammenseins. Sie dachte für ihren Clan über erhebliche Investitionen nach. Da rückte Privates ganz nach hinten. Verabredungsgemäß hatten sich Albers und Grothe verzogen.

»Ich komme immer wieder gern in dieses Appartement am Kaiserkai«, meinte sie gut gelaunt. »Dieses Gemisch aus pulsierendem Hafen auf der anderen Seite der Elbe und dem luxuriösen Ambiente hat was.«

»Gehen wir in mein kleines abgeschlossenes Domizil«, schlug er ihr vor. »Dort bleiben wir in jedem Fall ungestört, sollte irgendetwas Ungeplantes auf uns zukommen.«

»Du trägst deine Hose nach wie vor mit Gürtel und Hosenträger?«, merkte sie mit einem angedeuteten Lächeln an.

»Es ist eine passable Überlebensstrategie«, erwiderte er ungerührt. »Ich habe nur ein Leben. Das Gleiche gilt für dich. Davon abgesehen sind private Stunden mit dir furchtbar selten. Die lasse ich mir durch niemanden versauen.«

»Wohl wahr. Sicherheitsinteresse und Genusssucht gehen bei dir Hand in Hand. In beidem bist du ein absoluter Profi. Da kann man sich beruhigt fallen lassen. Ich finde es schön, ungestört mit dir allein zu sein.«

Hatte sie vielleicht mehr mit ihm vor, als er sich erhoffen mochte? Er wollte sich überraschen lassen.

»Du kannst beruhigt sein. Albers und Grothe holen mich erst morgen früh hier ab. Leuten, die aus anderen Gründen an uns interessiert sind, dürfte es schwerfallen, hier einzudringen. Sie würden bereits in der Tiefgarage oder im Treppenhaus abgefangen werden.«

Neugierig betrat sie nach ihm das kleine Appartement. »Klein, aber fein«, stellte sie mit Kennerblick fest. »Hast du das extra wegen der Anschläge herrichten lassen?«

»Natürlich nicht«, winkte er ab. »Die Idee ist mir vor Jahren gekommen. Du weißt ebenso wie ich, dies sind nicht die ersten Probleme, die mir gemacht werden. Davon unabhängig ist mir das gesamte Appartement einfach zu groß, wenn ich mich zurückfallen lassen will.«

Sie nickte zu einem Glas Champagner, während er es bei einem Bier beließ.

»Wir sind schon ein seltsames Gespann«, brach es aus ihm heraus. »Unsere Beziehung ist der helle Wahnsinn. Sehen wir uns und die Umstände erlauben es, fallen wir wie Verdurstende übereinander her. Anschließend gehst du unter die Dusche, ziehst dich danach an und verlässt mich nach einem flüchtigen Kuss. Bin ich wieder allein, frage ich mich, ob ich mein Leben auf diese Art gestalten will. Zuweilen kommt es mir vor, als wolltest du mich bestrafen. Ich denke häufiger darüber nach. Wirfst du mir immer noch den Tod deines Bruders vor?« Hilpert blickte angespannt in ihre Richtung, bevor er weitersprach. »Es klingt wie eine dumme Entschuldigung, aber ich kann deinen Bruder nicht erschossen haben. Jetzt, wo mein damaliger Partner nicht mehr lebt, ist es mir möglich, offen darüber zu reden.«

»Du musst mich nicht überzeugen«, antwortete sie gelassen. »Ich kenne die Ermittlungsakten und weiß längst, dass du die Wahrheit sagst. Aus deinem Gewehr ist tatsächlich nicht geschossen worden, ausschließlich aus dem deines Begleiters. Es wurden vier Schüsse abgegeben. Ihr beide habt euch darüber ausgeschwiegen. Trotzdem bist du an der Racheaktion beteiligt gewesen. Wie heißt es so schön, mitgefangen, mitgehangen. Davon abgesehen, glaubst du wirklich, ich hätte mit dem Mörder meines Bruders intim sein können?«

Entsetzt nahm er ihre Bemerkung zur Kenntnis. Seit Längerem hatte er darüber gegrübelt, ob er ihr die volle Wahrheit zumuten konnte. Bislang hatte er sich trotz des Todes seines Kollegen dagegen gesperrt. Es hätte geklungen, als wollte er sich aus der Verantwortung für den Tod der beiden Jugendlichen im Kosovo herausstehlen. Nun musste er bestürzt feststellen, sie kannte längst die Wahrheit. Ihm wäre manch schlaflose Nacht erspart geblieben. Hätte sie ihn darüber informieren müssen? Zu einer endgültigen Einschätzung kam er nicht. Betroffen machte ihn vielmehr ihre Kühle, mit der sie dazu Stellung nahm. Atifete erschien ihm zunehmend in einem anderen Licht. Oder gab sie sich nunmehr so, wie sie tatsächlich war? Bestand keine Veranlassung mehr, ihm etwas vorzuspielen, wo ihre Beziehung längst zerbrochen war? Sie war anders als alle Frauen, die er kennengelernt hatte. Sie war ein

Kind des Bürgerkriegs. In einem Alter, in dem andere Mädchen in die Disco gingen, hatte sie bereits gelernt zu töten. Sie machte Erfahrungen, die jungen Mädchen besser erspart blieben. Obwohl sie darüber nie konkret gesprochen hatte, war es ihm klar gewesen, seit er sie kannte. Er müsste lügen, wollte er behaupten, für sie keine Gefühle mehr zu empfinden. Langsam verstärkte sich seine innere Distanz zu ihr. Er glaubte nicht mehr daran, dass sie ihn jemals geliebt hatte. Sie fiedelte ihn in einer Kälte ab, die diesem Verdacht reichlich Nahrung gab.

Er blickte sie traurig an. »Weshalb hast du mich aufgesucht? Du willst mir nicht erzählen, von der Sehnsucht nach mir getrieben zu sein.«

»Wer weiß, vielleicht ja, vielleicht nein«, reagierte sie so kühl wie zuvor.

»Dann spuck es aus«, kehrte zu ihm die Gelassenheit zurück, die er benötigte, um das Gespräch in seinem Sinne weiterführen zu können. »Hier hört uns niemand zu. Wer in dieses Appartement hineinwill, muss mindestens einen Schneidbrenner mitbringen.«

»Ich glaube, du willst nicht wissen, was ich von dir will«, gab sie sich distanziert. »Belassen wir es vorerst dabei.« Sie versuchte so etwas wie Humor ins Gespräch zu bringen. »Eigentlich dachte ich daran, mit dir diese Nacht zu verbringen.«

»Und danach?«

»Nichts danach. Um über Geschäfte zu sprechen, ist es heute zu früh. Ich benötige mehr Zeit. Die Umstände der Auflösung der Finanzanlagen in London sind komplizierter als gedacht.«

»Kann es sein, ich störe dabei?«, überraschte er sie mit der unerwarteten Wendung des Gesprächs.

Erstaunte blickte sie auf. »Wie darf ich das verstehen?«

»Wäre es nicht einfacher, du verhandelst mit meinem Schwager und Thiemann als Treuhänder? Sind die nicht einfacher zu überzeugen als ich?«

»Überzeugen? Wovon?«, fasste sie nach.

»Wenn ich das nur wüsste. Vielleicht verrätst du es mir. Du würdest mir einen großen Gefallen damit tun.«

Energisch schüttelte sie den Kopf. »Ich begreife nach wie vor nicht, was du meinst. Vielleicht wirst du etwas konkreter.«

Er beugte sich vor und kam ihrem Gesicht bedenklich nahe.

»Willst du mir weismachen, du weißt nicht, worauf ich hinauswill? Ich bin Ermittler. Egal, welchen Rang ich einnehme, mich interessieren die Umstände eines Falls, unabhängig davon, ob ich betroffen bin oder nicht. Ich höre erst auf zu graben, wenn vor mir die Lösung liegt.«

»Welche Lösung betrifft mich?«, fragte sie mit leiser Stimme.

Er wunderte sich über seine eigene Gelassenheit, als er auf sie einging. »Die Beantwortung der Frage, wer meinen Tod will und warum. Am Warum habe ich geknabbert wie an einem Hähnchenschenkel. Ständig gab es neue Fleischfetzen, die ich übersehen hatte. Dann wieder habe ich auf einen Knochen gebissen. Was meine Überlegungen betrifft, sperrte ich mich lange Zeit in meinem Unterbewusstsein gegen das, was eigentlich offen vor mir lag.«

»Was hast du herausgefunden?«, blieb sie beherrscht.

»Es muss um eure Geldgeschäfte gehen, besser gesagt um eure Anlagenpolitik und um unsere, sprich meine Anlagenprinzipien. Ihr habt überall eure Finger drin. Ihr betreibt alle Arten von Geschäften, egal wie heiß oder dreckig sie sind. Ihr sitzt auf Geldbergen, die ihr gerne unterbringen wollt. Vermutlich lagert das Geld irgendwo in Deutschland oder im benachbarten Ausland und muss sauber gewaschen und danach seriös eingesetzt werden. Ansonsten könnt ihr es verbrennen oder verschenken.«

Scheinbar entnervt lachte sie auf. »Das sind ja ganz großartige Geheimnisse, die du da aufgedeckt hast. Worauf willst du hinaus?«

»Ganz einfach, ihr wollt euch in großem Stil bei uns einkaufen. Dagegen habe ich nichts. Doch ihr wollt cash bezahlen. Schließlich habt ihr genug davon. Und das funktioniert nicht.«

»Das mag aus Sicht der Steuerbehörden ungesetzlich sein«, ging sie auf ihn ein. »Ich dagegen sehe das eher gelassen. Ich sitze auf einigen hundert Millionen Euro in unterschiedlichen Stückelungen. Das Geld liegt schön verpackt an mehreren Stellen. Täglich zahlen Mitarbeiter von mir kleinere Beträge auf Sparkonten ein oder legen sie in schlecht verzinslichen Papieren an. Bis das Geld weg ist, vergehen Jahre, vermutlich sogar Jahrzehnte. Es ist einfach zu viel. Und ständig gibt es Nachschub. Die Zeit haben wir nicht. Das Geld soll arbeiten. Der hohe Betrag weckt mittlerweile Begehrlichkeit. Manch einer streckt seine gierigen Finger danach aus.« Sie funkelte ihn an. »Von mir werden Problemlösungen verlangt. Ein großes Immobilienprojekt zum Beispiel in Deutschland und wir könnten auf einen Hiev viel Geld unterbringen. Die Rendite wäre sekundär. Aber du bist ja die ehrlichste aller Häute, die ich kenne.«

Die Arme verschränkt, lehnte er sich in seinem Sessel zurück. »Du hast keine Ahnung, meine Liebe. Mit Ehrlichkeit hat das eher am Rande zu tun. Große Mengen Schwarzgeld hinterlassen ihre Spuren. An allen Ecken triffst du auf Leute, die in diese Deals involviert werden müssen. Makler, Banker, Steuerberater, Anwälte, Notare. Irgendwann spannt es das Finanzamt. Die Investitionen platzen wie eine Eiterbeule und die Kohle ist futsch. Über die strafrechtliche Seite will ich gleich gar nicht nachdenken. Geringere Beträge lassen sich gerade bei Immobiliengeschäften immer mal wieder unterbringen. Bei dir geht es um zu viel Geld auf einen Haufen. Und es kommt, wie du selbst sagst, regelmäßig neues hinzu. Da machen wir aus reinem Selbsterhaltungstrieb nicht mit. Es ist ein wenig wie mit den Ereignissen in Buchholz. Zwei Jahrzehnte und länger leben zwei ach so clevere Herrschaften und ihre Handlanger von Drogengeldern. Und nun ist alles den Bach runtergegangen. Einer aus dem Duo ist gerade vierzig, der andere Anfang siebzig. Mit deren künftigen Perspektiven möchte ich nicht leben.«

Mit nach unten gezogenen Mundwinkeln war sie seinen Ausführungen gefolgt. »Mit dir ist nicht zu rechnen. Das ist mir von Anfang an klar gewesen.« Sie spielte mit einer Haarsträhne, bevor sie nach ihrer Tasche griff und sie auf ihren Schoß legte. »Das Geld muss platziert werden, koste es, was es wolle. Der Einzige, der unsere Kreise dabei stört, bist du. Ohne dich werden die Dinge einfacher.« Traurig blickte sie zu ihm herüber. »Ich bin gern mit dir zusammen gewesen und hätte es weiterhin genossen. Das funktioniert leider nicht. Es ist mein Job, das Problem zu lösen. Bisher hast du deinen Kopf gut aus der Schlinge gezogen. Eigentlich hätte ich es wissen müssen. Also bleibt es an mir hängen, egal, ob es mir gefällt oder nicht.«

»Ich weiß. Deshalb habe ich es dir so leicht gemacht, mich hier zu treffen.«

Erschrocken umklammerte sie die Tasche. »Seit wann weißt du Bescheid?«

»Erst seit Kurzem.«

»Und wie bist du darauf gestoßen? Wo habe ich einen Fehler gemacht?«

Er lachte gehässig auf. »Von Fehlern möchte ich nicht reden. Vielmehr sind es die Abläufe, die zu dir geführt haben. Ich war leider in meinem Denkvermögen blockiert, ansonsten wäre ich schneller darauf gekommen.« Er nickte in ihre Richtung und lächelte traurig. »Es dauerte seine Zeit, zu akzeptieren, dass die Frau, die ich liebe, mit der ich wunderschöne Stunden verbracht habe, mir das Lebenslicht ausblasen will. Das ist einfach pervers. Du musst eine Art Freak sein, bis du in diese Richtung denkst.« Er fuhr sich durch die Haare. »Wie bin ich darauf gekommen? Jetzt bitte nicht lachen. Durch akribische Detailarbeit am Schreibtisch in meinem Büro und hier im Appartement.« Er tippte mit dem Zeigefinger gegen die Stirn. »Du musst deinem Kopf die Gelegenheit geben, die Führung zu übernehmen. Das habe ich längere Zeit versäumt.« Gelassen lehnte er sich zurück, ohne seinen Redefluss zu unterbrechen. »Als wir uns zum ersten Mal bei mir in Buchholz trafen, brachtest du die minderjährige Tochter einer Kiezgröße ins Gespräch, die ich vernascht haben sollte. An diese Bemerkung erinnerte ich mich, als ich über die Entführung von Kristin Meinhard nachdachte. Dem armen Mädchen wurde von einem deiner Handlanger vorgeworfen, sie habe sich einem alten Mann, nämlich mir, an den Hals geworfen. Beide Äußerungen wiesen eindeutig auf dich hin. Du wolltest mich zwar aus dem Weg räumen. Trotzdem flackerte so etwas wie Eifersucht auf.« Er schlug mit der flachen Hand auf den Tisch und erhob seine Stimme. »Was wäre mit dem armen Mädchen veranstaltet worden, hätte sie ein Verhältnis mit mir zugegeben?«

»Schlimmes«, bemerkte Atifete geradezu geschäftsmäßig. »Dafür gab es jedoch keinen Anlass. Ich hatte klare Anweisungen gegeben. Hat sie inzwischen ihr Ziel erreicht?«

»Natürlich nicht. Sie ist die Tochter einer Frau, in die ich als Pennäler verliebt war. Ich käme mir vor wie ein Kinderschänder.«

»Nun, erwachsen ist sie allemal«, gab sich Atifete verständig. »Was soll's. So bist du also auf mich gekommen?!«

»Nicht wirklich. Ich hatte dich nie im Fokus. Ich habe die Bemerkungen zur Kenntnis genommen und sie nicht mit anderen Ereignissen verknüpft. Erst im Kontext wird ein Schuh daraus.«

»Wie geht es weiter?«, fragte sie neugierig geworden.

Er kam sich vor wie der Geschichtenerzähler im Nahen Orient. »Du hattest mich im Hotel besucht. Für uns war die Suite gerade gut genug. Eigentlich sollte sie potenzielle Angreifer anlocken. Ansonsten hielt ich mich in einem der Zimmer nebenan auf. Auf diesen Leim haben sich deine Leute nicht locken lassen. Irgendwann fragte ich mich, warum hat die Finte nicht funktioniert? Es wussten davon neben mir ausschließlich meine engsten Mitarbeiter. Die konnte ich bedenkenlos aussortieren. Du warst im Bad und hast vermutlich festgestellt, dass es außer von dir nicht benutzt worden war. Clever, wie du bist, hast du dir den Rest zusammengereimt.«

»Interessantes Indiz. Ich stelle mir gerade vor, wie du damit vor Gericht punkten willst«, reagierte sie gereizt.

»Wer will das?!« Ohne weiter auf sie einzugehen, fuhr er fort: »In dem Zusammenhang wurden bei dem Auftragsmörder aus der Schweiz, der mich in der Hotelbar erstechen wollte, Bilder meiner Leute auf seinem Handy sichergestellt. Wie war er darangekommen? Du kennst sie alle. Von ihnen Fotos zu schießen, war für dich wohl nicht das größte Problem.«

Ihr war anzusehen, wie sehr sie seine Ausführungen beeindruckten. In den guten gemeinsamen Zeiten hatte er ihr erzählt, wie sie bei ihren Ermittlungen jeden Stein wendeten, jeden gedanklichen Ansatz beleuchteten, jede Idee zuließen, egal wie unsinnig sie einem auf den ersten Blick erschien. Er blieb entspannt. »Als entscheidenden Fehler machte ich, wenngleich viel zu spät, den ersten Anschlag auf mich in der Nacht nach dem Klassenfest aus. Woher wussten die Attentäter davon, wieso kannten die meine alte Adresse in Buchholz? Über dieses private Wissen verfügte gerade eine verschwindend geringe Anzahl an Leuten. Dies war letztlich der Kinken in deinen Überlegungen. Leider hat es seine Zeit gedauert, bis ich das gerafft hatte. Eine Rückfrage bei meiner Mutter bestätigte mir viel zu spät dein Telefonat mit ihr. Sie erzählte dir ohne Argwohn davon. Wie gesagt, dies wurde mir erst mit erheblicher Verzögerung klar. Irgendein Abwehrmechanismus in meinem Unterbewusstsein hat Tilt gemacht, als es an der Zeit war, dich in den Kreis der potenziellen Täter aufzunehmen. Am Ende waren die Verdachtsmomente so erdrückend, dass ich mich nicht mehr selber betrügen konnte. Bis dahin war es halt ein langer Weg.«

Er schaute zu ihr herüber. War ihr eigentlich klar, wie sehr er sie liebte? Interessierte es sie überhaupt? Wohl eher nicht. Sie war gekommen, ihn umzubringen. Da standen Emotionen hintan, insbesondere, wenn es nicht die eigenen betraf. Er hatte sich in Rage geredet und wollte sein gesamtes Wissen loswerden. Also setzte er erneut an und hatte eine wissbegierige Zuhörerin. »Geschickt lenktest du unseren Fokus auf Gegner aus dem Kosovo. Du stelltest dich als vermeintliches Opfer dar. Der Anschlag in der Schweiz auf dich war geradezu genial. Das hätte beinahe funktioniert, weil es jeden Anfangsverdacht gegen dich eliminierte. Die Sorge um dich überdeckte ihn konsequent. Es bedurfte erst der Berichterstattung des Schweizer Fernsehens, mich endgültig wachzurütteln. Dein Leibwächter huschte kurz durchs Bild. Er humpelte leicht. Das war das einzige uns bekannte Merkmal des Haupttäters. Dann fiel mir unser erstes gemeinsames Treffen im Hotel ein. Als du gingst, nahm dich am Ausgang ein Mann in Empfang. Er war sichtlich gehbehindert. Ich hatte es zu dem damaligen Zeitpunkt leider nicht bewusst wahrgenommen. Mit meinen Gedanken war ich ganz woanders, nämlich bei dir. Erst relativ spät fügten sich die Indizien zusammen. Die Anschläge auf mich im Hotel, in Buchholz nach dem Klassenfest auf der Straße, vor meinem Haus und jetzt in Hamburg passten nicht zu den Gegnern, die du mir vorgaukeln wolltest. Deutschland, Österreich, die Schweiz. Keiner deiner scheinbaren Gegner aus dem Kosovo hätte Leute aus diesen Ländern bemüht, um die schmutzige Arbeit zu erledigen. Die wären mit eigenen Leuten aktiv geworden. Der Bürgerkrieg spülte genügend Personen beiderlei Geschlechts hoch, die mit einigermaßen geordneten Verhältnissen nicht umzugehen vermögen und zu jeder Schandtat bereit sind. Du hingegen beziehungsweise dein Bruder, ihr habt zeitweise in westlichen Ländern gelebt. Mit Sicherheit verfügt ihr dort bis heute über eure Kontakte. Damit warst du eingekreist. Dabei hatte ich mich so sehr dagegen gesträubt.«

Sie ließ seine Worte auf sich wirken und schwieg einen kurzen Augenblick. Der Moment der Besinnung sollte nicht lange anhalten. »Und was wolltest du mit all deinem Wissen anfangen? Einer Klage sähe ich gelassen entgegen.«

»Wie kommst du darauf, ich könnte dich verklagen?«, fragte er erstaunt.

Ihre selbstbewusste Haltung blieb ihr erhalten. »Bei den schwachen Indizien käme sowieso nichts raus.«

»Eines interessiert mich. Was ist deine Planung, nachdem du mich aus dem Verkehr gezogen hast?«

»Dir ist also meine Aufgabe klar. Glaub mir, es fällt mir nicht leicht, aber ich komm nicht drum herum. Die Umstände zwingen mich dazu.«

»Ich verstehe, du bist gekommen, um die Sache endlich zu einem Ende zu bringen, nachdem all deine Sendboten versagt haben. Trotzdem, beantworte bitte meine Frage. So viel Zeit muss sein.«

»Nach deinem Ableben werden die Karten neu gemischt. Wir kaufen die Firma sukzessive auf. Dies natürlich zu moderaten Preisen. Deinen Schwager überzeugen wir im Vorbeigehen. Der hat eh kein Interesse an Finanzanlagen und ähnlichem Zeugs. Spätestens, wenn sein Haus mit den schönen Büchern abbrennen könnte, wird er unseren Vorschlägen folgen. Deine Eltern werden sowieso keinen Widerstand leisten.«

»Du meinst, ihr schüttet die in den nächsten Jahren mit Schwarzgeld zu?!«

»So in etwa.«

»Und das soll funktionieren?!«

»Es wird funktionieren. Dein Schwager liebt seine wertvollen Bücher, deine Eltern lieben ihr Enkelkind.«

Wie aus einer Trance fuhr Hilpert auf und wurde laut. »Du würdest Maria bedrohen?«

Grinsend winkte sie ab. »Natürlich nicht. Kinder sind für uns tabu. Und deine Tochter Maria ist es sowieso. Die Vorstellung, ihr könnte etwas angetan werden, reicht bei den älteren Herrschaften garantiert aus.«

Ihre intellektuelle Kälte ließ ihn erschauern. Ihre Analyse war gleichwohl brillant. Er kannte ihre andere Seite von früheren Begegnungen. Die Ereignisse während des Bürgerkrieges hatten sie mit Sicherheit traumatisiert. Sie jetzt nochmals live zu erleben, hätte er sich besser schenken sollen. Dieses Rad ließ sich zu seinem Leidwesen nicht zurückdrehen. Er atmete tief durch, um sich seine Betroffenheit nicht anmerken zu lassen. Er schaffte es, sachlich auf sie einzugehen. »Da stellt sich mir die Frage, wie du mich töten wirst. Also raus damit, wie willst du es anstellen?«

»Glaub mir, ich will nicht, ich muss«, ging sie auf seine Frage mit belegter Stimme ein. »Als wir uns bei der Begrüßung umarmten, habe ich gefühlt, dass du unbewaffnet bist. Mag sein, ich habe dein Messer übersehen. Das macht mir keine Angst.«

»Ich schätze, du trägst eine Zweiundzwanziger mit dir herum. Schwerere Waffen tragen zu sehr auf.«

»Du bist ein kluges Bürschchen.«

»Ich bin sogar ein ganzes Stück klüger als du annimmst.« In diesem Moment meldete sich sein Handy. Ihn erreichte eine WhatsApp. »Ich hoffe, du hast nichts dagegen, wenn ich sie mir anschaue.«

»Immer zu. Nur solltest du dein Telefon aktivieren, müsste ich schießen.«

»Das wird nicht erforderlich werden«, gab er ihr gelassen zu verstehen. »Warum sollte ich jemanden anrufen wollen?«

Seine unerbittliche Gelassenheit ließ sie zusehends unruhiger werden. »Da fiele mir allemal ein Grund ein.«

Er schaute kurz auf den Text. »Die Nachricht kommt von Stange. Das Auto deines Begleiters wurde identifiziert. Dann wird es nicht so furchtbar lange dauern, bis sie ihn festnehmen.«

»Was!«, schrie sie auf.

»Du wärst besser ohne Geleitschutz bei uns aufgeschlagen.«

Sie war nach wie vor aufgebracht. »So wäre ich das?! Gibst du mir jetzt bereits Ratschläge, wie ich dich am besten beseitigen kann?«

Er winkte ab. »Meinst du nicht, wir sollten mit dem sinnlosen Geplänkel aufhören und uns in aller Gelassenheit trennen? Tötest du mich, wirst du dieses Appartement nicht als freier Mensch verlassen.«

Wütend riss sie einen Revolver aus ihrer Tasche. »Das werden wir sehen. Ich erschieß dich und verlass das Appartement in aller Ruhe.«

»Das werden Grothe und Albers zu verhindern wissen.«

»Erzähl nichts, die sind nicht in diesen Räumlichkeiten. Du hast sie auf meine Bitte hin weggeschickt«

»Lass dich überraschen. Davon abgesehen, wie willst du dieses Appartement verlassen, wenn du mich ausgeschaltet hast?«

»Durch die Tür.«

»Dann begib dich dort mal hin. Nur so aus Jux und Tollerei. Ich verspreche dir, nicht wegzulaufen.«

Unwillig kam sie seiner Aufforderung nach und rüttelte an dem Knauf. Nichts tat sich. »Du wirst den Schlüssel bei dir tragen.«

Er griff in seine Hemdtasche, zog einen Schlüssel hervor und warf ihn ihr zu. »Versuch aufzuschließen.«

Erwartungsgemäß passierte nichts.

»Irgendwo im Raum musst du die Sicherungsanlage entsperren«, erklärte er ihr. »Den Code möchte ich dir nicht verraten. Das verstehst du hoffentlich. Ich schlage dir nochmals vor, nimm deine Sachen und verzieh dich. Mit etwas Glück erwischen wir deinen leicht hinkenden Gefolgsmann nicht. Schließlich ist er ein ausgeschlafener Mann.«

Sie hatte den Schlüssel auf den Tisch gelegt und sich wieder gesetzt. Unschlüssig betrachtete sie ihre Waffe. »Vielleicht sollte ich reinen Tisch machen.«

Er beugte sich vor und fuhr mit der Hand unter seinen Tisch. Gab sie einem Impuls nach und schoss, war es für ihn allemal zu spät, ansonsten waren die Karten nunmehr gleich verteilt. Der einzige Unterschied lag im Kaliber der Waffen. Er hatte sich für neun Millimeter entschieden. Die Pistole war durchgeladen und entsichert und klebte unter dem Tisch. Bislang erkannte Atifete nicht, wie sich die Situation zu ihren Ungunsten verändert hatte. Vor Jahren hätte er sich nicht vorstellen können, auf diese Frau zu schießen. Das verkehrte sich spätestens nach dem aktuellen Gespräch ins Gegenteil. Entschied sie sich, auf ihn zu schießen, musste er sich kompromisslos wehren.

Ihre Wut hatte sich beileibe nicht gelegt. Entschieden zielte sie auf ihn. »Du sagst mir jetzt, wie ich aus dieser Rattenfalle herauskomme. Oder du zwingst mich dazu, auf empfindliche Stellen deines Körpers zu schießen, ohne dich gleich zu töten. Am Ende wirst du darum betteln.«

»Du musst mich für bescheuert halten«, erwiderte er aufgebracht. »Ich lass dich heraus. Zum Dank dafür wirst du mich töten.«

»Dafür wirst du nicht leiden. Wenn das kein Angebot ist.«

»Damit kann ich mich leider nicht einverstanden erklären. Du verstehst mich hoffentlich.«

Sie lachte auf. »Wer wollte dir widersprechen?!« Sie warf einen

Blick auf die Waffe in ihrer Hand und legte sie auf den Couchtisch. »Ich kenne dich gut genug. Du wirst mir nicht sagen, wie ich hier herauskomme. Ich werde nicht auf dich schießen.«

Diese Wendung des Gesprächs hatte er nicht erwartet. Vorsichtig stopfte er die Pistole unter sein Sitzpolster und erhob sich. »Dann ist es wohl an der Zeit auseinanderzugehen.«

Vor dem Appartement empfingen sie Grothe und Albers mit entsicherten Waffen. Soviel verstand sie. Sie wäre aus diesem Abenteuer nicht erfolgreich herausgekommen. Sie nickte den beiden Männern zu und wandte sich an Hilpert. »Ich hätte wissen müssen, du trägst immer ein Ass im Ärmel. Du bringst mich nach unten?«

»Selbstverständlich. Es wird mir ein Vergnügen sein«, antwortete er ganz Gentleman.

»Lass uns ein paar Schritte am Wasser entlanggehen«, schlug sie vor.

Still liefen sie nebeneinander her.

»War's das mit den Anschlägen auf mich?«, durchbrach er das Schweigen.

»Eher nicht«, entgegnete sie unaufgeregt. »Meine Idee ist in Priština in zu vielen Köpfen. Irgendwann werden andere dort ansetzen, wo ich aufgehört habe.«

»Sie werden deine Idee ebenso wenig umsetzen können.«

»Du glaubst, du bist unsterblich?«

»Natürlich nicht. Nach meinem Ableben ist eine Verwertung meiner Anteile durch Dritte nicht möglich. Ich habe vor einiger Zeit diese Angelegenheit geregelt, wenngleich aus anderen Gründen. Sie gehen mit denen meines Schwiegervaters und meines Schwagers in eine Stiftung über. Die Bedingungen des künftigen Vermögensaufbaus sind in meinem Testament eindeutig geregelt. Eure gesamte Aktion wäre ins Leere gelaufen.«

Schmallippig blieb sie stehen. »Ich hätte es mir denken können. Einer wie du überlässt solche Fragen nicht dem Zufall. Meine Berater und ich waren so schlau. Wir nahmen Risiken auf uns für nothing.« Sie lachte hektisch auf. »Ich habe kein Stück an Lebensqualität hinzugewonnen, pendle zwischen meinem Heimatland und Westeuropa hin und her. Dabei hätte ich, hätten wir es besser haben können. Je nach Lust und Laune gäbe es ein gelegentliches Treffen. Wir hätten uns geliebt. Du wärst mir dabei behilflich gewesen, eine Alternative für unsere Anlagenpolitik zu finden.« Abrupt unterbrach sie sich und blickte sich gehetzt um. »Es ist besser, du gehst jetzt.«

Ihre Warnung kam zu spät. Vor ihnen tauchte eine dunkle Gestalt auf, eine Waffe in der Hand. Atifete hob einen Arm und stellte sich wie schützend vor ihn, das keinen Moment zu spät, wie das Plopp des Schusses verriet. Hilpert hatte sich fallen lassen. Dies nicht zum ersten Mal in letzter Zeit. Wie in Zeitlupe sah er Atifete hinsinken. Der Schütze überlebte nur einen Wimpernschlag lang. Grothe schoss zweimal. Er hatte sich, wie es sein Job war, dicht hinter dem Paar aufgehalten. Hilpert sprang ungeahnt schnell auf und kniete sich zu Atifete herunter. Ihr konnte niemand mehr helfen. Auf ihrer linken Brust entdeckte er einen roten Fleck, der sich langsam ausdehnte. Wie benommen stand er auf und ging wenige Schritte zu dem Schützen hinüber, der wie sie bewegungslos am Boden lag. Ihm konnte ebenfalls niemand mehr helfen. Er erkannte ihn. Es war ihr älterer Bruder. Nun verstand er mehr. Atifete war in ihre Familiendisziplin eingebunden, aus der sie nicht herauskam. Trauer und Genugtuung erfüllten ihn, als er auf die beiden toten Geschwister hinabblickte. Das Gespräch in seinem Appartement hatte viele seiner Gefühle, die er für Atifete empfand, abgetötet. Doch so schnell verlor sich Liebe nicht. Grothe hatte bereits im Präsidium angerufen. Ein Ermittlungsteam würde bald am Ort des Geschehens auftauchen und sie mit Fragen bombardieren.

»Sie und Ihre Leute sind meine Schutzengel geworden«, wandte er sich dem Ex-Kollegen zu. »Mein Wort darauf, Sie werden über Aufträge in diesem Leben nicht mehr nachdenken müssen.«

»Diese schöne Frau«, murmelte der Angesprochene. Es war zu spüren, er hatte das Geschehen beileibe nicht verarbeitet. »Sie ist so sinnlos gestorben.«

Hilpert musste das Geschehen vorerst verdauen. Langsam dämmerte es ihm. Atifete hatte durchaus die Möglichkeit in Betracht gezogen, in seinem Appartement zu scheitern. Ihr Bruder repräsentierte Plan B ihrer Überlegungen. Spät, für sie zu spät, begriff sie, sein Ableben stellte keinerlei Gewinn für sie und ihre Pläne dar. Sie konnte das Geschehen nicht aufhalten. Ob sie ihren Tod und den ihres Bruders mit in ihre Überlegungen einbezogen hatte, bezweifelte er. Wie beim Schach war es ratsam, die Reaktion des Gegenspielers weit genug vorauszuberechnen. Ein kleiner gedanklicher Fehler und die Partie ging verloren. Hier hatten beide versagt.

Ein Anruf Stanges riss ihn aus seinen Gedanken. »Atifetes Begleiter ist uns leider durch die Lappen gegangen. Er ist wie vom Erdboden verschluckt.«

»Der wird schnell merken, keinen Auftraggeber mehr zu haben«, blieb Hilpert gelassen. »Mag sein, wir bekommen ihn zu einem anderen Zeitpunkt zu fassen. Ansonsten soll er Priština unsicher machen. Ich will diese verdammte Geschichte endlich zu den Akten legen.«

34

Trotz der emotionalen Betroffenheit machte sich bei Hilpert ein Gefühl der Erleichterung breit. Er konnte wieder ohne Personenschutz durch die Stadt gehen und musste sich nicht ständig umschauen, ob die Person hinter ihm auf ihn anlegen wollte. Vor allem ging es zurück zu seiner Familie. Er hatte seine Tochter so sehr vermisst, dass es ihn beinahe körperlich schmerzte. Trotzdem beabsichtigte er an diesem Abend nicht, nach Hause zu fahren. Bis alle Vernehmungen durch waren, würde es dauern. Vor Mitternacht hätte er keine Chance, in Blankenese aufzuschlagen. Da lud er sich dort lieber zum Frühstück ein. Zumindest gönnte er seiner Mutter am Telefon das Wort. Die hätte ihn sicherlich am frühen Morgen um zwei Uhr in Empfang genommen. Ihrer Stimme entnahm er, wie erleichtert sie war, sich vorerst nicht mehr sorgen zu müssen. Die Rolle, die Atifete in der Geschichte spielte, musste sie dagegen im stillen Kämmerlein verarbeiten. Sie hätte Atifete gerne als Schwiegertochter in die Familie aufgenommen. Für sie standen er und seine Tochter jedoch über allem. Das galt gleichermaßen für seinen Vater, der eher zögerlich mit seiner Liebesbekundung war. In den nächsten Tagen schaffte es nur seine Tochter, ihn aus seinem emotionalen Schneckenhaus zu locken. Die Ereignisse der letzten Wochen hatten ihn aufgewühlt. Der Schlussakkord steckte tief in ihm. Er kam anfangs schwer gegen seine Traurigkeit an. Dabei half es ihm, wieder in die Normalität seines Lebens eintauchen zu dürfen. Atifetes Tod entfernte sich zusehends von ihm wie der Eindruck eines anregenden Films, der von Tag zu Tag stärker verblasste, ohne ganz vergessen zu werden. Er vermied es, so gut es ging, sich in die Ecke zu verkriechen und den trauernden Witwer oder enttäuschten Liebhaber zu spielen. Er sträubte sich vehement gegen die gemeinsamen guten Zeiten mit Atifete. Was sie ihm an Emotionen gezeigt hatte, war nicht echt. Er war damit allein geblieben. Er fühlte sich verletzt und setzte seine Kraft daran, das Vergessen zu beschleunigen. Das funktionierte zuweilen recht gut. Gegen Rückschläge war niemand gefeit.

Mit der Aufklärung der Anschlagsserie war Hilpert vom Buhmann der Politik zu deren Liebling aufgestiegen. Fehlte bloß, der Staatsrat bot ihm das Du an. Dieser Kelch ging zu seiner Befriedigung an ihm vorüber. Er gönnte sich ein paar Tage Auszeit. Er nutzte die Gelegenheit für lange Spaziergänge an die Elbe, war oft mit seiner Tochter unterwegs und schlief für seine Verhältnisse viel. Was sein Privatleben betraf, blieb er trotz der vergangenen Ereignisse Optimist. Kristin Meinhard sandte ihm eine Mail, in der sie von ihrem bevorstehenden Flug nach Kalifornien berichtete. Es verlangte ihn nicht danach, sie zu treffen. In ihm steckten Vorbehalte, gegen die er sich nicht zu wehren vermochte. Ob sie gerechtfertigt waren oder er damit übers Ziel hinausschoss, blieb dahingestellt. Ihr tat eine gewisse Distanz zu ihren Eltern sicherlich gut. Der anstehende Prozess würde zeigen, wie vor allem ihre Mutter über die Runden kam. Zwischen Freispruch und lebenslänglich war alles drin. Ihr Vater sollte mit einem blauen Auge davonkommen. Die konkreten Vorwürfe gegen ihn waren allesamt verjährt. Die kriminellen Ziele seiner aktuellen Aktivitäten nachzuweisen, war nur schwer möglich. Seine Gesprächspartner in den verschiedenen Unternehmen hatten sich durch die Bank hindurch entschieden, den Mund zu halten. Jedwede Anschuldigung wiesen sie weit von sich. Etwas unter Umständen anzustreben, war strafrechtlich irrelevant.

Zwei Tage darauf fand das Symposium statt, das von Prof. Sabine Reinhardt geleitet werden sollte. Hilpert hatte die intelligente Psychologin in guter Erinnerung. Sie war ihm bei einem anderen Fall mit klugem Rat behilflich und hatte ihn gleichzeitig als attraktive

Frau beeindruckt. Zu der Zeit gab es in seinem Leben ausschließlich Atifete. Es wäre ihm nicht im Traum eingefallen, sie zu betrügen oder es zumindest zu versuchen. Deshalb blieb es von seiner Seite bei einem interessierten Blick. Zwischendurch spielte er mit dem Gedanken, die Veranstaltung sausen zu lassen. Er ließ sich von seinem Chauffeur bringen.

Unsicher machte er sich auf den Weg zum Audimax der Hamburger Universität. In der Schlüterstraße überlegte er nochmals, ob er sich die Veranstaltung antun sollte. Schließlich entschied er sich dafür. Er hatte keine konkreten Pläne, was die Wissenschaftlerin betraf. Er hoffte, sie und die anderen Teilnehmer lenkten ihn mit ihren Thesen von seinen trüben Gedanken ab. Dabei war es ihm gleichgültig, ob er sie teilte oder andere Ansichten vertrat. Folglich hielt er durch und betrat das einer Muschel nachempfundene Gebäude. Im Foyer begegnete er niemanden, den er kannte. Der Saal war geteilt worden. Trotz des überraschend guten Besuchs wären mehr als 1500 Plätze zu viel des Guten gewesen. Zu seinem Leidwesen stellte sich schnell heraus, dass die Psychologin primär als Moderatorin auftrat. Ihre Funktion lag eher darin, Beiträge zusammenzufassen und Fragen zu formulieren. Mit eigenen Beiträgen hielt sie sich zurück. Ihre Kollegen nutzten ihre Redezeit für endlose Selbstdarstellungen, weit weg von jeglicher praktischer Relevanz. Hinweise auf ihre aktuellen Veröffentlichungen wurden gern eingeschoben.

Für seine tägliche Arbeit nahm er nichts bis gar nichts mit. Er ließ die Beiträge an sich vorbeirauschen, ohne sie in irgendeiner Form zu reflektieren. Er verzichtete darauf, in der anschließenden Diskussion, mit seiner Meinung oder Kritik zu glänzen. Ein Journalist, der für eine größere nationale Tageszeitung schrieb, sah das anders. Er saß nur unweit von Hilpert entfernt und war vermutlich darüber verärgert, seine karge Freizeit mit den Verfechtern der reinen Lehre zu verbringen. Beinahe aggressiv fragte er nach der praktischen Relevanz der vorgetragenen Thesen. Das Lamento der Professoren kam schnell, rhetorisch geschliffen und so inhaltsleer wie die Antwort eines Politikers auf eine Frage, die ihm nicht in den Kram passte.

Der Journalist ließ nicht locker. Zu Hilperts Entsetzen wandte er sich ihm zu. »Wenige Meter von mir entfernt sitzt ein Mann, der täglich mit der Ermittlung von Kapitalverbrechen konfrontiert ist. Allein in den letzten drei Wochen wurde mehrfach auf ihn geschossen. Sein Überleben hat er garantiert nicht einem der psychologischen Werke der Referenten zu verdanken. Wie beurteilen Sie deren Ausführungen?«, sprach er Hilpert direkt an.

Dieser hatte das Gefühl, als richteten sich alle Augen auf ihn. Erst jetzt hatte ihn Sabine Reinhardt wahrgenommen. Spontan winkte sie in seine Richtung. Er winkte zurück, wusste jedoch nicht, ob sie das mitbekam. Er kam um eine Antwort nicht herum. Er wand sich wie ein Aal, der aus der Reuse gezogen wurde. »Es ist prinzipiell eine Frage der Erwartungshaltung, die man psychologischen Sachverständigen abverlangt«, setzte er vorsichtig an. »Schließlich sind sie keine Wahrsager, sondern sollen das Profil eines Menschen konstruieren, den sie nie gesehen haben, mit dessen Taten sie konfrontiert werden und gegebenenfalls Prognosen für sein künftiges Handeln abgeben. Wäre natürlich schön, wenn am Ende der Analyse Name und Telefonnummer des Täters herausspringen würden. Gleichwohl verstehe ich Ihre Kritik«, richtete er das Wort direkt an den Fragesteller. »Sprachlich und inhaltlich müssen die Ermittler erreicht werden, will man ihnen behilflich sein. Ich hatte das Vergnügen, mit Dr. Reinhardt zusammenzuarbeiten. Es war eine außerordentlich fruchtbare Zeit.« Hilpert war clever genug, das Mikrofon nicht an den Journalisten weiterzureichen, sondern an eine studentische Hilfskraft.

In der Pause ging der Journalist auf ihn zu. »Haben Sie Kreide gefressen? Oder hat die blonde Professorin Sie mundtot gemacht?«

»Da muss ich Sie enttäuschen«, erwiderte Hilpert. »Ich bin hier, um Abstand zu den letzten Ereignissen zu gewinnen, nicht um mich mit Psychologen auseinanderzusetzen. Dr. Reinhardt ist eine kluge Frau und weiß mehr als theoretische Plattitüden von sich zu geben. Sie war kurze Zeit in meinem Team. Dann kam leider der Ruf aus Bremen.«

»Sie scheint Sie ja tatsächlich beeindruckt zu haben. Sie haben nichts dagegen, wenn ist das so schreibe?«

»Gönnen Sie ihr das Wort. Sie hat es verdient.«

Hilpert wollte den Saal verlassen, als er abermals aufgehalten wurde. »Sie laden mich nach der Veranstaltung zum Essen ein!«, erreichte ihn eine weibliche Stimme, die keinen Widerspruch duldete. »Ich will genau wissen, wer auf Sie geschossen hat und warum.«

Was blieb ihm anderes übrig, als sich wieder zu setzen. Er musste eineinhalb Stunden durchhalten, dann erlöste ihn die attraktive Psychologin mit dem Schlusswort. Damit konnte sie sich ihm beileibe nicht sofort zuwenden. Diverse Teilnehmer bombardierten sie mit Fragen, die sie gelassen beantwortete. Am Ende zog es endlich den hartnäckigsten Studenten nach Hause, sodass sie sich nunmehr auf Hilpert konzentrieren konnte, der das Interesse der jungen Leute wohlwollend aufnahm. Das sollte sich ändern, als sich ihm drei Studenten näherten und mit Beschlag belegten. Gelassen ging er auf sie ein. Zuweilen hatten bestimmte Berufsgruppen Konjunktur. Zeitweise war es die forensische Medizin. Waren die jetzt von Profilern abgelöst worden? Mancher Interessent für diesen beruflichen Weg wurde durch die erfahrbare Realität geläutert. Anderen stand bereits der Numerus clausus im Weg. Zuweilen war das Schicksal gerecht.

Er schaute dem Trio hinterher, als er eine Hand auf seiner Schulter spürte. »Wir sollten Sie bei unseren Veranstaltungen als Teilnehmer einschleusen und diesen Journalisten gleich mit. Wir bekommen auf diesem Weg mehr Pep in die Geschichte hinein.«

Er grinste Dr. Reinhardt an. »Mit welchen Honoraren kann man bei Ihnen rechnen? Ich erwarte Ihr Angebot.«

»Was halten Sie davon, wenn Sie mich nach jedem Symposium zum Abendessen einladen dürfen?«

»Keine schlechte Offerte. Darüber lässt sich nachdenken.«

Gut gelaunt verließen sie das Audimax und den Campus. Sie verzichteten auf ein Fahrzeug. Den kurzen Weg zum Elysée Hotel schafften sie zu Fuß. Der Veranstalter des Symposiums hatte sich großzügig mit seinen Referenten gezeigt und die Kosten für das Luxushotel übernommen. An der Rezeption trennten sie sich vorerst. Sie wollte sich in ihrem Zimmer umziehen. Er suchte eine der vielen Sitzgruppen auf und gönnte sich einen Milchkaffee. Zwei Tassen später stand sie wieder vor ihm. Sie hatte sich für ein überraschend kurzes Kleid entschieden, das sie sich mit ihren schlanken Beinen fraglos leisten konnte. Der dezente Ausschnitt versprach weitaus mehr, als er sich bisher vorgestellt hätte. Ihr zartes, hübsches Gesicht hatte sie mit leichtem Make-up und Eyeliner vorteilhaft zur Geltung gebracht.

»Ich habe im Restaurant einen Tisch für uns reserviert«, informierte sie ihn. »Dort gibt es ebenfalls einen ordentlichen Kaffee. Ich bin mittlerweile ausgesprochen hungrig.«

Jetzt, wo sie es ansprach, meldete sich sein Magen mit brachialer Gewalt. »Sehr gute Idee.«

Er erhob sich, winkte einem Kellner zu und bezahlte seine Getränke. Er steckte das Wechselgeld achtlos in die Jackentasche und schaute dabei desinteressiert in Richtung Rezeption. Was er erblickte, stimmte ihn nicht fröhlich. Auf sie steuerte ein leicht humpelnder mittelgroßer Mann mit dunklen Haaren zu. Es bedurfte nicht der Fähigkeiten eines Anthropologen, um festzustellen, es nicht mit einem Mitteleuropäer zu tun zu bekommen. Eine Hand war unter seinem Jackett verschwunden. Hilpert wies die Professorin an, sich zu setzen. Als sie nachfragen wollte, reagiert er barsch, bis an den Rand der Unhöflichkeit. Diese Ansprache war für sie neu. Ohne rechtes Verständnis kam sie seiner Aufforderung nach.

Hilpert ging dem Mann zwei Schritte entgegen und blieb stehen, sein Messer hielt er verdeckt in seiner rechten Hand. Nach den jüngsten Ereignissen trug er zwar eine Pistole, konnte diese jedoch bei der Ansammlung von Menschen nicht einsetzen, wollte er kein Blutbad anrichten. Er musste seinen Opponenten dicht genug an sich herankommen lassen, um ihn mit dem Messer sicher ausschalten zu können. Vor allem durfte der nicht zum Schuss kommen. In der gut besuchten Lobby des Hotels würde der Mann keine Rücksicht auf die Menschen nehmen, erhielte er die Gelegenheit, auf ihn zu schießen. Wenige Meter vor ihm verharrte er. Er hatte längst begriffen, von seiner Zielperson registriert worden zu sein. Hilperts herunterhängende Arme machten ihn sicher, dieses offensichtlich ungleiche Duell zu seinen Gunsten zu beenden. Lässig zog er einen Revolver aus dem Hosenbund. Bevor er den Hahn spannen konnte, schleuderte Hilpert seinem Gegenüber das Messer mit voller Kraft in den Unterleib. Seinem Schrei folgte das Poltern der Waffe. Instinktiv versuchte er mit beiden Händen seine wertvollsten Körperteile zu schützen. Der Oberrat ging die letzten Schritte auf seinen Gegner zu, der gerade das Messer herausziehen wollte.

»Wenn Sie nicht verbluten wollen, lassen Sie das Messer, wo es ist.«

Der Rest war Technik. Ein Anruf bei seinen Kollegen im Präsidium, mit der Bitte, eine Ambulanz zu benachrichtigen und sein Ausweis erledigten das Erforderliche. Da kein Schuss gefallen war, blieben die Gäste erstaunlich ruhig und ließen ihrer Neugier ungezügelt ihren Lauf. Wer hysterische Schreie erwartete, wurde enttäuscht. Hilpert musste sich erheblich mühen, die Neugierigen von dem Tatort fernzuhalten. Um seine Begleitung konnte er sich erst kümmern, nachdem seine Kollegen und ein Notarzt eintrafen. Die Professorin lehnte konsequent eine Beruhigungsspritze ab. Sie hakte sich vielmehr bei ihm unter.

»Heute Nacht wirst du für meinen Schutz sorgen«, instruierte sie ihn bestimmt.

Kreidebleich, wie sie war, strafte sie ihre scheinbare Gelassenheit Lügen. Seinen Kollegen reichte eine kurze Beschreibung des Tathergangs. Auf eingehendere Details konnten sie im Präsidium zu sprechen kommen.

Sabine Reinhardts Wunsch kam er geflissentlich nach. In ihrem Hotelzimmer war es vorbei mit jeglicher Selbstbeherrschung. Sie lag weinend in seinen Armen und beruhigte sich nur langsam. Für sich musste er feststellen, wie gelassen er mittlerweile mit solchen Bedrohungssituationen umging. Große Gefühlsregungen wollten sich bei ihm nicht einstellen. Sein Puls hatte sich kaum erhöht. Die Psychologin tat ihm leid. Erstmals in ihrem Leben erlebte sie so etwas wie die Bedrohung ihres Lebens. Sie war Teil eines Verbrechens geworden. Die Wissenschaftlerin meinte es bitterernst, als sie ihn als ihren Beschützer mit aufs Zimmer nahm. Irgendwann schaffte sie es, sich abzuschminken und ein Nachthemd überzuziehen. Gemeinsam legten sie sich ins Bett. Er nahm sie fest in die Arme und spürte, wie sie nach relativ kurzer Zeit einschlief. In der Nacht wachte sie häufiger auf und tastete mit der Hand nach ihm.

Am nächsten Morgen ging es ihr ungleich besser, wenngleich noch nicht gut.

Dessen ungeachtet lehnte sie wie am Vorabend einen Arzt ab. Das Frühstück ließen sie sich kommen. Im Gegensatz zu ihm aß sie wie ein Spatz. Sie war bei Weitem nicht mit dem Erlebten durch. Da sie nicht allein in ihrem Zimmer bleiben wollte, nahm er sie im

Taxi mit zu seinem Haus. Seine Mutter stellte keine Fragen, sondern schaute ihn nur mit hochgezogener Augenbraue an. Vorerst verzichtete er darauf, die nicht gestellten Fragen zu beantworten. Er zog sich um und informierte sich nach dem Befinden des letzten Attentäters. Seine Wunde war nicht lebensbedrohlich. Er war in der Nacht operiert worden. Hilperts Messer lag vorerst bei den Kollegen in der KTU. Seinen Eltern musste er nicht viel erklären. Dies hatte die Psychologin bereits für ihn erledigt. Am Nachmittag suchte er den Attentäter im Krankenhaus St. Georg auf. Er war ansprechbar. Die Ärzte gestatteten ein zehnminütiges Gespräch mit ihm. Seinen Namen wollte er nicht nennen. Wütend starrte er Hilpert an, als der das Zimmer betrat.

»Sind Sie unsterblich?«, eröffnete er überraschend das Gespräch.

»Natürlich nicht, nur vorsichtig.«

»Warum haben Sie Atifete getötet?«, fragte er den Oberrat unverblümt.

»Da muss ich Sie enttäuschen. Sie hat sich die Kugel eingefangen, die ihr Bruder für mich bestimmt hatte.«

»Ich verstehe. Sie sind also doch unsterblich. Wissen Sie, Atifete hatte mir versprochen, meine Frau zu werden, wenn wir erfolgreich gewesen wären.«

Sie redeten die nächsten Minuten eher Belangloses, bevor er ging. Atifete hatte die Männer, die sie umgaben, fest im Griff. Sie spielte mit ihnen und nutzte sie in ihrem Sinn aus. Sie war ihnen in allem über und verlor dennoch die letzte Schlacht. Die Geschichte war beendet, eine Wiederholung nicht möglich, zumindest nicht in gleicher Besetzung. Im Präsidium ertrug er die Verhöre gelassen. Was hatte er sich vorzuwerfen? Als er zu Hause eintraf, erwartete ihn die Professorin. Sie machte keinerlei Anstalten, ihn verlassen zu wollen. Und er hatte nichts dagegen. Sie musste sich von dem Trauma des Erlebten erholen. Anscheinend ging das am besten mit und bei ihm. Er wollte sie nicht überfordern und ließ für sie ein separates Zimmer herrichten. Am Abend machte sie keinerlei Anstalten, sich dorthin zurückzuziehen. Wie selbstverständlich benutzte sie sein Bad. Erfreulicherweise waren ausreichend Handtücher vorhanden. Seine Mutter hatte in weiser Voraussicht dafür gesorgt. Sabine Reinhardt erweckte nicht den Eindruck, als müsse sie weiterhin geschont werden. Zumindest verzichtete sie auf ein

Nachthemd, als sie sich zu ihm ins Bett legte und sich fest an ihn drückte. Ob sich für beide eine längere Beziehung anbahnte, sollte die Zukunft erweisen. Diese Nacht konnte zumindest als gelungener Auftakt dafür bewertet werden.

Die nächsten Tage gab es für Hilpert viele Hände zu schütteln. Er wurde bemüht, pausenlos die gleiche Geschichte zu erzählen. Was blieb ihm anderes übrig, als der wilden Meute zu geben, wonach sie verlangte?! Nach den letzten Ereignissen musste er alles aufbieten, um nicht einen Mann zu beerben, der trotz seiner Verletzung am Leben war: seinen Chef. Röhrs bekam am Rande mit, Hilpert hielt Wort und stürzte sich nicht wie ein Geier auf seinen Job. Er wusste, er durfte sich keinen Fehler erlauben, wollte er Chef der Mordkommissionen bleiben. Unter normalen Umständen durfte die nächste Beförderung nicht unbotmäßig lange auf sich warten lassen. Ihm war gleichzeitig klar, mit Hilperts Ablehnung umzingelte ihn eine Reihe an Kollegen, die seine Position gerne übernommen hätten. Er musste sensibel und vor allem gelassen bleiben. Gegen Hilpert hätte er keine Chance gehabt. Mit den anderen Kollegen glaubte er, es aufnehmen zu können. Sein Problem war der Senator, der von seiner Führung der Sondereinheit nicht sehr viel hielt und lieber Hilpert an seiner Stelle sähe. Der Staatsrat hatte ihn geholt. Der musste sich wohl oder übel hinter ihn stellen. Röhrs' Schusswunde verheilte gut. Sie sollte ihm auf Dauer sogar behilflich sein. Wer wollte sich erlauben, einen Mann fallen zu lassen, auf den in Ausübung seines Dienstes geschossen worden war?

Obwohl Hilpert davon ausging, nunmehr die Angelegenheit Atifete ad acta legen zu können, holte sie ihn erneut ein. Der Anruf, der ihn ereilte, verhieß nichts Gutes. Niemand musste ihm erklären, dass der Akzent des Mannes am Telefon eindeutig in den Kosovo wies.

»Herr Hilpert, nach unseren Recherchen wurden in Ihrer Vermögensverwaltung nennenswerte Beträge durch Atifete beziehungsweise ihre verstorbene Mutter angelegt. Hierbei handelt es sich um Gelder aus unserem Familienverbund.«

»Eigentlich darf ich mich darüber gegenüber Dritten nicht äußern«, erwiderte Hilpert. »Bei Ihnen will ich eine Ausnahme machen. Es ist korrekt. Mehr kann ich nicht sagen. Wir kommen nicht um die entscheidende Tatsache herum, ausschließlich Atifetes Familie ist als Eigentümer in Erscheinung getreten.«

»Wie kommen wir an das Geld heran?«

»Das ist ganz einfach, Sie müssen einen Erben präsentieren.«

»Mal angenommen, wir sind dazu in der Lage. Wie lange dauert es, die Anlage zu verflüssigen?«

»Ich sehe keine nennenswerten Probleme«, erklärte Hilpert selbstbewusst. »Das ziehen wir innerhalb weniger Wochen durch. Die Bedingungen dafür sind eindeutig vertraglich definiert. Normalerweise dauert es länger. In Ihrem Fall würden wir vor dem Hintergrund der besonderen Ereignisse eine Ausnahme machen.«

»Können Sie mir sagen, was die Beteiligung an Ihrer Firma so interessant macht? So prall finde ich die Rendite nicht.«

»Ich vermute, sie verfügen über die Unterlagen und die Kontoauszüge. Die Antwort ist einfach. Die Rendite steht hintan. Erste Priorität hat die Solidität des eingesetzten Kapitals.«

»Ich verstehe, hohe Rendite, hohes Risiko und umgekehrt. Ihre Strategie hat einiges für sich. Gut zu wissen, aber finden Sie so schnell einen neuen Investor, sollten wir aussteigen?«, bewies er Sachverstand.

Hilpert lachte auf. »Sie sprechen gerade mit ihm.«

»Das hieße, Sie nehmen Ihre eigene Medizin?«

»Nicht nur ich, meine Familie ebenso. In der Vermögensverwaltung sind wir sowieso mit weitem Abstand die größten Investoren.«

»Über Details wollen Sie nicht sprechen?«

»Das hat mit Wollen nichts zu tun sondern mit Dürfen. Weichen wir von diesen Prinzipien ab, können wir uns gehackt legen. Wir sind diskret, wir legen ausschließlich nachweislich sauberes Geld an. Prüfungen durchs Finanzamt sind gegebenenfalls störend und behindern den Geschäftsbetrieb. Nur bei uns darf gerne gesucht werden. Es gibt nichts zu finden. Dubiose Steuersparmodelle haben wir prinzipiell abgelehnt.«

»Dem Vernehmen nach ist ein nennenswerter Geldbetrag verschwunden. Wissen Sie etwas darüber?«

»Sie meinen sicherlich Bares. Es wird über mehrere Hundert Millionen Euro gemunkelt.«

»Sie sagen es. Wie mir scheint, sind Sie erstaunlich gut informiert.«

»Das ist nicht weiter verwunderlich. Dieses Geld hat zu meinen Problemen mit Atifete geführt. Es ging bis zur Bedrohung meines Lebens.«

»Darüber bin ich nur am Rande informiert. Haben Sie sich darüber Gedanken gemacht, wo es gelagert sein könnte, Herr Hilpert?«

»Nicht konkret. Es wurde wohl in mehreren Tranchen an unterschiedlichen Standorten untergebracht. Würde mich nicht wundern, sollte Hamburg dabei sein.«

»Wirklich hilfreich ist das nicht.«

»Ich denke, es ist nicht mein Job, mir darüber einen Kopf zu machen. Wir zumindest verfügen über keinen Cent davon.«

»Verstanden. Ich gehe davon aus, das Geld hat Sie nicht interessiert, weil dessen Herkunft nicht belegt werden konnte?!«

»Sie sagen es. wie ich bereits andeutete, akzeptieren wir ausschließlich sauberes Geld in unserer Vermögensverwaltung.«

»Besteht die Möglichkeit, Einfluss auf Ihre Anlagenpolitik zu nehmen?«

»Wie Sie sich vorstellen können, bieten wir in diese Richtung keine Optionen. Unsere Strategie wird entweder akzeptiert oder abgelehnt. Am Markt gibt es zu uns ausreichende Alternativen.«

»Ich verstehe. Vielen Dank für das Gespräch. Es hat uns ein ganzes Stück weitergebracht. Wenn die Erbschaftsangelegenheit geregelt ist, werde ich mich bei Ihnen melden.«

Hilpert beendete mit sorgenzerfurchter Stirn das Telefonat. Der Anrufer hinterließ ihm für den Fall veränderter Gegebenheiten eine Telefonnummer. Er hoffte, sie nicht benutzen zu müssen. So entspannt, wie er sich gab, war er nicht. Aus dem Kosovo waren in den Jahren gut achtzig Millionen Euro gekommen. Eine Rückzahlung könnte nur über einen Bankkredit erfolgen, oder er müsste sich von Anteilen trennen. Das wäre letztlich gehüpft wie gesprungen. Seine Hausbank dachte eh über eine größere Beteiligung an seiner Firma nach. Was sprach dagegen, Nägel mit Köpfen zu machen? Er wollte darüber mit Thiemann sprechen. Das ging nicht zwischen Tür und Angel. Er hoffte, nicht weiter mit der Suche nach dem Bargeld konfrontiert zu werden. Atifete hatte ihm gegenüber nichts über dessen Standort verraten. Warum auch?! Für ihn war dieses Geld wie Altpapier. Um das zu waschen, bedurfte es gewaltiger Anstrengungen. Und es war mit vielfältigen Risiken verbunden. Diesen Job überließ er lieber anderen. Das Finanzamt machte ihm dabei die geringste Angst. Es griffen zu viele gierige Hände danach, denen jedes Mittel recht war. Das Telefonat machte ihm trotzdem klar, nicht zu Ende gedacht zu haben. Er wollte sich unbedingt von der Beteiligung aus dem Kosovo trennen. Meldeten sich keine Erben, die einer Überprüfung standhielten, hatte er Atifetes Nachfolger im Nacken. Die verzichteten garantiert nicht auf achtzig Millionen blütenweiße Euro. Für diesen Fall mussten sie sich etwas einfallen lassen. Ansonsten ging es in die nächste Auseinandersetzung mit neuen Gegnern, die ebenso rücksichtslos vorgehen würden wie ihre Vorgänger. Seine Gesprächsliste für Thiemann füllte sich gnadenlos.

Der Anruf eines Hamburger Notars holte ihn vollends aus seiner Wohlfühlecke heraus. Er bat ihn in seine Kanzlei zur Regelung einiger Formalitäten. Näheres wollte er am Telefon nicht erörtern. Wäre nicht Atifetes Name gefallen, Hilpert hätte den Mann am langen Arm verhungern lassen. Sie verabredeten sich für den Nachmittag, da der Oberrat darauf gespannt war, was die Verstorbene ihm hinterlassen haben mochte. Warum hatte er ein schlechtes Gefühl dabei?

Dr. Brückner, der Notar, entsprach nicht unbedingt Hilperts Vorstellung eines Hamburger Notars. Was passte, war die Adresse am Neuen Wall. Mit seinen fünfundvierzig Jahren wirkte er recht jugendlich auf ihn. Er trug ein dunkelblaues Jackett zu einer Jeans. Auf Sneakers hatte er wohlweislich verzichtet. Das Büro war hell und zweckmäßig eingerichtet. An den Wänden hingen Schwarz-Weiß-Fotografien mit unterschiedlichen Motiven. Das Umfeld erweckte nicht den Eindruck verstaubter Akten. Auf seinem Schreibtisch stand ein moderner Flachbildschirm, davor ein Notebook und ein Tablet. Bei ihm musste die Neuzeit nicht mehr anklopfen. Sie hatte sich bereits breitgemacht. Sie setzten sich an einen Besprechungstisch, der auf vier matten Metallbeinen stand. Die Acrylplatte war ordentlich poliert. Aus zwei Warmhaltekannen konnte sich Hilpert für Kaffee oder Tee entscheiden. Er verzichtete darauf, ebenso auf ein Kaltgetränk.

Dr. Brückner reichte ihm eine Urkunde herüber. Hilpert warf einen kurzen Blick hinein. Er war nunmehr Eigentümer einer Eigentumswohnung in Alsternähe. Der Grundbuchauszug lag noch nicht vor. Eintragungen dauerten auch im Computerzeitalter ihre Zeit.

Hilpert blätterte überrascht die Urkunde durch, bevor er sich an den Notar wandte. »Wie komme ich zu dieser Ehre?«

Brückner zuckte mit den Achseln. »Dazu hat sich meine Mandantin nicht geäußert. Sie meinte nur, Sie würden es richten. Keine Ahnung, worum es geht. Zu meinen diesbezüglichen Fragen wollte sie sich nicht äußern.«

Hilpert legte die Urkunde beiseite. »Liegen Belastungen auf der Wohnung?

»Keine Sorge, das Grundbuch ist so sauber wie ein Kinderpopo nach dem Wickeln.«

Als Letztes übergab er Hilpert einen geschlossenen Briefumschlag und einen Schlüssel. »Mehr habe ich nicht für Sie.«

»Bekommen Sie Geld von mir, Gebühren oder Ähnliches?«

»Es ist alles im Voraus bezahlt, einschließlich der Grunderwerbssteuer, Eintragungs- und sonstigen Gerichtskosten.«

Zehn Minuten später stand Hilpert vor dem modernen Bürohaus, das keine fünf Jahre alt war. Er hatte seinen Golf in der Hochgarage des Hanseviertels abgestellt. Neugierig las er Atifetes Brief.

Wenn du diese Zeilen liest, hast du mich offenbar überlebt und meinen Bruder ebenso. Ich möchte nicht zu meinem Auftrag, den er mir erteilt hat, Stellung beziehen. Offensichtlich ist er wie ich gescheitert. Nur so viel, ich hatte nicht die Stärke, mich dagegen aufzulehnen. Das Appartement an der Alster gehört nunmehr dir, ebenso alles, was du darin vorfindest. Was die anderen Wohnungen betrifft, findest du dort entsprechende Anweisungen. Sie sollen dem legitimen Chef unseres Clans übergeben werden.

Statt einer Unterschrift schloss sie das Schreiben mit einer neunstelligen Zahlenkombination ab. Neben jeder Ziffer stand ein L oder ein R. Er würde spätestens am Ende des Tages wissen, welche Bewandtnis es damit hatte. Hilpert steckte das Schreiben mit Tränen in den Augen ein. Trotz seiner Betroffenheit siegte die Neugier. Das Objekt, das künftig sein Eigentum werden sollte, lag am Alsterufer. Nur unweit entfernt hatte ein Hamburger Milliardär das ehemalige Interconti abreißen und ein neues Hotel mit Blick auf die Alster bauen lassen. An dem Standort ging es um Größenordnungen, von denen sie in ihrer Vermögensverwaltung ein gewaltiges Stück entfernt waren. Die weiße Villa, die ihm Atifete überlassen hatte, strahlte ihn in frisch renovierter Pracht an. Das Interieur war mit Geschmack und viel Geld hergerichtet worden. Mehrere Pkw-Stellplätze durften selbstredend nicht fehlen. In dieser Gegend waren sie ausgesprochen wertvoll. Er wehrte sich dagegen, den Wert des Geschenks zu überschlagen. Das gesamte Gebäude war edel und vor allem geschmackvoll eingerichtet. Wer hier einziehen wollte, musste nur seine Zahnbürste mitbringen. Er schluckte. Hier hätte er mit Atifete durchaus leben können, wäre ihr die Elbe zu langweilig gewesen. Im Keller stand ein mächtiger Safe. Nunmehr war die Frage der Zahlenkombination in dem Schreiben von Atifete gelöst. Problemlos öffnete er dessen Tür. Er fand darin einen Leitz Ordner und diverse Geldpakete. Nun war doch noch ein Berg an Euroscheinen bei ihm gelandet. Er würde sich beizeiten seine Gedanken über dessen Verwendung machen. Kurz überschlagen hatte sie ihm fünfundzwanzig Millionen Euro überlassen. In dem Aktenordner fand er Kaufverträge und Grundbücher über fünf Wohnungen in unspektakulären Lagen in Hamburg und dem Umfeld der Hansestadt nebst den Wohnungsschlüsseln. Bei deren Visite fand er den Stein des Anstoßes für die Attentate auf ihn. Sauber gebündelte lila Geldnoten. Pro Wohnung ging er von etwa sechzig bis achtzig Millionen Euro aus, also insgesamt von dreihundert bis vierhundert Millionen Euro. Da kam viel Arbeit auf die Eigentümer zu. Er griff zum Telefon und rief den Verbindungsmann aus dem Kosovo an. Dieser nahm erfreut zur Kenntnis, wie schnell sich die Suche nach dem Geld erledigt hatte. Auf einen Finderlohn verzichtete Hilpert aus guten Gründen. Ihm reichten die Millionen, die Atifete ihm überlassen hatte. Fehlte bloß ein Konzept, was er damit anfing. Er konnte mit dem Geld nicht zum Finanzamt gehen und es versteuern. Niemand aus dem Kosovo durfte von dem Geschenk erfahren. Und er war keinesfalls bereit, darauf zu verzichten. Gerne hätte er sich über dessen Verwendung mit jemandem ausgetauscht. In diesem speziellen Fall war er allein auf sich gestellt. Vermutlich hätten sich Heerscharen an Bundesbürgern gerne mit diesem Problem auseinandergesetzt.

Zuweilen dachte er an Atifete. Wäre er mit ihr glücklich geworden, hätte sie sich für einen anderen Weg entschieden? Bestimmt nicht, nachdem er ihre andere Seite in seinem Appartement kennengelernt hatte. Trotzdem zog sie sich nur langsam aus seiner Gefühlswelt zurück. Überdauerte die neue Liebe die Zeit? Er setzte sich da nicht unter Druck. Es klappte oder er scheiterte wie so oft in den vergangenen Jahren.

Zu den Buchholzer Ereignissen gab es vor Gericht für Hilpert ein Nachspiel. Er kam nicht drum herum auszusagen. Er war ein gefährlicher Zeuge für die Beklagten. Angelas Anwalt versuchte alle Tricks, um seine Glaubwürdigkeit infrage zu stellen. Die enttäuschte Liebe von vor zwanzig Jahren hätte der Verteidigung gut ins Konzept gepasst. In diese Falle tappte Hilpert nicht. Akribisch bezog er nur zu Sachverhalten Stellung, die er belegen konnte. Er gab keinerlei Meinungen oder Einstellungen von sich. Angela hätte auch bei der Ermordung Freddys besser auf verräterische DNA-Spuren geachtet. Der Prozess dauerte noch mehrere Wochen. Ihr Ehemann konnte dem Vernehmen nach für sich Verjährung geltend machen. Seipold und sein Kompagnon mussten sich auf gepfefferte Strafen einstellen. Die Zeit der gegenseitigen Rücksichtnahmen war endgültig vorbei. Von dem angehäuften Vermögen der Organisatoren der Drogengeschäfte sollte für sie nicht viel verbleiben. Dafür sorgte allein das Finanzamt. Dies betraf insbesondere Seipold, der jung genug war, um nach der zu erwartenden Haftstrafe noch Erwartungen an das Leben hegen zu können. Gleichwohl war Hilpert davon überzeugt, dass sein cleverer ehemaliger Mitschüler irgendwo ein Nest angelegt hatte, in dem er seine Altersversorgung untergebracht hatte. Für Brodersen war der Zug abgefahren. Er würde die Freiheit nicht mehr in gebrauchsfähigem Zustand erleben. Angela konnte von Glück sprechen, sollte die besondere Schwere ihrer Taten nicht festgestellt werden.

Von der angedrohten Beförderung ließen Senator und Staatsrat nichts verlauten, ebenso wenig von den angedachten neuen Aufgaben. Er hatte funktioniert, der Fall war zur allgemeinen Zufriedenheit abgeschlossen. Folglich reduzierte sich sein Stellenwert in rasender Geschwindigkeit. Daily Business war angesagt. Dies stellte für ihn kein Problem dar. Er fand sich in seiner bisherigen Funktion wieder und war zufrieden damit. Das Miteinander mit Röhrs gestaltete sich konfliktfrei. Er ließ ihn zufrieden und war überaus kooperativ, wenn es um kleine Wünsche ging. Seine Umstrukturierungsidee landete offensichtlich unter A wie Ablage. Hilpert konnte ihm keinen größeren Gefallen tun, als ihm seinen Platz bei Pressekonferenzen nach erfolgreicher Verbrechensaufklärung zu überlassen. Zusammen mit Staatsanwalt Fiege gaben sie ein kongeniales Paar ab. Sie schafften es mühelos, sich gemeinsam im Rampenlicht zu platzieren.

Sein Schwiegervater besaß gute Chancen, zumindest einen Teil seiner investierten Millionen von dem deutschen Kreditinstitut zurückzuerhalten, das kein Interesse an einer gerichtlichen Auseinandersetzung zeigte. Ein dreistelliger Millionenbetrag winkte am Horizont. Mit dem Geld plante er den Erwerb der Villa an der Alster von seinem Schwiegersohn.

Zwei Aufgaben lagen vor Hilpert, beide sollten sich mühelos lösen lassen. Jens' Schwester Janette war nicht vergessen. Er vermittelte ihr ein ordentliches Haus in der Nordheide. Und er wollte die unveröffentlichten Kompositionen von Jens auf CD gebannt wissen. Die Zeit nahm er sich. Jens hatte es posthum verdient und seine Schwester ebenso. Die Buchholzer Ereignisse, Atifete als Initiatorin der Attentate auf ihn, sollten ihn längere Zeit beschäftigen. Er kannte sich nur zu gut. Egal, wie sehr er sich bemühte, das steckte er nicht so einfach weg. Gegen sein Unterbewusstsein hatte er keine Chance. Er musste sich privat neu aufstellen. Dies begann mit seiner beruflichen Orientierung und endete mit seinem Liebesleben.

Bisher erschienen im Principal Verlag:

Hilpert-Krimis:

Tödliche Seilschaften; ISBN 978-3-89969-223-5; 450 S.

Vergeudete Zeit; ISBN 978-3-89969-213-6; 467 S.

Hanseatentreue; ISBN 978-3-89969-202-0; 477 S.

Die Abtrünnigen; ISBN 978-3-89969-189-4; 495 S.

Die Gutachter; ISBN 978-3-89969-177-1; 464 S.

Rattenpack; ISBN 978-3-89969-158-0; 470 S.

Elbtrauma; ISBN 978-3-89969-144-3; 433 S.

Alsterrausch; ISBN 978-3-89969-127-6; 389 S.

Sonstige:

Im Schatten des Regenbogens; ISBN 3-89969-032-X; 316 S.

Wo das Licht sich bricht; ISBN 3-89969-019-2; 498 S.

So far away; ISBN 3-89969-003-6; 270 S.